RIOS DE SANGUE

José Antônio Severo

RIOS DE SANGUE

100 ANOS DE GUERRA NO CONTINENTE AMERICANO

volume 1

EDITORA RECORD
RIO DE JANEIRO • SÃO PAULO
2012

CIP-BRASIL. CATALOGAÇÃO-NA-FONTE
SINDICATO NACIONAL DOS EDITORES DE LIVROS, RJ

S525r Severo, José Antônio
    Rios de sangue – vol. 1 / José Antônio Severo. – Rio de Janeiro: Record, 2012.

    ISBN 978-85-01-09066-9

    1. Rio Grande do Sul – História – Ficção. 2. Romance brasileiro. I. Título.

11-4952.   CDD: 869.93
                                  CDU: 821.134.3(81)-3

Copyright © José Antônio Severo, 2012

Capa: Leonardo Iaccarino

Imagem de capa: *Batalha do Avaí* (1872/1877)
Pedro Américo (Areia, PB 1843 – Florença, Itália, 1905)
registro nº 686
óleo sobre tela, 600 x 1.100 cm
Coleção Museu Nacional de Belas Artes/IBRAM/MinC
Fotógrafo: José Franceschi

Revisão técnica: Edgley Pereira de Paula

Texto revisado segundo o novo Acordo Ortográfico da Língua Portuguesa.

Direitos exclusivos desta edição reservados pela
EDITORA RECORD LTDA.
Rua Argentina 171 – 20921-380 – Rio de Janeiro, RJ – Tel.: 2585-2000

Impresso no Brasil

ISBN 978-85-01-09066-9

Seja um leitor preferencial Record.
Cadastre-se e receba informações sobre nossos lançamentos e nossas promoções.

Atendimento e venda direta ao leitor:
mdireto@record.com.br ou (21) 2585-2002.

EDITORA AFILIADA

Para Celia

Agradecimentos

Consultores: jornalistas Antônio Carlos de Oliveira Coutinho, Nei Duclós, Sérgio Ribeiro.

Historiadores: vice-almirante Hélio Leôncio Martins, coronel Antônio Gonçalves Meira, Prof. Dr. Cesar Pires Machado, Prof. Dr. Gunter Axt, Prof. Gilberto Jordan, Prof. Rivadávia Severo, arquiteto Marcos Pitombo.

Colaboradores: engenheiro João Ruy Freire e jornalista Carmen Langaro.

Agradecimento especial: Prof. Dr. Luiz Fernando Cirne Lima, pela amizade e por sua contribuição ao conteúdo desta obra; Eurico Saldanha Souto (*in memoriam*), repositório da memória oral da História como se contava na campanha.

Sumário

Conflitos e personagens 13

1. Segredo no Barro 19
2. As Tropas do Medo 23
3. Jogo Duro em Tempo de Paz................................. 31
4. A Guerra Chega de Navio...................................... 46
5. Fuga na Selva Escura 58
6. A Viúva de Preto 68
7. O Casamento do Fugitivo 75
8. Vocação para o Perigo 80
9. A Volta do Proscrito... 84
10. O Menino Escuta o Herói...................................... 93
11. Negócios em Liberdade... 102
12. Iluminismo no Prata 105
13. Os Amigos Cavaleiros.. 122
14. As Artes da Salamanca... 137

15. Inferno em Montevidéu 151
16. O Inverno das Guerrilhas 165
17. O Cheiro do Inimigo 183
18. Mudança de Vida 199
19. O Domador de Sonhos 215
20. Véspera da Independência 226
21. Batismo de Fogo 236
22. Algodão entre Cristais 245
23. Do Sítio à Insurgência 251
24. Sabres e Lanças 261
25. Pretejou o Horizonte 272
26. O Príncipe Valente 286
27. O *Front* é uma Escola 294
28. Atualidades Francesas 304
29. O Rosnar dos Maltrapilhos 316
30. O Imperador Caudilho 326
31. Letrados e Analfabetos 331
32. Tropas em Marcha 339
33. Armadilhas de Vaqueanos 350
34. Estilos em Conflito 365
35. A Terra Treme 381
36. Dois Gigantes na Aldeia 406
37. Missão de Paz 417
38. Amor nos Tempos de Saques 435

Nota do autor 449

Referências Bibliográficas 455

Conflitos e personagens

OS CONFLITOS EUROPEUS NA AMÉRICA DO SUL 1762 A 1828

Invasão Espanhola — Em 1762 os reinos da família Bourbon, Espanha, França e Nápoles entram em guerra contra Inglaterra e Portugal. O conflito estende-se a todo o Império Português. Na América do Sul, o governador de Buenos Aires, Pedro de Ceballos, ataca e toma grande parte do Rio Grande do Sul, anexando a metade sul do território, incluindo a cidade capital, São Pedro do Rio Grande. Na tomada do Forte de Santa Teresa, o tenente-coronel Tomás Osorio é feito prisioneiro de guerra.

Segunda Invasão Espanhola — 1773. O governador de Buenos Aires, Juan Jose de Vertiz y Salcedo faz nova invasão para submeter à resistência rio-grandense. Invade com três colunas para atacar os três bastiões portugueses: São José do Norte, no extremo sul; Rio Pardo, no vale do Rio Jacuí; e Viamão, no Rio Guaíba. Sob a liderança do gaúcho Rafael Pinto Bandeira (que depois foi o primeiro general português nascido no Brasil), foram rechaçados para suas linhas na metade Sul.

Reconquista do Rio Grande — 1776. Portugal envia tropas metropolitanas e mercenários alemães e organiza milícias brasileiras, sob comando do general alemão João Henrique Böhn, que estava a serviço do Exército Inglês. São Pedro do Rio Grande e toda a metade sul são retomados e os espanhóis são empurrados para suas linhas em Montevidéu.

Invasão Espanhola da Ilha de Santa Catarina — Espanha cria o vice-reinado do Prata, com sede em Buenos Aires, composto pelos atuais Argentina, Bolívia, Paraguai e Uruguai. Seu primeiro vice-rei, Pedro de Ceballos, em 1777, parte da Espanha com uma esquadra de mais de 100 navios e 10 mil homens de infantaria, cavalaria e artilharia. Ataca a ilha de Santa Catarina e toma o litoral sul daquela província até Laguna, cidade no vértice da linha de Tordesilhas, um meridiano que dividia o mundo, no século XV, entre Portugal e Espanha. Entretanto, Buenos Aires já havia perdido suas bases em território gaúcho. Depois de dois meses de pequenos confrontos com guerrilhas catarinenses, embarcou para Maldonado, porto marítimo ao norte de Montevidéu. Deixou uma pequena Guarnição Militar na Vila de Desterro, atual Florianópolis. O território foi retomado por Rafael Pinto Bandeira.

Conquista das Missões Orientais — Em 1801 as possessões espanholas da margem esquerda do Rio Uruguai foram reincorporadas à soberania portuguesa. Esta campanha conclui o que depois foi chamado de Guerra Guaranítica, iniciada em 1750 quando um exército combinado de Portugal e Espanha submeteu essa região que era ocupada por grandes fazendas de gado e povoados avançados organizados pelos padres jesuítas de várias nacionalidades europeias e constituíam um dos pedaços mais avançados da América do Sul. Com o Tratado de Santo Ildefonso, em 1777, a Espanha retomou as Missões Orientais e nomeou um governador. Em 1801 os guaranis se revoltaram contra o governo metropolitano e, apoiados por colonos brasileiros comandados por Rafael Pinto Bandeira, expulsaram o governador do vice-reinado do Prata. Estreia como recruta do Regimento de Dragões do Rio Pardo o soldado Bento Manoel Ribeiro.

Invasões Inglesas — Tentativas de tomada da Argentina por expedições inglesas em 1806 e 1807.

Raide a Paissandu — Uma força-tarefa brasileira comandada pelo furriel Bento Manoel Ribeiro opera atrás das linhas inimigas, toma Paissandu, na foz do Rio Uruguai, para dissuadir um ataque dos uruguaios de José Gervasio Artigas a Buenos Aires.

Campanha Pacificadora do Uruguai — Em 1811 chega ao Rio Grande do Sul a guerra mundial entre França de Napoleão Bonaparte contra as monarquias europeias, lideradas, na América do Sul, por Inglaterra e Portugal. Com a Espanha ocupada pelos franceses, o governo do Rio de Janeiro apoia o pedido de socorro do vice-rei do Prata, Francisco Javier de Elio, que estava em conflito com a Junta Governativa de Buenos Aires. A princesa de Portugal e infanta da Espanha, Carlota Joaquina de Bourbon, reivindicando direitos ao trono de Madri e soberania sobre as colônias sul-americanas, envia um exército a Montevidéu a pretexto de pacificar o Cone Sul. A força é organizada pelo primeiro-capitão-general (governador) da recém-criada Capitania d' El Rey de São Pedro do Rio Grande do Sul, dom Diogo de Souza, ex-governador de Moçambique e futuro governador da Índia. Nesse episódio emergem jovens rio-grandenses que serão figuras de grande importância política e militar na primeira metade do século XIX.

Reino do Brasil — Em 1815 o Brasil é reconhecido pela comunidade internacional como país independente, integrante do Reino Unido de Portugal, Brasil e Algarves. Estabelece relações diplomáticas e dá suporte legal à participação de dom João VI, soberano do reino, nas tratativas da Santa Aliança, criada pelos vencedores da guerra contra Bonaparte. A antiga metrópole, Portugal, está sob administração militar inglesa, com anuência do seu rei governando do Rio de Janeiro.

Guerra contra Artigas — Em 1816 o rei reentronizado Fernando VII da Espanha prepara uma expedição para reincorporar suas colônias rebeldes da América do Sul. Buenos Aires estava cercada, enfrentando duas rebeliões de caudilhos provinciais vindas de oeste e leste e era ameaçada por forças espanholas que ainda dominavam Chile, Peru e Bolívia, tendo ao norte o insubmisso Paraguai. Ao pretexto de dissuadir a invasão, o Brasil envia um exército de veteranos da guerra peninsular para ocupar os pontos prováveis de desembarque, em Maldonado, Montevidéu e Colônia do Sacramento. O líder uruguaio José Artigas, governador militar do Uruguai, abandona Montevidéu e parte com suas forças para o interior, ainda ameaçando a capital argentina. No Rio Grande do Sul o governador marquês de Alegrete arma um exército de nativos para enfrentar os artiguistas na margem esquerda do Rio Uruguai. Serão cinco anos de combates, até a anexação formal da Banda Oriental ao Reino Unido como colônia portuguesa denominada Província Cisplatina.

BATALHA DE SÃO BORJA — 1816. Invasão Uruguaia da região das Missões Orientais. Brasileiros e uruguaios se enfrentam em São Borja, na margem esquerda do Rio Uruguai.

BATALHA DE CATALÁN — 1817. Batalha decisiva entre as forças brasileiras comandadas pelo marquês de Alegrete contra uruguaios comandados por José Artigas na margem direita do Rio Quaraí.

BATALHA DE TAQUAREMBÓ — 1820. Último grande confronto da guerra da conquista do Uruguai. Forças brasileiras comandadas pelo novo governador do Rio Grande do Sul, conde de Figueira, exterminaram um exército artiguista integrado por índios missioneiros em no passo do Rio Taquarembó, oeste gaúcho. Artigas, derrotado, exilou-se no Paraguai.

INDEPENDÊNCIA DO BRASIL — 1822. O príncipe regente declara a criação do Império do Brasil e sua separação do Reino Unido de Portugal, Brasil e Algarves, incorporando à sua soberania as províncias autônomas do Grão-Pará e da Cisplatina. Tropas portuguesas resistem em Salvador, Piauí, Pará e Montevidéu. Nesses combates emergem dois jovens oficiais, Luís Alves de Lima e Silva, futuro Duque de Caxias, e Manuel Luís Osorio, futuro marquês do Herval. Os uruguaios rejeitam a anexação e iniciam uma guerra civil contra o governo central do Brasil, com apoio de Buenos Aires.

BATALHA DE SARANDI — 1825. Exército rebelde Uruguaio comandado por Juan Antonio Lavalleja e Fructuoso Rivera bate as forças rio-grandenses comandadas por Bento Manoel Ribeiro e Bento Gonçalves da Silva no Passo do Sarandi. Os brasileiros são expulsos do interior do país, mas o império mantém o controle sobre as cidades litorâneas: Montevidéu, Maldonado e Colônia do Sacramento.

BATALHA DO PASSO DO ROSÁRIO — 1827. Argentina intervém contra o Brasil, enviando o Exército Republicano, sob o comando do general Carlos Alvear, que derrota o Exército Imperial no Passo do Rosário, no Rio Grande do Sul, comandado pelo marquês de Barbacena.

CAMPANHA — Hinterlândia. Territórios interiores da margem esquerda do Rio Uruguai no Brasil e Uruguai. Pampas.

ENTRE RIOS — No Brasil e Uruguai, territórios entre os Rios Arapeí e Ibicuí; na Argentina, província entre os Rios Paraná e Uruguai.

BANDA ORIENTAL — Atual República Oriental do Uruguai.

REINO UNIDO — Portugal, Brasil e Algarves.

LITORAL — Argentina. Terras entre os Rios Paraná e Uruguai, também chamada Mesopotâmia.

* * * *

BENTO GONÇALVES DA SILVA — Caudilho gaúcho, coronel da Guarda Nacional Brasileira, líder farroupilha e presidente da República Rio-Grandense.

BENTO MANOEL RIBEIRO — Militar brasileiro. Caudilho gaúcho, foi general Farroupilha e depois general do Exército Imperial.

CARLOS MARÍA ALVEAR — Herói da Independência da Argentina, vencedor de espanhóis, uruguaios e brasileiros. Foi diretor geral, equivalente a presidente da Argentina.

D. PEDRO I — Príncipe regente do Reino Unido, imperador do Brasil e rei Pedro IV de Portugal. Pai do imperador d. Pedro II, do Brasil, e da rainha dona Maria II, de Portugal.

DAVID MARTINS DEPOIS CANABARRO — Caudilho gaúcho, militar brasileiro, foi general farroupilha e brigadeiro do Exército Imperial.

FREDERICO LECOR — Militar português, prócer da Independência do Brasil, primeiro governador da Província Cisplatina e comandante militar brasileiro na guerra da Cisplatina.

FRUCTUOSO RIVERA (dom Frutos) — Herói da Independência do Uruguai. Foi o primeiro presidente da república desse país e brigadeiro do Exército Imperial.

JOAQUIM XAVIER CURADO — General brasileiro, comandante na campanha da guerra contra Artigas.

JOSÉ DE SAN MARTIN — Herói da Independência da Argentina, Chile e Peru.

JOSÉ GERVASIO ARTIGAS — Fundador da nacionalidade uruguaia. Combateu contra espanhóis, argentinos e brasileiros. Herói da Independência.

JUAN ANTONIO LAVALLEJA — Herói da Independência do Uruguai. Foi presidente da República Oriental do Uruguai.

JUAN LAVALLE — Herói da Independência da Argentina, militar portenho, líder político de Buenos Aires.

MANUEL LUÍS DA SILVA BORGES — Militar brasileiro. Pai de Manuel Luís Osorio.

MANUEL ORIBE — Herói da Independência do Uruguai. Foi presidente da república e coronel do Exército Imperial.

SIMÓN BOLÍVAR — Herói da Independência da Venezuela, da Colômbia, do Equador, do Peru e da Bolívia. Criador do pan-americanismo.

WILLIAM CARR BERESFORD — General inglês, subcomandante anglo-português na guerra peninsular contra Napoleão Bonaparte, governador militar de Portugal no exílio da família real e comandante da primeira invasão inglesa na Argentina.

CAPÍTULO 1

Segredo no Barro

Um homem sozinho pode destruir um exército. Não de peito aberto, mas oculto, na sombra, sem vaqueano, orientado apenas pela bússola. Mergulhado no charco da madrugada, quando a coragem duela no escuro com o medo, sem testemunha. Onde o mínimo suspiro atrai o faro do inimigo, cioso do seu capuz, da sua máscara, de onde tira toda a força. Mas o tenente Delphino, da Guarda Nacional, está pronto para descerrar esse véu de viúva que envolve o rosto invisível dos paraguaios. Ele está armado de algo maior, mais profundo, que varre a noite velada pela chuva.

Possui um segredo, sua missão, compartilhado apenas com o general Osorio, que emitiu a ordem avisando que se tratava de um convite. Porque ninguém escapa quando a luta é ao lado dos companheiros, frente a frente com o perigo. Mas se for, como nesse caso foi, penetrar sem apoio nenhum a linha divisória de soldados treinados, que jamais se entregam na refrega e são exímios na perversidade dos interrogatórios, é tarefa que admite recusa. Não no caso do tenente Delphino Rodrigues Souto, que agarrou o compromisso a unha.

Grossas camadas de breu encobrem a missão terminal, desconhecida de todos. Rostos, mãos e farda pincelados pelo barro estão prontos para colher a informação decisiva, que será levada até o acampamento, onde Osorio aguarda, de espada em punho. Ele se prepara. Está pronto para emergir na luz, seu terreno favorito, onde combate com as artes do seu ofício guerreiro. Mesmo quando em desvantagem, ou doente, ou marcado demais. Sabe ficar à espreita, mas apenas como tática, pois o forte daquelas tropas é exercer na batalha o que se aprende por vocação e destino desde a infância. O general Osorio tem junto de si a fidelidade dos seus iguais, com ou sem divisas na farda. Delphino é um deles.

O pouco que o tenente vê já garante o retorno súbito, quase num impulso. É o momento de sair para a claridade, colocar a situação a limpo. É quando ele responde à senha e sai do mato tão recoberto pela lama que mal dá para ver as dragonas de oficial. Aborda decidido o sargento Ortuño, do batalhão Liberdad, que cobre a linha avançada do Exército Oriental: "Me arrume um cavalo, que tenho mensagem para o general."

Naquela madrugada de 24 de maio, a aparição não inspirava confiança ao militar uruguaio, grave e atento na sua farda cinza, com divisas em verde cobrindo todo o antebraço. O vulto só não levou um tiro de fuzil porque o sotaque brasileiro legítimo não deixava dúvidas de que era um aliado.

Logo apareceu o general Henrique Castro:

— Que passa? Quem é este homem?

— Sou o tenente Delphino Rodrigues Souto, do Vinte e Seis de São Gabriel — disse, esquecendo-se de que o número de seu Corpo de Cavalaria da Guarda Nacional tinha mudado. — Estou voltando de uma patrulha junto às linhas inimigas. Preciso ir ao general Osorio.

— Entendo. Pode me dizer o que viu, tenente?

— Desculpe-me general. Só posso falar ao meu comandante.

— Pois então se apresse; aqui está seu cavalo. — E apeou-se, entregando-lhe seu tordilho negro.

— Devolvo-lhe o cavalo, general — disse, montando, desconfiado de que o uruguaio talvez tivesse alguma ideia de sua missão.

— Assim que possa, tenente. E se puder.

Delphino não forçou o galope. O cavalo era bom, mas eram uns 3 quilômetros até a barraca do comandante, subindo uma ladeirinha fraca, mas suficiente para bambear mesmo um animal como aquele.

No trote largo via os acampamentos das unidades, os sarilhos das armas, os canhões camuflados. Embora a maior parte dormisse, seria possível dizer que estavam em prontidão.

— Buenas, saudações caçapavanas.

— E aí, Delphino. Não te perdeste? — gracejou o capitão Manuel Luís, seu conterrâneo, sobrinho e ajudante de ordens do general. — Apeia que vou avisar o homem que voltaste. Ele está dando uma cochilada...

— Mas quê...

Pouco depois, Manuel Luís veio de volta, mandando entrar. No fundo da barraca, um homem corpulento, sem camisa, lavava o rosto. Estava parcialmente iluminado pelo lampião. O resto se confundia com o escuro. De lá veio o rosto, saído da sombra, embrutecido pela preocupação, mas que ao ver o tenente se abriu num sorriso. O general olhou de lado e comentou:

— Ué, guri, caíste no barro?

— Pois é, general. Tive de botar o pé no barro para não me verem.

— E tu, que viste?

— Estão vindo, general. Pelo alarido, são milhares. Não pude ver muito porque se ficasse mais um pouco me pegavam e eu não estaria aqui para lhe dar a notícia.

— Está bem. O que eu precisava saber agora já sei. Fizeste muito bem. Pode ir. Vai até a boca do potreiro Pires e avisa ao general Netto. Diz a ele que não precisa vir. O coitado está muito mal. Mas não teve jeito de se recolher ao hospital. Dá-lhe o recado e se apresenta ao seu comandante. Diz ao coronel Sezefredo que lhe mando um abraço e que fique de olho aberto. É só isso. Não comentes nada do que viu, nem mesmo com ele.

— Sim, senhor. Mas estou sem meu cavalo. Peguei este aqui emprestado com o general Castro.

— Pois fique com ele. O general há de ter outro.

Delphino ainda estava saindo da barraca quando adentrou o presidente da República Oriental do Uruguai, general Venâncio Flores, enrolado num pala de lã e usando um chapéu de aba larga. A sua figura enorme encheu a entrada.

— Temos um mate, Osorio? — E olhando para Delphino: — Bom dia. Tu és o batedor?

— Sim, senhor general. Com licença.

Montou o tordilho negro e sumiu na escuridão.

Às 4h45 o pequeno grupo de seis homens dissolvia a reunião. A última palavra foi do general Osorio.

— Meus companheiros, voltem para suas unidades e botem a tropa em prontidão. Vamos fazer um exercício para mantê-los juntos e preparados para formar rapidamente. Mas não deixem transparecer nada. Não podemos evitar que nos surpreendam. Tenho certeza de que ao menor sinal da nossa presença vão dar para trás. Temos de tirá-los do mato e acabar com eles. Não há outra saída. Eles não se rendem. Então, vamos destruí-los e acabar hoje com esta guerra absurda.

Respirou.

— Daqui a pouco toca a alvorada. Mande dar rancho farto porque não será agradável morrer de barriga vazia. Boa sorte a todos nós.

— Tu achas que eles vão cair nessa isca? — perguntou, saindo, outro grandalhão, o tenente-coronel Emílio Mallet, o único que não era general naquele grupo.

— Estou aplicando aquele livrinho do padre francês que me destes, lembras?

— Que padre?

— Aquele das artimanhas do general chinês...

— Ah!

CAPÍTULO 2

As Tropas do Medo

Muitos anos depois, em 1917, Delphino tentava entender melhor o que se passara. Aproveitava os serões com o neto, Eurico Saldanha Souto, que ficava atento à narrativa do velho batedor. Agora estava recolhido às lembranças de difícil reconhecimento, que navegavam numa espessa bruma. Nem os olhos arregalados da coruja poderiam enxergar nitidamente o flanco aberto daquele heroísmo ainda sem nome, já que estava escondido no mato da memória. Mas uma coisa era certa e isso ele dizia com serenidade para o seu ouvinte privilegiado:

"Naquela noite, meu neto, senti medo. Não é isso que agora chamam de medo, uma palavra que só se refere a um sentimento. Hoje admitimos o medo e conseguimos vencê-lo. Naquele tempo era diferente: medo era medo mesmo, era sair correndo. Por isso ele nem chegava perto de nós, a gente não deixava. Não se podia nem sentir arrepio. A gente cantava e gritava para não permitir que ele passasse perto. Sentir medo era pior do que ver um filho morto."

O guri estava grudado na história do avô, acompanhando os acontecimentos que se atropelavam. Nem tudo ele entendia, mas estava seduzido pelo som das palavras, que sugeriam ruídos distantes, balas de canhão, tiroteios, retinir de aço. O avô continuava:

"Nem tiro, nem espada, nem sangue, nem mesmo um bando de inimigos caindo em cima de ti sozinho se compara ao que assomou dentro de mim quando eles foram chegando. No meio do mato, na noite. Não que o escuro fizesse diferença; era como se fosse uma pressão do inferno. Eu senti o rumor da coisa vindo: em silêncio, quase 30 mil homens e uns 5 mil cavalos se deslocavam pelas trilhas, caminhando na minha direção. O silêncio quebrado por um resfolegar aqui, uma palavra ali. Pés e patas na terra produziam um alarido surdo. Aquilo entrou pela espinha e foi gelando meu corpo, gelando, até que não aguentei mais e voltei, no meu rastro, pé ante pé. Se me matassem, não seria nada. O pior era um vulto saltar em cima, me levar para um interrogatório, me obrigar a confessar o que fazia naquele mato. Acho que não me pegaram porque, se me viram, tomaram-me por um deles. Ninguém apostava, entre os paraguaios, que um brasileiro se aventurasse no meio das linhas inimigas. Só o velho Osorio para mandar alguém nesse tipo de missão. E ainda mais eu."

Delphino recuperava no chão comum do passado a identidade da sua presença, que só fazia sentido em relação aos seus companheiros. Para cada um tinha uma palavra solidária. E sobre ele mesmo, não fugia do reconhecimento garantido pela coragem:

"Ganhei até medalha. Acho que não merecia, pois podia ter ficado um pouquinho mais. Não foi o temor de que me pegassem e me matassem que me deu medo. O que me apavorou foi a coisa que vinha das mentes adversárias, a soma de determinações fatais que ia tomando conta do espaço como se fosse uma nuvem. Acho que foi isso. Na hora eu não sabia, mas hoje, aqui te contando, é assim que me parece. Bem que poderia ter ficado ali, deixá-los chegar mais um pouquinho para me certificar melhor. Mas não: fui dizendo a mim mesmo que tinha de levar a notícia ao general e muito pior seria se me impedissem. Foi isso. Sim, senhor, foi isso."

Quando o coronel Sezefredo chamou Delphino para ir até o general Osorio, ele mal tinha arrumado as coisas na barraca. Sezefredo era o comandante da 3ª Divisão de Cavalaria, e o 26º passara a se chamar 4º Corpo de Cavalaria, liderado pelo major Manoel Gomes do Nascimento, que mexeu com o tenente:

— Estás importante, Delphino! Chamado pelo general!

O batedor se fez de desentendido. Dividia a barraca com o Gomes, um grande amigo, dez anos mais velho; estiveram juntos na campanha do Uruguai. De lá um voltou alferes; o outro, capitão. Mas, naquela hora, não cabia informalidade entre soldados. A coisa parecia mesmo séria pela intervenção do coronel Sezefredo:

— Para com isso — ralhou com o major — e não comenta nada com ninguém. Se perguntarem, diga que ele foi levar uma parte minha e vai ficar por lá esperando nossas ordens. Entendido?

Delphino vestiu a túnica, pegou o revólver e uma caixa de munição, afivelou o sabre, botou o chapéu e foi a pé. Era um cavalariano se deslocando que nem infante, pois os cavalos estavam longe, coitados, brigando por uma folha de pasto. Naqueles campos, que não davam nem para cem animais, as tropas aliadas somavam três mil. Em poucos dias estariam morrendo de fome. Não podiam nem com o peso dos arreios, quanto mais de um ginete.

O comando ficava perto, a umas três ou quatro quadras, no máximo. O exército aliado acampara ali, numa coxilha, o único lugar relativamente seco, que, segundo diziam, era garantido contra enchentes provocadas pelas chuvas que nessa época do ano caíam quase todos os dias. A região era um banhadal só, esteros, como os castelhanos denominam os pantanais. O acampamento se estendia da crista para a esquerda da estrada que vai de Passo de Pátria a Humaitá. Ali perto, para o norte, havia um lagoão chamado Tuiuti. E assim o pouso começou a ser chamado, na falta de um nome melhor. Tuiuti.

Mal se apresentou, foi chamado. O general estava no fundo da barraca, despachando com seus ajudantes de ordens, que escreviam sem parar. Quando viu o tenente, levantou-se para apertar-lhe a mão. O oficial perfilou-se, prestou continência, mas ele logo o deixou à vontade, puxou-o para um lado, mandou-o sentar e abancou-se na sua frente, indo diretamente ao assunto.

— Delphino, tenho uma missão para ti. Eu te escolhi por duas razões: a primeira é que sabes te orientar pela bússola e terás de entrar em terreno desconhecido sem vaqueano; a segunda é que preciso de uma pessoa da mais absoluta confiança. De início também quero te dizer que tens todo o direito de não aceitar a missão. Tudo ficará somente entre nós. Eu até esqueço que te chamei, se não quiseres ir. Nem para o Sezefredo eu disse do que se tratava.

— General...

— Não diz nada. Decide depois que eu falar. Há dias eu tive um palpite de que os paraguaios iriam nos fazer uma surpresa e acho que vai ser amanhã. Soube que o Solano está confiante, muito satisfeito com aquela patacoada no Estero Bellaco no dia 2. Ali eles pegaram don Venâncio desprevenido e promoveram uma correria. Como eles não contam os mortos, acham que venceram. E que podem nos expulsar para as barrancas do Paraná se vierem em massa. É disso que precisamos, pois se não os forçarmos a uma batalha aqui onde estamos não temos como tirá-los de Humaitá, nem que o nosso sítio dure dez anos.

— O que o senhor quer que eu faça, general?

— Tens de passar as linhas adversárias e ficar esperando o grosso do Exército Paraguaio. Quando eles estiverem chegando, voltas para me avisar.

— A que horas vou?

— Ao anoitecer. Por enquanto, ficas por aqui. Te alimenta bem. De noitezinha o Manuel Luís te leva a Don Venâncio. Ele te dará as instruções, vai dizer como passar pelas linhas inimigas sem ser visto. Conheces o Manuel Luís, não é?

— Não, nunca vi — gracejou. — Fomos guris juntos em Caçapava.
— E prestando continência: — Obrigado, general.

Saíram, Manuel Luís e Delphino, a passo, botando a conversa em dia. Perguntado sobre os companheiros do torrão natal, Manuel Luís falava de cada um dos que tinham vindo juntos desde a invasão do Uruguai até Tuiuti. O tenente ficara com seu batalhão de reserva no Rio Grande para proteger a fronteira. Nesse tempo esperava-se uma contraofensiva dos blancos orientais, porque, da forma como se articulara o avanço sobre Salto e Paissandu, a região sul da província ficara vulnerável.

"Desprotegida, criminosamente exposta à ação do inimigo, para dizer a verdade", continuou Delphino. "Mas isso é outra história. Estava te contando sobre a tarefa encomendada pessoalmente pelo general e que me valeu esta medalha e a promoção a capitão da Guarda Nacional. Querias saber a história da medalha, não é?"

O guri tinha encontrado aquela recordação da guerra numa velha caixa e foram suas perguntas sobre o objeto que convenceram o velho a contar a história toda:

"O movimento na barraca do general foi muito maior do que deixei transparecer. Não me referi aos pormenores, aos apertos de mão com os outros oficiais, à agitação e, principalmente, ao que levou o velho Osorio a me escolher para espiar os paraguaios lá no meio do mato, me arriscando a ser preso e a apanhar que nem boi ladrão para contar o que fosse. Poderia até ser morto por alguma sentinela.

"Eu já vinha vacinado em relação aos paraguaios desde o dia 2 de maio, quando nos pegamos no Estero Bellaco, uma palavra escrita meio estranha, guri, mas que traduzida para nossa língua diz bem o que houve naquele lugar, ou seja, o Banhado do Velhaco. Ali foi a primeira refrega realmente encorpada que tivemos com eles, um momento quase decisivo, que só não foi mais sério porque me pareceu que vieram resolvidos só a nos testar. Foi um disparate, se pensarmos bem. Veja só, a cavalaria do general Netto ficou enredada, sem condições de manobra, com os cavalos avançando com água pela barriga. Mal podiam trotear de tão magros, abombados, esgotados de fome e cansaço.

"Depois, mudei de ideia sobre o que vi. Eles é que não sabiam guerrear, fazendo ataques frontais sem reservas para apoiar seus pontos fracos. Eu já sabia como brigavam: sem volta, até morrer, sem se entregar. Para prender um paraguaio a gente tinha de desarmá-lo e maneá-lo; senão, ele ficava escoiceando, querendo nos abater no tapa. Era por isso que podia dar medo entrar sozinho naquele mato cheio de inimigos.

"Eu já tinha me batido com eles no Botuí, logo que invadiram o Rio Grande, mas confesso: não achei que eram grande coisa.

"Ali não deu para sentir essa determinação que viriam a demonstrar depois. Pelo contrário: nós éramos um grupo, não uma força consistente, de guerrilheiros, quase sem armas de fogo, meio pelados, ainda vestidos com as roupas de casa. Eles eram um exército, bem armados, disciplinados. E os levamos por diante. Por aquilo, e depois pelo que vimos em Uruguaiana, dava para pensar que faríamos um passeio até Assunção. Mas que nada! Aquele Quadrilátero, como eles chamavam seu sistema de fortificações, era inexpugnável, uma coisa parecida com o que estamos assistindo nesta Grande Guerra da Europa. Só que nós não sabíamos. Foi uma surpresa."

Delphino olha para o menino de rosto aparvalhado. Só os fatos e a ação dos bastidores já o deixavam com esse ar de dúvida e, ao mesmo tempo, de fascínio. Imaginem quando o velho entrasse nos pormenores da política, nos motivos da luta, do entorno internacional, da briga de foice no escuro. Mas decidiu continuar assim mesmo, ainda que a narrativa soasse como um monólogo. No fundo, contava para si o que lhe fora tão próximo e agora se perdia na espessa camada das lembranças:

"Isso eu sei por saber, pois ainda era guri quando aconteceu. Nasci em 1835, durante a Guerra dos Farrapos. Quando o Caxias veio para ser presidente da província em 1842, eu já estava no internato do capitão Domingos José de Almeida, em Salto, no Uruguai, onde havia um colégio para meninos brasileiros que funcionava desde o tempo da Cisplatina e que recebia filhos do Rio Grande dos dois lados da fronteira. O próprio Osorio, quando piá, estudou com o professor Domingos, que era oficial de Dragões reformado por ferimentos em combate. Era um mestre enérgico e disciplinador. A juventude do Rio Grande deve muito ao professor Domingos.

"Essa briga pelas coisas da Banda Oriental já vinha de longe. Meu pai Manuel esteve lá em três guerras contra os castelhanos: uma por Portugal, outra pela Independência e a última pelo Brasil. Meu avô Joaquim brigou com eles na invasão espanhola ainda no tempo da Colônia, quando morava em Rio Pardo, recém-emigrado dos Açores. E quando ele chegou aqui já tinha mais de cem anos de guerra de brasileiros com espanhóis, brigas antigas que vinham do tempo da Colônia do Sacramento, lá na ribeira do Rio da Prata, que não pararam com os tratados entre as Coroas."

Delphino resolveu dar uma pausa, para que o neto se recuperasse de tantas informações.

— Tu estás entendendo, guri?

— Mais ou menos, meu avô...

— Pois eu tenho de te contar essa história, até porque hoje em dia estão falando tudo errado do que se passou no meu tempo e no de meus antepassados. De fato, estás muito piá para entender isso aí.

Os serões de Delphino na casa onde morava com seus descendentes e outros familiares, em Caçapava do Sul, eram centros irradiadores de uma serenidade que contrastava com as mudanças ásperas do clima. Enquanto havia escuridões provocadas por tempestades no cair da tarde, ou pela chegada ameaçadora das noites de inverno, ele se dedicava totalmente às suas memórias:

"Sempre vou a Porto Alegre consultar com o doutor Jacintho e reencontrar alguns dos últimos companheiros de nossas guerras que ainda vivem, uns cacos velhos que nem eu. Nessas visitas, não deixo de ir ao cinema para ver os jornais da tela que mostram esta Grande Guerra na Europa. No cinema posso rever a guerra igual como a conheci. Por isso sei bem o que estão passando, nas trincheiras lá na França, aqueles homens que se mexem na tela como bonequinhos. Posso ouvir o troar dos canhões, sinto o cheiro horrível dos cadáveres insepultos, a gritaria das ordens, os palavrões de ódio cego dos soldados para espantar o medo, os berros dos feridos. Que nem nós no sítio de Humaitá, no Paraguai. Sei o que é ficar dois anos chafurdando na imundície.

"Era que nem hoje no norte da França. Em Tuiuti eram os paraguaios de um lado e os aliados do outro. No meio disso, uma terra de ninguém, como um campo sem dono. Ali se negociava e se matava. Tudo na calada da noite. Vendia-se e comprava-se de armas e munições a remédios e joias. Um comércio macabro entre seres desesperados que de dia eram inimigos mortais e na calada da noite, parceiros. Também se vendia, a peso de ouro, informação.

"Eu falo disso para me admirar que hoje as grandes potências briguem igual a nós há 50 anos. Tanto é verdade que depois que passamos pelo Quadrilátero, do Solano Lopez, e a guerra voltou a ser feita da forma antiga, nas grandes batalhas campais, passamos por cima deles como uma boiada estourando campo afora. Aí, sim, deu gosto guerrear. Até o velho Osorio montou a cavalo e foi lá lancear o inimigo na ponte do Avaí. O Caxias também: botou suas medalhas no uniforme de gala, montou seu cavalo branco, desembainhou a espada cravejada de diamantes e foi espetar paraguaios na ponte do Itororó.

"Aí, sim! A dezembrada foi uma guerra das nossas. Uma guerra gaúcha, como nos bons tempos. Então valeu a Cavalaria Rio-Grandense, que era como eles nos chamavam. Aí, sim, tivemos o combate para os corajosos, a guerra para os valentes.

"Para mim, valor é ver o inimigo cara a cara, olho no olho, em campo aberto, e cumprir o dever. Morrer inutilmente não é valentia. É mais medo que coragem, pode acreditar. E te pergunto: medo de quê? A gente sabia que, para um paraguaio, bater em retirada era pior que morrer; render-se e ser preso era a desgraça de suas famílias. Assim até eu me atirava de unhas em cima de um homem armado.

"Isto é que é: aqui no Rio Grande a gente não vai para a guerra com medo dos nossos chefes nem do nosso governo. E digo o mesmo dos nossos inimigos, pois já briguei muito contra os blancos uruguaios, os federales argentinos, andei nas califórnias, enfrentei os bandoleiros ladrões que até hoje infestam a nossa campanha, e nunca tinha visto o que vi lá no Paraguai. Também não estou tirando o mérito deles. Eram soldados de verdade, pois faziam aquela estupidez cumprindo ordens. Mas que ordens mais bestas!

"Aqui era assim: eu fui comandante dos sobrinhos-netos do Osorio; o pai dele comandou meu pai; o bisavô dele, o meu avô. Isto era o Rio Grande. Vocês moços não vão passar por isso. Esse tempo acabou no Cerro Corá. Hoje o Brasil é uma república, a Argentina um país só, a Cisplatina é Uruguai, e o Paraguai, mesmo lambendo as feridas, não precisa mais ter medo dos portenhos. Nessas guerras atuais, como eu vi no cinema, não há mais lugar para as façanhas do meu tempo. Não vejo nada de glorioso em ficar socado numa trincheira com água e barro até a cintura, matando e morrendo sem ver a cara do inimigo. Isto não é combater. Acabou-se a guerra. Por isso é que eu preciso contar para vocês como foi aqui na campanha do Rio Grande do Sul."

CAPÍTULO 3

Jogo Duro em Tempo de Paz

Ao notar as orelhas dos cachorros em pé, Delphino imediatamente olhou na direção sugerida pela atenção dos cães. Foi quando viu, na porteira da frente da estância, um grupo de cavaleiros diante da cancela de entrada. Em poucos segundos, com a luneta, contou 23 ginetes, um deles inconfundível, o coronel Sezefredo Mesquita, comandante do 26º Corpo de Cavalaria da Guarda Nacional, seu chefe cívico e militar. Na mesma hora, intuiu: "É a guerra."

— Boas tardes, tenente Delphino Rodrigues Souto — disse o coronel, apeando.

— Boas tardes, meu coronel. Alferes Delphino...

— Se lhe digo tenente é porque é tenente.

— Sim, senhor. Quais são as ordens?

— O velho Osorio nos chama.

— Pois estou encilhando o meu cavalo!

— Calma, rapaz. Antes nos ofereça um pouco de comida — falou Sezefredo abraçando Delphino. — Dá cá um quebra-costelas.

Delphino acomodou a comitiva do coronel Sezefredo, reservando seu próprio quarto de dormir ao coronel e uma habitação menor, individual, ao major Joaquim José da Silva Júnior, um homem educado e letrado, boticário com diploma, natural de Santa Catarina, que fora incorporado ao 26º para prestar serviços médicos. Ele zelaria pela saúde do grupo na penosa viagem durante um inverno rigoroso. Os quatro capitães (Manoel Gomes do Nascimento, Severino dos Santos Luge e os primos Francisco Gomes de Oliveira e José da Rocha Camargo) ficaram no outro quarto, em quatro camas.

    Delphino e o outro alferes, João Cândido da Silva, filho de um grande amigo de seu pai, coronel João da Silva, acomodaram-se em colchões estendidos no chão da sala. Todos, com exceção do "doutor", eram velhos conhecidos das campanhas que tinham feito nos últimos 15 anos: a de estreia, na guerra contra Juan Manuel Rosas, ditador de Buenos Aires e mandachuva da Argentina, e as duas intervenções no Uruguai. O boticário, embora estivesse engajado na Guarda Nacional desde 1859, quando recebeu a patente de tenente, não foi para as campanhas devido à saúde precária. Nesses dias, entretanto, estava bem, acompanhando a comitiva com seus ferros de cirurgião, seus chás e suas pomadas, caso alguém se ferisse ou adoecesse no caminho.

    Também ficou contente ao rever os subalternos que o coronel chamara para escolher o grupo e ajudar no caso de encontrarem partidas hostis pela frente. Todos escolhidos a dedo pelo vigor na luta, veteranos das mesmas guerras, como o velho e calado segundo-sargento Redusino Alves Fagundes, firme e forte nos seus 45 anos bem sovados. Ou o segundo-sargento Clarimundo José Serpa, também curtido nos seus 42 anos. Ou ainda os mais jovens, de sua faixa de idade: os primeiros-sargentos Américo José dos Reis e José Maximiano Pires, o segundo-sargento Israel Carvalho da Mota e um novato com a mesma idade em que sentara praça na guarda, o furriel Fernandes de Freitas Jacobsen, de 20 anos, mas com quatro anos de serviço ativo, tempo suficiente para mostrar suas habilidades com as armas e as lutas. Eles foram acomodados no galpão, em tarimbas de piões, usadas nos meses de campeirada na época da safra.

    O jantar foi servido ao cair da tarde, pelas 17 horas, porque a ordem era dormir cedo, ganhar a estrada ainda de madrugada, ao torcer das Três-Marias.

    — Vamos encontrar o general Osorio — revelou Sezefredo a Delphino, que ainda não sabia nem o destino, nem o objeto da missão.

Ainda de tarde, Delphino cuidou do reaprovisionamento do grupo, que vinha em marcha acelerada desde São Gabriel e ainda não tinha cumprido nem uma quinta parte da viagem até a chácara dona Eulália, nos arredores de Jaguarão, onde estava previsto o encontro com Osorio no dia 31 de agosto. Doze cavalos: três para ele, outros três para seu escudeiro, Norberto, também veterano do Uruguai, mais seis para substituir as montarias estropiadas. Comida: mantas de charque, queijos, rapaduras de cana-de-açúcar vindas de Santo Antônio da Patrulha, café em pó, bolachas de trigo, barras de doces de tacho (marmelada, figada e pessegada), frutas (laranjas e maçãs), mel, fumo e linguiças.

— O que faltar a gente compra, embora não seja aconselhável nos darmos a conhecer. Melhor pensarem que somos marchantes fazendo negócios com gado a futuro — ponderou o coronel.

Norberto ainda preparou uma mula, que seria carregada com esses suprimentos e com as mudas de roupa de viagem, junto com uma fatiota que seria usada no banquete. Para enfrentar o clima, separou um pala de lã e um poncho impermeável. Como armas de defesa, duas joias que mandara vir do estrangeiro: um revólver Lefaucheux e uma clavina Spencer, além, é claro, dois inseparáveis sabres de cavalaria, adaga e faca de fio para uso pessoal. O armamento de cada um era equivalente. Se fossem atacados, poderiam sustentar-se contra uma força considerável, tanto pelo poder de fogo como pelo adestramento do grupo, todos veteranos disciplinados. Nunca era demais tantos cuidados para cruzar a campanha, especialmente nos tempos de conflagração, pois as tropelias da guerra civil do Uruguai não respeitavam fronteiras.

— Não sabia que o general tinha voltado ao Rio Grande. Achei que ele ainda estava no Rio de Janeiro...

— Também não sei direito, mas o certo é que dia 31 vai reunir os companheiros em Jaguarão — respondeu o coronel. — Recebi uma carta do dr. Henrique Francisco D'Ávila com as ordens dele, mandando pegar firme para as eleições e convidando os correligionários para esse encontro. Só a notícia da volta do Osorio já bastou para levantar a nossa turma. Essa eleição é nossa, podes estar certo.

— E vamos ter guerra?

— Na carta só se falava de política. Mas não vejo como evitar: com governo ou sem governo vamos intervir na Banda Oriental.

— Acho que já vamos tarde, coronel. O nosso pessoal aqui de São João está me pressionando para marcharmos. Só não fui porque o senhor não deixa...

— Quando chegar a hora, o general vai nos chamar. Não fomos ainda porque ele nos manda esperar. Delphino, é inevitável, mas tem de ser feito na hora certa.

— Como comandante da minha gente, tenho de dar respostas.

— A guerra não é coisa simples. Não bastam armas e vontade. Osorio sabe o que faz. Vamos lá receber as ordens dele. Agora vamos montar porque há muito chão pela frente e não podemos nos atrasar para a festa. O sol vai nos pegar bem para lá do Camaquã.

A festa da chácara dona Eulália foi um acontecimento triunfante para um homem que há poucas semanas deixara Jaguarão como um verdadeiro deportado. Mas não uma surpresa. Era uma questão de justiça, de as coisas voltarem forçosamente ao seu leito normal, pois sua transferência para o Rio de Janeiro e, depois, para as províncias do Norte, onde atuaria como "inspetor das cavalarias", com sede em Manaus, no Amazonas, havia provocado um choque. As calúnias contra ele causaram efeito contrário. Sua despedida fora uma das maiores manifestações públicas jamais vistas na cidade, assim como em Pelotas, onde fez escala, e depois em Rio Grande, onde embarcou para a corte no navio *Apa*, acompanhado pelo soldado Marcelino Betty, do 2º Regimento de Cavalaria (RC), seu ordenança e guarda-costas.

Veio gente de toda parte: da capital imperial, de Porto Alegre, das cidades próximas, como Pelotas e Rio Grande, de municípios distantes como Alegrete e São Borja, das comunidades brasileiras no Uruguai e até personalidades orientais das imediações. Em Jaguarão não haveria como acomodar tanta gente, o que só foi possível porque a maior parte das delegações trouxe equipamento de campanha.

O general, assim como a maioria dos presentes, estava à paisana. Ninguém ostentava suas condecorações nem puxava suas glórias militares, embora a maior parte fosse integrante da Guarda Nacional ou do Exército. Delphino envergava um terno de casimira inglesa, sapatos de pelica e polainas, no último grito da moda, segundo lhe asseguraram os entendidos. Delphino fez figura, pois o coronel o apresentava a todos como seu secretário, o que de fato foi, pois ficou a seu lado em tudo o que aconteceu daí em diante.

Embora não houvesse uma separação formal, os grupos colocaram-se em círculos de acordo com a hierarquia dos presentes. Dentro da casa, os chefões; nas varandas e no lado da frente, os oficiais superiores, depois os oficiais de menor patente. Nas ramadas estavam os inferiores que acompanhavam as comitivas vindas do interior da província e do Uruguai. Aqueles provenientes de Porto Alegre, Pelotas, Rio Grande, Jaguarão e de localidades servidas pelos vapores da navegação fluvial não tinham escolta, levando apenas os filhos ou militantes políticos de destaque nas suas paróquias.

A primeira vez que Delphino viu o general nesse dia foi no momento em que a comitiva chegou. Osorio desceu de uma carruagem, escoltado pelos sobrinhos, todos oficiais do Exército ou da Guarda. Era um carro aberto, tirado por uma parelha de cavalos pretos, zainos, como são chamadas as montarias dessa cor. No veículo, a mulher, os três filhos homens, todos paisanos, estudantes, e a filha. Na boleia, os dois mais moços, Adolfo e Francisco, esse com as rédeas; nos assentos, lado a lado, a filha Manuela e o primogênito Fernando; a seu lado, dona Francisca Fagundes.

Osorio vestia um terno preto, como era seu costume. Essa preferência reforçava a postura de um líder sem ostentação, sem brilharecos, misturado a seus guerreiros na guerra e na paz. Por isso não levava no peito, nessa ocasião, nenhuma de suas condecorações, nem mesmo a Comenda da Ordem de Aviz que acabara de receber no Rio de Janeiro. Cada gesto seu era pautado pelo exemplo. Quando pulou na frente, assim que a carruagem parou, fez descer as mulheres antes de receber o primeiro abraço dos convidados. Esperava-o um homem de sua altura, da mesma faixa etária, desempenado e elegante como ele, o general farroupilha Antônio de Souza Netto, seu vizinho de campo no Arapeí, onde ambos tinham estâncias, e ativo colaborador do general Venâncio Flores, ex-presidente da república e líder da rebelião dos colorados no Estado Oriental.

O segundo da fila era o deputado nacional Luís Alves de Oliveira Bello, líder parlamentar do Partido Conservador e aliado da facção do Partido Liberal Rio-Grandense, comandada por Osorio. Essa corrente era também denominada "liberais históricos", pois se opunha à tendência "progressista". A facção adversária era dominada pelo tenente-general Marques de Souza, o barão de Porto Alegre, que controlava o governo da província e formara a bancada de deputados do Primeiro Círculo, integrada pelos antigos distritos, no sistema eleitoral antigo: Porto Alegre, Rio Pardo e Caçapava. O Segundo Círculo era composto pelos municípios do sul e pelos que subiam pela costa do Rio Uruguai, entrando pelo Planalto Médio. Aqui quem dava as cartas era Osorio, que residia, havia três anos, na cidade-líder da região, Pelotas, estendendo sua jurisdição para Rio Grande, Piratini, Bagé, Livramento, Alegrete e Passo Fundo, onde havia paróquias com urnas eleitorais.

O eleitorado do Segundo Círculo entrava no Uruguai, espalhando-se por toda a região ocupada pelos criadores brasileiros, que compreendia 30% do território do país vizinho, indo até as barrancas do Rio Negro, mas com forte concentração até as imediações do paralelo 32, no Rio Arapeí. Os fazendeiros queriam incorporar essa área ao Brasil, com certa condescendência dos colorados de Flores e intransigente oposição dos blancos do presidente Bernardo Berro, que governava de Montevidéu.

Os progressistas se opunham politicamente aos históricos. O Partido Conservador, que se alternava no poder nacional com o Partido Liberal, era adversário na Câmara e no Senado.

Todas essas homenagens a Osorio deviam-se a sua volta triunfal depois que fora chamado à capital sob suspeita de traição à Pátria, segundo uma denúncia do barão de Porto Alegre, que o imperador dom Pedro II desprezou, efetivando-o no posto de brigadeiro (já era brigadeiro graduado) e condecorando-o antes de mandá-lo de volta ao Rio Grande. Embora na Câmara e no Senado o Liberal fosse um só partido, suas facções combatiam-se com maior ferocidade que ao adversário, com quem, volta e meia, os progressistas compunham para enfrentar os liberais históricos no Sul do país.

Delphino participou daquele momento calado e atento, observando as figuras que se movimentavam antes do general chegar. Muitos se reencontravam ali depois de vários anos. A maior parte não se via desde os tempos da Divisão de Observação, que fora enviada a Montevidéu para sustentar o governo colorado entre 1854 e 1856. Sezefredo era um deles, pois estivera em todas as guerras, desde a Revolução Farroupilha, na qual lutara na cavalaria do general Netto. Assim que se abraçaram, apresentou seu escudeiro.

— General, este é o tenente Delphino Rodrigues Souto, de Caçapava, filho do capitão Manuel, seu contemporâneo na Cisplatina.

— Manuel? Rodrigues Souto? Esteve conosco no Passo do Rosário?

— Não, general. Meu pai estava com o general Bento Manoel. Não participou da batalha. Mas esteve no Vacacaí, contra Lavalle, e depois no Umbu, contra Mansilla.

— O velho Bento Manoel... Eu e o Canabarro estávamos com o Bento Gonçalves, cobrindo o outro flanco. Também nos pegamos com o Lavalle. Gringo duro aquele.

Mais um passo e Delphino foi apresentado ao outro ex-general farroupilha, agora coronel da Guarda Nacional do Império, João Antônio da Silveira, de Piratini. O outro general da república sobrevivente, David Canabarro, também estava na ativa, era o comandante da fronteira entre Santana do Livramento e Alegrete, mas não fora a Jaguarão porque adoecera. Canabarro, velho cabo de guerra, estava muito alquebrado. Bento Manoel já havia falecido, mas comparecera seu filho, o advogado Santiago Ribeiro, seu conterrâneo, nascido em Caçapava. Também estava ali, com seu jeitão, o capitão Vasco Fontoura Chananeco, do Cerrito do Ouro, vizinho de São Sepé. Ainda da sua cidade, o vereador Pedro Coelho Torres, cunhado do general.

Tomando um aperitivo estava o senador Cândido Batista, comentando a política externa com os deputados João Jacinto Mendonça e Oliveira Bello. Esse dizia que estava voltando ao Exército, retomando sua patente de coronel de cavalaria da Guarda Nacional.

— Vou ficar na frente de combate, de olho nas lambanças que estes progressistas venham a fazer.

De Porto Alegre também fora o deputado Felix da Cunha, acompanhado de José Cândido Gomes, Cypriano da Costa Ferreira e Ubatuba Caldre Fião. De São Borja, o comandante do Corpo Provisório da Guarda, Joaquim da Silva Lago, promovido direto de capitão para coronel pelo próprio general Osorio, quando comandava a fronteira das Missões. Presente outro coronel da ativa, Vitorino Monteiro, que estava com sua Divisão estacionada no Ibicuí, pronta para entrar em ação. De Pelotas, João Manuel Silveira, e, de Arroio Grande, Maximiano Soares de Lima, além do velho major José Joaquim Assunção, chefe político em São Borja. Do Planalto Médio viera o comandante do 5º Corpo de Cavalaria da Guarda Nacional, tenente-coronel Francisco de Barros Miranda, acompanhado de seu quartel-mestre, tenente Francisco Marques Xavier, mais conhecido por Nenê Chicuta, de Passo Fundo. Basicamente eram esses os nomes que Delphino lembrava.

O general, depois de uma rodada de cumprimentos e abraços entre os figurões, desceu para o jardim, dirigindo-se ao arvoredo onde se concentravam os peões das escoltas, a maior parte deles soldados de confiança dos chefes. Foi apertando mãos e saudando, muitos deles pelos nomes, abrindo caminho na contida algazarra do encontro. Sua lendária memória, que costurava o tempo passado, identificava, como pontos de luz na escura margem de antigas batalhas, pessoas que não via fazia décadas. Ele emergia assim naquele dia vestido pela cor grave e espessa das noites em claro, com a felicidade possível entre guerreiros.

Depois passou para os oficiais das comitivas e, por fim, voltou ao salão da casa e saiu abraçando e dizendo uma palavra a cada correligionário que reconhecia, quase sempre um gracejo, que arrancava o riso solidário e solto, muito comum naquelas plagas. Essa era sua característica alegre e bonachona, de uma pessoa que compartilhava sol e chuva, frio e mormaço, convívio e luta armada com seus iguais.

A seguir, fez um breve discurso de cunho eleitoral antes de se retirar para um salão menor organizado pelos anfitriões, para que pudesse receber os grupos e as pessoas em conversas reservadas. A ordem das audiências foi assumida por seus ajudantes, que, também à paisana, como todo mundo, já tinham uma agenda preparada.

Ao comunicar a cada chefe à espera na fila, o major Dionísio Amaro da Silveira, ajudante de ordens mais graduado, tinha a lista na mão e acionava seu imediato, tenente Manuel Amaro de Freitas, que informava a posição de cada um. O major Dionísio era filho de um dos grandes chefes republicanos históricos da região, líder do partido em Rio Grande, o deputado Amaro José D'Ávila Silveira, que desistira recentemente da política. Na sua vaga na chapa de candidatos, assumiu uma figura conhecida nas rodas mais reservadas e importantes do continente: Irineu Evangelista de Souza, o barão de Mauá. Membro do clã dos Souza de Arroio Grande, o barão fora uma grande aquisição para as hostes do Segundo Círculo. Ele formava no grupo dos antigos farrapos, que configuravam a facção mais homogênea e impermeável às tentativas de sedução dos progressistas. Além disso, Mauá era o principal ator naquela peça, pois sustentava com seu banco o governo Berro, em Montevidéu, e o partido de Osorio, que apoiava a revolução colorada no norte uruguaio.

Com seus empréstimos, mantinha à soga o caudilho Justo Urquiza, de Entre Rios, ex-presidente da Confederação Argentina e senhor da fronteira oeste do Estado Oriental. Só para argumentar, tinha no sul e no leste a frota do almirante Tamandaré, seu conterrâneo de Rio Grande. Para completar, desde que fora eleito, era o sustentáculo financeiro do partido, provendo-o de recursos suficientes para evitar a penúria, tão comum na época em que houve o abandono dos "correligionários" instalados no governo de Porto Alegre. Comentava-se que um enviado seu chegara do Prata com uma carta do ministro plenipotenciário, conselheiro José Antônio Saraiva, do almirante e do próprio barão, que se encontrava na capital uruguaia.

Tanto o governo imperial quanto o barão de Mauá pediam calma aos rio-grandenses, pois imaginavam que o presidente Berro não resistiria à pressão e entregaria o palácio ao general Venâncio Flores e a seus colorados. Era só uma questão de tempo. Os gaúchos não acreditavam nessa hipótese, pois a solução eleitoral, com um governo branco, lhes seria desfavorável por uma questão muito simples: a colônia brasileira, que era o principal sustentáculo da oposição colorada, com cerca de 40 mil habitantes, não votava, consistia em eleitores no Brasil, que não podiam, com seu número, influir nos resultados uruguaios. Pelo contrário, mantidas as forças que ainda defendiam o governo de Montevidéu e conhecidos os métodos dos caudilhos orientais, o resultado seria francamente favorável ao situacionismo, pois o território que ainda dominavam no Sul do país era de população francamente antibrasileira e antiportenha. Por outro lado, a força colorada vinha do apoio brasileiro e de Buenos Aires. Foi isso, *grosso modo*, que o general disse na sua saudação de boas-vindas aos presentes antes de iniciar as reuniões privadas. Foi uma lição de política externa, mas o tom era francamente eleitoral, respondendo às demandas de suas bases e procurando mobilizar para as eleições.

— Senhores, muito obrigado por virem me receber. Confesso que estou meio sem jeito nesse salão tão grã-fino, vendo os companheiros de acampamentos e cavalgadas cobertos de pomada. Também não posso dizer nada, pois estou dentro dessa fatiota, cabelos engraxados, até parece que depois de uma semana na corte virei um dândi. São artes de dona Francisca e da menina Manuela que estão ali me olhando e se rindo.

"Não vou fazer comício porque não é hora. Mas quero dizer que os nossos reclamos foram ouvidos pelo imperador e pelo governo do Rio de Janeiro. Dom Pedro está decidido a favorecer uma situação que possa trazer a paz e a estabilidade à fronteira sul do império. O governo está de acordo com essa política e vê o momento como uma oportunidade única para consolidar a liberdade no Cone Sul de nosso continente. Nunca antes tivemos governos tão simétricos como agora. Mitre e os liberais que comungam os mesmos ideais que os do nosso partido estão firmes em Buenos Aires e, dali, consolidam a unidade da República Argentina. No Estado Oriental, um movimento justo e oportuno quer levar esses princípios para o governo uruguaio, mas está contido por um regime despótico, sustentado unicamente pela força de três caudilhos obsoletos e cruéis: Basílio Munhoz, Juan Sáa e César Dias. Este último é um facínora que teve o desplante de degolar o grande herói de Morón, César Dias, e outros dez líderes no massacre de Guntero, com o que nem eu, nem outro veterano da guerra contra o tirano Rosas nos conformamos até hoje; tampouco perdoamos.

"Essa situação vai se resolver muito em breve. Os diplomatas estão agindo com o rigor que se espera deles, mas se não tiverem êxito a nossa esquadra e as nossas Forças Armadas vão dar o apoio que os patrícios que vivem e produzem do outro lado da fronteira esperam. Com isso, quero lhes dizer que não se espere a volta às linhas de 1819, mas sim que criemos uma situação estável, com garantias jurídicas para todos, orientais ou imigrantes, de todas as nacionalidades, incluindo os brasileiros que lá vivem, constituem a maioria da população do interior e asseguram a maior parte da produção do país irmão.

"Dito isso, sou obrigado a me referir a certas pessoas, certos grupos que atuam em nossa política aqui dentro do Rio Grande, que não veem o Brasil como a grande Nação da América do Sul, reduzindo tudo às nossas diferenças aqui na província. Para eles, nada do que eu disse faz sentido. Por isso, não hesitarão em criar obstáculos à consecução destes objetivos maiores. Cabe a nós levar adiante esse grande projeto do nosso soberano e do nosso esclarecido governo nacional. Temos então de estar unidos e fortes. Precisamos demonstrar essa união e essa força de forma cabal e o momento é agora, na eleição municipal do próximo dia 7 de setembro.

"Eles se gabam de terem nos vencido na última eleição. Isto é verdade: dividimo-nos e perdemos. Que nos sirva a lição. O importante é garantir uma vitória estrondosa para nossa legitimidade. Mas também porque temos de controlar os municípios e evitar que eles desarticulem a Guarda Nacional e nos quebrem as pernas. Parece até uma bazófia de nossa parte, mas todo esse impasse na Bacia do Prata vem de nossas questiúnculas internas aqui no Rio Grande do Sul."

Em seguida, começaram as audiências. Quando chegou a vez do pessoal de São Gabriel, os correligionários entraram em grupo e foram logo abraçados e novamente cumprimentados, um por um. A Delphino dispensou uma atenção especial, por ser filho de Manuel Rodrigues Souto, um grande amigo do pai de Osorio, coronel Manuel Luís da Silva Borges, que lhe encaminhara aquele jovem para um treinamento básico no 2º Regimento de Cavalaria, de onde saiu pronto para assumir sua patente de alferes da Guarda Nacional, como lhe correspondia por sua renda. O velho Rodrigues Souto falecera anos antes, deixando aos filhos umas boas léguas de campo, que lhes assegurara posto de oficial nas forças de segunda linha. Sem muitos rodeios, como era seu estilo, perguntou pela situação eleitoral na região. Sezefredo respondeu:

— Com a sua volta, ficou boa. Quando o tiraram do Rio Grande houve certo desânimo, algum temor de represálias, mas agora mudou. Com a situação do Uruguai, muitos adversários vão votar conosco, porque sabem que nós vamos socorrer os patrícios do outro lado da linha divisória. Digo mesmo que se o senhor não voltasse muita gente iria pegar as armas e passar para o outro lado e combater os blancos. Agora votamos e, em seguida, nos vamos, não é?

— Calma, meu coronel. A situação é bem mais complicada do que parece. Aqui está o general Netto para me corrigir, se eu estiver errado. O novo governo está querendo descontar a humilhação que nos foi imposta durante a Questão Christie. E nada melhor do que uma guerrinha, especialmente se for travada bem longe das praias cariocas. A opinião pública, insuflada pela imprensa, nos ajuda, especialmente depois da ida do general Netto ao Rio, que fez uma bela agitação na capital. Mas o governo somente manterá seu apoio se nós vencermos a eleição. Com uma derrota, demonstrando fraqueza, eles darão mão forte aos progressistas e nos deixarão ao relento; do outro lado estão nossos companheiros de Porto Alegre. Para eles, uma derrota militar nossa será o caminho para confirmarem sua supremacia. Eles nos deixam perder a guerra e depois intervêm dizendo que foram eles, e não o Netto, eu e o nosso pessoal que garantimos os direitos dos cidadãos brasileiros no estrangeiro. Que tal? É isso, Netto?

— É isso e algumas coisinhas mais, não é, meu general?

— É, Netto, temos ainda os argentinos. Ao presidente Mitre não importa muito a situação dos rio-grandenses, mas sem nós o general Flores não tem como vencer o Berro militarmente. O Uruguai está infestado de dissidentes portenhos, prontos para saltar na goela de dom Emílio. Se o governo de Montevidéu conseguir se reestabilizar, vai soltar os cachorros em cima dele. Do outro lado do rio está dom Justo Urquiza com seus problemas: por um lado, precisa do governo do Brasil e de nós aqui da campanha, pois sem o dinheiro do barão de Mauá ele não tem como pagar seu numeroso exército. Enquanto isso, espera. Olha para o sul pronto para dar o bote se vir que Mitre pode cair, e para o norte temendo uma intervenção dos paraguaios, que pretendem criar uma situação de fato para obter o controle do Rio Paraná. Com o rio aberto, mais sua aliança com os blancos uruguaios, Solano Lopez terá um porto para si em Montevidéu. Nesse momento, Assunção pretende cavalgar o problema uruguaio para instigar os povos hispânicos contra o inimigo histórico, os brasileiros, que eles ainda chamam de portugueses ou, pior, de cambás, uma forma pejorativa de chamá-los de negros. Ou, pior ainda, de macacos. Isso é uma bobagem, mas gera autoconfiança, um sentimento de superioridade que facilita a mobilização. Não creio que ele vá nos atacar, mas pode usar esse motivo para invadir a Argentina.

Souza Netto completou:

— Isso que estás dizendo, Osorio, é absolutamente verdadeiro. Temos de atacar rapidamente, desferir um golpe definitivo e botar o Venâncio Flores no poder. Com minha Brigada, entretanto, ainda não disponho dessa força, pois me faltam artilharia e meios logísticos para sair daqui do norte uruguaio e ir combatendo até Montevidéu. Nossa vitória é garantida, mas levaria mais de um ano para ser concluída. Aí será tarde, porque até lá, inclusive, termina o governo Berro e eles podem botar no poder algum grupo que seja tragável por esse feixe de forças que se lança contra eles.

— De acordo, Netto. Por isso estamos aqui ajustando nossa força. Acredito que o exército vá entrar por Cerro Largo e se dirigir para Montevidéu. Lá nos espera o Tamandaré com sua esquadra para impormos sítio e assaltarmos a cidade. Enquanto isso, o Canabarro forma outro exército na sua fronteira e atravessa o Rio Quaraí, descendo ao longo do Rio Uruguai, varrendo as forças que encontrar por ali até pegar o Leandro Gómez em Paissandu. Com essa marcha, ele imobiliza a força mais significativa dos blancos enquanto nós damos conta do Munhoz e do Lança Seca no caminho para a capital. Assim, vamos poder passar o Natal em casa, e o Flores no palácio do governo.

— Por isso, coronel Sezefredo, vocês têm de se preparar, dando condições ao general Canabarro para agir na hora certa.

— Adestrado nosso pessoal está. Isso eu garanto. Temos feito exercícios e mantido a turma na ponta dos cascos, não é, Delphino?

— Sim, senhor general. Tenho em São João 80 homens prontos para entrar em combate. Dezoito trabalham para mim; o restante são vizinhos e empregados das fazendas.

— Posso levantar do dia para a noite de 450 a 500 homens de cavalaria. O general Canabarro sabe disso.

— Eu também — disse o coronel Fernandes Lima. — O que nos falta é armamento. Não temos uniformes nem armas. Não tenho nem lanças nem espadas para o meu pessoal, quanto mais armas de fogo, munições, barracas e tudo o mais.

— Nós também não.

— Não se preocupem. Quando vocês invadirem, vão se dirigir para Salto. Até lá vão os navios do almirante Tamandaré. Ele chegará com os equipamentos que, certamente, o presidente Mitre cederá para nós. De Quaraí a Salto são dois dias de marcha forçada, uma barbada para vocês que ainda estarão com cavalos frescos e gordos nessa época do ano.

— Netto tem razão, Sezefredo.

— O senhor confia no Urquiza?

— Conheço bem o governador. Além dos interesses objetivos de que falei para que não hostilize o Brasil, não terá vantagem nenhuma se cruzar o Uruguai para nos combater. Ficaria entre dois fogos, pois nem bem saísse de sua toca os portenhos o pegariam pela retaguarda. Não creio que isso seja possível.

— E os paraguaios?

— Não há perigo, não terás de lutar com eles. Esqueça. Nem tu, Sezefredo.

— O Netto tem razão. Os uruguaios amarraram mal seu cavalo. Na verdade, o apelo a Solano Lopez é simplesmente um gesto de desespero político. Os blancos cometeram tantos disparates que acabaram isolados, contando apenas com um aliado improvável, inviável, diria mais.

— Ouvi dizer que eles estão armados até demais.

— É verdade, mas não têm condições de enfrentar uma guerra contra a Argentina. O Paraguai ainda não é um país; é a fazenda dos Lopez. Daqui a alguns anos, quando o Solano se for, quando tiver um governo de verdade, com base na sociedade, pode ser. O Brasil apoia;

tanto que somos o único país da América do Sul que reconheceu a independência deles até agora.

— É verdade, Netto. O Exército Paraguaio é numeroso, mas não tem capacidade ofensiva. Se saírem da toca, não andam nem 200 quilômetros e ficam imobilizados. Já lá dentro, creio que são inexpugnáveis. Quando era comandante da fronteira das Missões, eu fui a Corrientes e o governador Lagranha mandou um vaqueano me levar pelo chaco até em frente a Humaitá. Aquilo é uma fortaleza formidável. Nesse ponto os argentinos estão enganados. Não há como chegar a Assunção. O major Cabrita, que foi instrutor de artilharia em Cerro León, me contou que eles têm uns 200 canhões dentro da fortaleza. Não há como chegar lá por terra e nem a esquadra inglesa é capaz de passar naquela curva do rio. Mas não se preocupem, eles não nos dizem respeito. O Urquiza que cuide deles, pois ali na Mesopotâmia os paraguaios podem causar algum estrago.

Mal a turma de gabrielenses se despediu e deixou a sala de reuniões, Netto aproveitou para perguntar a Osorio sobre a viagem ao Rio de Janeiro.

— E que tal? Procuraste aquelas pessoas que te indiquei?

— Claro. E te digo que teu rastro ficou muito vivo. Netto, temos de ir juntos à Corte.

— Vamos liquidar essa guerra. Tu devias ir como senador; é melhor que general.

— Deixa de brincar com coisas sérias!

Nisso entraram dois ajudantes de campo, o capitão de infantaria Francisco Bibiano de Castro e o alferes Trajano de Menezes, interrompendo a conversa íntima dos dois generais.

— Trajano, vê essa tua lista e me diz quem são os próximos.

CAPÍTULO 4

A Guerra Chega de Navio

ENVERGANDO SUA FATIOTA escura, rodeado por seus admiradores e leais soldados, Osorio estava longe do tempo em que era um obscuro piá na fazenda da família e caprichava para se destacar entre os irmãos e chamar a atenção do pai. Era difícil iluminar, diante da figura paterna, sua presença de guri arteiro nas lides do campo, tão próximas dos entreveros das batalhas. Tarefa talvez mais complicada do que dobrar os adversários políticos em tempos de paz.

Manuel Luís da Silva Borges era de sangue luso-açoriano, oriundo de povos das ilhas perdidas no meio do Oceano Atlântico que na América meridional se transformaram de gentio inofensivo em uma das etnias mais belicosas do planeta. No Brasil, eles se transformaram de pacíficos pescadores e hortelões em hábeis cavaleiros, milicianos em tempo integral, pecuaristas e apegados à terra, muito pouco afeitos às artes da agricultura e da navegação.

O fundador do clã dos Luís Osorio era neto, por parte de pai e mãe, desses açorianos. Mais ainda, sua linhagem provinha dos açorianos portugueses, que ocupavam a ilha de São Jorge, uma das nove que compõem o arquipélago. Nas demais, a população era misturada, descendia de remanescentes das comunidades católicas dos Países Baixos que tinham escapado dos massacres das guerras religiosas do século XVI entre protestantes e papistas. Esse conflito originou-se na época da unificação de Espanha e Portugal, que se iniciou com a proclamação de Felipe II como rei das Duas Coroas e só terminou 60 anos depois, quando voltaram a se separar, e Portugal voltou a ter trono próprio, reinaugurado por dom João IV.

Acontece que, nesse interregno, o príncipe bastardo Juan de Áustria, filho natural do monarca espanhol, transferiu essas populações fiéis ao catolicismo, ameaçadas de massacre pelos vitoriosos protestantes no auge das guerras religiosas, da Europa para o arquipélago. Os Açores estavam, então, totalmente desertos, esquecidos pelos navegadores, mas dispunham de fartura de água e terras aráveis. Durante 300 anos, as ilhas de Santa Maria, São Miguel, Terceira, Graciosa, São Jorge, Pico, Faial, Flores e Corvo desenvolveram-se e assimilaram os imigrantes à cultura lusitana. Com o tempo, criou-se um problema de superpopulação para o governo de Lisboa, que achou por bem transferir essa gente para o Brasil meridional, carente de súditos, para assegurar sua soberania ameaçada pelo avanço espanhol na região.

A maior parte dos açorianos foi descarregada na ilha de Santa Catarina, a poucas léguas do vértice final do território português estabelecido pelo Tratado de Tordesilhas, que ficava na Vila de Laguna, um pouco ao sul da nova colônia. Santa Catarina já era sede do único governo ao sul do Trópico de Capricórnio. A capitania, unidade administrativa básica do Império Português, naqueles tempos, fora criada em 1738 e seu primeiro capitão-geral, José da Silva Paes, empossado no ano seguinte. Mas estava praticamente despovoada quando chegaram os açorianos. Sua população era formada de caçadores de baleias, militares e suas famílias.

Antes de chegarem os açorianos, a primeira tentativa de colonização da ilha fora realizada ainda no século XVII, liderada pelo bandeirante paulista Francisco Dias Velho. O projeto fracassou devido ao assédio dos piratas europeus, que costumavam atacar a ilha para se reabastecer de água e víveres. Os corsários assaltavam os navios espanhóis carregados com a prata do Alto Peru, atual Bolívia, que se dirigiam à Europa. Os carregamentos desciam os Rios Paraguai e Paraná, fazendo transbordo para navios oceânicos em Buenos Aires. Os paulistas foram quase totalmente dizimados. Quando o governo decidiu restabelecer o projeto, constituiu-se o sistema de fortificações, suficiente para enfrentar o assédio.

A primeira leva de colonos chegou no princípio de 1748, a segunda em março de 1749, a terceira em dezembro do mesmo ano e a última em fins de 1753. Nesta, transportada pelo empreiteiro Feliciano Velho Oldemberg, estavam os lusitanos de São Jorge, entre eles o casal encabeçado pelo agricultor Pedro Luís, o fundador da linhagem no Brasil. Parte da ilha — as terras fronteiras ao continente, os espaços do outro lado do estreito e a faixa litorânea — já estava ocupada. Foi-lhes reservado um enclave no interior da ilha, onde estabeleceram uma comunidade denominada Freguesia de Nossa Senhora da Conceição da Lagoa. Ali nasceu o filho do casal de são-jorgenses, batizado com o nome do pai. Pedro Luís seguiu a carreira paterna e se casou com uma linda filha de açorianos, Maria Rosa, com quem teve sete filhos: Manuel, José, Matheus, João, Bernardo, Maria e Jacinta, todos registrados simplesmente com o patronímico paterno, Luís.

O filho mais velho não esquentou muito o banco na Lagoa da Conceição, lugar isolado e cercado de montanhas. Desde pequeno fora atraído pela vida lá fora. Havia uma saída por terra, atravessando o Rio Vermelho e tomando o caminho da sede da colônia, na igreja de Santo Antônio de Lisboa, ou na margem do estreito, na capela de Nossa Senhora do Desterro. Era mais de um dia de viagem em carreta de boi, meio dia a cavalo ou algumas horas de barco, saindo pela barra da lagoa e contornando a ilha. Nessas viagens Manuel acompanhava o pai e o avô, maravilhando-se com a vida fora de sua aldeia. Uma vez chegou até Laguna, no extremo sul, em uma carreteada junto com o avô, levando uma carga de trigo.

Mal completou 16 anos, a idade mínima para o serviço militar, apresentou-se como voluntário ao Batalhão de Caçadores a Pé, uma tropa de assalto que tinha como missão garantir a segurança da ilha e a fronteira sul do Império Português de Ultramar.

Maria Rosa ainda tinha o primogênito Manuel na barriga quando assistiu aos horrores da invasão espanhola. Um gigantesco exército inimigo desembarcou, deixando um travo na memória dos sobreviventes. Era uma ponta remota da guerra que começara na Europa em

1761 entre duas coligações de Estados: Portugal, Holanda e Inglaterra contra Espanha, França e Nápoles, em disputa pelo domínio dos mares. Nessa época, Portugal foi invadido por um exército franco-espanhol, prenunciando-se que o conflito chegaria um dia aos domínios das potências ibéricas na América do Sul. Não tardou um ano. Em 29 de outubro do ano seguinte, romperam-se as hostilidades na fronteira do Rio Grande com o Uruguai, resultando na ocupação de boa parte do território gaúcho pelas tropas de Buenos Aires. Em Santa Catarina apenas se ouviam os relatos dessas batalhas, até que a guerra chegou.

Os primeiros a ver a armada foram os tripulantes de um veleiro de alto-mar, próprio para a caça de baleias, que saíra pelo oceano à procura dos cardumes de tainhas. Eles perceberam, à distância, as silhuetas dos navios que se dirigiam para oeste, na direção de suas casas. Abriram velas e, usando a velocidade do barco, entraram na barra da Lagoa, dirigindo-se para o aldeamento que ficava na costa da serra. O capitão, sem saber muito bem o que fazer, foi acordar o velho Pedro Luís. Mal contou o que viu, o veterano açoriano disse o que fariam.

— Vamos para o Morro Grande ver se enxergamos alguma coisa.

Chamou o filho, Pedro Luís, acordou outros vizinhos, pegaram espingardas de caça, garruchas e facões, o armamento mais poderoso de que dispunham, e partiram a galope na direção do Rio Vermelho e dali para a grande montanha, um contraforte do Costão dos Ingleses, na parte norte da ilha.

Antes de o sol nascer já estavam em observação no morro mais alto do lugar, com 87 metros de altitude. O lugar é chamado de Praia dos Ingleses porque uma guarnição de piratas ingleses fora expulsa dali, a maioria degolada, como aviso do que estava reservado aos assaltantes.

Ao lado de Pedro Luís, o capitão de baleeiro de alto-mar Sinfrônio Teixeira, estabelecido na Armação de Rio Tavares, ali perto, varria o horizonte em contraluz com sua luneta, dizendo em voz alta o que via:

— É muita coisa, minha gente. Dá para ver de dez navios de guerra para mais, acho que uma centena de transportes, pois as velas vão mar adentro e a cada momento entra uma nova nas minhas lentes. É coisa feia.

O velho Pedro, depois de ordenar ao filho que avisasse o coronel Gama Lobo na fortaleza, voltou com mais dois homens para a aldeia, a fim de providenciar alguma defesa, uma retirada, o que fosse. Sinfrônio e mais quatro continuaram na vigília, com planos de mandar um emissário sempre que se observasse alguma novidade relevante.

O que os açorianos viam era a esquadra do recém-nomeado primeiro vice-rei do flamante vice-reinado do Prata, criado pela Coroa Espanhola para gerir os territórios do Cone Sul: Argentina, Uruguai, Alto Peru (Bolívia), Paraguai e Chile. Estava de volta, como vice-rei, o flagelo dos pampas, dom Pedro de Ceballos, o mesmo que, no cargo de governador de Buenos Aires, atacou o Brasil, iniciando a guerra no continente americano.

Quinze anos antes, quando se iniciaram as hostilidades, Ceballos tomara para a Espanha quase todos os territórios que Madri considerava ilegalmente ocupados por brasileiros, paulistas e lagunenses. A área em litígio ia dos limites do Tratado de Tordesilhas, que dividia o mundo entre Madri e Lisboa, América do Sul adentro, desrespeitando abertamente os acordos dos reis e a sentença do papa.

A guerra europeia espalhou-se pelo mundo, com a invasão pelas "famílias" das possessões portuguesas na Ásia. Na América do Sul, começou com um ataque de surpresa à Colônia do Sacramento, bastião português às margens do Rio da Prata, bem em frente a Buenos Aires, um ouriço espinhento entre as duas metrópoles castelhanas na região. Montevidéu é a outra, um pouco ao norte, quase na foz do grande rio.

Não obstante o capitão-general português, Gomes Freire de Andrade, ter dado ordens ao comandante do porto de Rio Grande, coronel Eloi Madureira, de preparar a resistência a uma eventual invasão de seus domínios, os espanhóis tomaram boa parte da região, ocupada pelos lusitanos, com certa facilidade. O governador de Buenos Aires, o mesmo Ceballos que chegava a Santa Catarina com sua esquadra, atacara a Colônia do Sacramento com 4 mil homens, tomando a praça após 276 dias de resistência dos 900 defensores. Depois seguiu até Rio Grande, tomando a cidade e cruzando a barra da Lagoa, estabelecendo uma cabeça de ponte em São José do Norte. Madureira, que recuara sem combater, mudou-se para Viamão e ali instalou sua capital. Ficou, portanto, o Rio Grande do Sul dividido entre espanhóis, ocupando as margens da Lagoa dos Patos e a margem direita do Rio Jacuí.

O governador portenho não aceitava os termos do Tratado de Madri, que dividia as terras da margem esquerda do Rio Uruguai, ficando o norte para o Brasil e o sul para Buenos Aires. Abriu hostilidades e tratou de retomar as terras que seriam espanholas pelo Tratado de Tordesilhas, que iriam, de acordo com aquele diploma, até Santa Catarina. Não conseguiu, mesmo porque foi chamado de volta à Espanha, e seu sucessor, dom Juan Vertiz y Salcedo, encontrou pela frente a reação decidida dos colonos brasileiros, liderados pelo riograndense Rafael Pinto Bandeira. Ceballos adotara como guerra psicológica a crueldade, procurando atemorizar os colonos e induzi-los a abandonar suas posses, retornando aos espaços protegidos pela Coroa Portuguesa.

Mas isso não deu certo, porque a guerra de guerrilhas dos riograndenses acabou por fazer Salcedo desistir de tomar Rio Pardo, alcançando daí Porto Alegre e Viamão, os povoados da margem esquerda do Jacuí, que permaneciam leais a Lisboa. Voltando como vice-rei, Ceballos pretendia completar sua obra. Daí o ataque a Santa Catarina, de onde poderia saltar sobre Laguna e descer pela costa do Atlântico até fazer junção com as tropas que ocupavam Rio Grande e com as guarnições que haviam reocupado as Missões Orientais, entregues a Portugal pelo Tratado de Madri.

Na Europa, os beligerantes assinaram o Tratado de Paris, dando fim à guerra do Pacto das Famílias, mas a decisão das cortes não foi aceita na América do Sul. A essa altura, brasileiros e castelhanos já tinham tomado o conflito como coisa sua e a violência, de parte a parte, se disseminou.

Pedro de Ceballos destacou um grupamento de escaleres para medir o fundo do mar, demonstrando que os navios poderiam lançar âncora bem próximos à praia. A esquadra era integrada por 30 navios de guerra e mais de uma centena de transporte, trazendo uma força de 9.316 soldados e oficiais de infantaria, mais os marinheiros e fuzileiros que guarneciam os barcos de combate e davam segurança ao restante, para o caso de um enfrentamento em alto-mar, totalizando quase 15 mil homens. Ainda era manhã quando os primeiros escaleres iniciaram suas viagens de ida e vinda, levando para terra firme as tropas e o material.

Em poucas horas a praia estava repleta de caixotes e barracas, uma movimentação impressionante de gente. Um grupo de infantes, alguma coisa como uns três corpos, com pouco mais de mil homens, iniciou, então, uma marcha pela trilha que levava aos povoados, as Vilas de Nossa Senhora do Desterro, junto ao estreito, e Santo Antônio de Lisboa, na baía do norte. Outro grupo começou a movimentar-se em várias direções, certamente procurando localizar habitantes, capturar cavalos, bois mansos, burros e material de transporte. Dava para ver que eles estavam ali para ficar. O grupo de observadores iniciou, então, um movimento de retorno, para evitar o isolamento. Somente dois homens continuaram a postos, mesmo sem saber se poderiam levar qualquer notícia dali para diante. A tendência era que os invasores tomassem conta dos caminhos e instalassem postos de observação que permitissem o controle sobre todos os movimentos nas redondezas da cabeça de ponte.

Mais ou menos na mesma hora, o jovem Pedro Luís, passando a praia do Jurerê, chegava ao Forte de São José, primeira fortificação no caminho dos Ingleses até a baía do norte.

Quando Pedro estacou seu galope e apeou, já estava a sua frente o responsável pela guarnição naquele momento, o alferes José Correia da Silva, do Regimento de Pernambuco, a unidade de rifleiros destacada para dar segurança externa às fortificações e suas guarnições de artilharia de costa. Inteirado do assunto, Correia da Silva dirigiu-se à amurada, convocando energicamente os veteranos que serviam à bateria de prontidão, mandando-os disparar. Embora estivesse em posição de retaguarda, o militar nordestino sempre tinha acreditado que numa hora ou noutra a guerra iria sobrar para eles também. Um tiro de canhão fora de hora seria o suficiente para alertar as demais fortalezas e servir como um verdadeiro toque de reunir.

O canhão disparou uma vez, soltando uma nuvem de fumaça que cobriu a guarnição. O velho sargento reinol que comandava a peça (a operação de armas pesadas ainda era exclusiva de homens brancos naturais da metrópole) trabalhava para recarregá-la. Apresentou-se, então, o comandante em chefe, coronel Fernando Gama Lobo, que destacou um sinaleiro para, usando as bandeirolas, o meio de telecomunicação entre as fortalezas, informar às demais do que se passava e determinou imediata prontidão para combate. Em seguida, mandou Correia da Silva sair em reconhecimento com um troço de cavalaria. Outro grupamento deslocou-se para as Vilas de Santo Antônio e de Nossa Senhora do Desterro para informar às populações civis e apressar os soldados que estivessem em dúvida sobre o sinal dos canhões.

Até esse momento, a maior força já reunida na América do Sul fora na expedição organizada pelo próprio Ceballos em 1762 para invadir os domínios portugueses, orçada em 4 mil homens, grande parte deles indígenas e crioulos. A nova investida trazia mais que o dobro de homens, integrada por europeus, veteranos da Guerra das Famílias, recrutados entre os melhores profissionais do Velho Mundo. O armamento era de última geração, tanto no poder de fogo como nas naves de combate.

Gama Lobo não poderia se defender. Ninguém do alto-comando português desconfiara que os espanhóis pudessem atacar a ilha. As forças de defesa estavam concentradas no Rio Grande do Sul, onde Portugal plantara 8.600 homens de primeira linha, sob o comando do tenente-general Henrique Böhn, um guerreiro experiente tido como "um dos mais hábeis e bravos oficiais do conde Lippe", e do engenheiro-mor marechal Jacques Funck, sueco que participara da guerra europeia sob o comando do marechal de Saxe. Mas eles estavam a mais de 300 léguas de distância. Böhn e Funck, atuando no litoral, integrados com os guerrilheiros gaúchos de Pinto Bandeira, no interior, haviam expulsado os castelhanos do Rio Grande, que eles tinham dominado durante 13 anos, para além do Arroio Chuí e, na hinterlândia, para o sul do forte de Santa Tecla, destruído e incendiado por Bandeira. Ceballos deveria reconquistar suas posições no sul, porém atacara ao norte, sitiando a indefesa ilha de Santa Catarina. Foi essa a percepção estratégica de Gama Lobo.

Ceballos, no outro lado, mandou quatro barcos de guerra circunavegarem a ilha e testarem suas defesas, enquanto os transportes ultimavam o desembarque da infantaria. Sua tática seria esta: atacar por terra, usando, eventualmente, a artilharia dos navios em ações combinadas. O aparecimento dos galeões espanhóis foi um deus nos acuda. O primeiro embate deu-se quando a força-tarefa entrava na Baía Norte e foi atacada pelos dois fortes. Uma das primeiras providências do comandante em chefe foi sair de São José da Ponta Grossa, que estava muito vulnerável e poderia ser cercado com grande facilidade, e transferir-se para Anhatomirim, uma fortaleza maior, com melhores condições de suportar um sítio, pois estava implantada numa ilha. Dali, ele poderia dirigir a resistência e teria o continente a pouca distância, o que facilitaria manobras táticas, ou uma retirada estratégica na direção de Laguna ou São Paulo.

Os grandes problemas dos defensores, além da guarnição reduzida, eram a má qualidade do armamento e o estado lamentável das munições. Por falta de verbas, apenas dez dos 40 canhões estavam em condições. Os demais estavam descalibrados ou com defeitos nos mecanismos. Era possível, com o pouco que tinham em funcionamento, aguentar um ataque pirata, resistir sem armamento de primeira linha. Mas combater a armada espanhola, nem pensar. Não bastasse isso, as munições estavam com o tempo de vida útil vencido, tanto a pólvora como as granadas e suas mechas ou espoletas explosivas. Assim mesmo, Gama Lobo resolveu tentar alguma coisa, nem que fosse para, mais tarde, negociar uma rendição em termos favoráveis. Afinal, não havia estado de guerra entre Espanha e Portugal, mas no sul da América as populações e seus governantes locais viviam em conflito aberto. As metrópoles não faziam caso desses desmandos e até estimulavam a guerra não declarada, pois sabiam que um dia teriam de discutir limites e, nesse momento, as vantagens militares seriam um ponto forte a favor ou contra cada uma das duas potências coloniais.

Dom Pedro de Ceballos vinha na ponte de comando da nau capitânia, rompendo na direção da Baía Norte. Procurou uma posição equidistante das fortificações e estava pronto para responder ao fogo de resistência. De onde estava podia acompanhar o diálogo dos sinaleiros portugueses. Entretanto, em vez de ordem de fogo, soltou uma enorme gargalhada quando viu os tiros da resistência: dos 3 a 5 mil metros de alcance nominal, seus petardos não passavam de 1.500 a 2 mil. Era só a fumaceira da pólvora embolorada. Os navios passaram incólumes pelo meio, disparando uma ou outra salva só para mostrar que não estavam ali para brincadeiras. Com isso, o terceiro bastião, o fortim de Santo Antônio, foi abandonado às pressas pela pequena guarnição, convencida de sua inutilidade. dom Pedro não se conteve:

— Que é aquilo?

— Estão fugindo. Essas ilhas nem têm nome em nossos mapas.

— Que coisa, mais parecem dois ratões.

Ao ouvir isso, o piloto não teve dúvidas e rabiscou em cima da carta náutica: "Ratones", dando o nome às ilhotas.

Logo se viram os invasores baixar escaleres e rumar para as ilhas, onde hastearam a bandeira espanhola no mastro do fortim abandonado. Foi a primeira conquista de Ceballos nessa empreitada. Enquanto suas tropas venciam a distância entre Canasvieiras e as povoações, ele se dedicou a explorar as redondezas. Chegando ao estreito, deparou com a população fugindo em canoas e embarcações maiores, passando para o continente, para Vila São José da Terra Firme.

O pânico espalhou-se por Santo Antônio de Lisboa e Desterro. Os ilhéus, que já conheciam a fama das invasões espanholas no Rio Grande do Sul, levaram o que podiam carregar. Havia, porém, um perigo maior terra adentro: os índios carijós. Na primeira colonização, não houvera choque entre os paulistas e os nativos da ilha, pois falavam a mesma língua, o tupi-guarani, e tinham muitos costumes semelhantes, convivendo sem grandes dificuldades de entendimento. Quando Silva Paes chegou para ocupar a ilha, a situação mudou. Os carijós foram deslocados para o continente, a fim de abrir espaço e dar segurança aos colonos europeus, e nasceu aí uma inimizade que ainda era muito forte 20 anos depois.

A esperança dos colonos era de que a enorme frota apenas se reabastecesse, a tripulação fizesse suas pilhagens e depois seguisse para o sul, onde haveria objetivos de interesse militar. Assim, eles poderiam se aguentar alguns dias nas matas, voltando depois para a reconstrução. Não foi, no entanto, o que aconteceu.

A resistência armada foi mínima. As guarnições dos fortes não ofereceram oposição após o fracasso de sua artilharia. Os homens de

Ratones e de Anhatomirim recuaram para o continente e se agruparam nas imediações do Rio Camarões, ao norte da ilha. O Regimento Pernambucano tomou posição, decidido a enfrentar a infantaria inimiga que avançava pelo litoral, já nas proximidades do forte de São José.

O alferes Correia da Silva dispôs seus homens em linha de atiradores, mas eles estavam apavorados com a possibilidade de captura. Também não havia a menor possibilidade de confronto direto. Ordenou, então, o recuo para o Desterro, onde poderiam se posicionar melhor entre o casario. Os artilheiros decidiram encastelar-se no forte e negociar uma rendição que lhes poupasse pelo menos a vida. Assim, o combate não chegou a acontecer.

Chegando à Vila, o comandante pernambucano esperou a noite e tratou de transportar sua tropa para o continente. A aldeia de São José estava quase deserta. A população preferia enfrentar os índios, tratando de enfiar-se pelos vales na direção de Santo Amaro e por ali subir a serra até um ponto em que os espanhóis desistissem de segui-los. Quando os primeiros raios iluminaram o estreito, Correia viu a olho nu que os invasores se preparavam para um assalto à sua nova linha. Percebendo que seria rapidamente cercado e destruído, juntou seus homens e iniciou uma marcha para o norte, na direção contrária à do coronel Gama Lobo, imaginando que os espanhóis cortariam sua retirada em algum ponto ao sul onde pudessem desembarcar tropas.

Em São José, no entanto, a situação era caótica para a população civil. Os índios carijós aproveitaram para atacar, roubar e matar os refugiados, obrigando os colonos a voltar e se entregar aos espanhóis. Ceballos, retomando sua política de horror, liberou seus soldados para fazer o que bem entendessem. Os homens foram separados e encerrados, depois obrigados a trabalhar, quando não eram simplesmente mortos ao protestar ou tentar escapar. As mulheres foram entregues à tropa. Oficiais e graduados tiveram preferência na escolha, mas a maioria ficou à mercê da soldadesca, na base de dez homens para cada uma. Eram estupradas por horas a fio, sem descanso. Meninas, mulheres de meia-idade e até as velhas — nenhuma escapou.

Segundo Pedro Luís contou a seu filho, sua mãe já estava em adiantado estado de gravidez e foi salva pelos padres. Eles não conseguiram evitar as atrocidades, mas convenceram Ceballos a poupar as grávidas, destinadas a servir aos próprios padres. Meses depois, houve grande número de nascimentos. Mas Pedro Luís garantia ao filho que ele havia sido gerado muito antes da invasão. Ficou, no entanto, o ódio aos castelhanos e um desejo de vingança que perdurou por várias gerações.

Felizmente para os ilhéus a temporada de terror não durou muito. Assim que soube, o general Böhn despachou reforços para Laguna, a fim de impedir um avanço por terra, ameaçando cortar a retirada de Ceballos, se permanecesse muito tempo na ilha. O vice-rei do Prata não esperou muito, procurando manter sua vantagem estratégica. Recuperou a artilharia dos fortes, substituiu a munição estragada por outra de boa qualidade, destacando um grupo de artilharia para manter a posição; embarcou seus soldados e rumou para o sul. Dali, navegou até Maldonado, atracando em Punta del Este, e depois marchou sobre a Colônia do Sacramento, que tinha sido devolvida aos portugueses, e arrasou a cidade uma vez mais. Enquanto isso, as cortes de Lisboa e Madri voltaram a negociar, e a Ilha de Santa Catarina foi devolvida em outubro daquele ano de 1777. Foi um grande alívio quando na base de Anhatomirim, onde havia um ancoradouro para navios de grande calado, desembarcaram as tropas vindas da Bahia. O comandante era o general Francisco Barros de Marques Araújo Teixeira, que recebeu a posse do governador espanhol Guilherme Waugham, um mercenário. Boa parte dos soldados de Waugham já estava integrada à população local, permanecendo na ilha, uma vez que esse grupo não teria participado do massacre dos primeiros dias.

A lembrança desses fatos foi o que levou o jovem Manuel Luís a alistar-se como voluntário no Exército Português em 1793, aos 16 anos. No ano seguinte, 1794, foi promovido a cabo e em 1796 a furriel, um posto equivalente ao de terceiro-sargento. Ainda não tinha completado 20 anos quando um fato inesperado mudou sua vida.

CAPÍTULO 5

Fuga na Selva Escura

MANUEL LUÍS, FILHO de Pedro Luís e Maria Rosa, foi para o exército contra a vontade da mãe. O pai e, principalmente, o avô (que também se chamava Pedro Luís) eram favoráveis à carreira militar e estimularam o jovem a trocar o destino de agricultor/pescador pela farda. O avô dizia: "Nesta terra tem melhor futuro o homem d'armas que o trabalhador. Aqui, o lugar mais seguro é detrás da fumaça do mosquete. Estar no meio da guerra é o destino de todos. Se assim é, o mais certo é ser um homem de guerra." Já Maria Rosa tinha uma opinião totalmente contrária. Mas foi voto vencido, ou nem sequer considerado pelos homens da família, quando o rapaz juntou suas coisas e foi se apresentar no quartel, na Vila do Desterro, que tinha aberto voluntariado para as tropas de linha.

Ela não esquecia os tempos de ocupação estrangeira e temia que o filho ficasse igual aos espanhóis de Ceballos: "Eu sei que Deus está do nosso lado, mas o demônio anda muito perto das fileiras." Não que tivesse medo de que o filho morresse em combate. Isso era um acidente comum nas vidas das famílias naquelas fronteiras. Seu temor era de que Manuel Luís fosse tomado pelo mal, como era comum dos dois lados. Ela sabia, pelas histórias que ouvia, dos acontecimentos nas vilas e fazendas castelhanas ocupadas por portugueses, índios ou negros. Se o Deus era o mesmo, só o Diabo poderia inspirar tamanhas barbaridades num mundo em que as piores humilhações eram vividas pelas mulheres indefesas que sobreviviam às carnificinas.

Manuel Luís, porém, parecia ser uma pessoa diferente, um tipo de gente que surgia naqueles tempos. Embora nunca tivesse ouvido falar, nos ermos em que vivia, das novas ideias que vinham da Europa, parecia ter nascido contaminado por elas. Uma prova disso é que rejeitava o método de preparação de um guerreiro adotado nos exércitos. Nos quartéis, os jovens eram educados para a violência crua, submetidos a uma disciplina férrea, habituando-se à crueldade como algo essencial à própria sobrevivência. A vida não valia nada, nem existia nenhum direito diante de um superior. Pelas ordenações do conde Lippe, o código militar da época, a desobediência a um superior era punida pelo pelotão de fuzilamento. Foi nessa enrascada que Manuel Luís entrou.

Nenhum dos dois Pedros jamais entendeu a atitude de Manuel Luís, que enterrou sua carreira tão promissora no exército numa atitude, no entender do avô e do pai, completamente besta. Errou duas vezes seguidas. Depois, desapareceu para nunca mais voltar. O primeiro erro foi se insurgir contra um oficial que estava dando uma surra de espada num soldado. Aí, o rapaz teria enterrado suas perspectivas nas Forças Armadas, até então tidas como muito promissoras, com duas promoções em menos de três anos, algo raro. Todos diziam que antes dos 30 já seria oficial, tal era o talento que demonstrara na vida das armas: era bom no manejo, disciplinado e demonstrara capacidade de comando em várias missões que desempenhara, à frente de partidas contra índios e bandoleiros, na área pela qual sua unidade era responsável.

Apanhar dos superiores não era nenhuma desonra. Acreditava-se que na formação de um soldado isso tirava o medo e robustecia o caráter. Mas o pior foi que Manuel Luís revidou quando o oficial se voltou contra ele, aparando o golpe da pranchada com uma alabarda, em vez de encolher-se e aguentar o castigo, como mandava o regulamento. Foi preso e encarcerado, à espera da sentença, que não seria outra senão a morte por fuzilamento.

No terceiro dia de masmorra, em meio a uma tempestade violenta, viu a porta da cadeia ser aberta, e apareceu na sua frente o soldado que salvara da sova. O soldado mandou Manuel Luís fugir. Ele teve a cumplicidade de outros militares, pois o oficial era odiado e Manuel Luís muito admirado pelos companheiros. Saiu para a rua e, debaixo da chuva e do vento sul, nadou até o continente. Apenas com a roupa do corpo e armado de uma faca que lhe deram na hora da fuga, embrenhou-se nos matos sem ser visto, pois sabia que dali a pouco seria caçado. Soldado treinado, experiente, menino criado no campo, pescador e caçador, sobreviveu enquanto pôde, rumando para o sul. Sua esperança era perder-se nas campinas do Rio Grande, escapando da punição inevitável se fosse capturado vivo.

Ganhou o mato e foi serra adentro, seguindo as trilhas que conhecera em suas missões de patrulha. Logo, porém, teve de abandonar esses caminhos, pois com seus rastreadores os soldados logo o alcançariam. A busca de alimento o obrigava a parar e o atrasava em relação à tropa que viria com provisões para a marcha. Infiltrou-se ainda mais, com todo o cuidado para não deixar pegadas nem ser percebido pelos bugres, como se chamavam os índios hostis da região. Com uma lança feita com a faca, caçava e pescava, tendo o cuidado de não fazer fogo para evitar ser descoberto pela fumaça.

Sempre em direção ao sul, deixou Laguna a leste, voltou para a encosta da serra e foi descendo no rumo de São Pedro. Palmilhava agora o desconhecido, pois estava além dos limites de suas missões anteriores. Dali para a frente, só de barco, costeando pelo Atlântico até Tramandaí, de onde havia caminhos para Santo Antônio, Porto Alegre ou Viamão. A alternativa era navegar até Rio Grande e dali entrar pela Lagoa dos Patos nas posses portuguesas do interior. Ao sul dessa posição já era território dos castelhanos, onde tampouco poderia encontrar guarida, a menos que conseguisse um lugar de salteador nos bandos de renegados, desertores ou malfeitores. Mas isso não lhe servia. Queria viver, mas nunca como bandido. Assim, resolveu seguir pelo pé da serra, ver o que encontraria pela frente.

Depois que deixou a perseguição para trás, a caminhada ficou menos penosa, pois já podia fazer fogo e descansar em cavernas ou construir uma ramada para aliviar o castigo das chuvas. Depois de cruzar o Rio Tubarão, limite para as patrulhas de Laguna, viu-se numa terra de ninguém. Assim mesmo, tomava todo o cuidado, pois muita gente devia saber de sua fuga. Num lugar tão pouco povoado, todos sabem de todos. Mesmo que não o reconhecessem, sempre haveria perigo para um homem sozinho que não soubesse ou não pudesse dar explicações. Caso estivesse com a cabeça a prêmio, um fugitivo poderia render recompensa, paga tanto pelo governo quanto por algum desafeto.

Às vezes, ele avistava uma carreta ou um comboio. Depois que cruzou o Rio Araranguá, viu de longe uma tropa de mulas que rumava para a serra, na direção de Lages. De lá seguiriam pelo caminho das tropas para Curitiba e Sorocaba, onde seriam vendidas para mineradoras das Geraes e usineiros de Pernambuco ou da Bahia. Teve vontade de apresentar-se e seguir com eles, mas desistiu. Iria no caminho que traçara, para São Pedro. Nesses lugares civilizados sempre poderia ver-se diante de um pelotão de fuzilamento.

Manuel Luís não estava perdido. Como militar, conhecia os mapas e sabia usar a bússola. Embora não dispusesse desse equipamento, podia, pela posição das estrelas e do sol, orientar-se. À noite, marcava o Cruzeiro do Sul a 60 graus e descia, deixando as lagoas a leste, sempre com a retirada garantida para as serras. Passou por Sombrio, atravessou o Mampituba, identificou a Lagoa dos Quadros. Mais uma centena de léguas e já estaria nos pampas, muito longe de seus perseguidores. Aí, sim, em cidades maiores, poderia conseguir alguma coisa para sobreviver como gente.

Entretanto, sua saúde foi se debilitando devido à alimentação deficiente, à falta de roupas e à ação de insetos e outros inimigos naturais. Começou a sentir os calafrios, os sinais da doença se instalando. Não podia desistir. Trôpego, abatido, continuou até além de seus limites. Uma hora, tudo escureceu. Sumiu na sombra quando perdeu a consciência. Era a morte, o breu eterno, não havia dúvida. Como poderia sair para a luz depois daquele mergulho? Mas seu destino teria outro desfecho. Depois do desmaio, lembrava-se vagamente de ter sido sacudido e transportado, até acordar dentro de um galpão de santa-fé, maneado em uma cadeia de ferro presa a um tronco de madeira.

O fato de estar preso não o assustou muito, pois seria normal imobilizar uma pessoa encontrada sem mais nem menos. Até se ter certeza, era bom manter o homem seguro. Estava se sentindo muito mal, mas o quadro era favorável, pois estava dentro de casa. Fora coberto com um poncho e ao lado havia uma vasilha com água, o que demonstrava boa vontade de quem o hospedava, apesar de tê-lo prendido. Outro ponto positivo era que nesse lugar havia sacaria, instrumentos agrícolas, arreios e cordas, provas de que se tratava de uma fazenda, não de um quartel ou algo parecido. Um ambiente de produção não seria, necessariamente, hostil.

Quando ouviu passos, virou-se e viu um homem negro que o encarou, retirando-se. Em instantes, voltou acompanhado de uma mulher, também negra. Ela se aproximou e disse:

— Olá! Como se sente? Está me ouvindo?

Ele sorriu, procurou fazer uma cara amigável, para não assustar.

— Me sinto mal... Onde estou?

A mulher disse a ele com doçura que não tivesse medo, pois estava entre amigos, o que não deixava de ser uma ironia, ele ali amarrado com grilhões e correntes de ferro. Também disse que fora encontrado quase morrendo pelos gaúchos da estância, propriedade do tenente Tomás Osorio. Aquela palavra "tenente" bateu-lhe no fundo do ouvido, mas o que poderia fazer naquele estado e naquela situação? A mulher saiu e voltou com um caldo, receita para sua fraqueza. Informou que o patrão viria para uma conversa.

Entre o grupo de pessoas que chegou, se destacava um mais velho, mais bem vestido, sem dúvida o patrão. Caminhou até onde ele estava e puxou um cepo, sentando-se. Cumprimentou-o, o que foi um alívio. Examinava o que lhe parecia desnecessário: seus farrapos indicavam que eram restos de um fardamento do exército. Seria, com certeza, um desertor, muito comum naquelas paragens. O abandono das tropas era frequente. Muitas vezes, mais da metade do efetivo simplesmente pegava suas coisas e partia. De tempos em tempos, o governo decretava uma anistia, perdoando os desertores, desde que se apresentassem em seus quartéis nos três anos seguintes. Era tempo de sobra para regularizar a situação. O que as Forças Armadas mais queriam, na realidade, era controlar suas reservas, pois quando havia guerra nunca faltavam soldados. Fraco como estava, balbuciou:

— Não tema. Sou um homem de bem.

O tenente Tomás perguntou com brandura:

— O amigo vem de onde? Vai para onde? Perdeu-se?

Manuel Luís não mentiu, mas tampouco disse toda a verdade.

— Vinha do Desterro. Ia para Santo Antônio.

— Pois está muito longe da estrada. Vinha solito ou tem mais extraviados?

— Vinha só.

Com essa resposta, Tomás ficou certo de que se tratava de um desertor. Sempre podia ser um elemento perdido de alguma patrulha, sobrevivente de emboscada ou algo assim.

— Pois teve muita sorte. Ninguém vai naquelas grotas. Os homens estavam por ali seguindo o rastro de uma ponta de gado fugido e encontraram você.

— Devo a minha vida a eles. E ao senhor, que me acolheu.

O tenente Tomás fez mais algumas perguntas, falando com tanta bondade que Manuel Luís considerou que a simpatia era mútua. Foi um momento de confiança, tanto que decidiu contar-lhe logo a verdade, até porque mentir não era seu forte. O tenente apreciou o gesto, disse-lhe que era bem-vindo e se retirou, mandando, ao sair:

— Podem soltar o homem.

E se dirigindo a Manuel Luís:

— Quando se sentir melhor, venha me ver. Das Dores, dê-lhe uma roupa e ajude no que precisar.

No dia seguinte, embora ainda febril, Manuel Luís já se tinha banhado, aparado os cabelos, cortado a barba e vestido roupas limpas, quando perguntou a sua enfermeira se era possível ver o patrão. Maria das Dores era uma mulher da estância, neta de escravos, casada com o mulato Malaquias. Ela foi verificar e voltou dizendo que o tenente o esperava.

O tenente tomava mate com os filhos, Firmiano, o mais velho, e Bernardino, um pouco mais novo; tinha também três filhas: Laura, Isabel e Anna Joaquina, a mais moça.

— Essa é a mimosa da madrinha; mora com a comadre Quitéria.

Quando os filhos saíram, Tomás fez a proposta.

— Eu quero dizer que entendo muito bem a tua atitude. Também não tolero o prevalecimento desses oficiais que descontam os seus cornos no lombo dos subalternos e, muitas vezes, na hora da briga ficam atrás dos seus homens e são os primeiros a correr e ordenar a retirada. Fiz o meu serviço na milícia, ganhei a minha patente e me afastei. Estou na reserva e espero nunca ser chamado. Não que tenha medo da guerra, mas por causa de coisas como essas que te desgraçaram.

O tenente disse que até então não engolira a injustiça sofrida por seu tio e padrinho, que lhe dera o nome, condenado à forca em Portugal e que depois de morto foi inocentado e publicamente reabilitado. Seu pai, José Luís Osorio, e o irmão Tomás Luís Osorio, fidalgos da casa do marquês de Astorga, galego, e filhos do casal dom Francisco da Fonseca Osorio e dona Ana Maria Perestello, naturais de Cartacho, no Arcebispado de Lisboa, foram enviados ao Brasil como oficiais do exército para prestar serviços militares na fronteira sul do império. José, o pai de Tomás, casou-se com uma moça da cidade de Rio Grande, onde viveu alguns anos até comprar aquelas terras na recém-fundada freguesia de Conceição do Arroio. O tio fez carreira militar, servindo nas milícias rio-grandenses. Era casado com dona Francisca Joaquina de Almeida Castelo Branco, filha de José Roldão Pimentel e Josepha Tereza da Silva Castelo Branco.

O velho Tomás chegou como capitão e foi destacado para o Regimento de Dragões do Rio Pardo. Participou da Batalha do Caiboaté, comandando um assalto às posições dos guaranis e recebendo três flechadas. Por ato de bravura, foi promovido a sargento-mor e, logo em seguida, a tenente-coronel. Assumiu depois o comando da guarnição de Rio Pardo. Na guerra do Pacto de Família, Tomás foi deslocado para a fronteira sul, construindo um fortim em Santa Teresa, ao sul da Lagoa Mirim, onde foi atacado por 3 mil homens comandados pelo governador de Buenos Aires, Pedro de Ceballos. Aí foi derrotado e preso, enviado para um calabouço na colônia do Sacramento, então em poder dos espanhóis.

Terminada a guerra, foi libertado e enviado a Minas Gerais. Nessa província conheceu um ex-padre jesuíta. Essa amizade lhe valeu um processo por traição em Portugal, e acabou sendo enforcado. Logo depois da execução sua mulher chegou à Europa com as provas de sua inocência. A documentação lhe valeu a reabilitação e foi expedido um documento para livrar a família da desonra.

Recluso em Conceição do Arroio, José Osorio deu o nome do irmão ao filho único. A mãe faleceu em consequência do parto. Tomás criou-se na estância, foi estudar em Rio Grande, onde serviu na milícia e se casou com Rosa Joaquina de Souza, filha de um casal açoriano. O pai dela era artesão, construtor de barcos, carpinteiro da ribeira, como era costume chamar os mestres dos pequenos estaleiros.

Ajustado como simples peão da estância, logo Manuel Luís destacou-se. Sabia ler e escrever. Seus conhecimentos e sua experiência como pescador e agricultor eram habilidades necessárias na região. A fazenda ficava a poucos quilômetros do mar. Além disso, montava bem, pois fora soldado de cavalaria, e logo aprendeu a lida de campo com gado, equinos e muares. Seu comportamento era marcado pelo rigor da disciplina militar, pela capacidade de comando e pelas habilidades bélicas. Logo deu treinamento básico para peões e escravos, formando um piquete de combate forte o suficiente para afastar as quadrilhas de ladrões de gado e salteadores. Tornou-se então sota-capataz da estância e em mais alguns meses assumiu o comando.

Virou amigo inseparável dos filhos do patrão, ministrando-lhes aulas de esgrima e tiro. Em pouco tempo era tratado como um membro da família. Isso lhe valeu não apenas a estima dos Osorio, mas atraiu a simpatia da caçula, Anna Joaquina, afilhada e herdeira da maior proprietária de terras da região, a viúva de um oficial de milícias, dona Quitéria de Barros, um nome tão poderoso que uma das lagoas da região chama-se Lagoa dos Barros.

Aos poucos, mas com grande velocidade, Manuel Luís foi se ajeitando. Meava com o patrão uma lavoura de cana e operava o alambique, produzindo aguardente que vendia em Santo Antônio. Tinha uma ponta de gado de cria e invernava uns boizinhos, era dono de cavalos e éguas, produzia muares, ia aos poucos criando uma situação. Já não morava no galpão com os demais peões, pois construíra uma meia-água de material e telhas de alvenaria. Era um homem de progresso.

Certa vez, voltando de Santo Antônio numa tropeada em que incluíra gado de sua propriedade para fazer uns cobres, apareceu na casa do patrão para almoçar com a família. Era domingo e ele apresentou-se com um terno novinho em folha, sapatos de couro, barba cortada e cabelo untado. Solicitou um particular com o tenente Tomás e pediu a mão de Anna Joaquina. O fazendeiro fez um gesto de surpresa, chamou a mulher e comunicou a novidade.

— Faço muito gosto — disse dona Rosa Joaquina.

Mandou chamar a filha e disse a ela que acabara de receber o pedido. A moça concordou e pediu a bênção dos pais. Era pura alegria, pois os irmãos apoiavam o futuro cunhado. Então o tenente sentenciou:

— Bem, falta a bênção da madrinha. Rosa, vamos lá falar com ela.

Confiante, o casal Osorio subiu na charrete e se tocou para a casa de dona Quitéria, que elogiara muitas vezes a conduta, a educação, a disposição para o trabalho e até a beleza física de Manuel Luís, um rapagão com 1,80 metro de altura, cabelos claros e olhos verdes. Estavam encantados com a boa-nova. Qual não foi a surpresa diante da reação da comadre.

— Nunca, nunca. Minha afilhada casar-se com um peão, nunca!

— Mas comadre, ela quer!

— Madrinha, por favor. É a minha felicidade. Eu amo esse homem.

— Ama coisa nenhuma. Tu achas que eu iria te criar para te casares com um pé-rapado?

— Mas madrinha...

— Madrinha coisa nenhuma. Tu vais sim te casar. Mas com um homem à tua altura. Com alguém que mereça a herança que vou te deixar. Agora, esqueçam isso. Tomás, manda esse rapaz embora, dá-lhe um dinheiro e que nunca mais apareça na nossa frente.

Foi um balde de água fria. Anna Joaquina não era apenas uma bela moça. Era também a única herdeira de dona Quitéria, viúva sem filhos, maior proprietária rural da região, uma das maiores do Rio Grande e do Brasil. Com tanta terra, poderia ser até das maiores do mundo.

— Não, madrinha. Não vou me casar com ninguém mais. Se a senhora não deixar, me mato ou, então, fujo de casa.

— Mais respeito, menina. Tu vais fazer o que eu mandar e está acabado! Tomás, Rosa, mandem essa menina parar de me contrariar.

E assim foi. Dona Quitéria permaneceu irredutível.

Manuel Luís ainda estava com a roupa nova quando o trio voltou da casa da madrinha da noiva. Sim, noiva. Com a acolhida que tivera seu pedido, considerava a partida ganha. Enquanto esperava, lia as revistas que os guris mandavam de Rio Grande, onde estavam estudando e cumprindo suas atividades militares. De lá, enviavam livros e publicações que chegavam da Europa, não muita coisa, é verdade, mas o bastante para Manuel Luís, que vivia recluso naquela estância, sem visitar ninguém, sem ir à capela, procurando expor-se o mínimo possível, pois sabia como era longa a mão da justiça militar portuguesa.

Mesmo em Santo Antônio da Patrulha, para onde ia de vez em quando levar a produção da casa, procurava falar pouco. A quem perguntava, dizia ser tropeiro paulista que se ajustara com Tomás Osorio para trabalhar em sua herdade.

Também pensava nos pais, nos irmãos, nos amigos que haviam ficado em Santa Catarina e de quem nunca mais tivera notícias. Não mandara o menor sinal de vida. Deviam pensar que estava morto, como diziam os militares, ou, como pensava a mãe, dizendo ser um sentimento incompreensível, ganhara o mundo e, como a maior parte dos jovens de seu tempo, sumira nas distâncias. Esse era o destino dos homens, tanto na Europa como na América.

Um mau presságio o assaltou quando a carruagem se aproximava, vendo todos em silêncio, nenhum aceno, nenhum sinal. Viu que Anna Joaquina chorava. O que teria acontecido?

— A madrinha não quis. Ela mandou te dar um dinheiro, para ires embora e te esqueceres de mim. É verdade. Quanto queres? Diz ao meu pai que ele te dá o quanto pedires. Se ele não tiver, a madrinha dá. Dinheiro? Terras? Uma estância? Eles estão certos, me diga!

— Anna Joaquina, não.

— Mas eu te garanto. Te disse antes de sair daqui que me casava contigo. Se me queres, vais me ter, pois eu me caso contigo, queiram ou não!

E entrou porta adentro, deixando os três, Manuel, Tomás e Rosa, sem fala.

— Essa menina só faz o que quer — comentou Tomás, também entrando na casa. Rosa seguiu-o, deixando Manuel Luís de chapéu na mão, à espera dos acontecimentos.

CAPÍTULO 6

A Viúva de Preto

Rosa Joaquina, esposa de Tomás Osorio e mãe de Anna Joaquina, foi a primeira pessoa da família a assumir uma posição clara, dando inteira liberdade à filha para fazer o que quisesse no que se referia ao casamento. A ameaça velada da madrinha de retirar a proteção à afilhada não era encarada apenas como uma questão de retórica. A obediência aos maiores era um valor. Anna Joaquina não se declarara desobediente, mas dissera que faria o que seu coração mandasse.

A situação ficou insustentável na casa, pois Anna Joaquina trancou-se no quarto e não queria falar com ninguém até que lhe dessem o consentimento. Temendo enredar-se ou ter de contrariar frontalmente os pais, recusava-se a sair.

Tomás ficou numa sinuca de bico. Dona Quitéria era uma presença marcante na vida dos Osorio. Era, na verdade, uma segunda mãe, que cuidara dele desde recém-nascido. Barros e Osorio se conheceram ainda jovens, em Rio Grande, quando eram pequenos cadetes de milícias, namoraram duas amigas inseparáveis, quase irmãs, e se casaram com elas. Reformaram-se na mesma época e foram conquistar as terras bravias de Conceição do Arroio na mesma leva. Tomás ainda estava na barriga da mãe e os Barros já eram seus padrinhos.

Quitéria lavara-lhe o corpo vendo a amiga morrer, esvaindo-se em sangue depois do parto. Criara o menino como um filho, um sentimento fortalecido pela certeza de que era estéril. Não muito tempo depois, perdeu o marido. Dinâmica, assumiu os negócios da estância e, ao contrário de José, um homem pacato, agitou os negócios, construindo uma fortuna, orientando, ainda, os negócios do compadre. Viúvos, eram inseparáveis. As más línguas sussurravam que poderia haver um pouco mais do que apenas amizade ou compadrio. Todos suspeitavam que o casamento entre eles não acontecera porque deveriam estar cumprindo promessa. Tomás cresceu amando Quitéria, mas se casou com a moça escolhida numa família amiga de Rio Grande e apresentada com consentimento de Quitéria. Falecido o pai, ela orientou-o nos negócios, deu e emprestou dinheiro, continuou como chefe da família. Nunca quis ser madrinha de nenhum filho, a menos que o casal lhe desse a criança de presente. Assim foi Anna Joaquina para os braços da madrinha, ainda criança de peito, mas carregou o nome da mãe biológica, como se fosse um laço que a prendesse a seus pais legítimos.

A moça ficou no impasse completo, pois nunca se casaria sem o consentimento paterno nem fugiria com o noivo até encontrar um padre que lhes desse a bênção. Era comum, nesses lugares remotos, onde não havia um serviço religioso normal, que os padres somente aparecessem no dia da festa do padroeiro da capela, aproveitando a situação para regularizar uniões matrimoniais e, muitas vezes, batizar filhos já nascidos desses casais. Em geral, no entanto, tratava-se de relações aprovadas pela família.

Outras, bem raras, eram originadas de uma situação de conflito. Como as que envolviam índias capturadas a laço, depois batizadas e trabalhadas para assumir o papel de mulher legítima de algum rapaz solteiro. A maior parte dessas bugras, assim chamadas porque vinham de grupos nômades não convertidos ao cristianismo, ia para filhos de peões, escravos libertos ou negros livres, filhos de empregados graduados como capatazes, tropeiros, domadores e toda a sorte de trabalhadores especializados. Mas não era raro que se destinassem a filhos de estancieiros. Naquelas zonas de população feminina branca rarefeita, pegavam a indiazinha ainda criança, criavam como da família e depois a casavam com um filho. Era mais garantido.

Não se sabia ao certo por que existia esse costume no Sul de dar preferência às mulheres nativas. Talvez porque os migrantes brasileiros, assim chamados por serem em sua maioria mestiços, vinham de famílias sorocabanas com tronco materno indígena. Os descendentes consideravam que o índio, racialmente, era mais próximo do cristão do que o africano. Ou talvez porque fosse proibido escravizar indígenas e isso lhes desse uma condição étnica superior. No Norte do Brasil era diferente. Lá, unir-se com pretas, mesmo escravas, ou seja, nascidas na África, não era desonra.

No caso de Anna Joaquina e Manuel Luís, não havia nenhuma dessas restrições, pois os dois eram portugueses de pai e mãe. A origem de ambos, pelos dois lados, era Portugal, como, aliás, da maioria da população da cidade de Rio Grande, berço das mães Osorio. Essa configuração sociorracial foi o primeiro recurso de Tomás junto à madrinha em favor de seu consentimento.

— O rapaz é português puro, sem cruza. E cristão devoto. A primeira coisa que faz de manhã, quando acorda, são as suas orações.

— Não importa. Prefiro entregá-la para um paulista, mas que tenha posses.

Os dias passavam e os pais entraram em pânico. Tomás foi conversar com o pretendente. Manuel também se mantinha firme.

— Não vou repudiá-la, tenente. Desculpe-me, mas não posso fazer isso. Vou esperar e se ela não vier para mim, se for para outro ou ficar solteira, também fico. Não me caso com mais ninguém. Eu aprovo que ela não se case sem o consentimento dos pais. Eu também nunca desobedeci ao meu pai. Fui para o exército com as bênçãos dele. Daí para a frente tomei o meu rumo. E o senhor sabe que não fiz nada errado. Ele não teria nenhum motivo para reprovar a minha conduta. A não ser a minha pobreza, nada me diminui diante desses rapazes estancieiros aqui de São Pedro.

O medo do casal Osorio era a tristeza da moça. Era uma doença que levara várias mulheres jovens, contrariadas em seus amores, ou viúvas inconformadas. A rebelião inicial ia se transformando numa pasmaceira até que nada mais adiantava. Anos depois os médicos identificaram a depressão como um fenômeno físico, mas naquele tempo atribuía-se aquilo a um estado espiritual incontrolável, que nem o exorcismo resolveria.

Manuel Luís decidiu ir ter com a madrinha e dar o melhor de si para reverter aquela situação. Passou um dia inteiro ensaiando o que iria dizer. Aparou a barba, pediu a Das Dores para acertar-lhe o cabelo, poliu as esporas, os ferros do cordame, ensebou os arreios, escolheu os pelegos mais vistosos. De manhazinha montou e se foi.

Naquela estância ninguém piava, nem escravo nem livre. Mas era preciso tentar furar aquela pele mais dura que carapaça de jacaré e alcançar o coração de dona Quitéria.

Ao chegar à sede da estância, mesmo sendo avistado de longe, foi recebido como um qualquer. Teve de pedir para ser anunciado e esperar do lado de fora, de pé, segurando o cabresto do buçal. Deixado ali tomando sol, ficou um bom tempo, até aparecer a patroa, vestida de preto e tratando-o com indiferença.

— Pois não.

Foi só o que disse, secamente, dura como a estocada de um sabre. Manuel Luís fez um grande esforço para não desmontar diante daquela montanha de pedra.

— Bom dia, dona Quitéria, desculpe-me ter vindo sem me anunciar, mas...

— Pois diga logo a que veio.

— Eu vim conversar com a senhora para lhe falar dos meus sentimentos pela Anna Joaquina, pedir-lhe que...

— Pode parar. Não quero ouvir. Esse assunto eu trato com o meu compadre Tomás.

— Mas dona Quitéria...

— Escute, moço. Vou lhe fazer uma proposta: quanto quer para ir embora e deixar a nossa família em paz? Pega uma burra de patacões e se vai. Estou certa de que encontrará lugar melhor que este.

— Então a senhora acha que o meu amor pela Anna Joaquina tem um preço em metal? Posso lhe dizer, senhora, que o meu preço é a minha própria vida. Só se me matarem. Vejo que a senhora não sabe distinguir um homem de honra. Com sua licença.

Enquanto montava, ainda ouviu.

— Pois lhe digo o mesmo: nunca vou entregar a minha filha, sim, filha, a um desqualificado como você.

— Não lhe respondo em respeito à Anna Joaquina. Passe bem, minha senhora.

— Pois lhe garanto, é melhor que se vá, e logo, pois nunca terá a Anna Joaquina. Nunca!

Ao voltar à estância encontrou Tomás e Rosa a sua espera, mas não teve boa notícia para dar. Trancada em seus aposentos, Anna Joaquina também soube que a investida de Manuel fracassara, o que não foi, para ela, nenhuma surpresa. Numa conversa com a mãe, reafirmou sua determinação de não ceder. Os pais já estavam pensando que a filha tinha levado aquilo longe demais, que já estava convertendo paixão em teimosia, mas viam o tempo passar e os sintomas da tristeza se aproximarem.

No fim da tarde, um mensageiro de Quitéria foi convocá-los para um encontro no dia seguinte. Foi uma noite insone para o casal, mas Rosa comunicou ao marido que também ela tinha uma decisão.

— Não vou deixar a minha filha morrer. Isso eu te garanto.

Tomás ouviu calado, percebendo que ali se armava um temporal. As duas amigas até então inseparáveis iriam se enfrentar. Rosa, sempre cordata e obediente à amiga — que fora uma segunda mãe, sua mentora desde pequenina, que lhe dissera como viver, com quem se casar —, pareceu transformar-se. Tomás chegou a pensar que há muito Rosa estava reunindo forças para aquele momento, para a hora em que se postaria diante de Quitéria. Também havia algo mais do que uma briga de família. Rosa parecia estar mudando, assumindo uma nova atitude diante da amiga.

A carruagem chegou à estância de Quitéria por volta do meio-dia. Os Osorio já encontraram a mesa pronta para o almoço. Durante a refeição falou-se de temas gerais. Ansioso, o casal esperava que Quitéria abordasse o assunto que os trouxera até ali.

— Como está a minha menina manhosa? Por que ela não volta para casa?

— Comadre, estou muito preocupada com essa menina.

Tomás tentou fazer um agrado.

— É muito teimosa. Só faz o que quer. Saiu à madrinha.

Rosa disse que temia que ela já tivesse entrado no estado irreversível da tristeza. Quitéria então opinou:

— Temos de abrir os olhos dela. E vigiá-la, pois pode fazer uma loucura, fugir com esse desqualificado e estragar-se.

— Eu tenho medo é de que ela passe do ponto e morra.

— O Manuel é um bom rapaz. Sério, trabalhador, religioso. Tem futuro. Quantos não saíram do nada e fizeram fortuna? Nós mesmos somos um exemplo disso. Não éramos pés-rapados, mas o nosso patrimônio multiplicou-se muitas vezes... — completou Tomás.

— Não me venham com essas desculpas. Não criei uma afilhada para entregá-la ao primeiro desertor que passa por aqui. Vocês não compreendem que esse homem é um criminoso?

— Não é mais desertor, comadre. O governo decretou anistia a todos os desertores, a senhora sabe. Ele ainda tem três anos para se apresentar e limpar o nome.

— Um desertor... O descarado teve a ousadia de me aparecer, todo cheio de pomada, vestido que nem um almofadinha, querendo me impressionar. Tomás, por que tu não o mandas embora? Dá-lhe um dinheiro. Ameaça-o. Tu podes fazer isso, meu filho.

Rosa voltou a ponderar.

— Minha amiga e comadre, estou pensando na vida da minha filha. Eu sei que ela é bobinha e só pensa com o coração, mas deixá-la morrer?

— Rosa, não me venhas com essas desculpas. Parece que vocês estão fazendo gosto nesse casamento absurdo. Não e não!

— Deixar que a tristeza a mate?

— Prefiro vê-la morta a se casar com esse desqualificado.

— Comadre!

— Isso mesmo, Tomás. Prefiro que Deus a leve se ela não tiver uma vida decente.

— Tia Quitéria, que Deus te perdoe.

— Não admito e vou lhes dizer: se vocês deixarem essa menina se casar com esse desertor, ela morre para mim. Ela e vocês.

— Estás falando da herança?

— Tomás, estou falando de reconhecimento e respeito. A herança é parte disso. Se ela se casar com ele, é porque deste o teu consentimento. Nesse caso, nunca mais volte a pronunciar o meu nome, por favor.

— Tia Quitéria!

— Rosa, te conheço desde que nasceste. Tomás, tua mãe e eu viemos juntas para este fim de mundo. Vocês dois sabem melhor do que ninguém que não estou brincando e que uma palavra minha é definitiva. Vocês estão conscientes do que estão querendo me fazer?

— Tia Quitéria, não acredito no que estou ouvindo... Dona Quitéria, a senhora saberá da nossa decisão, mas podes estar certa de que não estamos aceitando esmolas.

CAPÍTULO 7

O Casamento do Fugitivo

Dona Quitéria de Barros fez questão de assinar os papéis mudando o seu testamento na mesma hora em que, na capela de Nossa Senhora da Conceição do Arroio, o padre Fidêncio abençoava o casal Anna Joaquina Luísa Osorio e Manuel Luís da Silva Borges. Mandara vir de Santo Antônio da Patrulha o tabelião e de Porto Alegre seu advogado, para que o documento ficasse perfeito e indiscutível. Anna Joaquina, antes beneficiária de todos os seus bens, ficava sem um tostão da madrinha, que repudiava a afilhada e rompia com seus pais, irmãos, parentes e demais pessoas que apoiassem aquele casamento e se mantivessem fiéis à amizade da família Osorio.

A decisão de permitir a boda foi muito difícil para o indeciso Tomás. Foi a primeira atitude relevante sem o apoio e a direção de Quitéria. E que decisão. Ao nomear Anna Joaquina sua herdeira universal, atribuindo a Tomás a gestão da fortuna da filha, Quitéria tinha feito dele o presumido potentado da região e projetava a família Osorio como a mais importante de todo o noroeste do território de São Pedro do Rio Grande. Para a comunidade, Anna era herdeira de um vasto e rico império de terras, gado, escravos e benfeitorias, e seu pai seria o regente absoluto desses domínios. Uma condição que se refletia sobre o restante da família, iluminando irmãos e irmãs.

Por isso, teve o impacto de uma salva de artilharia a notícia do noivado e próximo casamento da caçula. A primeira granada explodiu como os tiros de ajuste da mira, dizendo-se que a moça contratava casamento com o capataz, um jovem misterioso, desconhecido, muito pouco visto fora dos domínios dos Osorio e Barros. Quando a notícia se espalhou, tentou-se especular quem seria Manuel Luís, de onde viera, acreditando-se que seria um varão de alguma família importante do norte que por algum motivo não explicado, como não era incomum, fora recebido e protegido por seu patrão.

Aos poucos, os cochichos formaram o quadro de uma salva de granadas de calibre 12, primeiro revelando o rompimento das famílias Osorio e Barros, com o veto da velha, e por fim o custo daquilo tudo, medido em léguas de campo e números de semoventes humanos, vacuns, cavalares, muares e ovinos, sem falar de tudo o mais. O choque era tão grande que inicialmente ninguém de maior responsabilidade acreditava. A notícia só se confirmou quando Tomás e o futuro genro foram procurar o vigário de Santo Antônio da Patrulha. Marcaram a cerimônia e mandaram expedir os proclamas para chamar à denúncia quem tivesse um fato que configurasse impedimento para o consórcio do casal.

Foi com o papel fixado na porta da igreja, no qual se lia Manuel Luís da Silva Borges no lugar do pretendente, que souberam o nome completo do noivo. Com aquele documento Manuel Luís oficializava seu novo nome, com uma certidão da Igreja Católica, a instituição que conferia a todos nos territórios do reino sua documentação básica. O que ninguém sabia era que o nome fora aceito pela igreja sob a responsabilidade de Tomás, que atestara ser verdadeiro.

Conhecedor dos segredos do genro, o pai da noiva assumiu a responsabilidade por sua identificação, alegando que seria impossível recolher documentos nos prazos necessários. Para o cura, se o pai aprovava, estava resolvido, ainda mais em se tratando de um cidadão de elite. E o Silva Borges acrescentou-se e ficou sem contestação. O que chamou atenção e provocou curiosidade foi o nome de casada escolhido pela noiva: Anna Joaquina Luísa Osorio. Não adotar o nome do marido até que não era tão raro, mas o "Luísa", isso sim era inexplicável. Quando perguntavam, ela simplesmente sorria, respondendo que achara bonito e que aproveitara a oportunidade que a lei lhe dera para incluir o nome na sua identificação, como se fosse um capricho de moça apaixonada que pegava um pedaço do marido para ter junto de si. Ademais, Luís era um nome que também fazia parte de sua ascendência. Não foi difícil explicar; na verdade foi aceito pacificamente, sem especulações.

O casamento foi um evento estritamente familiar. Manuel Luís chegou a pensar em mandar alguém discretamente à ilha de Santa Catarina para avisar à família, mas foi dissuadido pelo sogro. As autoridades catarinenses o davam por morto. Melhor não atiçar nenhuma investigação ou tentativa de resgatá-lo. Era prudente deixá-lo esquecido até que algum fato novo possibilitasse sua volta. Ninguém poderia saber de sua história verdadeira. Era um segredo entre Manuel Luís, Tomás e, desde que jurara amar Anna Joaquina, a noiva. Todos os demais, incluindo a sogra e os cunhados, tinham-no como sorocabano, fugido como desertor das milícias do norte.

Os padrinhos e as testemunhas do enlace foram os irmãos da noiva. A festa de bodas reuniu apenas o pessoal da estância e alguns vizinhos. Era melhor deixar tudo quieto. Só o padre e seu cocheiro não eram das redondezas. A noite de núpcias foi na casinha que o sogro mandara construir para o casal, igual às demais da estância, com paredes de pedra e telhado de santa-fé. No dia seguinte, Manuel Luís já estava campeireando, reassumindo imediatamente sua função de capataz.

O maior problema que ficou do casamento foi a perda da herança de dona Quitéria. Entretanto, o impacto não foi tão profundo quanto a velha senhora e a população do lugar imaginavam. Os Osorio absorveram bem o baque, parecendo achar que tinham feito uma boa troca, Manuel Luís pela herança.

O rompimento no fim trouxe certo alívio, pois mudou para melhor o tenente Tomás. Livre da opressão de dona Quitéria, descobriu-se um homem mais jovial. A mãe, então, nem se fala. Dona Rosa pareceu ter remoçado ao se ver livre da pressão constante e da intromissão dela em cada assunto da casa, da estância ou da família. Quem mais custou a se acostumar com a nova situação foi o pivô da crise, a afilhada. Anna Joaquina sofreu um pouco, pois amava a madrinha, que a criara como filha mimosa, mas estava segura e confiante de sua decisão.

Anna Joaquina resolvera dar pessoalmente à madrinha a notícia de que não abriria mão do casamento. Saiu confusa e apavorada desse último encontro, pois Quitéria encerrou a questão: disse que jamais aceitaria que o motivo fosse o amor. Para a velha, casamento era mais um castigo que uma dádiva para a mulher. Amor pelos filhos ela até entendia. Gostar do marido, se fosse um primo, um tio ou alguém muito próximo de sua criação, também. Mas essa coisa arrebatada, isso não era compreensível. Chegou a sugerir que Deus e a Igreja iriam perdoá-la se fosse um feitiço ou algo sobrenatural, mágico, artimanhas de algum bruxo para capturar sua alma.

Aos poucos, Anna Joaquina foi percebendo uma transformação na madrinha, como se a velha fosse tomada por um ente maligno. O despeito transmudou-se em ódio e fez aflorar uma aversão irrefreável; dona Quitéria acabou por expulsá-la de casa, amaldiçoá-la, vaticinando a desgraça para ela e os descendentes que nascessem daquela união espúria, por ser desautorizada.

A destruição da figura da madrinha foi muito grave para Anna Joaquina. Sentiu-se quase tão mal quanto no dia da recusa da licença, quando achou que iria morrer se não pudesse ter Manuel Luís. E foi justamente a presença do noivo que a aliviou e por fim a conformou com a perda tão importante da madrinha em sua vida.

Os dez filhos do casal nasceram na fazenda da família, onde viveram até por volta dos anos 1820. O nome do primogênito foi escolhido por Tomás. Batizou-o de Francisco, em homenagem ao avô, dom Francisco da Fonseca Osorio, tronco português da linhagem. Tomás não aceitou que tivesse seu nome, como queria o genro. Depois veio uma filha, que teve o nome da mãe, Anna; o terceiro teve o nome do pai, Manuel. Mais tarde José, nome do bisavô; Maria; Eufrásia; Rosa, nome da avó; Clarinda, nome da avó; Pedro, nome do avô paterno; e Felícia, a caçula. Todos eram Osorio e tinham Luís ou Luísa antes do sobrenome. A quem perguntasse, Manuel Luís explicava as razões de não dar seu nome aos filhos.

— Osorio é um nome ilustre, vem de nobres espanhóis e portugueses. Fica melhor.

Para outros, ia mais longe.

— É gratidão. Os Osorio me receberam como um filho. Se pensar bem, hoje sou um Osorio. Nada mais certo que meus filhos tenham o nome da minha segunda família.

Aos quantos lhe perguntavam o porquê do "Luís" em todos, homens e mulheres, desconversava:

— É devoção da mãe pelo santo francês. Ela mesma se rebatizou assim.

Tudo se encaixava. O santo que combatera heresias cujo nome significava "guerreiro glorioso" fundou a devoção a Maria, mãe de Jesus.

CAPÍTULO 8

Vocação para o Perigo

O MENINO MANUEL LUÍS criou-se como a maior parte dos meninos rio-grandenses daquela época. Ainda de colo, já cavalgava com o pai na cabeça do lombilho. Com 3, 4 anos, montava o matungo da pipa puxado pelo cabresto a pé pelo peão da casa. No chão, era um traquino. Mesmo numa comunidade como a estância dos Osorio, que reunia um grupo de mais de 20 crianças soltas no terreiro, o pequeno Manuel Luís se destacava nas travessuras, a ponto de a mãe chamá-lo de "o flagelo da casa". Metendo-se nas brincadeiras dos mais velhos, não era de estranhar que vivesse lanhado pelas quedas e pelos acidentes e com o lombo duro de tanto apanhar. A mãe ralhava e aplicava-lhe as palmadas, e o pai via de longe aquele pirralho se metendo com os maiores, enfrentando sem medo os tabefes, as pauladas e as pedradas. O pai, admirado, desculpava-se, afirmando não ter preferência por ele entre os demais filhos homens e justificando a atenção especial que lhe dedicava como a necessidade de não o deixar sem respostas.

— Esse guri quer saber tudo. Vive perguntando.

Perguntar era a mania do pequeno Manuel Luís. Como é isso, como é aquilo, por que assim, por que assado. Era assim na criação dos animais, especialmente nos detalhes da cura de uma bicheira, da extração de um berne, da castração de um terneiro. Também nas lavouras queria saber tudo: lavagem, plantio e colheita. Seu interesse chegava ao nível de detalhe quando pedia ao pai e aos mecânicos explicações pormenorizadas sobre o funcionamento das máquinas, as minúcias dos encaixes e da transmissão de força por engrenagens.

Interessava-se pela pressão das prensas esmagadoras do engenho de açúcar. Procurava compreender o fenômeno da destilação do álcool e da aguardente. No moinho de trigo, queria saber como era a força hidráulica da azenha. Metia-se no meio das máquinas, muitas vezes, enquanto estavam ligadas, para observar ao vivo como eram. Volta e meia era um alarido, pois o menino estava entre os raios das rodas da azenha ou no meio dos equipamentos, para desespero da mãe, que temia, com razão, que a criança pudesse ser esmagada. O pai ficava dividido, pois tanto se orgulhava de sua inteligência, do destemor e do significado positivo desse interesse, quanto tinha medo de ver o pequeno Manuel Luís morto ou aleijado como consequência de um acidente. Entretanto, correr perigo era uma constante no Rio Grande daqueles tempos. Mais cedo ou mais tarde, ele teria de enfrentar o bicho feio de frente.

Manuel Luís revelou-se uma criança precoce. Bem pequenininho, brincava com gado de osso, montava cavalo de pau, todas as brincadeiras comuns inspiradas na vida rural que conhecia, mas tinha surpreendente habilidade em alguns pontos: a mão certeira na pedrada, que mais tarde se transformou no pulso certo para lançar boleadeiras; laçava a pé com uma soga e pulava com desenvoltura no lombo de um petiço.

As crianças no Rio Grande eram adestradas nessas brincadeiras, para exercitar ordem unida a táticas de combate, ataque, evasão, surpresa e defesa de emboscadas. Havia até uma forma original para a iniciação nas artes da pecuária: tropas de brinquedo feitas de pequenos ossos secos das falanges de animais abatidos ou mortos, recolhidos, limpos e preparados. Uns eram bois e vacas; outros, cavalos, mulas, ovinos, suínos e assim por diante. Cada menino tinha os seus, que negociava com os demais, simulando as situações próprias da criação. Brincava-se de gado de osso até os 6, 7 anos. Os mais velhos iam ensinando os mais moços, os pais se metiam e davam lições. Assim, com a imaginação, o menino ia se enfronhando na lida.

Nas brincadeiras de ação repetia-se o mesmo processo: os meninos mais velhos primeiro usavam os fedelhos para massa de manobra, para aumentar o efetivo. Nos combates, eram os menores os primeiros a cair, pois havia regras que indicavam quem estava vivo e quem estava morto, ou seja, fora da brincadeira. Para isso, os meninos se organizavam: mais velhos no comando, os oficiais, e os pequenos como soldados. Espadas de pau, cavalos de cabo de vassoura, espingardas de brinquedo. Aprendiam a ordem unida e os movimentos tanto da infantaria como da cavalaria, corrigidos pelos mais experientes, que estimulavam as crianças. Se o pequeno errasse o passo, ou se enganasse na meia-volta, levava um planchaço do sargento, do tenente ou do capitão, conforme a pessoa que estivesse comandando a manobra. Assim cresceu Manuel Luís.

Havia um jogo, chamado "brincar de veado", em que os meninos se dividiam em dois grupos, metade cachorros — os caçadores —, metade veados — a caça. No centro, um moirão ou um poste era a raia. Quem a tocava dizendo as palavras "um-dois-três-p'ra mim" estava salvo, sobrevivia. Se fosse tocado ou segurado, dependendo da regra combinada antecipadamente, estava morto. Assim eles se adestravam nas artes da evasão e da captura. Por volta dos 10 anos, valendo-se de seu tamanho avantajado e assumindo o papel da caça, enfrentava piás dois ou três anos mais velhos, tanto na corrida como na esquiva. Ou então na arte da camuflagem, no rastejamento de aproximação e no ataque decidido quando via o momento de chegar à raia. Do outro lado, no papel de cachorro, o olho vivo para perceber o veado escondido pelo movimento de um galho ou de uma palha de barba-de-bode e acercar-se do alvo sem ser pressentido ou despistando a vítima.

Crescido, competia com quem o enfrentasse. Aos 12 anos, fazia coisas de guri de 15. Sua envergadura conferia-lhe mais força que seus iguais. Nessa idade, já carregava um saco de trigo. Era um menino grande, encorpado e de movimentos ligeiros. O pai percebia que ali poderia haver a semente de um exímio guerreiro. Havia uma promessa, pensava Manuel Luís, que dedicava um bom tempo a ensinar ao menino a maneira certa de fazer aquelas coisas.

Por exemplo, manejar uma espingarda corretamente, desde o cuidado com os mecanismos e a munição até, finalmente, disparar e acertar o alvo.

— De nada vale uma boa pontaria, olho de gavião, mão firme, se a pólvora estiver molhada, mofada. Menos ainda se o pavio não presta ou se a espoleta nega fogo.

Eram lições fundamentais num meio em que mais da metade das armas não disparava pela falta desses cuidados, ensinava-lhe o pai.

No entender dele, o indício mais forte do potencial instintivo do filho eram suas aptidões inatas para movimentar-se no terreno, com senso de orientação e capacidade de se integrar e se aproveitar da geografia. Ele era capaz de andar no mato, de correr no meio de vegetação cerrada como se fosse um animal, sem se perder. Que mais dizer do menino Osorio?

O tio, padrinho e instrutor Bernardino, não cansava de se admirar:

— É um fenômeno, Manuel Luís. A cada 100 anos nasce um assim. Tu achas que exagero, mas ainda verás.

O pai aos poucos abriu um claro em suas preferências, mesmo achando que o filho José poderia se destacar ainda mais.

Manuel Luís tinha 14 anos e já era homem feito. Até no físico, pois dispunha de musculatura de adulto. O pai estava partindo para a Banda Oriental, onde iria se integrar ao exército para enfrentar a independência do país, pois na província cisplatina os portugueses não estavam aceitando o grito do Ipiranga de dom Pedro I, recentemente aclamado Defensor Perpétuo e imperador do Brasil, separando-o do Reino Unido. Decidiu levar o filho como seu escudeiro, pois ainda não poderia ser declarado cadete, mas já iria se acostumando com a vida militar e participando das manobras de guerra.

Nos 22 anos desde que saíra do Desterro e aparecera estropiado, quase morrendo na casa dos Osorio, Manuel Luís da Silva Borges já firmara uma reputação, já fora inteiramente reabilitado e estava integrado como oficial às tropas do jovem império que se declarara independente na América do Sul, incorporando todas as antigas colônias portuguesas, do Grão-Pará à Banda Oriental do Rio Uruguai. Como muitos guris de sua idade, o piá Manuel Luís estava indo para sua primeira campanha de verdade.

CAPÍTULO 9

A Volta do Proscrito

A REABILITAÇÃO DE MANUEL Luís aconteceu quando estava para estourar a guerra de 1811. O capitão-geral dom Diogo de Souza, governador da capitania do Rio Grande de São Pedro, criada em 1807, andava caçando gente a laço para incorporar num exército. Àquela altura, já era considerado inevitável um confronto com os castelhanos no extremo sul.

Conversando com o genro, que se mostrava decidido a participar, o tenente Tomás resolveu dar uma cartada. Conhecia dom Diogo, contemporâneo de seu avô no Exército Português, e foi procurá-lo em Porto Alegre. Se as coisas não saíssem bem, poderia comprometer sua família, mas decidira correr o risco. Pior seria se descobrissem a verdadeira identidade de Manuel Luís quando ele já estivesse na tropa. Então mandou botar os arreios à charrete para enfrentar as 34 léguas até a capital. Foi com um escravo, também montado, e com a esposa, que aproveitava a viagem para consultar seus médicos e fazer compras. No primeiro dia, viajando da madrugada à noite e trocando cavalos de montaria e tiro, alcançou a povoação de Santo Antônio da Patrulha. Aí descansou dois dias antes de encarar a última etapa, de 14 léguas.

Em 1810, a capitania não contava com mais de 50 mil habitantes espalhados pelas jurisdições das vilas de Rio Grande, Porto Alegre e

Rio Pardo; as povoações de Nossa Senhora da Conceição do Estreito e São Luís de Mostarda, ao sul; Senhor Bom Jesus do Triunfo, São José de Taquari, Santo Amaro e Cachoeira, na fronteira do Rio Pardo; Santo Antônio da Patrulha e Conceição da Serra ou do Arroio, como era mais conhecida, a nordeste; Nossa Senhora de Oliveira, na Vacaria; as capelas filiais de Santa Bárbara, São Francisco de Paula, Caçapava e Povo Novo. Isso era o Rio Grande, como dissera em 1803 o então governador de Santa Catarina — que tinha jurisdição sobre a capitania de São Pedro —, Sebastião Xavier da Veiga Cabral da Câmara, em carta ao ministro do rei dom Rodrigo de Sousa Coutinho: "De agricultores e de soldados é o que mais se necessita; dos primeiros para fertilizá-lo, dos segundos para defendê-lo."

Também por saber disso movimentava-se Tomás, pois, com população tão escassa e com a perspectiva de uma grande guerra, era prudente antecipar-se. Oferecer homens às Forças Armadas não inviabilizaria completamente suas criações, suas plantações e sua indústria. Um recrutamento descontrolado poderia deixá-lo sem braços para a lavoura e para o engenho nem ginetes para as lidas campeiras. Naquele momento, a capitania contava com 914 homens distribuídos entre o Regimento dos Dragões, a Legião de Cavalaria Ligeira e os batalhões de infantaria e artilharia, além de outros 2.977 homens das companhias de milicianos. Muito pouco para uma guerra contra o vice-reinado do Prata.

Ao chegar à cidade, Tomás logo foi à comandância pedir uma audiência com dom Diogo. Tomás já o conhecera pessoalmente, quando estivera na região inspecionando a estrada que ligava Porto Alegre a Laguna, se é que se poderia assim chamar aqueles caminhos, a maior parte aproveitando a maré baixa das praias. Era uma rota estratégica para reabastecimento, por terra, de reforços, armas e suprimentos enviados do Rio de Janeiro. Além disso, a barra do Arroio Tramandaí, quando praticável, poderia oferecer um porto para embarcações de menor calado.

Esses assuntos, como o estado da Barra do Tramandaí e da estrada do litoral, abriram a conversa. Logo a seguir, dom Diogo falou de sua convicção de que a guerra europeia não tardaria a chegar à América do Sul. A metrópole espanhola não podia fazer muito para controlar seus súditos de além-mar, pois estava envolvida numa guerra civil e, simultaneamente, num conflito com os invasores franceses, apoiados por tropas portuguesas e inglesas. Mas tinha certeza de que esse quadro não persistiria por muito tempo. A agitação política que o desmoronamento de Madri deixava evoluir no Sul ainda não abalava a paz regional.

Os argentinos, como se chamavam os habitantes do vice-reinado do Prata, encontravam apoio no Rio de Janeiro, tanto da parte do regente dom João VI como da embaixada inglesa, que apoiavam a luta pela independência dos castelhanos. Entretanto, ele não confiava nessa pseudoestabilidade.

— O senhor é bem-vindo, tenente, se me oferece homens para engrossar as fileiras de nossas milícias.

Tomás dissera que Conceição do Arroio poderia enviar cem homens ou pouco mais, reunidos entre os proprietários da região tão logo fossem chamados. Emendou que o grupo já recebia um treinamento básico, ministrado por seu genro, que fora graduado das tropas de linha do Desterro no final do século XVIII. Diogo de Souza exultou.

— Que maravilha. Um homem desse calibre vale ouro aqui no continente. Posso lhe garantir, dom Tomás, que um graduado do Exército de Linha no Desterro, naqueles tempos em que a invasão espanhola ainda fazia tremer os nossos governantes, era um soldado de padrão europeu. Um graduado daquela escola vale por um capitão aqui na capitania de hoje.

Tomás foi entrando aos poucos no assunto de Manuel Luís. Agora estava totalmente inteirado dos detalhes que o genro omitira por um tempo, até entregar toda a história. Tomás contou que Manuel Luís tinha uma pendência com o exército, pois, embora estivesse coberto pela anistia dos desertores de 1801, não fora a nenhum quartel regularizar sua situação, como era necessário para gozar do benefício.

— Não vejo problema, dom Tomás. Ele tem o direito e uma boa desculpa, pela distância de Conceição do Arroio do quartel do Desterro. Posso mandar vir os papéis e consertar tudo aqui mesmo em Porto Alegre.

Então deu mais um passo, narrando a briga com o oficial. Dom Diogo fechou a cara; aquilo era, realmente, grave. Tomás deu detalhes, ponderou que não reagira apenas aparando o golpe, defendera-se, sem usar a alabarda ofensivamente, deixando-se prender em seguida. Só fugiu porque seria, com certeza, fuzilado. Dom Diogo não falava nada. Tomás insistiu e ainda reforçou as qualidades do genro.

— É um bom homem. Já faz tanto tempo. Sabe ler e escrever, é um homem completo.

Contou como Manuel Luís liderara o combate aos bandoleiros que atormentavam a região antes de sua chegada.

A destruição completa do bando de Candinho Baiano, o rei do Malha Coco, como era conhecida a grota em que se escondia, ficou na memória dos fazendeiros de Conceição do Arroio e foi comemorada na Vila de São Domingos das Torres, onde os ladrões também costumavam fazer suas estripulias. Sua área de ação era o trecho de terra que ia do mar até a Serra Geral, uma zona praticamente desabitada naqueles tempos. A capela da freguesia de Conceição do Arroio ficava por ali, no centro de uma região de mais de 20 léguas de extensão. A igreja fora edificada nas abas da serra, a zona mais populosa, com casas e sedes de meia em meia légua, que iam se distanciando cada vez mais, até ficarem de 6 a 8 léguas umas das outras.

Sem dispor de um corpo policial ou de uma guarnição militar permanente, a população vivia à mercê dos bandidos, que roubavam de tudo, além de praticar toda a sorte de violências, incluindo o sequestro de mulheres e crianças.

A quadrilha de Candinho contava com número variado de homens e mulheres, dependendo da época do ano. No auge, podia chegar a mais de cem pessoas. Seus quadros eram compostos por desertores portugueses e espanhóis, ladrões fugidos das prisões, assassinos, vivandeiras que acompanhavam as tropas, muitas delas mais bandidas do que seus homens, capazes das maiores atrocidades. O chefe era um desertor do exército de pele escura; daí seu apelido de "Baiano". Tinha quase 2 metros de altura.

A "temporada" normalmente era no verão, depois dos negócios gerados pelas safras de gado, trigo, milho e feijão, as principais culturas locais. O alvo não era só o Rio Grande, mas também os países vizinhos e as Missões. O padrão do grupo era atacar as fazendas e pedir um valor em ouro ou moeda metálica como "proteção".

A população, sempre que podia, reunia-se em forças de voluntários, porém raras vezes conseguiam encontrar as quadrilhas. Manuel Luís, logo que chegou, propôs ao tenente Tomás preparar sua gente para a defesa, pois não estariam livres de uma incursão dos malfeitores.

Iniciou o treinamento com o pessoal fixo da estância, livres e escravos. Como no exército, começou o trabalho disciplinando o pessoal. Botou todo mundo com mais de 12 anos a marchar, homens e mulheres. Na segunda fase, iniciou o trabalho com armas, tanto de fogo como brancas. Por fim, o treinamento militar propriamente dito, com as formações de combate para infantaria e cavalaria. Às mulheres caberia a participação na defesa do perímetro das casas, se por acaso Candinho chegasse a esse ponto. Todos participariam do combate, incluindo as crianças.

Os bandidos costumavam sair de seu esconderijo no fim da primavera. Quando uma grande fazenda era assaltada, as famílias e os empregados recuavam para as casas, deixando os depósitos livres para o saque. Era comum, também, o pagamento de um resgate em moeda de metal para evitar a depredação das benfeitorias.

Um dia houve uma surpresa. Quando chegaram os emissários de Candinho, Tomás nem sequer os recebeu. Foi Manuel Luís que apareceu, à frente de cinco homens. Os assaltantes eram três. Às falas de "buenas que les traz aqui", o grupo viu aquele homem grande e desconhecido e logo percebeu que a situação agora era diferente. O mais metido, com seus 16 anos, quis atropelar, mas nem teve tempo de se mexer e levou um tiro na cabeça. Os outros dois ficaram parados, cercados.

Então o homem grande disse:

— Vocês viram que esse rapaz era indelicado. Agora vocês: quem é o mais graduado? — Por esse, ele mandou um aviso: — Meu nome é Manuel Luís. Sou o novo capataz aqui da estância. Leve um recado meu para o seu chefe: diga que a safra foi ruim, que não temos dinheiro para pagar o que ele nos pede. Diga que não vamos mais pagar nada e que o nosso gado e a nossa produção também não podem mais ser cedidos. E mais, que ele não deve mais descer a serra porque aqui em Conceição do Arroio não tem mais nada para ele. E também que, como garantia, vamos ficar com o seu companheiro.

O mais graduado foi então derrubado pelo laço e obrigado, debaixo do rabo-de-tatu, a confessar seu nome, Adão, e contar tudo o que estava acontecendo nos matos.

À noite, chegou um posteiro com sua família, dizendo que os assassinos haviam saído do mato e estavam acampados no fundo do campo. Tomás reuniu a família, os empregados, escravos e peões. Informou que o ataque era iminente, organizando a defesa. Ninguém dormiu direito. No dia seguinte, a tensão era completa dentro da casa, dos galpões e das demais instalações preparadas para a guerra. Um grupo de ginetes ficou perto da cavalhada, dissimulada entre as árvores do pomar. O comando da casa caberia a Tomás; a cavalaria ficaria por conta de Manuel Luís. Quando a cachorrada deu sinal de que estranhos se aproximavam, todos foram para suas posições e ficaram à espera.

Os invasores chegaram no meio da tarde de um dos primeiros dias de dezembro. Sua força contava com cerca de 60 a 70 cavaleiros, entre homens e mulheres, armados de lanças, sabres e armas de fogo. Antes de se iniciarem as hostilidades, um emissário de Candinho aproximou-se da casa, certamente levando uma mensagem de rendição, mas foi derrubado com um tiro certeiro disparado do telhado. A casa de pedra era uma pequena fortaleza, cercada por uma mureta também de pedra e coberta no lado por um pomar de árvores frutíferas. Candinho não acreditou. Emitindo um grito que se escutou na sede da fazenda, ordenou o ataque. Manuel Luís sentiu ali a vitória, dada a desorganização dos atacantes, sem a menor disciplina ou tática de envolvimento.

Vieram como estavam, embolados, abrindo o galope a uns 50 metros da linha de defesa. A uns 30 metros, estacaram quando receberam a descarga precisa de trinta e poucas armas de fogo, logo seguida de uma segunda. Os cavalos refugavam diante da fumaceira; os homens caíam atingidos e eram alçados pelos companheiros surpresos. Nunca tinham enfrentado algo parecido. Só Candinho sabia do que se tratava, pois servira no exército, mas pouco conhecia de tática e nada de estratégia. Mandou recuar, reorganizou seus homens e investiu novamente. O resultado foi o mesmo. Perdera, entre mortos e feridos, cerca de vinte homens.

O tenente Tomás comandava a linha de fogo. O fazendeiro mandara comprar pólvora nova e calibrar as armas, enquanto os bandoleiros, que viviam distantes dos centros civilizados, tinham munição de péssima qualidade. O alcance das armas dos defensores equilibrava ou dava vantagem contra o mal equipado grupo de assaltantes. Manuel Luís viu o gigantesco líder dos bandidos animando seus homens, preparando o terceiro ataque. Disse então ao patrão:

— Agora estão vulneráveis. Vamos atacá-los pelo flanco.

Com o desgaste das primeiras investidas, a cavalhada de Candinho já estava baqueada. Manuel Luís tinha 15 homens com cavalos frescos, cuidadosamente preparados. À primeira descarga da defesa, saiu o piquete do meio das árvores, investindo a todo galope. A lançaços e tiros de pistola, destroçaram completamente os atacantes, que foram caindo. Os cavalos não lhes davam condições de combate. Foi um massacre. Candinho e alguns poucos, vendo o desastre, recuaram para suas posições, trocaram de montaria e fugiram com pouco mais de dez homens. Os outros foram logo alcançados e ali mesmo executados pela cavalaria dos Osorio, que destruiu completamente seus acampamentos e as roças que haviam cultivado. Ao voltar, três dias depois, deram por encerrada a missão. Candinho nunca mais foi visto nem seu nome falado. A glória da vitória ficou com o tenente Tomás, que recebeu silencioso os cumprimentos da vizinhança, atribuindo-se o êxito a seus conhecimentos de táticas militares adquiridos no tempo em que fora tenente de milícias.

Dois meses depois de sua visita a dom Diogo de Souza, o tenente Tomás recebeu uma carta do capitão-geral dizendo que mandara levantar a situação de seu genro e que ele poderia apresentá-lo na capital. Iria se integrar às forças do Exército de Observação, que estava sendo organizado para vigiar a fronteira do vice-reinado do Prata, nesse momento reivindicado pela futura rainha de Portugal, dona Carlota Joaquina, irmã do rei da Espanha. Nessa correspondência, dom Diogo dizia ainda que, devido à situação militar de Manuel Luís, ele teria de ser reintegrado no seu posto de furriel e não como oficial, como era o pedido de dom Tomás. Entretanto, podia ir com seus homens, que ficariam sob seu comando direto, como pedira o fazendeiro Osorio, recomendando que se apresentasse diretamente a ele quando chegasse a Porto Alegre.

Menos de um mês depois, Manuel Luís chegou à capital à frente de 112 cavalarianos, com três animais por cavaleiro e a dotação técnica de uma força de cavalaria. Seguindo a instrução que recebera do sogro, foi se apresentar na sede do governo assim que acampou com seus homens do lado de fora da cidade, nas proximidades da ponte do riacho.

Dom Diogo não o deixou esperando muito tempo. Manuel Luís estava bem-vestido, limpo, elegante.

— Bem-vindo. Recebi os seus documentos e não consta nada, a não ser a sua deserção. Ao que parece, o seu processo foi extinto quando o deram como morto. Dessa forma, o senhor não responde por mais nada. Mas não posso nomeá-lo oficial. E também tenho de mantê-lo na infantaria, sua arma de origem.

— Estou aqui para servir ao rei, meu capitão-geral.

— O senhor ficará com o comando dos seus homens e mais algum reforço que mandarei incluir para completar o efetivo de uma companhia. Apresente-se ao seu comandante, capitão Efraim.

Manuel Luís gostou do capitão-geral. Para um homem de 56 anos, estava muito bem. Só achou estranho seu comandante Efraim, um oficial português franzino, muito bem-arrumado, educado, letrado, um almofadinha que não fazia o tipo de líder de uma carga de cavalaria. Entretanto, conformou-se, pôs-se às ordens, apresentou seus homens e foi cumprindo o treinamento e a integração dos novos voluntários à tropa. Qual não foi sua surpresa quando, nas vésperas de seguir para o interior, rumo à fronteira, onde se concentrava o grosso do exército, foi outra vez chamado pelo comandante em chefe.

— Manuel Luís, temos observado o seu desempenho aqui no quartel. Você está muito bem. Os seus homens estão sadios, são asseados, dedicados, acredito muito se dever à sua capacidade de comando. Amanhã vamos partir. Quero informar-lhe que o seu comandante está doente, devendo ficar na cidade para se restabelecer, ajudando nos trabalhos administrativos da nossa retaguarda. Você vai comandar a unidade e vai receber reforços em Caçapava. Prepare-se para marchar.

Foi assim que, pela primeira vez no Exército Português, uma companhia de caçadores a cavalo, tropa montada de infantaria, foi para a guerra comandada por um simples furriel. O ex-desertor saía da sombra, limpando o nome para seus descendentes.

CAPÍTULO 10

O Menino Escuta o Herói

Manuel Luís voltou da guerra em 1812 com dragonas de capitão e as lanças cruzadas da arma de cavalaria na lapela do uniforme. Quem mais gostou de vê-lo na farda e nos galões foi o menorzinho, Manuel Luís Osorio. Não só o uniforme de oficial impressionou o pequeno, mas também o ferimento que trouxe, cicatrizado, no peito. O guri passava a mão naquela marca feia na pele e pedia:
— Conta, pai.
O menino não se cansava de ouvir as histórias dos combates. Manuel Luís se divertia, lembrando a perplexidade dos soldados portugueses quando enfrentaram as guerrilhas dos índios minuanos e charruas na marcha para Montevidéu. Para ele, se não fosse a cavalaria rio-grandense, que aprendera com os nativos aquele modelo de luta, certamente os orgulhosos europeus, jactando-se de vencedores dos franceses de Napoleão Bonaparte na Península Ibérica, teriam dado meia-volta e escolhido outro caminho para chegar a seu destino. Seus comandantes retrocederiam para o Rio Grande, alcançando aquela cidade por mar, bem longe da rota que haviam escolhido ao seguir pelo meio da Banda Oriental, arrancando de Bagé numa linha reta até a Coxilha Grande, daí a Maldonado, para chegar, então, a Montevidéu.

Os guerrilheiros indígenas se apresentaram no início dessa campanha com o mesmo tipo de combate que dois anos mais tarde os cossacos russos ofereceriam aos franceses da Grande Armée na invasão da Rússia. A melhor sorte dos portugueses na América do Sul deveu-se à presença da cavalaria crioula, que soube aproveitar as lições e as armas dos indígenas, conseguindo, assim, contê-los. Essa guerra foi, de fato, uma série de recontros de grupelhos de cavalarianos. De um lado os índios, do outro os gaúchos, observados de longe pelos europeus das tropas regulares, atônitos, impotentes para submeter seus adversários, confiando no êxito daqueles brasileiros esquisitos, que mais se pareciam com os inimigos do que com forças amigas.

O resultado da tática dos charruas e minuanos, entretanto, superou as expectativas, até encontrarem um adversário a sua altura. Por um tempo, paralisaram o avanço dos portugueses, habituados às organizadas guerras europeias. As tropas do Rei chegaram à capitania de São Pedro por mar, vindas do Rio de Janeiro. Desembarcando em Rio Grande, subiram pela Lagoa dos Patos até Porto Alegre e, dessa cidade, navegaram em embarcações menores pelo Jacuí acima até São João da Cachoeira. Dali para a frente, só encontraram o pampa infinito e deserto, uma paisagem muito diferente dos campos povoados que se viam na Europa. Passavam a cada trecho por cidades e vilas que tornavam suas marchas verdadeiros passeios, tanto pela beleza e pela variedade do ambiente como pelas possibilidades de pilhagens.

No Brasil, tudo era diferente. Mas, ao marchar em território hostil, tiveram as primeiras amostras do que os esperava. Aos poucos, foram vendo que guerra seria aquela e passaram a temer seus adversários. Em poucos dias, a perplexidade virou medo. Começaram a entrar em pânico quando viram, ao longe, as partidas do inimigo rondando suas fileiras, marchando compactas. De repente o terror surgia, brotando do campo. Emitindo gritos assustadores, a horda lançava-se sobre alguma fração de tropa desgarrada, matando quem estivesse à mão, para em seguida retirar-se a todo galope, sem dar chance para os defensores.

Só depois de muito relutar o capitão-general deu ouvidos a seus crioulos e concordou em liberá-los para revidar, atuando nos mesmos moldes. Sua cavalaria rio-grandense passou a operar pelos flancos, interceptando as partidas indígenas antes de elas alcançarem o perímetro defensivo do grosso do exército.

Foi assim que a cavalaria gaúcha começou a fazer seu nome, superando as desconfianças e zombarias, adquirindo o respeito dos afamados soldados europeus. Os cavalarianos rio-grandenses contra-atacavam com as mesmas armas dos índios e atropelavam os assaltantes antes que eles pudessem chegar a suas linhas.

O Exército de Observação foi mandado a Montevidéu para estabilizar o governo local, em nome da infanta espanhola, dona Carlota Joaquina, reivindicante do trono de seu irmão, Fernando VII, que estava na cadeia em seu país, encarcerado pelo imperador francês. Sua presença não era apoiada nem condenada pelos colonos hispânicos, envolvidos numa série de querelas que, pouco a pouco, evoluíam no sentido de uma separação completa da metrópole europeia.

Foi por isso que tão logo entrou em território espanhol, a força de "observação" foi denominada de Exército Pacificador. Entretanto, tudo aconteceu porque os seguidores de um caudilho local, José Gervasio Artigas, decidiram hostilizar os invasores. O objetivo principal era marcar uma posição no cenário interno de luta pelo poder no vice-reinado do Prata, mais do que deter seu avanço no país, pois não teriam poderio para aniquilar a coluna de dom Diogo. A tática do caudilho oriental foi enviar pequenas partidas de índios, a cavalo, para atacar a infantaria portuguesa e mantê-la em constante desgaste e inquietação. Nesses embates, Manuel Luís se destacou, ganhando promoção em cima de promoção.

A verdade é que voltou da guerra outro homem. Não precisava mais se esconder, nem dissimular uma insignificância que não lhe era natural, e sim uma necessidade de seu comportamento de foragido. Regularizada sua situação, agora era oficial das Forças Armadas Portuguesas e um dos lugares-tenentes do capitão-general dom Diogo de Souza, o manda-chuva no Rio Grande. Podia se expor às claras, abandonando a discrição de clandestino. Foi esse Manuel Luís remodelado que se projetou sobre os filhos, uma figura altiva, que tinha o respeito de todos na região, deixando no passado o introvertido capataz obscuro que mal cumprimentava as pessoas de fora.

De novo em casa, transformou-se no centro de atenções em toda a Conceição do Arroio. Até o vigário o procurava para discutir política e a conjuntura internacional. Embora vivessem num recanto perdido do mundo, sabiam o tamanho da confusão em que estavam metidos.

O conflito envolvendo as principais potências mundiais tinha no Rio Grande uma de suas principais frentes de batalhas políticas e militares. Aquela gente vivia numa região situada no palco dos acontecimentos, eram habitantes da geografia da bacia do Rio da Prata, para onde fluíam as águas do Rio Uruguai, formado pelas águas do Pelotas, cujas nascentes ficavam a poucos quilômetros de Conceição do Arroio, logo ali, em cima das montanhas, nos Aparados da Serra Geral.

A Europa vivia uma transformação radical. Máquinas movidas a carvão multiplicavam a capacidade de produzir, com consequências arrasadoras na política e na economia. O núcleo da produção de bens e serviços saiu do campo para a cidade. França e Inglaterra descolaram do restante da Europa, deixando os impérios coloniais ibéricos para trás. Também no remoto pedaço de terra das colônias sul-americanas, as duas novas superpotências estavam sendo impulsionadas pelas mudanças.

Portugal e Espanha exerceram, por meio dos monopólios, o domínio dos mares e das conquistas proporcionadas pelas grandes descobertas. Mas perderam a iniciativa para as duas nações do Canal da Mancha, onde se firmou uma ideologia subversiva denominada de liberalismo.

Pregava-se que as relações comerciais não sofressem restrições. Essa liberdade levava ao pleno direito de fazer e, consequentemente, pensar, falar e agir. Essa ideia simples derrubava o direito dos reis, ou dos Estados, de controlar e conceder a seu arbítrio. Na América do Sul, a chegada das ideias e principalmente das práticas liberais foi um terremoto.

Antes do liberalismo, as colônias ibéricas na América viviam num sistema inteiramente descompensado, já que suas economias não mais cabiam no modelo do colonialismo dos séculos XVI e XVII. O século XVIII gerou um grande crescimento interno nas colônias sul-americanas, criando uma economia paralela que, em muitos casos, superava a economia formal controlada pelas metrópoles.

No caso do Brasil, conquistado por Portugal, uma potência dinâmica mas demograficamente restrita, não havia gente para ocupar e colonizar as terras novas. Foi necessário trazer gente de fora da Europa para consolidar a posse das terras descobertas. Optou-se por transplantar das possessões da África para o outro lado do Atlântico uma sociedade pronta e acabada. Não vieram apenas as pessoas, mas toda uma cultura, com suas plantações e minerações, seu modelo social com respectivas hierarquias de senhores, clientes e escravos. Veio junto até mesmo uma religião, originada de uma fusão sincrética muito criativa do catolicismo com os politeísmos mágicos locais, que tomara forma no início do século XV. O catolicismo africano fora adotado como religião oficial das nações do Congo no século XV.

Passados os primeiros tempos do período extrativista do pau-brasil, a colonização africana foi a melhor forma encontrada pelos portugueses de ocupar os territórios descobertos por Pedro Álvares Cabral. A lavoura de cana-de-açúcar veio inteirinha, reproduzindo, sem tirar nem pôr, o sistema do agronegócio congolês, com o senhor de engenho no lugar do manicongo, mantendo a casa-grande e a sanzala, que no Brasil virou senzala; também a mineração, que não existia em Portugal, veio de terras africanas para o Brasil com toda sua tecnologia e organização do trabalho, tanto que o maior empresário do setor foi um nobre africano, Chico Rei, que chegou a Minas Gerais como escravo e, dez anos depois, era o dono das minas.

A proteção jurídica do Estado europeu foi o grande elemento para atrair esses empreendedores. A disponibilidade de terras para agricultura e sua similaridade com o ambiente africano ajudaram muito, pois os primeiros canavieiros a se transferir para a América do Sul vieram de São Tomé e Príncipe. Os aqui chamados portugueses, na verdade, eram mulatos africanos.

Nas colônias espanholas o sistema tinha uma estrutura semelhante, mas em termos étnicos era um pouco diferente. Em vez dos mulatos luso-africanos do Brasil, contou-se com a população local para dar braços à colonização. Formou-se uma pseudoaristocracia crioula, mestiça, derivada das antigas sociedades indígenas. Isso foi possível na costa do Oceano Pacífico e na América Central porque na parte hispânica das Américas havia uma base de civilizações autóctones mais avançadas, tanto em termos de organização social e política como em termos de nível educacional. Essas civilizações foram cooptadas e miscigenadas pelos europeus, formando uma elite por cruzamento, enquanto a massa indígena foi usada para produzir e organizar os estratos inferiores das classes trabalhadoras. Entretanto, a mesma segurança jurídica que mostrava suas virtudes em relação aos precários sistemas africanos e indígenas continha dispositivos de contenção desses senhores "crioulos". A legislação, tanto no Império Português como no Espanhol, diferenciava os nascidos na metrópole dos naturais da terra.

Estratificou-se na América ibérica uma sociedade de castas, tendo no topo a burocracia e os militares europeus; no primeiro degrau abaixo, tanto militar como civil, os brancos nascidos na colônia; depois os mestiços, nativos, negros e escravos, sucessivamente. No final do século XVIII, os nativos podiam ascender socialmente até certo limite, mas as posições de relevo eram privativas de europeus natos ou descendentes diretos.

Essa diferenciação garantia aos súditos europeus o controle da máquina estatal pelas burocracias metropolitanas. Mesmo com a economia informal maior e mais dinâmica do que o permitido pelos monopólios das Coroas, a comunidade crioula de negócios vivia algemada, porque não tinha alternativa de se expandir fora do sistema legal e jurídico de Portugal e Espanha. Para essa economia represada o liberalismo foi a visão do paraíso. Aí estava a semente do independentismo sul-americano.

Manuel Luís viu essa situação quando teve contato com as comunidades de negociantes sul-americanos de Montevidéu, Rio Grande e Pelotas. Em compensação, em Porto Alegre, uma cidade administrativa, não se pensava assim. Ali, o pessoal do governo continuava defendendo firmemente as ideias do controle total do Estado metropolitano de todas as atividades econômicas e políticas do país. Mais do que da guerra, era dessas novas ideias que ele falava ao sogro, que também não se cansava de ouvi-lo sobre os acontecimentos no Prata.

Os mercadores desconheciam os conflitos de seus reis. Em Montevidéu, Manuel Luís vira coisas inconcebíveis. Por exemplo, apesar de França e Espanha estarem em guerra contra Portugal e Inglaterra, navios franceses chegavam aos portos de Montevidéu e Buenos Aires e comerciavam normalmente, descaradamente, sob a bandeira norte-americana. O mais impressionante de tudo era que, naquele espaço, brasileiros e hispânicos se movimentavam com a mesma desenvoltura dos europeus. Só então entendeu o que significava a informação de que o príncipe regente dom João abrira os portos do Brasil ao comércio mundial: a revolução tinha chegado ao país.

O canal de comunicação entre as pessoas que seguiam esses princípios, independentemente da nacionalidade, era a maçonaria. Nas lojas, nos templos secretos dos maçons, tramava-se contra o absolutismo e a favor do regime republicano. Seus membros tinham um código de solidariedade que ultrapassava as fronteiras e servia como denominador comum para acertar qualquer conta.

— Na minha opinião, essas ideias vão unificar o planeta, pois se os reis não podem mais dar terras e privilégios a quem queiram, nem impedir ninguém de comprar ou vender livremente, acabou-se o conflito. Só nos falta vencer Napoleão para ficar todo mundo do mesmo lado.

Era o que dizia Manuel Luís. O sogro ouvia desconfiado. Dom Tomás sabia como os portugueses eram useiros de manobrar em cima do muro. Assim fora na grande guerra no século XVIII, quando seu tio homônimo combatia os espanhóis no Rio Grande.

— Os maçons são a chave de tudo o que está acontecendo. A sede deles é na Inglaterra. Os argentinos e gente de outras partes do vice-reinado que estão na Espanha lutando do nosso lado contra os franceses são levados para Londres e iniciados nessa seita. Depois que voltam se metem nas conspirações contra o governo de Madri.

— No Brasil também temos disso, não?

— É a mesma coisa. E também na América do Norte, que já é republicana. No Brasil só tivemos aquela que tentou organizar um levante para separar as Minas Gerais de Portugal no fim do século passado. Em todo caso, o pessoal do Rio Grande está se articulando com esses de Montevidéu. Quem me contou foi seu amigo Gonçalves Chaves.

— O Antônio? Que fazia por lá?

— Acho que estava a negócios. Ele está com uma charqueada em São Francisco de Paula e construindo um porto na barranca do Rio Pelotas...

— O galego já está aproveitando esse tal de liberalismo para fazer contrabando?

— Está entusiasmado com as ideias revolucionárias. E lhe digo mais: para mim já faz parte da maçonaria. Pelo tanto que me falou, acredito que sim.

— E tu?

— Eu disse que simpatizava com as ideias dos liberais, mas que, se fosse convidado, não aceitaria, pois teria de consultar o senhor antes. Enquanto eu morar aqui não faço nada sem o seu consentimento.

Confraria leiga de socorros mútuos, a maçonaria surgiu na Idade Média, na Europa. No século XVI, dividiu-se em duas grandes facções, que perderam o contato entre si por um acidente inexplicável. O relacionamento dos maçons das ilhas britânicas com os do continente se dava por meio de uma senha que era enunciada num encontro a cada 100 anos entre seus dirigentes máximos. Essa reunião frustrou-se por um desencontro entre os grandes mestres numa confusão de datas, provocada pelas alterações decorrentes da mudança do calendário juliano para o gregoriano. Nunca mais foi possível uma nova conexão.

Mais tarde, os ingleses mudaram suas práticas, substituindo a antiga Constituição Gótica pela chamada Constituição de Anderson, que entrou em vigor em 17 de janeiro de 1723. Essa linha passou a praticar o que chamaram de "maçonaria operativa". Daí em diante, até o liberalismo perder seu caráter revolucionário, no final do século XIX, a maçonaria foi o principal organizador e impulsor da subversão política no Ocidente.

Com a derrubada das monarquias europeias pelas tropas de Napoleão Bonaparte e as profundas reformas sociais e políticas na Inglaterra, criavam-se dos dois lados do Canal da Mancha as novas bases institucionais para a economia industrial e capitalista emergente. Na base dessa revolução estava a maçonaria, que era uma simples organização, sem a configuração de partido político ou de agente de governos, embora pudesse, em certos casos, operar no mesmo sentido.

Nas Américas, a maçonaria expandiu-se e se espalhou entre as classes de mercadores, e foi em suas lojas que se aglutinaram os lutadores da independência. No Brasil, depois do revés na Inconfidência Mineira, ela voltou das sombras no início dos anos 1800, quando conseguiu cooptar a elite intelectual, política e econômica do reino. Quando engajaram o príncipe herdeiro, os maçons abandonaram sua proposta de governo republicano, aceitando a monarquia constitucional. No Prata e no Rio Grande do Sul, o governo republicano era um verdadeiro dogma para os liberais.

O governo inglês, a maçonaria e os exportadores ingleses também tinham seus interesses específicos, embora nem sempre coincidissem. Muitas vezes, os interesses desses três atores alimentaram acordos ou alianças táticas para cada um chegar a seu alvo.

Na questão sul-americana, a Coroa Britânica apoiou os movimentos de independência até o ponto em que enfraqueciam seu inimigo externo, o Império Espanhol. Na Europa, a situação era outra. Londres apoiou a Revolução Espanhola que se batia contra a invasão francesa. Depois que Napoleão foi vencido e White Hall passou a colaborar com o governo de Madri, não havia mais tempo para ajudar a Espanha a recuperar sua soberania na América do Sul. A revolução liberal e a consequente independência já estavam consolidadas. Daí em diante a Inglaterra passou a ver com grandes reservas e, de um ponto em diante, até com hostilidade a ação dos revolucionários platinos.

No caso do Brasil, os ingleses só se manifestaram a favor da independência depois que houve garantia da continuidade monárquica.

Foi mais ou menos isso que Gonçalves Chaves (e mais um mundo de gente) explicou a Manuel Luís no Uruguai durante a ocupação do Exército Pacificador e que ele agora expunha ao sogro, que ouvia, admirado com tanta novidade que o genro trouxera de Montevidéu.

— Eles estão querendo se organizar. Chamam isso de partido político. Convidaram-me. Confesso que gostei, dom Tomás. É pensamento idêntico ao de outros oficiais. É muito bonito.

CAPÍTULO 11

Negócios em Liberdade

Manuel Luís teve uma participação importante na reorganização dos negócios dos Osorio, que precisavam se adequar a um país de portos abertos para o mundo, onde a industrialização da carne de gado já era uma realidade. Mas ele nunca aceitou entrar em sociedade com a família do sogro. Não queria nem a parte que lhe caberia na partilha, dizendo que tudo aquilo pertencia aos cunhados e às cunhadas, pois Anna Joaquina trocara seus bens pelo marido, referindo-se à exclusão da mulher do testamento de dona Quitéria. Com isso, sentia-se livre para abandonar quando quisesse a vida civil. Como aconteceu no início de 1816, ao apresentar-se como voluntário das milícias gaúchas.

Manuel Luís voltara do Uruguai versado não apenas em assuntos da nova economia. Com a industrialização da carne de gado pelas charqueadas, o Rio Grande cresceu a taxas nunca vistas. Até então o gado era pouco mais que uma caça. Abatia-se o animal, tirava-se o couro, seus chifres e seus cascos. O resto ia fora. Com as charqueadas, a carne passou a valer e esses outros itens viraram subprodutos. Foi uma agregação de valor como jamais se vira em toda a história da colônia, só comparável à descoberta de ouro nas Minas Gerais.

Manuel Luís manteve-se em prontidão durante os quatro anos de paz, entre 1812 e 1816. Nunca perdia o contato com os novos amigos que conhecera no exército, especialmente com o grupo de rio-grandenses do célebre esquadrão de furriéis, que se destacaram na campanha e voltaram da guerra como tenentes, a não ser Manuel Luís, que virou capitão, pois era dez anos mais velho e fora compensado devido à carreira truncada na juventude pelo incidente de Desterro.

Esse grupo de combate destacou-se na primeira parte do avanço do Exército Pacificador, mas o que os consagrou aconteceu mais tarde, quando o capitão-general precisou de homens decididos para entrar pelo território inimigo a fim de cumprir uma missão quase suicida. Ao final, todos os participantes sobreviventes receberam promoções como prêmio. Nessa ocasião, Manuel Luís iniciou sua ascensão militar.

O Exército Pacificador iria defender os direitos da herdeira legítima da Casa dos Bourbon, a mulher de dom João VI, princesa real dona Carlota Joaquina de Bourbon, infanta da Espanha, filha mais velha do rei Carlos IV, pai de Fernando VII, o monarca prisioneiro de Napoleão I da França. No trono de Madri, Bonaparte botou seu irmão José. Assim, dom Diogo poderia dizer que, naquele momento, todos os olhos do mundo estavam voltados para ele, desempenhando o papel de espada de sua futura rainha, que iria jogar uma nova carta naquela vaza.

Por mais remotas que fossem as planícies da deserta Banda Oriental, ali se batia uma rodada de reis. De repente, ele se viu falando sozinho em Punta del Este, onde acampara para colocar seu exército em ordem de batalha. Reuniu-se com dois de seus generais:

— Senhores, esse quadro é muito estranho. Acho que temos de nos fortificar aqui, pois é bem possível que sejamos atacados. Não há outra explicação a não ser uma união dos castelhanos para nos combater.

O marechal Joaquim José Curado, comandante da Divisão que se organizara em Bagé, da qual Manuel Luís fazia parte, aconselhou um ataque imediato:

— Em minha opinião devemos marchar sobre Montevidéu e enfrentar quem for, os portenhos ou os espanhóis.

O marechal Manuel Marques, que comandava a outra Divisão, organizada em Ibirapuitã, foi mais cauteloso.

— Creio que devemos nos fortificar e esperar para ver como eles se comportam. Tenho a impressão de que alguma coisa aconteceu no terreno diplomático. Não há outra explicação.

— A recomendação que recebi de dom Rodrigo Coutinho foi para entrarmos pisando em ovos. Acho que o marechal Manuel tem razão. Vamos esperar instruções antes de agirmos. Mas também você, Curado, está certo: não podemos nos imobilizar. Acho que devemos nos apresentar em Montevidéu e enfrentar o que vier enquanto temos superioridade. Com a força de que dispomos podemos enfrentar os dois juntos se necessário.

Dom Diogo se perguntava se o príncipe regente dom João aceitaria aquele jogo. Talvez não, pois, caso sua mulher se tornasse rainha em Madri, o mais provável era que seu pequeno reino europeu, ocupado e devastado por tropas estrangeiras, fosse, uma vez mais, incorporado ao Império Ibérico, por sua culpa. A princesa estaria com sérias intenções de apoiar uma importante facção de patriotas argentinos e assumir, em nome da família Bourbon, a regência do vice-reinado do Prata, seguramente um primeiro passo para, com o apoio da Inglaterra, ser coroada rainha da Espanha. Era muito. Dom Diogo queria saber qual seria o seu papel naquela crise.

CAPÍTULO 12

Iluminismo no Prata

Quando, em 1810, chegou ao Rio de Janeiro uma delegação de líderes argentinos pedindo uma entrevista com a princesa dona Carlota Joaquina, dom João sentiu um calafrio. Conhecia bem demais a mulher e tinha certeza de que o êxito dela poria em risco seu próprio trono. Entretanto, era uma porta que se abria para que o regente português voltasse a seu lugar no quadro político internacional, reafirmasse sua autoridade no mundo lusitano e retomasse a iniciativa num espaço político favorável, dada sua enorme margem de legitimidade sobre as demais forças que participavam do jogo no Prata.

Tudo começou em março de 1808. Estabilidade política era o único trunfo que o príncipe regente tinha em mãos. Os vizinhos hispânicos debatiam-se na perplexidade do vazio de poder. Napoleão espremera a realeza espanhola até reduzi-la a um bagaço, mas a França não tinha condições de ocupar o Império dos Bourbon no além-mar: estava impedida de navegar pela armada inglesa. Foi nessa situação de literalmente despejo, com os móveis ainda na rua, procurando casa para morar, com todo o seu séquito ao relento, que dom João fez sua primeira intervenção. Nesse quadro caótico, falou grosso.

Seu chanceler e homem forte, dom Rodrigo de Sousa Coutinho, mandou um recado à junta de Buenos Aires. Dizia que as fronteiras deveriam ser respeitadas nos termos dos tratados, que dom João estava decidido a colocar todo o vice-reinado "sob sua real proteção" e ameaçava, por não ter força própria, fazer "causa comum com seu poderoso aliado, o rei da Inglaterra". Os portenhos receberam o recado com indiferença, embora educadamente. O rei da Inglaterra já levara duas sovas ao desembarcar em Buenos Aires, vendo seus soldados expulsos pelos crioulos e pelos negros da cidade.

Dois anos haviam se passado, e dom Rodrigo Coutinho considerou a oferta das lideranças de Buenos Aires em relação aos planos de Carlota Joaquina. Era um bom momento para Portugal reaparecer no cenário do conflito de forma proativa. Desde a retirada da corte de Lisboa, no outono europeu de 1807 (primavera no hemisfério sul), que seu governo era uma carta fora do baralho. Nesse momento, a situação lhe era razoavelmente favorável, porque o movimento napoleônico dava sinais, ainda que tênues, de cansaço.

Na Espanha, o nome de dona Carlota Joaquina influía nos acontecimentos, e isso servia aos interesses de Portugal. Era o que pensava dom Rodrigo e assim vendeu a ideia ao príncipe, que, por sua vez, temia qualquer movimento da mulher. Embora relutante, concordou e em poucos meses veria dom Diogo de Souza marchar para o sul com seu exército.

Talvez a delegação argentina que foi ao Rio sugerir a fórmula não pensasse seriamente em levar dona Carlota para Buenos Aires, a fim de assumir os direitos do irmão preso na Espanha. Era mais provável que o grupo de políticos e intelectuais, comprometidos com a independência, como comprovaram os fatos posteriores, também estivesse procurando ganhar tempo. Um novo quadro se formava com a retirada de Napoleão da Espanha para ir lutar no leste europeu, levando com ele as melhores tropas e os generais mais talentosos, transferindo-se para os arredores de Viena.

No Prata, os castelhanos enfrentavam um grave problema político: a legitimidade do poder constituído. O poder discricionário do rei, que fora uma força positiva para arbitrar conflitos e determinar diretrizes durante 300 anos, passou a ser uma espada sobre a cabeça de novos protagonistas, os investidores, gente que botava seu dinheiro na mão de empresários. Já estavam chamando essa corrente, que iria predominar no mundo meio século depois, pelo nome de capitalismo.

Só quem contestava a legitimidade dos reis e os direitos a privilégios das nobrezas era meia dúzia de intelectuais considerados excêntricos e que se autodenominavam "iluministas", ou seja, os donos da luz. A única experiência republicana de êxito era a dos Estados Unidos da América. Ali houvera estabilidade e consenso, compondo os interesses das diversas colônias numa federação. Isso encontrava receptividade na América do Sul, onde não havia estabilidade política.

Os grupos republicanos do Prata viviam em ferozes confrontos políticos, muitas vezes armados. Era nesse espaço que dom Rodrigo Coutinho pretendia agir, pois a colônia portuguesa não sofria desse mal, uma vez que a legitimidade do príncipe dom João e, mais ainda, do trono de dona Maria I, era incontestável.

O pacto real era amplamente aceito, desde os mais altos escalões da inteligência e do poder econômico ou militar até o povo mais humilde. República ainda era sinônimo de anarquia e de ambições políticas desmedidas e incontroláveis.

Para os argentinos, dona Carlota Joaquina era um fato novo na grande embrulhada em que se transformara a situação política em Buenos Aires. Lá, todas as forças atuavam simultaneamente. O grupo carlotista era constituído por crioulos, ou seja, nativos sul-americanos, cidadãos de segunda classe, abaixo dos nascidos na Espanha. O príncipe ficou assustado com a proposta, mas dom Rodrigo Coutinho viu ali uma possibilidade para ações de política externa, algo que mexeria com a cabeça de Napoleão Bonaparte. Imediatamente o chanceler acionou o capitão-general do Rio Grande, mandando-o aprestar o que fosse possível de força armada, pois, se estavam dispostos a fazer política no Prata, não podiam esquecer o preceito do velho Carl von Clausewitz: "A guerra é a continuação da política por outros meios." Para Coutinho, antes mesmo de analisar as propostas vindas de Buenos Aires, era preciso estar pronto para fazer valer suas ideias. Dom Diogo de Sousa seria o encarregado de mostrar aos castelhanos a bainha do facão.

Dona Carlota ficou muito animada, embora dom João argumentasse que a Inglaterra não apoiaria essa manobra e que, sem os ingleses, Portugal, no estado em que se encontrava, não podia nada. Mas ela só via a coroa de Espanha em sua cabeça.

A situação política na Argentina agravara-se com o claro rompimento entre independentistas e realistas. Antes, porém, é necessário falar do principal ator desse momento, o uruguaio José Gervasio Artigas, cuja teimosia em não aceitar integrar-se nem com Buenos Aires nem com o Rio de Janeiro, e em rejeitar decididamente a Espanha foi o pivô dos acontecimentos internacionais no Cone Sul nos dez anos seguintes.

Artigas já era um cinquentão quando implantou a tese da independência uruguaia como um fato novo na crise. Foi também o primeiro caudilho típico a se lançar nesse cenário: embora fosse um homem instruído para os padrões da época, não tinha o mesmo lustro dos grandes nomes argentinos que protagonizavam os acontecimentos em Buenos Aires e outras cidades do outro lado do rio.

Nascido em Montevidéu em 19 de junho de 1754, fez os cursos básicos na infância e adolescência, iniciando-se ainda piá nos trabalhos da estância do pai. Sua cultura vinha mais de leituras e influências do que dos bancos acadêmicos. A fama de brigador também começou cedo, quando ainda rapazote saiu a enfrentar contrabandistas e bandoleiros. Em 1797, incorporou-se como tenente ao recém-criado Regimento de Blandengues, uma tropa de milícias destinada à segurança pública no interior.

Quando houve as invasões inglesas, em 1806 e 1807, esteve a postos como capitão, mas não chegou a entrar em combate. Dois anos mais tarde, entusiasmou-se com a Revolução de Maio em Buenos Aires, pois acreditava estar aí uma porta para a independência do Uruguai. Esse foi o motivo da briga com seu comandante, o brigadeiro Muesas. Ameaçado de prisão, desertou e foi se esconder numa estância perto de Colônia do Sacramento. Aí começou sua saga de grande rebelde.

Artigas era muito popular no interior do país por sua ação contra os fora da lei. Chegou a ganhar o título de "guarda geral da campanha", outorgado pelos fazendeiros. Ao desertar dos Blandengues, não por motivos disciplinares, mas políticos, o caudilho se viu só, lançado na clandestinidade. Foi então que um industrial charqueador ofereceu-lhe os meios para iniciar a revolução uruguaia: um grupo de 30 lanceiros negros e cavalos para a pequena força. À frente desses libertos, Artigas partiu para o interior, dirigindo-se para o norte, no caminho do Rio Negro. Foi uma cavalgada triunfal. Por onde passava, recebia apoio e adesões. Antes de ir a Buenos Aires apresentar-se à junta que declarara a independência das Províncias Unidas, deixou Ramón Fernandes em Mercedes com ordens de organizar uma imediata sublevação contra o governo espanhol de Montevidéu. Quando voltou da capital do antigo vice-reinado, em 28 de fevereiro de 1811, estourou a Revolução Uruguaia.

Para os argentinos, o surgimento de Artigas foi providencial. O Exército de Buenos Aires encontrava-se literalmente prisioneiro em Assunção.

O Paraguai era uma província remota, sem importância econômica ou estratégica, que só existia porque no século XVI os padres jesuítas haviam decidido estabelecer-se ali para disseminar o catolicismo entre os índios e depois criaram algumas fazendas de gado e implantaram a extração da erva-mate. Contudo, com a expulsão dos jesuítas, mais de 50 anos antes, o Paraguai ficara à míngua, entregue a sua barbárie, pensava-se em Buenos Aires. Assunção, capital e única cidade da então província, não passava de uma aldeia de ruas de chão batido e casas de adobe recobertas por palha de santa-fé. Não havia rota terrestre. O acesso somente era possível pelo Rio Paraguai.

Seu povo, constituído de remanescentes indígenas das missões dos jesuítas e franciscanos, não falava o espanhol, língua conhecida apenas da elite mestiça e dos poucos exemplares de um patriciado branco, mas também remediado ou pobre, mesmo para os padrões da época. No entanto, os paraguaios recusaram-se a integrar as Províncias Unidas, o que motivou o envio de uma expedição militar amigável para persuadi-los. Seu líder, o general Belgrano, era muito mais um brilhante orador do que um general. Levava as tropas apenas para engrossar a voz. Foi um fracasso e um vexame.

Nesse ano de 1810, toda a América do Sul se inflamou, declarando-se independente da Espanha. As principais cidades formaram suas juntas, que eram de fato governos autônomos. Em 19 de abril, Caracas; em 14 de junho, Cartagena; em 20 de julho, Bogotá; em 18 de setembro, Santiago do Chile. Em Buenos Aires, em 25 de maio, os crioulos declararam-se independentes da Espanha e ainda, segundo proposta de Mariano Moreno, proibiu-se a espanhóis participarem do governo ou do exército. No Paraguai, silêncio.

Já em Montevidéu e La Paz o quadro era outro. No Uruguai, o governador espanhol Francisco Javier de Elio mantinha-se fiel ao rei da Espanha, respondendo a um Conselho de Regência, um foco de resistência criado em Sevilha e que mais tarde se transferiu para Cádiz. Elio rebelou-se contra a Revolução de Maio, impedindo a posse do governador nomeado por Buenos Aires; no Alto Peru, os bolivianos titubeavam e seu governo mantinha-se fiel à Espanha; em Córdoba, o governador, o ex-vice-rei Santiago de Liniers, não aceitou a nova situação, resistiu, foi preso e fuzilado. No Rio Grande do Sul, o capitão-general português preparava-se para entrar em cena. Dom Diogo concentrava suas forças no Exército de Observação. A chegada de Artigas à Argentina, mesmo sendo comandante de um exército de 30 lanceiros negros, foi saudada com fogos de artifício pelos integrantes da junta de governo.

No início de 1811, a situação estava ainda mais embaralhada. A Espanha, ainda ocupada pelos franceses, sustentava uma guerra civil contra o rei dom José Bonaparte, com apoio da Inglaterra e de Portugal. Os rebeldes espanhóis controlavam boa parte das colônias e se antepunham aos movimentos revolucionários, ameaçando a Argentina por dois lados. De um, com o general José Goyeneche no Alto Peru e com retaguarda em Lima; de outro, com o vice-rei Francisco de Elio plantado em Montevidéu, onde havia um excelente porto que poderia receber reforços vindos da Europa.

Cercado em Montevidéu, Elio havia queimado seu último cartucho. Somente a infanta poderia tirá-lo daquele aperto. Outras regiões do império esfacelado poderiam esperar algum socorro. O Uruguai, não. A esquadra de guerra inglesa estava ali para isso.

Na capital brasileira, encontrava-se um dos mais hábeis diplomatas espanhóis, o marquês de Casa Irujo. Sua presença na corte portuguesa era estratégica, pois ali vivia uma princesa Bourbon, um material do mais puro ouro no quadro das legitimidades europeias. Casa Irujo desequilibraria o sistema diplomático, não fosse a presença de um ministro inglês, também de primeiríssima linha, sir Percy Clinton Sidney Smith, visconde de Strangford e de Penhurst, que ficou mais conhecido simplesmente como lorde Strangford.

Esse diplomata, escolhido a dedo pelo primeiro-ministro William Pitt no reinado de Jorge III, representava os interesses britânicos também no Rio da Prata. Os dois estavam do mesmo lado no posicionamento estratégico europeu, contra Napoleão, mas competiam nos bastidores da Corte carioca quando operavam no contexto bilateral entre Espanha e Inglaterra. Ou no regional, nas disputas entre liberais e reacionários, monarquistas e republicanos, independentistas e espanhóis, ou, nesse caso, carlotistas e lusitanos.

O papel central da legitimidade de dona Carlota Joaquina e a posição estratégica, tanto política como militar, de Montevidéu naquele momento empurraram o conflito uruguaio para o núcleo da crise mundial.

Em Porto Alegre, dom Diogo recebeu as notícias do levante uruguaio. Chamou seus três comandantes, Marques de Souza, Curado e Mena Barreto para uma conferência.

— Quem é esse Artigas?
— É o subcomandante das tropas da Junta na Banda Oriental.
— E quem é o comandante?
— Não têm.
— Como não têm?
— Esses castelhanos são assim mesmo. Só têm subcomandante.

Depois que fugiu com seus 30 lanceiros negros, Artigas dirigiu-se a Buenos Aires e se apresentou como revolucionário independentista, adepto incondicional da Junta e de sua proposta de uma confederação de Estados americanos. Pediu autorização para iniciar a guerra de libertação da Província Oriental. Os chefes portenhos olharam intrigados para aquele homem. Pela aparência, pelos modos, pela linguagem educada e pelo olhar penetrante, impunha respeito. A desconfiança começava ao observar seu uniforme: bem cortado, limpo, brilhante, tinha bem fixadas nos ombros as dragonas de capitão. Quem seria aquele homem que afirmava poder levantar o Uruguai se não passava de um oficial inferior da milícia colonial?

Com a situação crítica dos exércitos ao norte, era melhor saber detalhes antes de dispensá-lo como mais um patriota voluntarioso, a exemplo de tantos. Logo chegaram as informações: família ilustre, guerrilheiro imbatível, muito popular e acreditado em toda a campanha. Isso bastava, pois seria de grande utilidade para manter os espanhóis de Elio em sobressalto enquanto eles encontravam alguma solução para as próprias dificuldades. Deram a ele uma carta patente de tenente-coronel, o cargo de subcomandante e autorizaram seu improvável levante. Que faria com 30 negros?

Em poucos dias, a partir de 18 de fevereiro de 1811, começaram a chegar notícias do outro lado do Rio da Prata: Artigas bateu os espanhóis em Passo do Rei e São José; seu primo Manuel Artigas conquistou Minas, San Carlos e Maldonado.

Em 18 de maio, reunindo todas as suas forças, Artigas derrotou um forte contingente comandado pelo célebre José Posadas em Las Piedras e avançou sobre Montevidéu, estabelecendo-se em Cerrito, nas cercanias da capital; dias depois os portenhos puderam ver pela luneta as bandeiras da revolução tremulando do outro lado do rio. O uruguaio Benevides havia tomado a colônia do Sacramento. Com isso, os rebeldes artiguistas eram donos de toda a Banda Oriental, encurralando em Montevidéu o governante Elio, que se mantinha na cidade com dificuldade, apoiado unicamente pela flotilha espanhola. Diante desse desfecho, a Junta de Buenos Aires apressou-se a tomar posição no conflito, enviando o general José Rondeau com os remanescentes do exército de Belgrano, libertado pelos paraguaios depois de alguns meses de cativeiro. Só então a força de sítio teve um comandante em chefe.

No Rio de Janeiro, o marquês de Casa Irujo obteve resultados imediatos em seu apelo à infanta para que socorresse Montevidéu. Já em 8 de junho a princesa escreveu a Elio prometendo socorro imediato. Junto com a carta, enviou uma caixa com algumas de suas joias "para socorrer os súditos fiéis de Espanha".

O que ela não sabia era que dom Rodrigo Coutinho, antevendo o que iria ocorrer na Banda Oriental, calcado em informações de seus agentes secretos em Buenos Aires, já enviara a dom João, em 19 de fevereiro — ou seja, um dia depois do levante de Artigas —, um memorando reservado. Nele, aconselhava-o a atender aos desejos de dona Carlota de intervir no Prata, aproveitando-se da situação confusa para pescar alguma coisa nas águas turvas do grande rio platino. Haveria ali duas possibilidades, ambas favoráveis ao Brasil, se pudesse entrar com tropas e tomar posição em algum ponto, apoiando um ou outro grupo. No momento, a ideia era lançar um Exército Pacificador, para se interpor entre os beligerantes e garantir a paz. Ela estava exultante, crente que Deus a havia preparado para aquele momento: chegaria ao Prata acima de todas as facções, levando a concórdia. Daí até o trono, faltaria apenas subir um último degrau.

Assim foi que a anuência do príncipe não significou tanto uma vitória de dona Carlota. Dom Rodrigo e dom João perceberam uma excelente oportunidade de justificar sua investida no sul. Sozinhos, não teriam forças para tanto, mas, se dona Carlota dividisse os adversários, o impossível se viabilizaria. Também não teriam dúvidas sobre os próximos passos da princesa, se conseguisse seus objetivos. Declarada regente no Prata, juntaria todas as forças do vice-reinado e quantas mais obtivesse nos outros. Não era impossível que Peru e Nova Granada aderissem a essa solução. Ela arguiria a volta do Tratado de Tordesilhas, deixando o marido reinando sobre uma fímbria de litoral. Isso se não quisesse pegar tudo para ela. Se fosse mais longe, pois não acreditava que seu irmão saísse vivo das prisões napoleônicas, realizaria o sonho de seu pai, incorporando Portugal de vez à confederação ibérica. Para não dizer que tinha sido mal-agradecida, concederia a dom João ficar com seu reino americano, nos limites de Tordesilhas, é claro.

Já dom Rodrigo, antevendo dificuldades, decidiu chegar a Montevidéu com força máxima. Despachou tropas da corte e de São Paulo para reforçar o Exército Rio-Grandense.

Em fevereiro e março, dom Diogo passou em revista as tropas de que dispunha para atacar ou defender-se. Dividiu-as em duas colunas. Uma, sob o comando do marechal de campo Manuel Marques de Souza e composta de um batalhão de infantaria do Rio Grande, dois esquadrões de cavalaria ligeira, quatro esquadrões da legião de São Paulo e um de milícias, concentrou-se em Bagé. A outra acampou às margens do Rio Ibirapuitã, a mando do marechal Joaquim Xavier Curado. Era composta de dois batalhões de infantaria, duas baterias montadas da legião de São Paulo, um Regimento de dragões, um esquadrão de milícias de Rio Pardo e uma companhia de lanceiros guaranis. O coronel João de Deus Mena Barreto ficou encarregado de guarnecer a fronteira de São Borja, cobrindo a retaguarda. Nunca era demais prevenir-se de um eventual contra-ataque por ali, embora o vice-reinado do Prata não contasse com forças para atuar nessa frente improvável. Quando chegou a ordem de marchar, o exército da infanta estava na ponta dos cascos.

Reunida toda a tropa em Bagé, depois de uma lauta churrascada, o Exército Pacificador da Banda Oriental abalou-se em direção a Montevidéu no dia 10 de julho de 1811, sem objetivos de conquista, segundo declaração de dom Diogo. Marchou lenta, mas inexoravelmente. Rumou de Bagé para o Jaguarão e dali em direção ao forte de Santa Teresa. Chegou no dia 5 de setembro, encontrando a fortaleza abandonada. Seguiu na direção sul e enfrentou resistência apenas de guerrilhas indígenas, que foram rechaçadas pela porção da cavalaria treinada no mesmo tipo de combate. Participaram Manuel Luís e outros furriéis rio-grandenses, destacando-se um veterano da guerra de 1801 chamado Bento Manoel Ribeiro. Era homem de confiança do marechal. Com seus vaqueanos, todos grandes conhecedores do terreno, manteve os índios longe das tropas.

Na capital brasileira, dom João negociava e discutia com os representantes da Junta de Buenos Aires, o embaixador Espanhol, o ministro britânico e o enviado do conselho da Regência espanhol, dom José Goyeneche. Ao certo ninguém poderia dizer contra quem o Exército Pacificador iria atuar quando chegasse ao teatro de operações. Em Montevidéu, os espanhóis exultavam.

Dona Carlota não se continha. Dizia a seu confidente, João Presas:

— Meu amor, podes ir arrumando as malas. Em poucos dias estaremos entrando em Buenos Aires como salvadores da integridade do Império Espanhol.

— E mais um pouco na Europa, minha pombinha. Napoleão está com os dias contados.

Em 3 de outubro, o exército deixou Santa Teresa e seguiu para Maldonado, na foz do Prata, próximo ao cabo de Punta del Este, que separa o Atlântico das águas barrentas do grande rio. Ali, dom Diogo decidiu estabelecer seu quartel-general, já na fronteira do território beligerante. Nem bem havia montado acampamento, veio de Montevidéu a notícia de que os platinos e os espanhóis haviam chegado a um acordo e que a guerra terminara num tratado provisório de paz. Por seus termos, as tropas da Junta deveriam retirar-se para Buenos Aires, permanecendo Elio em Montevidéu até que se fizesse um acerto definitivo. Para os aliados, foi uma vitória tanto para a diplomacia inglesa, que intermediou o armistício, quanto para a portuguesa, que deu consistência militar à ação de lorde Strangford, como analisou Vicente Quesada, "pagando as províncias do Prata o caro preço resultante da entrega da decisão de seu futuro destino a Portugal e à Inglaterra."

O desfecho da crise foi inesperado. As glórias da pacificação foram atribuídas a lorde Strangford, pois os detalhes da diplomacia secreta nunca vieram à tona, tamanhas suas implicações para todos os atores. Nos primeiros momentos, quando cada qual recebeu suas ordens, a reação dos chefes brasileiros, portenhos e uruguaios foi de espanto, tamanha a reviravolta política que se dera.

O general argentino Rondeau teve muita dificuldade para explicar a decisão de seu governo e não conseguiu convencer Artigas de que a retirada seria a única saída, a melhor para eles, pois estavam atendidos os requisitos estratégicos que os haviam levado até as portas de Montevidéu. Ao insistir na batalha, aí, sim, tudo seria posto a perder.

— Meu coronel, temos os portugueses às nossas costas e os espanhóis com tropas e navios diante de nós, prontos para nos atacar. Não temos como resistir a uma batalha em duas frentes. Uma terceira derrota será o fim do nosso governo, o fim da nossa independência. Precisamos ter paciência, recuar e recompor nossas forças.

Artigas não se conformava.

— Nós não estamos perdidos, general. Podemos sair dessa armadilha, ir para o interior, acampar em Colônia, em Paissandu, onde poderemos receber reforços e suprimentos...

— Não há essa alternativa. A presença do embaixador inglês nessa negociação significa que foi retirada a proteção da frota britânica, que mantinha os navios espanhóis confinados no porto de Montevidéu. Se eles tiverem liberdade de movimentos, cortam-nos a retirada e impedem qualquer suprimento, quanto mais o envio de reforços significativos.

— O que vou dizer ao povo que me segue? Que tenham calma e forrem o lombo, pois assim que Elio recuperar o controle vai cair sobre nós com tudo o que tiver, vai matar, incendiar, não vai sobrar nada...

— Coronel, não há esse perigo. O acordo prevê o congelamento do atual estado de coisas. Os portugueses e os ingleses comprometeram-se a impedir que cheguem reforços para os espanhóis. Essa é a cláusula estratégica mais importante. O grande perigo seria os espanhóis desembarcarem no Uruguai, criando uma nova ameaça para Buenos Aires.

— General, isso é uma traição ao povo uruguaio.

— É a única solução. Imagine se eles desembarcam com uma rainha? Acaba-se a independência. Temos garantias de que essa rainha não virá. Quanto ao resto, veremos depois o que fazer. Agora temos de desocupar a praça e nos retirar para o outro lado do Prata.

— Não, general, eu não vou. Prefiro seguir para o norte e me internar na Mesopotâmia.

— Isso não atende ao acordo.

— Pois à merda com o acordo, à merda com os portenhos traidores. À merda... Com licença.

O rompimento de Artigas com Buenos Aires nunca mais foi recomposto. Rondeau, quando viu o caudilho saindo a galope em direção a seu quartel-general, chegou a temer um levante dentro de suas próprias linhas. Mas em pouco tempo, os orientais começaram a embalar suas bagagens, dando a entender que se retirariam como lhes fora ordenado. Descansado, Rondeau mandou afrouxar a prontidão. Tudo dava a entender que o armistício seria cumprido sem problemas.

Em Montevidéu, Elio preparava-se. Para ele, a situação era tão confusa que não podia ficar calmo, nem mesmo com a garantia de que sua posição estava garantida, embora congelada. A súbita mudança da posição portuguesa justificava todos os cuidados. Chamou o governador Gaspar Vigodet e o comandante da esquadra para uma conferência. Havia uma grande expectativa em toda a cidade. Pela manhã, entrara no porto um brigue argentino com a bandeira branca desfraldada, pedindo atracação. Dele desembarcou um homem que foi logo posto num carro fechado e levado à presença do vice-rei.

Passadas algumas horas, oficiais do estado-maior espanhol saíram para parlamentar com os argentinos nas imediações de suas linhas. De volta, em pouco tempo a carruagem, escoltada por um esquadrão espanhol, seguiu o mesmo caminho. O embaixador então seguiu diretamente para o porto, reembarcou, e o brigue levantou as velas e se foi. Ao longe era possível ver os mastros dos navios de guerra ingleses que bloqueavam o porto, certamente dando cobertura ao parlamentar argentino. Nesse encontro, deixara com o comandante em chefe a ordem de recuar e informara os termos do acordo recém-selado com o governante espanhol. Assim que ele embarcou, Elio se reuniu com seus principais auxiliares.

— Senhores, a guerra acabou. Vigodet, parta imediatamente para Maldonado e leve essa carta ao comandante português. Almirante, consiga-lhe um navio rápido para que esteja lá o quanto antes.

Os dois se olharam espantados. Vigodet leu o texto da carta que Elio lhe passara.

— Mas o que é isso?

— Agradeço a dom Diogo de Souza e a seu exército a ajuda que nos ofereceram, favorecendo a paz que acabamos de celebrar com nossos irmãos portenhos.

— Mas que paz, dom Elio?

— Fui constrangido a aceitar esse acordo, Vigodet. Se eu insistisse, os portugueses que estão em Maldonado viriam se aliar à Junta para nos submeter. Assim, pelo menos, mantemos Montevidéu. Depois veremos o que vai acontecer. Por enquanto, é isso. Informe dom Diogo que agradecemos a ajuda, mas que não é mais necessária porque nossos inimigos abandonaram as suas posições e estão voltando pacificamente para suas terras.

— E a infanta?

— Que infanta! O príncipe dom João e os ingleses impuseram essa paz à Junta. Os portenhos não têm outra saída. Agora ficam por aí os portugueses para nos impedir de receber reforços. Bem, pelo menos de fome não morreremos. Agora vá.

Dom Diogo ficou ainda mais perplexo com o desenlace da crise. Em poucos dias chegaram as ordens do Rio de Janeiro, confirmando a pacificação da Banda Oriental, e instruções para permanecer vigilante, impedindo o desembarque de qualquer reforço espanhol ou o movimento de tropas portenhas naquele território. Não tardou, veio o alarma.

— Dom Diogo, a guerra não acabou. O caudilho oriental José Artigas refutou a decisão de Buenos Aires e se retira para o interior, em vez de seguir com suas tropas para o outro lado do Rio da Prata.

A informação em breve se confirmou. Artigas tomou o rumo do norte. A ele ia se juntando toda a população da campanha. As pessoas abandonavam casas, fazendas, sítios, esvaziando povoados e vilas, seguindo numa longa caravana no sentido noroeste. À frente, Artigas em seu cavalo branco parecia um Moisés liderando o êxodo. Ao todo, estimou-se em 16 mil o número de retirantes, praticamente toda a população do interior do Uruguai.

A repercussão desse fato foi gigantesca em todo o vice-reinado. Embora o governo da Junta estivesse muito satisfeito com essa solução, que aliviava sobremaneira a pressão que sofria no Alto Peru pela investida das tropas do conselho da Regência, a popularidade de Artigas crescia e se espalhava, indo até o sopé dos Andes.

O "Êxodo do Povo Oriental", como ficou conhecido nos pampas esse movimento, foi conquistando adeptos. Eram os resistentes que não haviam se rendido aos brasileiros, o inimigo comum, acima de todas as diferenças políticas. Enquanto isso, depois de cruzar o Rio Uruguai em Salto, Artigas estabeleceu-se com seu povo em Ayuí, na província de Entre Rios, festejado pelos caudilhos da região e pela população de toda a Argentina. Meses depois, em janeiro de 1812, temia-se um grande levante popular contra a Junta em apoio a Artigas e à revolução, da qual ele era o último e inflexível guardião. Temia-se que descesse pelo Paraná ou pelo Uruguai. Se chegasse a Buenos Aires à frente de suas tropas, seria aclamado nas ruas e receberia o apoio da soldadesca e do povaréu da cidade. Era preciso barrar-lhe o caminho. Mas como, se não havia tropas? Mais uma vez, dom Diogo foi acionado para manter a estabilidade no Prata.

O Exército Português ficou concentrado em Maldonado, embora muitos de seus homens, incluindo Manuel Luís, fossem visitar Montevidéu desarmados. Ali, Manuel Luís conheceu Rodrigues Chaves e outros empresários rio-grandenses, que tão logo o porto foi reaberto, foram para a cidade em busca de negócios, principalmente o fornecimento de suprimentos para uma cidade que estava à míngua depois de um assédio prolongado. Os militares em licença cavalgavam até lá, deixavam as armas na entrada da cidade, num posto de controle montado pelos brasileiros para fazer a ligação com os espanhóis, que não podiam deixar a área urbana, e iam se divertir e gastar seus cobiçados patacões.

Dom Diogo, vexado, mandou uma comitiva para exigir reparações morais: exigiu que tanto a Junta quanto Elio reconhecessem o "desinteresse, a dignidade e a justiça com que sua Alteza Real, o príncipe regente de Portugal, mandara entrar suas tropas nessa campanha, para o fim de conseguir uma pacificação consolidada". Conseguiu, também, que Artigas fosse declarado rebelde. O movimento político iniciado por dom Rodrigo, porém, chegou ao fim com seu falecimento em 12 de janeiro. No seu lugar, entrou um homem com outras ideias, o conde de Galveias. Não haveria mais guerra. O príncipe nomeou o coronel Jorge Rademaker para negociar um acordo definitivo com Buenos Aires.

Justamente nessa época foi dado o alarme: Artigas recebia adesões e se fortalecia em Entre Rios. Buenos Aires estaria indefesa e todos os arranjos conseguidos diplomaticamente poderiam ir a terra. Na região, a única força organizada em condições de deter o caudilho oriental eram os portugueses, que estavam sem função em Maldonado. Dom Diogo recebeu ordens de marchar para Paissandu, onde poderia bloquear a passagem dos rebeldes na direção da capital. Foi então que o general Curado alertou para providência urgente: o exército não conseguiria chegar a tempo para ocupar a posição. Era necessária uma ação audaciosa que dissuadisse Artigas, antes que o grosso do exército pudesse chegar à cidade. Curado disse ter a solução.

— Tenho um homem que pode dar conta da missão. Foi gente do Câmara. Agora é fazendeiro.

— Quem é? — quis saber dom Diogo.

— Um furriel. Chama-se Bento Manoel. Bento Manoel Ribeiro.

— Um furriel?

— Sim. Um general entre os furriéis.

— Pois lhe dê 500 homens e mande-o marchar esta madrugada.

Bento Manoel recebeu a missão desconfiado do real propósito do general. Dava para pensar que seria alguma punição ou que seria jogado como bucha de canhão no meio do território inimigo, tendo mais de 500 quilômetros de terra arrasada pela frente. E mais, como comentou:

— Índios... Bandoleiros... E os artiguistas que ficaram para trás.

Quando emigrara, Artigas deixara na Banda Oriental partidas de milicianos com a missão de combater os bandidos, mas que também poderiam hostilizar quem se aventurasse pela campanha.

— Quinhentos homens é muita gente. Temos de ir sem parar. Não há como dar pasto aos cavalos nem acampar. Tem de ser menos, 50, 60 no máximo. Com isso a gente pode cavalgar dia e noite, trocando os animais pelos que encontrarmos, e chegar em poucos dias.

Curado concordou, lembrando que deveria levar uns dez homens de artilharia que pudessem operar os canhões da cidade. A ideia era fazer Artigas crer que o grosso do exército estava próximo, que não poderia arriscar um golpe de mão sem consequências.

— Vou escolher. Depois trago a lista.

Bento Manoel primeiro pensou; depois, falou com cada um. No outro dia apresentou a lista ao marechal, que a repassou nome a nome com o furriel.

— Esse aqui não dá, é da infantaria.

— Pois agora é da cavalaria — atalhou ao aprovar o nome de Manuel Luís.

— Esse é um insubordinado. Tu estás querendo problemas?

Bento Manoel viu o nome rejeitado.

— O Bento Gonçalves é o melhor espadachim do exército. É um rapaz rico, não gosta muito de disciplina, mas é o que preciso numa peleja.

— Esse outro é um guri!

— Pois é, tem 15 anos. Mas o Davi Martins é a segunda espada do exército.

E assim, um a um, escolheu sua tropa. Sessenta homens.

— E não vai nenhum médico?

— Desculpe, general. Mas nessa parada não vai haver tempo para tratamento. Quem ficar ficou.

Na madrugada a tropa montou a cavalo e perdeu-se a galope curto no meio da noite. O grosso do exército aprestava-se para a partida, marcada para 12 de março, uma semana depois.

No Palácio São Cristóvão, na Quinta da Boa Vista, no Rio de Janeiro, o príncipe dom João estava sentado a sua escrivaninha quando a porta do aposento se abriu e entrou dona Carlota Joaquina de cara amarrada.

— Posso saber o que houve em Montevidéu?

— Paz, minha princesa. Paz.

— O que você e aquele canalha inglês fizeram? Posso saber?

— Paz, minha princesa.

— Seu canalha!!!

Saiu batendo a porta. O príncipe quase se engasgou tamanha a gargalhada que deu, perdendo o fôlego de tanto sacudir-se.

CAPÍTULO 13

Os Amigos Cavaleiros

— Bento, pega a vanguarda.
— Davi, vamos. A galope!

A força estava formada em linha. À frente, os furriéis, os mais graduados da tropa; em seguida, a fila dos cabos e soldados. Atrás a cavalhada de reserva, três por homem, e duas dúzias de mulas com os suprimentos e duas pequenas peças de dorso, para o caso de necessitarem de alguma artilharia. Manuel Luís era o mais velho da partida, mas Bento Manoel era o mais antigo nas fileiras, pois se engajara e participara da campanha de 1801, ainda como soldado raso. Manuel Luís, por ter sido desertor, perdera a antiguidade.

Bento Manoel o escolhera para ser o subcomandante. Uma das razões fora a idade, pois Manuel Luís tinha dez anos a mais do que a média dos veteranos. Havia também a preferência de dom Diogo pelo furriel de Conceição do Arroio, que exercia, de fato, funções de tenente. No entanto, o que mais o fazia gostar dele, a ponto de tirá-lo da infantaria e conseguir que o transferissem para a cavalaria, era aquele jeitão, que como ele, Bento Manoel, o diferenciava da maioria: ambos eram fazendeiros. Bento tinha suas estâncias, mas Manuel Luís era como se fosse dono, o que lhe dava um ar de majestade. Era esse tipo que inspirava a expressão para identificá-lo usada pelos gaúchos: "monarca dos pampas".

— Tens de te mudar para Caçapava. Lá tem campo à vontade, gente boa e fica perto da guerra, já que tu gostas tanto dessa vida de milico.

— Pois é verdade. Desde pequeno queria ser soldado. Aprendi de tudo na minha mocidade para ser pescador e agricultor. Mas o que me emocionava era ver os milicos quando ia com meu pai à feira do Desterro vender as nossas mercadorias.

— E te encrencaste?

— É, hoje todos sabem. Fui perdoado. Mas vivi quase toda a vida escondido.

— Eu também fui soldado profissional. Sentei praça nos Dragões do Rio Pardo. Mas saí, queria casar, precisei ganhar dinheiro. Agora sou miliciano. Deixei a Primeira Linha, mas está tudo bem...

Manuel Luís também reingressara nas Forças Armadas na Segunda Linha.

— Que nem eu...

Bento Manoel, pode-se dizer, vivera num quartel desde os 7 anos de idade, quando o pai o entregara ao major de Dragões Adolfo Charão, em Rio Pardo.

— Meu pai me empregou como piá do Alemão, mas aquela estância era, na verdade, um quartel. Ali comecei.

O sobrenome do major, Charão, era uma corruptela de Scharam. Seu pai era o médico alemão João Adolfo Scharam, com consultório no Rio de Janeiro, onde nasceu o menino Adolf. Como o velho doutor não tinha recursos para mandar o filho estudar na Europa, nem havia escolas dignas desse nome no país, o Dr. Scharam matriculou-o na escola militar mais antiga do Brasil, criada em 1699, a Aula de Fortificações, no Rio de Janeiro, onde se graduou oficial de Engenharia de Primeira Linha. Como era de se esperar, foi designado para servir numa cidade-fortaleza, Rio Pardo, onde se travava uma guerra contra os espanhóis havia mais de 20 anos. Ali ficava o quartel mais avançado junto às linhas inimigas.

Em Rio Pardo, conheceu a filha do capitão João Carneiro da Fontoura e se casou. Mas nunca se acomodou. Não aceitava a ideia, importada da corte, de que um gentil-homem vivia de renda. Acreditava que, no Rio Grande, quem tinha vontade de trabalhar progredia.

Então foi aproveitando as oportunidades que se lhe ofereciam. Uma das principais foi receber a doação de terras do governo desde que se comprometesse a produzir e a defender sua gleba. Foi assim que iniciou uma criação na Cerca de Pedra, no Vale do Rio Vacacaí, bem nas barbas do domínio espanhol. Logo depois, em 1800, o fidalgo dom Felix de Azara chegou a criar um vilarejo, chamado São Gabriel do Batovi.

Quando foi batizar o primeiro filho, achou graça na grafia que o sacristão dera a seu nome ao redigir a certidão: Charão. Gostou, adotando o nome e fundando, assim, uma das mais ilustres famílias do Rio Grande do Sul. Meio militar, meio estancieiro, cumpriu o objetivo estratégico de sua presença no Sul, ocupando o território e defendendo-o contra os inimigos de Portugal. Na propriedade desenvolveu uma criação de gado e foi dos primeiros a levar suas boiadas para o Rio Grande, entrando pela guarda de Caçapava, descendo o Vale do Camaquã até chegar à Lagoa dos Patos, daí ao litoral, numa tropeada de pouco mais de 70 léguas, ou 420 quilômetros.

Nessa cidade, o cearense José Pinto Martins instalara uma charqueada, produzindo carne-seca para vender no norte. Fundara sua fábrica em 1780 e começara comprando gado na região. Aos poucos, foi captando animais por toda a capitania... Charão logo viu ali uma grande oportunidade e passou a vender seu gado para a indústria. Assim, além de couro, ossos, chifres, cascos e sebo, também faturava com a carne. Costumava dizer aos incrédulos:

— Hoje em dia, do boi só se perde o berro que solta quando morre!

O forte do negócio do major era a criação de mulas. Aí sim havia técnica e necessidade de cuidados especiais. Para o gado bovino bastava evitar que fugisse. As mulas não. Dependiam de um cruzamento de equinos com asininos, que gerava esses animais fantásticos, muito mais fortes que os cavalos e muito mais rápidos que os jumentos. Era o cargueiro ideal para uma terra sem estradas, vencendo qualquer obstáculo com o triplo da carga de um equino. Na Fazenda São João, Charão criava cerca de mil mulas, machos e fêmeas, por ano. Seu tropeiro era Manuel Ribeiro, que levava o rebanho para Sorocaba, onde era vendido aos atacadistas e, depois, nos mercados finais, nas

Minas das Gerais, nos garimpos de diamantes, nos engenhos, nas cidades e também para as Forças Armadas.

— Meu pai me ofereceu para o major. Com 7 anos viajei três meses de Sorocaba até o Rio Pardo. Criei-me na estância. Tive professor, junto com os filhos mais moços do major. Aprendi tudo sobre lida campeira e luta. Com 12 anos matei pela primeira vez: foi um castelhano. Pegamos uma partida roubando cavalos. Não voltou nenhum. Até que com 18 anos o major me mandou para os Dragões. Eu nem queria mais ir, pois já era sota-capataz, ia com as tropas para São Francisco, Rio Grande, Paissandu. Conhecia toda essa campanha, mas o major mandou que eu entrasse para o exército. Então fui à guerra de 1801 e pedi baixa. Gosto dessa vida, mas não quero que os meus filhos sejam militares. Eles vão estudar. É para isso que trabalho.

— Pois se depender de mim, os meus filhos vão ser soldados. Aqui nessa terra não adianta ser doutor. Só os soldados têm futuro.

O garoto Davi aproximou-se a galope. Bento levantou a mão, sinal para a coluna se deter.

— Temos companhia, furriel.

— Quantos são, deu para ver?

— Ainda não. O furriel Bento está aí na frente, a um quarto de légua. Eles estão na coxilha, lá longe.

— Manuel Luís, assuma o comando. Mande cerrar fileiras e avance. Eu vou com o substituto até lá na frente para ver o que está acontecendo.

— Furriel, não sou substituto. Sou soldado.

O furriel riu-se do protesto do recruta. No Brasil, um branco convocado para o serviço militar podia indicar alguém para ir em seu lugar. Geralmente mandava-se um ex-escravo, um liberto, mas tinha de ser brasileiro nato, porque as Forças Armadas não aceitavam africanos. Também não admitiam escravos nas fileiras. Então, antes de apresentar um substituto o convocado tinha de alforriá-lo em cartório e depois entregá-lo como homem livre para o Estado. Assim, substituto não deixava de ser um termo pejorativo. Davi fora alistado no lugar do irmão mais velho, Silvério José Martins. Contava que quando o oficial da milícia foi à estância do pai, José Martins Coelho, para recrutar um de seus filhos, o patriarca esclareceu:

— Não, não é esse que você tem de levar. É aquele ali, que desde piazote diz que vai ser soldado. Foi ele quem preparei para nos defender.

E assim Davi, considerado um espadachim imbatível, foi parar no exército. Bento Manoel, no entanto, não perdia a oportunidade de chamá-lo de substituto, para riso da soldadesca.

— Veja, lá estão.

No alto de uma coxilha aparecia uma coluna de cavalaria marchando em paralelo ao grupamento brasileiro. Bento seguia no seu galope curto, adiantando-se à tropa que vinha seguindo. Assim foi até se encontrar com Bento Gonçalves, que, apeado, conferia com sua luneta a tropa que os flanqueava.

— Que tal? Quem são, deu para ver?

— Acho que são bandoleiros. Não vamos pegá-los?

— Temos nossa missão. Vamos em frente. Mas de olho aberto. Daqui para a frente, teremos sempre companhia. Também não creio que os artiguistas nos ataquem. Suas ordens são para combater bandoleiros. Nós não somos alvo.

— Por enquanto.

— Tens razão, por enquanto. Bem, vamos esperar o restante da tropa e marchar em fileiras cerradas para eles verem que não somos uma presa fácil.

— Não são tão loucos de nos atacar. Uma catrefa de bandidos... contra nós?

De fato, aquela ponta de homens bem fardados, armados, irrepreensivelmente disciplinados dava o que pensar a qualquer um que estivesse imaginando alguma bobagem. Ao entardecer, Bento Manoel mandou levantar acampamento. Sem fazer ruídos nem desativar os braseiros, a tropa seguiu em silêncio.

Era assim sua ordem de marcha. A passo, sem parar, do início da noite até o alvorecer. Parada para troca de cavalos e refeição rápida — charque cru e bolachas, eventualmente uma rapadura. Depois, mais três horas de trote, até as dez da manhã, parando com sol alto para o almoço e a sesta. Dormiam até o sol começar a se pôr. No fim da tarde, mais trote até a nova parada para refeição e troca de montarias. Simulação de acampamento e descanso até a hora da partida, já noite alta. Favorecida pelo escuro nessa semana de lua nova, a tropa deslocava-se com segurança.

A rota Montevidéu-Paissandu era normalmente trilhada por quantos tivessem de viajar do Rio Grande para a capital Oriental. E muitos deles já tinham feito esse trajeto mais de uma vez.

Na manhã seguinte, quando o sol nascia, iniciaram a travessia do Rio Negro no Paso del Puerto, logo abaixo da foz do Yi, onde havia um trapiche e condições para uma operação mais ou menos tranquila. Não encontraram nenhum barco, mas tinham levado como boias suas pelotas, que eram buchos de boi curtidos. Preenchidos de ar, tinham capacidade de flutuação suficiente para passar cargas de certo peso, como as munições e os petrechos, e até pequenos canhões táticos de cavalaria.

De madrugada, ao chegar às margens do rio, iniciaram os preparativos para a transposição. Enquanto os artilheiros amarravam pelotas para construir as balsas destinadas às munições e aos petrechos, o quartel-mestre fazia outras para os mantimentos, os arreamentos, as roupas e o que mais houvesse. Os cavalarianos atravessariam a nado, com seus cavalos em pelo, seguros pelos buçais. Tudo no maior silêncio, para não se denunciarem, pois, embora estivesse tudo abandonado, sempre poderia haver gente nas redondezas. A voz de um homem vai longe em meio ao silêncio de uma noite quente de verão. Enquanto o pessoal se preparava para atravessar o rio, Bento Manoel dava instruções, repassando seu plano.

— Este é o momento mais perigoso. Se nos pegam dentro do rio, babau!

A tropa cruzaria em três grupamentos. No primeiro, comandado por Manuel Luís, iriam seis homens, a elite da tropa: Davi à frente, como batedor, ou bombeiro, como gostavam de chamar os exploradores, seguido por Manuel Luís com Bento Gonçalves e mais quatro soldados rasos: João Antônio da Silveira, Manuel Rodrigues Souto, Juvêncio Machado e o negro Adão Perico.

— Davi, tu levas a luneta do tocaio. É a melhor que nós temos.

— Não me vai perdê-la, guri. Comprei de um oficial inglês. É a melhor que há nessas bandas.

— Deixa o guri quieto. Uns 1.500 metros para dentro vais encontrar uma figueira. Sobe nela e dá uma boa olhada para ver se enxergas algum movimento. Se estiver tudo calmo, ata essa bandeira na lança e faz sinal para o Manuel Luís. — Entregou a ele a bandeira. — Ele já estará botando o pé em terra. Aí entramos nós na água. Entendido?

Exímio nadador, Davi deveria verificar as condições de travessia e, se nada aconselhasse procurar outro ponto de vau, entraria entre 2 mil e 3 mil metros na margem oposta, procurando localizar eventuais forças inimigas. Logo atrás iriam Manuel Luís e o resto da vanguarda, com as armas de fogo bem protegidas para não molhar a munição. Quando esse grupo montasse na outra ribanceira, Bento Manoel e o restante da tropa entrariam na água: à frente a cavalaria, seguida pelos transportes. Em mais ou menos uma hora estariam todos do outro lado. Daí até Paissandu não haveria outro grande obstáculo natural.

O menino Davi estava compenetrado, aguardando a ordem para entrar na água. As pernas da calça de algodão do fardamento arremangadas até a canela, os pés descalços e uma camiseta de pano de mangas curtas eram sua vestimenta. No lombo do cavalo em pelo amarrara a uma sobrecincha, seu único arreio, uma tocha de couro com bagos de pólvora, balim de chumbo, pedra de fogo, buchas de pano e um rosário. Envolvidos em toalhas, uma clavina, duas pistolas de pederneira, um sabre e uma lança de cavalaria. Também levava amarrada a bandeira que deveria usar como sinalizador. O cavalo com um buçal preso ao cabeçalho aguardava inquieto, sabendo que iria enfrentar o Rio Negro.

Passo a passo eles foram entrando nas águas mansas, que desciam em seu terço final, vindo desde os campos do Piraí, em Bagé, no sentido sul-leste até desaguarem no Rio Uruguai, na Baía de Fray Bentos. Dali para a frente, para aqueles homens, seria como estar em casa. A margem direita do Negro já era caminho dos brasileiros do Sul, que pouco a pouco vinham ocupando aquelas terras com suas fazendas de gado ou plantações. Ali se misturavam as duas nacionalidades, embora os líderes e as metrópoles europeias as mantivessem em guerras de quando em quando.

Nem bem Davi entrou na água, Manuel Luís e seus homens tomaram a mesma posição. Iriam esperar uma meia hora, talvez um pouco mais, e entrariam na água seguindo o mesmo trajeto. Com os ouvidos bem abertos, recuariam ou desceriam mais, deixando a correnteza levá-los se ouvissem sinais de luta. Com as pistolas à mão, Davi daria o sinal se fosse atacado ao sair na outra margem. Enquanto isso, o restante do grupamento fazia as últimas verificações nas amarras das balsas de pelotas, certificando-se de que tudo estava nos conformes.

A unidade de suprimentos seria a última a entrar na água, levando não só os equipamentos, mas também a cavalhada de reserva. Animais amarrados uns aos outros à soga para que não se espalhassem, mas com nadadores equipados com facas afiadas para cortar as amarras se algum cavalo fraquejasse no meio da travessia, ameaçando puxar os demais para o fundo do rio ao se afogar.

A aurora já se apresentava quando Davi saiu da água. Primeiro examinou o terreno à procura de pegadas. Estava limpo. Desenrolou seus pertences, montou no flete e se foi na direção da grande figueira, que era bem visível de onde aportara. Olhando para todos os lados, ouvidos atentos, avançou sem encontrar nada. Na figueira, prendeu o cabresto do buçal a uma macega, pegou a luneta e subiu na árvore. Vasculhou as áreas próximas, olhou mais longe e nada avistou além de coxilhas e vegetação. Desceu rapidamente e agitou a bandeira. Foi o sinal para Bento Manoel entrar na água com o restante da unidade.

Voltando para a árvore, assentou a luneta e viu, ao longe, acima, um cavaleiro a todo galope. Sem dúvida, um batedor. O cavalo sumiu numa angustura. Davi olhou para o rio, vendo a vanguarda já tomando pela margem. Certamente o batedor não os vira, encobertos pelo lusco-fusco. Vira o grosso da coluna do outro lado do rio. Era esse o alerta que estaria levando. Decidiu esperar um pouco. Eles levariam mais de meia hora para chegar até onde ele estava. Mais alguns minutos e começou a sair uma coluna do meio do campo. Deveriam ser entre 150 e 200 homens. Mais ainda: eram índios, possivelmente minuanos. Desceu da árvore e montou, galopando na direção dos companheiros que já estavam em terra firme. Vendo-o chegar a galope, todos ficaram em expectativa.

— Eles não nos viram, tenho certeza.

Manuel Luís nem precisou dar ordens, apenas disse:

— Vamos contornar o matinho e pegá-los pela retaguarda. Isso dará tempo para o Bento Manoel chegar.

Bento Gonçalves era o mais entusiasmado. Praticamente assumiu o comando, dizendo o que fazer, pois era perito nesse tipo de ação, quando uma tropa treinada enfrentava um grupo sem treinamento nem conhecimentos táticos.

— Vamos bem compactos, formamos uma parede. Contra nossas espadas de metal as lanças de madeira não podem nada. Só é preciso ter cuidado com as boleadeiras, embora no entrevero elas sejam pouco eficientes, pois acertam tanto os nossos quanto os deles.

Manuel Luís, que era novato nessas guerras, não disse nada. Apenas concordou, para mostrar que o comandante era ele. Bento acendeu uma pequena lanterna de óleo de baleia que trouxera, sinalizando para Bento Manoel, que já estava com sua gente na água, se aproximando da costa. Em seguida, montaram, investindo em sentido contrário, procurando ganhar a retaguarda dos índios. Conseguiram uma boa posição, ocultados num capão, e ali ficaram, deixando que os índios os ultrapassassem. No momento em que os minuanos se agruparam para preparar a surpresa, Manuel Luís, com um "de acordo" de Bento Gonçalves, deu o sinal de atacar. A turma cerrou fileiras e todos foram em direção aos inimigos.

Quando viram aquele grupo entrando compactamente no meio deles, a galope aberto, com cavalos bem nutridos e de lanças em riste, atrapalharam-se, pois imaginavam que poderia ser a vanguarda de uma força maior. Eram seis contra mais de cem. Mas os índios, montando pôneis esgotados, não tinham como chegar neles. A formação era uma espécie de ouriço atacado por uma matilha de cães. O choque foi direto em cima do núcleo central. A 10 metros, em descarga, os gaúchos dispararam suas clavinas, abrindo um buraco no meio deles. A seguir, espetaram-nos com as lanças, sacando sabres e formando uma linha de espadachins, uns protegendo as costas dos outros. As lanças indígenas se quebravam ou eram literalmente atoradas pelas espadas de aço. Não tinham defesas contra o fio das armas brancas dos soldados.

Os rio-grandenses ultrapassaram as linhas dos minuanos, reagruparam-se e voltaram. Os índios não conseguiam envolvê-los. Foi quando Manuel Luís levou o lançaço que o colocou fora de combate. Um índio jogou-lhe a lança a curta distância. Ele conseguiu desviá-la com a espada, mas, embora tivesse defendido o tórax, a lança passou em diagonal, lambendo a costela, sem romper o osso, mas abrindo um talho gigantesco em seu peito. Ele sentiu o impacto. Ia cair do cavalo quando foi socorrido pelo garoto Davi, que o escorou.

— Fica aí no meio e vê se não cai do cavalo e te aguenta que os companheiros já estão vindo.

Foi salvo porque Bento Manoel chegava com seus homens, atirando de carabina e entrando no meio dos minuanos com a força de impacto. Nesse entrevero, Manuel Luís, no estado em que ficara, não teria a menor possibilidade de sobreviver. Embora não tivesse soltado a espada, já estava alheio à luta, vendo perplexo o sangue jorrar de seu peito, as forças se esvaindo, a consciência desaparecendo. O grito de Bento Gonçalves mandando que não caísse chegou distante como uma voz do além, quase incompreensível, mas ele levou a mão ao cabeçote do lombilho e com isso conseguiu o equilíbrio mínimo para não ir ao chão.

Temendo nova carga, os índios recuaram, procurando reorganizar-se, e deixaram um espaço nessa minirretirada, o suficiente para Bento Manoel ver que, na margem, os artilheiros haviam tirado as peças do lombo das mulas e já as estavam assestando sobre seus reparos. Em minutos estariam prontas para disparar.

— Recuar, recuar! Vamos!

A tropa captou a ordem como se estivesse em parada, dando de rédeas.

— A galope! Em linha, mantenham a linha! Souto, tu amadrinhas o Manuel Luís e não me deixe ele cair! Vamos!

Vendo a tropa recuar, os índios se animaram. A cavalaria minuana não tinha propriamente um comando. Embora ferozes, de uma coragem desconhecida, não tinham condições de enfrentar uma força militar organizada. Seus chefes ou caciques só tomavam as decisões estratégicas, ou seja, atacar e recuar; vamos para aqui ou para ali. No combate, era cada um por si; a tática era massacrar o inimigo e a organização não passava de um vamos que vamos. Assim, bastou o chefe movimentar-se em direção aos milicos que recuavam e eles se atiraram novamente em cima dos brasileiros. Era o que Bento Manoel esperava, pois tinha longa experiência na luta contra eles e contra os charruas, seus inimigos mas também pilhadores das estâncias dos colonos.

— Mantenham a linha e meia-volta ao meu comando!

Como se se comunicassem por telepatia, os artilheiros preparavam-se para sua intervenção, entendendo a manobra do comandante. Os gaúchos tinham uns 100 metros de luz. Bento Manoel viu que o pessoal da artilharia prendia fogo nas tochas, enquanto os demais carregavam as peças. Tinha certeza de que usariam a munição certa para aquele combate: a metralha. Eram balas de fragmentação, que se espalhavam em dezenas de bolas de ferro, cada uma capaz de abater um homem ou um cavalo a 300 metros, com precisão. Era esse o alcance técnico do equipamento.

A linha de cavaleiros avançou sobre a posição dos artilheiros, deixando a massa atacante completamente a descoberto. Ao estrondo dos canhões, Bento Manoel gritou a ordem:

— Meia-volta, a galope!

As peças dispararam com uns dez segundos de diferença. O furriel artilheiro as havia disposto em ângulo agudo, aumentando o leque de abrangência dos disparos. Os balins abriram um vão nas fileiras compactas dos minuanos, enquanto o estrondo e a fumaceira dos canhões botaram seus cavalos em polvorosa. Somente os animais treinados da cavalaria não se assustaram com os tiros. Nas fazendas do Rio Grande, os gaúchos treinam seus animais para ser usados em combate. Os índios não. Deu-se um esparramo. Alguns poucos que passaram foram abatidos pelos mosquetes dos servidores das peças, que tinham tomado posição defensiva, esperando os remanescentes. Na retaguarda, esbarrando na sofreada, a tropa virava-se para a frente e, em linha, contra-atacava, ultrapassando novamente a artilharia. Os índios, atônitos, também davam meia-volta e recuavam aceleradamente. Ao passar pelos canhões, Bento Manoel deu a ordem:

— Bota lanternetas no meio deles!

Lanterneta é uma granada de fragmentação que explode em centenas de estilhaços, com efeito semelhante ao da metralha, porém com maior alcance. A tropa indígena já se retirava apressada. Os grupos que venciam a coxilha, mais à frente, eram atingidos pelos disparos e caíam aos montes entre as explosões. Os índios se foram, deixando mortos e feridos. Bento Manoel voltou, dando ordens de marcha, mandando dar água aos cavalos e determinando a última providência para dar a refrega como terminada.

— Adão, pega mais dois e dá uma passada por aí. Não me deixa ninguém que possa nos incomodar daqui para a frente.

Sob facas afiadas, os agonizantes foram ultimados. Ao mesmo tempo, procuravam os dois brasileiros que haviam tombado na luta. É impressionante como se consegue pelar um homem tão rápido. Os dois estavam mortos, também degolados e nus. Alguém tivera tempo de aliviá-los da vida e das roupas antes de fugir a pleno galope. Uma peça de roupa valia mais do que uma vida naqueles ermos.

A situação de Manuel Luís era delicada. Se não pudesse montar, teria de ser abandonado, como era a norma. Ficaria à espera de uma boa alma que aparecesse para cuidar dele, ou da faca de algum castelhano ou índio que quisesse roubar suas roupas e armas. Isso na hipótese bastante improvável de sobreviver à inevitável infecção de suas feridas, que foram lavadas, desinfetadas com cachaça e costuradas com linha de algodão. Manuel Luís foi enfaixado e colocado sobre a sela. Como conseguiu ficar no lombo do cavalo, seguiu com o grupo. Assim iria enquanto aguentasse. Felizmente, como era um homem muito robusto, conseguiu suportar a marcha. Ainda faltavam duas jornadas até chegarem ao objetivo, onde, possivelmente, contratariam um médico que pudesse tratá-lo mais adequadamente.

A marcha foi até a metade da manhã, quando fizeram alto para almoço, sesta e descanso dos animais. Também não era aconselhável deslocar-se com sol a pino, não só pela fadiga do tempo quente, mas também porque uma tropa isolada ficaria exposta, de muito longe, para os inimigos. O bivaque se fez num lugar apropriado: uma canhada escondida, próximo a uma aguada e com pastagem para os animais. Também deveria haver, nas proximidades, um lugar elevado de onde se pudesse avistar alguma tropa em movimento.

Nem bem desencilharam, o vigilante veio com a informação de que avistara fumaça ao longe. Bento Manoel destacou Bento Gonçalves para bater a área e, se possível, identificar o que estava se movimentando. Pouco antes da ordem de marcha, um dos batedores voltou com um recado de Bento Gonçalves: era o fogão de um carreteiro. Era um carro de três juntas de boi, conduzido por um adulto, a cavalo, e o filho de 12 anos.

O homem vinha de Paissandu com mantimentos para sua propriedade, nas imediações de La Quemada, cerca de 50 quilômetros a nordeste. Disse que resolvera se arriscar, pois sua fazenda fora saqueada, não sobrando nada para sua família e uns poucos peões que haviam ficado com ele. Não seguira Artigas porque não se interessava por política. Bento comentou que poderia tanto ser verdade como não. Ele poderia ter ficado para plantar, cuidar do gado e criar cavalos para dar sustentação às forças artiguistas que continuavam no território. Alguém teria de alimentar e aprovisionar essas tropas. No entanto, não descartou inteiramente as informações que dera.

O homem disse que Paissandu estava praticamente deserta, ficando na cidade basicamente os estrangeiros, europeus em geral e uns poucos orientais. Também informou que ficara uma pequena guarnição para manter a ordem e dar segurança às propriedades. E, mais interessante, que ninguém desconfiava da aproximação de tropas brasileiras e que havia somente uma pequena guarda nas imediações de Porvenir, a 3 léguas da cidade. Os brasileiros deixaram-no seguir, não sem antes afirmar que eram a vanguarda de um grande exército que se aproximava da cidade.

— Se ele bater com a língua nos dentes, vai falar meia verdade. Para nós, isso basta.

Bento Gonçalves continuou à frente, dessa vez com um grupo de dez homens, com a missão de capturar a Guarda Uruguaia. Quando o grosso da coluna chegou a Porvenir, os militares estavam presos. Era um grupo de milicianos que defendiam as fronteiras espanholas do Prata, *blandengues*, como eram chamados, comandados por um tenente de meia-idade. Os blandengues tinham esse nome porque, dizia a tradição, "blandieron", ou seja, vibraram suas lanças ao ar em sinal de respeito às autoridades que passavam as tropas em revista. Ficaram surpresos com o aparecimento dos brasileiros. O carreteiro devia ter falado a verdade, pois nem sequer desconfiavam que houvesse tropas portuguesas na região. Bento Manoel libertou-os, mandando que levassem um recado: seu grupo era apenas um destacamento avançado da vanguarda do exército de dom Diogo, que estava algumas milhas atrás. Se a guarnição entregasse a cidade, todos seriam poupados e enviados a Buenos Aires ou aonde quisessem ir. Os milicianos tocaram-se para Paissandu, seguidos de perto por Bento Gonçalves. Nas imediações da cidade, Bento ocultou seus homens e ficou observando. Algumas horas depois, com sua potente luneta inglesa, viu uma companhia de blandengues deixando Paissandu. Dava para supor que toda a guarnição tivesse abandonado a cidade. Mandou avisar Bento Manoel.

Ao entardecer, os brasileiros entraram em Paissandu, que estava mesmo vazia, salvo alguns comerciantes em frente a depósitos ou lojas. A tropa entrou sem ser hostilizada, observada com curiosidade e distância pelas pessoas. A um deles, Bento Gonçalves perguntou.

— Há algum médico na cidade?

A resposta veio num castelhano cheio de sotaque. Pelo som, poderia ser italiano ou de qualquer outra nacionalidade. Dois homens, um deles Souto, encaminharam-se para uma casa indicada pelo homem, onde havia uma placa: "Dr. Herbert Becker". O resto do grupo foi para o fortim, encontrando-o deserto, com suas peças intactas. Ao revistar os paióis, acharam pólvora e munição. A tropa deixara a cidade apressadamente, sem destruir o arsenal, talvez por achar que não valeria a pena. Seguramente aqueles invasores não ficariam muito tempo por ali.

Em 16 de março de 1812, com os solaços de verão deixados para trás, dom Diogo botou sua tropa na estrada para ocupar posição em Paissandu e dissuadir Artigas de levar a revolução a Buenos Aires. O grande feito militar fora a investida de Bento Manoel e seus 60 gaúchos, que garantiu a vantagem estratégica para o Exército Português e deu sustentação política à diplomacia de dom João, que dali em diante assumiria inteiramente as rédeas do processo.

Daí para a frente, a América do Sul foi dos sul-americanos, embora a expulsão dos espanhóis ainda fosse levar alguns anos e, no processo de independência do Brasil, Montevidéu ainda voltasse a marcar sua posição ao se converter no mais fiel bastião de Lisboa. Bolívar, nas Caraíbas, já dominava a situação nos dois vice-reinados do norte; San Martin, desembarcando em Buenos Aires com seus Cavaleiros Racionais, iria dar um rumo à situação na Argentina; e dom João tirava de cena, com o engessamento de dona Carlota, as ações políticas da Espanha.

Madri ainda tentou recuperar o território pelas armas, mas nunca conseguiu, por ter perdido inteiramente suas bases internas nas antigas colônias sul-americanas. Esse Exército Rio-Grandense/Paulista de dom Diogo obteve, pela teoria de Clausewitz, uma vitória completa, justificando-se como elemento da política externa do país.

Chegando a Paissandu, dom Diogo fortificou-se em São Francisco, onde permaneceu, enquanto o coronel Jorge Rademaker negociava uma trégua com Buenos Aires. A nenhum dos dois países interessavam as hostilidades. Os argentinos eram atacados pelos espanhóis ao norte. Os portugueses, com seu país ocupado pelos franceses, sobrevivendo com completa dependência militar da Inglaterra, não estavam no melhor momento para negociar tratado. Estabeleceu-se um armistício ilimitado, que ficou conhecido como a Convenção Rademaker, assinada em 27 de maio do mesmo ano, preservando a autonomia provisória da Banda Oriental. Selado o acordo, dom Diogo recebeu ordens de evacuar o Uruguai.

No dia 10 de junho o Exército Pacificador estendeu-se no terreno, no rumo norte, deixando o país sem ser incomodado pelos adversários. Ao chegar às imediações do Arapeí, dividiu-se em duas colunas. Uma delas marchou para Bagé, onde se aquartelou e dispensou os milicianos; a outra rumou para Nossa Senhora da Conceição do Jaguarão, onde ficou em posição.

CAPÍTULO 14

As Artes da Salamanca

— Eu tinha acabado de desnucar um minuano com um talho de sabre, feito na transversal à minha esquerda, quando Nossa Senhora, foi ela, podem acreditar, me chamou. Com o rabo do olho, vi outro já soltando a lança de arremesso bem na direção do meu peito, com toda força. A bicha já estava voando bem no rumo do meu coração quando, não sei de que jeito, voltei como por instinto com a espada, que tocou no cabo da lança. Foi de refilão, mas o suficiente para desviar a sua trajetória. Ela então me veio meio de lado pelo costilhar, abrindo um talho desse tamanho.
— Pai, e o senhor não caiu do cavalo?
— Não! Foi o que me salvou. O entrevero estava tão curto que eu morreria pisoteado no meio daquela dança de cascos que levantava uma polvadeira de engasgar.
Manuel Luís contava a história do combate para o filho pela enésima vez. Como toda criança de sua idade, fazia o narrador repetir e repetir, mas às vezes vinha com perguntas inesperadas, surpreendendo o pai com tamanha percepção do que seria um combate. Aquele toquinho de gente, o pequeno Manuel Luís, não só gostava de ouvir as histórias como as entendia tão bem quanto os irmãos mais velhos.

O orgulho de ter pertencido àquele exército, de ter integrado aquele grupo de companheiros, de ter participado daquele momento da História não se repetia quando falava dos políticos que haviam conduzido o processo. Menos ainda de seus desdobramentos depois que dom Diogo de Souza deixou o governo do Rio Grande do Sul, em 1814. Como muitos outros ex-combatentes, sentia-se traído com a compassividade do Brasil ante os acontecimentos que se seguiram na Banda Oriental. A ambiguidade da posição portuguesa chegava a ponto de quase convencê-lo a dar razão a dona Carlota, que acusara o príncipe dom João de ter duas caras.

A acusação fazia sentido. Dom João mandara seu exército para combater Artigas e Buenos Aires em apoio aos espanhóis. Depois, com as tropas frente a frente com o inimigo, operou no sentido de proteger os portenhos da revolução dos orientais, deixando os castelhanos em paz nos limites de Montevidéu. E agora parecia indiferente em relação à intervenção dos argentinos e dos artiguistas para expulsar os espanhóis da província Oriental. Era mais ou menos assim a bagunça com que ele via a situação no país vizinho. Aliás, nem país era, nem se sabia o que seria.

Em suas viagens cada vez mais frequentes a Porto Alegre e às charqueadas do Rio Pelotas, em São Francisco de Paula, encontrava-se com antigos companheiros de armas, a maior parte, como ele, devolvida à vida civil e dedicada ao próspero negócio do comércio de gado de corte. A opinião de todos era unânime, como dizia Bento Manoel:

— Não tenho dúvida de que teremos guerra outra vez. Nosso reizinho está apenas ganhando tempo.

Bento Gonçalves, que tinha muitos negócios no Uruguai, concordava:

— A verdade é que não temos força para nos metermos naquele caldeirão fervente.

— Mas que não ficou bem, não ficou. Dom Diogo não engoliu, pediu demissão e foi transferido para a Índia. Não sei se lá não estará melhor, mas que saiu desgostoso, isso é inegável.

— Coitado do dom Diogo. Acho que lá está melhor. Ninguém me diga que não foi uma maldade do dom João mandá-lo para o Rio Grande. Aqui um homem sem dentes sofre muito. Antes esteve em

Moçambique, depois no Maranhão, terras de pescadores. Mas ter de viver num país em que a costela de boi é o prato do dia a dia até parece castigo.

— Pois o homem fez tudo aquilo, tomou o Uruguai, apresentou-se como a espada de dona Carlota e, quando viu, estava falando sozinho de frente para a praia em Punta del Este. Que te parece?

— Pois é. Esse dom João de bobo só tem a cara.

— Cuidado, amigo. Agora ele já é rei. Chamar o rei de bobo não é crime de lesa-majestade?

— Que nada. Crime é deixar a castelhanada solta na fronteira roubando o nosso gado e incendiando as nossas casas.

— Não te assustes. Não falta muito e nós vamos ser chamados para esse baile, podes ter certeza.

Uma vez mais, foi Napoleão Bonaparte que embaralhou as cartas no Rio da Prata. Desde sua queda, em 1814, precipitaram-se os acontecimentos no Cone Sul, pois os Bourbon retomaram o poder na Espanha. Fernando VII voltou ao trono extremamente fortalecido, a ponto de se animar à reconquista da América.

Nessa época adentram na história da Argentina duas figuras que iriam se converter em seus mais célebres guerreiros: José de San Martin, que venceu os espanhóis no Pacífico e consolidou a independência do país, a ponto de ser coroado com o título de Libertador, e Carlos Alvear, que derrotou o império do Brasil, mas ficou na história oficial argentina como uma figura sem glórias, controvertida e obscura. Os grandes personagens brasileiros que marcaram o século XIX ainda engatinhavam nessa época. Alguns literalmente, outros apenas se revelando integralmente dez ou 15 anos depois.

Já no final de 1812 a situação internacional começou a sofrer mudanças profundas. A mais significativa foi a do papel da Inglaterra, que de potência comprometida com as revoluções latino-americanas dividiu sua atenção em três focos, que passaram a representar as forças britânicas envolvidas nesses processos. Uma delas era a união do Estado e da Coroa com as demais monarquias europeias para enfrentar a França revolucionária. A outra era o crescente poder econômico britânico contra os monopólios coloniais. Outras nações europeias mudariam de lado, como aconteceu com os franceses, que passaram a ser parceiros dos ingleses nas guerras dos séculos XIX e XX. A terceira, representada basicamente pela maçonaria, apoiava os movimentos de libertação nacional no continente americano. Financiava seus líderes e dava-lhes proteção efetiva, influindo para contrabalançar o crescente poder dos reacionários, como eram chamados seus adversários, nos centros de poder econômico e político de Londres.

Em função dessas mudanças, os britânicos perderam força, pois precisavam se concentrar na luta contra a França e tiveram de conviver com a volta da Espanha contra as revoluções crioulas. A Inglaterra conseguiu formar uma coalizão com as monarquias decadentes, revigorando-as a ponto de restabelecerem o absolutismo, derrotando e extinguindo os regimes constitucionais que emergiam como necessidade da Revolução Industrial.

Valendo-se da capacidade de organização dos ingleses e fornecendo tropas e recursos, países como Rússia, Prússia, Espanha e Áustria aproveitaram-se da autodestruição do grande Exército Francês que invadiu a Rússia em 1812 e destronaram Bonaparte. O corso ainda voltou ao poder, mas foi novamente batido, no campo de batalha, em Waterloo, na Bélgica, e desapareceu de vez do cenário político militar em 1815. Mas já em 1814 as potências reacionárias formaram uma coalizão denominada Santa Aliança, com o objetivo explícito de "defesa mancomunada do trono e do altar". Na Espanha, isso significou a revogação da Constituição liberal e o restabelecimento do absolutismo real.

Tendo a Coroa Britânica como aliada, a Espanha podia pensar em guerras sem a ameaça da esquadra inglesa; era uma intervenção direta nos movimentos de independência nas Américas, especialmente no Cone Sul.

A burguesia industrial e comercial emergente não dispunha de poder político nem de segurança jurídica para manter-se no espaço que conquistara durante o hiato napoleônico. Dependia do apoio do Estado Britânico e, no Brasil, do Estado Português. Enquanto a normalidade não se restabelecia, os novos-ricos viveram anos de incertezas.

Enquanto isso, os revolucionários liberais procuraram fortalecer suas posições. Na América do Sul, com a revolução argentina e o movimento bolivariano, os liberais tinham bases atuantes, mas ainda pouco sólidas. No Brasil, dom João VI vivia mais uma vez o dilema português, apoiando os movimentos nos países vizinhos e procurando fortalecer seu trono internamente. O Rio de Janeiro continuava sendo *el territorio libre de las Américas*, assegurando ampla liberdade de movimento aos subversivos latino-americanos. A maçonaria instalava-se e crescia sem amarras. Portugal era aliado na guerra contra as monarquias e, além disso, a maior parte dos quadros brasileiros era considerada lusitana.

Mas o trono português olhava positivamente para a formação e o fortalecimento da Santa Aliança na Europa. O Rio de Janeiro apoiava a expulsão dos espanhóis de Montevidéu, antes que Fernando VII pudesse usar seu porto e a base oriental como trampolim para contra-atacar a emergente confederação de províncias argentinas. Mas não aceitava a volta de Artigas com seu projeto de integração às Províncias Unidas, movimento fortemente antilusitano. Já Buenos Aires aceitaria uma aliança militar tática com o caudilho uruguaio, mas não concordava com suas exigências autonomistas. Essa situação fez com que Rio e Buenos Aires preparassem uma armadilha para o "Protetor dos Povos Livres".

A maçonaria inglesa procurou cooptar e dar condições aos revolucionários latino-americanos, levando-os para a Inglaterra, onde foram treinados nas artes da conspiração. Essa ação foi efetiva nas antigas colônias espanholas, mas no Brasil seus efeitos somente se fizeram sentir bem mais tarde: em 1817 houve uma revolução independentista e republicana no Recife, levemente articulada com o movimento venezuelano; e somente 30 anos depois, no Rio Grande do Sul, aconteceu a Revolução Farroupilha.

Nessa época, os futuros líderes farrapos eram, ainda, jovens oficiais de milícias, promovidos por bravura por sua participação no Exército Pacificador da Banda Oriental, com dom Diogo de Souza. Havia um rio-grandense que operava na base londrina, Hipólito José da Costa, originário da metade sul do Rio Grande, editor do *Correio Braziliense*, jornal pró-independência e o grande pioneiro da imprensa brasileira.

Ao contrário do mundo hispânico, no Brasil não havia discriminação ostensiva à participação dos crioulos na vida institucional. No

Rio Grande do Sul fora um general nativo da capitania, Rafael Pinto Bandeira, que expulsara os espanhóis de seu território, 40 anos antes. Nas antigas colônias espanholas, as restrições aos crioulos eram explícitas, o que gerou nesse movimento uma exclusão dos espanhóis a partir de 1810. Ou seja: dom João estava dos dois lados na questão da independência. Logo depois, em 1815, concedeu status de independência ao Brasil, criando o Reino Unido, embora se mantivesse seu chefe de Estado.

Foi nesse movimento que em 1812 seguiram para o Prata dois pais da pátria Argentina: José de San Martin e Carlos María Alvear. Viajaram juntos num barco de guerra inglês, a fragata *George Canning*. Na escala no Rio de Janeiro, desembarcaram e foram festejados pelos irmãos maçons. Havia muita admiração, principalmente em relação a Alvear, que falava português, pois nascera e se criara em Santo Ângelo, no Brasil, e era filho do oficial da Marinha Espanhola Diego de Alvear y Ponce de Leon e da portenha Maria Josefa Balabastro. Seu pai, dom Diego era o comissário da 2ª Divisão da Comissão Demarcadora, encarregada de fixar os limites entre Portugal e Espanha segundo os termos do Tratado de Santo Ildefonso. Nessa época, viveu nas Missões e mandou o filho Carlos a Porto Alegre, onde completou seus estudos primários. San Martin também nascera na região, no vilarejo de Yapeiyú, na margem direita do Rio Uruguai, altura da foz do Rio Ibicuí.

Os dois foram oficiais de carreira do Exército Espanhol e lutaram contra os franceses. San Martin estava com 34 anos, chegara a tenente-coronel e pedira baixa alegando a necessidade de ir a Lima, no Peru, resolver assuntos de interesse pessoal. Não foi; mudou-se para Londres, onde se integrou à conspiração maçônica e fundou uma entidade secreta denominada Sociedade dos Cavaleiros Racionais, isto é, seguidores do racionalismo, uma ideologia de tendência laica, liberal, levemente anticlerical. Carlos María, cujo nome de batismo era Carlos Antônio, também combatera Bonaparte, chegando a alferes do corpo de elite dos Carabineiros Reais, o que equivalia, no exército regular, ao posto de capitão.

Junto com eles desembarcou outro jovem oficial, como Carlos, membro de uma família da elite crioula portenha, José Maria Zapiola.

Os três fundaram em Buenos Aires a Loja Lautaro, que congregava as principais lideranças portenhas e se transformou no embrião do mais importante partido político da época. San Martin era o presidente da entidade. Ao mesmo tempo, constituíram uma tropa de elite, o Regimento de Granadeiros a Cavalo, nos moldes das tropas de choque europeias, com treinamento e poder de fogo equivalentes aos que existiam no Velho Mundo. Em 1813 essa força enfrentou o Exército Espanhol na batalha de San Lorenzo, aniquilando completamente os soldados do rei. San Martin era o comandante; Alvear, o chefe do Estado-Maior. No corpo de oficiais inscreviam-se nomes como Mariano Escalada, Felix Olazábal, Mariano Necochea, Juan Lavalle e Lucio Mansilla, todos, mais tarde, destacados militares e políticos argentinos. Depois disso, os dois se separaram: San Martin dedicou-se à luta contra a Espanha no Pacífico; Carlos ficou no Atlântico, operando nas guerras civis e na briga contra o império do Brasil, e terminou seus dias em Washington, como diplomata junto ao governo dos Estados Unidos.

O primeiro alerta de crise iminente foi a informação de que a Inglaterra estava prestes a atacar os Estados Unidos. O motivo seria impedir a venda do território da Louisiana, antiga possessão espanhola tomada pela França, que passaria ao domínio de Washington. Com esse dinheiro, Napoleão pretendia dar continuidade à guerra europeia.

Alguns começaram a dizer que a aproximação da Coroa Britânica com as monarquias decadentes iria mais longe do que uma simples aliança tática para submeter os franceses, podendo significar uma volta inglesa à política colonial. Aliás, os ingleses vinham já havia algum tempo tentando se apoderar das possessões portuguesas na Ásia. Dom João costumava dizer a seus interlocutores que não via nada mais justo do que repassar ao primo James a posse daquelas terras, pois Portugal não tinha mais condições de assegurar seus domínios. Nos anos 1700, Lisboa pagara a proteção inglesa com o ouro de Minas Gerais; agora, saldaria suas dívidas com as conquistas da época das Grandes Navegações, pois não tinha mais nada além dessas terras para recompensar seus protetores. O território metropolitano já havia sido devolvido a dona Maria I, e um general inglês, William Carr

Beresford, ou lord Beresford, governava Portugal. Os Bragança ainda conservaram seu status graças ao dinheiro e às armas da corte de Saint James. Não fosse a Inglaterra, Portugal já seria há séculos mais uma das tantas províncias ibéricas sob a soberania de Castela.

A coisa ficou mais assustadora ainda quando chegaram as notícias do revés dos ingleses no Rio Mississippi diante dos milicianos de Thomas Jefferson e dos bucaneiros de Pierre Lafite. A armada inglesa não era invencível. Logo em seguida veio a derrota de Napoleão na Rússia, o que configurou uma ameaça de colapso das duas superpotências. Jorge Rademaker ainda estava em Buenos Aires quando a primeira tragédia aconteceu. Nessas conversas, fez ver aos portenhos que Portugal não poderia intervir diretamente contra os espanhóis, mas que veria com simpatia a libertação da praça. Não tardou para os argentinos mandarem suas tropas acossarem o governador de Montevidéu, Gaspar Vigodet.

A crise política na Argentina agravava-se mês a mês. Os governos sucediam-se, sem conseguir impor ao país um modelo de aceitação plena, resultando no perigo constante de fragmentação do antigo vice-reinado. Desde a crise da Coroa Espanhola, os movimentos de emancipação das colônias americanas haviam avançado, deixando como único resíduo de lealdade a Madri o vice-reinado do Peru, com capital em Lima. Muito distante da costa atlântica, de acesso difícil porque demandava uma volta pelo Estreito de Magalhães, quase no Círculo Polar, o Peru era a grande base de operações das tropas da metrópole que hostilizavam os dois vice-reinados rebeldes, Nova Granada, no Norte, e Prata, no sul. A guerra no coração da América do Sul nunca cessara, embora a revolução tivesse adeptos, sempre sufocados pelos realistas reacionários. Em Buenos Aires, os governos das juntas foram sucedidos pelos triunviratos, até que se chegou a um sistema unitário, denominado diretório. O primeiro diretor foi Gervasio Posadas, um velho político que herdou um impasse na Banda Oriental.

Pois nem bem dom Diogo deixara Paissandu, em 1812, o triunvirato argentino mandou atacar os espanhóis que haviam ficado no Uruguai. A missão foi atribuída ao general Manuel Sarratea. Assim que se aproximou da capital, o Exército Portenho teve pela frente a guarnição espanhola. Numa investida fulminante, o comandante da vanguarda, general José Rondeau, botou os espanhóis para correr no que ficou conhecido como Batalha de Cerrito e sitiou a capital uruguaia. Iniciava-se mais um interminável cerco a Montevidéu. Não tardou para Artigas cruzar o Rio Uruguai e ir se juntar a Sarratea, com quem entrou em choque logo depois. No confronto, o caudilho uruguaio pediu a cabeça do comandante em chefe e, surpreendentemente, foi atendido. Sarratea foi substituído por Rondeau. Nesse meio-tempo, o congresso se reuniu em Buenos Aires. Artigas mandou seus delegados, mas suas credenciais não foram aceitas. Ele então retirou-se do cerco de Montevidéu e foi declarado inimigo pelo diretor Posadas, que pôs sua cabeça a prêmio, vivo ou morto. A crise estava completa.

Em Madri, o general Pablo Morillo recrutou os melhores soldados que conseguiu selecionar em toda a Península Ibérica (incluindo desertores franceses, ingleses e portugueses) para montar uma mega-expedição ao Rio da Prata. Buenos Aires entrou em pânico. O diretor Gervasio Posadas precisou tomar medidas efetivas para derrubar o bastião espanhol que estava do outro lado do rio com seu porto de águas mansas e profundas, pronto para acolher a esquadra espanhola. Sem maior cerimônia e com a concordância meio a contragosto de muita gente, nomeou o sobrinho Carlos para assumir o comando das tropas na Banda Oriental, onde Rondeau cercava havia mais de ano a cidadela castelhana sem resultados positivos.

A situação militar de Buenos Aires era desesperadora. A cidade era ameaçada em três frentes. Na Banda Oriental, a resistência espanhola em Montevidéu oferecia a Morillo uma cabeça de ponte para seu desembarque, com homens e suprimentos, como se estivesse em casa; no litoral, como se chamava a região do nordeste argentino, as províncias se rebelaram em apoio a Artigas com o objetivo de acabar com a hegemonia portenha. Além do Exército Oriental de Artigas, os rebeldes passaram a contar com a adesão do governador José Javier Diaz, de Córdoba, segunda maior cidade do país e centro cultural que rivalizava com Buenos Aires, onde se haviam formado as principais cabeças do independentismo.

Nos Rios Paraná e Uruguai, a ameaça ao poder central vinha dos governadores José Eusebio Hereñú, de Entre Rios, e Juan Bautista Méndez, de Corrientes. A sedição dos federalistas ameaçava espalhar-se para outras províncias. Era preciso cortar rapidamente a ameaça direta sobre a capital vinda de duas forças que, embora antagônicas entre si, combinavam-se para enfraquecer o governo portenho: de um lado a reação espanhola; do outro o "Protetorado dos Povos Livres", como Artigas denominava sua revolução. Por fim, havia ainda a resistência espanhola no Alto Peru. Em Cuyo, José de San Martin organizou o Exército dos Andes para atacar os espanhóis no Chile e no Peru como forma de neutralizar os efeitos das feridas deixadas pelas derrotas de Manuel Belgrano, negando-se, no entanto, a interferir na guerra civil da costa atlântica.

No Rio de Janeiro, a deterioração do sistema argentino foi acompanhada com lentes de lupa, pois era uma ameaça à estabilidade do sistema político português. Dom João começou a formular uma solução política para o problema brasileiro então inédita no mundo e que seria usada 150 anos depois na descolonização pelas novas potências metropolitanas, França e Inglaterra, na África e na Ásia para compor comunidades de nações com suas ex-colônias libertadas na segunda metade do século XX.

A ideia de descolonizar o Brasil, conferindo-lhe status de país independente, deu uma nova configuração ao governo do Rio de Janeiro, integrando o Brasil no novo sistema de nações autônomas incorporadas por Estados independentes que se consagrava na América do Sul. O Brasil ganhou o status de país autônomo, embora ligado a um reino unido. Gestou-se no Palácio de São Cristóvão a criação do Reino Unido de Portugal, Brasil e Algarves, ou seja, uma independência de fato para a nação brasileira, dando-lhe a mesma condição de seus vizinhos no continente americano, o que lhe proporcionam legitimidade para se opor à recolonização espanhola.

Nessa mesma época surgiu nos Estados Unidos um sistema de princípios que interessou aos formuladores políticos sul-americanos, a Doutrina Monroe, criada para deter as ambições inglesas na região e que enunciava: "A América para os americanos." Isso serviu para legitimar a participação brasileira em pé de igualdade com as nações em formação. Embora a fronteira mais problemática estivesse no sul, o Brasil confrontava-se a norte e oeste com os demais vice-reinados espanhóis em fase de independência. Sem contar o enclave cedido por

Portugal à França e retomado pelos paraenses na Guiana. Dom João teria de negociar com todos em algum ponto do futuro. Por enquanto, era preciso administrar a crise iminente na região do Prata. Duas medidas foram tomadas: uma, fortalecer o exército no Rio Grande do Sul; a outra, ver como seria possível trazer tropas da Europa, pois se Morillo desembarcasse em Montevidéu seria necessário uma força armada de padrão europeu para enfrentá-lo.

A guerra mundial estava no auge. Napoleão Bonaparte retomou o poder na França, voltando de seu exílio na Ilha de Elba, no Mediterrâneo, onde estava desterrado desde que fora obrigado a abdicar em 1814, e reassumiu o governo em Paris. As casas reais do continente europeu entraram novamente em histeria, iniciando uma mobilização multinacional de forças liderada pela Inglaterra. No Rio de Janeiro, dom João tomou medidas para consolidar sua organização militar. Suas providências serviriam para enfrentar um provável refluxo da reconstrução europeia, que se encaminhava desde o afastamento do imperador francês.

No Rio Grande, a boataria era intensa e espessa desde que a troca do capitão-general evidenciara uma postura fortemente belicista do governo nacional. Em Pelotas, naquele verão, as lidas da safra de gado bovino reuniam os aprendizes de caudilhos que haviam emergido da passeata de dom Diogo de Souza quatro anos antes em torno da mesa do mais próspero industrial desse mercado, Antônio Gonçalves Chaves.

— Vamos ter guerra e das feias, senhores. Só não sei contra quem.
— Pois eu sei, Antônio. O nosso inimigo vai ser esse bandidaço do José Artigas, que já anda mandando roubar gado e cavalos lá no Quaraí.

Bento Manoel Ribeiro tinha uma pendenga pessoal com o líder uruguaio. Como homem da fronteira oeste, volta e meia topava-se com partidas de gente que respondia ao caudilho uruguaio procurando cavalos ou repontando gado nas suas terras. De nada valia reclamar com os chefes orientais. Eles sempre davam razão aos fazendeiros, especialmente os que estivessem do lado de cá do Rio Quaraí. Prometiam providências e nada. O combate aos uruguaios lhe dera popularidade na região.

— Já tu gostas dele, não é, tocaio?

Bento Gonçalves se mexeu na cadeira. Aquela afirmação poderia ser perigosa naquele momento no Brasil. E Bento Manoel era um interlocutor complicado, pois pelo tom e pelo enunciado não dava para saber o sentido exato do que dizia. A resposta foi milimétrica:

— Ele respeita a minha catinga. Do Jaguarão eles não passam!

Manuel Luís estava com eles e mais alguns fazendeiros que levaram seu gado para a Charqueada São João, a mais próspera da região. No escritório do proprietário, Gonçalves Chaves, aproveitavam para atualizar-se e ouvir os dois Bentos, duas personalidades que já despontavam como líderes políticos na fronteira. Ambos figuravam entre os criadores mais dinâmicos do Rio Grande do Sul, admirados por suas habilidades nos negócios e pela audácia nos empreendimentos.

Bento Manoel, depois da campanha de 1801, ainda furriel, foi transferido para a Guarda dos Dragões do Rio Pardo em Caçapava. Logo em seguida, pediu baixa do exército e se converteu num empreendedor destacado, comerciando com bovinos e muares, comprando, tropeando e vendendo, obtendo assim um resultado triplicado, ao integrar as três fases da intermediação. Em 1807 casou-se com Maria Mâncio da Conceição, filha de uma das famílias mais abastadas da vila. Ali nasceram os dois primeiros dos 11 filhos do casal. Quando estourou a guerra e Bento Manoel foi convocado por dom Diogo de Souza, já tinha interesses na região do Quaraí. No fim da guerra, foi beneficiado com a farta distribuição de terras que o governador fizera aos veteranos como política para a ocupação daqueles territórios por brasileiros. Em pouco tempo, Bento Manoel era proprietário de várias fazendas, que iam do Vale do Rio Arapeí até o Alegrete, no Rio Ibirapuitã.

Seu sucesso nos negócios era atribuído a uma estranha aliança com uma entidade mítica da região, a bruxa Teiniaguá, princesa moura encantada que vivia no Cerro do Jarau, onde ficava a fazenda-sede do império rural de Bento Manoel. Teiniaguá nunca fora tocada por um homem, mas aquele por quem se apaixonasse seria muito feliz por toda a vida. No entanto, uma explicação mais apropriada era de que Bento Manoel tinha um tino empreendedor inigualável naqueles tempos.

Ao contrário de seus vizinhos, a maior parte ex-soldados analfabetos beneficiados pelas doações da Coroa, na Estância do Jarau o jovem fazendeiro desenvolvia todas as possibilidades econômicas. Selecionava éguas bem-conformadas fisicamente para cruzar com jumentos e produzir mulas; escolhia os bovinos machos mais fortes para amansá-los e vendê-los como animais de tração; mandava os cavalos machos serem adestrados por domadores guaranis e os vendia aos exércitos e às milícias da região, em Corrientes, Santa Fé, Entre Rios e Buenos Aires, na Argentina, aos caudilhos orientais no Uruguai e às milícias e às Forças Armadas do Brasil. Machos castrados e vacas velhas ele vendia para as charqueadas. Criava ovinos e ainda plantava mandioca, trigo e milho.

Todas as sedes de suas estâncias eram pequenas fortalezas. Na gestão de pessoal, seguia os ensinamentos do major Charão, ou seja, disciplina militar rígida, nos padrões de tropa de elite. Essas diferenças o converteram no principal líder político da região. Os demais proprietários integraram-se a seu sistema de defesa.

Bento Manoel respondeu a Bento Gonçalves:

— Tocaio, tu podias ser doutor. Sempre tens uma boa resposta na ponta da língua. — E dirigindo-se aos demais: — Esse colega é um fenômeno. Sabido. Estudou para padre. Fala latim e qualquer língua. Não é?

— De fato, estudei um pouco. Gostaria de ter continuado, pois gosto muito de aprender. Mas a vida de padre não daria para mim. Saí do seminário, mas não largo dos livros. O meu irmão Roberto tomou o meu lugar no serviço do Senhor.

Bento Gonçalves era um dos mais prósperos fazendeiros da região do Rio Jaguarão. Descendente direto do sesmeiro Jerônimo de Ornellas, que dera suas terras para a fundação de Porto Alegre, pertencia ao patriciado emergente da capitania. Como era muito inteligente, seu pai, o alferes Joaquim Gonçalves da Silva, mandara-o estudar. Entretanto, suas habilidades como cavaleiro e a destreza no uso das armas contrastavam com as demandas de um piedoso religioso. Tanto que, aos 13 anos de idade, matou, num duelo a espada, um mau-peixe famoso, fazendo sua fama de brigador.

Estreou na campanha do Exército Pacificador, mas logo pediu baixa, indo dedicar-se às atividades rurais. Em 1814 casou-se com dona Caetana Garcia, filha de um potentado espanhol, esposo de brasileira, grande proprietário em Cerro Largo, no Uruguai. Tal qual Bento Manoel, celebrizou-se organizando os fazendeiros da região para a defesa de seus bens. Recebeu do capitão-general marquês do Alegrete, que substituíra dom Diogo de Souza no governo do Rio Grande do Sul, a patente de "capitão de guerrilhas". Nesses embates, ganhou fama e a liderança política da região.

— Esse menino argentino, o Carlos Alvear, deu uma de amigo-urso com a gente. Primeiro acabou com a ameaça do Artigas a Buenos Aires. Depois, entregou-lhe Montevidéu, complicando a vida de todo mundo. Como está a coisa para vocês lá do Quaraí?

— Está feia, tocaio. Eles, na prática, acabaram com a exportação e a importação. Sem dinheiro para as suas farras, estão cobrando mais caro que Rio Grande. O bom disso é que também deixaram os portenhos na mão.

— É verdade, "seu" Ribeiro, acho que não vai durar muito tempo essa festa do capitão Artigas. Alguém vai ter de dar um jeito nisso.

— Não me diga que não sabe quem vai receber ordens para botar o sujeito para fora? O que me dizes, capitão Manuel Luís?

— Não sei dessas coisas. Só entendo de tropas de gado e de gente. Aqui estou aprendendo política e por isso não me atrevo a opinar.

— Pois saiba que o meu tocaio latinista tem toda a razão. E é bom que seja assim: aqui neste lado, nós é que temos de resolver quem manda na banda oriental do Rio Uruguai. Já recebi alguns sinais: o general Curado mandou dizer que vai convocar os meus homens e a mim para o serviço ativo da milícia; disse que aguarde ordens nesse sentido.

— Eu também. O Alegrete mandou dizer que vai autorizar uma reunião de milicianos em Jaguarão e que eu estarei entre eles.

— Sãos os ventos da guerra soprando novamente, tocaio.

— Pois é! Agora vai começar a verdadeira guerra. As brigas dos europeus terminaram. Daqui para a frente é a nossa guerra. E vai ser a maior de todas...

CAPÍTULO 15

Inferno em Montevidéu

Desde o amanhecer de 26 de fevereiro de 1815, quando o general artiguista Fernando Ortoguez chegou com seus gaúchos e índios, a cidade vivia sobressaltada. Depois de anos de sítio, em que a população dormia e acordava com o troar dos canhões nos duelos de artilharia nos arredores, a tomada definitiva daquele reduto era uma incógnita. Com 40 mil habitantes, Montevidéu vivera praticamente cercada desde a queda da monarquia espanhola em 1807, mas seu porto funcionara intensamente quase o tempo todo.

Acostumada à insegurança do sítio, aos desmandos naturais nos eventos de troca de ocupantes, a população achava que a cota de problemas estava esgotada. Bem ou mal, existia uma espécie de salvo-conduto, que era a posição estratégica ocupada entre as principais correntes comerciais do Cone Sul, que funcionava como válvula de escape para a pressão fiscal dos governos coloniais. Montevidéu era o paraíso dos contrabandistas de todas as nacionalidades.

Naquela manhã quente de verão, as tropas de Ortoguez provocaram medo na população, que aguardava a chegada dos novos senhores da cidade. Montevidéu, embora isolada do continente, era uma cidade cosmopolita, habitada por gente do mundo inteiro — 40 por cento da população era composta de estrangeiros. O restante eram crioulos, negros e índios que trabalhavam nos portos ou no ativo embora irregular comércio local. A maioria dos forasteiros era francesa, expulsos ou por Napoleão ou pelos Bourbon. Havia de tudo, de refugiados políticos a contrabandistas e aventureiros.

Fartura e dinamismo se alternavam com penúria e necessidade quando havia bloqueio no porto. Na maior parte do tempo, porém, era do interesse geral que tudo funcionasse normalmente. Negreiros passavam carregados de suprimentos para trocar no escambo por escravos nas costas da África. Mesmo o algodão de Pernambuco (colhido nas florescentes plantações nordestinas) descia em Rio Grande, viajava pelo sul por terra até ser colocado em pequenas embarcações num pequeno porto para alcançar Montevidéu. Era então recarregado para Liverpool ou para outros pontos europeus, onde chegava por rotas tortuosas, burlando a esquadra britânica.

Esse também era o caminho do charque, das Províncias Unidas ou do Rio Grande do Sul, transportado em carretas até um ponto de encontro com as canoas. Foi por isso que Bento Gonçalves confidenciou a Bento Manoel:

— Não acredito que o Artigas aguente muito tempo!

Ao ocupar Montevidéu, Artigas tinha duas opções: uma, que recusou, seria submeter-se a Buenos Aires para ter uma garantia de abastecimento para seu exército; a outra era cobrar impostos para arrecadar fundos. Decidiu-se pela independência e botou seus fiscais no porto, cobrando taxas tão altas quanto as do Rio de Janeiro e de Buenos Aires, o que levou os exportadores ao desespero.

A ocupação da cidade pelas tropas da campanha foi o maior desastre. Em geral os vencedores de outras batalhas, depois das rendições, entravam com as tropas formadas e se dirigiam para pontos estratégicos, como o porto e os fortes, até chegarem às ruas e às pessoas. Mesmo havendo certa dose de violência e arbitrariedade, logo se estabelecia um tipo de equilíbrio, um espaço de negociação. Contudo, nesse caso, não; foi uma revolução brutal.

Os cavaleiros de Artigas entraram na cidade a galope solto. A população que saíra às ruas para ver o desfile horrorizou-se. Logo se disseminou o pânico quando houve a invasão dos corpos de tropas indígenas, minuanos e charruas, soltando seus gritos de guerra, guinchos tão assustadores que eram considerados armas de combate. Em minutos, as ruas estavam desertas.

Recebidas com indiferença temerosa pela população encasacada e com entusiasmo pelo povo pobre, as tropas nacionalistas logo perderam seu encanto, pois eram tão ou mais miseráveis que o lumpesinato local e por isso dedicaram-se à rapina. Os primeiros a pagar seu tributo foram os reacionários, como eram chamadas as pessoas que apoiavam ou prestavam serviços às tropas espanholas.

O comandante em chefe mal visitou a cidade e retirou-se para o interior, por falta de segurança. Preferiu estabelecer seu quartel-general na campanha, em Hervidero, onde poderia manobrar em guerra de movimento. Também procurou diminuir ao máximo a pressão interna sobre a população. Movimentou Ortoguez para o interior, entregou o comando a um homem mais adequado, Miguel Barreiros, e recrutou homens capacitados para assumir minimamente a administração. Assim mesmo, o máximo que conseguiu foi articular um sistema de arrecadação para alimentar os combalidos cofres da revolução.

Conversando e analisando a situação num desses encontros na charqueada de Pelotas, que então era a única alternativa para comercializar seu gado, Bento Manoel convidou Manuel Luís:

— Meu capitão, estamos precisando de um oficial como tu lá em Caçapava. Ali temos uma cavalaria de primeira qualidade; tu vais gostar. Por que não voltamos por ali? É um pequeno desvio no teu caminho de volta para casa. Se te agradar, vamos a Rio Pardo, que também fica na tua rota, conversamos com o general Curado e já te agregamos à milícia daquela vila. Quando a guerra vier, já tens uma boa ponta de lanceiros para comandar. Que tal?

Manuel Luís concordou. Tinha algum tempo, pois acabara de entregar o gado do sogro e dos cunhados e o dele mesmo. Aproveitaria para rever alguns amigos no caminho, como Manuel Rodrigues Souto, que lhe salvara a vida na parte final da marcha para Paissandu, quando estava ferido. Esse fazendeiro já o convidara para mudar-se para Caçapava e lá estabelecer-se, pois na região havia muita terra boa com o rápido crescimento das charqueadas do Rio Pelotas, bem próxima dos mercados de gado.

Bento Manoel poderia ir de barco, descendo até Montevidéu e de lá subindo o Rio Uruguai até o Salto chegar aos campos do Arapeí. Daí até o Entre Rios brasileiro eram pouco mais de 10 léguas. Por terra, uma jornada longa, porém mais segura, pois mesmo na paz os uruguaios não se haviam esquecido do Exército de Observação. Manuel Luís normalmente iria de barco até Palmares, na cabeça da Lagoa dos Patos. Até Conceição do Arroio era um pulo. Nesse desvio, tomaria um barco na Cachoeira até Rio Pardo, desceria pelo Rio Jacuí até Porto Alegre e, por terra, iria direto, com uma parada em Santo Antônio.

— Eu tinha mesmo de passar em Santo Antônio da Patrulha. Estou vendo uma casa na cidade para levar a família. Os filhos maiores já estão na idade de estudar e ali tem uma aula que pode servir para ensinar-lhes a ler, escrever, contar e fazer as quatro operações. Isso é o máximo de ensino que se pode conseguir por essas bandas.

— Pois eu vou mandar meus filhos estudar onde for preciso. Quero todos doutores. Ou padre, se algum quiser ser santo. Mas não vão ficar xucros que nem eu.

— Pois eu não. Só o necessário para administrar os negócios ou escrever uma ordem. Acho que aqui nessa terra a única profissão que serve é a de soldado.

— Que nada. A vida militar não dá nada para ninguém. Se eu tivesse ficado no exército não teria o que dar de comer para os meus filhos.

— Não penso assim, meu tenente. Essa guerra começou quando eu ainda estava na barriga da minha mãe lá no Desterro; já estou velho e não termina nunca. Nem vai terminar. Não vês nós dois? Estamos indo nos apresentar ao general porque não demora muito já estamos de novo nas coxilhas pelejando contra os castelhanos.

Bento Manoel levava 20 homens com ele, mais os animais de reserva e uma pequena carruagem, uma aranha de rodas altas, para quando as estradas se apresentavam carroçáveis. Montava quando a trilha estava muito esburacada. Bento Manoel pesava 100 quilos ou mais, mas era um cavaleiro excepcional, lanceiro e espadachim de primeira.

Cruzaram o Rio Camaquã no Passo das Carretas e seguiram diretamente para a vila de Caçapava, que ficava no topo da serra de mesmo nome, ponto culminante mais de 400 metros acima do nível do mar. A povoação formara-se em volta de uma Guarda Avançada dos Dragões do Rio Pardo. Pelo Tratado de Santo Ildefonso, que ainda estava em vigor na época dessa viagem, a fronteira entre Portugal e Espanha passava bem no local. No entanto, esses territórios estavam ocupados por brasileiros havia muito tempo e, pelo acordo anterior, o Tratado de Madri, a fronteira passaria 150 quilômetros adiante, pela linha do Jaguarão/Quaraí. Nessa área, a divisa ficaria no Arroio Aceguá, um pouco adiante do quartel de Bagé, recentemente fundado por dom Diogo de Souza para apoiar a concentração do Exército Pacificador.

Foram seguindo, acompanhando o traçado de uma antiga estrada militar que iniciava no porto de Rio Grande e seguia pela margem esquerda desse rio em direção a Santa Maria da Boca do Monte, nas imediações da Guarda Espanhola de São Martinho, onde ficava a fronteira, eliminada desde 1801 pelos homens de Borges do Canto e Santos Pedroso com a anexação definitiva das Missões Orientais. Bento Manoel se lembrava de sua participação nessa guerra, ainda soldado raso dos Dragões do Rio Pardo.

— Foi por aqui que tive o meu batismo de fogo.

— Tu estavas com Pedroso ou Borges do Canto?

— Com nenhum dos dois. Quem esteve lá no alto Uruguai foi o meu irmão Gabriel Ribeiro de Almeida, mano mais velho que tropeava com o meu pai. Eu era soldado regular, estava sob o comando do coronel Patrício Correia da Câmara. Nós atacamos e incendiamos a Vila de São Gabriel, em Batovi, às margens do Rio Vacacaí, aqui no sul. Botamos os espanhóis para correr e fundamos um quartel bem ao lado de onde eles estavam cevando a cidade que agora é nossa.

— Eles vinham direto por aqui, no rumo de Rio Pardo. O comandante dos castelhanos era um bicho muito tinhoso, o José Quintana. Mas nós o pegamos de jeito na passagem do Rio Santa Maria.

O pelotão subia o curso do Camaquã à procura das várzeas do Seival, de onde infletiriam pela crista da serra até a Vila de Caçapava. Bento Manoel mostrou um monte redondo:

— Ali é a Guarda-Velha, que foi o nosso primeiro posto avançado. Depois os Dragões se mudaram para Caçapava, que é uma posição melhor de defender: tem água e o acesso é mais difícil, o que torna essa posição quase inexpugnável. Até hoje os castelhanos não conseguiram tomá-la.

Pernoitaram na Coxilha de São José, chegando à vila ao amanhecer. Bento Manoel deixou seu companheiro na casa de Manuel Rodrigues Souto, onde foi ver os parentes da mulher, que ficara na Estância do Jarau. Foi uma surpresa e um reencontro caloroso entre os dois antigos companheiros de armas.

— Agora estou na reserva por razões de saúde. Mas vou à reunião da milícia para votar em ti.

Os oficiais das milícias eram eleitos pela comunidade. Só depois de 1850 o ministro da Justiça passou a nomear diretamente seus oficiais.

De tarde andaram pela vila, visitaram o sistema de trincheiras em volta da cidade e foram à Fonte do Mato, um vertedouro de água poderoso, que, segundo a lenda, nunca secaria. Ali era paradouro dos tropeiros guaranis do tempo dos jesuítas, pois, quando os portugueses descobriram o lugar, a fonte já estava empedrada. Bento Manoel lembrou:

— O pai do major Charão, o doutor Scharam, esteve aqui quando ele estava construindo essas fortificações, examinou esta água e disse que é muito rica. É a ela que se deve essa gente ter dentes bons, que não se quebram nem apodrecem. E também dizem que moço que beber direto da fonte casa-se com moça aqui da terra...

— Desse mal não morro mais!
— Pois a mim a água pegou.

À noite, na capela de Nossa Senhora da Assunção, realizou-se a assembleia de oficiais que apreciariam a sugestão de um convite a Manuel Luís para ser designado como oficial da milícia caçapavana. Ali ele pôde ver a proeminência política de Bento Manoel. Apesar de ser apenas um tenente, numa reunião integrada por vários oficiais de patente superior à sua, ele tinha grande ascendência sobre os demais.

Bento Manoel defendeu o convite a Manuel Luís com o argumento de que seu concurso seria muito útil, pois era um oficial adestrado, da reserva de primeira linha do exército, isto é, um oficial de carreira das Forças Armadas. Isto, no entanto, não era uma vantagem, pois os oficiais de milícia, embora designados como de segunda linha, tinham uma posição política e social superior à dos militares efetivos. A diferença era que o miliciano tinha de custear seus fardamentos e suas armas, além, é claro, de suprir seus soldados ou parte deles com todos os petrechos de guerra. Era uma honra e um custo. No caso de Manuel Luís, a comunidade arcaria com as despesas e ele entraria com o o preparo técnico para treinamento e emprego da tropa em operações de guerra.

No dia seguinte bem cedo, a comitiva de Bento Manoel tomou o rumo de Rio Pardo, a cidade-sede do município, com jurisdição sobre Caçapava. Na bagagem levava a ata da reunião da milícia e a avaliação do nome proposto, em que o chefe local dava notas para os principais requisitos de um bom oficial, dentre os quais seu grau de instrução, sua combatividade e sua capacidade de comando. Essa documentação era fundamental para a nomeação da pessoa para uma ou outra unidade. O documento seria entregue ao comandante-geral que organizava as forças em toda a campanha gaúcha, o tenente-general Joaquim Xavier Curado. O comando das Missões, outra região militar, ficara com o brigadeiro Francisco das Chagas Santos.

O general Curado era uma das maiores expressões do Exército Português. Nascido em Meia Ponte (depois Pirenópolis), Goiás, em 1743, foi o primeiro brasileiro a chegar ao generalato no Exército Colonial, ao lado do gaúcho Rafael Pinto Bandeira, cinco anos mais velho que ele, que também ganhou suas dragonas de brigadeiro nas lutas contra os espanhóis. Curado teve uma educação refinada. Aos 12 anos foi para o Rio de Janeiro. Preparava-se para ingressar na Universidade de Coimbra, em Portugal, quando foi cooptado pelo exército.

Sua primeira missão de importância foi montar um esquema de segurança para os fazendeiros de Paraíba Nova, na divisa entre São Paulo e Minas Gerais. Enviado à Europa com documentos secretos, foi capturado por um navio francês em alto-mar. Conseguiu livrar-se da papelada, desembarcou em Biscaia e seguiu, via Madri, para Lisboa, onde conheceu dom Rodrigo Coutinho. Ainda antes da vinda da corte em 1808, voltou ao Brasil e foi nomeado governador de Santa Catarina, com jurisdição sobre o Rio Grande. Com a fuga de dom

João VI, reencontrou-se com o ministro, que o requisitou para seu serviço, voltando às missões especiais ligado ao Ministério do Exterior e da Guerra, ocupado por aquele fidalgo.

Sua presença como comandante da fronteira em Rio Pardo era um indicativo de que fatos muito graves aconteceriam naquela jurisdição. Nos últimos 12 anos exercera funções de inteligência junto às províncias do Prata. Sob um disfarce diplomático, sua missão era avaliar as forças, o armamento, as defesas e outros dados militares para o exército. Na invasão do Exército Pacificador integrou os serviços de espionagem, acompanhando as tropas até a fronteira do Rio Jaguarão, e ali permaneceu durante toda a campanha, repassando as informações para dom Diogo de Souza. Destacado para o comando dos Dragões, estava mobilizando as milícias para a missão principal da guerra que se avizinhava.

No dia seguinte à chegada dos dois oficiais, Curado recebeu-os em seu gabinete de comando na fortaleza Jesus Maria José. Bento Manoel foi tratado como um chefe político e não como um simples tenente de cavalaria.

— Tenente, é preciso manter a milícia na ponta dos cascos lá no Entre Rios. Certamente ali será a frente principal da guerra que vem por aí, e caberá a vocês milicianos conter o inimigo e expulsá-lo de nosso país.

— Vamos receber reforços?

— Paulistas, basicamente. É claro que dom João vai mandar um exército, mas essa força deve guarnecer os pontos de desembarque. Sua função será impedir que o general Morillo se arrisque a atacar o Rio da Prata. Que fique lá para cima brigando com o Simón Bolívar!

A situação estratégica de fato mudara muito, explicou o general. Os liberais ingleses estavam bastante enfraquecidos com a volta do absolutismo. O congresso de Viena, onde se procurava estabelecer uma nova ordem internacional, era uma preocupação para dom João VI. Portugal ainda estava sob ocupação. Na prática, era um protetorado da Inglaterra, governado por um general do rei Jorge III, William Carr Beresford.

— Ele é aquele mesmo que tentou ocupar Buenos Aires e foi posto para fora pelos negros e índios do Santiago de Liniers pouco antes de a corte vir para o Brasil. Isso quer dizer que lá em Viena quem fala pela Casa de Bragança é o representante do Brasil. Sim, porque, desse reino de dom João, Portugal e Algarves não existem como nação independente. A casa de Bragança hoje é o Brasil. Meus amigos, somos uma potência mundial!

As duas rainhas nesse tabuleiro de xadrez eram Rio de Janeiro e Buenos Aires, explicou Curado. O Rio era sede virtual de um império que abrangia América, Europa, Ásia, África e Oceania. Buenos Aires era a única unidade política capaz de criar uma situação orgânica com idoneidade de gestar um governo para gerir o antigo vice-reinado do Prata. A Estabilização do Cone Sul dependia do êxito desses dois empreendimentos políticos. Mais de 70 por cento das negociações eram secretas, pois as populações não aceitariam um acordo aberto entre lusitanos e hispano-americanos. Um inimigo externo era um dos fatores mais expressivos para a precária legitimidade dos governos das antigas províncias espanholas.

No plano político, o fortalecimento de Fernando VII era muito perigoso. Se a Espanha recuperasse as colônias e readquirisse o vigor de antes da guerra, poderia anexar Portugal, um país sem rei e sem projeto.

Em Buenos Aires, depois de quase dez anos de tentativas frustradas de implantar todas as formas de republicanismo, já se falava abertamente em seguir o exemplo da monarquia brasileira como única forma de fazer as províncias aceitarem a hegemonia de sua antiga capital. Mas as variadas formas dessa tentativa — que incluíram um pedido negado da Inglaterra de providenciar um príncipe (os britânicos estavam de bem com a Espanha) e até mesmo a hipótese surrealista de um imperador inca — fracassaram. O que restou foi uma proclamação de independência emitida pelo Congresso, datada de 9 de julho de 1816.

Curado impressionava Bento Manoel e Manuel Luís com seus conhecimentos.

— O mais inusitado foi o que fez esse menino Carlos Alvear. Ele enviou um emissário para propor a lorde Strangford que a Inglaterra tomasse conta da Argentina. É a primeira vez que vejo um mandatário fazer isso.

No entanto, o emissário de Alvear teve uma utilidade, pois deu início às negociações para o acordo secreto que levaria aos fatos seguintes, para os quais Curado estava afiando as espadas de seu exército.

— Serão duas guerras separadas. Uma de Portugal contra a Espanha; a outra nossa contra os uruguaios. Se o Artigas decidir atacar o exército que dom João está mandando para cá, vai ser dizimado. Mas os portugueses também não têm como ir atacar os castelhanos na campanha. Ficariam rodando sem nunca os encontrar. Essa é missão para nós, para a nossa cavalaria. Portanto, vamos nos preparar.

Curado explicou aos dois — embora se dirigisse, na verdade, a Bento Manoel — que teria de reunir tropas, o plano estratégico dos portugueses.

— Dom João mandou buscar na Europa o melhor exército que poderia reunir em Portugal para dissuadir os espanhóis de desembarcar aqui no Uruguai.

O general Curado fora um dos principais estrategistas do Estado-Maior português para articular a contenção de um possível desembarque espanhol no Cone Sul. Desde a queda definitiva de Napoleão, Portugal iniciara uma reavaliação completa de sua posição no novo quadro internacional.

Economicamente, os portugueses contavam com sua colônia sul-americana, que despontava como um milagre. Somente a Inglaterra rivalizava com o Brasil em taxas de crescimento, vindo logo depois os Estados Unidos, que também tinham sido abalados pela guerra contra os ingleses. O Brasil, ao contrário, solto das amarras coloniais, passou por uma verdadeira explosão econômica.

Na Ásia, a China e a Índia estavam em vias de absorção completa pelos impérios emergentes — França, Inglaterra e Holanda. Nas Américas, o antigo mundo hispano-americano também entrava em colapso. O Brasil crescia devido mais a sua estabilidade política do que a um projeto claro e definido de desenvolvimento. A chave era a legitimidade de seu governo, que assegurava a paz interna e mantinha intocada e reforçada a unidade territorial, introduzindo uma força integradora cultural e politicamente consistente.

O quadro político-militar do Brasil também era extremamente vantajoso para dom João VI. Com a proteção da esquadra britânica, a navegação costeira poderia se desenvolver sem problemas. O único ponto de fricção efetiva para os lusitanos ficava na margem leste do Rio Uruguai, numa área contestada pelo entra e sai das renegociações de fronteiras nos sucessivos tratados entre Portugal e Espanha desde a carta do papa Nicolau V de 1454. Esse acordo dividia o mundo entre as duas nações ibéricas, dando a costa da África aos portugueses, mas deixando as Ilhas Canárias aos espanhóis. Depois veio o Tratado de Alcaçova, de 1479, seguido da bula do papa Alexandre VI, que ampliava os domínios portugueses no Tordesilhas, que valera até sua revogação de comum acordo pelas duas potências no século XVIII, revogação essa cujo resultado final foi o abandono pelos portugueses da colônia do Sacramento. Ao norte, a fronteira andava conforme a força efetiva que cada negociador tivesse por trás. Em 1818, valia o Tratado de Santo Ildefonso para os espanhóis, que reincorporavam as Missões Orientais; para os portugueses, a fronteira ficava na linha do Rio Quaraí, estabelecida pelo Tratado de Madri.

Essa situação criara uma área de conflito explosiva entre o Rio de Janeiro e Buenos Aires. Na margem leste do Uruguai estavam sempre se enfrentando castelhanos e lusitanos, como se convencionou chamar essas populações. De fato, não se podiam estabelecer diferenças efetivas entre uns e outros, pois eram etnicamente mestiços, de nacionalidade americana e territorialmente misturada num mesmo espaço em que se falavam o português, o espanhol e o guarani indistintamente de um e outro lado.

Nos territórios da margem leste do Uruguai, a confusão era muito grande. Ao norte ficaram as missões ocupadas basicamente por remanescentes dos índios guaranis. Depois da expulsão dos jesuítas, na invasão espanhola essas terras foram retomadas pelo governo de Buenos Aires e seus habitantes transformados em fazendeiros tributários da Coroa Espanhola. Essa submissão não foi pacífica. O governador espanhol enfrentava constantes revoltas dos novos fazendeiros, que se recusavam a pagar impostos. Em 1801, os brasileiros, à revelia do governo de Lisboa, retomaram essas terras, provocando uma divisão das populações indígenas e criando um espaço de conflito.

Uma parte dos indígenas cruzou o rio e foi parar na província de Corrientes, mas sempre prontos a voltar à margem esquerda para reaver suas terras; outra parte aderiu aos portugueses, expulsou o governador e as tropas espanholas e se assenhoreou dos bens móveis e imóveis remanescentes dos jesuítas. No meio disso, colonos mestiços, tanto os de origem lusa como os de origem hispânica, tomavam terras que recebiam de uma e outra Coroa como sesmeiros. Mais ao sul ficava o Entre Rios brasileiro, que ia do Ibirapuitã até o Quaraí. Essa era uma região fortemente ocupada pelos lusitanos paulistas e açorianos, seguindo-se, ao longo dessa margem do Uruguai, um território chamado Arapeí, pois bem no meio ficava o rio com esse nome. Ele ia até o Rio Negro, ocupado meio a meio por colonos lusos e hispânicos, situado já do lado espanhol do Tratado de Madri, que era o diploma aceito pelo Rio de Janeiro como fronteira entre os dois reinos. Nessa área misturava-se o conflito europeu com a disputa interna sul-americana, podendo-se dizer que os brasileiros daí estavam integrados na guerra civil platina.

Curado e os demais estrategistas portugueses dividiram a iminente intervenção na Banda Oriental em dois segmentos distintos: no litoral, as tropas metropolitanas iriam dissuadir e, eventualmente, conter uma intervenção espanhola, no que seria o último lance da grande guerra europeia; no oeste rio-grandense, as tropas locais enfrentariam os castelhanos crioulos no contexto da guerra civil platina. O próprio Curado seria o comandante do Exército do Rio Grande, para assegurar que os interesses locais não se sobrepusessem, pondo em perigo o controle do governo nacional do Reino. O Brasil já era também um país independente, embora governado por um rei português.

— O Lecor desembarca no Rio e de lá segue para Maldonado, onde desembarca e vai tomar Montevidéu. O resto é com a gente.

— Nós sabemos como é difícil tomar Montevidéu, general. Eles aguentam cercos de anos e anos e ninguém os tira de lá.

— Dessa vez não haverá muita luta em Montevidéu, pois fiquei sabendo que é iminente uma revolta da população contra o pessoal do Artigas.

— Se vier uma tropa de fora o interior da cidade se incendeia e a guarnição oriental fica entre dois fogos? Claro que não penso em botar fogo nas casas; esse incêndio de que falo é só força de expressão.

Carlos Frederico Lecor era o general português mais famoso. Fez seu nome na guerra Peninsular, como foram batizadas as duas campanhas contra a França e seus aliados espanhóis. Embora sob comando estratégico inglês, o Exército Português constituiu-se a força combatente mais efetiva e aguerrida daquele conflito, empregando 40 mil homens. Lecor foi um dos oficiais mais eficientes e reconhecidos por todas as forças em luta. Foi esse homem que dom João VI chamou para chefiar a operação no Cone Sul.

No Rio Grande do Sul, para enfrentar a guerra civil de Artigas, ele produziu uma criativa junção de talentos e experiências. Normalmente, o mais velho teria a responsabilidade maior e o jovem, as missões que demandassem mais arrojo do que experiência. Não foi isso que fez dom João, mas o contrário.

Para chefe do governo civil e função política de comandante de armas, ele mandou substituir dom Diogo de Souza por um nobre, herdeiro de uma das mais antigas estirpes de Portugal, o sexto marquês de Alegrete, dom Luís Teles da Silva Caminha e Menezes. Aos 40 anos ele era uma estrela ascendente no quadro da nobreza lusitana. Para o comando do campo, um nativo da colônia, Curado. Essa seria sua vantagem relativa, pois tanto em número de homens como em aptidões e conhecimentos desse tipo de guerra as forças uruguaias e rio-grandenses se equivaliam. A vitória seria conquistada pelo emprego da informação como arma.

Esse sistema de emprego das milícias da campanha como força principal do exército foi novamente utilizado nas guerras internas e externas no Rio Grande do Sul. Nesse modelo, os líderes do interior, milicianos, fornecem o grosso do material humano e do armamento leve. O estado fornece o armamento pesado, como artilharia e armas de fogo de maior calibre, engenharia de combate e suporte administrativo. O comando é exercido por um oficial de carreira e a sustentação política por um governo civil/militar, pois o capitão-general engloba as duas funções, respondendo, no nível civil, às câmaras de vereadores locais e, no nível militar, ao ministro da Guerra.

O comando do marquês de Alegrete era extremamente complexo, pois ele operaria em duas frentes absolutamente estanques. Com seus dois exércitos manobrando a quase 1.000 quilômetros um do outro, separados por uma planície desabitada, era preciso uma organização muito especial. Os dois chefes, Lecor e Curado, teriam de operar independentemente, com olhos no objetivo estratégico que produziria a junção em algum ponto do Rio Uruguai, por onde avançariam as forças brasileiras e portuguesas. Quando se encontrassem, em tese estaria terminada a guerra com a destruição dos exércitos inimigos.

— É assim que deve ser, dom Bento. Agora é mãos à obra.

— O senhor combinou isso tudo com o Artigas, general?

Curado percebeu a tirada e aproveitou para dar-lhe o recado.

— Não, meu tenente. Vais ter de passar por cima dele com as patas dos teus cavalos.

CAPÍTULO 16

O Inverno das Guerrilhas

Manuel Luís partiu para a fronteira 30 dias depois da conversa com o general Curado. Num curto espaço de tempo procurou arrumar toda a sua vida e acomodar a família. Um exame da situação aconselhava a deixar tudo em ordem. Os indícios sugeriam que dificilmente voltaria com vida.

Mas Tomás Osorio em nenhum momento temeu pela sorte do genro. Nem mesmo quando o filho Bernardino voltou sem ele da tropeada a São Francisco, no Rio Pelotas. Foi quando Bernardino lhe comunicou o paradeiro de Manuel Luís.

Anna Joaquina, ao ouvir o irmão, tirou do cabide o uniforme do marido e, com o modelo, mandou fazer uma farda nova. Encomendou botas de pelica ao sapateiro e iniciou os preparativos.

— Vão pensar que és um general, disse ela para o marido quando o recebeu de volta.

O sogro reservou um par de esporas de prata e o sabre que pertencera ao controvertido coronel Osorio, que tivera o nome posto em dúvida quando era o comandante do Forte Santa Teresa.

Quando chegou, Manuel Luís precisou dar explicações ao filho, que demonstrava interesse em partir para o *front*. O guri queria os mesmos direitos do afilhado do pai guerreiro, que também se chamava

Manuel Luís e era rebento do sota-capataz Salustiano e de Siá Faustina. Por que não, se tinham a mesma idade, 8 anos?

— Porque ele não tem com quem ficar, meu filho. Quando cresceres, prometo que te levo.

Manuel Luís partiu com uma pequena comitiva de seis pessoas. Além do casal com o filho pequeno, convidou dois peões bem treinados, e outro afilhado, Tomás, filho do capataz que, com seus 15 anos, seria seu ordenança. Tentou demover Salustiano da ideia de levar a família, mas o veterano disse que não tinha jeito.

— As meninas eu deixo, pois ficam servindo aqui na casa. A mulher velha embestou que vai e não há quem lhe tire da cabeça. Não vai ser ruim, capitão, pois ela vai lavar as nossas roupas e cozinhar nos acampamentos. Se alguém se lastimar, vai estar presente para trocar os emplastos.

Embora Conceição do Arroio estivesse fora da zona de guerra, seria convocada a participar. Nos últimos dias a região fora visitada por um escalão avançado da Divisão de Voluntários Reais, que comprava suprimentos. Manuel Luís conversara com o chefe desse destacamento, o conde de Samodães.

O fidalgo português informou que o corpo de cavalaria local seria incorporado à tropa do general Lecor, junto com gente dessa arma vinda do Desterro, de Araranguá e de Laguna. Seguiriam pelo litoral até Maldonado, onde deveria desembarcar o Exército Português. Mesmo comprometido com o general Curado e com o pessoal de Caçapava, Manuel Luís pediu permissão para levar alguns homens de sua confiança. Ele não queria chegar sozinho ao novo comando sem aqueles homens especiais, como Salustiano, de 48 anos, combatente do Exército Pacificador e parceiro nas manobras militares. Salustiano o ajudava a treinar esgrima quase diariamente para não perder os reflexos, fundamentais num entrevero.

Às cinco da manhã partiram para a jornada de 70 léguas até a fronteira de Caçapava. Cada qual com dois cavalos de montaria e mais um cavalo de batalha, isto é, animais treinados para não refugar diante de gente a pé nem temer o barulho de tiros. Levavam também uma tropa de mulas, carregada com bagagens e mantimentos.

Quando deixaram Conceição do Arroio, em meados de junho de 1816, a esquadra portuguesa desembarcava a Divisão de Voluntários Reais na Ilha de Santa Catarina. Lecor tinha ordens de seguir a toda a velocidade para a Praça de Montevidéu, que estava à beira de um levante, o que facilitaria a vida das tropas de dom João VI. Mas Lecor não pôde seguir à risca esse plano. Seus homens embarcados estavam em pânico, ameaçando deserção se tivessem de voltar para os navios do almirante conde Viana. Já tinham penado na viagem transoceânica e, nessa segunda etapa, esperavam pelo pior. Lecor então decidiu seguir por terra.

Ao saber da movimentação do Exército Português, Artigas vislumbrou uma possibilidade de usar o inimigo externo como arma política. Poderia fazer Buenos Aires ceder e reconhecer o direito de autodeterminação das províncias. Já tinha o apoio dos caudilhos de Córdoba, Santa Fé e Corrientes, estava em negociações avançadas com Entre Rios e havia a possibilidade de apoio das outras províncias assim que eles se livrassem da ameaça dos espanhóis que atacavam San Martin no norte. Ele não acreditava que o Exército Espanhol comandado por Morillo, que desembarcara em Caracas, pudesse deixar o norte da América do Sul para ir combater no Cone Sul. Simón Bolívar estava muito forte e certamente lhes daria trabalho, quiçá os derrotasse completamente. Com uma ameaça concreta, Buenos Aires teria de negociar. Foi o que pensou.

As informações eram de que dom João pretendia anexar o Uruguai, projeto que unia todos os castelhanos. Sua justificativa era o direito de compensação pela anexação à Espanha da região de Olivença, em Portugal, território conquistado em 1801 e sobre o qual Madri mantinha a posse efetiva, apesar do acordo de paz que mandava devolver a província. Dom João podia alegar legítima defesa. Fernando VII achou um ótimo negócio trocar o reconhecimento da posse de Olivença por uma província sul-americana irredutível, ocupada por rebeldes naturalmente hostis a Portugal, onde o monarca português seria recebido a bala.

Os primeiros sinais eram positivos, pois o diretor-geral de Buenos Aires, Juan Martin de Pueyrredón, acabara de aceitar a proclamação de independência das Províncias Unidas, votada pelo congresso de

Tucuman, e dera ordens para organizar um exército de quatro mil homens para enfrentar as tropas de Lecor. A notícia da proclamação dava a entender que o governo de Buenos Aires estava agindo para assegurar a soberania sobre a Banda Oriental. A desculpa era que não dispunha de tropas para defender Montevidéu devido à ameaça mais perigosa vinda dos espanhóis ao norte. Somava-se a disposição de Artigas, que liderava uma rebelião de federalistas contra os unitários, ameaçando a integridade do governo.

Artigas custou a perceber que estava só em sua guerra contra os brasileiros. Assim mesmo, mandou um pedido formal de ajuda a Buenos Aires, recebendo uma resposta nos seguintes termos:

a) O território da Banda Oriental do Rio da Prata juraria obediência ao soberano congresso e ao supremo diretor do Estado da mesma forma que as demais províncias;

b) Juraria igualmente a obediência que o soberano congresso proclamara, arvorando o pavilhão das Províncias Unidas e enviando imediatamente àquela corporação augusta os deputados que lhe tocassem de acordo com sua população.

O chefe oriental respondeu à proposta, que trazia a negação de tudo por que lutara até então, em 26 de dezembro de 1816: "O chefe dos orientais manifestou em todos os tempos que ama demasiadamente sua Pátria para sacrificar esse rico patrimônio dos orientais ao baixo preço da necessidade." Ao chefe do governo argentino, Artigas escreveu uma carta indignada, dizendo: "Vossa Excelência é o responsável, ante as aras de sua Pátria, por sua inação e sua malícia contra os interesses comuns."

Artigas mantinha-se informado sobre as sessões secretas do Congresso. Permitia-se que dom João invadisse o Uruguai, dominasse Artigas e depois ajudasse na pacificação de Entre Rios. Nessa mesma sessão designou-se um representante diplomático para negociar com o comandante português e com a corte do Rio de Janeiro. O nome escolhido foi o do capitão de fragata Matias Irigoyen, que já exercera função semelhante na Europa. Suas instruções eram limitar a investida de Portugal somente sobre a Banda Oriental e impedir que se apossasse de Entre Rios, dando sua proteção às Províncias Unidas. Até aí, estava tudo de acordo com o objetivo estratégico tanto dos independentistas platinos quanto dos autonomistas brasileiros, que era manter os espanhóis longe do Cone Sul.

Os parlamentares estavam assustados com os canhões espanhóis que tinham sido ouvidos pouco ao norte, vindos do contra-ataque bem-sucedido das forças metropolitanas que haviam saído de Lima, no Peru. O êxito desse contra-ataque era a chave para entender o momento político e explicar o desvairamento dos delegados a Tucumã. Os fatos depois comprovaram que tamanho pânico não era injustificado, pois foi preciso chamar Simón Bolívar para expulsar as tropas coloniais do Alto Peru, e o país ganhou o nome de seu libertador. Nesse momento, o grande cabo de guerra portenho, San Martin, preparava-se para uma manobra de flanco para cortar a retaguarda espanhola, que avançava no rumo sudeste. A investida era considerada uma insânia.

Primeiro, cruzar a Cordilheira dos Andes com seu exército. Depois, levar esse exército pelo mar para tomar Lima e cortar suas linhas de abastecimento. Se os poucos remanescentes dessa aventura andina chegassem ao outro lado, algo de que 99 por cento deles duvidavam, onde conseguir os meios navais para chegar à costa peruana? Sem os barcos, nunca chegariam ao Peru, protegido na fronteira sul pelo Deserto do Atacama, um território mais hostil do que a maior parte do Deserto do Saara, na África. Um grande erro dos espanhóis nessa guerra foi se sentirem seguros atrás dessas muralhas naturais, pois os crioulos sul-americanos as ultrapassaram, tanto Bolívar no norte quanto San Martin no sul, e as manobras impossíveis foram se juntar, na história, a outras do mesmo porte, como as de Aníbal e Gengis Kahn.

Somente o desespero pode explicar a incumbência, que o Congresso deu a seu diplomata enviado à corte do Rio de Janeiro. Entre as propostas alternativas, incluía-se a mais radical: coroar um infante do Brasil como rei das Províncias Unidas, que se submeteriam temporariamente a Portugal, mas como Estado independente do Brasil. Ao saber dessas ideias estapafúrdias, o diretor supremo Pueyrredon desautorizou a missão de Irigoyen. Embora também considerasse a Espanha a principal ameaça e ainda não hostilizasse Portugal, negou-se aceitar sua ação além do Uruguai.

Ao saber dessas deliberações, Artigas viu-se descartado. Mas ainda teria uma possibilidade de permanecer nas Províncias Unidas, longe dos portugueses, se pudesse manter a frágil aliança federalista com as demais províncias rebeldes e forçar Buenos Aires a abrir uma nova frente na costa atlântica. Para isso, precisaria de massa crítica, ou seja, um território suficientemente extenso para falar de igual para igual com seus parceiros do outro lado do Rio Uruguai.

O congresso artiguista foi tenso. O sonho que chegara a ser real depois da ocupação de Montevidéu ameaçava vir abaixo. Não havia solução política à vista e a reação militar não oferecia perspectivas. Com a iminente perda do litoral oceânico e o bloqueio portenho, os uruguaios teriam de enfrentar o Reino Unido com suas próprias forças, que eram minguadas diante do desafio que se impunha.

Lá estavam os grandes caudilhos orientais: Fructuoso Rivera, Ortoguez, Latorre, Sotel, Verdun, Lavalleja, Barnabé, Bauzá, os irmãos Oribe e o mais radical de todos, André Artigas, filho de criação do chefe José Gervasio Artigas e um de seus principais comandantes de tropas. Conhecido como Andrezito, nascido em São Borja, nas Missões Orientais, era filho de pai espanhol e mãe índia.

Baseado em sua liderança e na crença cega que todos tinham em sua capacidade, Gervasio Artigas amadureceu um plano ousado, que submeteu aos demais em uma reunião. Antes, porém, disse que ouviria a todos e queria muita franqueza.

— Vamos fazer uma surpresa. Uma terrível surpresa. Antes que possam se organizar, serão atacados e expulsos da Banda Oriental.

O plano era consistente. Numa ação relâmpago expulsariam os brasileiros dos territórios ribeirinhos, desde o Rio Negro até as Missões Orientais, com limites no Rio Santa Maria.

— Temos de restabelecer as fronteiras históricas do Tratado de Santo Ildefonso, internacionalmente reconhecidas, e não as do Tratado de Madri, como querem os portugueses. Com a posse dessas terras assegurada, quero ver Buenos Aires nos desconhecer como agora.

"Quando tivermos completado a primeira parte, espero ter um apoio mais decidido de Corrientes, Santa Fé e Entre Rios. Ramírez e Lopez estão muito cautelosos. Eles temem nos dar apoio. Isso iria atrair ataques dos dois lados, por parte dos portugueses e dos portenhos, pelo leste e pelo sul. Terminando com os brasileiros na Banda Oriental, eles podem ficar mais seguros e botar a cabeça de fora. Nesse caso, podem nos mandar reforços, homens e armas para tomarmos Montevidéu.

"O próximo passo será Buenos Aires. Então teremos nosso país. Vamos integrar uma confederação de Estados irmãos, mas independentes, sem hegemonias. Vamos dar uma lição em portenhos e cariocas e desenhar de uma vez o mapa da América do Sul."

Artigas foi aplaudido. Somente Rivera levantou outra hipótese.

— Eu vejo que dom Gervasio tem razão quando prevê que teremos o apoio de todas as províncias, incluindo Buenos Aires, depois de um resultado concreto nessa campanha. O português é o inimigo comum. No entanto, vendo a situação política em longo prazo, noto que tudo se encaminha para termos um Estado que se interponha entre portenhos e brasileiros como única forma de estabilizar essa região. Com base nisso é que pergunto se não seria interessante pensarmos nesse Estado com as duas nacionalidades, parte castelhana e parte brasileira, com sustentação dos dois lados. Digo isso porque esses brasileiros que estão aqui ao nosso lado não são portugueses e têm tanta gana de independência quanto nós.

— Dom Frutos, você é um verdadeiro estadista. Ainda será presidente, pois sempre procura uma composição entre os contrários, que é também, concordo, a melhor solução sempre. Mas com os ânimos como estão, com o ódio que vem sendo insuflado contra os portugueses, o chefe que propuser uma aliança com eles aqui na Banda Oriental ficará falando sozinho. Não vejo outra solução senão a guerra.

— De acordo, dom Gervasio. Eu também. Falei só para argumentar, pois essa ideia poderia estar na cabeça de muitos brasileiros.

E deu vivas ao general, ao Uruguai, sob o olhar desconfiado dos demais. Nos dias seguintes, os comandantes e seus auxiliares dedicaram-se ao desenvolvimento do plano de operações.

Artigas chamou seus locotenentes ao acampamento de Hervidero, próximo a Paissandu, para analisar o quadro político e definir a campanha. Teria de lutar sozinho em duas frentes contra dois exércitos, cada um com seu objetivo: Lecor para impedir os espanhóis de desembarcar, Curado para expulsá-los e consolidar a supremacia rio-grandense na região de Arapeí, Entre Rios e Missões.

Havia uma grande diferença entre as concepções dos dois generais, Artigas e Curado. O uruguaio era um comandante de cavalaria, formado nos combates na campanha aberta, operando no pampa deserto; o goiano era um homem de informações, moldado pelo planejamento meticuloso, para operações sigilosas e objetivos encobertos. Isso lhe deu uma vantagem tática que foi essencial para seu desempenho na primeira fase da campanha, quando tinha tropas menos numerosas e igual deficiência de meios bélicos em relação a seus antagonistas.

Não foi difícil para Curado acompanhar os acontecimentos de Hervidero. Naqueles tempos, bastava o agente secreto misturar-se com as tropas nos acampamentos que em pouco tempo saberia de tudo. Em parte, isso era facilitado porque a maioria dos oficiais, de coronel para baixo, era semianalfabeta, ou totalmente iletrada de capitão em diante. Assim, tudo tinha de ser falado, dito em detalhes e espalhado entre os subalternos. O sumiço de um soldado não era raro, tamanho o número de deserções. Quando alguém faltava ao churrasco, atribuía-se a deserção, nunca a deslocamento de um espião para informar o inimigo.

Curado comunicava suas ordens no último momento, lançando contrainformação para confundir o inimigo e usando recursos desconhecidos nas guerras gaúchas. O exército foi organizado em pequenas frações, nos próprios municípios, supervisionadas por um reduzido número de oficiais que respondiam diretamente ao comando em Rio Pardo. As ordens de marcha para a concentração só vieram depois que Artigas iniciou seu deslocamento para a frente de batalha. Nem mesmo os caudilhos, como Bento Manoel, sabiam qual seria seu papel nessa guerra.

Os espiões de Artigas relatavam-lhe que os rio-grandenses não conseguiriam organizar uma defesa consistente. No entanto, Curado observava seu antagonista de longe numa operação coordenada pelo brigadeiro Tomás Rebelo e Silva, que soltou diversos destacamentos pela campanha para monitorar o inimigo. Um desses, comandado pelo capitão Alexandre Luís de Queiroz, chocou-se com uma partida uruguaia da vanguarda de Verdun, na região de Santana do Livramento, e recuou por falta de munição. Era uma tropa leve, sem recursos para combates, pois sua missão era de observação. Esse evento ficou registrado na história uruguaia como a Vitória de Santana. Foi o primeiro choque direto entre os dois exércitos, mas Artigas não se preocupou.

Enquanto o general Lecor fazia sua marcha para o sul, o marquês do Alegrete, mesmo sem ordens do governo nacional, movimentava as tropas locais, sob a coordenação do general Curado. Em Santa Catarina, em 18 de junho, a Divisão de Voluntários Reais começou a se dirigir para Montevidéu. Do Desterro até lá eram mais de mil quilômetros, uma distância maior do que a que Napoleão tivera de percorrer para chegar a Moscou. Os portugueses vindos da Europa não tinham noção exata dessas distâncias quando preferiram desembarcar dos navios e seguir a pé até o Uruguai.

Lecor decidiu acatar os temores de sua tropa, no Desterro, e tomar informações sobre o terreno que teria pela frente. E o que lhe disseram era muito animador, a ponto de desobedecer às ordens expressas do comando no Rio de Janeiro. O conde de Samodães, que estivera em Conceição do Arroio comprando suprimentos, descreveu-lhe o caminho de Torres para o sul: praia dura, praticável para pedestres, animais e veículos. Os vaqueanos acrescentaram que a geografia não mudava até Castilho Grande, ao sul da Lagoa Mirim. Não haveria o que temer. O clima ameno dos trópicos e o que via agora em Santa Catarina eram encorajadores. Foi assim que cometeu seu grande engano.

Mal chegou às praias, pouco ao sul de Torres, o tempo mudou. Um vento sul com chuvas fustigava a tropa. Os soldados entraram novamente em desespero caminhando quatro meses sem ver ninguém. Somente em meados de outubro encontraram os primeiros sinais do inimigo e seis meses depois chegaram a Montevidéu.

Enquanto os portugueses marchavam, Artigas iniciava seu ataque no oeste. Quando aconteceu o primeiro confronto entre sua vanguarda e a partida do capitão Alexandre Luís de Queiroz, em 20 de setembro, Andrezito ia com a Divisão de Cavalaria no rumo norte, subindo o Rio Uruguai pela costa, com destino a São Borja. O filho de Artigas tinha uma obsessão por recuperar sua terra natal, imaginando que seria recebido pelos guaranis com entusiasmo. Mas estes defendiam a cidade. O brigadeiro Francisco das Chagas Santos era o comandante militar de São Borja desde 1808 e se adaptara completamente na região, aprendendo a língua e estudando sua defesa. Tanto que mudara seu comando de São Luís para São Borja, que ficava mais perto do rio, podendo acorrer mais rapidamente no caso de uma invasão vinda de Corrientes.

Com poucos dias de diferença, seguindo o mesmo caminho, saiu Sotel com outra Divisão, pensando cruzar o rio em Japeju, terra de San Martin, e atacar e destruir o vilarejo de Aparecidos, às margens do Rio Inhanduí. Com a força principal, Artigas investiu para o norte. Queria destruir toda a presença portuguesa na região, pois, no intervalo entre os rios Quaraí e Arapeí, noventa por cento da população era de origem brasileira, embora esse território já estivesse fora do Rio Grande pelo Tratado de Madri. Mas, se houvesse respeito aos tratados, a fronteira teria ficado em Laguna.

Manuel Luís e o pessoal de Caçapava tinham acabado de chegar ao acampamento de concentração do exército, às margens do Ibirapuitã-Chico, nos limites do Entre Rios. Desde que deixara Conceição do Arroio, havia mais de um mês, mal parara dois dias em Santo Antônio da Patrulha, onde já morava um de seus cunhados, e lá comprara uma casa para a família. No ano seguinte, Anna Joaquina se mudaria com os filhos para a cidade durante uma parte do ano, a fim de que as crianças pudessem estudar e aprender um pouco mais do que aprendiam na aula do sapateiro Miguel Alves. O pequeno Manuel Luís Osorio, entretanto, ainda continuaria vivendo na estância do avô, sob os cuidados do padrinho Bernardino.

De Santo Antônio, Manuel Luís seguiu diretamente para Rio Pardo, onde se apresentou no Regimento de Dragões e foi recebido pelo general Curado. O comandante estava de partida para o acampamento de campanha, levando o material pesado de artilharia e de engenharia, meia dúzia de peças e equipamento para a travessia de rios. Manuel Luís recebeu ordens de incorporar-se a essa força na altura do Botuí, onde era reconstruída a Vila de São Gabriel, arrasada na guerra de 1802, quando estava em poder dos espanhóis. Ficou impressionado com a gravidade com que Curado lhe deu a ordem, e não uma simples recomendação, de não comentar com ninguém sobre as disposições do exército. Ao deixar sua base, deveria indicar como destino o quartel de Rio Pardo, somente informando o rumo final depois que a tropa estivesse em marcha.

Ao chegar a Caçapava, foi procurar os amigos, que eram seus companheiros da milícia. Ninguém na vila sabia direito o que estava acontecendo. Falava-se muito das depredações das estâncias na fronteira e da ação das partidas de boiadeiros castelhanos que iam roubar gado e cavalos para abastecer as forças do caudilho oriental Rivera, que operava na região de Cerro Largo.

Rodrigues Souto hospedou Manuel Luís em sua residência e alojou seu pessoal no galpão dos fundos da casa. Ele não seguiria com a tropa. Ficaria na retaguarda. Logo entraram em função, juntando o efetivo do esquadrão de cavalaria da milícia, cerca de 150 homens, que seriam acompanhados por cerca de dez mulheres que haviam decidido seguir os maridos e filhos.

Manuel Luís fez questão de uma cerimônia religiosa antes da partida. O padre Fidêncio Ortiz, pároco da capela de Nossa Senhora da Assunção, rezou uma missa com rito solene, benzendo as armas e dando absolvição plena aos que tombassem em combate. Seguiu-se uma festa, com um desfile da tropa na rua principal da vila, aplaudido por toda a comunidade.

Na madrugada seguinte deixaram o povoado em duas filas, Manuel Luís e o porta-estandarte à frente. Passando o Arroio Santa Bárbara, 4 léguas adiante, mandou o vaqueano seguir para oeste, no rumo do Vacacaí, em vez de seguir para leste, na direção do Jacuí. Com surpresa, a tropa percebeu que havia algum plano que somente o comandante conhecia. Na verdade, nem ele sabia direito para onde estava indo. O destino conhecido era a capela de São Gabriel, no Botuí.

Ao chegarem lá, encontraram mais dois destacamentos também à espera do general, que deveria passar por ali, mas ninguém sabia dizer o dia certo. Havia a proibição expressa de sair do local. Se alguém desertasse, teria de ser procurado e trazido de volta de qualquer forma, vivo ou morto. O velho Salustiano admirava-se.

— Quanto segredo. Nunca vi antes!

As tropas acamparam do lado de fora da vila, mas o padre convidou as mulheres com crianças pequenas para se abrigarem na igreja.

Foi um inverno rigoroso aquele de 1816. Até os oficiais dormiam ao relento, cobertos pelos ponchos, pois as barracas de pouco valiam.

Quatro dias depois, num domingo, logo após a missa, apareceram os vanguardeiros do general. De tarde chegou o grosso da tropa, com seus petrechos de guerra e uma caravana de carretas com víveres, munições e material. Curado vinha a cavalo, não obstante a idade, o que lhe aconselharia viajar numa carreta, protegido pela tolda. Reconheceu Manuel Luís.

— Então, pronto para a ação, meu capitão?

No dia seguinte, continuou a marcha. Todos tinham certeza de que não estavam muito distantes do ponto de reunião. Tecnicamente já palmilhavam território inimigo. Pelo Tratado de Santo Ildefonso, a linha de fronteira passaria por ali, como acreditavam os castelhanos, embora os rio-grandenses não concordassem com essa demarcação.

Ao alvorecer, foi saindo a vanguarda, composta por um corpo de cavalaria. Um quarto de légua depois, cerca de 1.600 metros, em duas colunas, o grosso da cavalaria; mais outro quarto de légua e vinha a infantaria, em bloco, seguida pela artilharia e pelo parque, com morteiros, canhões e materiais para disparo, munições de todos os tipos etc.

Os canhões, na marcha, eram tracionados por mulas; no campo de batalha, quando se fazia necessária sua movimentação em alta velocidade, eram tirados por cavalos. Depois vinham os animais cargueiros e os carros de suprimentos, com carga seca, alimentos em geral, e carga viva, como porcos e galinhas. Essa fração, sujeita a roubos e assaltos, normalmente ia escoltada por cavalarianos. Por fim, o povo da guerra: mulheres e crianças a pé, a cavalo, no lombo de mulas ou jumentos, em carretilhas puxadas por bois e vacas e até bode levando um carrinho com criança. No mesmo agrupamento, o comércio, como eram chamados os civis que acompanhavam os exércitos como fornecedores e varejistas. Por fim, meia légua atrás, vinha a retaguarda, com cavalarianos, protegendo a coluna e os animais leiteiros e de corte para abate, a munição de boca viva, além das reservas estratégicas, como cavalos de substituição, mulas e bois mansos, conduzidos pelos tropeiros. Essa longa fila estendia-se por mais de légua. Havia exércitos em que a coluna se espalhava por mais de uma centena de quilômetros.

À frente da infantaria iam os porta-bandeiras e porta-estandartes, com o pavilhão português e as flâmulas das unidades e os escudos de armas dos generais comandantes, de brigadeiro para cima. Nessa tropa havia toda a hierarquia: brigadeiros, marechal de campo, que era o marquês do Alegrete, e tenente-general, Curado. O marquês, embora tivesse menos galões que Curado, era o comandante em chefe, pois seu cargo era político. O capitão-general era um governador civil com poderes militares. A seguir, a banda marcial. Vinham então os soldados, com armas e mochilas, em quatro filas, quando havia estrada, ou duas filas e até em fila indiana quando o terreno não comportava mais que isso.

Manuel Luís e sua gente estavam nessa retaguarda, no grupamento de escolta dos tropeiros. A maior parte do gado de corte pertencia a fornecedores, e seus condutores eram civis, o que também não queria dizer nada, pois iam armados e, na refrega, não se distinguia quem estava fardado ou à paisana. Estavam todos sujeitos ao Regulamento para o Exercício e a Disciplina dos Regimentos de Infantaria dos Exércitos de Sua Majestade Fidelíssima. Era um verdadeiro código, com 257 páginas, produzido, por encomenda do rei de Portugal, por um militar e nobre de um principado alemão, Frederico Guilherme Ernesto, conde Reinante de Schaoumberg Lippe, e transformado em lei em 18 de fevereiro de 1736. Continha um rigor que não combinava com a biografia de seu autor, um nobre refinado, educado na Inglaterra, amante da música, que tocava cravo e violino.

Roubo não tinha perdão, era a pena de morte: os civis enforcados e os militares arcabuzados. Com isso, a vigilância sobre esses produtos, fosse do exército, fosse dos fornecedores, era uma missão policial das escoltas. Nos momentos difíceis e desesperados, como nas retiradas ou nos tempos de racionamento, o roubo e os enforcamentos eram frequentes. Mas havia o perigo de assalto por partidas inimigas.

Perto do meio-dia apareceram os vaqueanos da região de Entre Rios para guiar o exército. Dali em diante Curado entrava em território hostil, infestado de guerrilhas. Era essencial que a tropa se movimentasse por caminhos seguros e, principalmente, encontrasse as aguadas e os pastos para recompor as manadas.

Embora a força trouxesse apenas 1.600 homens, sem contar os civis, levava por diante 6 mil cavalos, quase mil mulas, centenas de cabeças de vacas e bois mansos e um estoque de gado de corte. Animais para abate eram capturados no campo. Em território amigo, indenizava-se o proprietário; se fosse de inimigo, era simplesmente confiscado. Quando partia, o exército levava um bom rebanho de cavalos domados. Com o andar da guerra, entretanto, pegavam o que podiam nas fazendas ou diretamente nos campos, onde havia muito animal alçado, para substituir os que se exauriam.

A manutenção desses animais também era um problema a ser administrado. Não é qualquer potreiro que tem pastagem para dar de comer a tanto bicho, especialmente no inverno, quando as pastagens estão queimadas pelas geadas. Por isso a marcha dos exércitos era tão morosa. Nos pampas, não se transportavam forragens. A logística circunscrevia-se ao material de guerra e a suprimentos secos, como farinhas de mandioca e de trigo, rapadura, melado, charque, banha, óleo vegetal, arroz, feijão e as apreciadas bolachas. Havia mais ou menos oferta, dependendo dos sortimentos dos comerciantes. Um exército era um organismo pesado, que se deslocava, no máximo, uma légua por dia. Em situação tática, livre de toda a tralha, uma coluna de cavalaria poderia se deslocar de 10 a 15 léguas num dia, e uma força de infantaria marchava de 6 a 7 léguas, caminhando 10 horas, com intervalos de 15 minutos de hora em hora. A cavalaria, a passo ou trote curto, podia marchar sem parar. Troteando forte ou no galope curto, troca-se de cavalo de hora em hora e só se faz alto na hora da refeição. Isso, porém, só com o inimigo à frente ou nos calcanhares.

Entre os vaqueanos, chegou Bento Manoel Ribeiro. Ali eram seus domínios. Sua estância do Jarau estava bem no caminho do exército. No reencontro, disse a Manuel Luís que a turma de Paissandu encontrava-se quase toda ali. Também pedia notícias dos amigos de Caçapava. Depois contava o que podia.

Bento Manoel entrara pelo Uruguai e notara que ninguém sabia o que se preparava no Rio Grande para esperar os uruguaios. Falava-se abertamente sobre a perspectiva de roer um osso bem duro com os portugueses de Lecor. Dizia-se que iam invadir o Rio Grande, retomar os territórios que a Espanha lhes deixara de herança e depois punir a profanação do solo sagrado nas margens do Rio da Prata. Iam fazer uma limpeza e voltar para o sul, onde teriam inimigo à altura.

— Que venham!

Os dois também falaram do outro exército e lamentaram que a mudança de planos de Lecor obrigasse o marquês de Alegrete a desfalcar Curado do pessoal de Jaguarão, mais de 500 homens, que tiveram de ficar no litoral para dar cobertura à Divisão de Voluntários Reais.

— Também não veio o Bento Gonçalves. Quando souberam que os portugueses não iriam mais de navio, mandaram-no ficar para dar um reforço de cavalaria.

Artigas destacou dois caudilhos, Rivera e Ortoguez, para fustigar os Voluntários, mas eles não tinham poderio para destruir o exército de Lecor. Bento era o comandante em Jaguarão, mas tinha forte infiltração no Departamento de Cerro Largo. Sua missão seria neutralizar os guerreiros charruas que certamente seriam mandados para atrapalhar os soldados europeus, que já vinham apavorados com a geografia e as distâncias.

O grande representante da cavalaria daquela região era outro, o tenente-coronel José de Abreu, que apresentara a Bento Manoel e a Manuel Luís um cadete que trouxera consigo, natural de sua vila, Povo Novo, entre Pelotas e Rio Grande.

— Esse guri é um demônio no lombo de um cavalo.

Antônio de Souza Netto, com seus 15 anos, ouvia orgulhoso a avaliação do comandante, amigo de sua família, que o iniciara nas artes da guerra.

— Se precisares de alguém para correr uma carreira, ele também serve.

No acampamento do Ibirapuitã-Chico, com a chegada do general, esperava-se ação imediata. A notícia vinda do Uruguai era de que Artigas concentrava uma força superior a 6 mil homens, quase três vezes o efetivo de Curado.

Com a chegada do exército, o acampamento se estabeleceu. Os estancieiros abandonavam suas propriedades e mandavam as famílias para a retaguarda. A maior ameaça era a chamada guerra de recursos, aplicada pelos russos de Kutuzov contra Napoleão, deixando o inimigo sem possibilidades de abastecimento no próprio campo, como era a norma das guerras gaúchas até então.

Curado tratou de se preparar. Não teria muitos dias para se refazer naquele pouso tão ameno. Nos primeiros dias de setembro começaram a chegar seus agentes. Muitos vieram escoltados pelas patrulhas brasileiras. Eles saíam dos acampamentos de Artigas e literalmente sumiam na noite. Durante o dia ficavam escondidos em capões, cavalgando na escuridão até serem encontrados pelos homens do brigadeiro Tomás.

No dia 2 de setembro Curado reuniu-se com seus quatro generais para traçar um plano definitivo. O conselho era composto pelos brigadeiros Tomás da Costa Rebelo e Silva, Francisco Chagas dos Santos, João de Deus Mena Barreto e Joaquim de Oliveira Álvares.

— O inimigo nos ataca com uma força de 4 mil homens, mais ou menos. Outros 2 mil estão fora do nosso teatro de operações, uma parte com Rivera e Ortoguez no enfrentamento com Lecor, os demais como reserva e sustentação dos territórios controlados por Artigas. Temos 2 mil homens, a maior parte rio-grandenses e paulistas. Dispomos de 11 bocas de fogo com quatro canhões de calibre 3, três de calibre 6 e quatro obuses de 6 polegadas. O inimigo tem o dobro do nosso efetivo.

— Tudo indica que Artigas pensa em nos colocar entre dois fogos. Vejam o movimento: Andrezito e Sotel cruzaram o Rio Uruguai e sobem pela margem direita no rumo norte. Conhecendo a gana de Andrezito para tomar as Missões e a evidência de que seu segundo passo será nos atacar vindo do norte, o próprio Artigas sobe do sul, e eles nos pegam pelos dois lados. Elementar, não?

Mena Barreto concordou e deu sua opinião.

— Temos de impedir que isso aconteça.

— Certamente. Pensei num dispositivo. Deixamos uma força com grande mobilidade e poder de fogo em condições de intervir onde for preciso, improvisando em cima do que eles fizerem. Como São Borja é uma praça relativamente fraca, eles podem se dividir, procurando ganhar tempo e terreno. Uma força pequena ataca as Missões e a outra metade vem diretamente sobre nós. Com isso, eles nos cortam em dois. Não parece possível?

O brigadeiro Tomás entendeu o que Curado estava querendo dizer.

— Uma tropa rápida e bem armada, em condições de acorrer onde for preciso.

— E você fica em São Borja?

— Claro. Fortifico a vila. Bem entrincheirado, posso resistir um bom tempo. Se eles se dividirem, a tropa de fora ataca uma parte enquanto eu entretenho Andrezito.

— Como sabes que será ele que vai atacar a vila?

— Aposto que ele não deixará isso para ninguém mais...

O brigadeiro Francisco das Chagas Santos e sua escolta partiram rumo às Missões ao entardecer, véspera de uma noite terrivelmente fria que se anunciava. Precisava chegar a São Borja e acelerar ao máximo as obras de fortificação que deixara a meio caminho. Antes mesmo de saber dos planos de Curado, já intuía que a cidade poderia ser um bastião, que ali, com sua guarnição reduzida, poderia segurar por muito tempo uma tropa numerosa. Naquela época, com o armamento de que se dispunha, tomar um aglomerado urbano era uma ação penosa para qualquer exército. As tropas eram boas nas refregas em campo aberto, mas não tinham armas e equipamentos de sítio para derrotar uma cidade cercada e bem defendida. Para apoiá-lo, foi designado o tenente-coronel José de Abreu, oficial de carreira de meia-idade que era da confiança de Curado.

Abreu era o que se poderia chamar de um militar por vocação. Ainda menino, quando completou os estudos em Rio Grande, os pais queriam mandá-lo para Portugal para estudar Direito, mas ele recusou. Alistou-se no Regimento de Dragões e fez toda a sua carreira no exército. Embora não tivesse cursado a escola militar, era um oficial de carreira nos padrões do Brasil colonial, pois teve sua formação nos quartéis em vez de no campo, já de espada na mão, como a maior parte dos oficiais rio-grandenses. Participou das campanhas de 1801 e 1811. Agora era um oficial a caminho do generalato, ninguém duvidava. Franzino e muito ativo, era um organizador, um tático e um capitão ousado. Curado deu-lhe uma força-tarefa completa, com artilharia, cavalaria e infantaria.

Na manhã seguinte, Abreu foi acampar às margens do Rio Ibirapuitã-Grande, de olho nos movimentos dos castelhanos do outro lado do Rio Uruguai. No rumo sul, as partidas do general Tomás iniciaram suas sortidas com a missão de inquietar o avanço dos uruguaios. Curado ficou com o grosso estacionado, mas pronto para movimentar-se a qualquer momento. Ele escolhia o campo de batalha e esperava o inimigo na posição que melhor lhe convinha.

Bento Manoel foi designado vaqueano do grupamento de Abreu. Para esse primeiro movimento, seria interessante ter um homem que lhe falasse da geografia e das particularidades da área.

Bento Manoel foi se despedir de Manuel Luís:

— Está começando, meu amigo. Está todo mundo de olho em nós. O que se espera é que o Artigas nos dê uma surra. A peleja mesmo será contra o Lecor, depois que nos amassar, é o que pensam. Dizem que não somos valentes, que não sabemos guerrear, que não temos qualidade para enfrentar os veteranos que vêm para cima de nós. Acho que eles é que vão ter uma surpresa. Estão todos nos olhando: o Bolívar, o San Martin, os portenhos, os espanhóis, cada qual com o seu interesse no resultado dessa guerra aqui no Rio Grande. Somos o centro do mundo, compadre. Foi o que me disse o general. *Buenas, hasta la vista.*

— Boa sorte e volte logo. Nosso pessoal está com o brigadeiro Alvarez. Com tanto segredo, não sabemos para onde vamos.

— Pois diga que me esperem, pois só vou levá-los ali adiante, não posso lhe dizer onde, e já volto.

CAPÍTULO 17

O Cheiro do Inimigo

O GENERAL CURADO ACREDITAVA que o confronto entre 4 mil uruguaios e 2.500 rio-grandenses seria o primeiro ato de um grande momento político-militar. Se Artigas, que já era líder dos federalistas do antigo vice-reinado do Prata e estava às portas do poder, vencesse os portugueses, entraria para a História como o caudilho mais importante da América do Sul. Seria o libertador maior, o homem que impedira de fato o desembarque espanhol na Banda Oriental, salvando a Argentina de uma recolonização, e que mandara de vez os portugueses para fora dos limites do Tratado de Santo Ildefonso.

Com essas credenciais, poderia pacificar de vez as províncias unidas, enquadrando Buenos Aires e superando San Martin e Bolívar. Com a vitória, sua popularidade seria suficiente para desembarcar no cais da Boca e seguir em triunfo até a Praça de Maio, o nome com que havia sido rebatizado o parque em frente ao *Cabildo* da antiga capital.

Ninguém duvidava da invencibilidade do caudilho uruguaio. Nem mesmo o alto comando português no Rio de Janeiro, que atribuía às forças rio-grandenses o objetivo estratégico de ganhar tempo até que a força principal pudesse travar a batalha decisiva. Não tivesse o general Lecor escolhido o caminho mais longo e demorado, essa tropa gaúcha nem estaria no plano, destinando-se à retaguarda da Divisão de Voluntários Reais.

O alto-comando tampouco dava muito pelo exército de Curado, tanto que o capitão-general Luís Teles da Silva Caminha e Menezes, marquês de Alegrete, nem sequer se abalou de Porto Alegre, para evitar o vexame de ver-se numa retirada apressada. Para ele, uma derrota na fronteira não seria um desastre tão grande. Era melhor deixar Artigas retomar as Missões, que seriam depois reconquistadas numa manobra dos Voluntários Reais, em contra-ataque. Por mais que Curado fizesse, a lógica determinava que seria esmagado pela cavalaria inimiga.

No entanto, Curado acreditava em seu dispositivo de guerra relâmpago, que surpreenderia os inimigos, tomando a ofensiva, num quadro tático que inverteria as posições. O primeiro choque foi o do dia 20 de setembro, quando uma partida comandada pelo capitão Alexandre Luís de Queiroz, na região de Santana do Livramento, enfrentou inadvertidamente a vanguarda da coluna de Artigas. Retrocedeu diante da superioridade do inimigo, mas também porque não era sua missão bater-se contra forças regulares. O entusiasmo dos uruguaios era tão grande que deram um nome a esse recontro, chamando-o de Vitória de Santana. Na refrega seguinte, porém, as coisas foram diferentes. A data para o início da ofensiva uruguaia era 20 de setembro. O comandante em chefe marchou sobre Santana e, no Rio Uruguai, Sotel cruzou para o Brasil e Andrezito Artigas chegou a Santo Tomé, pronto para saltar sobre São Borja, que era a capital brasileira das missões naquele momento.

Sotel atravessou o rio e foi descansado atacar o povoado dos Aparecidos, às margens do Inhanduí. Botou a população para correr, pois o objetivo era apavorá-la para que não mais voltasse. Os refugiados foram para o leste, encontrando, um pouco adiante, as patrulhas de José de Abreu. Acolhidos no acampamento, deram as informações e forneceram vaqueanos para o contra-ataque. Os brasileiros chegaram sorrateiramente, guiados por um profundo conhecedor daqueles campos. O território era quase sem matas, mas com reentrâncias e caminhos que desbordavam a posição dos uruguaios, engalfinhados nos saques e nos incêndios às vilas.

Quando perceberam os brasileiros chegando, os uruguaios quase desataram a rir, pois imaginavam que seria algum grupo disperso, curioso para ver o que sobrara. De repente, foram atacados por uma força compacta, veloz e cruel, que saiu abrindo no meio da soldadesca embriagada e sem a menor organização. Sotel mal pôde compor uma retirada. A sorte foi que as canoas que haviam usado para transpor o rio ainda estavam na margem brasileira, e assim boa parte deles pôde voltar para a Argentina. Muitos, no entanto, se atiraram na água, tentando atravessar a nado aquele mar de água-doce. A maioria morreu.

No dia seguinte, Sotel equipou suas canoas com artilharia e forçou o passo um pouco mais acima, em frente à barra do Rio Ibicuí. Nova surpresa: Abreu apresentou-se com uma bateria de artilharia e tropas de infantaria, obrigando-o a retroceder uma vez mais. A essa altura, o comandante uruguaio percebeu que a situação era diferente do que estivera planejado. Decidiu, então, que o movimento mais correto seria marchar para o norte, pela margem direita do Uruguai, para reforçar Andrezito, que estava sitiando São Borja. Ao constatar que os uruguaios iam para Santo Tomé, a vila argentina vizinha de São Borja, Abreu seguiu na mesma direção. Mas foi retardado pela travessia do Ibicuí, que estava cheio e correntoso. Sem material de engenharia, teve de cruzar a nado, levando as carretas flutuando sobre boias de pelotas, uma operação demorada e de altíssimo risco naquelas condições. Sotel ganhou distância e atravessou com facilidade, pois havia as canoas de Andrezito, que puderam ser utilizadas por seu pessoal.

Chegando a São Borja, Sotel encontrou outro problema. O brigadeiro Chagas mandara evacuar todo o gado da região antes da chegada dos uruguaios. Assim, havia falta de suprimentos. Não teve outra saída senão mandar um corpo de cavalaria procurar gado mais ao sul enquanto preparava o ataque à cidade. Essa tropa foi interceptada no passo do Ituparaí e atacada impiedosamente por Abreu em 27 de setembro. Dentro da vila, Chagas esperava o pior. Pela luneta, postado na torre da igreja, viu apenas a chegada de reforços para Andrezito.

Os dois comandantes uruguaios, certos de que Abreu também marcharia sobre São Borja, ficaram de prontidão. Até então, Andrezito mantinha um cerco um tanto frouxo, concentrado em incêndios e saques, mas mudou de opinião quando Sotel lhe falou da força portuguesa que se aproximava. Teriam de tomar a cidade imediatamente e intensificar as defesas, pois não tinham ideia do efetivo que estava chegando.

Marcaram o ataque para 3 de outubro. Quando estavam já em formação para avançar, o vigia brasileiro avisou ao brigadeiro que uma força se aproximava. Devido à calma dos uruguaios, Chagas pensou que estava tudo terminado. Seriam mais reforços para os sitiantes. Estava decidido a resistir até o último homem. Para isso, contava com os soldados guaranis, que só se rendiam quando recebiam ordens para se entregar.

Seu ânimo começou a mudar quando o vigia da torre informou que alguma coisa estranha estava acontecendo do lado de fora. Sem comunicação com o exterior, o brigadeiro foi até a torre e viu uma força tomando posição de batalha, agitando os uruguaios. Entendeu que era o socorro que chegava no último momento. Desceu já dando ordens para atacar. Se fossem brasileiros, quem estaria entre dois fogos seriam os uruguaios.

Abreu, em desvantagem numérica, tinha uma tropa adestrada e com a formação clássica, como ordenava o manual: infantaria no centro, cavalaria nos flancos. Jogou-se contra os uruguaios, que estavam despreparados para receber um ataque daquela direção. Em poucas horas, o que sobrou das tropas de Andrezito e Sotel estava embarcando nas canoas e fugindo para o outro lado da fronteira. Os brasileiros então se dedicaram ao tiro ao alvo, disparando contra os remadores das canoas apinhadas de gente. Foi uma vitória completa. Mal chegaram à margem direita, os uruguaios montaram a cavalo e recuaram. Abreu não tinha ordens de perseguir os vencidos. Suas instruções eram no sentido de socorrer São Borja e voltar a toda a velocidade para ocupar seu lugar no corpo principal do exército, que deveria enfrentar o grosso do exército de Artigas.

As notícias do ataque relâmpago de Abreu correram por todos os lados. Em 13 dias, ele pusera fora de combate duas divisões do exército inimigo. Nascia uma estrela no firmamento dos grandes guerreiros. Artigas ficou sabendo dos combates no Alto Uruguai por um chasque enviado por Sotel ainda de Japeju. Pelo relato, os brasileiros teriam na região forças pelo menos três vezes superiores às que efetivamente obedeciam a Abreu. Com isso, ele entendeu que uma grande parte do exército de Curado teria se deslocado para as Missões. Determinou então que o general José Verdun partisse com uma Divisão para reforçar Andrezito e Sotel e, ao mesmo tempo, cortasse as comunicações entre as duas frações da força brasileira. Ele conhecia a posição do Ibirapuitã-Chico, vigiando-a de longe com seus batedores, mas não tinha como avaliar com precisão os efetivos que teria pela frente.

Curado também teve conhecimento da movimentação de Verdun naquela direção. Chamou o brigadeiro Mena Barreto e mandou-o ir a seu encontro, articulando-se com Abreu, que, a essa altura, já voltava para se juntar ao corpo do exército. Os dois bateriam a força tática inimiga.

— Essa raposa do Artigas entendeu na hora o que está acontecendo. Possivelmente vai cortar nossa comunicação com o Ibicuí. E ainda pode nos atacar pela retaguarda. Junte-se ao Abreu e faça-os retroceder.

Mena Barreto partiu em 13 de outubro na direção noroeste-oeste. Eles não tinham uma informação correta sobre a posição dos uruguaios. Só a certeza da direção. Dia 18, Mena Barreto encontrou seu inimigo. Seus batedores o avistaram a pouca distância. Seria agora ou nunca. Mas não tinha notícias de Abreu. A outra coluna que deveria reforçá-lo seguramente estaria longe. Decidiu atacar assim mesmo.

— A fortuna está do nosso lado.

Ao amanhecer do dia 19, Verdun viu aproximar-se o pequeno exército de Mena Barreto. No primeiro choque, sua vanguarda foi colhida pelos brasileiros e completamente destroçada. Verdun, no entanto, permaneceu onde estava, uma posição favorável. Mena Barreto percebeu o intuito tático do adversário. Seria descuidado atacá-lo frontalmente.

Nesse momento, teve uma ideia. Chamou seus capitães e deu suas ordens, insistindo para que executassem a manobra com a tropa sob completo controle, pois estariam arriscando tudo. Quando se aproximaram do inimigo, como se tivessem sido tomados pelo pânico, os brasileiros abandonaram suas mochilas e recuaram. Verdun partiu para cima, retirando-se de sua posição. Foi quando o brigadeiro mandou tocar o clarim, e as tropas, sob o comando curto de seus capitães, prontamente fizeram meia-volta e atacaram com tudo o centro inimigo.

De maneira sincronizada, a cavalhada investiu sobre a retaguarda, pondo os uruguaios em completa desordem. A investida foi fulminante, sem trégua. Em poucas horas a derrota era total. Foi o combate do Ibiraocaí, ou batalha de Capela Nacay, para os uruguaios. O projeto de guerra de Curado estava dando certo, passo a passo. Agora só faltava encarar a coluna principal, comandada pelo próprio Artigas, que vinha na direção contrária, do sul.

Apesar de toda a frieza com que agira até aquele momento, Curado estava apreensivo com o último golpe, que imaginava próximo: destruir o núcleo principal e remanescente. Teria de ser imediato, enquanto o inimigo ainda estivesse abalado com os desastres sucessivos, inesperados, inexplicáveis. Encarregou o brigadeiro Joaquim de Oliveira Alvarez de planejar e dar continuidade às operações. Iriam, no entanto, esperar a volta das tropas que estavam no interior, os grupamentos de Abreu e Mena Barreto.

Na noite de 24 de outubro Alvarez partiu com o exército para a guarda de Santana, na capela do Livramento. Depois de 4 léguas de marcha, bivacou na estância do Varguinhas, onde se encontrou com o restante das tropas. Foi uma grande festa de confraternização. Também aí se juntaram reforços de patriotas civis que vinham de toda parte, oferecendo-se como voluntários. No dia 26 marchou até o Arroio do Elias. Já dava para sentir o cheiro do inimigo.

Na manhã seguinte, as patrulhas de Álvares avistaram as vanguardas Artigas e travaram pequenas escaramuças com elas. A missão das guerrilhas era atrair o chefe oriental para a outra margem do Rio Quaraí, no Carumbé, nome de um cerro da vizinhança onde o general brasileiro pretendia oferecer-lhe batalha. Três horas depois a armadilha funcionou. Artigas cruzou o Rio Quaraí e viu-se cara a cara com o Exército Brasileiro em formação. Álvares gritou sua ordem:

— Infantaria, deitar!

Os soldados deitaram-se e apontaram seus fuzis, sem disparar. O fogo só seria ordenado quando os uruguaios chegassem ao alcance das armas, ou seja, a uns 100 ou 150 metros a sua frente. Até aí, deveriam ficar firmes, aguentar o rojão, mesmo que fossem alvejados pela artilharia inimiga. Como estavam pouco visíveis, os tiros dos artiguistas passavam por cima e as bombas iam explodir bem adiante, já fora da área de perigo. Álvares soltou, então, a cavalaria da direita contra a ala esquerda do inimigo. Quando o ataque uruguaio perdeu o ímpeto, ordenou que a infantaria levantasse, abrindo fogo contra a esquerda, que já estava entreverada com os cavalarianos. Em seguida, foi para cima do flanco esquerdo, que não aguentou o choque e foi sendo disperso, melhor dizendo, abatido. O campo ficou coberto de cadáveres. Artigas teve de fugir para não ser preso.

Estava extinto o exército invasor, e o Brasil não tinha um único soldado inimigo em seu território. O militar frio, alinhado, quase um almofadinha, com fama de burocrata, liquidara uma das forças mais temíveis do continente em apenas 39 dias de guerra.

Terminada a luta, Artigas voltou ao sul para se recompor. Havia perdido a nata de seu exército. Curado mandou suas forças recuar para o acampamento do Ibirapuitã-Chico e descansar um pouco, pois nunca um exército fora submetido a tamanho esforço nos pampas. Em 15 de dezembro Curado mandou a tropa entrar em formação de parada, com os uniformes limpos e engomados, para esperar o marechal de campo Luís Teles da Silva Caminha e Menezes, marquês de Alegrete, que estava chegando de Porto Alegre para colher os louros da vitória. Foi uma grande comemoração. A população do Povoado dos Aparecidos, que decidira refundar a vila em outro lugar, mais seguro, às margens do Rio Ibirapuitã, em homenagem a seu salvador, deu o nome do marquês à nova sede, batizada de Alegrete.

Chegando ao acampamento, Alegrete decidiu assumir o comando operacional das tropas. Curado ficaria como um de seus subcomandantes. O marquês começou a formatar a nova campanha. As informações da inteligência revelavam que Artigas reagrupara suas forças na região do Arapeí, bem no centro da área de população majoritariamente brasileira. Do sul, mandara vir suas reservas, comandadas pelo general Latorre, que se dirigia para a fronteira com um exército novinho em folha. A guerra ia continuar.

A chegada de Alegrete não foi bem recebida pelas tropas, que rejeitavam o capitão-general vindo da capital para assumir um comando que, no entender da soldadesca, era de Curado.

Alegrete começou logo a dar ordens, a reunir-se não apenas com os generais, mas também com coronéis e até capitães. Perguntava, questionava, botou todo mundo para se movimentar, afirmando aos oficiais que a maior tragédia para um exército era a falta de ação, que enfraquece a determinação e esgarça a disciplina. A todos garantia que ainda havia muita guerra pela frente e que a missão do Exército Rio-Grandense não se limitava a expulsar os inimigos das fronteiras do país, era vencê-los e cumprir os objetivos nacionais maiores do Reino.

Em conversa com o general Curado, analisou a situação:

— Nós somos uma dupla, general. Somos sócios nessa campanha. Você tem maiores méritos que eu, mas acredito que fiz minha parte e que ela foi importante para a vitória. Que você me diz?

— Estou de pleno acordo, marechal. O senhor foi a retaguarda dessa campanha. Sem o seu apoio, jamais teríamos feito o que fizemos.

— Obrigado. Alegra-me ouvir isso. Militarmente falando, você é mais antigo, tem uma patente maior que a minha, mas o comando é meu, porque é um posto político. Você é um tenente-general, e eu um simples marechal de campo.

— Não se preocupe com isso, marechal.

— Eu tive que assumir este comando para salvaguardar as nossas conquistas. Na corte, só se fala do Lecor, das suas vitórias, da sua marcha mais longa que a de Napoleão a Moscou, e uma série de outras asneiras. Entretanto, quem teve de enfrentar o inimigo fomos nós, você principalmente. Se não tomarmos cuidado, eles nos roubam essa vitória. Por isso vim.

— O senhor é o político. Estou às suas ordens, não bastasse o senhor ser, efetiva e indiscutivelmente, o meu comandante.

— Pois vamos liquidar o Artigas antes que ele possa sair daqui. Não vamos deixá-lo para o Lecor.

De fato, no Rio de Janeiro só se falava da epopeia dos Voluntários Reais. Eles eram portugueses, famosos mundialmente, e seu general era um homem respeitado entre os grandes chefes militares da Europa. Além disso, como marchava pelo litoral, em contato com a esquadra, mandava notícias a toda hora para a capital e, com isso, eram o assunto. Os feitos naquela guerra distante, travada por gaúchos exóticos, pouco contava. A nobreza tinha a imagem de uma guerra de bárbaros, muito distante da elegância das batalhas europeias. Além disso, o comandante era um general brasileiro, o que significava pouco mais que nada para os fidalgos portugueses.

Nos últimos dias, Lecor chegou próximo a Castilho Grande, a fronteira entre os impérios espanhol e português, onde seu exército travou alguns pequenos combates, derrotando Rivera e Ortoguez, que estavam ali mais para marcar presença. Artigas não acreditava naquela frente; tanto que mandara o seu exército evacuar Montevidéu. E agora Lecor estava chegando à capital uruguaia como libertador, como o homem moderno que reabriria os negócios e traria de volta a prosperidade.

Alegrete precisava se posicionar, tirando de Lecor as possibilidades de uma ação concreta para encerrar sua marcha gloriosa. Sabia que falavam dele como um omisso, que mandara seu exército mambembe para a campanha enquanto ficava no palácio em Porto Alegre.

Lecor teve muitas dificuldades para vencer os 1.000 quilômetros de praias geladas. A guerra só foi começar para ele em 19 de novembro, quando uma Divisão sob o comando do general Sebastião Pinto derrotou Rivera em Índia Muerta. Logo em seguida, em 1º de dezembro, o outro general, Bernardo da Silveira, desviou-se para Jaguarão, onde incorporou as forças de Bento Gonçalves e atacou Ortoguês. Assim avançou até Minas, onde se encontrava naqueles dias, já se aproximando de Maldonado, uma cidade com porto para reabastecimento, a última escala antes de Montevidéu.

Alegrete decidiu agir antes de Lecor se consolidar... Reuniu todo seu exército e preparou-se para atacar Artigas, que estava próximo, lambendo as feridas num acampamento às margens do Rio Aguapeí.

Campo do Ibirapuitã-Grande, 20 de dezembro de 1816. O comandante das Missões, brigadeiro Tomás, mandou montar e partiu à frente de uma Divisão de Cavalaria, subindo pela margem direita do Ibirapuitã-Grande, no rumo da guarda de Santana. Cinco dias depois, na noite de Natal, Alegrete partiu encoberto pela escuridão, deslocou-se e cruzou o Ibirapuitã no Passo do Farias. Dia 28, dois desertores capturados asseguraram confiança a Alegrete. Interrogados, revelaram que Artigas soubera do deslocamento dos missioneiros e destacara seu maior contingente "para enfrentar os portugueses", disseram os prisioneiros. Curado exultou:

— Ele está mordendo a isca.

Seus batedores anotaram a força do brigadeiro Tomás, que, para dar credibilidade a seu disfarce, levava gado, cavalos, mulas e carretas, além de um numeroso grupo de vivandeiras. Com tudo isso, não havia dúvidas de que era a força principal de Alegrete que se dirigia a Santana do Livramento. Artigas ficou com um grupo pouco numeroso, grande parte dele integrado por estropiados e feridos, e despachou Latorre para uma batalha decisiva com os brasileiros, marchando no sentido leste, ao encontro de Tomás. Este, no entanto, nas proximidades de Santana, retrocedeu no rumo norte e seguiu descendo o Quaraí a toda velocidade, deixando para trás toda a tralha que vinha como cobertura. Enquanto isso, Alegrete cruzou o Quaraí no Passo do Lajeado e foi acampar às margens do Arroio Catalão. Dia 2 de janeiro, antes um pouco de o marquês acampar, a cavalaria de Abreu se destacou e investiu diretamente contra o acampamento de Artigas, procurando pegá-lo de surpresa. Estava montada a manobra, de inspiração napoleônica, idealizada por Alegrete. Em seguida, lançou um destacamento de Dragões para se interpor entre o Arapeí e Santana, com o objetivo de cortar as comunicações entre Artigas e Latorre. Eventualmente, em caso de dificuldade, os Dragões deveriam apoiar Abreu, se as coisas dessem errado no Arapeí.

Abreu atacou Artigas na manhã de 3 de janeiro. Foi um esparramo. Artigas escapou por pouco, só com a roupa do corpo. Abreu capturou muito equipamento e muitas armas. Foi o chamado Combate do Arapeí. Nesse dia, o acampamento estava tenso, em pé de guerra. Alegrete distribuíra ordens para atacar Latorre no dia seguinte. Antes disso, a ordem era descansar, mas com cavalos à soga e armamento ao alcance da mão, dormindo ao relento, sem armar barracas. Não convinha facilitar com os guerreiros orientais, todos veteranos.

Na madrugada do dia 4, Manuel Luís acordou e foi caminhando até a margem do Arroio Catalão fazer suas orações. Estava sozinho quando avistou, vindo pelo meio do chircal, uma coluna de cavalaria. Só podiam ser os uruguaios, pois não havia brasileiros naquele lado. O acampamento escolhido pelo marquês era uma posição bastante forte, apoiada numa curva do rio por detrás, protegida à direita por uma quebrada do terreno e à esquerda por uma vertente que desaguava no Catalão. Manuel imediatamente sacou sua pistola e disparou, voltando acelerado para seu cavalo. Os estampidos foram o suficiente: em minutos a tropa estava formada em batalha.

Latorre tinha mais guerreiros para contrabalançar o bom posicionamento de Alegrete no terreno. Caiu com toda a força sobre a ala esquerda dos brasileiros. Ali estava Curado, humildemente comandando o setor, revelando uma energia desconhecida por seus homens, aferrando-se no terreno e sustentando o impacto de uma força imensamente maior. Enquanto isto, Mena Barreto repelia o ataque pela retaguarda. Foi então que Latorre cruzou o Catalão e atacou firme a ala esquerda, onde estavam Manuel Luís e Bento Manoel. Foi o trecho mais sanguinolento da batalha. Manuel Luís perdeu três cavalos, caindo e montando de novo, pintando de vermelho o sabre do coronel Osorio.

O entrevero de cavalaria não se decidia, até que apareceu no horizonte, marchando acelerada, a cavalaria de Abreu, que voltava do ataque no Arapeí. Sua intervenção decidiu a batalha quando ele concretizou uma carga de flanco, destroçando a ala direita de Latorre. Com isso, os uruguaios começaram a abandonar o campo de batalha. Deixaram 900 mortos, entre os quais 20 oficiais, e 290 prisioneiros, entre eles sete oficiais. Foi a batalha mais sangrenta dessa guerra. Segundo o relato denominado "Memória", escrito pelo capitão Diogo Arouche de Morais Lara, o capitão Manuel Luís da Silva Borges "foi dos que se distinguiram por extraordinário valor" no combate. No dia 6 de fevereiro o marquês de Alegrete assinou o decreto promovendo-o a major, por bravura.

Na costa atlântica, em Montevidéu, que era outro Uruguai, tudo era festa. Assim que o representante pessoal de Artigas, Miguel Barreiros, presidente informalmente em exercício do país e governador da cidade, deu ordem de montar e os gaudérios saíram de Montevidéu, o Congresso *Cabildo* se reuniu e decidiu enviar uma comissão ao general vencedor, que já estava às portas da cidade.

Segundo um relato da época, ao deixar Maldonado, Lecor recebeu três parlamentares da Praça de Montevidéu: Juan Bento Blanco, Luís da Rosa Brito e o vigário Damaso Larranaga. O *Cabildo* entregara as chaves da praça, confiando que seriam garantidos os direitos pessoais e civis dos moradores. Quando tivesse de evacuar a cidade, as chaves seriam restituídas.

O general Lecor, escaldado, mandou à frente uma tropa de choque para alguma eventualidade. Às 9h de 20 de janeiro os montevideanos viram chegar às trincheiras da cidade o major Manuel Marques de Souza à frente de um esquadrão de voluntários do Rio Grande e de outro de cavalaria da Legião de São Paulo. Depois de uma boa vistoriada, finalmente às 11h apareceu o general Lecor com banda de música e bandeiras desfraldadas à frente das tropas brasileiras e portuguesas.

Os portugueses ficaram encantados com a recepção, vendo seu general homenageado. A entrega da cidade a seu novo protetor foi uma cerimônia grandiosa. Junto ao síndico Bianchi estava o secretário do Cabildo, dom Nicolas Herrera, que pronunciou um inflamado discurso de boas-vindas. A seguir, os integrantes da mesa diretora da casa empunharam cada um uma vara do pálio e com o general e Herrera sob o sobrecéu seguiram em cortejo até a catedral, onde receberam as bênçãos da Igreja Católica.

Enquanto Lecor procurava capitalizar politicamente a tomada pacífica da cidade, seus generais, com frações das tropas, ocupavam os pontos estratégicos: Sebastião Pinto guarneceu a cidadela e Silveira as trincheiras nos subúrbios. Ali era possível perceber a movimentação da cavalaria uruguaia e a vigilância de dom Fructuoso Rivera, demonstrando que aquela terra tinha outros donos.

A tomada pacífica de Montevidéu foi recebida com alívio pelo governo portenho, pois, se houvesse um sítio demorado, o clamor popular não tardaria e o governo poderia perder o controle e se ver diante de uma nova frente de guerra, dessa feita contra o Brasil, num momento em que isso era desaconselhável por todas as razões, militares, políticas e econômicas. Uma coisa ficara clara: quem ocupava a cidade eram os portugueses peninsulares, valentes combatentes antinapoleônicos, e não os detestáveis brasileiros, que continuavam sendo cultivados como o inimigo externo para efeito de mobilização da opinião pública.

No Rio de Janeiro, a posse da cidade foi comemorada como uma grande vitória das armas de dom João VI, que ainda não estava convencido. Faltava completar o serviço. Havia perigo no ar. Achou prudente substituir o capitão-general, promovendo o sexto marquês de Alegrete, concedendo-lhe a volta para ambientes mais amenos, e nomeando para seu lugar outro fidalgo da mais alta nobreza lusitana, o conde da Figueira, que tomou posse em 13 de outubro de 1818. Antes de deixar o cargo, Alegrete mandou arrasar a província argentina de Corrientes, concedendo um ato de vingança aos missioneiros brasileiros contra as depredações de Andrezito Artigas.

Na Argentina, a sucessão de crises políticas era interminável, mas a política externa mantinha a coerência: as prioridades eram a guerra contra a Espanha e a consolidação da hegemonia de Buenos Aires, que andava aos trancos. Artigas ainda era a maior ameaça, por sua intransigência e também pela capacidade de influenciar os caudilhos regionais que se antepunham à supremacia portenha. No Reino, a consolidação de Buenos Aires ainda era considerada a melhor solução para as fronteiras do sul. Pouco a pouco, as elites dos dois Estados, Brasil e Argentina, se conformavam em criar um Estado tampão na Banda Oriental, mas havia oposição nos dois países. Por isso, os passos nesse sentido eram sempre acobertados por convênios secretos.

Outra questão era o Paraguai, reivindicado pela Argentina e considerado pelo Brasil um bom anteparo para uma questão futura de fronteiras no oeste, onde o país investia na consolidação da longínqua província de Mato Grosso. O Alto Peru ainda era uma incógnita, pois permanecia em poder dos espanhóis.

Para complicar, havia a demanda do Rio Grande do Sul por novas fronteiras que contemplassem o novo ciclo de expansão segundo o conceito do *uti possidetis*. Vencedores da guerra, cientes da criação de uma província autônoma na Banda Oriental, que dom João denominava Cisplatina e era limitada pelo traçado do Tratado de Madri, os rio-grandenses passaram a defender a incorporação das áreas ocupadas ao sul do Rio Quaraí, indo no mínimo até o Arapeí ou, como demandavam outros, até o Rio Negro. Mais um problema, com força crescente, que chegou a ter o apoio do marquês de Alegrete. Essa foi uma das razões de suas diferenças com Lecor e o motivo de sua destituição.

Não era apenas uma crise de ciúmes que dom João temia quando removeu o vitorioso de Catalão. Curado, que era indiferente a essa questão regional, estava com seu exército em descanso na região do Arapeí, seu ponto de partida e quartel-general. Recebeu ordens de se transferir para o comando de Lecor, já então governador da Cisplatina, e investir para o sul até fazer junção com as tropas estacionadas em Montevidéu, pela linha do Rio Uruguai. Resolveria assim dois problemas. O primeiro deles era hostilizar Artigas, desviando-o da disputa pelo poder na Argentina, onde os caudilhos de Corrientes e Santa Fé se enfrentavam com Buenos Aires; e o segundo, ocupar as tropas rio-grandenses numa ação contra o inimigo externo, descomprimindo a disputa com Lecor.

Com a posse do novo capitão-general, conde da Figueira, Alegrete saiu de cena. A defesa da capitania ficou a cargo de um reduzido contingente estacionado no Ibirapuitã com o efetivo de 404 homens, sob o comando do coronel Abreu.

Bento Manoel dizia a Manuel Luís:

— Olha, compadre, antes de tudo quero dizer que odeio esse Artigas. Ele me roubou, queimou as minhas benfeitorias, a minha casa, matou a minha gente. Se o pegar te garanto que capo os bagos dele com essa faca aqui. Mas uma coisa ele tem: por que obedecer aos portenhos? A mesma coisa digo eu: por que obedecer a um rei português? E esse Lecor?

— Não diga essas coisas, amigo. Onde já se viu!

Mas que dava o que pensar, dava, matutava Manuel Luís, assim como muita gente mais. Curado, que sabia tudo, mandava seus informes para a corte. Por isso decidiu dar trabalho às tropas, para que pensassem em brigar em vez de ficar maquinando coisas. No fim de abril o exército entrou novamente em operações com o objetivo de expulsar, de uma vez por todas, Artigas da Banda Oriental. No dia 2 de maio, Lecor mandou a esquadrilha naval entrar no Rio Uruguai e procurar junção com as forças de Curado, que desciam na direção do Rio da Prata.

O Exército Português progredia pelo litoral, tomando a colônia do Sacramento e as povoações circunvizinhas. O Exército Rio-Grandense capturou nas cabeceiras do Rio Valentin um dos principais artiguistas: Lavalleja; no dia 12 de maio, Curado ocupou o covil de Artigas, seu quartel-general no Hervidero. Na manhã seguinte, finalmente se encontraram, quase dois anos depois do início das operações, as duas pontas da pinça luso-brasileira: a vanguarda gaúcha avistava a esquadrilha de Sena Pereira.

Na noite anterior, aproveitando a escuridão da lua nova, Artigas embarcara sua gente para a Argentina. Rapidamente fortificou-se na margem para hostilizar os brasileiros com sua artilharia. No entanto, não contava com a conivência dos portenhos para que os brasileiros pudessem atacá-lo impunemente. O ex-presidente e historiador argentino Bartolomeu Mitre narra o feito: "Bento Manoel à frente de 500 cavaleiros passou o rio a nado, protegido por uma noite escura num lugar chamado São José do Uruguai, em frente a Calera Barquim. Montando sem perda de tempo os cavalos que haviam passado à destra, surpreendeu Aguiar em Perucho Berna e o fez prisioneiro com toda sua força. Também se apoderou da bateria e da flotilha artiguista. Em frente a Paissandu desbaratou o comandante Francisco Tejera, que ali se encontrava com 400 homens de cavalaria. A seguir, caiu como um raio sobre o flanco e a retaguarda do Arroio da China, obrigando Ramirez a retirar precipitadamente com toda a sua Divisão e apoderou-se das peças da bateria, que eram as mesmas tomadas a Balcarce no Saucecito. A Vila de Arroio da China foi parcialmente saqueada; impôs-se-lhe uma contribuição e arrebataram-lhe cavalhadas e famílias. Bento Manoel repassou triunfante o Uruguai, protegido pela esquadrilha portuguesa." Depois dessa ação, foi promovido a major.

Curado não deu trégua a Artigas. No dia 4 de julho Bento Manoel atacou em Queguay-Chico. Mal atravessou o Uruguai de volta da Argentina, escapou milagrosamente de uma armadilha que lhe armara Fructuoso Rivera. Foi o último ato de guerra naquela região. Curado estava pronto para regressar com seu exército quando recebeu ordens de Lecor para permanecer na área, estabelecendo um quartel-general na Coxilha de Haedo, próximo ao Rio Negro, uma posição em que poderia se movimentar rapidamente para qualquer ponto ameaçado. Artigas estaria obtendo apoio nas províncias da Mesopotâmia argentina, nos territórios entre os Rios Uruguai e Paraná, para uma outra investida contra o Rio Grande do Sul.

Em poucos meses Artigas reuniu outro exército, formado basicamente por índios guaranis das Missões argentinas. Em 14 de dezembro, atacou e venceu Abreu no Passo do Rosário, no Rio Santa Maria. Nesse ataque, morreu o capitão Arouche, o mais importante cronista dessa guerra, considerado o oficial mais culto do exército daquela região. Ocorreram mais dois combates, em 17 e 27 de dezembro, sem resultados significativos, pois ambas as forças estavam depauperadas. Então Artigas retirou-se do Brasil e deixou as forças de invasão sob o comando de Latorre. Dias depois, em 6 de junho, Abreu aprisionou Andrezito Artigas.

Mal sabendo da investida contra Abreu, o capitão-general conde da Figueira reuniu as tropas em Porto Alegre e Rio Pardo e contra-atacou, derrotando os orientais no Rio Taquarembó-Chico, nas proximidades de São Borja. Os invasores perderam dois terços de seus efetivos. Latorre dispunha de 2.500 homens; morreram um general, 25 oficiais superiores e 1.279 inferiores e soldados. Na sua retirada, Artigas conseguiu salvar apenas 300 homens, que cruzaram o rio junto com ele. Artigas ainda tentou um levante contra Buenos Aires, mas foi derrotado. Desanimado, pediu asilo político no Paraguai, de onde nunca mais saiu e onde nem sequer tinha notícias do Uruguai. Pouco antes de morrer, um naturalista francês deu-lhe um exemplar da constituição da República Oriental do Uruguai. Tomando o livro nas mãos, disse: "Te dou graças, meu Deus, por me haver concedido a vida até ver minha pátria livre e constituída." Faleceu aos 86 anos, em 23 de setembro de 1853.

Terminada a guerra, Manuel Luís voltou para casa.

CAPÍTULO 18

Mudança de Vida

O MENINO MANUEL LUÍS estava invocado com a demora.
— Tio, quando o pai vai voltar?
Bernardino Osorio não sabia, mas procurava mostrar-se confiante.
— Não te preocupes. Deve estar vindo. A qualquer hora chega.
Todos os dias vinha alguém dando notícias do fim dos combates, mas ninguém sabia do major Manuel Luís. Regressavam os veteranos desmobilizados dali mesmo de Conceição do Arroio, e passava muita gente seguindo para o norte, a caminho de Santa Catarina, São Paulo, Minas, Goiás, até gente do Norte. Os filhos homens de Anna Joaquina tiravam plantão no povoado para ver se alguém vinha com a novidade, mas a colheita era escassa.
Conceição do Arroio era um ponto de parada das comitivas e caravanas que seguiam ou vinham do norte para a capitania. Quem subia para Santa Catarina e para as demais províncias passava por ali, onde o caminho se bifurcava e os viajantes podiam escolher a melhor rota, se pela praia, praticável somente no verão e sem chuvas, ou pela encosta da Serra Geral, uma estrada mais penosa, porém segura e transitável o ano inteiro. Quem fosse pelo caminho do mar passava quase em frente à sede da estância dos Osorio, situada a meio caminho entre a vila e a orla, na foz do Rio Tramandaí. Por ali, a

viagem era rápida e tranquila até Torres, onde se juntava com a estrada do interior, firme, mas com geografia acidentada. Depois se ia a Araranguá e Laguna. Desse ponto, quem fosse para a Ilha de Santa Catarina pegava a direita, seguindo a costa; quem fosse para o norte subia a Serra do Mar e por Curitiba chegava a Sorocaba, de onde saíam estradas para Goiás, Minas, São Paulo e Rio de Janeiro.

Da porta de sua casa, Anna Joaquina via as caravanas, enxergadas com uma luneta do exército que Manuel Luís lhe dera ao partir, dizendo: "Para que me vejas de longe, quando voltar morrendo de saudades e morto de fome pelo teu corpo." Os oficiais, inferiores, soldados de linha e gente de maior nível viajavam de regresso a suas casas de navio, esperando para serem desmobilizados em suas cidades de origem. Aqueles que passavam eram os pobres-diabos das milícias, que levavam consigo as mulheres, os filhos e os despojos da guerra, produtos de saques ou da rapina dos campos de batalha.

Anna Joaquina observava aquela procissão de maltrapilhos, que mais pareciam um bando de retirantes de alguma calamidade natural do que um exército vitorioso voltando para casa. Eram grupos de dez a vinte homens e um comboio de carros e carretas, mulheres e crianças sujas e cansadas. Ela comentava com a irmã mais moça:

— Veja, Eufrásia, como elas são judiadas. Mas eu as invejo, pois estiveram lá com o marido e a família nesses anos todos.

— Não diga uma coisa destas, Anna!

— Digo sim. Eu preferia estar com elas lavando as roupas do meu marido, cuidando dos seus ferimentos e mostrando-lhe os filhos todos os dias. Por mais perigoso que seja o destino delas, é mais venturoso que o meu.

Nas vezes em que iam à aldeia, Manuel Luís e os irmãos assistiam à festa dos comerciantes com a passagem dos desmobilizados. Embora fossem tipos mal-encarados, eram bem-vindos porque tinham nas guaiacas os soldos no final do serviço militar. Numa época de escassez de moeda, quando o escambo e as notas promissórias predominavam, gente com dinheiro vivo na mão era uma bênção.

Dias depois de ter cessado a romaria dos saqueadores, Manuel Luís apareceu num cavalo mouro que o filho reconheceu como propriedade do padre Manoel. Chegou limpo, de banho tomado e com um uniforme flamante, decidido a causar boa impressão. No braço, uma fita preta, indicando que estava de luto, pois acabara de saber da morte do sogro, contada pelo vigário.

— Ele me disse que dom Tomás morreu como um justo. Palavras dele. Teve um ataque e se foi, sem muito sofrimento. Que Deus o tenha. Grande homem, bom homem, foi o meu segundo pai.

O cunhado Bernardino deu mais alguns detalhes: o velho vinha sentindo falta de ar, não tinha mais força, caminhava um pouco e se cansava.

— Um dia, bem ali na cocheira, estava cabresteando uma égua, sentiu-se mal e caiu. Trouxeram-no para dentro, mas o velho já estava indo. Horas depois estava morto. Nem deu tempo de receber a extrema-unção. Quando o padre chegou, só deu para benzer.

Anna falou das crianças, da mudança para Santo Antônio da Patrulha, comentou de sua angústia pela falta de notícias desde que tinham começado a passar os grupos de desmobilizados.

— Quanta gente, Manuel Luís. Acho que eram mais de mil, um cento de carretas, quantas coisas trouxeram da guerra. Mais pareciam ladrões que soldados.

— Eu pouco conheci dessa gente. Não gosto nem um pouco dessas coisas. Não faço guerra para roubar os vencidos, mesmo que digam que o saque está dentro da lei.

O major contou o que sabia dos saques. Em 14 de janeiro de 1817, o brigadeiro Francisco das Chagas Santos atravessou o Rio Uruguai, partindo de São Borja com 550 homens e cinco canhões, e fez todo tipo de tropelias no lado argentino.

— Passaram o pente-fino. Foi tanta barbaridade que nem dá para contar. Sei que trouxeram 80 arrobas de prata, não sobrou nem um ornamento de igreja, nem sinos nem nada que valesse a pena trazer.

O pior veio depois, conta Manuel Luís:

— Tão feio quanto fez o conde de Figueira. Quando assumiu o governo da capitania, o conde queria fazer mais bonito que o Alegrete, mas na minha opinião ele se igualou aos bandidos do Artigas. Ainda bem que, depois disso, dom João tirou o conde e mandou para governar esse Saldanha, que parece mais manso.

Os vizinhos iam ouvir o major para saber das novidades e das perspectivas para o futuro e ouvir histórias de combates e da campanha. Foi por causa dessa movimentação que Anna Joaquina e os irmãos decidiram promover uma grande festa, para depois retomar a vida normal. Manuel Luís já não aguentava repetir a cada um as mesmas histórias.

Decidida a festa, toda a família entrou em ação. Os cunhados escolheram os animais de carnear para abate: um boi, duas leitoas e ovelhas. Bernardino preparou uma rede a fim de passar um arrasto na foz do Tramandaí para colher o pescado; as mulheres porvidenciaram as galinhas, pegaram trigo no paiol para moer e fazer massa, pão, biscoitos, tiraram os doces de tacho das caixas, escolheram verduras para as saladas. E assim por diante. Também precisavam falar com o padre para os ofícios religiosos e porque era uma das figuras mais destacadas da comunidade. Além disso, Manuel Luís era um devoto.

Anna Joaquina disse ao menino Manuel Luís para ir à vila e convidar o cura. O pai estranhou a escolha. Por que não um dos mais velhos? Estranhava porque o guri parecia muito quieto, não desgrudava dele, nunca se cansava de ouvir a mesma história e só chamava a atenção com suas tiradas, geralmente espirituosas, no meio das narrações. A mulher confirmou:

— Esse aí tem outro por dentro, vais ver. É o mais esperto. Além disso, é muito amigo do padre.

E contava dessa relação, do interesse do pequeno em ir à missa, sua compreensão do latim, da tradução dos evangelhos, sempre pedindo explicações, deixando muitas vezes em apuros o padre, que não dominava assim tão bem as declinações e outros meandros do idioma sagrado. O padre dava para ler os poucos livros que tinha, emprestava publicações que eventualmente conseguia, entre elas o jornal da corte, a *Gazeta do Rio de Janeiro*, que chegava a Conceição com meses de atraso, e um outro vindo da Bahia, o *Idade D'Ouro do Brasil*, mais raro ainda, que o garoto devorava.

— Não dá para entender: tão arteiro, mas atento a essas coisas de leituras.

O pai não fez reparos.

— Se é assim como me dizes, que vá.

Anna Joaquina chamou o menino, deu-lhe as instruções do que dizer ao padre Manoel, recomendou os cuidados, que não ficasse de conversas e voltasse antes da noite. Manuel Luís pôs-se a caminho. Vendo-o já se afastando, ao longe, correndo, o pai se assustou e perguntou à mulher por que não fora a cavalo, mas ela o tranquilizou.

— Ele gosta de fazer isso. Corre daqui até lá sem parar. Tem mais resistência que um cavalo. Ele se faz só para se mostrar para a Maria Luísa, a filha do padre.

— Filha do padre?

— É o que dizem. É filha da zeladora da igreja, a Zoé, lembras? Pois tem uma garota da idade dele, louca de bonita, inteligente. Padre Manoel é o padrinho; dizem que é filha dele, pois a Zoé nunca disse quem era o pai e o padre trata a menina como se fosse filha. Pelos papéis, é só padrinho e tutor, mas que se fala, se fala. — E se referindo ao filho: — Esse danado, vou te dizer, vai ser namorador. A quem terá puxado?

Manuel Luís olhou de lado ao ouvir a observação da mulher.

— A mim não foi...

— Quem saberá? Nessas guerras... Vi passarem as mulheres com as crias...

— Deixa de dizer bobagem. Garanto, Anna Joaquina, tu sempre foste e continua sendo a luz da minha vida. E sou muito reconhecido, além disso. Perdeste tudo só para me ter contigo. Isso é muito. E a velha Quitéria, tens notícias?

— Está lá, contando os seus cobres, como sempre. Bebendo o seu veneno, todos os dias. Deus me perdoe, não deveria ter dito isso. Sou-lhe reconhecida, mas não me perdoa. Mando-lhe todos os anos um tacho de algum doce e um buquê de flores. Sei que ela recebe sem dizer nada e atira tudo no cocho para os porcos. Mas aí é com ela. Eu mando de coração.

Manuel Luís observava o filho sumindo no horizonte; era só um pontinho.

— É bom que tenha fôlego. Mesmo que não vá para a infantaria, isso pode salvar-lhe a vida algum dia.

O garoto corria compassadamente. Cuidava a respiração e ficava atento ao caminho para não pisar mal, torcer um pé ou abalar uma perna, dificultando a corrida. Correr e andar longas distâncias era comum entre a rapaziada, mas ele tinha uma resistência especial; usava um truque que aprendera com um negro moçambique. Muitas vezes, exagerava. Certa vez passou oito dias desaparecido. Noutra atravessou a Lagoa dos Barros a nado, quatro horas bracejando. Quando o padrinho Bernardino soube, aplicou-lhe uma surra de relho que lhe lanhou as costas. Depois, passou salmoura para não arruinar os vergões e ainda o mandou tirar mandioca da roça e levar para a tafona.

— Isso é para tu aprenderes, moleque!

Sentiu os pingos grossos baterem-lhe à cara. Olhou as nuvens e constatou que baixaria uma manga-d'água, daquelas do verão, rápida e torrencial. Lembrou-se de que teria de cruzar o canal adiante. Normalmente, o córrego dava pelos joelhos, mas cheio teria de nadar, ou seja, chegar à vila que nem um pinto molhado. Não faria boa figura. Acelerou o passo. No caminho, havia um lugar de passagem no canalete que desaguava da Lagoa dos Emboabas na Lagoa dos Barros, que pegava água da chuva e subia rapidamente. Naquele fevereiro, chovera muito e o canal com qualquer acréscimo subiria um bom meio metro. Voltar seria uma opção, mas nunca para o pequeno Osorio. Continuou sua corrida. Encontrou um carreteiro, que examinava indeciso o vau. Pediu:

— Senhor, posso atravessar na carreta para não molhar demais as minhas roupas?

— Não sei, meu filho. Acho que vou desajoujar os bois e esperar a baixa. Está subindo ligeiro, vês?

— Daqui a pouco vai subir mais. Com essa carga, a carreta pode flutuar e os bois vão até puxar mais rápido.

A carreta levava uma carga de tábuas, que, estando bem amarradas, fariam uma flutuação tranquila. O carreteiro olhou para o passo, examinou o menino e percebeu sua confiança. Decidiu-se.

— Está bem. Podes subir. Vou dormir em casa esta noite.

Montou o cavalo, pegou sua guia e foi espetando os animais.

— Vamos! Parecido boi! Voluntário em frente!

A carreta foi entrando, deu meia roda, a água subiu, o veículo começou a flutuar, os bois assustados começaram a perder o pé, tentavam levantar as ventas para tomar ar, mas a corrente os empurrava, só o cavalo nadava, a água foi levando-os, os bois mergulhando. O carreteiro deu meia-volta e embicou o cavalo para voltar à margem, e lá se foram seu veículo, sua carga, seus animais água abaixo, o menino em cima das tábuas, até que estas começaram a afundar e o piá se atirou na água. Só se via sua cabecinha até que chegou à outra margem. De lá, todo molhado, acenou para o carreteiro desolado: perdera os bois e teria de encontrar a carreta e sua carga depois do baixio. O garoto retomou a corrida em direção ao povoado.

Manuel Luís e o padre riram-se muito da aventura. O desastre do carreteiro não era nada chocante naqueles tempos, ainda mais porque os bens perdidos eram de pouco valor; o que importava eram a carreta e as tábuas; os bois não valiam nada. No dia seguinte, baixadas as águas, o cura levou o jovem de volta para casa a bordo de sua aranha puxada por um cavalo. A história voltou a render muitas risadas, até que o padre sentou-se para um mate com Manuel Luís e ficou sabendo dos planos do major.

— Por enquanto falei apenas para a Anna Joaquina, mas agora conto para o senhor: o general Lecor convidou-me para assumir o posto de comandante da Linha do Uruguai. Fiquei de responder e amanhã vou lhe escrever uma carta comunicando a minha decisão.

— Posso saber qual é?

— Vou aceitar. A Anna e eu concluímos que vai ser muito bom, pois poderemos finalmente viver juntos, nós e os filhos. Além disso, a sede da missão é na cidade de Salto, um bom lugar para se viver. A cidade não é muito grande, mas tem de tudo. É um porto, tem comunicação direta com Montevidéu. Ali dá para morar sem grandes receios, pois a maior parte da população é brasileira. Tem uma escola muito boa para as crianças, dirigida por um oficial reformado do exército, o capitão Domingos José de Almeida. Finalmente terei o que mais gosto: continuarei no exército e estarei perto da família.

— O senhor vai fazer falta por aqui, major.

— Obrigado. Mas também está na hora de aliviar os meus cunhados da nossa presença. Eles são os herdeiros e têm de tomar conta de seus bens.

— O senhor acredita que haverá paz?

— Acreditar, não acredito. Mas algum tempo de calmaria vamos ter. Quem vive por aqui tem de estar preparado para tudo. Se a guerra voltar, muito bem. Em Salto estarão seguros.

A festa reuniu quase toda a população da freguesia, gente da vila e do interior. Foram mais de 200 pessoas. Pobres e ricos, todos queriam ver, falar, apertar a mão ou dar um abraço no grande guerreiro. O Rio Grande vivia uma verdadeira embriaguez pela vitória na guerra. Queriam saber dos heróis e como eram; como era conviver com os mitos. Os nomes mais comentados eram os de Bento Gonçalves, de Bento Manoel e do líder inimigo, José Artigas. Depois vinham os outros, como os generais e figuras de destaque como Abreu, os Mena Barreto, os Marques de Souza, os Rivera, Lavalleja, os irmãos Oribe e assim por diante. Aquela gente reconhecia o valor do adversário e o proclamava até para valorizar sua vitória.

Manuel Luís também destacava os dois Bentos como os grandes campeadores.

— Bento Gonçalves é homem fino, educado, bonitão. É o grande chefe político e militar da fronteira sul. De Santana até o Atlântico é com ele. Bento Manoel já é outro tipo: gordão, meio indiático, manda de Santana para oeste, até o Rio Uruguai. Bento Gonçalves é um tipo lusitano, que nem eu; Bento Manoel, um tipo paulista. Os dois juntos, cada qual cobrindo um flanco do exército, são as garantias dos generais. Nenhuma força resiste às suas cargas. Artigas que o diga.

— E o Artigas, tu o viste?

— De perto, só uma vez. Foi no Queguay-Chico, antes da batalha. Nós estávamos formados, prontos para a carga. De repente ele apareceu, saindo do meio da sua tropa, fez uma revista, e nos pareceu de longe que discursava. Não dava para ouvir o que dizia, mas os vivas chegavam até nós. Não distava mais de 200 metros. Parecia um deus. Mas nós o vencemos.

"Lecor é o que se pode chamar de um general. Falo de um general europeu, desses que a gente vê nas gravuras. Já chegou aqui com nome feito, respeitado em toda a Europa como um dos comandantes mais eficientes na guerra contra os franceses. O comando-geral e a logística eram ingleses, mas foi o Exército Português que realmente botou Napoleão para fora da Península Ibérica. Derrotou-os pela primeira vez ainda em 1808. Se dom João quisesse, poderia ter voltado no ano seguinte.

"Lecor é adorado pelos uruguaios. Ele revitalizou a província, garantiu os direitos de todos e não deixou que se cometessem barbaridades. Também foi seduzido pelos orientais. Agora que já tomou pé da situação real do Prata, está defendendo uma ideia muito estranha para muita gente. Ele diz que jamais haverá uma paz completa entre castelhanos e lusitanos. São antagonismos milenares que vieram da Europa com os colonos e aqui se estabeleceram. A solução seria criar na Banda Oriental um país neutro para atuar como um algodão entre os cristais. Muita gente pensa como ele, no Brasil e nas Províncias Unidas. Esse país deveria misturar as duas raças, ser meio brasileiro, meio argentino, com raízes nos dois lados. O jeito seria fazer casamentos entre uns e outros. Ele mesmo já pegou uma mocinha uruguaia e constituiu família. Foi imitado por um número considerável de seus soldados. Não é difícil, pois quase não há mais homens no Uruguai. Os castelhanos que não se mataram entre si nós matamos agora. Sobraram as mulheres."

Faziam-se também muitas perguntas sobre a situação política. Queriam saber o significado da volta de dom João VI para Lisboa. Uns falavam na dissolução do Reino Unido e na reimplantação do sistema colonial; outros argumentavam que a independência total, como ocorrera no Prata, seria a única saída; e ainda havia quem falasse em república com rompimento total com Portugal e criação de um ou mais Estados.

Manuel Luís opinava que um movimento de independência hostil a Portugal seria uma aventura de resultado duvidoso para o Brasil. O Exército Português, de 60 mil homens, era um dos mais bem armados e com maior experiência de combate em toda a Europa. Com apoio da Inglaterra e dos demais países da Santa Aliança, submeteria facilmente as forças nativas. O exército que a Espanha tinha no Peru não se comparava com os exércitos portugueses. Era uma força desmoralizada, vinda de uma derrota, sustentada por um país falido.

Por outro lado, o custo da eliminação de Napoleão Bonaparte arruinara os países da Santa Aliança, e a Inglaterra, única nação a manter a prosperidade, estava em dificuldades e vinha de uma derrota para os Estados Unidos. Retomar as antigas colônias seria uma empresa dispendiosa, que nem os britânicos conseguiriam levar adiante. Isso era favorável ao Brasil. Como dizia o major, "há prós e contras", pois Portugal não dispunha de dinheiro para mandar reconquistar o Brasil.

O mecanismo do impasse político era bem compreendido mesmo pelas pessoas de Conceição do Arroio. Havia no Brasil uma sólida e secular tradição parlamentar nos municípios. Era fácil para os rio-grandenses entender a crise das cortes portuguesas, que, era o parlamento nacional da metrópole. É bom lembrar que, durante os dezesseis anos em que a família real viveu no Brasil, Portugal foi governado por um general inglês, William Beresford, até que a revolução do Porto, em 1820, restabeleceu o governo nacional, exigindo a volta do rei para seu palácio em Queluz. O estranho era a exigência de que dom João e dona Carlota Joaquina jurassem a Constituição aprovada por eles, renegando o absolutismo que ainda estava legalmente em vigor, embora em desuso. Pelo que soubera Manuel Luís, ouvindo do próprio Lecor, até o príncipe regente, dom Pedro de Alcântara, seria a favor do constitucionalismo. Por princípio, um rei deveria mandar em tudo e assegurar os direitos das pessoas. Era desconcertante um rei submetido à lei.

— Palavra de rei não volta atrás, diz o ditado.

Em todo caso, as possessões do Reino Unido na América do Sul estavam enviando deputados para as cortes, na base de um representante para cada 30 mil habitantes. Seguiam para a Europa delegados do Brasil, do Grão-Pará e da Cisplatina, onde se juntavam a apoderados de África e Ásia, compondo um parlamento que tinha maioria de deputados metropolitanos, embora divididos em vários partidos e facções. Havia, até, um partido republicano que pregava a deposição de dom João VI.

No Rio Grande, a situação política também era tensa. Durante a guerra, dom João designara para o governo local fidalgos da mais alta nobreza lusitana, políticos experimentados capazes de gerir uma situação delicada. Primeiro, substituiu dom Diogo de Souza, que foi o sexto marquês de Alegrete, pelo conde de Figueira. Com o fim das hostilidades, baixou o nível de exigência. No lugar de Figueira como capitão-general assumiu um oficial do exército, também veterano da guerra ibérica, o brigadeiro João Carlos de Saldanha e Daum. Mal tomou posse, Saldanha trombou com as novas forças políticas locais, formadas pelos generais vencedores da guerra, que se julgavam por direito líderes regionais.

Não foi fácil se estabelecer no palácio da Praça da Matriz em Porto Alegre. Quando o navio que o trazia da corte do Rio de Janeiro atracou no cais de Porto Alegre, encontrou um triunvirato no poder que tinha o respaldo das três forças políticas mais importantes da capital. Era formado por um militar, o marechal de campo Manuel Marques de Souza; um membro do Judiciário, o ouvidor Ribeiro da Costa; e um comerciante, o vereador Antônio Rodrigues da Costa. O conde de Figueira deixara essa bomba com o pavio aceso, pois, ao se dar conta do horror que fora o massacre de Taquarembó, nem esperou pela ordem de destituição e abandonou o Rio Grande, passando o governo para essa junta. Restabelecer o governo unitário sem provocar um levante foi uma façanha de articulação política. Saldanha, porém, conseguiu, embora por pouco tempo.

Durante toda a semana seguinte, o major Manuel Luís dedicou-se a encaixotar a mudança e aproveitar a cheia que alimentara o calado do Rio das Galinhas, permitindo o transporte em batelões até o porto de Palmares, na Lagoa dos Patos. Evitava assim uma trabalhosa viagem em carretas pelas péssimas estradas até o Rio Gravataí, nas proximidades de Porto Alegre. Carregava o barco no trapiche da Lagoa dos Barros e descia até Palmares, onde faria o primeiro transbordo. Depois, em Rio Grande, a carga seria transportada em um navio oceânico até Montevidéu, e daí pelo Prata e pelo Uruguai até o Salto, onde ficariam alojados numa confortável residência requisitada pelo exército.

As despedidas foram calorosas, mas tristes. Todos tinham a sensação de que jamais voltariam a se encontrar. As crianças, chorosas, deixavam para trás seu reino encantado, os primos, os amigos. Anna Joaquina, apesar de temerosa porque iria viver numa zona de guerra, estava confiante de que assegurava a unidade e a continuidade da família.

No porto de Palmares, feito o transbordo, Manuel Luís separou-se da família, seguindo para Porto Alegre. A mulher e os filhos seriam conduzidos até Rio Grande pelo cunhado Bernardino, que tomaria todas as providências. Ele iria a Porto Alegre apresentar seu pedido de promoção ao novo capitão-general. De lá, voltariam à cidade portuária a fim de seguirem, todos juntos, para seu novo destino.

De chegada à capital, Manuel Luís percebeu o clima tenso e se dirigiu diretamente ao palácio para registrar-se e pedir uma audiência ao governador. Notou que a guarda do paço era formada inteiramente por soldados portugueses. Voltou à rua e foi se instalar num albergue na Rua da Ponte, saindo em seguida para o quartel-general, onde se encontrou com antigos camaradas. Ficou sabendo que as tropas estavam em regime de semiprontidão, os portugueses em seus quartéis, as milícias nativas nas suas posições. Ambos, desconfiados, vigiavam-se dia e noite.

As notícias de Portugal eram alarmantes. O país estava na contramão da história: enquanto nas monarquias da Santa Aliança se restabelecia o absolutismo, Portugal queria um regime constitucional; quando na Europa se firmava o capitalismo e o livre mercado, Portugal propugnava por monopólios estatais ou concedidos pela Coroa e pelo protecionismo. Encurralado, o governo português não via alternativa para aliviar minimamente a ruína do país a não ser os recursos das colônias, especialmente do Brasil, que nadavam em prosperidade.

Diante da penúria, a Assembleia Constituinte de Portugal transformou-se numa corte de anulação das prerrogativas das demais partes do Reino Unido. Os deputados portugueses, que se dividiam em partidos que se cindiam em questões ideológicas, de religião, de direitos civis, de estatutos das corporações, votavam em bloco contra os direitos das ex-colônias. Em minoria, as bancadas estrangeiras não tinham como se opor à avalanche legislativa, que punha em risco suas autonomias e sua prosperidade, ameaçando transformar os países-membros em simples fornecedores de recursos para financiar a reconstrução da metrópole. Brasil, África e Cisplatina chegaram a formar uma frente parlamentar, mas foram esmagados pela maioria europeia e asiática. As colônias do Índico e do Pacífico não tinham uma população com identidade nativa, como na América, e votavam sempre com os reinícolas.

Esses fatos, um ano depois, vieram a provocar duas grandes crises que colocaram o Brasil à beira da ruptura com Lisboa. Primeiro, os deputados brasileiros abandonaram a assembleia. Depois o príncipe dom Pedro passou a se tornar cada dia mais independente, articulando-se com as forças locais, tanto econômicas como políticas, cooptando súditos portugueses a aderir aos projetos do Brasil, operando uma verdadeira transferência da elite lusitana para o novo país. Isso foi deixando em pânico os restauradores colonialistas, que tentavam captar o verdadeiro significado desses sinais.

O príncipe era a grande incógnita. Aos 28 anos, dom Pedro de Alcântara, ao contrário do pai, tinha um projeto político. Não quis trocar um país em crescimento acelerado e integrado ao mercado internacional por um reino falido e politicamente instável. Sua mulher, a arquiduquesa da Áustria, dona Maria Leopoldina Josefa Carolina, filha do imperador Francisco I da Áustria e de dona Maria Teresa, do Reino das Duas Sicílias, era uma ativista do movimento de independência e adepta de um regime constitucional que desse estabilidade à monarquia.

Essa ligação com dois impérios poderosos dava-lhe uma posição de força no cenário internacional, habilitando-o a reconstruir o antigo Reino Unido, com domínios no mundo inteiro, sob a liderança do Brasil. A imagem do pai, já bastante alquebrado, indicava que poderia ser paciente e dar os passos certos até que a coroa de Portugal viesse assentar-se naturalmente em sua cabeça. Entretanto, era justamente a possibilidade de êxito desse projeto que inquietava os setores mais radicais no Brasil; temendo um retrocesso, exigiam que ele abdicasse dos direitos ao trono de Lisboa. Dom Pedro ganhava tempo.

No Rio Grande, uma economia profundamente articulada com os mercados mundiais, a crise do reino era um verdadeiro vendaval. Os industriais da cadeia da pecuária, os produtores de cereais para exportação e os militares nacionalistas desconfiavam do príncipe e se opunham definitivamente à reanexação a Portugal. A legitimidade da Coroa, que dera estabilidade ao reino, esvaía-se com os atropelos da família real, produzindo uma rápida difusão dos ideais republicanos, não obstante o mau exemplo das repúblicas vizinhas. Os intelectuais e militares, muitos insuflados pela maçonaria, eram movidos pelas ideologias europeias do poder popular, enquanto os homens de negócios, mais pragmáticos, inspiravam-se no bom exemplo dos Estados Unidos, onde se estabelecera uma república federativa que dava segurança jurídica aos negócios e garantia o livre acesso aos mercados.

Os boatos de recolonização provocavam medo até nos empregados dos pequenos estabelecimentos comerciais. No Rio Grande as atividades profissionais nas feiras e nos balcões eram realizadas por homens livres, ao contrário das províncias do Norte, onde os trabalhadores eram escravos de ganho. E homem livre pode ser despedido com um simples "muito obrigado", se tanto.

O capitão-general, brigadeiro João Carlos de Saldanha e Daum, ainda nomeado por dom João, identificado como títere da Coroa, estava em desvantagem: seus chefes em Portugal estavam semiprisioneiros das cortes no Palácio de Queluz; sua capital, ocupada por uma força militar quase hostil. Sua única base de força era a duvidosa Divisão Militar Lusitana, que ocupava Montevidéu e Colônia, a mais de 1000 quilômetros de distância; sua base civil era o débil apoio dos comerciantes portugueses que dominavam a Praça de Porto Alegre, combalidos pela crise econômica. Seus mercados estavam em baixa, pois o forte de seus negócios era o suprimento dos exércitos, que estavam desmobilizados, ou dos consumidores, basicamente as famílias dos militares e os empregados do funcionalismo civil, que amargavam a crise fiscal e sua consequência: os soldos e salários atrasados mais de quatro meses.

Temendo ser despejado do palácio, Saldanha montou um governo colegiado, composto por grande número de conselheiros, para dificultar consensos e assim se manter à tona. No entanto, quem mandava de fato era o vice-presidente, o marechal de campo João Propício Mena Barreto. Ainda mantinha alguns poderes, como a caneta para assinar promoções no exército, e foi nessa condição que recebeu o major Manuel Luís.

— Bem-vindo, major. É um prazer conhecê-lo pessoalmente. Tenho informações muito positivas sobre o senhor: é valente, disciplinado e tem servido ao reino com denodo. Palavras do general Lecor. Ele o recomendou e me falou do seu pleito. Estou despachando favoravelmente.

— Muito obrigado, meu capitão-general.

— O senhor merece. É um bom e leal português. Formou-se em nosso exército e faz jus a todo o apoio de nossa pátria.

— Com o seu perdão, meu capitão-general, já fui português. Agora sou um fiel servidor do Reino Unido e, com certeza, de Sua Majestade Fidelíssima, el-rei.

— Estou vendo que ser português já não é motivo de orgulho aqui na capitania.

— Não creia. Portugal é a mãe-pátria. Hoje somos parte de um todo. É como entendo, pois não sei muito de política. Como militar, cumpro as minhas ordens, que serão sempre do nosso rei comum. Assim, não há contradição no que eu disse.

O brigadeiro não insistiu no tema e mudou de assunto. Passaram a falar de economia, de criação, de agricultura, de indústria, matérias em que Manuel Luís era versado porque o tenente Tomás mexia com todos eles.

— Vocês estão com medo de Portugal, mas isso é fruto de um exagero. Não há como restabelecer o antigo regime colonial. No final, vamos fazer um Estado bem lusitano, com um governo centralizado, forte, mas aberto para o mundo. Não tenho dúvidas de que o futuro rei, dom Pedro IV, vai governar do Brasil. E também acredito que Portugal, na porta da Europa, será um entreposto melhor que a Inglaterra para os negócios brasileiros. Mas vocês não entendem. Sabe o que eu acho disso? O que há por aqui é muita sede de poder.

— Não sei, brigadeiro, não sei...

— Podes acreditar. Vou lhe dizer mais uma coisa: sou muito agradecido à Inglaterra. Não fossem os ingleses, Portugal estaria hoje que nem a Cisplatina, só que no lugar contrário. Se Napoleão nos vencesse, em duas gerações a língua portuguesa seria um idioma caseiro; todos estaríamos falando castelhano como nas demais nações ibéricas. E agora os ingleses querem nos tomar o Brasil e vocês vão deixar. Essa é que é a verdade.

— Não sei...

— São esses maçons os culpados de tudo. A maçonaria é a desgraça do mundo, o senhor vai viver para ver. Foram eles que implantaram essa bagunça nas colônias espanholas e agora querem fazer o mesmo aqui. Vou lhe contar: ate o príncipe entrou para a maçonaria. O senhor acredita?

Manuel Luís saiu do palácio aliviado. Pelo que pôde perceber, estava promovido. Na capitania dos portos quis saber se havia alguma embarcação da marinha partindo para Rio Grande. Na madrugada seguinte sairia uma corveta, informaram-lhe, rumo a Montevidéu, pegando carga em Rio Grande. Certamente, disse-lhe o oficial encarregado, sua família poderia embaçar com ele.

CAPÍTULO 19

O Domador de Sonhos

O SORIO QUERIA ESTUDAR, mas cedeu à pressão paterna. O garoto que gostava de livros aceitou as circunstâncias impostas pela vida de soldado.

— Osorio, vamos lá ao acampamento dos paulistas ganhar uns cobres. Eles campearam uma cavalhada xucra e estão pagando 2 mil-réis para quem se aguentar no lombo de um aporreado que solta fogo pelas ventas. O que achas? Ainda levamos o índio Miguel, dos Lanceiros Guaranis, que não erra tiro nas boleadeiras, e tiramos uns patacões a mais daqueles bocas-abertas.

O cabo Antero Silva era um mulato velho, natural de Conceição do Arroio, que já conhecia a fama e as habilidades do menino Osorio em cima de um cavalo. O guri topava disputa de tiro de laço, boleadeira, era jóquei de cancha reta e ginetava qualquer redomão. E Antero ainda lançava habilmente na hora de fechar a aposta, o que aumentava o valor do prêmio e abria para lances mais vantajosos.

— Quando vai ser?

— Amanhã cedinho. O acampamento dos Aventureiros dista 3 léguas daqui. É chão!

— Vou falar com o meu pai. O senhor sabe como ele é. Mas, como vai ser domingo, talvez me deixe ir.

— Diz que vais a uma quermesse. Assim estarás mentindo pouco, pois no boliche do castelhano vai ter festança mesmo.

— Mentir não minto. Mas posso só dizer que vou assistir às domas.

Antero entrara para as milícias no primeiro contingente de Conceição do Arroio. Fora para o Uruguai na guerra de 1811, no grupo organizado pelo então furriel Manuel Luís da Silva Borges. Desmobilizado no fim da campanha, ficara pela Banda Oriental, vivendo de biscates. Quando a política virou, e Artigas ocupou Montevidéu, em 1814, fugiu, passou para o Brasil e se alistou com Bento Gonçalves em Jaguarão.

Finda a guerra contra ao artiguistas, em 1820, foi novamente dispensado. Continuou morando em Montevidéu, sobrevivendo de expedientes e pequenos negócios em torno das tropas portuguesas que haviam ocupado a cidade. Com a ruptura entre brasileiros e portugueses por causa da Independência, em outubro de 1822, foi se juntar aos milicianos de Marques de Souza que tinham ido em auxílio a Lecor, ficando ali como uma espécie de soldado mandalete, solucionando pequenos problemas. Antero sabia onde encontrar o que fosse preciso, e pelo melhor preço. Assim mesmo, sempre ganhava algum para si.

Na manhã de domingo primaveril, quando o trio apeou no boliche do basco Irigoyen, a festa já rolava animada, com dois violeiros, um ponteando, outro rasqueando um catira, o ritmo marcado por um tambor de couro cru, enquanto quatro homens sapateavam e intercalavam os passos com as palmas acima da cabeça. Uma dúzia ou mais de mulheres se movimentavam no espaço, de 50 para 100 homens. Bebia-se vinho tinto ou cachaça, e a carne no fogo assava lentamente à espera do meio-dia. Grupos se movimentavam em volta de uma mangueira com meia dúzia de cavalos, na verdade cinco éguas e um macho. Numa cancha reta ao lado da tasca, uma dupla se preparava para uma carreira de penca, com quatro cavalos alinhados, esperando a largada do juiz de partida, enquanto, 400 metros adiante, outro esperava para dar o veredito do juiz de chegada. Em volta, os circunstantes apostavam, discutiam luz e outros detalhes de cada aposta.

— Dois por um no lobuno contra a égua moura!

Ninguém se impressionou muito com aquele time: um velho mulato, um guri novo ainda espichando os ossos e um indiozinho com a farda dos Lanceiros. Na hora das apostas, quase houve um desânimo quando souberam que o ginete era o guri mais novo, mas se admiraram ao saber que a prova consistiria não apenas na doma, mas também em que o animal fosse boleado e o cavaleiro saísse listo, caminhando, para vencer a prova.

— Mas que nada. Aquele piá? Olha para ele!

Osorio não projetava muita credibilidade. Era grande, mas ainda fino e comprido, desengonçado. Seu pouco mais de 1,70 metro não correspondia em musculatura para dar confiança. Nem o boleador, pois o potro já botara uns dez no chão e corcoveava rápido.

A turma percebeu que o jogo era a sério quando Antero sacudiu a guaiaca e se ouviu o tilintar das moedas. Com o dono do cavalo, um sargento, jogou o valor do prêmio, pois ele não estava muito encorajado a aceitar o menino como desafiante. Aos poucos, as apostas foram sendo feitas.

Podia ser que o gurizote montasse bem, mas não tanto para aquela fera que não parava de rodar dentro da mangueira. Foi uma luta botar-lhe o buçal. Primeiro três homens laçaram o pescoço, para imobilizá-lo. Depois um gaudério enfiou-lhe a cabeçada, firmando a testeira na franja do animal. Nem fixou o cabresto, deixando-o a meio buçal. Antero anunciara que não precisava, que o guri montaria apenas segurando no negalho do pega-mão, aquele chumaço de crinas sobre a cruz, como se chama o início do lombo. Aí foi demais. Os assistentes se entusiasmaram e foram aceitando apostas até de cinco por um contra o cabo desafiante.

O bagual foi trazido para a porteira completamente enlouquecido. O guri olhou aquilo calmo, concentrado; uma fita na testa, vestia camisa arremangada, chiripá e alpargatas. Falando baixo, pronunciou a oração do domador: "Deus em cima e o diabo embaixo" e ordenou:

— Solta!

Osorio pulou no lombo do bagual já com a mão direita segurando as crinas, firmou os calcanhares no sovaco do cavalo, abriu o braço esquerdo para fazer o equilíbrio e lá se foram, o bicho pulando e correndo numa disparada de alta velocidade, corcoveando como minhoca em brasas. Quase junto, Miguel esporeou seu flete e saiu-lhe no encalço a todo galope, tomando posição atrás do potro bravio. Reboleou uma, duas, três vezes a boleadeira. Na volta da quarta soltou o corpo para o lado de laçar, a perna esquerda sobre o lombo, o corpo quase no chão, e largou as bolas, que voaram abertas, rasantes, cruzando o ar, e foram se enrolar nas mãos, bem no boi manso, aquela reentrância das patas que fica entre o tambeiro e a testa do machinho. O bagual emborcou, a anca lançou-se no ar. Trocou de ponta. Osorio abriu as pernas e saiu de lado bem na hora da virada, fagueiro, primeiro meio correndo, alguns passos depois caminhando, dando meia-volta sem nem mesmo olhar para o bicho que rolava maneado pelas boleadeiras do índio.

Foi um espanto. Aqueles homens, ginetes veteranos, muitos deles domadores profissionais, nunca tinham visto nem ouvido falar de algo assim. Ninguém reclamou por ter perdido a aposta; foi como se significasse o justo preço de um ingresso para assistir a um espetáculo inesquecível.

Horas antes da gineteada, o tenente-coronel Manuel Luís procurava pelo filho no acampamento. Ainda de madrugada, saíra para chegar cedo ao Quartel General de Lecor e, ao voltar, dera pela falta do rapaz. Um alferes do grupamento avançado do Corpo de Bento Gonçalves recém-chegado de Jaguarão para reforçar as tropas do general Lecor disse tê-lo visto saindo com mais dois homens.

Manuel Luís chamou um grupo de dez dragões, mandou montar e seguiu acompanhado pelo alferes para chamar o filho de volta.

— Sempre tenho o guri junto de mim. Aonde vou, ele vai junto, mas basta me distrair um pouquinho e o Osorio já me escapole. É um capeta o danado.

Manuel Luís chamava o filho pelo sobrenome. Isso começou no dia em que deixaram Salto para se reunir a Lecor em Maldonado. Antes de montar, Manuel Luís disse ao rapaz: "De agora em diante te chamas Osorio. É o teu nome; vais começar a honrá-lo. Temos o mesmo nome, assim, não nos confundem nem há o perigo de te chamarem de Manezinho, de Filhote ou o que seja, ou então te botarem um apelido jocoso, desses que cola em ti e que terás de viver toda a vida carregando, um nome pejorativo. Osorio é muito bom. Vai dar certo." E assim foi, pois todos o tratavam por Osorio.

O pelotão de dragões chegou meio de surpresa. O menino estava dentro da birosca, recebendo elogios e abraços efusivos dos paulistas alegrados pelo álcool. Tinha acabado de recusar um trago, oferecido pela dona da casa, que, atrás do balcão, servia sem parar.

— Posso saber o que é isso?

O pessoal tremeu. Nada bom poderia acontecer com a chegada inesperada daquele coronel, secundado por outro oficial e já se vendo à porta um sargento com seu vistoso uniforme das tropas de Primeira Linha.

— Então vocês não conhecem os regulamentos militares? Não sabem que é proibido negociar a dinheiro com os camaradas? E que jogar também é a mesma coisa, uma quebra da disciplina numa zona de guerra? Sabem qual é a punição? Pois estão todos presos!

A festa se desfez. Em um minuto só estavam ali Osorio e Miguel. Até o velho Antero misturara-se com os paulistas e se afastara, pois, evidentemente, a ordem de prisão não seria cumprida. Manuel Luís era um homem da tropa, mas também não poderia deixar barato.

— Onde já se viu se aproveitarem dessas crianças!

Chamou o filho de lado, passou-lhe uma carraspana e fê-lo repetir o enunciado do Artigo 26, do Capítulo 26, dos Artigos de Guerra do Regulamento do conde Lippe, que decretava, no caso de transgressão, uma surra na frente do Regimento. Uma maneira bem prática de evitar brigas feias, de não temer, como se diz no exército, "um inimigo na mesma trincheira".

Osorio estava no *front* esperando completar 15 anos, a idade mínima para se alistar como voluntário. O pai lhe ministrava os conhecimentos rudimentares da carreira. Ele podia participar das operações ou de patrulhamento ao lado do tutor, o que não mais ocorreria depois que fosse engajado. Esse noviciado era, portanto, um tempo precioso na formação do futuro oficial. Em muitos casos, o adolescente era confiado a algum amigo da família, um parente próximo, que o levava sempre consigo e sob sua responsabilidade até o momento do desmame. Quando o estreante chegava às fileiras recebia o treinamento básico e, considerado pronto, já ia para a ação, tendo de se resolver sozinho.

Por isso Manuel Luís botou em primeiro plano, naquela fase preliminar, o conhecimento minucioso de todas as leis e de todos os regulamentos militares. Esse era um dos pontos mais fracos dos oficiais feitos no campo e que lhes causava, geralmente, grandes contratempos. No exército não se podia dizer que "não sabia". E o tenente-coronel não tinha dúvidas de que o filho não teria tempo para cursar uma escola militar, pois esse era um luxo de tempos de paz.

    Netto observava a cena, divertido, mas com uma expressão grave, para dar reforço à bronca do coronel. Isso, na realidade, fez mais efeito para chamar Osorio à responsabilidade do que o discurso de Manuel Luís, pois o jovem alferes, sete anos mais velho, era um modelo para o menino, e, se ele estava dando força à reprimenda, era de se levar a sério. Netto passara por isso pouco tempo antes, quando o pai o entregara a Bento Gonçalves, que não lhe dera folga enquanto não aprendera tudo o que um guerreiro deveria saber, até alistá-lo como cadete e, agora, quando atingia o primeiro degrau do oficialato. Tal qual Osorio, Netto gostava de medir-se em proezas equestres e levara vários puxões de orelha, porque ameaçavam a carreira militar. Seria rebaixado, jogado nos serviços mais humilhantes sem jamais passar de anspeçada ou cabo, quando muito. E o pior: longe das glórias dos combates, relegado a um limpador de latrinas num quartel na retaguarda.

Manuel Luís aproveitou a viagem para fazer uma visita a um velho amigo, o tenente-coronel Tomás José da Silveira, comandante da Legião de São Paulo. Essa unidade ainda era chamada por todos pelo seu antigo nome de Legião de Aventureiros Paulistas. Essa milícia era recrutada, armada, fardada e até paga pela comunidade de Sorocaba e dos arredores, que operava no Rio Grande do Sul no século XVIII. A cavalaria paulista era uma tropa de choque respeitada e temida pelo inimigo, com seus homens escolhidos nas comunidades de tropeiros. Eles iam para o Sul apoiar seus confrades gaúchos, pois faziam parte da mesma cadeia econômica e do mesmo espaço cultural.

    Combateram ao lado do bisavô de Osorio, o coronel Tomás, e tiveram parte ativa na expulsão dos castelhanos junto com os Dragões do Rio Pardo do primeiro-general gaúcho, o brigadeiro Rafael Pinto Bandeira. Suas cargas eram irresistíveis. Terminadas as batalhas, fazia-se uma triagem dos sobreviventes capturados. Os inferiores, de sargento para baixo, se não tivessem cometido nenhuma barbaridade, eram soltos sob juramento de não voltarem a pegar em armas contra o reino e, depois, império.

Muitos desses que eram poupados nem podiam voltar às suas casas, pois estavam nas fileiras retirados de prisões e alistados à força. Nesses casos, eram enviados para o interior do Brasil para trabalhar como peões nas fazendas, que estavam desfalcadas dos braços masculinos, pois, salvo algum escravo, os homens estavam no exército. Assim mesmo, escravo campeiro era inacessível ao pecuarista, pois seu custo-benefício era negativo. O melhor mesmo era arriscar com um castelhano. Muitos deles foram, ficaram, constituíram família e se tornaram troncos de famílias rio-grandenses.

O coronel Tomás recebeu os visitantes com entusiasmo.

— Bem-vindo, coronel. Então esse aí é o ginete que venceu o bagual aporreado?

Na barraca do comandante serviu-se mate, e os dois coronéis se vangloriaram dos feitos do guri. Osorio e seu comparsa ficaram do lado de fora. Depois Tomás mandou Osorio entrar, cumprimentou-o e fez um convite.

— Quando chegares à idade, me procura. Como chego primeiro, tenho preferência, Manuel Luís.

Ao regressarem, quando estavam perto das linhas, Manuel Luís perguntou com energia.

— Onde está o dinheiro que ganhaste?

— Está aqui nessa carteirinha.

Manuel Luís abriu a bolsa, avaliou o conteúdo e passou-a ao índio Miguel.

— Toma, é tua. Agora vai antes que eu mande te passarem no sabre.

Voltando-se para o filho.

— Não te quero com dinheiro de jogo! Entendeste?

Fazia ano e meio que Osorio passara por Montevidéu a caminho de Salto e já estava de volta. Na primeira visita, no outono de 1821, a cidade parecera-lhe gigantesca. Até então, seus horizontes urbanos restringiam-se às Vilas de Conceição do Arroio e de Santo Antônio, a antiga Vila Anádia, que passou a ter esse nome depois de elevada à condição de município. Na viagem, conheceu o porto de Palmares, fez uma escala em São Francisco de Paula, no Rio Pelotas, com seus arruamentos limpos, suas residências de alvenaria, seus jardins e alguns serviços públicos. Depois Rio Grande, onde se encontrou com o pai que vinha de Porto Alegre e levou os filhos a passear pelos arredores, mostrando-lhes os fortes, com os canhões que disparavam tiros de pólvora seca a cada hora para marcar o tempo, o porto apinhado de navios tão grandes como jamais vira. Foi uma revelação.

Mais ainda foi o que viu e viveu na saída da barra da Lagoa dos Patos, quando o navio atacou a arrebentação e lutou contra as vagas para chegar ao alto-mar. Mesmo os marinheiros profissionais, acostumados com aquela turbulência, revelavam em seus olhos um medo que os deixava tensos, atentos, nervosos, como se fosse a primeira vez. Dali em diante, a viagem transcorreu sem sobressaltos, especialmente para os Osorio, que estavam acostumados ao balanço das ondas.

Depois de Montevidéu, dos passeios pela cidade, das compras no comércio vivo e com oferta de produtos do mundo inteiro a preços baixos, a família seguiu para seu destino tocando nos portos de Colônia, Mercedes e Paissandu para, finalmente, aportar em Salto. Ali o menino Osorio descobriu-se na escola do professor Domingos. A paixão pelos estudos não foi uma surpresa para os pais, mas seu progresso, sua capacidade de aprender, era o deleite do velho capitão mestre-escola, que não se cansava de elogiá-lo e apresentá-lo como exemplo às pessoas que visitavam o estabelecimento.

O capitão Domingos José de Almeida era um veterano ferido na guerra que decidira se estabelecer em Salto quando vira o alto potencial de mercado para uma escola fundamental. Naquela posição geográfica poderia atender as famílias de uma região que ao norte iria até as Missões, de São Borja para o sul, descendo a costa do Rio Uruguai até o Rio Negro, onde crescia o número de fazendeiros brasileiros, grande parte agraciados com sesmarias distribuídas às pencas pelo marquês de Alegrete, contemplando não só oficiais, mas até inferiores e também estrangeiros, que tinham ido para lá como mercenários para combater Artigas.

O salto de qualidade do ensino que Osorio tivera no Rio Grande para o da escola do professor Domingos foi descomunal. Ele era um homem de formação superior, graduado na Academia Real Militar, no Rio, uma instituição que depois da chegada da Família Real foi reestruturada nos moldes europeus mais exigentes à época, pelo regulamento de 1810. Além do próprio diretor, que dava aulas de matemática, a escola contava com mestres estrangeiros contratados em Montevidéu, gente de alto padrão, europeus com formação acadêmica que estavam no Uruguai refugiados das perseguições dos monarquistas restauradores. Havia dois franceses, um espanhol e um padre italiano formado em Roma que dava aulas de latim e religião.

Domingos era um educador enérgico, adepto da didática militar que aprendera na Academia, reproduzindo seu sistema e sua disciplina. Ele dizia aos pais que tanto rigor era necessário, pois dificilmente seus filhos escapariam de um serviço militar ativo, uma vez, que, naquelas paragens, as guerras nunca iriam acabar. Com tal pedagogia e formação disciplinar, eles estariam preparados para entrar no Exército de Linha ou nas milícias, além de estarem aptos a cursar qualquer uma das escolas superiores do país ou do exterior.

Os alunos que vinham de longe viviam num alojamento que reproduzia um dormitório dos cadetes da escola militar. Os semi-internos, como Osorio, que dormiam em casa mas passavam o dia na escola, eram submetidos ao mesmo regime, sofrendo duras punições por suas faltas, como ajoelhar no milho por horas a fio, levar bolos de palmatória e surras de espada de um ex-sargento e dois auxiliares experientes na prática de aplicar as penas das ordenações do conde Lippe. Eles também exerciam as funções de bedéis, vigiando os cantos mais escondidos do colégio. Para fazer qualquer coisa às escondidas era preciso ser muito esperto e precavido, pois senão era uma sumanta na certa. Essa vivacidade fazia parte da preparação dos rapazes para o futuro como guerrilheiros.

A vida na escola e o ensino foram grandes revelações para Osorio. Depois dos rudimentos que aprendera com o professor Maciel, com seu padrinho Bernardino e com o padre Manoel, teve contato com mestres qualificados, um currículo eficiente, uma biblioteca, aulas de linguagem nas quais se ensinava a escrever prosa e poesia. Leu os autores disponíveis nas estantes do colégio, com a orientação de um velho professor formado em Lisboa, um mentor entusiasmado, pois o guri tinha jeito e bom gosto, revelando-se um repentista de real talento. Na vida escolar, adaptou-se facilmente à disciplina militar que vigorava em todos os momentos, tanto em aula como nos recreios. E descobriu uma diversidade de pessoas que nunca imaginara, pois os colegas vinham de regiões diversas, com seus costumes e suas línguas: havia portugueses, brasileiros, nativos da região, que mesmo sendo filhos de lusófonos prefeririam falar entre si o castelhano, e missioneiros, que se entendiam no idioma guarani ou língua geral, como se dizia. Embora os grupos de convivência naturalmente fossem compostos de garotos do mesmo meio cultural, havia um intercâmbio intenso entre a meninada.

Manuel Luís e Anna Joaquina observavam maravilhados os progressos dos filhos e se orgulhavam dos comentários do capitão Domingos sobre o menino Osorio, que rapidamente se transformara no aluno mais brilhante da escola. Dizia o professor que era um caso à parte, que sua inteligência destacava-se da dos demais e que seria general ou doutor. General porque sua liderança era tão evidente que logo foi designado e facilmente aceito pelos demais como líder de classe, por sua aplicação e seu desempenho nos estudos e pela eficiência nas atividades físicas e nos folguedos, nos quais sempre era o melhor atleta. Além disso, era bom de briga e montava como um ginete. Na organização do corpo discente, era capitão, pois a escola reproduzia também a hierarquia militar. Em casa, os pais observavam sua concentração e seu gosto pelos estudos. Era outro menino. Aquele garoto levado transformava-se num adulto responsável.

Mesmo assim, foi com grande surpresa que o pai viu-se diante da resistência do guri em segui-lo quando o convidou a marchar com ele para Maldonado para se juntarem ao general Lecor, que reunia todas as forças nacionalistas para cercar os portugueses que resistiam à declaração de Independência do Brasil. Manuel Luís ouvia-o e se perguntava onde estava aquele menino que desde pequeno pedia para acompanhá-lo na guerra.

— Pai, quero estudar.

O garoto bateu pé, chorou, negou, fez tudo o que sabia e o que não sabia. O pai e a mãe insistiram, procurando convencê-lo:

— Meu filho, estás errado. Essa instrução que tu queres não há como tê-la. Mais um meio ano e a escola do capitão Domingos vai se esgotar, e nós não temos recursos para te mandar para um curso mais avançado. Não há profissão mais nobre e gloriosa do que a militar, não há como ser outra coisa aqui onde vivemos senão guerreiro. Aqui só tem futuro quem nasce rico ou quem entra para o exército.

O menino apelou para o mestre-escola, mas o capitão Domingos aconselhou-o a seguir a orientação paterna, pois logo seria um oficial das Forças Armadas.

Outro argumento era a importância e o dever de participar da luta pela independência do Brasil que se iniciava. Em Salto, a crise do Rio repercutia. Ninguém estava infenso ao sentimento antimetropolitano. Os militares estavam entre os mais exaltados, pois, sendo tropas da terra, eram desprezados pelos soldados portugueses, tratados como caipiras brutos, que serviriam apenas como buchas de canhões em caso de um conflito. A essa animosidade o menino Osorio reagia com vigor.

Manuel Luís viu muitas contradições quando Osorio não quis segui-lo. A mãe também se esforçava em demovê-lo de seu propósito:

— Tens de ir, meu filho. É dever do homem servir às nobres causas e ser útil à sociedade a que pertence.

O pai insistia:

— Não tenho a menor dúvida de que a carreira a que estás predestinado é a das armas. Assim, pois, meu filho, deves assentar praça. Falta pouco para completares 15 anos; enquanto não atingires a idade legal andarás junto a mim, aprendendo e adquirindo os hábitos dessa vida que há de ser a tua.

Osorio não resistiu e cedeu. Ao fim de alguns dias, comunicou ao pai.

— Pois bem meu pai, serei soldado.

CAPÍTULO 20

Véspera da Independência

A PARTIR DE ABRIL de 1822, crescia a tensão entre brasileiros e portugueses leais a Lisboa. O ideal do Reino Unido, responsável por ter diferenciado o Brasil de seus vizinhos hispânicos, sofria o entrechoque das forças internas e externas, que envolveu o país num torvelinho quase idêntico ao das lutas pelo poder entre os castelhanos. Essas informações chegavam aos rapazes de Salto pelos jornais, panfletos e, em grande parte, pelos viajantes que vinham da corte, de Porto Alegre, Montevidéu e de todo lugar.

Uma dessas grandes fontes era o tenente-coronel Manuel Luís, comandante da Linha do Uruguai, que seguidamente viajava à capital para despachar com o governador e comandante de armas, marechal Lecor. Osorio transmitia esses relatos nas conversas com os amigos que o visitavam tão logo regressava para casa. Na escola, repassava para os colegas e até para os professores, pois era uma das pessoas mais bem situadas da cidade. A política era um assunto palpitante para os continentinos, como costumavam se chamar os habitantes do Continente de São Pedro, ou Rio Grande do Sul.

O capitão Domingos costumava dizer: "Isso está mais entreverado do que a guerra contra o Artigas." Conflitos assimétricos proliferavam em todas as frentes. Em Lisboa, entre os portugueses, havia o emparedamento do rei dom João VI pelos deputados das cortes. A Constituição o deixava sem espaço, reduzindo-o a um chefe de Estado decorativo. Dentro do palácio de Queluz, no entanto, sua mulher, a rainha Carlota Joaquina, tramava contra o sistema representativo, pois se recusara a assinar a Constituição. Trabalhava para fazer seu segundo filho, dom Manuel, sucessor do pai, em detrimento do irmão Pedro, o favorito do rei, que ficara no Brasil e que não se alinhava com ela. A rainha ainda conspirava com o irmão, Fernando VII, para apoiar o pleito do filho Manuel e, num passo seguinte, federar-se com a Espanha num reino ibérico. Por tudo isso, a rainha era uma virtual prisioneira, considerada perigosa, para não dizer traidora da pátria.

A crise, no Brasil e na Cisplatina, assumia grandes proporções. Os deputados vinham de uma eleição razoavelmente livre e bem disputada, dividida entre liberais e conservadores. A reação às exigências portuguesas, porém, formava um consenso explosivo contra a metrópole. Somente os comerciantes portugueses, saudosos do monopólio do passado, apoiavam as cortes, intensificando assim o sentimento antilusitano.

No Rio de Janeiro, desde o regresso da família real, em abril de 1821, uma crise política fora progredindo, até chegar ao ápice em meados de 1822. O principal motor dos movimentos era o príncipe regente dom Pedro de Alcântara, que crescia rapidamente no cenário interno à medida que Lisboa produzia suas propostas reacionárias. Dom Pedro ia ocupando espaços, equilibrando-se entre os liberais chefiados por Gonçalves Ledo, muito próximos ao príncipe, e os chamados conservadores, apoiados principalmente pela princesa Leopoldina e sob as ordens do engenheiro José Bonifácio de Andrada e Silva.

Nesse período, a gráfica do governo, chamada de Imprensa Régia, adquiriu nove impressoras na Inglaterra e uma nos Estados Unidos, aumentando exponencialmente a capacidade de impressão de jornais, panfletos e folhetos, que inundavam o território com todo tipo de mensagens. Havia também uma gráfica privada, a Tipografia Silva Serva, na Bahia, gerando o que se chamou de "a praga periodiqueira". Era nessas publicações que Osorio e seus contemporâneos liam os manifestos e as notícias consideradas alarmantes. Nesse período começou a vigorar a liberdade de imprensa, com ataques frontais ao príncipe. Não havia impedimentos, apesar de as máquinas impressoras serem de propriedade do Estado.

Na Banda Oriental, existiam todas essas idiossincrasias do mundo lusitano, acrescidas dos antigos conflitos do espaço hispânico. O Uruguai ainda era soprado, embora tenuemente, pelas ambições de dona Carlota Joaquina, insinuando na corte espanhola alguma esperança de reconquistar uma base no Prata. Fernando VII, tão falido quanto seus colegas reentronados, ainda tinha um exército no continente, que só resistia porque as divisões internas entre seus súditos rebeldes davam tempo a seus generais para respirar, embora as forças revolucionárias de San Martin e Simón Bolívar estivessem apertando, inapelavelmente, suas tenazes.

No espaço português, a bancada dos deputados da Banda Oriental nas cortes sofria o mesmo processo das bancadas de África, Brasil, Grão-Pará e Ceará, a longínqua província nordestina que se negava a se integrar na liderança do Rio de Janeiro. O espaço interno da Cisplatina dividia-se em três frentes amplas: uma era formada pelas cidades das margens do Prata, outra pela campanha e uma terceira, no oeste, pela chamada Linha do Uruguai. Nas cidades, as populações hispânicas se dividiam entre autonomistas e portenhistas; na campanha, a mesma divisão de forças, que embora fossem simétricas não operavam em conjunto, mas antagonicamente; na Linha do Uruguai, brasileiros e orientais. Entre os lusitanos, brasileiros e portugueses estavam à beira de uma guerra civil nas cidades, e na Linha do Uruguai os brasileiros estavam integrados na política interna do Rio Grande do Sul, embora também hostilizassem os portugueses. O último capitão-general, o brigadeiro Saldanha, tinha sido virtualmente defenestrado do palácio da Praça da Matriz, em Porto Alegre, e o governo estava a cargo de uma junta chefiada por um militar local, que dava as cartas em toda a região. Tentando conciliar isso tudo, estava o governador e comandante de armas, o marechal Carlos Frederico Lecor, comandando uma guarnição portuguesa, mas progressivamente integrado à corrente brasileira.

A região da Linha do Uruguai, como toda a campanha da Banda Oriental, estava literalmente devastada pelas guerras. Não havia verbas para investimentos públicos nem produção para ser escoada. As estâncias estavam destruídas, com suas instalações reduzidas a taperas. O que acontecia era uma reocupação por brasileiros. No lado português, ao norte do Rio Quaraí, o marquês de Alegrete distribuíra fartamente terras públicas aos veteranos. No lado uruguaio, ao sul, essas terras eram simplesmente ocupadas e tituladas em Montevidéu pelos que chegassem primeiro. Os antigos donos ou estavam foragidos ou tinham morrido. Tinham ficado as mulheres e crianças. Acontecia portanto uma intensa miscigenação.

Dessas uniões nasciam crianças que se criavam bilíngues, falando português e guarani ou castelhano e guarani, frutos da união de espanhóis puros ou mestiços, brasileiros lusos, paulistas ou africanos. Eram um tipo novo, desenraizado, e dos dois lados do Rio Uruguai estavam sendo chamados de gaúchos. No sul do Quaraí se dava o mesmo: as crianças apreendiam o castelhano e o português. Lecor explicava sua teoria.

— Não sei o que vai ser da Banda Oriental, mas não pode se tornar nem brasileira nem argentina. Poderia ficar no Reino Unido, independente, como um país confederado; mas agora com essa coisa desandando acho que vai ter de ser independente. Esse país vai trazer a paz para o Cone Sul. Se não for assim, a guerra vai durar 1000 anos.

Lecor começou a se aproximar politicamente de dom Pedro quando o príncipe abortou um golpe de Estado que pretendia impor a Constituição espanhola, liberal e democrática, em 24 de fevereiro de 1821. Impressionou-o como o jovem herdeiro soube compor habilmente um sistema de apoio, neutralizando as forças que sob a proteção das cortes portuguesas pretendiam fazer uma deposição branda de dom João VI. Não durou muito sua vitória, pois dois meses mais tarde o pai teve de embarcar de volta, contra sua vontade, para ocupar o trono, destituído da maior parte de seus poderes.

Até então, o governador da Cisplatina conhecia dom Pedro baseado na crônica de sua vida mundana e nos rumores de que a mulher, dona Leopoldina, mandava nele politicamente. O príncipe dominava o francês, mas falava apenas razoavelmente, ainda que com alguma fluência, o inglês. Nesses encontros, falava de Burke, Voltaire e Benjamin Constant. Consta que conhecia profundamente os sermões do Padre Vieira.

Lecor, contudo, não o considerava tão educado para o poder como outros príncipes europeus. Seu maior conhecimento e sua paixão era a música, que estudara com grandes mestres, como o mineiro Padre José Maurício Nunes Garcia, o maestro Marcos Antônio Portugal e o mestre austríaco Sigismund Neukomm, ex-aluno de Haydn, enviado da França pelo rei da Restauração, Luís XVIII, para acompanhar o programa musical das cerimônias de coroação de dom João VI. Dom Pedro compunha músicas, como missas, te-déuns e outras do gênero e acompanhava de perto o trabalho do padre José Maurício de adaptação das músicas africanas para piano. Dom Pedro executava no teclado, com muita graça, o ritmo lundu.

Lecor compartilhou com o príncipe suas ideias sobre a integração da Cisplatina ao Reino como algo muito peculiar. Dom Pedro respondia que o Império Português se desempenhava muito bem ao redor do mundo, comportando idiomas jamais ouvidos, sem problemas de se entender com seus súditos. Menos ainda seria com o castelhano, idioma irmão do português, quase igual. Lecor resolveu apostar no príncipe e no seu projeto para o império global. Aceitava como necessário, devido às circunstâncias, que começasse pelo Brasil. Por isso, apoiou a independência, como primeiro passo.

O movimento da independência foi uma grande batalha de comunicação social, deflagrada nas páginas dos jornais do Rio de Janeiro e reproduzida pelos panfletos e folhetos. A pena mais importante, e que terminou por vencer essa guerra, foi a do próprio príncipe dom Pedro de Alcântara, e o prêmio da vitória foi a Coroa do Brasil. O fato de, anos depois, ele ter sido dom Pedro IV de Portugal é diferente, pois decorre de sua legitimidade de herdeiro do trono. No Brasil, no entanto, o cetro de imperador foi conquistado numa campanha política cuja arma principal era o jornalismo, pois força, propriamente, não tinha. Pelo contrário, as tropas mais adestradas do reino eram portuguesas e ficaram a favor da metrópole, não só em Montevidéu, mas também em Salvador, na Bahia, em Belém e em todo o Grão-Pará, abrangendo várias províncias, entre elas, o Maranhão e o Ceará, no Nordeste. O príncipe teve de fato o apoio do Regimento de Dragões do Rio de Janeiro, empregado para suportar uma revolta popular na Bahia, que botou os portugueses para fora do Recôncavo. No Sul, foram as tropas do Rio Grande que levaram o marechal Lecor de volta a Montevidéu, expulsando os portugueses. Nessa campanha Osorio estreou nas guerras, ainda uma criança, antes de completar os 15 anos mínimos para pegar em armas naqueles tempos.

Dom Pedro inflamou os espíritos, levando ao povo o seu movimento no artigo intitulado "Fico", publicado no jornal *Espelho*, do Rio. O uso da mídia pelo próprio príncipe foi algo inesperado, estonteante, um tiro certeiro que desnorteou todas as forças em competição no processo, dando-lhe um protagonismo que ele próprio não esperava. Contudo, soube aproveitar, seguindo aquele veio, sem que seus interlocutores, a favor ou contra, se dessem conta do vigor adquirido nos meios de comunicação num processo ainda difuso, que não demonstrava um alvo preciso.

Esse texto chegou ao Uruguai. E alguns exemplares do *Espelho* alcançaram Salto e o menino Osorio, assim como todos os demais estudantes do colégio do Capitão Domingos. Eles leram e foram tocados profundamente por seu conteúdo, principalmente porque sabiam que a pena que o produzira era a do regente. A ruptura com o Reino passou a ser um objetivo que até então não se colocara. Separar-se de Portugal, sim, mas a dissolução do Reino Unido nunca fora posta na mesa como opção para o impasse criado pela intransigência e pelo oportunismo das cortes de Lisboa.

Anos depois, relembrando esses momentos, Osorio falou sobre o efeito que essa campanha de publicidade do príncipe regente teve sobre a juventude e, especialmente, sobre ele próprio: "Agradavam-me, tocavam-me o coração, exaltavam-me as ideias e as promessas d'uma segura liberdade para a Pátria". Nunca um príncipe usara de um meio ultramoderno como era, no Brasil de então, a imprensa, recém-difundida pela aquisição do parque gráfico na Inglaterra. Mal as máquinas começaram a imprimir e já produziram seu resultado avassalador. O primeiro a perceber seu alcance fora dom Pedro.

O "Fico" era um ato político de desobediência explícita à Constituição em vigor no Reino. Pela lei, dom Pedro estaria automaticamente destituído, porque o ato de chamá-lo de volta a Portugal era legítimo e seu pai, a fonte de seu poder e de seu cargo, havia jurado a Lei Magna. Entretanto, a metrópole não teve força para impor sua decisão porque o rei, como de hábito, não disse nem sim nem não e deixou as coisas correndo, pois também o parlamento estava dividido entre tendências antagônicas e entre o conflito de regiões.

As tropas portuguesas aquarteladas no Brasil, porém, perceberam que logo estariam na situação de ser acionadas para garantir a obediência à lei. Lecor sentiu a inquietação entre seus oficiais. Seu subcomandante, o fidalgo dom Álvaro da Costa de Souza e Macedo, ajudante-geral, mas que, de fato, era o chefe operacional do exército, logo fez ver a seus subordinados que estavam diante de uma grande crise.

À medida que perdia o controle sobre as tropas em Montevidéu, Lecor procurava se aproximar dos rio-grandenses, entre os quais poderia encontrar forças para fazer valer seu comando sobre a província Cisplatina. Numa das viagens a Montevidéu, Manuel Luís encontrou-se, na antessala de Lecor, com o marechal Manuel Marques de Souza, pró-homem do Rio Grande.

— Passeando, marechal?

— Vim fazer umas compras. E tu, como vais? Como andam as coisas lá pela costa do Uruguai?

— Guardando a nossa fronteira. Afora a bandidagem, tudo calmo.

Não havia dúvida de que o velho cabo de guerra fora a Montevidéu com outros propósitos.

Depois do "Fico", dom Pedro não mais se descuidou de sua carreira política. A arma da imprensa passou a ser utilizada sem cessar, sempre com artigos contundentes, publicados de forma anônima, sem assinatura, como era o padrão na época, embora todo mundo soubesse qual era a pena que traçara aquelas linhas. Sua tática foi, também, de efeito fulminante. Assim que se identificou sua atuação na mídia, seus adversários e concorrentes começaram a disparar diretamente contra ele, acusando-o de ingênuo, incompetente, leviano, volúvel, qualquer adjetivo que pudesse desacreditá-lo. Em resposta, o príncipe escrevia seus reptos e mandava publicar nos mesmos jornais que o atacavam, usando do mesmo veneno.

Ninguém podia recusar seus textos nem os esconder. Em pouco tempo, passou a ser mais lido do que as próprias matérias editoriais.

Quando sofria um ataque, os leitores já ficavam esperando as respostas. Dom Pedro não os poupava e lançava diatribes poderosas, distribuía locuções fulminantes, que logo ganhavam as ruas para fustigar seus antagonistas, como o epíteto de "Proteus da democracia". Acusava os adversários de tomarem o partido das "cortes demagógicas de Portugal" contra as legítimas aspirações do povo brasileiro. E o mais contundente, que durou muitos anos a desmoralizar os lusitanistas, denominando-os "pés de chumbo", um qualificativo pejorativo para soldados de infantaria molengas. O povo dava gargalhadas e a cada dia engrossava as fileiras dos pedristas. O príncipe colhia na própria horta de seus concorrentes, graças à virulência de sua pena, já a essa altura um poderoso canhão.

O súbito despontar de dom Pedro no cenário político botou todo o Cone Sul em alerta. Institucionalizada a província, Lecor dispunha agora de um poder civil para contrabalançar o peso descomunal da Legião Militar Lusitana, nova denominação dos antigos Voluntários Reais que trouxera consigo em 1816.

No plano interno, podia contar com a lealdade incondicional das guarnições rio-grandenses da Linha do Uruguai e com o apoio das tropas da milícia de Bento Gonçalves, que ocupavam o Departamento de Cerro Largo, na fronteira nordeste do Uruguai, no sul do Brasil. Na campanha, tinha a ajuda da guarnição castelhana do brigadeiro Fructuoso Rivera, os Dragões da União, que o seguiam mais para se antepor a seus rivais internos que se aglutinavam numa loja maçônica denominada Cavaleiros Orientais, organizada pelo ex-general e ativo político argentino Carlos Alvear. Ele fora diretor-geral das Províncias Unidas, um cargo equivalente a presidente da república, e estava exilado no Brasil desde 1815, com seus bens confiscados e ameaça de fuzilamento se pisasse outra vez em território argentino.

Em 1818 Alvear mudou-se para Montevidéu, onde se mantinha quieto, mas atuante nos bastidores. Nessa loja, reuniam-se grandes expressões da oposição à anexação da província, dentre as quais três grandes ex-comandantes de Artigas, os irmãos Oribe e Juan Antonio Lavalleja, adversários de Rivera. O propósito desse grupo, segundo os planos de Alvear, era a reincorporação da Banda Oriental à Argentina. Os demais, embora não descartassem um eventual apoio concreto de Buenos Aires, propugnavam, na verdade, pela independência total do Uruguai, embora aceitassem federar-se com os antigos confrades do vice-reinado do Prata. Essa vertente jogava no conflito entre os lusitanos, ora apoiando uma facção ora apoiando outra.

Lecor conversava com gente de todas as facções. Entre seus interlocutores preferidos estava Alvear, oficial que combatera ao lado de ingleses e portugueses contra Napoleão numa unidade de elite do Exército Espanhol, os Carabineros Reales, e um general francês, Michel Breyer, destacado oficial da Grande Armée de Bonaparte, que participara das grandes batalhas do século em Hohenlinden, Austerlitz, Friedland e Leipzig. Era um colóquio vivo entre os ex-inimigos, cada qual revisando esse e aquele momento e discutindo as táticas e estratégias. Alvear era um especialista, que tivera os mesmos assuntos enquanto vivera no Rio, debatendo, entre outros, com o marquês de Barbacena, outro veterano da Europa e grande especialista nas táticas napoleônicas.

Alvear declarava-se admirado com o vertiginoso crescimento da popularidade do príncipe e arriscava um palpite:

— Esse "principito" está me saindo um bom caudilho, em nosso mais puro formato.

Lecor ria-se com a analogia. Ora, comparar-se um príncipe europeu e um desses toscos chefes político-militares sul-americanos!

Manuel Luís viu um dia passar num tílburi, em Montevidéu, o brigadeiro Sebastião Barreto, outra presença inexplicável na capital oriental. Mais tarde, em audiência com Lecor, o marechal perguntou-lhe sobre o clima na Linha, as disposições dos estancieiros e o estado de prontidão de suas tropas. O tenente-coronel garantiu-lhe que os fazendeiros estavam alinhados com o coronel Bento Manoel Ribeiro, perfeitamente a par dos acontecimentos no Rio Grande, e que mantinham seus homens ativos e preparados:

— Aquela região é como um acampamento à espera do toque de reunir!

No final da entrevista, Lecor mandou que ele procurasse, no porto, por um oficial que lhe entregaria uma partida de 200 fuzis, lanças, espadas e munição para armas de fogo e artilharia. O marechal justificava:

— É para reforçar o teu arsenal, caso haja uma necessidade. Em todo o caso, é melhor ficarem contigo do que à disposição de dom Álvaro.

De volta a Salto, Manuel Luís mandou chamar seus amigos estancieiros, discretamente disse prever acontecimentos graves e avisou para estarem preparados. Depois, fez uma incursão pelo interior, para avaliar os ânimos e, ao voltar a sua guarnição, ordenou a intensificação dos exercícios, o recrutamento de substitutos e orientou os armeiros a deixar todo o equipamento em condições de uso imediato.

No final de abril, apareceu no porto uma goleta da marinha levando mais um reforço de suprimentos e uma mensagem de Lecor para o comandante da Linha do Uruguai. O governador narrava os últimos acontecimentos de Portugal. Os deputados brasileiros, cisplatinos e africanos abandonaram as cortes, o que significava o rompimento de fato com a metrópole. Vários deles tinham ido embora para a Espanha, temendo ser presos por sedição. O príncipe apoiara a atitude e o Brasil estava à beira de cortar definitivamente os laços com o Reino. Lecor escrevera antes que a guarnição portuguesa de Montevidéu tomasse conhecimento dos fatos. Em seguida, dizia, ia abandonar a cidade e se mudar para Maldonado, que, de hora em diante, seria a capital. Já enviara mensageiros para Porto Alegre e para a fronteira.

Bento Gonçalves deveria marchar com um corpo de cavalaria para reforçá-lo, e o comandante da fronteira, coronel José de Abreu, deveria enviar tropas: um contingente para cobrir a Linha do Uruguai e sua tropa mais aguerrida, a cavalaria do coronel Bento Manoel, para Maldonado. Manuel Luís deveria partir para reunir-se com ele, deixando, entretanto, um serviço de segurança na cidade e ordenando a mobilização dos fazendeiros. Não se esperava uma reação da Argentina, mas muito cuidado nunca era demais, dizia a correspondência.

O tenente-coronel reuniu seus oficiais para a marcha. Reuniu-se também com as autoridades civis, recomendando que tomassem todas as precauções até a chegada das tropas de Abreu. Depois, foi para casa e contou à mulher. O casal então chamou o filho, que acabara de chegar da escola, e o pai comunicou-lhe:

— Meu filho, vais comigo.

CAPÍTULO 21

Batismo de Fogo

—Aqui vocês vão aprender que comer merda é bom! Vão maldizer as suas mamães por tê-los botado no mundo e agradecer ao demônio quando vier buscar um de vocês para levar para o inferno. Lá estarão melhor do que nas minhas mãos!

Dia 1º de maio de 1823, Quartel-General da Legião de São Paulo, nas imediações da irredutível cidade de Montevidéu. Cinquenta homens recebem seus fardamentos e ouvem as recomendações do primeiro-sargento Sebastião Brisola. Ele dá as boas-vindas aos recrutas que acabam de sentar praça na Legião de São Paulo, engajada em operações de guerra contra a Legião Militar Lusitana e a favor da independência do Brasil.

Manuel Luís Osorio é o mais moço, com 14 anos, 11 meses e 20 dias de idade. Os outros são um pouco mais velhos: têm entre 15 e 20 anos, todos originários da província de São Paulo, recém-desembarcados em Maldonado, vindos de Santos a bordo da corveta *Maria da Glória*, da recém-constituída Marinha Imperial.

— Aqui vocês vão ter a honra e a glória de morrer pelo imperador, nosso senhor dom Pedro I!

Homem esguio, do tipo indiático típico do paulista, o sorocabano falava em português aos berros. Só que ninguém parecia entender o que ele dizia. Então emendou em outro idioma:

— Está bem. Vocês não sabem nem falar língua de gente!

Agora ele se expressava na língua geral, também chamada de tupi-guarani, a língua que o padre jesuíta José de Anchieta, fundador da capital da província de São Paulo, organizara e que sua ordem propagara por toda a região da bacia dos rios Paraná e Paraguai para a catequese dos indígenas. Seu emprego generalizou-se e passou a ser de uso comum também entre os cristãos. Na perseguição aos jesuítas promovida pelo marquês de Pombal, uma determinação do governo proibira seu uso na colônia, mas a lei não pegou.

Dirigindo-se a Osorio, berrou, ainda em guarani:

— E tu, piolho, estás entendendo o que estou falando? Responda!

— Mais ou menos, meu sargento.

Osorio falou em português. O sargento ficou em silêncio, como se ele tivesse falado grego.

Osorio então repetiu, em guarani.

— Agora sim. Pois trata de aprender bem porque essa é a língua de guerra. A outra é a dos casacas, que não te serve de nada no meio do entrevero.

Os rapazes iniciavam o período de instrução básica. No dia 13 de maio deveriam jurar à bandeira, numa cerimônia simples, mas que contaria com a presença do marechal Lecor, que iria comparecer justamente para prestigiar a inclusão do menino. Teriam, portanto, de fazer bonito, pois o tenente-coronel Tomás José da Silveira queria impressionar todo o séquito do chefão e seus pares, comandantes de unidades, que não perderiam essa oportunidade.

Em poucos dias, o sargento Brisola teria de fazer com que aquele bando de moleques ganhasse a aparência, o garbo e a disciplina de verdadeiros soldados. Normalmente nas milícias, e mais ainda na cavalaria, essas exigências não eram essenciais. Mas dessa vez seria diferente. Motivos não faltavam: a presença de tantos graúdos, justamente por causa daquele soldadinho rio-grandense, que era filho de um grandão e que em breve estaria com os galões de oficial, mandando neles.

Osorio não era um desconhecido entre os Aventureiros. Sua gineteada tornara-se célebre, e o coronel não se cansava de dizer a todo o mundo que iria levar o piá para sua unidade para servir como exemplo para tantos pilungos. Quando se apresentou e foi mandado acampar junto com os demais recrutas, correu o zum-zum no corpo. Fora bem recebido porque fizera seu nome no lombo de um aporreado e isso era de muito valor. Muita gente foi apertar-lhe a mão, oferecer-se para alguma coisa. No entanto, era um noviço e como tal deveria passar pela iniciação. Até jurar à bandeira, era um "bixo", no linguajar do Sul, ou calouro, como diziam os paulistas.

O "bixo" era obrigado a bater continência a seus superiores, que, nesse caso, eram todo e qualquer soldado mais antigo, além de cavalos, burros e cachorros, tinha de contar o número de formigas de um tucuru, falar sobre qualquer tema que lhe fosse proposto, fazer versos, lavar as botas dos veteranos e assim por diante. Se não acertasse, como no caso dos formigueiros, sofreria as sanções, que iam desde dormir de pé até realizar tarefas nojentas, como limpar com as mãos a bosta dos cavalos e outras. Se não aceitasse a pena, era excluído dos grupos, isolado, considerado um mau companheiro. Assim, todos se esforçavam para passar aqueles dias terríveis. Os mais assíduos no suplício aos novatos eram os que tinham acabado de sair da condição de "bixos", que se vingavam dos trotes.

Como todo menino do Rio Grande, Osorio já sabia muito de vida militar. Seus colegas vindos do norte não tinham a mesma cultura. Para enquadrá-los rapidamente, o sargento Brisola convocou alguns praças antigos, misturando-os aos recrutas, induzindo-lhes a disciplina em tempo curtíssimo. Logo eles sabiam todas as marchas, entendiam os toques e os rufos dos tambores. Embora fossem soldados de cavalaria, teriam de saber dos passos da infantaria, pois poderiam ser usados em caso de necessidade. E os de infantaria poderiam ser usados como cavalarianos, dependendo das necessidades táticas do comandante.

O resultado foi que o velho cabo de guerra transformou aqueles campônios em soldados em menos de duas semanas, um recorde, sem dúvida. No dia seguinte à apresentação, o grupo foi integrado às fileiras e se diluiu na tropa, cobrindo os claros do efetivo.

Nos meses que antecederam o engajamento de Osorio, o garoto esteve ao lado do pai, que lhe deu um galope, espécie de estágio de preparação para o que teria pela frente no futuro. Teve de memorizar todos os regulamentos militares, as teorias mais importantes de tática e estratégia e os demais conhecimentos necessários às funções. Teve de ler alguns livros e polígrafos que faziam parte dos currículos dos cursos militares. Servira como verdadeiro oficial de gabinete do pai, copiando toda a correspondência oficial da unidade, reproduzindo as ordens emitidas para as subunidades, as ordens do dia da Brigada, da Divisão e do comandante em chefe. Depois atuou como ajudante de campo de Manuel Luís, escrevendo numa tabuinha apoiada no cabeçote do lombilho as determinações para movimentos dos esquadrões em campanha. No início, considerava aquilo uma chatice, mas o pai o advertia sobre a importância:

— Meu filho, no exército tudo tem de ser dito por escrito. O comandante deve escrever o que manda fazer, guardar cópia e arquivar as ordens que recebe em lugar seguro. Assim ninguém poderá dizer ou desdizer nada. Uma ordem verbal numa situação de combate é uma espada com fio ao contrário, cortando o seu dono, pois se alguma coisa sair errada será sempre usada contra quem a deu, para encobrir os covardes e incompetentes e para condenar o comandante de boa-fé. Lembre-se: só vale o que está escrito.

Também era sua obrigação tratar das montarias, as suas e as do pai, mantendo os animais alimentados e sãos de lombo. Os cavalos amilhados alimentava no bornal, os de montaria cuidava nas pastagens; também fazia a manutenção dos arreios e aperos, engraxando rédeas, buçais, peiteiras, rabichos e tudo o mais. Ouvia todas as recomendações do pai.

— O cavalo e o fuzil são mais importantes que o homem no exército. Primeiro a montaria, depois o ginete. Essa é a regra e não podes esquecê-la nunca, pois, no fim, a tua vida depende mais deles que de ti.

O marechal Lecor sempre o estimulava. Passava-lhe a mão à cabeça como se fosse um sobrinho e conversava com ele mansamente, dando conselhos e ensinando as regras. Seguidamente fazia-lhe perguntas e, ao ver o quanto ele estava aprendendo, aprovava:

— Estás cursando a escola prática do patriotismo, pois outra coisa não é o Exército Brasileiro.

O batismo de fogo de Osorio se deu em 23 de maio, dez dias depois de passar a soldado pronto. Todo o corpo, com seu efetivo completo, fora tomar posição para guardar o passo do Arroio Miguelete, nas imediações de Montevidéu. Do outro lado, os portugueses estavam reforçando uma trincheira, vendo-se pela luneta a movimentação de uma coluna de cavalaria e duas peças de artilharia. O comandante da área, o marechal Manuel Marques Souza, enviou reforços, destacando a legião de São Paulo para guardar o passo.

Osorio já sentia a presença da guerra quando estivera nos reconhecimentos de Puntas de Toledo e de Piedras, onde os brasileiros procuravam romper as linhas portuguesas, mas esses ataques visavam somente testar as defesas do inimigo. A doutrina do comandante em chefe era de que Álvaro Costa procuraria uma solução negociada. Sua posição era insustentável desde que o porto fora bloqueado pela Divisão Naval enviada pelo Rio de Janeiro sob as ordens do comandante Pedro Antonio Nunes. Era uma questão de tempo, e assim muitas vidas seriam poupadas. Até porque, acreditava Lecor, grande parte dos soldados portugueses optaria por permanecer no Brasil, hipótese que não se confirmou. Ele já contava com as defecções de quem, por motivos pessoais, havia se passado para o império. Os outros permaneceram fiéis a Portugal.

Esse período foi inteiramente dominado pelo príncipe dom Pedro e por sua princesa, dona Leopoldina, aclamados imperador e imperatriz. Ao contrário do marido, que era mais conhecido na noite do Rio do que nos gabinetes administrativos, a arquiduquesa da Áustria era uma figura ativa na vida do reino desde que botara os pés no Brasil, em 1817. Seu casamento com dom Pedro fora arranjado nos moldes da época. Portugal queria selar uma aliança com a Áustria para contrabalançar a influência e a preponderância da Inglaterra. Já Frederico II, aconselhado por seu chanceler Metternich, tinha objetivos geopolíticos definidos para contrabalançar na América o autonomismo republicano nos antigos domínios espanhóis, que poderiam ter um refluxo na Europa, levando a própria metrópole a se transformar numa república.

Formavam um casal *sui generis*. Ele, um príncipe absolutamente atípico na realeza europeia, criado numa cidade semiafricana, profundamente influenciado pela cultura local. Ela, uma princesa educada segundo os melhores costumes numa das cortes mais ricas e refinadas do mundo, que sabia alemão, francês, inglês e italiano, era fluente em português, idioma que logo dominou com desenvoltura, e versada em história e literatura, incluindo a de Portugal, com conhecimentos sólidos em mineralogia e botânica. Seu interesse pelo Brasil era mais científico e político do que romântico, o que não impediu o príncipe galante de conquistar seu coração logo de chegada.

Fascinada pelos relatos de viajantes, dona Leopoldina chegou ao país acompanhada principalmente por cientistas de renome internacional, como o zoólogo Johann Natterer, o biólogo Heinrich W. Scott, o paisagista Thomas Ender e os naturalistas Johan Emannuel Pohl, Johan Baptist von Spix e Giuseppe Raddi, que organizaram o Museu Real, erguido sobre os escombros da antiga Casa dos Pássaros, iniciando estudos sobre a natureza do país.

Quem mais sucesso fez junto ao príncipe foi o maestro Neukomm, que logo encontrou em dom Pedro um discípulo dedicado, que lhe abriu as portas para a nascente e fascinante música brasileira, de forte conteúdo africano. Logo o mestre vienense foi apresentado aos músicos de Minas Gerais, como o padre José Maurício, que reconheceu como gênio musical, e se dedicou a fundir os lundus, como se chamavam os diversos ritmos afros, com a música europeia. Foi um dos maiores achados da missão cultural da princesa.

Dona Leopoldina foi se situando entre a elite intelectual do reino e se articulando politicamente com os segmentos mais modernos da economia. Dom Pedro inseria-se entre os militares, frequentando os quartéis, onde se sobressaía como cavaleiro espadachim e camarada de armas, assumindo a feição do caudilho sul-americano, autoritário e populista. Isso era confundido pelos teóricos da corte como um resquício absolutista, uma palavra que não servia na Ibero-América, porque essa postura paternalista nada tinha que ver com o mando derivado do poder divino dos reis europeus. Não era visto como o pai, que tinha poder porque Deus colocara a coroa em sua cabeça. Pedro tinha algo mais. Ele mandava porque mandava.

No final de maio de 1823, todo o processo parecia em perigo. Havia o perigo de a situação no Brasil reproduzir a dos hispânicos, que estavam numa guerra sem-fim contra a metrópole havia mais de dez anos. No Brasil, o gesto de dom Pedro fora acolhido somente pelas províncias do centro-sul, de Minas Gerais para baixo. No Norte e no Ceará havia resistência à integração com o Reino. Pernambuco estava em cima do muro, não sabendo a que lado aderir. Na Bahia, a resistência era efetiva, como em Montevidéu. O navio que trouxera os recrutas de Santos zarpara imediatamente para o norte, para ajudar a acossar os portugueses em Salvador, onde tinham uma praça-forte com a cobertura de uma esquadra, diferentemente de Montevidéu, onde as forças navais disponíveis de Pedro Nunes tinham aderido ao movimento separatista.

Essa seria a primeira ação de fato. Aparentemente, os portugueses estavam se preparando para romper o cerco e fazer um ataque em regra. O alarme fora dado de manhã cedo. O tenente-coronel levara seus homens e ficara do outro lado do Arroio Miguelete, em observação aos preparativos do inimigo. A guarnição do Passo, um grupo de trinta homens de infantaria, entrara para suas trincheiras, preparando-se para o bombardeio inevitável. Entretanto, os canhões ainda estavam fora de seu alcance. Tomás resolveu avançar, testando o dispositivo português. A uma ordem sua, a cavalaria entrou na água rasa do riacho, ultrapassou os infantes e foi se movimentando na direção da bateria. No centro, estava Osorio, na segunda linha. Bem a sua frente estava o comandante do esquadrão, Alípio Silva, ex-sargento promovido diretamente ao posto de capitão. Sua nomeação já era um reflexo dos ventos da liberdade, pensava Osorio, que igualava todos os cidadãos livres do país. O capitão Alípio era um mulato cinquentão de cabelos brancos.

A Legião contava com seu efetivo completo: 410 homens, divididos em quatro esquadrões de cem homens cada. Os dez restantes eram os oficiais do Estado-Maior, ajudantes, intendentes e demais auxiliares do comandante. A tropa cruzou o Miguelete com água pela barriga dos cavalos e foi tomar posição do outro lado, já de frente para o objetivo. Trezentos homens atacariam em três linhas, e o quarto esquadrão ficaria na reserva, comandado por um major do Estado-Maior, pois o tenente-coronel comandaria a carga.

A unidade se compôs para o avanço. Na primeira linha, o tenente-coronel, o capitão comandante do esquadrão e seus praças. Na segunda, Osorio e dez homens à esquerda do capitão Alípio. Do lado direito, um dos recrutas paulistas que sentara praça com ele. À direita um veterano. Na terceira fila, os tenente e os sargentos, empurrando o corpo. O clarim soou. O tenente-coronel advertiu seu capitão:

— Estamos chegando ao alcance. Mantenha a fileira e só carregue ao som da corneta!

De trás das peças, Osorio viu emergir a linha da cavalaria portuguesa. Haveria entrevero. A tensão subia. O clarim tocou "acelerar o passo". Os cavalos já captavam o cheiro dos adversários. A tropa levantou de passo para trote. A linha portuguesa ultrapassou os canhões e também troteou em frente, de encontro aos brasileiros. Batia o medo. Era chegada a hora. Osorio viu o tenente-coronel falando ao clarim, que em seguida soprou "carga". E foi soltar as rédeas, entrando no galope, sabre em riste, na corrida desabalada.

Ninguém via nada. Era a investida de vida ou morte. Osorio estava a toda. A seu lado houve uma explosão e o cavalo de seu ala voou, literalmente. A granada explodiu sob o peito do animal, jogando-o para o alto como se fosse uma peteca de mineiro. Osorio, envolvido pela fumaça, viu a cabeça de seu cavalo explodir, o corpo trocar de ponta. Abriu a perna e foi saindo como tão bem sabia fazer, enquanto o bicho se esfacelava. Os demais foram passando por ele, que agora estava a pé, caminhando. Ouviu um grito.

— Pula na garupa, guri!

Era o sargento Brisola que já vinha com a mão estendida, a galope solto. Com um gesto preciso, jogou o braço e num segundo agarrou o pulso do sargento, alçando-se, torcendo o corpo e montando na garupa atrás do arreio de seu salvador. Continuou o galope e o sargento indicou.

— Olha ali, pega aquele!

Um cavalo galopeava sozinho. O sargento encostou e Osorio saltou, ainda correndo, já levando a mão no cabresto do buçal e caindo em cima da sela. A carga já se adiantara uns 50 metros. Precisava alcançar os demais. Bem na frente havia o entrechoque. Cessava o ímpeto. Os cavalarianos estavam se matando a golpes de sabre. Osorio se aproximou, mas os portugueses estavam batendo em retirada. O tenente-coronel mandou dar o toque de recuar. Cessou o combate. O capitão Alípio comentou a manobra estratégica dos portugueses.

— Era apenas um reconhecimento à viva força. Testavam o nosso dispositivo. Depois dessa, os portugueses não voltam mais.

À frente podiam ver os artilheiros portugueses atrelando duas parelhas de cavalos percherões em cada canhão, preparando-se para abandonar a posição. Os oficiais brasileiros gritavam com os soldados para manter as linhas enquanto se retiravam. O coronel passou a galope, mandando contar as baixas. Osorio viu o sargento voltando com um português no laço, um prisioneiro. Para esse acabara a guerra. Lentamente, o Corpo retirou-se, levando mortos e feridos, repassando o Arroio Miguelete, de volta ao ponto de partida, enquanto os portugueses sumiam do outro lado. Cada qual havia cumprido sua missão. Havia regozijo entre os aventureiros.

— Botamos os galegos a correr!

De tarde, voltaram à posição. Quando a tropa desmontava no acampamento, chegou Lecor acompanhado de um grupo de oficiais. Osorio viu o pai entre eles, aparentando inquietação, certamente à sua procura. Ficou onde estava. Não convinha destacar-se da formação. Agora era um soldado raso, não podia se mexer sem ordem de seu comandante. Viu o pai de longe abraçando e cumprimentando os oficiais da Legião. Osorio deu um jeito e passou de forma que o pai o visse, mas não era necessário, pensou depois. Se estivesse morto ou ferido Manuel Luís já estaria informado. Manoel mordia-se de vontade de chegar no guri que vira com o rabo dos olhos cabresteando um pingo para o lado da mangueira e perguntar-lhe: "Então, e daí?"

CAPÍTULO 22

Algodão entre Cristais

— Tchê, quando vi estava galopando num cavalo sem cabeça. Digo, *me fui a la putcha*. O corpo do pingo ainda esperneava no meio daquela fumaceira. Mas que estrondo! Quando olhei, Zezinho e o cavalo dele voavam acima da minha cabeça se abrindo no meio, soltando carne para todos os lados. Ele nem viu do que morreu, coitado!

Osorio contava isso numa roda, cada qual rememorando seu drama no combate, botando para fora aquela tensão que toma conta do soldado quando acaba tudo. Na hora parece que nem se vê o que está acontecendo. Os atingidos pelas balas ou pelo ferro do inimigo nem sentem as feridas. O combate do Arroio Miguelete botou todo o Exército Brasileiro em polvorosa. Uma ação daquele porte somente poderia significar que os portugueses iriam sair para uma batalha decisiva. Força para isso eles tinham. Seu efetivo era composto de 5 mil homens, bem armados, municiados e treinados. A Legião Militar Lusitana dispunha de artilharia, uma cavalaria pequena mas eficiente para apoiar sua infantaria e, se bem comandadas, as milícias rio-grandenses e os desertores portugueses que assediavam Montevidéu.

O alto-comando brasileiro estava muito preocupado, de forma que decretou prontidão absoluta e revisão dos armamentos, além de intensificar os exercícios de combate. O marechal Lecor não acreditava na reação portuguesa, mas via com simpatia o despertar de seu exército, que estava em estado de frouxidão. Na manhã de 29 de maio, convocou uma reunião que contou com a presença de todos os comandantes de unidades e de seus dois generais, Marques de Souza e Sebastião Barreto, para uma análise tática e estratégica da frente.

Marques de Souza falava sobre o quadro tático.

— Nós temos superioridade em cavalaria. Dom Álvaro tem forças para romper as nossas linhas, mas não poderá ir muito longe porque não dispõe de reservas de cavalhada. Avançará algumas léguas e terá de parar. Ficaria isolado no meio do campo, o que é muito pior do que sua situação agora, protegido pelas edificações e com boas reservas de suprimento.

Sebastião Barreto completou.

— Tens razão, Manuel. Ele não tem como receber reforços. Uma incursão seria como dar um tiro no pé. A menos que... (silêncio). A menos que ele esteja mancomunado com Buenos Aires. Nesse caso, os reforços chegariam por terra, pois a flotilha do comandante Nunes mal consegue isolar o porto de Montevidéu. Se Buenos Aires se mexer, eles podem desembarcar ao norte, lá por Mercedes, e vir em socorro dos portugueses.

Marques de Souza argumentou:

— Nesse caso, temos uma reserva no Rio Grande. O Abreu poderá se movimentar rapidamente e cortar o avanço dos argentinos na direção de Montevidéu. Outra possibilidade é a corte nos mandar uns mil homens de infantaria. Três navios podem trazer esses efetivos até Maldonado em duas semanas. Entretanto, não creio que Buenos Aires possa reunir tantas forças, pelo que sabemos, não é, marechal?

Lecor respondeu:

— Acho que os generais têm razão. Vou mandar um próprio às Missões para botar o Abreu de sobreaviso.

A seguir Lecor fez uma explanação de sua análise política do quadro. Para ele, Álvaro Costa procurava ganhar tempo. O jogo estava se realizando em Londres, onde o embaixador brasileiro, o marquês de Barbacena, negociava o reconhecimento da independência do Brasil. Montevidéu seria uma moeda de troca. Por isso sua posição era importante, pois de nada lhe valeria sacrificar vidas para fortalecer uma posição que um dia teria de entregar.

— A nós, nesse momento, cabe manter o cerco como prova da decisão do imperador de integrar num só reino todas as terras americanas. A situação difícil está no Norte. Há uma revolução na Bahia, que precisa ser apoiada com urgência, pois se não receberem um forte reforço os rebeldes serão massacrados pelo Madeira. Sei que dom Pedro reuniu tudo o que tinha de marinha e de forças de terra para mandar em socorro aos baianos. Ele também não dispõe de muitas tropas e não pode deixar o Rio de Janeiro vulnerável. Não se esqueçam que Salvador está protegida pela esquadra do almirante João Felix Pereira de Campos, que pode contornar a precária Marinha do Brasil e atacar a corte quando estiver desguarnecida. Também não sei até que ponto as tropas do Rio são confiáveis. Há muitos oficiais portugueses que aderiram, mas podem mudar de lado se as coisas virarem. Depois ainda há o Grão-Pará. Não esperemos reforços da corte. Vamos nos preparar para resistir com o que temos, se a situação se voltar contra nós. Mas não nos esqueçamos: os sitiados são os portugueses, não nós.

Lecor previa que o Brasil estaria numa situação mais favorável do que Portugal. Dom Pedro tinha o apoio decidido do imperador da Áustria, seu sogro, Frederico II, e uma posição ambígua da Inglaterra. O governo inglês gostaria de apoiar amplamente Portugal, pois era importante fortalecer dom João VI como um bastião fiel no continente europeu. Não apenas seu exército poderia atuar em caso de recrudescimento do conflito como o país era uma base de operações decisiva, como se vira na última guerra.

Disse Lecor:

— No caso de se reacender a guerra na Europa, nós seremos o trampolim para as operações dos britânicos contra a Espanha, contra o sul da França e também contra o reino das Duas Sicílias, no sul da Itália. Desculpem-me por ter falado "nós", referindo-me aos portugueses, esquecendo-me de que esse país cassou-me a cidadania e botou a minha cabeça a prêmio. Voltando: a Inglaterra precisa de Portugal forte e, para isso, é preciso devolver-lhe as colônias. Mas os ingleses não podem abrir mão do Brasil, pois somos mais do que um aliado confiável na América, somos um mercado para a sua indústria. Temos aqui uma colônia inglesa que opera o nosso mercado externo e tem ligações muito fortes na Inglaterra e na Escócia. Essa gente tem apoio lá e pressiona seu governo para reconhecer o Brasil. Qual será a troca? Portugal nos libera a América e nós deixamos a África com eles. A rebelião dos deputados africanos tem grande apoio no Brasil, pois vocês sabem como a Bahia e o Rio de Janeiro são integrados com os africanos. Os portugueses da África e os mercadores daqui são a mesma gente, chamados pelos fidalgos lá em Lisboa de "mulataria". Pois bem, a "mulataria" tem de se convencer que, mesmo que Portugal mantenha a soberania na África, os negócios vão continuar assim que passar essa borrasca. E também não se esqueçam: dom João está velho, doente e não vai durar para sempre...

O brigadeiro dom Fructuoso Rivera pediu a palavra. Ele era o comandante do Regimento de Dragões da União, uma tropa bem armada, esmeradamente fardada e adestrada.

Rivera:

— Concordo com o senhor, meu general, os argentinos não têm condições, nesse momento, de intervir na Banda Oriental. Eles possuem um bom exército, mas San Martin está no Peru, paralisado devido às divergências internas no governo de Buenos Aires e às cisões entre as províncias. Mas eles não desistiram de nos reincorporar às Províncias Unidas. Há muita gente conspirando do outro lado do Rio da Prata.

"Todos sabem que um dos pontos fortes da proposta argentina para a reincorporação é a devolução aos antigos proprietários das terras usurpadas pelos brasileiros depois da guerra contra Artigas, que ao ser derrotado levou para Corrientes a maior parte da população do país. Essas propriedades mudaram de donos. Além das terras, os brasileiros pegaram as suas mulheres, as viúvas abandonadas, que aceitaram forçadas essas uniões. Entretanto, elas estão criando os seus filhos com ódio dos pais estrangeiros e dos brasileiros em geral.

Marques de Souza atalhou:

— Não é bem assim, meu brigadeiro. Desculpe-me, mas essas famílias são legais, com casamentos regulares e reconhecidos.

— O senhor tem razão em parte. Muitas se casaram livremente, mesmo que por interesse. Não são todas, mas que há, há. E isso é o que vale para exaltar os ânimos contra os brasileiros. Essa gente convive com os portugueses sem entusiasmo, mas sem hostilidade. Serviram porque eram uma proteção contra uma invasão espanhola; atualmente, os portugueses estão vivendo em paz em Montevidéu porque constituem um anteparo contra os brasileiros. Entretanto, todos sabem que eles não vão ficar por aqui. Então aí começa o problema. Aquele grupo do Lavalleja, por exemplo, acredita que os portenhos são os aliados do momento, pois será mais fácil tirá-los daqui no futuro do que remover os brasileiros. Sinceramente, digo isso sem o menor cuidado, pois os senhores me conhecem, jamais trairia o meu juramento ao Reino. A única ideia que une todos os uruguaios é a independência completa do país. Nesse particular, posso afirmar, muitos brasileiros aqui estabelecidos nos apoiam. Acredito que haverá paz aqui no Prata quando essa situação for resolvida com a criação de um Estado independente. É isso o que todos esperamos da Constituinte: que se cumpra o compromisso assumido pelo general Lecor quando recebeu as chaves de Montevidéu: devolvê-las ao povo uruguaio.

— Desculpe-me, dom Fructuoso, mas não será a mesma coisa se integrarem a Banda Oriental às Províncias Unidas. O Brasil oferece estabilidade política garantida por uma Casa Real com a legitimidade dos séculos. Buenos Aires viria com o seu cortejo de lutas pelo poder.

— Peço permissão para discordar, meu general. Não é isso que o senhor diz que se vê no Rio de Janeiro. Os fatos que se veem não são nada diferentes do que se passou e ainda ocorre em Buenos Aires e nas províncias. Dom Pedro demonstra muito bem que se criou e se fez aqui na América do Sul. Ele é, de fato, um dos nossos, e não esse príncipe europeu que se diz ser.

— Não nego que ele pode estar tendo uma recaída absolutista. Não se esqueça de que os Bragança detinham um trono absoluto antes dessa Constituição do Porto.

— Não vejo assim. Ele não é um absolutista europeu. Dom Pedro é um caudilho sul-americano.

— Como assim?

— Vem dando golpe atrás de golpe. Começou dando um golpe de Estado nas cortes e agora dá nos seus súditos. Derrubou as cortes com o "Fico". Depois derrubou a bancada brasileira, retirando seus deputados da Assembleia. Derrubou a Constituinte do Rio, e agora o José Bonifácio acaba com a oposição prendendo e exilando o pessoal do Gonçalves Ledo. Diga-me o que tem isso de diferente dos golpes e contragolpes que acontecem em Buenos Aires há mais de dez anos? Não se iludam, meus senhores, quem sustenta dom Pedro não é a legitimidade da sua dinastia, mas a sua Guarda Imperial, que, a essa altura, está desembarcando na Bahia para assegurar o poder do seu general.

— O senhor pode ou não estar errado. Certo é que tem liberdade para dizer o que quiser, sem medo. Isso é uma conquista, e quem nos garante é dom Pedro, não o governo. Não se esqueçam de que ele é o Defensor Perpétuo do Brasil. A nossa lealdade é com o Brasil.

— Não se esqueça, general, que não estamos no Brasil. Dom Álvaro Costa, ali do lado de fora, está nos lembrando que somos uma província portuguesa em processo de separação da metrópole. As câmaras de vereadores do Rio Grande já se manifestaram, anexando-se ao Império do Brasil. E também outras províncias. Outras não. Aqui na Cisplatina o *Cabildo* ainda não se pronunciou.

A reunião foi tomando um rumo mais objetivo, discutindo-se as providências para conter uma eventual ofensiva portuguesa. Rivera deveria deslocar-se, colocando-se entre Montevidéu e Mercedes para dar o primeiro combate no caso de uma invasão argentina. Lecor afastaria a força uruguaia da guerra civil lusitana. Depois de dispensados os comandantes de unidades, ficaram apenas os três generais.

Marques de Souza opinou:

— Esse castelhano está certo numa coisa: o nosso maior problema não são os portugueses, mas os vizinhos aí do outro lado do rio.

Lecor concordou:

— Por isso é que sempre digo e repito: o mais certo é botar um algodão entre os cristais.

CAPÍTULO 23

Do Sítio à Insurgência

A ENTRADA TRIUNFAL DO Exército Brasileiro em Montevidéu na manhã de 14 de fevereiro de 1824 foi um dia de festa. Levantava-se oficialmente o sítio de dois anos, prometia-se restabelecer a vida normal para seus habitantes e acabar com as privações. Nos últimos dias, a cidade voltara a fervilhar com a chegada da flotilha inglesa que iria proceder à evacuação da Divisão Militar Lusitana. Os britânicos haviam levado como lastro toneladas de mercadorias, principalmente alimentos, que foram distribuídos à farta entre a população, pobres e ricos, pois o desabastecimento chegara a um ponto crítico.

Apesar da rendição de dom Álvaro Costa, em 18 de novembro de 1823, o marechal Lecor decidiu apertar o cerco, pois qualquer concessão somente retardaria o fim da guerra. Mesmo o pessoal que estava negociando por baixo do pano parou de agir. Melhor esperar uns dias, que a cidade seria dos vencedores.

Dom Álvaro não teve pressa para entregar a praça a seu desafeto, pois, à medida que avançava a crise da independência, ele e Lecor iam se estranhando, se desentendendo até chegarem a um rompimento. Lecor dizia a todos que o comandante da Divisão Militar era um traidor que não mereceria nenhuma consideração; Álvaro Costa dizia que Lecor estava um velho caduco. Afirmava: "Onde já se viu um velho de 70 anos enrabichado por uma castelhaninha de 18?", referindo-se à moça uruguaia com quem o marechal se casara para dar o exemplo de integração familiar às suas tropas. Só foi deixar a praça em fevereiro de 1824, cuidando antes de arrumar a cama para Lecor se deitar e botar debaixo uma bomba com o pavio aceso.

Os portugueses prepararam todo o tipo de embaraço. Um deles foi convocar eleições para o *Cabildo* de Montevidéu, dando liberdade ampla e apoio material para eleger uma assembleia antibrasileira. Em seu ato de instalação, em outubro de 1823, o *Cabildo* enviou uma mensagem à Assembleia Constituinte, no Rio, pedindo a imediata desocupação dos subúrbios da cidade pelas tropas que sitiavam Álvaro Costa. No fim do mês, outra votação emitiu um ato de nulidade da incorporação da Banda Oriental ao Reino, o que desfazia a exigência do império nas negociações internacionais pelo reconhecimento da independência.

Nos últimos dias, deram livre curso às manifestações antibrasileiras, prestigiando não só os independentistas como também os que insuflavam a opinião pública em Buenos Aires, obrigando o governo portenho a se meter num assunto que julgava inoportuno, mas do qual não pôde se esquivar. Nesses dias, já em fevereiro de 1824, Buenos Aires enviou missão diplomática ao Rio de Janeiro, chefiada por José Valentim Gomes, para pedir, pacificamente, que o império devolvesse o Uruguai. Alegava que o novo país se apossava ilegalmente do território, uma vez que os termos da ocupação pelos portugueses, em 1818, não previam a anexação ao Brasil. A nota de dom Pedro negando-se a devolver o Uruguai chegou a Buenos Aires uma semana antes do embarque dos portugueses. O imperador alegava "os interesses provenientes da incorporação e os empenhos mutuamente contraídos", além da "fidelidade que tanto distingue os cisplatinos e a dignidade do Império Brasileiro".

Contudo, não havia apoio à ocupação brasileira. Nem mesmo os estrangeiros acreditavam que a paz seria duradoura se o quadro se mantivesse. Estavam todos cansados das privações e foi assim, desconfiados e temerosos em relação ao futuro, que assistiram ao desfile dos rio-grandenses, com seus trajes típicos que lembravam a entrada das tropas de Artigas.

Lecor também se apressou em estabelecer um marco legal. Convocou eleições gerais e fez instalar um novo *Cabildo*, dessa feita com deputados mais flexíveis, que votaram pela anexação do Brasil em maio de 1824, jurando acatar e defender a Constituição brasileira, declarando oficialmente a subordinação do Uruguai ao novo país.

A preocupação de Lecor era consistente. Os portugueses foram autorizados a embarcar com suas armas e seus bens pessoais, o que era normal numa capitulação honrosa. O estranho era que, mandando revisar os arsenais abandonados, não encontrou os depósitos de armamentos que esperava, com exceção dos canhões dos fortes, equipamentos muito pesados. Lecor comentou com seus generais:

— O canalha do Álvaro deve ter mandado esse armamento para algum lugar. Alguém duvida onde foram parar?

— Naquela confusão que se estabeleceu no porto quando os barcos ingleses chegaram, não havia como controlar nada. Passou o que podia e o que não podia.

O comandante Pedro Nunes procurava justificar-se. Assim que a esquadrilha britânica passou pelo bloqueio, o porto foi aberto. À noite seria muito fácil para barcaças, traineiras e outros tipos de embarcações se esgueirar no meio da escuridão e sumir. As armas poderiam ter entrado no mercado negro para ser vendidas a caudilhos e grupos rebeldes das províncias. Ou então, como acreditava Lecor, tinham sido encaminhadas para nutrir os dissidentes uruguaios. Marques de Souza não tinha dúvida de que esse material fora enviado para a Argentina. De lá voltaria na primeira expedição que os Cavaleiros Orientais conseguissem mandar para o outro lado do Prata, pedindo uma ação enérgica contra o vizinho.

— Temos de vigiá-los. Os diplomatas devem pressionar o governo portenho, atrapalhar ao máximo, exigir contenção. Mas nós temos de nos preparar e para isso precisamos saber com antecedência o que pretendem, quando virão, e esperá-los, atacá-los, esmagá-los.

O marechal determinou que um grupo de trabalho fosse formado, devendo operar em estreita cooperação com o cônsul do Brasil em Buenos Aires, o diplomata Sinfrônio Maria Sodré. Uma rede de espionagem na Argentina e policiamento no Uruguai, essa era a proposta. Era necessário, ao mesmo tempo, recompor o exército, que estava com soldos atrasados, para evitar o comércio ilícito, o tráfico, quando não a pilhagem. Era preciso repatriar o maior número possível desses homens e pagar os atrasados dos que ficassem na cidade. Isso evitaria que se estabelecesse um clima de insegurança, incompatível com uma retaguarda amiga, como pretendia o alto-comando brasileiro.

Pelo lado dos oficiais, também abatidos pela falta de pagamentos, era necessário licenciar os milicianos para voltarem a seus afazeres profissionais antes de serem novamente chamados à ação. Uma condição essencial para integrar o quadro de oficiais de segunda linha era ter renda própria. Já os oficiais de linha, também apertados, seriam enviados para o Brasil, onde aguardariam novas ordens. Outra providência prática foi desmobilizar as tropas orientais, reduzindo os efetivos dos Dragões da União, de Rivera, que contavam com mil homens durante o cerco, para 250 praças em tempo de paz. Tudo em nome da racionalidade administrativo-financeira.

Lecor não tinha muita certeza da lealdade dos uruguaios: uma coisa era combater os portugueses, outra seus conterrâneos. Além disso, dividiu a milícia local em dois corpos, um a cargo do próprio Rivera e o outro sob o comando de Julián Laguna, caudilho mais radical em suas posições antiportenhas e adversário intransigente de Lavalleja nas disputas internas pelo comando político na campanha Uruguaia.

Entre os oficiais que seriam enviados à corte estava o recém-promovido alferes Manuel Luís Osorio. O rapaz, depois do combate do Miguelete, continuara desenvolvendo-se, até ser reconhecido como primeiro-cadete, em 1º de outubro de 1824, o degrau para o oficialato, logo recebendo as dragonas de alferes do Exército de Primeira Linha, ou seja, integrado ao quadro de militares regulares, em 24 de dezembro do mesmo ano. Ao ser transferido da milícia para o exército, foi designado para a 2ª Companhia do 3º Regimento de Cavalaria, desligando-se da Legião de São Paulo. Quando recebeu sua carta-patente de oficial do Exército Brasileiro, Osorio contava 16 anos, 6 meses e 21 dias de vida. Assim que tomou posse do novo posto, entrou com um pedido de licença e requereu sua matrícula na Imperial Academia Militar, a nova denominação da tradicional Academia Real. Estava exultante, pois iria, finalmente, realizar o sonho de dedicar-se aos estudos sem desobedecer ao pai, que o queria oficial do exército.

Ao longo de 1825, o general Lecor licenciou a milícia e deu folga a boa parte do Exército de Primeira Linha. Estava despreocupado da segurança interna, baseado nas informações de inteligência que lhe enviava semanalmente de Buenos Aires o cônsul Sodré. O Brasil usufruía de grande vantagem, bem plantado em Montevidéu, com exército bem armado e marinha eficiente, ambos recém-saídos da campanha contra Portugal, em condições de tomar Buenos Aires, se a questão se colocasse. A Argentina estava com seu exército em frangalhos, estacionado no Peru e parcialmente sob o controle de Simón Bolívar para a conclusão da campanha contra os espanhóis.

Uma guerra contra o Brasil seria um desastre, e os dirigentes argentinos sabiam disso. Acabavam de dar os primeiros passos para criar um Exército Nacional que pudesse fazer frente aos brasileiros. Os Cavaleiros Orientais não tinham recursos para uma campanha revolucionária. Não podiam contar com os governantes portenhos, que negavam auxílio para não correr o risco de uma retaliação brasileira. Havia ainda a questão das armas, que era a prioridade que Lecor colocara a Sodré, mas não havia notícias delas. Somente boatos.

Um dos boatos era de que tinham sido compradas pelo Paraguai, mas Lecor não acreditava nessa hipótese.

— Não há como a província do Paraguai ter comprado esse armamento. Eles não têm dinheiro, estão isolados. Não creio; as armas estão aqui dentro do Uruguai e vão aparecer. Mas aí será tarde. Os castelhanos já estarão me esganando.

Lecor não temia uma guerra iminente. Era importante que estivesse atento, simplesmente, para não ser surpreendido. Bastava vigiar o governo de Buenos Aires, os conspiradores orientais e a maçonaria, onde tudo transitava, pois todos os dirigentes americanos eram maçons, desde os Estados Unidos até o Prata, passando pela Venezuela de Bolívar e pelo Rio de Janeiro, onde o imperador pontificava como grão-mestre do Grande Oriente do Brasil, iniciado na loja Comércio e Artes.

A conexão maçônica era contrária à guerra entre Brasil e Argentina. Essa irmandade conspirara efetivamente para a libertação das

Américas, articulara e financiara revoluções nos Estados Unidos, no México, na Grã-Colômbia, no vice-reinado do Prata e no Brasil, com suas ramificações no Chile, no Peru, no Pará e também na Banda Oriental, pela ação da loja Cavaleiros Orientais. Seu mestre era o general argentino Carlos Alvear, originário da loja Lautaro, fundada por José de San Martin, que dera início à secessão em Buenos Aires.

No lado brasileiro, a essa altura o marechal Lecor, que já era um quase caudilho de Montevidéu, sentia que na ausência de dom João VI seu prestígio no Rio de Janeiro diminuía consideravelmente. Procurou então se fortalecer junto aos caudilhetes rio-grandenses, especialmente Bento Manoel Ribeiro, Bento Gonçalves e José de Abreu. Outro movimento político, imprescindível para efeito de acesso aos recursos bélicos e financeiros do império, aproximou-o do novo presidente da província do Rio Grande, o desembargador paulista José Feliciano Fernandes Pinheiro. Nomeado pelo imperador, o governador era um aliado indispensável. Embora o marechal estivesse ligado às forças político-econômicas de Montevidéu, sempre dependeria da chancela do Rio de Janeiro.

Em 1822, o Rio Grande do Sul foi elevado da condição de Capitania d'El Rey a Província do Império, com poderes Legislativo e Judiciário próprios. Nesse sistema, a força dos caudilhos do interior, que comandavam o eleitorado e tinham as armas, era significativa. De acordo com seus cálculos, Lecor, com o apoio dos rio-grandenses, acreditava poder sufocar sozinho um levante na campanha Uruguaia.

No final de 1823, a Argentina começou a se estabilizar com a ascensão de Martin Rodrigues. O grande articulador foi o ministro de Governo, Bernardino Rivadávia, que alimentava o fantasma da ameaça brasileira para convencer os caudilhos provinciais a uma composição com Buenos Aires. Ele concertou um acordo denominado "Quadrilátero", englobando as províncias de Buenos Aires, Entre Rios, Santa Fé e Corrientes. A Argentina estava forte.

Lecor anotou esse progresso, embora os informes de seus espiões assegurassem que Rivadávia continuava pregando cautela em relação ao império. Seu ministro do Exterior, Manuel José Garcia, afirmava que a reincorporação do Uruguai naquele momento seria apenas um fator a mais de crises, trazendo a desordem endêmica da Banda Oriental para ser mais um complicador, que acabaria por abalar a precária estabilidade no Prata.

Sodré não afrouxava a pressão diplomática sobre o governo portenho. Opunha-se enfaticamente aos movimentos dos Cavaleiros Orientais. Os agitadores uruguaios e seus aliados portenhos pregavam abertamente uma guerra contra o Brasil.

O líder mais importante a apoiar os Cavaleiros Orientais, Carlos Alvear, viajara ao exterior em missão oficial do governo. Estivera na Inglaterra e nos Estados Unidos, oficialmente negociando o reconhecimento diplomático da independência das Províncias Unidas. Seu objetivo seria convencer os países amigos de que a Argentina era um país único, organizado sob a forma de confederação de províncias unidas, praticando o sistema republicano. Por baixo do pano, referia-se à situação do Uruguai e da possível guerra contra o Brasil. Seu afastamento da Argentina, porém, atendia a outros objetivos do governo. Rivadávia pretendia tirar Alvear da linha de fogo, preservando-o para o futuro.

No lado brasileiro, o cônsul atribuía o afastamento do principal mentor dos Cavaleiros Orientais às pressões diplomáticas que exercia sobre o governo argentino, reclamando contra a liberdade com que se conspirava contra o império. Sodré mandou um informe a Lecor vangloriando-se de ter conseguido neutralizar o principal agitador anti-brasileiro. O marechal ficou aliviado, mas fortificou-se em Montevidéu e em Colônia, onde destacou para comandante o brigadeiro Manuel Jorge Rodrigues.

Na Argentina, a causa oriental era muito popular, e o poder a manipulava para que a opinião pública se mantivesse mobilizada. Os exilados uruguaios faturavam essa disposição, deixando o governo numa situação difícil, pois, não obstante sua simpatia, eram atitudes hostis a um governo formalmente amigo.

Alvear percebeu que Rivadávia pretendia postergar a solução do caso uruguaio. Reuniu seu grupo e traçou um plano de ação, combinando sua missão diplomática com ações concretas para manter a chama acesa. Era preciso criar um fato que acelerasse o processo tanto na Argentina como na campanha, antes que os brasileiros pudessem fincar raízes.

— Temos de aproveitar que eles estão fracos. Quando falo "eles" quero dizer argentinos e brasileiros. A minha missão pode ser útil, mas temos de agir antes que amarrem as pernas.

Para acompanhar Alvear, foi designado outro membro dos Cavaleiros Orientais, Tomás Iriarte. A missão se ampliara. Iriam à Inglaterra e aos Estados Unidos, e na volta passariam pela Colômbia, o novo país criado por Simón Bolívar, unificando Venezuela, Nova Granada e Equador. O projeto era invadir o Uruguai e instalar um foco de guerrilhas que se iria propagando. Quando a Argentina estivesse forte, contando com o apoio popular, os reforços chegariam, por bem ou por mal. Não se falou das armas portuguesas, mas certamente contariam com elas. No início de 1824 Alvear e Iriarte partiram rumo à Europa na fragata *Lindsay*. Iriarte comentava, para despistar:

— Carlos e eu chegamos à conclusão de que estamos sendo desterrados.

Ao longo de 1824 e nos primeiros meses de 1825 não se verificaram ações concretas de rebelião no Uruguai, tanto que Osorio e mais um grupo de jovens oficiais do exército foram licenciados, devendo apresentar-se no Rio de Janeiro nos primeiros dias de maio para os cursos da escola militar. Sua intenção era fazer o curso de Engenharia.

No quartel-general em Montevidéu, no início do ano de 1825, Lecor escrevia ao presidente do Rio Grande do Sul alertando para a mudança que estaria por ocorrer na Argentina. Duas grandes vitórias de Simón Bolívar no Alto Peru haviam eliminado a ameaça espanhola, liberando tropas argentinas que se encontravam nos Andes: a de Junin, em 6 de agosto de 1824, e a de Ayacucho, em 9 de dezembro de 1824, quando o general José Antonio Sucre encerrou de vez a guerra de independência.

Nesse meio-tempo, Alvear passou por Buenos Aires e seguiu para Potosí, no Alto Peru, para se entrevistar com Simón Bolívar e obter seu apoio à revolução para a libertação do Uruguai.

Osorio já embalara suas roupas, empacotara seus livros, fora a Salto despedir-se dos pais e dos irmãos e estava pronto para seguir para o Rio no primeiro barco da marinha que fosse para a corte. Nesse dia chegou a Montevidéu a notícia, vinda de Colônia: o cônsul Sodré mandara um barco atravessar o Prata e levar ao brigadeiro Jorge Rodrigues, comandante da praça, a informação de que era iminente a invasão da Cisplatina por rebeldes orientais exilados na Argentina.

No dia 19, um grupo de uruguaios armados desembarcou na praia de Agraciada, vindos de Buenos Aires, sob o comando de Lavalleja, lançando um manifesto conclamava a população oriental a aderir a uma revolução contra o império. Era composto por 33 homens, que se autodenominaram "Los Trinta y Três Orientales", um grupo de revolucionários radicais integrado por 17 uruguaios, 11 argentinos, dois africanos, um francês, um paraguaio e até um brasileiro, de nome Berverina, republicano exaltado que pretendia derrubar a monarquia. O comando revolucionário era de um dos mais temidos capitães de Artigas: Juan Antonio Lavalleja. Seu valor não se limitava às qualidades guerreiras, mas à grande liderança política entre as populações da campanha.

Lecor recebeu então uma nova notícia assustadora do cônsul Sodré: o congresso das Províncias Unidas acabara de votar uma lei criando um Exército Nacional, com efetivo previsto de 7.620 homens, recrutados em todas as províncias, em número proporcional à população de cada uma. A guerra batia à porta.

No mesmo dia, Lecor despachou navios para a fronteira do Rio Uruguai, decretando prontidão às tropas aquarteladas nas cidades ribeirinhas. O tenente-coronel Manuel Luís recebeu ordens de ir a Caçapava reunir um corpo de cavalaria e voltar imediatamente, incorporando-se às tropas que, esperava, seriam enviadas em seu socorro de Porto Alegre. Numa das cartas, Lecor escrevia ao brigadeiro José de Abreu, nobilitado por dom Pedro I com o título de barão do Cerro Largo. Ele era comandante de armas do Rio Grande do Sul, de onde esperava o reforço decisivo para mandar os orientais de volta a Buenos Aires. Para o Rio de Janeiro escreveu dizendo ser inevitável e iminente uma guerra contra a Argentina e pediu reforços, principalmente de infantaria e material pesado, além de uma flotilha que pudesse assegurar o controle e o abastecimento das cidades costeiras. Era importante que não tivesse suas comunicações interrompidas, mas também não podia esperar que seus mensageiros e comboios de suprimentos cruzassem impunemente os pampas uruguaios.

No quartel-general, em Montevidéu, reuniu-se com todos os oficiais da guarnição, entre eles Osorio, ansioso por notícias mais detalhadas. Ele já estava desligado de sua unidade, aguardando embarque para o Rio. Numa preleção exaltada, Lecor conclamou todos à luta. A seguir, distribuiu as ordens, precavendo-se contra um eventual ataque de surpresa. Depois, comunicou aos jovens aspirantes que todas as licenças estavam suspensas.

Osorio viu naufragar mais uma vez seu desejo de estudar. Ali mesmo morreram suas esperanças. Pediu um aparte a seu comandante em chefe e se ofereceu para ser incorporado no primeiro contingente que seguisse para a campanha. O general Lecor atendeu-o na hora:

— Concedido, aspirante. Apresente-se ao coronel Brás Jardim. Ele está embarcando amanhã para Mercedes, levando reforços.

CAPÍTULO 24

Sabres e Lanças

Quando Osorio chegou à foz do Rio Negro dava para sentir o perigo. Tão logo desembarcaram na Praia de Agraciada, Lavalleja e seus Trinta e Três marcharam para o norte, em direção ao porto de Mercedes, controlado por tropas orientais integrantes do Exército Imperial Brasileiro. Apoiados pela população hispânica local, os rebeldes cruzaram o Rio São Salvador e atacaram Soriano, um vilarejo na desembocadura do Rio Negro, ao sul do porto, vencendo as tropas do coronel Julián Laguna, que tentavam impedir sua marcha.

Após a vitória em Soriano, Lavalleja declarou iniciada a revolução, emitindo um manifesto em que convocava todos os seus compatriotas à luta. De lá foi para o leste, entrando no país, no rumo de Montevidéu.

Quando Brás Jardim desembarcou em Mercedes, ponto estratégico para controlar as rotas de comunicação, Lavalleja já estava a muitas léguas, quase chegando a Durazno. Tanto Mercedes quanto Durazno eram guarnecidas pelos Dragões da União (infantaria montada), uma tropa composta por soldados orientais a serviço do império. Era um corpo fundado pelo caudilho Fructuoso Rivera em 1811 com o nome de Dragones Orientales. Depois da pacificação, esse contingente foi assimilado pelos portugueses, mas na guerra pela Independência do Brasil passou-se para o lado de Lecor.

O quartel em Mercedes fora inteiramente batido pelos rebeldes. O comandante de Mercedes, coronel Julián Laguna, manteve-se leal ao império. Entretanto, metade da sua tropa desertou, apresentando-se a Lavalleja, e metade combateu frouxamente, o que tornou a vitória da revolução muito fácil, tanto que o Combate de Soriano nem chega a ser considerado em fato militar relevante.

Era isso que o alferes comentava com o coronel Brás Jardim enquanto desembarcavam 250 praças da cavalaria brasileira, trazidos de Montevidéu para ocupar a posição abandonada pelos uruguaios.

— O coronel Julián deixou-me aqui para esperá-lo e foi-se com o resto do seu pessoal se incorporar ao brigadeiro Rivera em Durazno.

Isso foi o que disse aos oficiais um velho sargento brasileiro que ficara encarregado do quartel, tratando dos feridos que Laguna deixara para trás. O sargento Adão era um carioca, veterano de outras guerras, que se radicara em Mercedes. Osorio foi encarregado de fazer um inquérito sobre os acontecimentos. Logo apurou que Laguna não combatera por lealdade ao imperador, mas porque era adversário político de Lavalleja. Dias depois, nova informação agravou o quadro político-militar. Na passagem do Arroio Monzon, Rivera, em vez de combater, aderiu a Lavalleja e ambos seguiram incorporados em direção a Montevidéu. Analisando a notícia, Brás Jardim disse a seu alferes:

— Está formada a partida. Novamente somos nós do Rio Grande contra os orientais. Vamos nos fortificar, pois eles podem voltar. Se vierem, aqui não entram.

Dias depois, de um barco que descia o Uruguai veio a informação de que o brigadeiro José de Abreu reunira o Exército Rio-Grandense desceria pela costa do rio até Mercedes, onde estabeleceria sua base de operações. Enquanto isso, Lavalleja tratava de se organizar. Convocou eleições, realizadas em junho de 1825, formando um governo provisório sob a chefia de Manuel Calleros; o presidente nomeou-o comandante em chefe do Exército Libertador e Rivera, inspetor-geral de Armas. Em 25 de agosto a Assembleia dissolveu solenemente todos os atos dos poderes de Portugal e do Brasil e proclamou que a província oriental estava livre. Entretanto, nesse mesmo dia o mesmo Congresso declarou o Uruguai anexado às Províncias Unidas. Isso era essencial para obter apoio material e político de Buenos Aires. Em seguida, declarou-se a cidade de Florida como capital provisória do novo país, e a tropa marchou rumo a Montevidéu, estacionando no Cerro da Vitória. A cidade estava oficialmente sitiada.

Militarmente, Lavalleja não tinha forças para tomar a cidade, mas Lecor não podia arriscar-se em um contra-ataque, nem mesmo controlar as cercanias de Montevidéu, dominadas por guerrilhas e sabotagens. Politicamente, contudo, o cerco era verdadeiro. Mandou então chamar aos dois Bentos para definir uma contraofensiva.

No Rio de Janeiro, a revolução na Cisplatina não teve a menor repercussão. A imprensa, os meios políticos e a população estavam completamente absorvidos pelos embates da luta pelo poder entre os denominados exaltados e conservadores, entre liberais e portugueses. A anexação ou não do Uruguai era uma questão fora de qualquer agenda, a não ser para o próprio imperador, que tinha objetivos mais amplos. O Uruguai fazia parte do plano de restabelecimento futuro do Reino Unido, um império que teria domínios nos três oceanos — Atlântico, Pacífico e Índico — e nos cinco continentes.

Para esse objetivo, contava com a Coroa da antiga metrópole, com o Brasil unificado, incluindo Pará e Cisplatina, com Angola, Guiné, Moçambique, Índia, Macau e também metade da longínqua ilha do Timor, que era disputada com a Holanda, num último resquício das lutas coloniais entre os dois países no século XVII. Por isso costumava prestar atenção aos fuxicos da corte, que se referiam a um plano de Lecor para separar do Brasil o Rio Grande e o Uruguai, formando um único país, o seu Estado-algodão. Outros, ainda, diziam que o velho general estava senil e teria prometido coroar sua mulher adolescente rainha do Prata.

O imperador decidiu então enviar uma tropa da Corte e uma força naval fiel a seu trono para tirar da cabeça do recém-nomeado visconde de Laguna tais desvios. Com a medida, contrabalançava a predominância do Exército Rio-grandense, com o qual Lecor pretendia enfrentar e vencer os rebeldes de Lavalleja. Esse resultado seria muito perigoso para o trono.

Enquanto os reforços estavam a caminho, Lecor resolveu decidir a guerra com antecedência. Ordenou ao barão de Cerro Largo que enviasse imediatamente a Montevidéu a Divisão do coronel Bento Manoel Ribeiro, a mais aguerrida do Exército Rio-Grandense.

À frente de 800 homens de cavalaria, milicianos em sua maior parte, reforçados com um pequeno contingente de linha, Bento Manoel atravessou a Banda Oriental no sentido sudeste, aproveitando para colher informações sobre o inimigo, que estava concentrado na região de Durazno, bem no centro do país. Abreu acelerou sua marcha rumo a Mercedes, à frente de outros 1.200 homens, deixando para trás dois corpos de lanceiros guaranis. Cada um deles contava com 200 homens, que vinham das Missões; um comandado pelo coronel José Luiz Mena Barreto, grande estrela do Exército Rio-Grandense aos 28 anos de idade, e o outro pelo coronel Jerônimo Gomes Jardim, um veterano campeador formado nas coxilhas.

Lavalleja convocou seu alto-comando para uma reunião assim que soube da secção das forças de Abreu. Além dele, estavam Rivera, o outro general, mais os coronéis Manuel Oribe e Leonardo Oliveira.

— O mais importante nesse momento é o segredo. Vamos dar ao Lecor o que o Curado deu ao Artigas: uma grande surpresa. Vence a batalha quem sabe mais sobre o inimigo.

— Eles estão cometendo um grande erro dividindo suas forças. Vamos batê-los por partes, um depois o outro; mas antes precisamos fazê-los acreditar que toda nossa força organizada é o Regimento dos Dragões Orientais. Assim eles se mantêm divididos. Vamos fazer uma demonstração para que eles acreditem nisso.

— Coronel Oribe, organize uma partida para vigiar a marcha do Bento Manoel. Mas que nenhum desses homens, nem oficiais nem soldados, saiba o que estamos fazendo aqui nesse acampamento. Deixe-os pensar que não temos nosso exército, que acreditem que nossa força é a dos Dragões. Se alguém for capturado, dirá isso aos brasileiros e eles acreditarão.

Oribe questionou:

— Mas não seria melhor a gente surpreender o Bento Manoel no meio do caminho? Se chegar a Montevidéu poderá receber reforços.

— Ainda não, coronel. Ainda não. O nosso objetivo é dividir as forças do Rio Grande que vêm em socorro a Lecor. Vamos deixá-lo passar sem ser molestado. Quanto mais ao sul ele chegar, mais difícil será a sua junção com Abreu. De qualquer forma, mesmo que Lecor lhe dê reforços, não pode ser muita coisa, pois ele precisa dos homens e dos armamentos que tem em Montevidéu.

"Já o senhor, brigadeiro Rivera, irá com o seu efetivo completo hostilizar Abreu na costa do Uruguai. Mas não trave combate. Morda e solte, mas com força suficiente para que eles pensem que ali está o nosso esforço principal. Depois, volte a toda velocidade para reunirmos o exército aqui em Durazno. Ficaremos no meio deles, combatendo quem primeiro se apresentar, Abreu ou Bento Manoel. Seja qual for, teremos superioridade. Essa é a nossa decisão estratégica.

Enquanto Bento Manoel cruzava o Uruguai na direção do Rio da Prata, Rivera cavalgava na direção contrária com seus 500 homens dos Dragões Orientais, de encontro ao barão de Cerro Largo. De Montevidéu, Lecor enviou mensagem a Bento Gonçalves, que estava estacionado com seu corpo de milicianos em Cerro Largo, mandando-o se aproximar da capital. Osorio seguiu com Bento Manoel. Corria o mês de setembro.

Rivera aproximou-se do Rio Uruguai. Vinha um pouco contrariado por ter ficado um degrau abaixo de Lavalleja na hierarquia militar da revolução, mas também não podia reclamar, porque o comandante em chefe correra o risco da invasão. Aceitava a subordinação estratégica, mas se reservava às decisões táticas.

Assim que a tropa dos Dragões Orientais foi avistada, o brasileiro partiu no seu encalço com 600 homens. Foi alcançado nas pontas do Arroio Áquila no dia 4 de setembro. Entretanto, dado o primeiro choque, resolveu obedecer às ordens que recebera e recuou, deixando três oficiais e 28 soldados mortos. Essa ação demonstrava aos brasileiros que a força principal dos uruguaios estava operando naquela região. O estratagema funcionava.

Do Áquila ele partiu na direção do Rio Negro, onde pretendia se mostrar mais algumas vezes, antes de recuar para Durazno. Após o recontro, Bento Manoel seguiu no rumo de Montevidéu, como esperava Lavalleja. Rivera procurava objetivos quando um de seus batedores avisou que Abreu soltara uma cavalhada nas pastagens do Rincão das Galinhas, um espaço entre os rios Uruguai e Negro, no outro lado do porto de Mercedes. Concluiu que seria uma grande manobra ganhar a cavalhada, deixando o inimigo desmontado e fazendo o barulho que se esperava. No dia 24 de setembro apareceu no rincão à frente de 250 homens e atacou os cinquenta tropeiros que pastoreavam a manada.

Enquanto Bento Manoel se apressava para chegar a Montevidéu, Rivera assaltava a pastagem de Rincão das Galinhas. Os guardas da manada abriram fogo, iniciando-se o tiroteio. Num braço de rio, os navios da esquadrilha do comandante Senna Pereira perceberam a movimentação de tropas, que empurravam os brasileiros contra a margem do rio. Abriram fogo com seus canhões, paralisando a investida dos uruguaios. Rapidamente, baixaram escaleres e foram até a margem recolher os soldados, levando-os para bordo. Entretanto, vinte homens caíram mortos. Rapidamente, Rivera refluiu para o interior, saindo do alcance da artilharia naval e reunindo a cavalhada.

Nesse momento, seus batedores avisaram que duas unidades brasileiras aproximavam-se do local, certamente procurando passo para se reunirem à tropa de Abreu do outro lado do Rio Negro, onde ocupavam a cidade de Mercedes.

— Eles estão vindo despreocupados, general. Espalhados, sem nenhuma organização.

Era o 24º Regimento de Cavalaria Guarani do coronel Gomes Jardim, com 190 lanceiros. Eles se espalhavam, vinham em pequenos grupos, distantes uns dos outros. Com dias de marchas forçadas, pois suas ordens eram de se unir o mais rapidamente possível a Abreu, o Regimento vinha com homens cansados e cavalos tão esgotados que mal caminhavam.

Para complicar, os brasileiros não sabiam da adesão de Rivera à revolução. Reconheciam seus uniformes e estandartes como amigos. E isso foi muito bem usado, pois os Dragões puderam se misturar aos guaranis antes de sacar as espadas e lanças e iniciar a matança. Completamente fora de forma, os brasileiros foram caçados aos grupos e lanceados pelos homens de Rivera, que agiam em formação. Gomes Jardim deu a ordem de retirada e sua unidade debandou.

O morticínio parou quando o brigadeiro foi informado sobre a aproximação de outra unidade de igual tamanho. Rivera chamou seus homens, mandando-os abandonar a perseguição, e repetiu o estratagema, mandando atacar.

Era o 25º Regimento de Cavalaria Guarani, sob o comando do jovem coronel Mena Barreto, com 230 homens. Ele estava completamente desinformado sobre a marcha do 24º, porque não reconhecia qualidades intelectuais e profissionais em Gomes Jardim para comandá-lo, embora Jardim tivesse a precedência da antiguidade. Assim, os dois oficiais comandantes não se falavam. Mena Barreto não tinha canal de comunicação para informar-se do que ocorrera logo à frente e marchava absolutamente despreocupado, supondo que a tropa que se aproximava eram homens de Abreu dando-lhe as boas-vindas, com a missão de guiá-lo até o quartel. Assim foi alcançado pelos uruguaios.

Apesar de muito moço, Mena Barreto era um guerreiro experiente. Já comandava havia algum tempo a guarnição de São Borja, nas Missões, e conhecia bem seus soldados. O comandante brasileiro viu os Dragões se aproximando, observou-os pelo binóculo, olhou para sua tropa marchando dispersa e resolveu mandar formar em coluna, não se sabe se para receber os Dragões com certa galhardia ou por desconfiar de alguma coisa, quando escutou o clarim no toque de carga. Seus homens quase nada poderiam fazer com aqueles cavalos, mas o jovem coronel recusou-se a dar a ordem de retirada. Foi um morticínio. Tombaram 120 homens e a maior parte dos restantes foi feita prisioneira. O próprio Mena Barreto, cercado por uma dúzia de uruguaios, foi furado a lançaços e retalhado a golpes de sabre.

Gomes Jardim conseguiu reagrupar seus homens e recuou para o Rio Arapeí, ao norte, abortando a incorporação ao exército do barão do Cerro Largo. Rivera escreveu: "Os brasileiros vinham fazendo as marchas mais extraordinárias e precipitadas que se podia imaginar." A Batalha do Rincão das Galinhas foi um desastre para os brasileiros e uma vitória que elevou o prestígio de Rivera, deixando-o quase ao lado de Lavalleja, que, até aquele momento, só havia vencido seus próprios compatriotas de Julián Laguna. Rivera batera brasileiros, embora as tropas numerosas que enfrentou fossem de índios guaranis, que na época tinham pouco prestígio como guerreiros eficientes.

Bento Manoel chegou a Montevidéu quase junto com os reforços enviados pelo Rio de Janeiro, constituídos, principalmente, de tropas de infantaria e de artilharia, formadas na maioria por militares especialistas e técnicos em fortificações, material bélico, saúde e outras áreas essenciais para uma praça sitiada. Não seriam de grande utilidade na campanha, onde a guerra seria travada com o emprego de cavalaria, espada e lança, no corpo a corpo entre tropas mal equipadas, supridas por uma logística deficiente. O velho português iria usar seu equipamento moderno para defender cidades, o que de fato fez até o último momento, quando deixou suas fortalezas removidas por um tratado de paz.

Bento Manoel apresentava-se ao comandante em chefe junto com sua oficialidade. Quando chegou a vez de Osorio, não pôde deixar de diferenciá-lo.

— Esse aqui o senhor conhece, não?

— Desde piá. Então, como vai essa força? Tive o prazer, coronel, de assinar dois documentos que vão ficar na história, os dois dispensando-o da idade mínima para verificar praça e receber os galões de oficial do Exército de Linha. Como ele foi contigo?

— Muito bem, muito esperto, muito corajoso, barão...

— Deixa isso de barão; me chama de general que isso eu sei que sou.

— Está bem. Pois, general, foi ele com seu esquadrão que arremeteu sobre o flanco do Rivera, lá no Áquila, e fez algumas baixas. Por sinal, pareceu-me que o Rivera não queria combater, pois fez uma correria e se foi quando tinha gente suficiente para nos atacar e provocar um estrago. Não fosse o Osorio, escapava incólume.

Bento Manoel estava junto com seu subcomandante, o major Felipe Néri de Oliveira, e dois outros oficiais, o major Albano de Oliveira Bueno e o coronel Pedro Pinto, este sem funções de comando, apenas um amigo que o acompanhava como voluntário. O grupo separara-se do restante dos oficiais e fora para outra peça, a sala de situação, onde descrevia a missão que estava dando à força rio-grandense.

— Bento, você tem de atacar e destruir as bases de Lavalleja e prender e extinguir esse governicho que eles montaram lá na Florida. Vou te dar reforços, infantaria, artilharia, tudo o que precisar. Esses contingentes estão desembarcando, chegaram desconjuntados, foi uma organização de emergência, mas assim que estiverem prontos vocês partem. Também já mandei buscar o Bento Gonçalves, que está com a sua gente em Cerro Largo. Ele vai ser o seu cocomandante. Vocês vão agir de comum acordo. Contra vocês dois juntos não há força que possa resistir aqui. Só precisamos estruturar um exército completo com as três armas e vocês serão imbatíveis.

Bento Manoel acampou num subúrbio de Montevidéu e todos os dias lhe chegavam suprimentos e os reforços prometidos. Os primeiros foram 400 homens tirados daqui e dali. Um esquadrão de guerrilhas com soldados uruguaios e portugueses rebaixados, 80 guaranis de infantaria que foram armados como lanceiros a cavalo, um contingente de condutores de artilharia e um grupo do 7º Regimento de Infantaria, que se uniu ao Esquadrão do 3º Regimento de Cavalaria. Disciplinar, adestrar, adaptar, integrar esse grupo heterogêneo em tão pouco tempo a uma força de alta mobilidade era o desafio. Osorio foi designado para esse grupamento, meio desolado, pois seu comandante era o tenente Brotas, originário da artilharia e improvisado em cavalariano.

Os dias se passavam e Bento Manoel ficava cada vez mais nervoso, querendo atacar Lavalleja enquanto os uruguaios estavam com suas forças divididas. A essa altura já chegara a Montevidéu a notícia do desastre no Rincão das Galinhas e do fim trágico do coronel Mena Barreto. Sabia-se que Gomes Jardim recuava para o norte, sem condições de chegar até Abreu, ficando Rivera entre eles. Cerro Largo podia esquecer aqueles reforços e se contentar com o que já tinha. Lecor, mesmo concordando com as preocupações militares de Bento Manoel, acrescentava a urgência política de um desfecho favorável.

— Você tem de liquidá-los antes que os argentinos possam intervir.

As notícias de Buenos Aires eram inquietantes, agravadas pelos relatos pessoais do cônsul Antônio José Falcão, que substituíra Sodré à frente da representação diplomática brasileira. Estava claro que a escalada de provocações mútuas levaria os dois países ao rompimento. Meses antes, em julho, quando foi formado um governo na Banda Oriental, a novidade foi comemorada com grandes manifestações em Buenos Aires. Numa delas, a multidão foi protestar diante do consulado do Brasil. Primeiro protestaram os gritos, depois atiraram pedras e por fim arrancaram o escudo do império da frente do prédio e o incendiaram ante a passividade da polícia. Também de nada valeram os protestos diplomáticos do cônsul Sodré, que exigia desculpas oficiais e uma declaração de neutralidade do "país amigo" diante dos eventos na Banda Oriental. O ministério do Exterior reagiu com evasivas. Declarando-se inseguro, Sodré partiu então para Montevidéu, deixando a representação diplomática acéfala.

Logo em seguida chegou o primeiro escalão dos reforços vindos do Rio de Janeiro. Era uma esquadrilha naval composta por uma fragata, duas corvetas e seis brigues, sob o comando do vice-almirante

Rodrigo José Ferreira Lobo. Mais uma vez, a Banda Oriental assistia a duas guerras simultâneas. No Prata, as forças do império desafiavam Buenos Aires; na campanha, os rio-grandenses se enfrentavam com os uruguaios. Nesse mesmo momento, o comandante de armas do Rio Grande do Sul, o brigadeiro José de Abreu, entrava em território oriental à frente de 1.200 soldados de cavalaria, descendo pela margem esquerda do Uruguai para a linha do Rio Negro.

Lecor não perdeu tempo. Ao grupo de Montevidéu deu a missão de ir a Buenos Aires desagravar os símbolos nacionais ofendidos. Conferiu a Abreu a tarefa de atacar os uruguaios. Em Buenos Aires, Lobo exigiu que a Argentina retirasse do Uruguai seus súditos que lutavam ao lado de Lavalleja. O ministro do Exterior, Manuel José Garcia, que fora alguns meses antes o enviado plenipotenciário no Rio para pedir a desanexação da Banda Oriental, disse que não negociaria com um simples almirante e que estava mandando uma missão diplomática à corte. Lobo deu-se por satisfeito, desembarcou o diplomata Antônio José Falcão da Frota, que iria substituir Sodré, e partiu de volta para Montevidéu. E assim ficou até o final de setembro.

O movimento de dom Pedro não passou despercebido aos argentinos. Embora o governador portenho, o general Juan Gualberto Gregório de Las Heras, estivesse faturando a guerra dos uruguaios como uma vitória de seu governo e capitalizando o entusiasmo da opinião pública portenha, tampouco confiava nos uruguaios. Ninguém naquele governo acreditava que o grupo dos Trinta e Três ficaria nisso, anexando as Províncias Unidas para depois receber ordens de Buenos Aires. Não se descartava nem mesmo que se federassem com os rio-grandenses, pois seus interesses econômicos e patrimoniais estavam tão entrelaçados que a unificação seria mais uma solução do que um problema. Foi por isso que o governo Las Heras mandou entregar no Rio, em 4 de novembro de 1825, uma nota enérgica afirmando que estava disposto a tudo para preservar a unidade de seu território. Na nota ele prevenia dom Pedro de que não ia aceitar novas cooptações, afirmando-se disposto a "garantir solenemente para o futuro a inviolabilidade de seus limites contra a força e a sedução". Era o sinal de que a guerra contra a Argentina tornara-se inevitável.

Lecor tinha pressa, mas recomendava cautela. A Argentina ainda não tinha poderio para derrotar os brasileiros na Banda Oriental, mas com os efetivos do Exército dos Andes, que estavam voltando ao país, em pouco tempo poderia constituir um exército experiente e aguerrido. Esse era o motivo da pressa. A cautela alimentava-se da falta de consistência das informações de inteligência sobre as disposições de Lavalleja e Rivera. Não dava para construir um quadro confiável. Um analista poderia afirmar que os rebeldes contavam apenas com as forças de Rivera no Vale do Rio Negro. Sendo assim, a campanha seria um passeio pelos pampas.

Numa recepção de Lecor aos oficiais de carreira do exército, o jovem alferes Osorio ouvia as ponderações de longe, sem perder uma única palavra. Lecor exagerava:

— Eu só tenho medo do Carlos Alvear. Dos outros generais, não. Sei quem é esse rapaz. Lutamos juntos na Espanha e depois ele colecionou vitórias, inclusive aqui na Banda Oriental. Conheci-o muito bem quando morava em Montevidéu. Sabe demais sobre os nossos exércitos. Quando esteve exilado no Rio, dom João chegou a oferecer-lhe um comando no Exército Português. Felizmente ele está longe. Temos de acabar com isso antes que ele volte a Buenos Aires e venha nos incomodar.

"Na minha opinião, vamos liquidar essa rebelião antes que os argentinos possam intervir. Vou fazer como o Curado em 1816: as cavalarias de milícias darão conta do recado. Na fase em que estamos isso é possível. Com os dois Bentos posso alcançar o meu objetivo antes que o nosso vizinho desembarque com um exército estruturado, comandado por oficiais profissionais.

Bento Manoel ficava cada vez mais impaciente com a lentidão da prontidão das tropas do Rio de Janeiro:

— General, não dá mais para esperar. Quando eles ficarem prontos, o Lavalleja já terá um exército. Tenho de agir. Permita que eu vá à frente. Depois esses reforços se juntam a nós.

Lecor finalmente concordou, a contragosto. Bento Manoel tinha 1.200 homens a cavalo. Era uma força considerável. Nos primeiros dias de outubro deixou Montevidéu, internando-se na campanha. Em Minas, ao norte de Montevidéu, faria a junção com o 39º Regimento de Cavalaria de Bento Gonçalves, que descia de Cerro Largo à frente de 354 homens. A sorte estava lançada.

CAPÍTULO 25

Pretejou o Horizonte

No amanhecer de 12 de outubro de 1825, os 1.411 homens do exército comandado pelo coronel Bento Manoel Ribeiro cruzaram para a margem esquerda das cabeceiras do Arroio Sarandi, um afluente do Rio Yi, bem no divisor de águas entre as bacias do Rio Negro e da Lagoa Mirim. Os gaúchos galopavam, apressados, exigindo tudo dos cavalos de arreio, cada qual cabresteando o seu cavalo de batalha para montaria na hora do combate. Esse, sim, deveria estar descansado, pois sobre ele recairia a responsabilidade de levar e trazer seu ginete no meio das balas e das armas brancas.

A informação dos patrulheiros, que na noite anterior haviam localizado o acampamento inimigo, indicava que os uruguaios estariam a um quarto de légua acima daquele passo. A coluna brasileira se aproximara, aparentemente sem ser pressentida, e acampara às margens da sanga do Castro, um lugar protegido, adequado para ficar escondido por uma noite. Era essa a expectativa do "tinhoso" Bento Manuel. Foi o que disse a seus oficiais, que se reuniram em sua barraca à noite.

— Esses Trinta e Três, que já devem ter subido para mais de mil, confiam que nós ainda estamos longe, lá por Minas, mas nós já cercamos os calcanhares deles. Certamente esperam reforços, senão teriam se afastado quando souberam que haveria tropa inimiga manobrando na área. Creio que aguardam a volta do Rivera e mais reservas de montarias, pois os nossos batedores viram uma cavalhada escassa nos campos aqui perto. Ora, nenhuma cavalaria vai para o combate a pé. Eles aguardam também gente e talvez armas. Mas vejam a surpresa: o que vai chegar é uma gauchada.

Osorio soube desses detalhes pelo coronel Joaquim Antônio Alencastre, comandante do 5º Regimento de Cavalaria, que participara da conferência dos oficiais superiores. Ele e os demais oficiais das tropas regulares que integravam a força estavam agrupados no escuro, em torno de uma barraca que abrigava um fogo de chão para esquentar o charque e alguma água para mate, armada dentro de um capão, para não ser vista nem a poucos metros dali. A preparação de um ataque de surpresa demandava muita concentração e participação ativa de todos, do recruta mais inexperiente aos generais. Bento Manoel era um mestre nessas guerras de guerrilhas, razão por que o chamavam de Tinhoso.

O lugar do pouso — já que não se podia dizer que aquilo era um acampamento — fora escolhido por sua excelente localização estratégica. O levantamento dos patrulheiros indicava que o inimigo se colocara inteiramente na margem esquerda do rio, onde estava, de fato, mais bem protegido. Lavalleja estava no local havia vários dias, segundo as constatações desses observadores que acompanhavam de longe os movimentos do inimigo. Vasculhando a área, também confirmaram que não havia movimento na margem oposta, pois nem mesmo as pastagens tinham sido usadas pelos cavalos dos orientais. Ao cair da tarde de 11 de outubro, menos de dez dias depois que partira de Montevidéu, Bento Manoel deu ordem de marcha para se aproximar do local. Ali a sanga ofereceria água para cavalos e soldados, e estariam a uma hora do objetivo, com grandes possibilidades de surpreendê-lo. Na tropa, ninguém falava alto, não se acendia fogo, mal se ouvia um barulho, apesar de o lugar estar ocupado por mais de mil homens e o triplo de cavalos.

Alencastre convocou Osorio:

— Vem comigo, vamos fazer uma revisão da nossa gente e ver se está tudo nos conformes.

Já era perto da meia-noite. Dali a pouco as Três-Marias dariam seu toque de clarim, tocando alvorada. Caminhando entre os homens, mal viam os montículos dos ponchos, palas e outros abrigos que serviam de coberta. A maior parte dos homens dormia. Somente as sentinelas permaneciam acordadas e se agitavam quando ouviam os passos leves dos oficiais e sussurravam a senha, tranquilizando-se com a contrassenha. Ao lado de cada um, o cavalo encilhado, enfreado, pronto para ser montado. Junto, preso por um cabresto, o outro animal, à soga. Era o grau mais alto de prontidão. Mais cedo, cada um deles levara seu animal à aguada e se recolhera para sua posição. Alencastre deu-se por satisfeito.

— Vai dormir uma horinha, meu rapaz.
— Sim, senhor. Boa noite.

Osorio deitou-se e ferrou no sono imediatamente. Já era um veterano e tinha o corpo e a mente educados. Uma hora de sono solta a mente, aguça os reflexos, desanuvia os olhos e tonifica os músculos.

Ainda era noite quando a tropa despertou. Embalaram-se os pertences, apertaram-se os arreios e a ordem de montar passou em uníssono silencioso. Sem que se pronunciasse uma palavra, um milhar e meio de homens impulsionaram a perna esquerda, firmando o pé no estribo. A tropa andou já obedecendo à disposição da ordem de batalha definida na noite anterior entre os chefes. Na vanguarda, os três Regimentos de milícia de Bento Manoel, o 22º, o 23º e o 40º, seguidos pelo 4º Regimento de Linha, que viera do Rio Grande junto com os milicianos. No centro, a Divisão do major, comissionado coronel, Felipe Néri de Oliveira, com os 400 homens de reforço de Montevidéu, e os três esquadrões dos dois Regimentos incorporados em Mercedes, o 5º (com dois esquadrões) e o 3º, no qual Osorio era o subcomandante. Na retaguarda, o corpo do coronel Bento Gonçalves, o 39º Regimento de Milícias, reforçado por voluntários civis equipados com seus armamentos pessoais.

O reconhecimento do inimigo, realizado por um meio esquadrão comandado pelo coronel Pedro Pinto, um estancieiro de Bagé que integrava o estado-maior de Bento Manoel, avaliou a força em prontidão dos orientais em não mais que 500 homens. Pedro Pinto chegara a tirotear com as avançadas de Lavalleja e pôde ver o que ele tinha em posição de combate. O restante do pessoal estava a pé, parecendo se dedicar ao desjejum. Correram desordenadamente quando ouviram os tiros das sentinelas, configurando a surpresa do ataque.

— Trocar cavalos — foi a ordem de Bento Manoel.

Rapidamente, os soldados e oficiais apearam-se, afrouxaram as sobrecinchas, tiraram a badana e os pelegos, sacaram o serigote, puxaram a carona e o xergão, já encilhando o cavalo de batalha, enfreando-o e ajustando os arreios o máximo possível. Devia ficar apertado para não virar se o cavaleiro jogasse todo seu peso num estribo, mas não tão apertado que pudesse prejudicar o fôlego do animal. Os oficiais superiores se reuniram em torno de Bento Manoel no melhor ponto de observação, um alto de coxilha, poucos metros acima do nível geral do terreno.

Enquanto isso, a força se colocava em linha, seguindo a ordem preestabelecida: as forças de Bento Manoel à esquerda, a tropa de linha no centro e Bento Gonçalves à direita. No outro lado, a reduzida cavalaria inimiga também se postava. Bento Manoel estava por dar a ordem de carga quando uma estranha movimentação alterou o quadro do lado inimigo. Como se brotassem do chão foram aparecendo cavalarianos, já entrando em formação de combate, pretejando o horizonte.

— O que é aquilo, tocaio? (Bento Manoel sempre se referia a Bento Gonçalves como tocaio).

— *A la putcha*. Bento, é muita gente. E estou começando a achar que são eles e não nós que estamos fazendo a surpresa.

Todos os coronéis sacaram de seus binóculos e se puseram a varrer o campo inimigo, procurando avaliar a força que realmente teriam, pois a cada momento engrossavam suas fileiras. Felipe Néri chamou a atenção:

— Veja, ali no centro, um contingente de infantaria.

Agora já dava para ver os atiradores a pé, avançando para tomar a frente da cavalaria. Bento Manoel arriscou:

— Se eu disser que eles têm o dobro de gente não estarei exagerando, não lhes parece?

— Pois é, tocaio. Eu queria saber quem foi a inteligência que contou os castelhanos e nos informou que não chegavam nem perto de mil! Isso é que eu queria saber! Era isso que eu queria saber!

Bento Manoel repetia sem parar, gritando "queria saber", enquanto o coronel Pedro Pinto parecia encolher-se, como se estivesse sendo tragado pelos pelegos de seu fantástico pastor rosilho, que mordia o freio impaciente, querendo se largar na direção do inimigo. O coronel uruguaio a serviço dos brasileiros Bonifácio Isas Calderon deu seu veredito:

— Isto são matreirices do Lavalleja. O safado aprendeu com o velho Artigas.

A cada minuto a força uruguaia engrossava, mostrando-se surpreendentemente organizada. Não era um exército de paisanos reunidos de qualquer jeito. Era um Exército. Os comandantes brasileiros se entreolhavam e cada qual emitia expressões de espanto. Bento Gonçalves ponderou.

— Bento, nós não temos como enfrentar isso aí. Vai ser um massacre, a gente sem infantaria e sem artilharia, eles com o dobro de homens! É muito desigual.

— Estou vendo. Mas e agora?

Felipe Néri arriscou:

— Temos de recuar. Precisamos pelo menos atraí-los para um terreno que nos seja mais favorável.

Bento Gonçalves concordou:

— O Felipe está certo, Bento. Esse campo de batalha era bom para nós e ruim para eles. Agora é o contrário. Com a superioridade deles não podemos fazer nada para dividi-los e batê-los por partes. E assim, homem a homem, eles estão em dobro, possuem infantaria para assegurar o seu centro e, ainda por cima, veja lá, trouxeram artilharia.

— Não podemos fazer isso. Não podemos. Se recuarmos, será uma derrota, vocês não entendem?

Bento Manoel replicava que não poderiam dar uma vitória a Lavalleja.

— Isso não é decisão militar. É política. Se eles nos vencerem aqui, se nos botarem campo fora, nunca mais acaba essa revolução. Com uma vitória, amanhã eles terão os portenhos, os correntinos, os santa-fezinos, acho que até os paraguaios viriam lutar do lado deles. Não podemos fazer isso. Vamos enfrentá-los.

Os outros oficiais superiores ouviam calados. Sabiam que Bento Manoel tinha razão. Era preciso decidir na hora. Felipe Néri ainda sugeriu outra manobra estratégica.

— Podemos recuar para as margens do Yi, tentar segurá-los até que o Lecor possa nos mandar aquele reforço prometido em Montevidéu. Com infantaria e artilharia podemos guerreá-los, mesmo que eles recebam mais reforços.

Bento Gonçalves, de binóculo em punho, acrescentou:

— Olha lá, estou vendo o estandarte dos Dragões. O canalha do Rivera está aqui. Eles estão com a força máxima.

Bento Manoel não tinha escolha. Comunicou a seus subcomandantes:

— É o desastre, meus camaradas. Vamos para o desastre. Bento, Felipe, Alencastre, vamos acometê-los com tudo, sem reservas, um ataque de tudo ou nada. Vai ser que nem uma briga em baile. Mandem formar em meio esquadrão. Damos uma pegada boa e depois recuamos com o que sobrar. Então vamos procurar uma boa posição defensiva até que nos cheguem aqueles reforços de Montevidéu para a gente tentar outra batalha decisiva.

— Melhor a gente rumar para a costa do Uruguai e mandar chamar o Abreu.

— Vai ser um deus nos acuda! Esta é a ordem: vamos à carga! Todos em seus postos, atentos ao toque do clarim.

Lavalleja estava exultante. Tudo dera certo. Até parecia que o ladino Bento Manoel seguira seu roteiro de campanha. Ali estavam eles representando o poderoso império do Brasil contra os gatos-pingados maltrapilhos da Banda Oriental, vergonhosamente enganados por uma malta de gaúchos, em vias de serem exterminados. Era esse o quadro. Ainda na noite anterior ele temia, mas o bom Deus lhe trouxera seu rival Fructuoso Rivera, que, em marchas noturnas para não ser visto, atravessara o país, chegando a seu acampamento bem a tempo de produzir o desequilíbrio.

Desde que Bento Manoel deixara Montevidéu os uruguaios vinham observando seus passos. Lavalleja previu que a batalha se daria no terreno que escolhesse, pois os brasileiros demonstravam ter pressa, deixando os penduricalhos do exército para trás e deslocando-se sem comércio nem acompanhantes.

Lavalleja, Rivera e Oribe preparavam-se para entrar em combate reunindo a força total do Uruguai, enquanto Bento Manoel vinha com metade do poderio do Rio Grande do Sul. No Sarandi, os orientais tinham reunido os três grandes chefes políticos e militares num esforço comum, enquanto os rio-grandenses estavam com as forças divididas. Um dos chefes mais eficientes, o brigadeiro Abreu ficara fora do combate com o exército conduzido pelos dois Bentos.

Manuel Oribe celebrava.

— O cretino do Bento Manoel caiu direitinho na armadilha. O único perigo é que ele recue, refugando o combate.

— Não creio. Aconteça o que acontecer aqui nesse campo, já atingimos o nosso objetivo. A revolução vive, não é, dom Frutos?

— Ainda não, Juan Antonio. Se eles recuarem meia légua, terão como nos segurar no Passo do Sarandi e obter, assim, as condições para uma retirada sem que possamos destruí-los. Ainda precisamos de mais mil metros antes que o confronto não tenha mais volta.

— Conto com o Bento Manoel para que isso aconteça. Conheço o bicho; não é do seu feitio fugir da luta. Se ele se retirar nunca mais vai ter o comando do exército. Vocês estão vendo a formação deles? Parece-me que Deus arrumou tudo como tinha de ser. (Olha pelo binóculo). O Bento Gonçalves ficou na esquerda, para você, dom Frutos. Então me toca o Bento Manoel. Você, Oribe, vai sustentar o centro. Eles botaram as tropas de linha no meio. Dom Frutos, vamos envolvê-los e cercá-los. Pelo que vemos aqui, a vitória é nossa. Se tivermos de nos retirar, por infortúnio, já teremos feito o bastante para sermos reconhecidos como beligerantes; se vencermos, ganhamos credibilidade. Buenos Aires terá de nos ajudar.

— É aí que não vejo vantagem: trocar o Brasil pela Argentina. Essa é a nossa diferença.

— Não se preocupe. Os homens de Buenos Aires também não nos querem. Quem nos apoia é o povo, e eles vão usar essa guerra para neutralizar a pressão das províncias. Só quem pensa em anexar a Banda Oriental às Províncias Unidas é o Alvear. Mas esse, como vocês sabem, apesar de bom guerreiro, é um político desastrado.

— Tenho as minhas dúvidas. Se entregarmos o Uruguai numa bandeja, Buenos Aires pega e come.

— Amigo Fructuoso, agora não é hora de termos essa discussão, mas posso garantir que os argentinos vão nos ajudar a botar os brasileiros daqui para fora. Depois os brasileiros fazem o mesmo com os argentinos. Esse será o final do drama. O Uruguai será nosso. Precisamos dessa batalha, dom Frutos.

Lavalleja tratava Rivera por seu apelido português, Frutos. Embora os dois chefes estivessem lado a lado, a rivalidade era enorme. Lavalleja continuou falando, como se estivesse pensando alto.

— Mais uns 500 metros e o combate é inevitável. Vamos envolvê-los, cercá-los. Rivera, você e eu atacamos pelos flancos, procurando cortar-lhes a retaguarda. Você, Manoel, vai ter de aguentar no osso o ataque pelo centro. Aí vai se decidir a batalha. Aguente firme enquanto nós fazemos a nossa parte. Uma recomendação: precisamos fazer prisioneiros, quanto mais, melhor. Assim configuramos a nossa vitória. Não pode haver degola. O mundo está nos olhando.

A turnê de Carlos Alvear pela Europa e pela América do Norte alertara o mundo para a guerra iminente entre Brasil e Argentina. O movimento na Banda Oriental era a *ouverture* dessa ópera. A indecisão e mesmo o descaso das lideranças no Rio e em Buenos Aires com a crise uruguaia seriam sacudidos. Era o que esperavam os dois lados, os Bentos e os Trinta e Três, pois essa questão não cessaria enquanto as duas potências não chegassem a um entendimento, por bem ou por mal.

Então, Bento Manoel mandou soar o clarim.

Formou-se a grande linha, desdobrando-se pelo terreno, movendo-se lentamente, a passo. Do outro lado, a mesma coisa. Os animais se agitavam. Alencastre deu a ordem a seus oficiais:

— Cada um na sua posição. Vamos romper essa linha.

Osorio perguntou:

— O senhor acredita nisso, coronel?

— É a ordem. Vamos entrar, batemos e nos retiramos. Entreveramos e saímos.

— Entrar eu sei que vamos. Quero ver sair.

O clarim tocou "trotear". Uma picada de esporas e os animais aceleraram o passo, aumentando para meio-galope. De lado a lado os gritos, os vivas, os "morram". Os soldados se inflamavam, bebiam suas palavras, vomitavam a raiva. Duzentos metros. Os oficiais gritaram ordens.

— Manter a linha! Manter a linha!

Cem metros. O clarim tocou novamente, dessa vez vibrante, um som límpido, estimulante, como um chamado. Era a carga. A espora calcou a barriga do cavalo, a rédea afrouxou-se, o grito limpou a cabeça, cegou os olhos. O animal saltou em frente e se soltou no galope aberto. Quatro mil animais fizeram o chão tremer.

A força uruguaia abriu-se como um leque. Suas cavalarias, como duas tenazes, movimentavam-se para envolver os brasileiros. No centro, Alencastre avançou. Osorio, de lança em riste, animava seus homens.

— Vamos, vamos!

Quatro futuros presidentes de República estavam se olhando na cara, de espada em punho. Os gritos em coro cessaram como se um maestro baixasse a batuta, e o som dos vivas e "morram" deu lugar ao retinir das espadas, ao espocar das cravinas e dos pistoletes, aos relinchos dos cavalos feridos e aos xingamentos dos combatentes. A tropa do coronel Alencastre rompeu a linha de ataque uruguaia, comandada pelo coronel Manuel Oribe. Em ordem, tropa disciplinada e comandada, foi levando os uruguaios por diante. Ultrapassada a linha, defrontou-se com a reserva de Oribe, o corpo do coronel Leonardo Oliveira. Alencastre seguiu. Osorio, golpeando com o sabre, avançava sempre, dando ordens a seus homens:

— Mantenham a formação! Mantenham a formação! Não deixem que eles entrem!

E assim continuaram, ultrapassando a cavalaria, dando de frente com a infantaria postada em quadrado, com um canhão no meio. A peça abriu fogo. A granada estourou no meio da cavalaria brasileira. Os fuzis dos infantes dispararam em série, atingindo homens e cavalos. Alencastre deu a ordem de recuar. Os seus 400 homens, já desfalcados, mantiveram a linha e procuraram sair do alcance das armas da infantaria. Alencastre viu à sua esquerda a cavalaria de Bento Gonçalves completamente envolvida. Seus 354 homens estavam sufocados por quase 700 homens de Fructuoso Rivera, no meio de uma roda de cavalarianos. Alencastre deu uma ordem ao comandante de Osorio:

— Tenente Brotas, socorra o flanco direito. Rompa aquele cerco.

— Osorio. Ouviste a ordem, vamos! Chama o teu pessoal e vamos!

O flanco direito estava completamente desbaratado. Bento Gonçalves não tinha como romper aquela barreira de cavaleiros que estavam a sua frente, imprensando seus homens uns contra os outros. O esquadrão do 3º Regimento se lançou contra a linha externa do cerco e foi entrando, compactamente, derrubando homens e cavalos. Bento viu a brecha e ordenou o contra-ataque, tirando por ali seus homens de dentro do cerco. O grupo de Osorio ficou isolado dos demais. Os uruguaios apertaram. Osorio gritou a seus homens.

— Vamos, companheiros! Ao cerco! Ao cerco! Um único meio de salvação nos resta: rompê-lo! Coragem! Vamos!

Do meio esquadrão só ficaram nove homens: cinco soldados e quatro oficiais e graduados. Osorio esporeou seu cavalo, trombou com um oficial uruguaio, as balas chispando sobre sua cabeça, e disparou um tiro de sua pistola de dois canos, acertando-o bem no meio da testa. Usando o sabre abriu caminho, levando junto os soldados. Um deles, o índio Alexandre, derrubou uma dezena de castelhanos antes de chegar do lado de fora do círculo. Colado em Osorio vinham o cadete Joaquim Alves, do 23º, e o cabo Bicudo, dos Dragões. O tenente Brotas escapou junto com o cabo Joanico, mas foi logo alcançado e lanceado. Osorio procurou se afastar, já com uma dúzia de castelhanos atrás dele, gritando:

— É um oficial português, não o deixem escapar. Atrás dele!

Osorio estava bem montado. Foi galopando, vendo que aos poucos o grupo de perseguição diminuía, por falta de força dos cavalos cansados ou por desânimo, por verem que nunca alcançariam o fugitivo. Dois dos homens, porém, continuavam a perseguição, e Osorio constatou que montavam parelheiros, animais velozes que poderiam alcançá-lo. Um dos cavaleiros girava a boleadeira; o outro manejava um laço, pretendendo derrubá-lo, capturá-lo ou matá-lo ali mesmo, o que era mais provável.

Seu cavalo dava sinais de cansaço. Não poderia escapar. Contudo, esse não era seu propósito. Na nova olhada viu que já se afastavam o bastante do grupo numeroso que ficara para trás. Abaixou-se sobre o pescoço do cavalo para evitar as boleadeiras, que de fato passaram raspando. Os dois homens continuavam aceleradamente, confiantes. O das boleadeiras empunhou o sabre. Então, numa puxada de rédeas,

Osorio esbarrou seu bem domado cavalo e se virou. O uruguaio vinha com a armada do laço aberta, pronto para atirá-lo, quando, sem mais nem menos, viu o perseguido vindo em sua direção. Osorio disparou seu último tiro, derrubando-o com um buraco no meio do peito. O segundo veio de sabre em punho. Osorio aparou o golpe com o cano da arma, quebrando a lâmina da espada. No mesmo lance, sentou-lhe a arma na cabeça, pelo lado da testa, bem na fronte, abrindo um buraco com o cão do gatilho e deixando o segundo homem morto no capinzal. Diminuiu o galope para não esfalfar seu cavalo e foi se dirigindo para o Passo do Sarandi, que seria a rota de retirada.

Lá, Bento Manoel, depois de sustentar o envolvimento pela cavalaria de Lavalleja, conseguiu segurar por duas horas as investidas uruguaias. No campo de batalha, as unidades do coronel Alencastre ficaram cercadas, numa situação desesperadora. Cerca de 2 mil homens a curta distância esperavam somente uma ordem de seus comandantes para investir e massacrá-los. Os brasileiros, na maior parte soldados de primeira linha, estavam dispostos para o combate. Ninguém ali duvidava de que seu destino fosse a gravata colorada. Oribe pediu a Lavalleja ordem de atacá-los. Rivera interveio:

— Calma, coronel. Eles estão vencidos. Vamos propor uma rendição.

— Que vencidos nada. Estão de armas em punho, formando um quadrado para resistir.

— Lavalleja, não deixe isso acontecer. Como você disse, o mundo nos olha. Vamos nos mostrar civilizados. Isso vai contar mais que a vitória em si, pode acreditar.

Lavalleja pensou. Rivera podia ter razão.

— Você acredita que eles vão ceder, que vão depor as armas incondicionalmente?

— É preciso negociar. São militares. Têm sua honra. Teremos de ser generosos. É assim que se conquistam os louros da vitória, e não exterminando inimigos vencidos.

— Está bem. Você e Oribe vão falar com eles. Eu fico aqui. Ao menor problema, atacamos para dar-lhes cobertura.

Rivera, Oribe e mais uma dezena de homens destacam-se do cerco e foram se aproximando. Alencastre reconheceu os comandantes, que já tinham pertencido às tropas portuguesas. Simultaneamente, vendo que quase todo o exército inimigo estava ali à sua frente, pensou que se ganhasse tempo ajudaria os sobreviventes a se afastar. A seu lado estavam seus homens, seus oficiais e graduados, armas de fogo carregadas, espadas e lanças ao alcance das mãos, apeados, com os cavalos seguros pelo cabresto do buçal.

Esperavam ser atacados a qualquer momento. Estavam conformados com seu destino. Alencastre tinha apoio total daquela gente para enfrentar a batalha final.

— Coronel, vim lhe oferecer a rendição. Entregue-se e garantimos a vida de todos. Essa é a oferta da revolução. Somos humanitários, respeitamos os nossos prisioneiros.

— Brigadeiro Rivera, muito me admira ver o senhor, um oficial general do império, lutando contra a bandeira que jurou defender. Convido-o a passar e morrer junto conosco, honrando o seu juramento de soldado!

— Coronel, o senhor me conhece e sabe que não sou traidor de nenhuma bandeira. Desde que o nosso Congresso anulou os votos de adesão ao império, eu e os demais orientais fomos dispensados dos nossos juramentos. Agora luto pela soberania do meu país. Não me chame de traidor porque não é verdade.

— Pois então, em nome da honra, em respeito ao valor desses soldados que me acompanham, peço-lhe o direito de retirada. Dou-lhe garantias de que não usarei as minhas armas para hostilizar as tropas que nos agridem.

— Coronel, estou lhe fazendo uma proposta honrosa, segundo as leis da guerra, com garantias de respeito a todas as normas militares, dando aos seus oficiais o tratamento condigno a que têm direito.

Oribe estava impaciente e se dirigiu a Rivera numa altura de voz que Alencastre pôde ouvir.

— Rivera, vamos dar por finda essa palhaçada. Já fizeste o teu papel. Todos somos testemunhas. Vamos resolver essa questão como se deve, no combate.

— Calma, Oribe. Viemos como parlamentares. Vamos pedir ao coronel Alencastre, pela última vez, que aceite a nossa proposta.

Os oficiais e soldados ficaram inquietos. Alencastre recuou.

— Está bem. Peço-lhe uma hora para consultar os meus homens. Todos os que quiserem se render têm, por sua conta e risco, o direito de se afastar das nossas fileiras. Peço-lhe uma hora, creio não ser muito.

Rivera concordou. O grupo se afastou, voltando para as linhas orientais. Lavalleja aceitou o prazo oferecido por Rivera e mandou sua tropa desmontar, mas todos os soldados ficaram ao lado de seus cavalos, gritando impropérios aqui e ali, ameaçando passar a faca no pescoço dos vencidos. Alencastre conversou com seus oficiais e decidiram se entregar, mas usariam todo o tempo que lhes fora dado.

Osorio, livre de seus perseguidores, cavalgava na direção da retirada. Mais ou menos na mesma rota vinham outros brasileiros extraviados, procurando incorporação, tentando escapar da inevitável perseguição dos orientais. Ao se aproximar do Arroio Sarandi deparou-se com uma cena: o coronel Bento Manoel a pé, dentro da água, apertando os arreios de seu cavalo. Ao tentar montar, a cincha não aguentou os 100 quilos do caudilho. Osorio viu a certa distância um grupamento de orientais se aproximando. Aos gritos, convocou os demais fugitivos, improvisou um piquete e caiu em cima do inimigo. O contra-ataque deteve os uruguaios e os pôs em fuga. Naquela altura, melhor seria buscar reforços do que o enfrentamento. O irmão de Bento Manoel viu a cena e correu até ele, apeando-se agilmente e mandando o irmão montar:

— Aqui tens o meu cavalo; monta e foge que o inimigo vem aí!
— E tu?
— Eu fico. Em mim a pátria perde menos — disse, já empurrando a bunda do irmão, ajudando-o a chegar até o lombo do cavalo e afastando-se em seguida. Logo chegou Osorio, cabresteando um cavalo perdido, e o ofereceu a José, que montou e também se foi. Osorio ainda permaneceu no passo, até que apareceram dois coronéis, Bento Gonçalves e Calderon. Bento o convocou.

— Vamos!

Logo adiante, Osorio já encontrou Bento Manoel tratando de reunir sua tropa dispersa pela debandada, dirigindo-os para o Passo Polanco, no Rio Yi, e dali no rumo norte, em direção ao Brasil. A transposição era arriscada. Bento Manoel chamou Osorio e mandou que organizasse um esquema de defesa da entrada da picada. Na margem havia grande confusão. Todos os soldados queriam atravessar ao mesmo tempo, mas isso não era possível. Vários oficiais reclamaram de Bento Manoel: como ele dava a um oficialzinho tão jovem, 17 anos recém-completados, uma missão tão importante quando havia tantos veteranos à disposição? O coronel nem respondeu. Mandou que eles cruzassem o rio e deixassem de fazer perguntas tolas. Mesmo naquele desastre, o garoto se sobressaía.

Ao anoitecer, depois de três horas de negociações, Alencastre capitulou. Logo em seguida, chegaram mais prisioneiros: o major Oliveira e mais 125 homens capturados no Perdido e, depois, o coronel Pedro Pinto, acompanhado de sua ordenança, recolhido no meio do campo. Dias mais tarde, o congresso das Províncias Unidas oficializou a unificação e declarou guerra ao Brasil, legitimando o aprisionamento dos oficiais brasileiros.

No acampamento brasileiro, logo que se afastou a hipótese de perseguição, Osorio foi abraçado pelos demais oficiais, especialmente os comandantes. Fora o último a atravessar o Yi. Ficou emocionado com os cumprimentos e agradecimentos de homens que considerava verdadeiros ídolos. Bento Manoel, já apeado, reunido com os oficiais remanescentes, contava suas baixas. Perdera dois terços de seu exército. Quando lhe disseram que traziam Osorio, que completara sua missão no Passo, o coronel cunhou uma frase para marcar a façanha:

— Vem salvo o alferes Osorio? Se aí vem, hei de deixar-lhe a minha lança quando eu morrer; porque ele a levará onde eu a levo.

CAPÍTULO 26

O Príncipe Valente

O ÚNICO MILITAR BRASILEIRO que saiu bem do episódio de Sarandi foi o alferes Manuel Luís Osorio. Suas façanhas no campo de batalha e na retirada foram cantadas em prosa e verso, literalmente. Logo, junto com as notícias espantosas do desastre militar que chegavam aos galpões, os contadores de causos e os pajadores soltavam a história daquele menino que rompera o cerco do flanco direito abrindo um caminho para a saída de Bento Gonçalves da armadilha em que estava preso; logo adiante abateu dois gaúchos temíveis num combate a cavalo frente a frente; em seguida salvou seu comandante em chefe, o legendário campeador Bento Manoel, de ser morto miseravelmente, caído do cavalo no meio de uma sanga. Para completar, à frente de um grupo de valentes voluntários, sustentou a travessia do Yi e foi o último homem a deixar o campo de batalha, cruzando o rio a braçadas somente depois que seus dois últimos companheiros já estavam nadando em direção à segurança da margem oposta. Na verve dos prosadores e nas décimas dos cantadores eram como os feitos de um príncipe valente nos romances de cavalaria da Idade Média.

Mais surpreendente ainda foi a modéstia genuína que Osorio revelou, absorvendo a fama com naturalidade, não se deixando tomar pela vaidade ou pela arrogância excessivas, tão comum entre os homens de projeção naquele tempo. Não caía assim na armadilha do amor-próprio levado ao extremo, que acabava provocando ressentimentos e promovendo a discórdia sem limites, fonte eterna de novas tragédias, como tinha ficado explícito em exemplo recente, no desastre do Rincão das Galinhas, quando os chefes das duas colunas sofreram derrotas porque não falavam um com o outro. As picuinhas e o orgulho exagerado dos coronéis Mena Barreto e Gomes Jardim fizeram estrago. Havia até mesmo riscos à segurança nacional, produzidos pelos desentendimentos entre o barão de Camamu e o general Messena Rosado.

O impacto da ação de Osorio em Sarandi foi tamanho que sua designação para cobrir a retirada comandando a retaguarda, determinada por Bento Manoel, foi aceita por todos sem o menor protesto. Foi assim que um guri quase imberbe tomou o lugar que deveria caber a um militar formado, como o major Felipe Néri, veterano das Guerras Peninsulares contra Napoleão Bonaparte, integrante da unidade comandada por Lecor e cognominada pelo chefe britânico, o duque de Wellington, de os "Galos de Rinha" dos exércitos aliados.

Nada disso subiu à cabeça de Osorio, que continuou o mesmo camarada de sempre: afável, interessado, alegre e simples, assim iniciando a construção de sua imagem, que evoluiu de admiração e respeito até chegar a um amor delirante entre os soldados no exército, e que mais tarde empolgou toda a população brasileira.

Os números do desastre do Sarandi eram impressionantes. Bento Manoel safou-se do campo de batalha com apenas 580 dos 1.411 homens com que entrara no combate naquela manhã. Dos seus, 573 caíram prisioneiros, entre sãos e feridos. Os restantes ficaram mortos no campo. Do Passo do Sarandi, os remanescentes brasileiros retiraram-se até o Rio Yi e seguiram em direção ao Rio Grande do Sul. Cruzaram o Rio Negro no Passo do Pereira, indo diretamente a Santana do Livramento e daí a Quaraí, onde aguardaram a junção com as tropas do barão de Cerro Largo e do general Barreto, que haviam deixado o país, subindo ao longo da costa do Rio Uruguai sem ser molestados.

O coronel Bento Manoel designou para cobrir sua retirada um grupamento de soldados de primeira linha, comandados pelo alferes

Osorio. A perseguição foi fraca, efetuada até a travessia do Negro. Dali para a frente, foi uma triste e cabisbaixa volta à casa. Os uruguaios não se arriscaram, pois a qualquer momento poderiam surgir as tropas de Abreu e o resultado poderia não ser favorável. Lavalleja exaurira todos os seus recursos bélicos no Sarandi e ainda se via com mais de 500 prisioneiros para curar, alimentar e movimentar. Além disso, os caudilhos orientais, políticos experimentados, sabiam que a melhor opção seria uma trégua. Certamente haveria grande repercussão provocada pela vitória, que surpreendera inimigos e aliados.

O primeiro impacto foi o desmoronamento radical do sistema político do Rio Grande do Sul. O presidente da província, o visconde de São Leopoldo, caiu. O comandante de Armas, o brigadeiro José de Abreu, havia pouco elevado à dignidade de barão do Cerro Largo, foi substituído por um general português, Francisco de Paula Messena Rosado, veterano das Guerras Peninsulares (Rosado agregara a seu nome o Messena, tirado de seu ídolo, o francês André Messena, duque de Rivoli). Os grandes caudilhos, os dois Bentos, voltaram às suas paróquias com o rabo entre as pernas.

As coisas foram piorando, pois o general Rosado era inimigo ferrenho do novo presidente da província, o brigadeiro José Egídio Gordilho Veloso de Barbuda, visconde de Camamu. No Rio de Janeiro, o combate no Sarandi chegou aos altos escalões do império reduzido ao nível de simples tropelia entre caudilhos platinos. Ao receber a notícia, o imperador retrucou com uma chacota que vazou para a imprensa e, embora nunca tivesse confirmação formal, foi motivo de risadas e fanfarronadas: "São salteadores. Ofereça uma recompensa de 3 contos de réis (1.500 duros) pela cabeça desse Lavalleja, vivo ou morto", teria dito dom Pedro I.

O aniquilamento do Exército Rio-Grandense mal foi notado, pois a imprensa e a opinião pública ainda estavam mais atentas aos desdobramentos do ímpeto republicano gerado pela Confederação do Equador, em Pernambuco. Ainda levou um tempo até se darem conta da gravidade dos acontecimentos no Sul. Em Buenos Aires, as notícias da Banda Oriental encontraram um governo atônito. Quando a vitória de Lavalleja chegou às ruas, foi o estopim para inflamar a multidão, que, outra vez, foi fazer seus protestos diante do consulado brasileiro, novamente apedrejando o prédio e queimando o escudo do império. Então o controle desandou e os acontecimentos precipitaram-se. No dia 21 de outubro, o cônsul Antônio José Falcão da Frota pediu à chancelaria argentina os passaportes da legação e partiu para Montevidéu. Dois dias depois da partida, no dia 25, empurrado pelo clamor popular, o congresso de Buenos Aires proclamou a incorporação do Estado Oriental à República Argentina, assimilando os efetivos do Exército Revolucionário ao quadro regular do Exército Nacional e nomeando seus chefes generais da ativa. A guerra estava a um passo.

Como é normal nesses momentos que antecedem as guerras, a atividade diplomática ganhou impulso. No caso brasileiro-argentino, o governo britânico aceitava a ideia da criação de um Estado independente na Banda Oriental, sugestão de um de seus generais mais experientes em questões americanas, William Carr Beresford.

Beresford comandara expedições à África do Sul e à Argentina, fora instrutor do Exército Português na Guerra Peninsular e no Brasil e governador em Lisboa até 1822, quando dom João VI voltou para reassumir o poder na metrópole. Muitos dos oficiais lusitanos e brasileiros — a manioria deles — eram seus discípulos. Era o autor da bíblia dos instrutores militares que adotavam o sistema inglês de treinamento, um conjunto de três livros intitulados *Instruções provisórias para a cavalaria*, de 1810; *Instruções para o exercício dos Regimentos de infantaria*, de 1817; e *Regulamento e instruções para a disciplina e exercício dos corpos de infantaria*, de 1820.

Beresford compartilhava com Lecor a mesma ideia de "algodão entre os cristais" no Prata. Já o primeiro-ministro, George Canning, acreditava que a melhor solução seria continuar como estava, pois temia que um governo autônomo no Uruguai produzisse mais instabilidade no Cone Sul. Canning, porém, seguiu a definição do gabinete, enviando à América do Sul dois diplomatas experimentados para concertarem uma solução: John Ponsonby, na Argentina, e Robert Gordon, no Brasil. A posição britânica reconhecia a legitimidade da pretensão brasileira de arguir direitos na foz do Prata, como precondição para o livre acesso às águas interiores, pois boa parte desses rios nasce no Brasil e é o único caminho para acesso a esses territórios. A questão da livre navegação dos grandes rios estava sendo discutida em todo o mundo devido aos avanços recentes do motor a vapor para uso naval. Essa perspectiva abria para o Brasil um novo horizonte econômico. Havia agora a possibilidade concreta de desenvolvimento do interior, como Goiás, Mato Grosso e até o oeste de São Paulo, que dessa forma ficariam acessíveis e, portanto, efetivamente incorporados ao Brasil.

Também houve gestos de pacificação de parte de uruguaios e argentinos. Lavalleja, se assinando governador, escreveu a Lecor propondo que retirasse suas tropas do país, mas a carta foi devolvida, pois sua autoridade não era reconhecida. Já o governo portenho mandou ao Rio de Janeiro uma missão especial, chefiada por Manuel José Garcia, com a mesma finalidade de devolver a Banda Oriental à República Argentina.

A resposta foi, uma vez mais, negativa, mas a presença de uma missão argentina no Rio teve ampla cobertura da imprensa, o que despertou a população da capital brasileira, até então indiferente às questões do Sul. Dom Pedro viu então que a guerra externa também poderia servir para dividir seus adversários na política interna, mudando o rumo dos humores em sua corte. Assim, a crise internacional tomou o lugar das pendengas paroquiais. Se isso não tivesse acontecido, é possível que o Exército Republicano, como Carlos Alvear passou a chamar a força que comandava, chegasse à fronteira do Rio Grande sem encontrar tropas organizadas para enfrentá-lo. No acampamento do Exército do Sul, em Santana do Livramento, não havia armas nem soldados. Em torno dessa força só havia as rusgas entre Camamu e Rosado nos salões de Porto Alegre.

A pouca vontade de guerra dos dois governos se equivalia, parecendo imitar o equilíbrio estratégico das duas potências no Rio da Prata. O Brasil dominava uma das margens; a Argentina, a outra. Cada qual botou um exército criado especialmente para o conflito em situação absolutamente idêntica ao outro. Parecia combinado: cada lado convidou um general reconhecidamente incompetente para assumir o comando, o argentino Martin Rodrigues e o brasileiro Messena Rosado, nenhum dos quais conseguiu botar o exército em condições mínimas de combate. No Brasil, o aquartelamento foi num lugar tão insalubre que as doenças ameaçavam mais do que as armas do inimigo. Na Argentina, o comandante estava autorizado a recrutar até perto de 8 mil homens, mas não conseguia ultrapassar o limite de 2.500 voluntários.

A situação brasileira ficou bem diferente nas duas províncias do extremo sul. A Cisplatina, embora com todo o seu interior dominado pelos rebeldes, tinha uma posição estratégica bastante estável. O Rio da Prata era controlado pela Marinha do Brasil, com 84 navios de guerra, grande parte deles recentemente adquiridos na Europa com financiamento inglês. Em terra, as únicas posições de valor estavam poderosamente armadas e guarnecidas com tropas de Primeira Linha das três armas. Montevidéu, com 3.500 homens, Colônia, com 1.500, e Mercedes, com 1.200 homens do brigadeiro Abreu, eram praças inexpugnáveis para os meios militares disponíveis na época naquela região. Por fim, havia dois pequenos fortes, Santa Teresa e Chuí, bem distantes, na área da fronteira, já mais dentro das linhas de defesa do Rio Grande do que do dispositivo platino.

Já o Rio Grande estava com as portas escancaradas, totalmente vulnerável à ação dos guerrilheiros de Lavalleja, com território livre para rapina do Vale do Jacuí para o sul. As únicas forças efetivas na área eram os remanescentes dos corpos dos dois Bentos, que se postaram em Quaraí, em posição mais ou menos favorável a qualquer movimento para socorrer alguma cidade invadida.

O que salvou o Rio Grande foi a burocracia portenha, que deteve os chefes uruguaios no processo de absorção de suas tropas pelo Exército Nacional, estacionado no outro lado do Rio Uruguai com o nome de Exército de Observação. Lavalleja, Rivera, os dois irmãos Oribe, Verdun e todos os demais chefes foram incorporados às Forças Armadas das Províncias Unidas, jurando submeter-se às disciplinas inerentes ao sistema militar. Com isso, os rio-grandenses ganharam fôlego e só foram atacados quando já tinham superado esse período crítico, quando os caudilhos passaram a desobedecer, sistematicamente, às ordens do general Martin Rodrigues. A situação estratégica era tão precária que o presidente da província, o visconde de São Leopoldo, se desesperava em Porto Alegre. Seu comandante de Armas, Abreu, estava desaparecido.

Do acampamento do Rio Quaraí, Bento Manoel enviava suas patrulhas até o Rio Arapeí, procurando monitorar os movimentos dos orientais. Entretanto, nada era detectado, até que, em 3 de novembro, avistou-se a coluna do brigadeiro Abreu cruzando a fronteira entre as províncias da Cisplatina e do Rio Grande. Naquela altura, o visconde já havia tomado medidas de emergência, destacando dois generais experientes para assumir o comando da fronteira: o marechal Correia da Câmara, no trecho do mar até Bagé, e Sebastião Barreto, dali até as costas do Rio Uruguai. Contudo, voltando ao Brasil, Abreu reassumiu imediatamente seu cargo de comandante de Armas e expediu suas ordens. Foi uma reunião tensa, com recriminações e desconfianças.

Somente então o barão do Cerro Largo pôde inteirar-se do tamanho do desastre no Sarandi. Bento Manoel justificava-se:

— Abreu, como eu poderia saber? Quando parti de Montevidéu estava seguro de que teríamos superioridade.

Abreu escreveu ao presidente da província dizendo que mandara tropas ocupar as Missões, uma força de 400 homens do coronel Palmeiro, vigiando da Barra do Ibicuí até Santo Ângelo, região visada pelo inimigo, pois os orientais a consideravam uma herança natural do império Espanhol. Bento Manoel, com 800 homens, iria acampar e se fortificar na estância do tenente Batista, às margens do Quaraí, e o coronel Joaquim José da Silva ocuparia uma posição na estância de Ricardo José Magalhães. Nesses locais, teriam uma estrutura para suprimentos enquanto os meios prometidos da capital não chegassem. Bento Gonçalves regressaria às suas bases no Rio Jaguarão, guarnecendo a fronteira sul. Com isso, dizia Abreu, estaria em condições de conter o eventual avanço dos uruguaios.

No entanto, no dia 1º de dezembro Abreu foi substituído pelo general Rosado. O visconde de São Leopoldo também caíra em desgraça. Logo seria substituído por José Egídio Gordilho de Barbuda, visconde de Camamu. A crise política no Rio Grande do Sul chegara ao ápice. A destituição de Abreu foi recebida como uma violência desmedida, desnecessária e injusta. Abreu cumprira as ordens que recebera, sua posição em Mercedes fora mantida sem nenhum reparo e ele só se retirara quando ficara evidente que se não o fizesse exporia o restante do Exército Rio-Grandense à destruição, com Lavalleja de um lado do rio e o Exército de Observação argentino de Rodrigues do outro.

Do lado uruguaio, agora sob comando argentino, o coronel Leonardo Oliveira atacou em 31 de dezembro os dois fortins brasileiros, em Santa Teresa e no Chuí, aprisionando suas guarnições, sem, porém, entrar no território da província do Rio Grande. O respeito à fronteira foi anotado. Na região do Aguapeí, Rivera entrou em combate com Bento Manoel, mas foi repelido. Em Jaguarão, o coronel argentino José Maria Paz, com o 2º Regimento de Cavalaria, uma tropa regular, atacou Bento Gonçalves no acampamento do Francisquinho. Antes de travar um combate decisivo, porém, recuou para o acampamento do exército no Rio Yi. Fora a primeira ação direta de uma unidade regular contra tropas brasileiras, mas eles tampouco invadiram o território brasileiro.

CAPÍTULO 27

O *Front* é uma Escola

— Coronel, o senhor conhece o lugar do nosso acampamento?
— O lugar mesmo, não. Mas, é claro, sei que fica em Santana do Livramento. É uma posição bem situada para contra-atacarmos em qualquer direção.

O major Felipe Néri explicava ao jovem Osorio o quadro da guerra e procurava justificar a decisão do novo comandante de Armas de juntar todo o exército numa única posição. As unidades sob o comando de Bento Manoel Ribeiro estavam se deslocando da região do Entre Rios para a capela de Nossa Senhora do Livramento, no rincão de Santa Ana, ou Santana, como todo o mundo dizia e muitos já escreviam.

— É, o general Rosado tem razão, se os orientais atacarem as Missões, a gente pode sair daqui e pegá-los ainda antes de cruzarem o Quaraí. Se os argentinos forem atacar Rio Grande, a gente chega antes deles a Jaguarão.

— Estou vendo que andas estudando estratégia.

— Estou estudando com o senhor, coronel. Com tanta guerra, não pude ir para a escola militar. Então fico aproveitando quando tenho oportunidade de falar com alguém que estudou e esteja disposto a me ensinar.

— Não deixa de estar certo. Até digo mais: aprende mais sobre a arte da guerra aqui, na frente do inimigo, do que nos bancos das academias. Devo muito à escola militar em Lisboa, mas foi na luta contra os franceses que tive as grandes lições. Não só as práticas, mas também as teóricas. Veja você: aqui no campo, com o inimigo à vista, chegou a uma conclusão estratégica lógica igualzinha à do nosso general, que é um homem estudado, experimentado, que combateu na Europa e aqui na América. Os nossos inimigos são dois, cada qual com o seu objetivo. Como temos um único exército, precisamos ficar em posição de nos defender de qualquer um deles. Ou dos dois juntos, pois estão aliados e podem operar de comum acordo. Precisamos saber qual vai ser o alvo do primeiro ataque.

— Eu sempre gostei da história. Assim me parece que é toda uma mesma guerra que nunca se acaba. O meu bisavô combateu em duas campanhas, uma ao lado do Gomes Freire e dos espanhóis contra os guaranis. Ele esteve no Caibaté, que é perto de São Gabriel. Depois lutou contra os espanhóis do Ceballos. Foi derrotado e preso no forte de Santa Teresa, aqui nessa região. Depois foi o meu pai, e agora eu. Bem que o velho Manuel Luís me dizia, quando eu queria estudar em vez de entrar para o exército, que não há futuro fora da guerra. É verdade. Se tivesse ido para a escola em Rio Grande ou Porto Alegre, teria de voltar para as fileiras, pois não há como viver de outra forma.

— Não deixa de ter razão quando fala desse passado. Só que o Rivadávia não é o Ceballos, nem Buenos Aires o Reino da Espanha. Agora nós somos fortes. Eles nos pegaram de jeito ali no Sarandi, mas vamos dar o troco, esteja certo.

— Por falar no Sarandi, coronel, o senhor acha certo culpar o brigadeiro Abreu pela nossa derrota na luta contra os castelhanos?

— Ah! Guri! Que pergunta! É claro que o culpado de tudo foi o brigadeiro. Não se assuste. Estou só fazendo uma frase. Disse isso porque acredito que tudo aconteceu para poderem botar a culpa no Abreu e em nós, das milícias. Eu também sou, que nem você, da primeira linha, mas nós estamos aqui com os milicianos, e portanto somos uns deles. Você me chama de coronel, mas eu sou só major. Por isso, na milícia sou coronel. Coronel de Legião, como dizem os encasacados. Falando a sério: ainda temos de pensar muito, precisamos observar os próximos acontecimentos para traçarmos um quadro real do que aconteceu. Só assim vamos ter uma explicação sobre por que nos mandaram atacar o Lavalleja sem que soubéssemos o que teríamos pela frente. Assim, até acrescento: cumprimos a nossa missão, obedecendo às nossas ordens ao enfrentarmos os uruguaios em vez de nos retirar, mas também dando a eles um fato que está tendo tantos desdobramentos.

— A queda do brigadeiro é um deles.

— Está ficando esperto em política. Tirar o brigadeiro da frente era um objetivo, sem dúvida. Só isso explica a sua demissão. Mas há outras. Que há, há, não tenho dúvida.

— Quem poderia querer o lugar do brigadeiro? O general Rosado? Qual seria o interesse dele em deixar o bem-bom lá na corte para vir se meter aqui em Santana?

— O Rosado, pessoalmente, não sei, mas esse pessoal do Rio de Janeiro, aí sim. Não se esqueça de que agora temos uma guerra grande, e isso significa grandes negócios. É sempre assim: começa entre nós e os castelhanos, uma rixa antiga. Nós tomamos as terras deles; eles, as nossas. E assim estamos há 200 anos. No tempo dos portugueses, para ter direitos de navegar no Rio da Prata, era fundamental uma posse como a Colônia do Sacramento. Hoje isso não é mais necessário. Com o fim da colônia, pode-se criar um pequeno Estado do lado de cá e a coisa se resolve. Esses rios são o caminho para o Brasil central. Lembro-me do general Curado quando nos dizia que lutava ao nosso lado contra o Artigas porque a sua Goiás precisava de um caminho para o mar. Veja como isso vai longe.

Osorio era o subcomandante da vanguarda da coluna que se movia no sentido oeste-leste, vinda do acampamento no Rincão do Catalão. Obedecendo ao chefe, levantou o braço, sinalizando à tropa, ao mesmo tempo em que diminuía o trote de seu cavalo, esperando pelos soldados que os seguiam. Imediatamente um primeiro-sargento apressou-se, ultrapassando Osorio, e tomou seu lugar ao lado do coronel. O alferes deu de rédeas, deixando a formação, e saiu à direita, seguido por um grupamento de 50 soldados em duas fileiras. A seu lado um furriel, também chamado de terceiro-sargento, o cabo porta-estandarte, logo atrás o clarim. Esse era o megafone do comando.

As lanças, com a flâmula verde e amarela, indicavam que eram os soldados de Linha. A tropa de milícia usava as cores vermelha e branca. Logo ali corria a linha imaginária que separava as duas províncias, Cisplatina e Rio Grande. Recuando um pouco ao longo da coluna, Osorio viu a charrete do comandante, o coronel Bento Manoel, com seu cavalo mestiço percherão, forte, patudo e peludo, amarrado pelo bucal, pronto para ser montado.

Sua missão era patrulhar uma área no flanco da coluna. Volta e meia, quando se afastavam, encontravam com preadores de gado, que tanto podiam ser ladrões comuns como revolucionários orientais. O maior perigo não era a possibilidade de esses grupos, conhecidos como partidas, atacarem o núcleo da força. Seria suicídio, diante do tiro disciplinado de 800 clavinas de cavalaria. Suas investidas ousadas visavam os suprimentos, vulneráveis aos bandos. Osorio e seus rastreadores percorriam o entorno da marcha, procurando sinais de movimento, e saíam no seu encalço para identificar e, se fosse o caso, eliminar as ameaças.

O general Rosado acabara de chegar a Santana depois de uma demorada viagem. Tomou posse do Comando de Armas, em Porto Alegre, no dia 3 de fevereiro. Somente em março deslocou-se para Santana, escolhendo um local para aquartelar e treinar seus soldados, denominando a posição de Acampamento Imperial de Carolina. Entretanto, a pompa do nome não correspondia às condições físicas do local. Foi nessa época que mandou chamar todas as tropas da fronteira para se concentrarem em Santana. Bento Manoel foi logo em seguida. Bento Gonçalves, examinando a situação da fronteira, deu desculpas e não saiu do acampamento do Francisquito, nas imediações de Jaguarão.

Em sua patrulha, Osorio capturou um grupo de uruguaios que arrebanhavam bois e cavalos nas imediações de Taquarembó. Entre eles havia um oficial, o major Rana, homem de confiança de Barnabé Rivera, subcaudilho, irmão de Fructuoso. Cercados, os orientais depuseram armas e pediram para ser levados ao coronel Bento Manoel, com quem negociavam nos tempos de paz. Interrogado, Rana revelou as discórdias entre os revolucionários, prevendo que Rivera em breve estaria disposto a retomar contatos com os brasileiros, se lhe dessem apoio contra Lavalleja. Bento Manoel, prevendo que a discórdia entre os inimigos seria uma grande arma, libertou Rana e mandou dizer a Rivera que poderia contar com apoio no Rio Grande para romper com os seguidores do líder dos Trinta e Três Orientais. Além disso, ficou sabendo do ataque frustrado à Colônia do Sacramento, dias antes.

A situação na Banda Oriental era muito confusa. Além da briga com Rivera, Lavalleja entrara em choque com o general Martin Rodrigues e, segundo Rana, estava em franca rebelião contra o comandante argentino.

Juan Antonio Lavalleja, os irmãos Oribe, Iriarte e os outros uruguaios que tinham ido para Buenos Aires fugindo dos brasileiros depois da queda dos portugueses em Montevidéu, em 1823, eram figuras populares na cidade. Os Orientales, como eram chamados, pareciam aos portenhos figuras românticas, os cavaleiros da liberdade, membros de uma resistência no exílio. Ocupavam um espaço importante na área dos protestos, aliviando os governos instáveis de outras contestações relacionadas com questões que a administração local não tinha como resolver. O alvo estava a 3 mil quilômetros, nas praias tropicais da Baía de Guanabara.

Apesar dos fatos precipitados pelos Trinta e Três Orientais, nada parecia instigar os ânimos dos dirigentes da Casa do Governo. A presença do inimigo na outra margem do Prata, contudo, lembrava que era preciso fazer alguma coisa.

Depois da Batalha de Sarandi, em 12 de outubro, que repercutiu na cidade como se fosse uma vitória decisiva, uma Waterloo, o governo não teve outra saída a não ser mandar Martin Rodrigues se movimentar de Arroio Molinos em direção ao inimigo. E assim, em 26 de janeiro, com grande alarde na imprensa, os poucos mais de 2 mil homens do Exército Nacional cruzaram o Rio Uruguai no porto de Salto e entraram no Brasil, sem encontrar nenhuma resistência.

A seguir, em vez de investirem para nordeste, onde estava o inimigo, rumaram para o sul, numa manobra incompreensível, tocando em São José, Durazno e, finalmente, acampando às margens do aprazível Arroio Grande, um afluente do Yi. Ali se estabeleceram, deixando-se ficar à espera de reforços e material de guerra que jamais chegavam. Aparentemente, foi um movimento com o objetivo de acalmar os ânimos dos belicistas.

Lecor encastelara-se em Montevidéu e Colônia. Rosado ainda não se estabelecera em Santana, demorando-se em Santa Catarina, e a esquadra fazia de conta que bloqueava o porto de Buenos Aires, mantendo-se sempre fora do alcance da artilharia de costa portenha, que por sua vez estavam além do alcance da Armada Imperial.

No Uruguai, Lavalleja e seus partidários começavam a desconfiar dos portenhos, lembrando-se dos conluios com os portugueses dos tempos de José Artigas. Ao mesmo tempo, a discórdia começava a corroer a unidade dos orientais. Rivera e seus seguidores tinham acampado tranquilamente e dedicavam-se a comer carne gorda e realizar exercícios de cavalaria. Já o pessoal da célula dos Trinta e Três, de Lavalleja, não aguentava de impaciência. Seus comandantes preocupavam-se com a falta de ação, que se reduzia a pequenos embates.

Os problemas de disciplina, comprometendo o comando do general Martin Rodrigues, chefe militar das províncias de Entre Rios, Corrientes, Missões e Estado Oriental, começaram cedo. Logo que ele pôs os pés no Uruguai, foi procurado por Lavalleja com a proposta de uma ação de envergadura para alimentar o fogo quase extinto da guerra.

— General, não consigo mais conter os meus homens.

— Tenha calma. Estamos nos preparando. Na hora certa, vamos agir. Veja como está o Rivera, tranquilo, esperando chegar o momento.

— Não confie tanto nele. O Rivera tem muitos amigos brasileiros...

— Pois preste atenção: o senhor é um general do Exército Nacional da Argentina. O senhor deve obediência à disciplina desse exército. Suas ordens são: continue a dar instrução às suas tropas, mantendo-se em sobreaviso para agir quando lhe for ordenado.

Lavalleja não gostou nem um pouco. Nem Martin Rodrigues, que comentou com um de seus coronéis, José Maria Paz:

— O Lavalleja não é um general de exército. É um caudilho. Temos de ficar de olho nele.

O chefe uruguaio, porém, não desistia. Precisava retomar a iniciativa e criar um grande fato militar que confirmasse o efeito de Sarandi. Virou-se, então, para o outro lado. No sul, nas águas do Rio da Prata, havia ação. Era por ali que tinha de procurar parceiros. Foi o que fez, mandando um emissário ao comandante da esquadra argentina, o velho almirante Guilherme Brown.

Na frente naval a situação era igualmente confusa. Tendo os países se declarado mutuamente em guerra, com todos os preceitos legais, criava-se o direito do bloqueio. Entretanto, o Brasil tomou a medida apenas para os portos da província de Buenos Aires, deixando todas as demais regiões com livre trânsito. Isso já era estranho, demonstrando objetivos políticos difíceis de explicar, pois o intercâmbio de Entre Rios, Corrientes e de todo o interior que levava às demais Províncias Unidas, estava praticamente fora da guerra.

Foi então que Carlos Alvear, que ainda estava no Alto Peru vivendo na corte de Simón Bolívar, convenceu o presidente Rivadávia a fazer alguma coisa para azucrinar a vida dos brasileiros no Rio da Prata. Rivadávia atendeu à sugestão e mandou buscar em La Plata o velho almirante irlandês Guilherme Brown, que vivia na calma da aposentadoria, cultivando flores numa quinta que ganhara como prêmio por sua atuação nas guerras da independência. Nem precisou insistir para o veterano ser visto no tombadilho da corveta *25 de Maio*, nau capitânia da trôpega armada de 16 navios que Buenos Aires conseguira fazer flutuar a fim de enfrentar mais de cem navios brasileiros, entre os quais 84 recém-comprados na Europa e nos Estados Unidos. Ao reassumir, Brown não encontrou quase nada em matéria de embarcações de guerra, mas assim mesmo fez-se ao mar.

Embora o Brasil conservasse intacto o controle estratégico do estuário do Prata, Brown não dava trégua à esquadra brasileira. O velho irlandês conhecia cada gota daquelas águas, a posição de todos os bancos de areia, todos os esconderijos da costa. Dava um baile no almirante Rodrigo Lobo, atrapalhado naquele caudal raso e traiçoeiro. Brown renascera; parecia um grumete. Era o parceiro ideal para Lavalleja. Tinha conhecimento de um modelo de solução desenhado pelo general Lecor que poderia satisfazer a todos os interessados das áreas de influência do sistema fluvial do Prata, menos aos uruguaios. O mais importante para o Brasil era a livre navegação do sistema Paraná/Paraguai e do Uruguai. Seria necessário criar alguma alternativa à integração da Banda Oriental ao Brasil que garantisse esse trânsito, pois era o único caminho possível naqueles tempos para o acesso às províncias do Brasil central.

Nesse caso, teorizou Lecor, havia a possibillidade de se criar na margem esquerda do Prata uma região liberada, nos moldes das Cidades Hanseáticas, na Europa, sediada nas cidades de Montevidéu, Colônia e Mercedes. O resto poderia ficar como uma província autônoma subordinada a Buenos Aires ou ao que fosse. Lavalleja percebeu a armadilha: a região próspera ficaria sob um controle compartilhado, enquanto lhe tocaria a campanha, deserta e destroçada, sem interesse econômico ou estratégico. Nisso ele e Brown concordavam e decidiram fazer algo para mudar esse quadro, criando um grande movimento de massa em Buenos Aires, que impedisse o governo de negociar essa solução. Do Alto Peru, Alvear apoiava a medida.

Foi então que Brown atraiu Rodrigo Lobo para as costas da margem direita do Prata, muitas léguas rio acima, e no dia 24 de fevereiro iludiu a vigilância do almirante Henrique Boiteaux, comandante da força-tarefa brasileira, e foi dar, na manhã seguinte, dia 25, nas costas da Colônia do Sacramento. Mais uma batalha assolava o antigo bastião lusitano encravado na garganta do gigante hispânico.

Dessa feita, porém, pela primeira vez em 300 anos de assédio quase incessante, Sacramento tinha a defendê-la uma força respeitável. Não se tratava mais, como antigamente, de agricultores improvisados em soldados contra milhares de índios guaranis fortemente armados, com apoio de artilharia. Agora, havia uma tropa de elite, 1.100 homens de primeira linha comandados por um general veterano das Guerras Peninsulares, o brigadeiro Rodrigo Jorge Rodrigues, equipados com armamento de última geração, com poder de fogo assustador. Dispunham ainda, no porto, de três navios de guerra comandados pelo capitão-tenente Frederico Mariath, que, vendo a superioridade da armada inimiga, adotou uma tática defensiva. Primeiro, para evitar a captura inevitável, mandou encalhar seus barcos. A seguir, fez desembarcar a artilharia e guarneceu com seus canhões, sua marujada e seus fuzileiros navais as duas posições fortificadas em terra, que estavam semiabandonadas: o Forte de Santa Rita e o Baluarte do Carmo. Ali poderia enfrentar um ataque frontal.

Durante dias e dias sucederam-se os bombardeios. Na capital argentina, declarada capital nacional e com seu governador Las Heras destituído, a batalha era observada pela população das margens do rio.

Empacado, Brown impacientava-se porque Lavalleja nunca chegava com suas tropas para um ataque simultâneo por terra e mar. Decidiu agir sozinho. No dia 28 de fevereiro, a esquadra argentina conseguiu entrar no porto, lançar ferros e iniciar uma operação de desembarque. Mas foi repelida. Somente em 12 de março, chegou o caudilho uruguaio com 3 mil homens de cavalaria. No dia seguinte, aconteceu a grande ofensiva. Os brasileiros estavam preparados. Sua artilharia de posição varria a cavalaria oriental a longa distância e os canhões de campanha derrubavam os grupos que conseguiam chegar perto das trincheiras. E a fuzilaria abatia os que, assim mesmo, conseguiam ultrapassar a primeira linha. O sangue escorria pelo chão, tantos eram os mortos de parte a parte.

Em 15 de março terminou a ofensiva, com a aproximação da Esquadrilha do Uruguai a mando do capitão de fragata Jacinto Roque da Senna Pereira, obrigando Brown a retirar-se para o meio do rio e navegar para suas posições defensivas ante a superioridade numérica e técnica dos navios brasileiros. Lavalleja foi empurrado de volta para o interior. No entanto, enquanto tudo isso ocorria, a inexplicável retirada do almirante argentino coincidiu com o também surpreendente abandono pelos brasileiros da Ilha de Martin Garcia, uma fortificação que domina o acesso aos Rios Uruguai e Paraná, logo ocupada pelos argentinos. Lavalleja, furioso, desconfiado, atribuía a indiferença dos comandos portenhos a alguma negociação secreta, que seria um passo no sentido de algum objetivo político que ele não queria nem considerar, quanto mais admitir. Dizia a Oribe, retirando-se das imediações da Colônia de Sacramento.

— Esses canalhas estão querendo resolver essa guerra sem precisar pelejar.

O líder oriental relembrava que os portugueses sempre perdiam as batalhas pela posse da Colônia e logo a recuperavam negociando no âmbito diplomático. Os militares argentinos do Exército Nacional, no entanto, consideraram essa operação de Lavalleja uma temeridade. Não criticaram Brown, pois sua ação estava dentro da configuração do tipo de guerra que desenvolviam, mas atribuíram a multiplicação do tamanho do desastre ao despreparo de Lavalleja, em quem puseram todas as culpas. Era a primeira vez que os hispânicos perdiam a Colônia num confronto armado.

Nesses dias, encerrava a marcha para o Acampamento Imperial de Carolina a Divisão de Bento Manoel Ribeiro, tendo à vanguarda o grupamento de soldados do exército regular, sob o comando do alferes Osorio. O general Rosado fora para o alpendre do arranchamento no qual instalara seu quartel-general. De lá, avistava as bandeiras e os estandartes da força que se aproximava para engrossar seu Exército do Sul, como se denominavam agora sob seu comando todas as tropas de Santa Catarina para o sul. Elas eram integradas pelas guarnições de Porto Alegre, Rio Pardo e Rio Grande. As Brigadas eram batizadas com o nome de seus comandantes: Bento Gonçalves e Bento Manoel Ribeiro.

CAPÍTULO 28

Atualidades Francesas

— Esquadrããão, alto!

O alferes Osorio emitira a voz de comando com energia, alta, límpida, como fazia desde criança quando liderava os pelotões de meninos. Era o grupamento de ponta da Vanguarda que parava diante do quartel-general do Acampamento Imperial de Carolina, apresentando-se ao comandante em chefe do Exército do Sul, o tenente-general Francisco de Paula Messena Rosado.

O pequeno contingente, com seu fardamento empoeirado mas completo, em fila por dois, parou diante do pavilhão de madeira e telhado de santa-fé, com uma varanda em volta, onde de pé um grupo de oficiais assistia à aproximação dos recém-chegados. Ouviu-se, outra vez, a voz do comandante:

— Esqueeerda, volver!

Logo em seguida:

— Apresentaaaar armas!

Logo depois, sem todo esse cerimonial, vinha outro agrupamento, uns fardados e outros não, tendo à frente um homem grande e gordo, o coronel Bento Manoel Ribeiro, seu Estado-Maior e os comandantes das subunidades.

Apearam-se e foram logo convidados a entrar no QG, sendo conduzidos até uma peça que aglutinava, num só cômodo, a sala de reunião e o centro de situação. De pé, frente a frente, estavam a oficialidade do exército e os recém-chegados. Messena, como Rosado gostava de ser chamado, deu as boas-vindas com seu carregado sotaque lisboeta:

— Bem-vindo, coronel Bento Manoel, comandante da invencível milícia rio-grandense!

Bento Manoel acusou o golpe.

— Não somos invencíveis, general. Somos honrados. Não fugimos do campo de batalha, mesmo quando a derrota é certa. Aqui está a nossa bandeira, que me foi confiada.

Bento Manoel trazia uma bandeira do Brasil. O pavilhão do império que identificava sua unidade não estava em poder do inimigo. Rosado mudou de assunto, saudando outro velho companheiro.

— Vejo o coronel Felipe Néri...

— Major, general. Sou coronel de legião, mas aqui sou major.

— Eu disse tenente-coronel.

Rosado pediu a um ajudante de ordens e recebeu um papel, que entregou a Néri, com o termo de sua carta patente com a promoção a tenente-coronel efetivo do Exército de Primeira Linha. Levado por Bento Manoel, o comandante cumprimentava um a um, sempre com uma palavra especial, pois conhecia a maior parte deles da Guerra da Independência. Rosado era um dos oficiais portugueses que tinham saído com Lecor e aderido a dom Pedro. Quando chegou a vez de Osorio, não se conteve.

— Ah! Então esse é o jovem de que já me falaram. É o galo do Bento Manoel...

Dirigindo-se a Felipe Néri.

— Temos dois galos: o galo de rinha do Wellington e agora o galinho do Bento Manoel.

— Meu, não, general. Do Brasil. Do nosso imperador dom Pedro I. Como todos os brasileiros, servimos à mesma bandeira.

Encabulado, Osorio limitou-se a prestar continência. Rosado entendeu a indireta de Bento Manoel ao acentuar a condição de brasileiro do oficial.

— Aproveito para devolvê-lo. Estava cedido à milícia, onde honrou a farda que veste. Agradeço seus serviços e desejo-lhe felicidades e glória.

Terminadas as apresentações, Rosado passou a tropa em revista. Um oficial do quartel-mestre designou o lugar do acampamento. E entregou os barracos para os oficiais, além de materiais de construção para as outras instalações da unidade. No jantar que o comandante ofereceu a Bento Manoel e a seus oficiais superiores, o assunto foi o combate do Sarandi, tema inevitável. Indiretamente, o general recriminava Bento Manoel por ter aceitado o combate em condições tão desfavoráveis. O caudilho defendia sua atitude como uma necessidade política e moral. Além disso, lançava suspeitas sobre o Comando de Montevidéu, que o mandara para a campanha com informações totalmente erradas sobre o efetivo e o armamento do inimigo. Foi uma noite tensa.

À noite, Osorio, uma vez mais, foi o centro das atenções, pois suas façanhas já começavam a correr mundo e seu nome ganhava popularidade. Quem mais se afeiçoou a Osorio foi um tenente de artilharia, um francês, educado e formado no Brasil, chamado Emílio Luís Mallet. Foi uma simpatia recíproca e instantânea. O jovem alferes viu nele um parceiro interessado em assuntos militares e que demonstrava ter conhecimentos da arte da guerra.

Nessa mesma noite, Osorio convidou Mallet para dar uma espiada no acampamento da milícia, onde estavam seus companheiros de campanha. O francês ficou impressionado. Podia ver claramente que não era uma tropa com a disciplina de um exército regular, mas sabiam onde estavam e o que fazer. As unidades tinham se acomodado num verdadeiro dispositivo defensivo, mantendo guardas alertas e grupamentos em prontidão para acorrer a qualquer emergência.

Mais adiante, fora do perímetro, organizava-se o acampamento do comércio. Também se encantou com a menina-moça mestiça e linda, filha do bolicheiro francês. Notou que Osorio lhe fazia reverências, alegremente aceitas pela moça. Viu que todos os comerciantes eram estrangeiros, a maioria europeia. Mallet perguntou:

— Osorio, aonde vai o exército vai essa tralha toda? O exército não lhes dá cobertura?

— Não. Eles vêm por conta e risco. Têm de ficar sempre fora dos limites. Quando atacados, se defendem como podem. A não ser que o exército precise deles. Se falta comida, manda requisitar; se falta transporte, requisita as carretas dos comerciantes.

— E o pagamento?

— Bem, acampamento militar é um dos poucos lugares onde há dinheiro vivo aqui no Rio Grande. Então, quem quer vender tem de estar próximo aos soldados. Quando não há soldo, vendem fiado. Normalmente, os oficiais se responsabilizam pelas dívidas dos seus soldados, mesmo porque nas milícias os oficiais são também os patrões civis dos seus homens. Mas, quando morre o responsável, aí é com ele. Prejuízo na certa. Uma coisa compensa a outra porque os preços aqui são muitas vezes mais altos do que nas lojas da vila.

Mallet perguntou também pela garota.

— Esse francês vivia em Montevidéu. Estava lá havia muitos anos. Dizem que vivia com uma índia charrua, que é a mãe da menina. Não sei se a mulher morreu, mas a menina vai aonde o pai a leva.

— Linda, não é? Estás enrabichado por ela?

— Nem tanto. O pai cuida dela, não deixa ninguém chegar perto. Mas se facilitar estou aí...

— Assim vais aprender francês.

— É o que eu pretendo. Os livros sobre assuntos militares são quase todos em francês. A propósito, você tem alguma coisa?

— Tenho. Se quiseres, te empresto.

— Pois quero muito.

Ainda na noite de sua chegada, Osorio ouviu dos oficiais reclamações sobre o comandante. A começar pelo lugar do acampamento, na Coxilha de Santana, num local em que havia um pequeno aldeamento. O lugar era considerado de todo impróprio para concentrar tanta gente. Como infraestrutura, apenas uns casebres quase inserviveis para o exército. Era um lugar quase deserto, terreno irregular, coberto de areia, sem árvores, banhado em uma das orlas por pequenos regatos, as cacimbas que originavam o Rio Ibicuí, com pouca água, sujeito a secas e a contaminação nos períodos de calor. Logo à frente, a algumas léguas dali, havia lugares excelentes, mas o general recusava-se a mudar.

Já no dia seguinte, ao entrar de serviço para dar instrução aos recrutas, Osorio deparou-se com um quadro mais desolador ainda. Não havia nada no acampamento para o adestramento militar. Os praças tinham de fazer ordem-unida com pedaços de pau no lugar dos fuzis, como se fossem crianças brincando de soldado. Para treinamento com armas, as peças eram velhas, descalibradas, pouco serviam para pontaria. Seu manejo era perigoso, pois de tanto atirar um daqueles velhos trabucos explodia, ferindo e até mutilando seu operador.

No treinamento de cavalaria, a situação era idêntica. Embora as estatísticas dissessem que o exército dispunha de 17.708 cavalos, segundo o quartel-mestre-general, somente 18 estavam em condições de uso. E não havia nem mil para treinamento básico.

Seminus, desarmados e mal nutridos, os soldados caíam doentes. O próprio Osorio escreveu que "quando se preparou um exército, em Santana do Livramento, para invadir o território inimigo, esse exército enterrou ali mais de 700 soldados, mortos quase por fome, no estado mais deplorável, sem medicamentos, sem hospitais; tudo era miséria".

Rosado não conseguia fazer nada para mudar essa situação. Limitava-se a contestar com pedidos de informações do ministro da Guerra, respondendo a acusações e denúncias que lhe fazia o presidente da província, que o chamava de incompetente para baixo. Tudo o que pedia era negado e o material que lhe enviavam ficava pelo caminho.

A briga toda era por causa do plano de campanha. Rosado queria se colocar numa posição intermediária entre a defensiva e a ofensiva. Em Santana a situação estava propícia para atacar, tanto pelo oeste, se os argentinos fossem invadir a região central, quanto pelo sul, se o alvo fosse o porto de Rio Grande. E se decidisse tomar a ofensiva dali poderia atacar pela linha do Rio Uruguai, ou investir diretamente sobre os centros de concentração de tropas nas regiões vizinhas a Durazno. Numa terceira opção estratégica, estava em condições de socorrer os baluartes de Montevidéu e Colônia, ou receber tropas, reforços e mantimentos dessas praças se fossem se internar no Uruguai.

Já o presidente da província, o visconde de Camamu, defendia um projeto de guerra mais requintado, com elementos que poderiam consagrá-lo, contendo aspectos similares ao tema ainda predominante nos meios militares: a campanha da Rússia de Napoleão Bonaparte, o desastre da Grande Armée. Ele via nesse conflito amplas possibilidades de repetir o feito do marechal Kutuzov, no que, aliás, concordava com as hipóteses de guerra mais em voga entre os estrategistas da corte, incluindo o mais erudito napoleonista do país, o tenente-general Felisberto Caldeira Brant Pontes, marquês de Barbacena. Pontes propugnava que a linha de defesa deveria ser na margem direita do Rio Jacuí, fixando em Rio Pardo o ponto forte de resistência. Atraindo o inimigo até aquelas lonjuras, os milicianos gaúchos fechariam as linhas de suprimento e retirada, assim como os cossacos russos. Camamu dizia a seus interlocutores, no palácio do governo em Porto Alegre:

— Os portenhos ficarão cercados, imobilizados, sem condições de ir para a frente ou para trás. Seus soldados desertarão para as nossas linhas implorando por um pedaço de pão. Nenhum voltará a Buenos Aires para contar a história. Os que não perecerem serão capturados e enviados para alguma colônia no Grão-Pará, nas margens de algum afluente do Rio Amazonas. Quero ver como esse governo de aventureiros de Buenos Aires vai explicar às mães, às esposas e aos filhos desses infelizes que os seus entes queridos são mortos-vivos esquecidos nos confins do Inferno Verde.

Era um delírio. O presidente, porém, controlava a linha de abastecimento do exército e Rosado não tinha nem energia nem força para se opor, enquanto os recursos destinados a ele eram concentrados à margem esquerda do Jacuí. Com isso, abalado pela indisciplina que não podia controlar, pelas doenças e pela falta de meios, o autodenominado Messena peninsular via-se paralisado na Coxilha de Santana. Sua sorte era que o inimigo não estava em melhores condições.

Nesses primeiros meses de 1826, depois de entrar no Uruguai em fins de janeiro, Martin Rodrigues e seu exército vagavam aparentemente sem destino pelos desertos da Banda Oriental, mas sempre no sentido contrário de onde se encontrava o inimigo, ou seja: na direção sul, quando o Brasil ficava na direção norte. Sua situação era incrivelmente semelhante à de Rosado. Seu governo pouco ou nada fazia para suprir-lhe as necessidades mínimas. Por lei, o efetivo do Exército Nacional deveria ser de 7.620 homens, a serem recrutados em todo o país, em número proporcional à população de cada província, mas não conseguira arrebanhar mais de 2.065 combatentes ao longo de mais de um ano.

Da boca para fora, Rodrigues dizia contar com 4 mil milicianos uruguaios. Não obstante esses homens estivessem incorporados ao exército e fossem pagos pelo Tesouro Nacional, seu comportamento era de força irregular, obedecendo a caudilhos e caudilhetes, numa teia de comando que ia convergir nos dois grandes chefes políticos:

Juan Antonio Lavalleja e Fructuoso Rivera. Embora os dois compartilhassem a ideia de um Uruguai independente, tinham orientações geopolíticas divergentes. Lavalleja era portenhista; Rivera, rio-grandista. Depois de Sarandi, divergiram novamente em dois partidos inconciliáveis, uma divisão que sobreviveu aos acontecimentos subsequentes, alternando-se no poder depois da independência e interferindo nas guerras civis argentinas e rio-grandenses nos 100 anos seguintes.

Naquele momento, Rodrigues estava rompido com Lavalleja devido a sua rebeldia ao comando configurada no ataque não autorizado a Colônia, que redundara num desastre militar, num desperdício logístico e também em desgaste político em Buenos Aires. Com apoio da opinião pública, os seguidores de Lavalleja descarregaram no comandante do Exército Nacional a culpa pela derrota. Enquanto isso, aceitava a corte de Rivera, que se aproximara dele e se mostrava obediente e confiante em seu comando. A verdade é que em maio, o Exército Nacional completaria um ano de existência e não havia disparado um único tiro nos brasileiros.

Rivera insistia para agir contra os brasileiros na região de Entre Rios, ultrapassando o Rio Quaraí, criando uma área de inquietação à retaguarda de Rosado. Numa manobra estratégica, Rivera obrigaria o comandante brasileiro a dividir suas forças, lançando contra ele o que tivesse de cavalaria. Numa ação fulminante, poderia atacar separadamente as guarnições das Missões e o que viesse de Carolina, esperando que Rosado lançasse contra ele a cavalaria de Bento Manoel Ribeiro, provocando confusão no inimigo, desgastando suas forças e desmoralizando seu combalido comando. Uma ação como essa poderia restabelecer o prestígio de Rodrigues, que estava sendo duramente criticado tanto em Buenos Aires como na própria Banda Oriental, por Lavalleja e pela marinha de Brown. O comandante em chefe autorizou a missão. Rivera partiria com 1000 homens, devendo atacar a região do Arapeí, cheia de estancieiros rio-grandenses, e capturar gado e cavalos que encontrasse antes de prosseguir para o território inimigo.

Em maio, tendo como subcomandantes de sua tropa os coronéis Manuel Oribe e Servando Gómez, Rivera apresentou-se na região do Arapeí, iniciando a primeira parte de sua missão. Nesses movimentos, houve apenas alguns recontros de partidas com grupos de brasileiros da região. Entretanto, um prisioneiro, André Soares, conseguiu fugir e foi ao encontro de Bento Manoel com informações valiosas. O caudilho rio-grandense preparava-se, reunindo forças para cair em cima dos uruguaios. Foi quando passou pelo acampamento de Carolina o tenente-coronel Manuel Luís, a caminho do Quaraí, à frente de 150 caçapavanos.

Num desses dias do veranico de maio, Manuel Luís apareceu junto com alguns oficiais da milícia de sua unidade para visitar Osorio, que por sua vez pensava em ir ver a família desde que acampara na Coxilha de Santana. Caçapava não era muito longe. Queria rever a mãe e os irmãos, mas não tivera tempo.

O velho Manuel Luís estava reformado desde que se machucara, ainda no Salto. Fora um acidente bobo. Sesteava numa rede, um costume que aprendera com soldados nordestinos, e virou de borco, caindo por cima de um banquinho mocho e quebrando três costelas. Foi um tombo feio. Não tinha mais condições de enfrentar as durezas das marchas e contramarchas. Decidira, então, voltar ao Brasil, indo se estabelecer na terra de seus soldados, comprando uma propriedade rural em Caçapava. Quando recebeu uma carta de Bento Manoel perguntando se não conseguiria alguns homens para reforçar suas fileiras, se apresentou à frente de um grupo de voluntários. O caudilho, ao dar a notícia a Osorio, informando que seu pai passaria por ali, comentou a disposição do velho companheiro:

— O teu pai é um danado. Não pode sentir cheiro de pólvora que já se assanha...

Manuel Luís chegou alegre, mas apeando com dificuldade e contorcendo o rosto. Trouxera cinco amigos com ele, com o indisfarçável objetivo de lhes mostrar o filho famoso. Osorio conhecia um deles, o capitão Manuel Rodrigues Souto, velho companheiro do pai desde a campanha de 1811, que não cansava de relembrar.

— Meu filho, dá um abraço no capitão Souto. Se não fosse ele a essa hora tu estarias a procurar os meus ossos lá para as bandas de Paissandu. Ele me levou no colo. Não foi brincadeira.

— Pai, eu já conheço o capitão. Já estive na casa dele. Como vai a dona Delphina?

— Vai bem. E isso aqui parece um lazareto de tão estropiada e magra que está essa gente.

— Nem lhe conto, capitão.

Foi um dia de festa para os jovens oficiais no acampamento. Manuel Luís trouxera duas mulas com mantimentos e outras utilidades que Anna Joaquina enviara. Os comestíveis e as bebidas foram divididos por Osorio com os companheiros, como era o costume. Havia de tudo o que não se estragasse: charque de boi e de ovelha, linguiças de porco defumadas, doces de tacho e frutas em passas. Ele guardou as porções de arroz, feijão, milho em espigas, farinha de mandioca, açúcar e café. De vestir, ganhou um par de botas de pelica feitas pelo sapateiro Lupiscínio, um bichará de lã de carneiro, um pala de lã tecida, muitas camisas e camisetas e um fardamento. Osorio apresentou os colegas ao pai e aos amigos deste. O destaque foi seu novo amigo, Mallet, o tenente francês que comandava uma bateria de duas peças do Corpo de Artilharia Montada da Corte.

No quarto do filho no alojamento dos oficiais solteiros, Manuel Luís parou diante de uma estante com livros e pôs-se a olhar as capas, folhear um e outro enquanto falava com Osorio.

— E esse rapaz, o Mallet? Gostei do jeito dele.

— Ficamos muito amigos. Ele também gosta de estudar. Esses livros aí são dele. Emprestou-me e me ajuda a lê-los.

Manuel Luís examinava agora os livros que Osorio lhe indicara. Fazia gestos de admiração e de aprovação, até que não se conteve.

— E tu entendes tudo o que está escrito aqui? Isso é francês, não é?

— Falar eu ainda não sei. É mais difícil que ler. As palavras são bastante parecidas. Ele também me emprestou um dicionário e sempre que tenho dúvidas pergunto. Assim vou indo.

— Muito bem. Está certo. Francês é a língua mundial; é bom que a aprendas. Esses oficiais estrangeiros que estão contratando não falam a nossa língua. Assim poderás te entender com eles.

— Em troca, ensino a língua geral para o Mallet.

— O que um rapaz educado que nem ele vai querer falando essa algaravia de índios?

— Ué! Serve para mandar nos paulistas e nos missioneiros, por exemplo. Para mim pelo menos tem servido.

Osorio falou um pouco do amigo, contando que nascera em Dunquerque, na costa do Canal da Mancha, e viera para o Brasil acompanhando a família, que abriu um colégio no Rio de Janeiro. Na França, chegara a cursar um ano da Escola Militar de Saint-Cyr, graduando-se em Matemática. No Brasil, fizera exames e fora aprovado para a Academia Militar do império, graduando-se em Artilharia. Dizia Osorio que Mallet tinha correspondentes em Paris que lhe mandavam tudo o que valia a pena em matéria de livros militares. Com isso, era um homem atualizadíssimo.

— Eu aproveito muito, pois assim estou aprendendo e me equiparando, pelo menos em teoria, a esses oficiais portugueses e estrangeiros que vêm por aqui.

— Me mostra e me fala de alguns deles.

Osorio pegou um livro e mostrou para o pai:

— Este aqui é a bíblia das academias militares do mundo inteiro.

E mostrava as *Máximas* do suíço Antoine-Henri de Jomini, um tratado de 1815 que condensava todas as ideias e todos os pensamentos de Napoleão Bonaparte. Jomini chegou a general do Exército Francês, foi ajudante de campo do marechal Michel Ney, mas desertou da Grande Armée e passou para o lado dos russos, tornando-se assessor do czar Alexandre I. Osorio mostrou ao pai também dois livros recém-lançados em espanhol: *El Memorial de Santa Elena*, de Emmanuel de Las Casas, com as reflexões de Napoleão sobre história, política e operações militares, e outro de autor anônimo, *Máximas*, também com pensamentos do Corso, em que afirmava que a arte da guerra somente pode ser aprendida na prática e por meio do estudo das experiências dos grandes chefes militares do passado.

Havia ali obras de outros autores importantes como as *Ordinances*, de Jacques-Antoine de Guilbert, publicadas em 1791, um ano depois da morte do autor; as obras dos mestres da Academia de Birenne, onde se formaram Napoleão, Du Teil e Jean Baptiste de Gribeauval, que revolucionaram o conceito e o emprego da artilharia, aperfeiçoando o uso da "artilharia ligeira". Essa nova doutrina prescrevia uma maior integração da artilharia com a infantaria e a cavalaria, dando-lhes mais mobilidade no campo de batalha e produzindo a concentração do fogo em um ponto específico da linha de ataque. Essa tática foi responsável por grande parte das vitórias francesas naquela época e continuava válida nos anos 1820.

Osorio inflamava-se quando falava das *Máximas* de Jomini, sua referência para os acontecimentos presentes, teorias que faziam sentido na guerra que estavam lutando. Nesse ponto, havia uma diferença de concepção entre os jovens oficiais, como Mallet e agora Osorio, e os velhos militares portugueses, cujas referências provinham do sistema britânico desenvolvido pelo marechal Arthur Wellesley, o duque de Wellington, que treinara e comandara as forças portuguesas nas Guerras Peninsulares e que derrotara Napoleão em Waterloo, na Bélgica. Nesse sistema, prescrevia-se o uso maciço da infantaria, privilegiando a defensiva, ao passo que Jomini, explicando Napoleão, dava ênfase à ofensiva. Eram duas escolas de guerra totalmente antagônicas.

O sistema do mestre suíço era mais adequado às guerras sul-americanas, travadas com participação importante das cavalarias em campo aberto nas grandes planícies dos pampas, pensavam Osorio, Mallet e muitos outros militares modernos. Manuel Luís admirava-se com as explanações do filho. Mostrou-lhe outro livrinho, perguntando:

— E este aqui, como é que se diz este nome?

— Sun Tzu, é chinês. A *Arte da guerra* foi escrito há mais de 1000 anos, mas continua atual. É um livro raro, mesmo na França. Veja aqui: pertencia a um tio dele, o general Claude Mallet. Foi fuzilado por Napoleão.

— *A la putcha*.

Não demorou muito Manuel Luís seguiu viagem. Teriam de amanhecer no Catalão, onde tinham encontro com Bento Manoel. Rivera iniciara sua ofensiva com todo o ímpeto, mas, segundo as últimas notícias, detivera seu avanço no Rio Dayman, aparentemente desistindo de entrar no território brasileiro. O que se sabia era que estava pilhando as fazendas da região para abastecer o Exército Nacional. Rivera, porém, preferiu vender sua presa e distribuir o dinheiro entre seus soldados e pequenos caudilhos regionais, como prêmio pela cooperação com o esforço de guerra.

Em agosto, pressionado por Buenos Aires, Rodrigues decidiu agir, iniciando operações com tropas regulares. A opinião pública portenha já fazia chacota de seu exército inativo. Foi designado para a missão um oficial de carreira veterano das grandes campanhas, o coronel José Maria Paz. Com seu Regimento de Cavalaria nº 2, teve ordens de atacar o acampamento de Bento Gonçalves, no Rincão do Francisquito, no Departamento de Cerro Largo. Paz deveria marchar para o norte e fazer junção com a milícia uruguaia comandada pelo coronel Inácio Oribe, irmão de Manuel, o subcomandante de Lavalleja, veterano do exército de José Artigas. A junção se deu em Las Palmas, e Oribe designou o capitão Carlos Verdun para bater as patrulhas brasileiras que se movimentavam na área. Paz já estava preocupado com a mudança que fora verificando à medida que se deslocava para o norte. Ali a população local demonstrava franca aversão aos portenhos, embora não hostilizasse as milícias orientais. Os camponeses, mesmo os de origem castelhana, pareciam mais à vontade com os brasileiros do que com os argentinos. Soubera que o caudilho brasileiro Bento Gonçalves era muito popular na campanha, pois, entre outras coisas, era casado com uma oriental, filha de uma família ilustre da região, dona Caetana Garcia.

Essa expedição também deu em nada. Em 6 de agosto de 1826, a partida de Verdun chocou-se nas pontas do Arroio Caraguatá com um destacamento comandado pelo major brasileiro Antônio de Medeiros Costa. Lá percebeu a inutilidade estratégica de sua investida e recuou para o Yi, juntando-se ao grosso do exército.

Tudo parecia caminhar para uma solução diplomática quando fatos políticos de grande relevância empurraram, quase ao mesmo tempo, os dois governos para a guerra, reacendendo a saída belicista. Morreu em Lisboa dom João VI, deixando vago o trono para dom Pedro I. Na Argentina, Bernardino Rivadávia foi eleito presidente da República e nomeou para ministro da Guerra o general Carlos Alvear, que se encontrava no Alto Peru. O novo presidente precisava da guerra externa para consolidar seu governo, e dom Pedro não podia se apresentar derrotado na Europa por um bando de gaúchos guascas, como diziam no Rio de Janeiro e se comentava maliciosamente em Lisboa. Uma vez mais, dona Carlota Joaquina interveio, conspirando para coroar o filho mais moço, dom Miguel, no lugar da neta, a princesa brasileira Maria da Glória, que fora designada sucessora por seu pai, agora também Pedro IV de Portugal.

CAPÍTULO 29

O Rosnar dos Maltrapilhos

Os PRIMEIROS MESES de 1826 foram muito complicados no Rio e em Buenos Aires. Seus governantes estavam ocupados demais para se dedicarem a um assunto tão prosaico como a guerra que se haviam declarado mutuamente no fim do ano anterior. Dom Pedro estava envolvido com as intrigas e peripécias da sucessão em Lisboa, enquanto Rivadávia enfrentava mais uma crise política interna, agravada por um *crash* no mercado financeiro de Londres. O momento não poderia ser mais inoportuno: os problemas aconteciam bem na hora em que ia sair um polpudo empréstimo para a Argentina. Seria a solução para os apertos financeiros do erário que ameaçavam a estabilidade do país.

Assim se passaram os primeiros meses do ano. O fato mais notável foi a nomeação do ex-diretor-geral, ex-golpista, ex-rebelde, ex-exilado, ex-tudo general Carlos María de Alvear, de 37 anos, como poderoso ministro da Guerra e da Marinha das Províncias Unidas. Alvear era reconhecido como o militar mais capacitado tecnicamente no país desde que o Libertador San Martin se retirara para a Europa fugindo do poder, pois não aceitara assumir o controle da conturbada república, preferindo viver em paz sob o manto da monarquia britânica. Alvear era conhecido no Rio de Janeiro e respeitado como grande teórico das artes da guerra e eficiente general, organizador e tático comprovado nas lutas contra Napoleão, nas lutas por independência da Espanha e nas guerras civis platinas. Dom João VI chegara a lhe oferecer um posto no Exército do Reino Unido, que ele recusou, pois seu grande objetivo na vida era travar uma guerra justamente contra o Brasil, reincorporar a Cisplatina às Províncias Unidas e viver sob um regime republicano.

Mesmo com todo esse prestígio, Alvear não preocupou os meios militares brasileiros. Sem dinheiro e sofrendo uma oposição feroz de seus adversários, teria pouco poder para colocar aquele exército maltrapilho em pé de guerra. Ainda por cima, na Banda Oriental se desenrolava uma verdadeira guerra civil com três frentes. Uma era do Exército de Observação, como se qualificava a missão do Exército Nacional estacionada na campanha uruguaia. Outra era o grupo dos Trinta e Três, liderados por Lavalleja, que desobedecia claramente ao comandante do exército e estava em choque frontal com a terceira facção, chefiada pelos irmãos Fructuoso e Barnabé Rivera. Estes dois estavam contra Lavalleja e o exército. Não era um quadro ameaçador, mas o império, inimigo declarado, nada podia fazer, pois o Exército do Sul, que deveria atacá-los, também estava em farrapos, desarmado e doente. Seu comandante estava em luta aberta contra o presidente da província José Egídio Gordilho, o visconde de Camamu e em disputa política com o comandante das forças das guarnições de Montevidéu e Colônia, o general Lecor. Os dois contendores estavam empatados. Podia acontecer tudo, menos guerra.

O inverno de 1826 entrou para a história como um dos mais duros que já castigaram o Rio Grande do Sul. Depois de um verão chuvoso, Osorio teve de enfrentar mais um desafio no Acampamento de Carolina: evitar que os soldados sob sua responsabilidade morressem encarangados, como se diz dos que sofrem de hipotermia, ou de pontada nos pulmões. O melhor remédio era trabalhar as disciplinas, e foi assim que passou pela estação danada. Para seu consolo, o inimigo não estava melhor. Assim como Messena Rosado vivia à míngua, Martin Rodrigues não conseguia sequer pedir demissão, pois chegara a ter um substituto nomeado, o general José Rondeau, oficial que tinha um ponto em comum com Rodrigues: todas as batalhas que participaram, desde jovenzinhos, acabaram em derrota para suas armas. Os dois juntos estiveram em dois acontecimentos memoráveis: Venta y Media e Sipe Sipe.

Entretanto, o novo comandante nem bem chegou a assumir e já foi destituído, ficando Rodrigues como interino dele mesmo, esperando que chegasse um substituto. Enquanto isso, espalhou seu exército por várias localidades para viabilizar algum abastecimento com recursos locais. E ninguém ouvia o tilintar de seus vencimentos havia muito tempo.

— Tem feito um frio de renguear cusco.

Era assim que se chamavam os cachorros autóctones dos índios, bichos que não serviam nem para a caça quando os europeus chegaram à América com seus cães reforçados. Do cruzamento saiu o nome, como lembrança à cidade de Cuzco, onde serviam como animais de estimação das damas grã-finas dos incas, sem nenhuma utilidade.

Osorio aproveitou esses meses de aquartelamento para estudar. Com Mallet aprendeu o que pôde dos autores mais em voga entre os militares. Na Academia Militar do Rio, Mallet destacara-se como aluno excepcional, tanto por sua aplicação como pela facilidade com que lia essa literatura especializada, servindo como professor de seus colegas. Suas notas e seu conceito no Curso de Artilharia, pelo estatuto de 1810, eram notáveis. Designado segundo-tenente da Companhia de Mineiros do Corpo de Artilharia Montada da Corte, fez o curso de Engenharia Militar. Entretanto, preferiu continuar na tropa, lotado como oficial na Brigada de Artilharia a Cavalo da Corte. Foi nessa condição que foi parar na Coxilha de Santana, levado entre os reforços transferidos das províncias do norte para o Rio Grande.

A incorporação de Mallet à força expedicionária foi um daqueles atos intempestivos do imperador. O jovem monarca brasileiro desde cedo se considerava, antes de tudo, um militar. Embora fizesse seus estudos teóricos, aplicava-se efetivamente nas lidas, dedicando-se com afinco às artes marciais, ao treinamento físico e às manobras das tropas. Cavalgava e marchava com os soldados. Ninguém esquecia sua atuação desastrada às vésperas do embarque do pai para Portugal, em 1821. Naquele dia, a população carioca saíra às ruas para apoiar o rei e declarar seu amor a dom João VI, pedindo-lhe que não partisse. E entendendo a manifestação como um protesto contra o pai, à frente de um batalhão de choque, dom Pedro atacou a multidão, perdendo o controle da ação, abrindo fogo contra o povo e deixando dezenas de mortos no centro do Rio.

Foi num desses acessos do imperador que Mallet foi guindado à posição de comandante da 1ª Bateria do Corpo de Artilharia Montada, na manhã de 16 de novembro de 1825, no trapiche do cais do porto do Rio de Janeiro. Dom Pedro fora assistir ao embarque da tropa que despachava apressadamente para Carolina, para fazer valer a declaração de Guerra às Províncias Unidas. Os acontecimentos atropelavam o monarca, que não continha a irritação com as notícias chegadas do Sul e logo amplificadas pela imprensa da corte. As derrotas em Sarandi e Rincão das Galinhas, que como militar ele sabia serem de pequeno valor estratégico, chegavam à opinião pública como se fossem Waterloos sul-americanos. Estava ansioso para dar uma resposta à altura do desafio que lhe lançavam aqueles gaúchos da província Cisplatina, despachando sua tropa de elite para dar uma lição nos rebeldes. Enquanto cumprimentava os oficiais da unidade, sua menina dos olhos, admirou-se ao ver Mallet com o fardamento de passeio, também abraçando e desejando boa sorte aos companheiros que entravam nos navios. Dirigiu-se em francês ao primeiro-tenente.

— Posso saber por que vós não estais embarcando?

Mallet respondeu em português.

— Majestade, não faço parte do grupamento. Sou ajudante do comandante.

Vendo seu ajudante em conversa com o imperador, o coronel João Carlos Pardal aproximou-se para não perder a oportunidade. Para sua surpresa, foi interpelado com irritação:

— Coronel, posso saber por que este oficial não está embarcando?

— Majestade, ele é meu ajudante. Preciso dele junto a mim.

— Coronel, o inimigo está nas nossas fronteiras e o senhor quer reter um oficial como ele para que engraxe as suas botas?

— Não, Majestade...

— Então por que ele não está embarcando? Por que não está comandando uma bateria? Já perguntei!

— Majestade, esse posto é para capitães. O Emílio ainda é primeiro-tenente.

— Pois agora uma bateria será comandada por um tenente. Resolva isso agora mesmo! Quero vê-lo nesse navio!

Naquele exato momento, Mallet assumiu o comando, para alegria do capitão que teve ordem de desembarcar. Mallet teve de sair às pressas e passar em casa para juntar suas roupas e seus pertences, voltar correndo para subir a bordo. Foi um custo alto para dom Pedro permitir que ele levasse suas coisas.

— Majestade, a intendência do exército não dispõe de fardamentos que sirvam em nosso tenente.

Com seus 2 metros de altura, Mallet era um gigante naqueles tempos. Todas suas fardas eram feitas sob medida. Era o oficial mais alto do exército.

Para dom Pedro, a guerra era a única válvula de escape para uma situação política com dois exércitos em fase de deterioração. Ou pelo menos; dava a impressão de que havia um inimigo externo para unir as facções em luta aberta. O imperador, acossado por seus problemas no Parlamento e pela emergência da sucessão em Portugal decorrente da morte súbita de seu pai em fins de março, complicada pelo avanço do irmão dom Miguel com o intuito de tomar a Coroa dos Bragança, foi surpreendido pela rápida mudança no quadro político da Argentina, com a unificação das Províncias Unidas.

Em Buenos Aires, o governo do presidente Rivadávia estava à beira de um colapso administrativo-financeiro. Sem o empréstimo londrino já autorizado pelo Congresso, sem receitas fiscais e sem o apoio das demais províncias para a manutenção da máquina pública e do exército, arcava com o peso de remunerar seu exército e as contas de Lavalleja e Rivera. Nem mesmo as alfândegas da Banda Oriental, diretamente envolvidas no conflito, entravam com sua parte, deixando totalmente ao encargo do Tesouro de Buenos Aires sustentar o projeto e incorporar o Uruguai.

Foi quando o secretário de Relações Exteriores do Império Britânico, George Canning, despachou para a região um embaixador plenipotenciário, John Ponsonby, com a missão de coordenar esforços para evitar o conflito. Em Londres, o embaixador brasileiro, tenente-general Felisberto Caldeira Brant Pontes de Oliveira Horta, negociava o reconhecimento de Portugal à independência do Brasil; a posse da Cisplatina era uma questão controversa entre Lisboa e Rio.

Meses antes, o próprio Alvear estivera em Londres falando da inevitável guerra contra o Brasil pela posse da Banda Oriental, exibindo farta documentação que comprovava os direitos do antigo vice-reinado do Prata sobre aquele território. A questão clara era a livre navegação no Rio da Prata.

Foi então que Canning inclinou-se para uma solução salomônica, criando entre os dois contendores um Estado-tampão, que garantisse o trânsito dos barcos brasileiros e das demais potências pelas águas interiores da Argentina. Além disso, havia rio acima uma província rebelde, o Paraguai, que se recusava a ser incorporado às Províncias Unidas, e também Corrientes, Santa Fé e Entre Rios, que propugnavam por um esquema que as aliviasse da mão pesada da alfândega de Buenos Aires. A independência do Uruguai era a proposta da missão britânica.

Para Rivadávia, negociar em posição de fraqueza seria um desastre. Na Argentina, havia um movimento para atrair para o conflito platino o apoio de Bogotá, ou seja, de Simón Bolívar, com seus exércitos e sua influência na Inglaterra. Negociações nesse sentido foram desenvolvidas por Alvear e por seu aliado Manuel Dorrego no Alto Peru. Os dois voltaram a Buenos Aires com uma proposta muito interessante, que era a criação de uma confederação sul-americana de províncias e países hispânicos. Isso poderia contrabalançar o fortalecimento geopolítico de Pedro I. Bolívar não disse nem que sim nem que não, deixando o barco correr.

Rivadávia acreditava firmemente que o projeto de Bolívar era declarar-se imperador da América do Sul hispânica. Alvear pensava numa república bolivariana e contava com o apoio do Libertador para a guerra contra o Brasil. Porém, pressionado por seus amigos, aceitou participar do governo de Rivadávia. Atraiu assim a inimizade de Manuel Dorrego, entusiasta do projeto de unidade hispano-americana, que abriu mais uma forte dissidência no espaço interno argentino.

Mesmo que a nomeação de Alvear tivesse provocado mais discórdia do que coesão, a notícia da sua convocação para o ministério gerou reações no Rio de Janeiro. Dom Pedro observava esses movimentos, pois tampouco podia enfraquecer-se no Brasil, que era sua plataforma de sustentação para o inevitável embate europeu que se abria. A guerra era um ponto fraco.

As notícias dessas crises chegavam aos poucos ao Acampamento Imperial da Carolina. Da parte brasileira, o tenente Mallet explicava o que queria dizer aquela barafunda; da parte castelhana, os detalhes eram esmiuçados pelo coronel Bonifácio Isas Calderon, militar uruguaio que não aderira ao movimento de Lavalleja e lutava ao lado dos brasileiros. Osorio ia assim, se inteirando dos bastidores da corte e entendendo a máxima de um novo autor de alguns artigos sobre a arte da guerra que o tenente francês lhe apresentara, um alemão chamado Clausewitz, que dizia que a guerra era um prolongamento da política. As opiniões dos dois convergiam num ponto: ambos os países precisavam terminar aquele conflito a fim de se voltar para os grandes problemas de seus governantes. O livro do autor alemão virou uma verdadeira bíblia dos militares do mundo inteiro a partir da guerra civil norte-americana, em 1860, superando o prestígio de Jomini e relegando o autor suíço ao esquecimento. Mallet, porém, já conhecia seus escritos em 1826.

Com a nomeação de Alvear para comandante em chefe do Exército Nacional, em 24 de agosto, a rearticulação da máquina militar brasileira no Sul entrou na ordem do dia. A primeira providência foi remover o presidente do Rio Grande, substituído pelo brigadeiro Salvador José Maciel em 13 de setembro. Logo em seguida, veio a substituição do comandante em chefe. Maciel dedicou-se à reorganização interna, criando o Conselho Geral da Província, um órgão que deveria organizar a Assembleia Provincial, uma câmara legislativa que completaria o quadro institucional do Rio Grande, mas com nítida função descentralizadora.

Faltava resolver o problema do comando do exército. Ao destituir Camamu do governo da província, dom Pedro teve de tirar de cena o general Rosado. O que era esperado, tamanho seu desgaste por reconhecida inépcia, embora mais tarde se constatasse que conseguira adestrar razoavelmente a tropa.

Para o governo, o novo comandante deveria ser um homem à altura de Alvear. Um general despreparado poderia ser facilmente batido. O candidato natural era o general Frederico Lecor, mas seu nome encontrava várias frentes de resistência. Uma delas era constituída de militares que o culpavam pelo desastre do Sarandi, por ter lançado os dois Bentos contra uma força superior, sem possibilidade de vitória. Mais ainda, expusera o barão do Cerro Largo, uma verdadeira legenda das armas rio-grandenses, a uma armadilha estratégica, deixando-o isolado em Mercedes e obrigando-o a uma retirada precipitada para o Rio Grande, o que lhe custou o cargo de comandante de armas, responsabilizado pelo desastre da primeira parte da campanha cisplatina. Os nacionalistas lembravam sua origem portuguesa e defendiam que o comando deveria caber a um general brasileiro, nativo, como faziam os argentinos. Dom Pedro também tinha suas restrições a Lecor, tido como partidário da independência do Uruguai, mas não encontrava nas fileiras um nome de consenso, pois contra qualquer um havia resistência de outros lados. Decidiu, então, pelo inesperado:

— Eu mesmo vou comandar nosso exército. Vou para o Sul levantar os ânimos daquele bravo povo e estarei à frente das tropas no campo de batalha. Para administrar o exército, nomeio comandante em chefe o tenente-general Felisberto Brant, que de agora em diante será chamado pelo título de marquês de Barbacena.

Quando comunicou a Barbacena que ele seria o comandante em chefe, esclareceu que iria ao Sul, mas não participaria dos combates, como anunciara. Esse gesto visava unicamente conter os ânimos e fortalecer a posição do novo comandante em chefe. Dizia que não participava de nenhuma igrejinha militar, pois, embora tivesse patente, fizera toda a sua vida fora das fileiras. Assim, apesar de não ter apoio, não tinha oposição. Até brincou com seu novo comandante:

— Agora vais poder lutar aquela guerra que travavas com o Alvear nos saraus da corte.

É impressionante a simetria entre os dois generais. Ambos eram filhos de nobres europeus nascidos na América. Brant nascera num povoado distante, em Mariana, Minas Gerais; Alvear também, em Santo Angel Custodio, nas Missões Orientais (na época, pertencente à Coroa Espanhola), atual Santo Ângelo, no Rio Grande do Sul. Fizeram os estudos primários no exterior: Brant na Escola de Nobres, em Lisboa; Alvear numa escola particular em Porto Alegre. Ambos estudaram em academias militares afamadas das metrópoles; ambos tiveram experiência política na juventude e participaram dos movimentos de independência de seus países: Brant na Bahia; Alvear em Montevidéu. Sofreram derrotas e desterro de suas bases. Brant foi deputado geral, eleito pela Bahia, e senador do império; Alvear foi deputado dos *Cabildos*. Brant chefiou duas missões à Inglaterra; Alvear foi embaixador extraordinário enviado à Inglaterra e aos Estados Unidos. Os dois eram ministros de Estado quando foram guindados ao comando de seus exércitos: Brant, da Fazenda; Alvear, da Guerra. Ambos eram maçons.

Uma única diferença: Alvear chegou a general combatendo desde menino; Brant chegou ao posto máximo do exército sem ter disparado um único tiro. Os dois eram especialistas reconhecidos: Brant seguidor das teorias defensivas de Wellington, Alvear adepto fervoroso das teorias da guerra ofensiva de Napoleão.

Barbacena gabava-se de ser o maior conhecedor de Alvear em todo o mundo. Era o que garantia a dom Pedro:

— O Alvear está reunindo as suas tropas no Arroio Grande. Isso significa que pretende assumir a ofensiva, como é do seu feitio. Ele pensa como Napoleão. Pois é justamente o que eu quero: trazê-lo para o meio da nossa campanha, cortar as suas linhas de suprimento e deixá-lo à míngua. Quando se retirar, ataco e destruo o seu exército. Depois mandamos o nosso pessoal de Montevidéu e Colônia ao encontro dele e o esmagamos entre duas tenazes.

— Quando você acha que ele virá? Teremos tempo para nos organizar?

— Creio que sim, majestade. Ele necessita de alguns meses para ter condições de se movimentar. Em todo caso, terá de ser ainda neste verão que entra. Depois disso precisará esperar mais um ano.

— Onde você acha que ele vai atacar?

— Tem duas opções estratégicas: Rio Grande ou Porto Alegre. Entretanto, tanto uma como outra estão muito longe. Não vai conseguir alcançar nenhuma das duas, posso lhe garantir.

— E qual seria o plano de campanha dele?

— Ele tem duas opções de invasão. Uma é pelo Vale do Negro, entre as coxilhas de Haedo e Grande. Armo a minha linha de defesa em Caçapava, na linha do Rio Camaquã. Se for derrotado, posso recuar para o Jacuí, fortificando-me em Rio Pardo. Daí ele não passa. Outra alternativa será invadir por Cerro Largo. Nesse caso, articulamos a nossa defesa no Rio Jaguarão, com recuo para Pelotas.

— Não cogita que ele suba pela costa do Rio Uruguai, penetrando por Quaraí e daí procurando a margem esquerda do Jacuí para atingir Porto Alegre?

— Não creio, majestade. A costa do Uruguai não se presta a uma marcha com o exército que ele traz. Há muitos rios caudalosos para transpor. Se fizer essa loucura, vou pegá-lo lá no Arapeí.

— E, se ficar na defensiva, vamos ficar esperando até que se mova?

— Também não acredito. Se acontecer, eu o ataco. Ele ficaria muito vulnerável, com o Uruguai às costas e a nossa esquadra bloqueando-lhe as rotas de suprimentos e trazendo reforços por água.

— Você acredita que essa sua campanha acabará com a guerra?

— Ainda não. Temos de destruir o poderio de Buenos Aires e varrer da cabeça dos portenhos essa ideia de reconstituir o vice-reinado do Prata. Agora falando como diplomata, vou propor a ele que, depois de vencer na Banda Oriental, passemos a Entre Rios, façamos alianças com as províncias do Paraná, com o Paraguai, com o Alto Peru...

— Bolívia.

— É verdade, com a Bolívia, e acabemos de vez com essas ideias de hegemonia. Isolados, derrotados, empurrados para a margem direita do Prata, conseguiremos pacificar de vez o estuário, oferecendo, em troca da nossa tranquilidade, proteção e liberdade para as províncias do interior da Argentina. Esse vai ser, inevitavelmente, o desfecho dessa campanha.

— Calma, marquês. Está indo rápido demais. Nem sabe se o seu exército conseguirá vencer o deles e já está pensando em grandezas.

— Posso vencê-los, majestade. Temos um bom exército. Está combalido, mas aquele pessoal do Rio Grande sabe combater. Falta-lhes comando, um general que saiba conduzir uma guerra. Com isso, somos invencíveis.

CAPÍTULO 30

O Imperador Caudilho

Dom Pedro I foi para a guerra no dia 24 de novembro de 1826. Quando pisou no tombadilho, o imperador foi saudado pelo comandante da flotilha, o almirante conde de Sorel, que lhe passou o comando e, logo em seguida, o recebeu de volta. A posse foi simbólica, pois em matéria de navegação dom Pedro mal sabia remar uma canoa.

A nau que levava seu nome (antiga *Dom João VI*) era a capitânia da força-tarefa, um velho galeão com ornatos e figuras esculpidas na proa e na popa. Vinha escoltada pela fragata *Isabel*, pela corveta *Duquesa de Goiás* e pela escuna *Primeiro de Dezembro*, esses sim barcos modernos. E era acompanhada por um comboio de transporte com tropas e suprimentos de guerra. Não se tratava de uma grande esquadra, mas a esquadrilha imperial estava capacitada para enfrentar surpresas, improváveis naqueles mares. O almirante declarara que as águas da rota estavam completamente livres de barcos de guerra inimigos, de corsários ou quaisquer outras naves hostis.

— Essa força é suficiente para garantir a nossa integridade?

— Sim, majestade. Não há possibilidade de encontrarmos um escaler inimigo no Oceano Atlântico inteiro. O almirante Pinto Guedes os mantém grudados nos portos atrás das baterias de costa ou escondidos nos igarapés rasos do Estuário do Prata, fora de calado para as nossas embarcações. Naquele bloqueio não passa nem um lambari.

Ao meio-dia, a pequena armada imperial fez-se ao mar, observada pela população do Rio, num desfile que era também uma resposta às crescentes críticas da oposição na Câmara e até no Senado, sem falar da imprensa. Navegaria como em cruzeiro ao longo da costa, afastando-se um pouco depois de Garopaba, antes de aportar em Rio Grande. Dali subiria a Lagoa dos Patos e o Rio Guaíba até Porto Alegre. Depois voltaria pelo mesmo caminho, a tempo de passar o fim do ano na corte. Para efeito de propaganda, espalhara-se que o monarca iria ainda mais longe, subindo o Jacuí até a Cachoeira, daí a Caçapava, São Gabriel e Livramento, visitando o Acampamento da Carolina, na Coxilha de Santana, e comandando uma manobra do Exército do Sul.

— Será que o homem vem mesmo?

— Olha, Osorio, medo sei que ele não tem. É até muito metido para um rei. Mas isso aqui fica muito distante... Muito tempo... Entre vir e ir pode ser que encontre alguém sentado no trono dele no Rio de Janeiro.

E Bento Manoel dava uma gargalhada. Os demais oficiais consideravam que dom Pedro não iria mesmo até aquelas lonjuras. Mas, mesmo assim, o general Sebastião Barreto, nomeado ainda pelo presidente visconde de Camamu para comandante da fronteira de Livramento até a costa do Uruguai, mandou fazer o possível para receber muito bem o comandante em chefe de todas as armas.

No fim de novembro, a nova administração já fazia sentir sua presença em Santana. No dia 26 de novembro chegara um mensageiro de Porto Alegre pedindo uma escolta para um comboio de 20 carretas que sairia de Cachoeira com material de guerra, subindo o Jacuí. Dentro de três ou quatro dias, teria condições de estar na estrada com abastecimento para o exército.

— Parece que o marquês destravou os cadeados do arsenal de Porto Alegre.

Na primeira reunião de trabalho com o ministro da Guerra, o conde de Lages, Barbacena, apareceu com uma lista de exigências para o governo e um plano político para o imperador. Sabia dos principais problemas do exército. Obtivera os poderes para botar a força em ordem, unificando sob seu comando todas as tropas de linha e milicianas ao sul de Santa Catarina, incluindo as praças de Montevidéu e Colônia. Obtivera também um caixa no valor de 6 milhões de cruzados para despesas e pagamento do pessoal. Na parte política, porém, dom Pedro de certa forma cortou-lhe as asas, estabelecendo que seu limite de ação fosse o território brasileiro, incluindo, logicamente, a Cisplatina, e mantendo com o presidente da província a autoridade para recrutamento.

Antes de partir, Barbacena preparou o embarque de dois Regimentos de mercenários alemães recém-contratados na Europa, o 27º de Caçadores e o Corpo de Lanceiros. Eles viajariam sob o comando de seu chefe de estado-maior, o coronel Gustavo Henrique Brown, oficial inglês nascido na Alemanha, que liderava em Londres uma unidade de infantaria composta por soldados norte-americanos. Brown ou Braunn fora contratado pelo Brasil para dar instrução ao exército, com o posto de marechal de campo. Ao chegar ao Rio em maio, foi surpreendido pela convocação para a guerra, mas aceitou, deslocando-se com a família para Porto Alegre na comitiva do imperador.

Além desse oficial, Barbacena levou uma equipe para compor seu estado-maior: o brigadeiro João Crisóstomo Calado, português veterano dos Voluntários Reais; o brigadeiro José de Souza Soares Andréa, futuro barão de Caçapava, ajudante-geral; o sargento-mor (major) Silva Ferreira, deputado do comandante-geral; sargento-mor Pousadilha, ajudante de ordens; o brigadeiro Cunha Matos, quartel-mestre-geral; e o coronel Tomé Fernandes Madeira, comandante da artilharia. Em Santana, esperava contar com o concurso do brigadeiro gaúcho Sebastião Barreto Pereira Pinto, que estava como comandante interino depois da demissão de Messena Rosado.

Cinco dias depois de partir, atracou em Santa Catarina, onde estava uma das unidades sob seu comando. Mandou o Regimento de Artilharia de Posição do Desterro marchar imediatamente para o Rio Grande, a fim de se integrar ao Exército do Sul na Coxilha de Santana. Dia 11 seguiram para Porto Alegre, onde destituiu o presidente da província e empossou um novo, descendo em seguida para Rio Grande a fim de esperar o imperador, que deveria chegar nos próximos dias. Nessa cidade iria se encontrar com o comandante interino de armas, general Frederico Lecor, recém-agraciado com o título de barão de Laguna, que deveria, no entanto, recolher-se ao Rio de Janeiro.

Lecor deixara o comando de Montevidéu, substituído pelo general Magessi, e refluíra para Rio Grande, levando consigo algumas tropas que guarneciam a capital uruguaia, o 4º e o 5º Regimentos de Cavalaria, o 18º Batalhão de Caçadores e três bocas de fogo retiradas da Fortaleza do Cerro, em Montevidéu. Guarnecendo a cidade deixou 3 mil homens de infantaria e 500 homens da Legião de São Paulo, de cavalaria.

Barbacena chegou a Rio Grande navegando pela Lagoa dos Patos. No dia 26 de novembro, encontrou a cidade fortificada. Os canhões estavam dispostos sobre reparos de madeira, em trincheiras improvisadas sobre as dunas. A tropa disponível fora espalhada pela região, o 5º Regimento defendendo Pelotas, engrossado por pessoal da cidade, e o 4º Regimento na linha do rio Jaguarão. Mais ao sul, em Cerro Largo, estava a cavalaria de Bento Gonçalves. E, na cidade, o 18º Batalhão de Caçadores e unidades irregulares de voluntários civis, dentre as quais um corpo de cavalaria de colonos alemães recrutados em São Leopoldo, nas proximidades de Porto Alegre. O marquês ficou surpreso com aqueles preparativos. Foi então que ficou sabendo que seu inimigo se preparava para marchar de Durazno sobre o Rio Grande do Sul. Lecor tinha certeza de que o objetivo estratégico de Alvear seria essa cidade. No dia seguinte, Barbacena atravessou o canal, inspecionando a guarnição de São José do Norte, que fechava a outra entrada da Lagoa dos Patos. Aí esperava encontrar-se com o imperador por volta de 5 ou 6 de dezembro.

Em Rio Grande, Barbacena mostrou-se entusiasmado com as possibilidades de uma rápida vitória. Em sua passagem por Porto Alegre, conversara com o barão de Cerro Largo, reiterando que considerara injusta sua destituição do comando de armas. O brigadeiro Abreu oferecera um contingente de 1.500 a 2 mil homens, que estava recrutando nas Missões, e reforçara seu espírito ofensivo. Abreu também queria atacar Alvear de imediato, pois as notícias que chegavam do *front* eram de que o general argentino estava em grandes dificuldades, envolvido nas querelas internas dos uruguaios. Ameaçava voltar para Buenos Aires se Lavalleja insistisse em desobedecer a seu comando. Havia prendido Barnabé Rivera, que roubara os cavalos da artilharia, assaltara a comitiva do general Martin Rodrigues e saqueara suas bagagens quando ele regressava para a Argentina. Enfim, reinava a anarquia no inimigo, o que deveria ser aproveitado pelo Brasil. O marquês concordava, contrariando os generais portugueses da comitiva de Lecor, que diziam ser muito difícil reprimir a revolução na Banda Oriental e mais ainda expulsar os argentinos de Durazno.

— O que falta aqui é energia e coragem! Muito em breve estarei em Buenos Aires.

— Deus nos livre!

— Como assim?

— Porque só poderá estar em Buenos Aires dentro em breve como prisioneiro.

O marquês bufava. Logo em seguida começaram a chegar os navios da flotilha. Assim que desembarcou, Brown relatou um incidente grave em Santa Catarina e a decisão do imperador de completar a viagem por terra.

Ao chegar a Porto Alegre, dom Pedro saiu a tomar providências, desobstruir canais, dar ordens e fazer as coisas andarem. No palácio provincial, recebia comitivas e delegações das vilas, das entidades, da maçonaria, das autoridades civis, militares e eclesiásticas. Comparecia a atos públicos, visitava os doentes na Santa Casa de Misericórdia, destravava a administração, passando por cima da burocracia com seu poder imperial. Aos poucos, normalizou o abastecimento das tropas e colocou em dia a remuneração dos soldados, que estava atrasada havia sete meses para os rio-grandenses e cinco para os de outras províncias. Isso por si só foi um alívio e recuperou o ânimo guerreiro.

Antes do final do mês, o imperador pegou um navio e foi para Rio Grande. Mandara deixar sua bagagem naquela cidade. A cada dia entusiasmava-se mais com suas atividades e com as melhorias que sua ação proporcionava ao exército. Já estava quase decidido a seguir para a fronteira. Dias antes estivera na oficina do exército trabalhando como marceneiro, um de seus passatempos prediletos, reparando danos na carruagem que trouxera do Rio para seus deslocamentos na província.

Tudo ia bem quando chegou o cruzeiro norte-americano *Emma*. O comandante desceu à terra com seu uniforme de gala e disse que trazia para o imperador uma mensagem urgente do ministro da Guerra, o conde de Lages. Dom Pedro abriu o envelope e foi ficando pálido. Ao terminar a leitura, comunicou aos circunstantes:

— Uma tragédia. Faleceu a imperatriz.

No dia 15 de janeiro estava de volta ao Rio de Janeiro. Dona Leopoldina era a coordenadora política de seu governo. Não havia condições de deixar a capital um só dia. A essa altura, Barbacena já estava às voltas com Alvear nos pampas de Bagé.

CAPÍTULO 31

Letrados e Analfabetos

A ENTRADA DO ANO no acampamento Imperial de Carolina na Coxilha de Santana foi sacudida pela notícia assustadora de que um enorme exército se estendia da região central da Banda Oriental em direção ao norte, seguindo pelo Vale do Rio Negro entre as duas grandes coxilhas, a Grande e a de Haedo.

— A coisa vai começar.

No dia anterior chegara à base o novo comandante em chefe, o tenente-general marquês de Barbacena, e seu estado-maior. Essa também era uma grande novidade para os oficiais. Os que haviam estudado na academia e tinham maior base teórica explicaram aos colegas feitos a machado que o estado-maior era uma organização moderna, de acordo com os últimos modelos da Europa, e que agora sim iriam ter uma guerra civilizada na campanha gaúcha.

Osorio estava a par dessa nova montagem do comando, pois além dos livros de Mallet tinha um novo amigo estrangeiro, o capitão geógrafo do Corpo de Engenheiros Frederick Seweloh. Semanas antes escoltara esse oficial até as margens do Rio Jacuí, no Passo de São Lourenço, em Cachoeira, para um levantamento geográfico mínimo da região, a fim de atualizar as cartas militares. Na volta, passaram por Caçapava e Bagé, percorrendo as serranias do Vale do Alto Camaquã com seu afluente Camaquã-Chico.

O estado-maior tinha escolhido a zona de guerra. Naquele espaço entre o Jacuí e o Quaraí seria travada a luta entre Argentina e Brasil. A primeira linha de defesa seria o Camaquã, e o final da linha de retirada, o Jacuí. Na viagem até o Acampamento de Carolina, Barbacena reconhecera esse terreno, pois subira o Jacuí até Cachoeira, passara o rio no São Lourenço e seguira para Livramento por Caçapava e São Gabriel, cruzara no Passo do dom Pedrito e daí fora até a Coxilha de Santana.

Durante o percurso, Barbacena foi aos poucos se dando conta de onde estava metido. Era difícil orientar-se naquelas planícies infindáveis, pois as cartas eram imprecisas. Havia sangas, riachos cercados por matas ciliares intransponíveis. Era preciso saber onde havia passagens, passos, vaus. A bússola e o sextante eram insuficientes para permitir o deslocamento naqueles campos. Convenceu-se de que somente o faro dos vaqueanos poderia dar alguma segurança.

O Passo do São Lourenço, alguns quilômetros a montante da Vila de São João da Cachoeira, era o ponto extremo de recuo no teatro de operações. Até Cachoeira o rio era navegável para barcos de médio porte o ano inteiro, e de grande porte nos tempos de cheia. Ou seja, dali para a frente, Porto Alegre estaria vulnerável a um ataque fluvial. De São Lourenço seguiu para Caçapava, na serra de mesmo nome, um vilarejo fortificado na crista da montanha, 400 metros acima do nível do mar. Com uma pequena guarnição e alguma artilharia, seria um bastião inexpugnável. Ali encontrou um pequeno corpo de voluntários, comandado por um veterano das guerras platinas, o tenente-coronel Manuel Luís. Esse grupamento patrulhava intensamente a região entre a Serra do Herval e o Rio Camaquã, que constituía a primeira linha de defesa.

Ultrapassando Caçapava, seguiu para São Gabriel, às margens do Rio Vacacaí, um local considerado bom para acampamento, pois estava estrategicamente localizado ao pé da Coxilha Grande, um espinhaço que saía da Serra Geral, na região de São Martinho, em Santa Maria da Boca do Monte, descendo até a Banda Oriental. Essa coxilha é o divisor de águas de toda a região da margem esquerda do Rio Uruguai. De um lado correm os rios que demandam a Lagoa dos Patos, do outro os que vão se lançar no sistema do Rio da Prata. O último trecho da viagem chega à capela do Livramento, no vilarejo próximo à Coxilha Santana. Nesse local pernoitou.

A umas 10 léguas de Santana do Livramento, como era conhecida a vila na qual ficava a capela de Nossa Senhora do Livramento, sobre a Coxilha de Santana, a comitiva do marquês encontrou os primeiros sinais da guerra: um comboio de refugiados procurando regiões seguras, sinal certo de que o inimigo se aproximava. Depois do comboio, veio um comitê de recepção chefiado pelo comandante interino, o brigadeiro Sebastião Barreto, integrado pelo corpo de cavalaria da cidade, o Regimento Lunarejo, trazido por seu comandante, o tenente-coronel José Rodrigues Barbosa. Fora o general, nenhum outro, nem mesmo o coronel, tinha o fardamento completo. A maior parte vestia-se como os camponeses; alguns poucos usavam uma túnica, e outros mais uma calça da milícia. Aquele, pensou Barbacena, era o retrato do exército que iria assumir. Entretanto, não faltava entusiasmo. O brigadeiro Barreto comentou:

— Essa gente fica assanhada com a guerra.

Na vila o marquês viu apenas desolação. Centenas de homens abatidos por doenças estavam jogados num hospital de campanha improvisado, isolados da tropa. Havia de tudo: sarna, diarreia, pneumonia, tifo e um sem-número de enfermidades transmissíveis. Não havia remédio, o serviço médico era insuficiente e os pacientes não dispunham de camas nem de roupas adequadas.

A noite do *réveillon* foi de trabalho e muita tensão. O brigadeiro Sebastião anunciou que o Exército Nacional já estava se aproximando da fronteira. Seus bombeiros, uma espécie de espiões, informavam sobre o início das operações contra o Brasil. Até poucos dias antes muita gente se iludia com uma boataria que corria em Buenos Aires de que Alvear estaria em vias de se recompor com o líder da oposição, Manuel Dorrego, e voltaria para a capital para depor o presidente Bernardino Rivadávia. Ele, na realidade, ameaçara abandonar o Uruguai se o general Lavalleja não se enquadrasse, obedecendo a seu comando. O líder oriental concentrara suas forças a cerca de 60 quilômetros do acampamento de Arroio Grande e não atendia à convocação de Alvear de se juntar ao exército para iniciarem a marcha. Diante dessa insubordinação, foi ao encontro do chefe oriental, disse que deixaria o país e ele que se entendesse com seus adversários brasileiros e os seguidores dos irmãos Rivera. Diante dessa perspectiva, Lavalleja aderiu. A guerra esquentava.

Na manhã de 1º de janeiro, Barbacena apresentou-se no Acampamento Imperial de Carolina acompanhado de seu estado-maior, todos fardados e limpos, com as condecorações brilhando no peito, e convocou uma reunião geral da oficialidade. No final da tarde, Barbacena mandou que o general Cunha Matos, quartel-mestre-geral, viajasse ao Rio de Janeiro para informar ao ministro da Guerra, o conde de Lages, a situação de penúria da força e tomar as providências necessárias para rearticular o exército. Uma notícia, no entanto, alegrou a todos: na manhã seguinte seriam pagos os atrasados.

Na reunião com os oficiais, Barbacena foi apresentado a um por um. Conhecia alguns do quadro de carreira, como Felipe Néri, ressaltando sua participação nas campanhas europeias 15 anos antes. Um dos primeiros a apertar a mão do marquês foi Bento Manoel. Estava fardado, o que era incomum, e parecia pouco à vontade no uniforme, que caia mal em seu enorme corpo. Sebastião Barreto fez um gracejo:

— Ele é protegido pela bruxa Teiniaguá, uma divindade que mora no Morro do Jarau, nas terras dele, no Quaraí.

— É brincadeira, marquês. Quem me protege é a minha lança.

— Muito prazer, coronel. Já ouvi falar muito do senhor. Lamento pelo Sarandi. Sei que não foi culpa sua. O senhor defendeu com valor a honra da nossa bandeira.

— Eu também lamento. E também pelo general Lecor. É um homem correto, um militar competente e muito poderia nos ajudar em Montevidéu, onde tem grandes amigos. Numa guerra como essa, amigo é um artigo muito importante.

— Sim, senhor. Entretanto, não fui eu que o destituiu; foi o nosso imperador.

Continuando, lembrou-se de Mallet, fez um gracejo em alemão a von Heise e parou quando lhe apresentaram o alferes Manuel Luís Osorio. Mediu-o de alto a baixo, estendendo-lhe a mão:

— Então você é o famoso alferes que salvou o nosso exército em Sarandi?

Osorio assustou-se. Foi muito inesperado, e o silêncio geral fê-lo corar; perdeu a naturalidade, mas respondeu de seu jeito:

— General, o que é isto? Não fiz nada de mais. Me bati como todos e tive sorte. Desculpe-me, general, fico admirado que tenham falado de mim a Vossa Excelência. Mas não corresponde...

— Não seja tão modesto, meu menino. Continue assim. Saberei recompensar o seu valor.

Barbacena apresentou a equipe que trouxera do Rio para compor seu estado-maior. Primeiro os generais, depois os coronéis, começando pelo coronel de engenharia Elizário de Miranda e Brito, destacando os dois ingleses que ajudariam na reorganização do exército e auxiliariam na articulação dos esquemas táticos: o coronel William Cotter e o tenente-coronel William Wood Yeates. Mencionou também o chefe do estado-maior, que seria o subcomandante de fato, marechal Brown, que ficara em Rio Grande. Ele se reuniria ao exército com as tropas que viriam para reforçar seu efetivo, junto com a Divisão de Cavalaria Ligeira do coronel Bento Gonçalves, que permanecia em Jaguarão cobrindo o flanco direito do exército do Sul.

— O inimigo é ameaçador. Conheço bem o comandante deles, Carlos Alvear. Eles estão cometendo a ousadia de vir nos atacar no nosso território. Vamos fazê-los pagar caro por isso.

Enquanto cada comandante passava aos integrantes das diversas seções do estado-maior a lista de suas carências e emitia suas propostas, também os chefões se reuniam para debater o plano de campanha e analisar as informações estratégicas disponíveis. O único dado confiável era que o inimigo marchava pela linha do Rio Negro, ou seja, que deveria romper a fronteira nacional na altura do degrau da Serra de Aceguá, próximo à povoação de Bagé, encaminhando-se para o Camaquã. Uma vez mais o pedregoso rio seria a primeira linha de defesa do território brasileiro. Num dos intervalos das discussões, Bento Manoel comentou com o marquês e o general Soares Andréa:

— Aquilo que o senhor disse, que o alferes Osorio salvou o exército, é verdade. Eu mesmo garanto que se não fosse ele eu estaria fazendo regime para emagrecer numa prisão em Buenos Aires... Isso se não me furassem o bucho a lançaços.

— Gostei dele, do jeito tranquilo, humilde, sem afetação.

— Pois ele é assim mesmo. Os soldados o adoram. Para ele não há diferença entre branco, preto, índio. Diz que todos são brasileiros, até os estrangeiros. E o senhor sabe como estrangeiro é pior que cachorro para essa gente, principalmente para o pessoal do norte. Para o Osorio não é assim. Isso vem de família... o pai dele é do mesmo jeito.

— Conheci o pai em Caçapava. Um homem altivo, mas sem orgulho. Está meio doente, mas decidido.

— Pode estar certo, senhor marquês. Se os castelhanos passarem por nós vão montar num porco do lado de lá do Camaquã. Ele me mandou mais de 100 homens de Caçapava. Estão comigo. Mas guardou um apoio para ele. Se for preciso, vão infernizar a vida dos nossos inimigos quando entrarem no território deles.

À medida que o marquês ia se aprofundando na problemática, crescia sua dependência dos caudilhos. Os dois Bentos, Abreu, Sebastião e vários daqueles coronéis semianalfabetos ofereciam-lhe mais segurança que os generais portugueses veteranos das guerras peninsulares, como João Crisóstomo Calado ou os coronéis José Leite Pacheco e de Felipe Néri, no planejamento da guerra. Ao mesmo tempo, não tinham a menor noção do que fosse um exército moderno e de como tirar proveito de sua eficiência. Ele logo percebeu que o equilíbrio entre esses dois polos seria seu grande trunfo, uma estratégia de gestão capaz de compensar sua falta de experiência em campo.

Osorio estava presente à reunião, a pedido de Bento Manoel, para secretariá-lo, pois era um dos poucos oficiais de baixa patente suficientemente letrado. Barbacena falava. O marquês era um homem de discurso exaltado, que expressava um patriotismo gongórico, porém, no lado prático, era comedido e realista, como demonstrou durante a sua curta campanha.

— Se há um ponto em que me igualo ao meu antagonista é no grande número de inimigos. Nem ele nem eu vamos durar muito com tanta intriga. Temos de resolver essa guerra de uma vez. Vamos examinar um quadro ofensivo da parte do nosso amigo. Na sua opinião, general Andréa, qual será o movimento do inimigo?

— Considerando a época do ano e a natureza do terreno, creio que possamos descartar um movimento envolvente pela margem esquerda do Rio Uruguai. Essa manobra já se revelou ineficaz. Aqui está o nosso coronel Bento Manoel Ribeiro para comprovar, pois foi tentada pelo general Rivera e foi um fracasso completo. Por isso, levando ainda em consideração que eles contam com 8 mil ou 10 mil homens e que dispõem de uma cavalaria numerosa e experiente, devem nos atacar nessa posição em que nos encontramos. É o mais lógico. Vamos nos fortificar, preparar a nossa infantaria e a nossa cavalaria e poderemos imobilizá-los. Uma força vinda do sul, provavelmente de Montevidéu, cortaria suas linhas de suprimento e nós poderíamos esmagá-los em seis meses, quando muito.

— Eu lhe daria razão general, mas vou discordar baseado num raciocínio subjetivo. O general Alvear não se contentaria com uma manobra como esta que o senhor acaba de propor. Temos de considerar que a diplomacia europeia está agindo neste momento e que a guerra faz parte desse desenvolvimento. O general em chefe jamais se exibiria ao mundo com uma manobra tão grosseira. Ele vai procurar fazer algo mais elegante do que nos surpreender e passar por cima como se fosse uma manada de cavalos selvagens.

Felipe Néri arriscou um palpite.

— O senhor acredita que ele vá tentar uma operação de linha interior, dividindo nosso exército em dois, batendo separadamente o senhor e o marechal Brown?

— Coronel, vê-se que o senhor observou bem as manobras do corso-francês. Posso não conhecer muito bem as minúcias da topografia desta região, e para isto confio nos senhores, mas uma simples olhadela no mapa permite perceber que ele poderá seguir essa linha de campanha que o senhor sugere. Nesse caso, entraria mais ao sul, procurando interceptar Bagé, que é o ponto de comunicações entre a campanha, o centro e Rio Grande. É um caminho lógico, comprovado. Foi por aí que Vertiz entrou em 1773, por sinal uma invasão malograda, pois estendeu demais as suas linhas de suprimento e o coronel Rafael Pinto Bandeira pôde mandá-lo de volta a galope para Buenos Aires. Esse foi o caminho de dom Diogo de Souza, em 1811, não foi, coronel Bento Manoel?

O caudilho gaúcho concordou. Fazia sentido aquele raciocínio. "Sabido esse almofadinha", disse para si mesmo.

— Outra opção seria seguir a rota de Ceballos, investindo pelo litoral para tomar Rio Grande. Apossar-se dessa grande cidade e bloquear o nosso porto seria um grande tento político. Se ele fizer isso com rapidez e nós estivermos com todo o nosso exército aqui na campanha, ele conquista nosso porto sem grandes dificuldades.

— Nós também precisamos ser elegantes, pois, assim como o mundo olha para eles, olha para nós. Fico pensando nos nossos jogos de guerra há dez anos, quando Alvear estava refugiado no Rio. Ali, num salão do Clube Naval [Barbacena não mencionou a maçonaria] nós desenvolveríamos uma hipótese. Certamente ele seguiria os ditames de Jomini no seu *Traité Des Operations Militaires*. Eu me oporia com lord Wellington. Se atentarmos para os resultados desses exemplos que citei, teríamos uma combinação de duas batalhas. Uma boa manobra seria a proposta de Mikhail Kutusov, que deu batalha evasiva a Napoleão em Borodino, atraindo o inimigo para a armadilha em Moscou, onde se enredou e de onde não mais saiu; ou como Wellington em Waterloo, pois ali Napoleão pretendia usar a penetração entre os exércitos de Blucher e Wellington. Não deu certo porque uma chuva torrencial impediu a marcha da Grande Armée, enquanto os dois generais reuniam suas forças e conseguiam bater Bonaparte inapelavelmente. Ainda assim, a situação aqui é diferente. Ele terá a sua base de operações cortada, enquanto nós, como ensina Frederico II, estaremos com a nossa base bem próxima, com duas opções, ou Rio Grande ou Porto Alegre e Rio Pardo, dependendo das circunstâncias. Estão todos de acordo? Como ninguém me contradisse, vamos em frente. A partir de agora vamos tratar de dois temas: primeiro, vamos nos movimentar deste lugar e nos colocar numa posição estrategicamente mais favorável ao nosso plano; segundo, o general Andréa vai discutir com os senhores a reorganização do nosso exército. Amanhã nos moveremos. Peço aos comandantes de unidades que mandem as suas tropas se aprontar para a partida ao alvorecer.

CAPÍTULO 32

Tropas em Marcha

O LADO CASTELHANO ESTAVA em virtual guerra civil. Havia rebeliões, desordens, deserções em massa. Vários conflitos surgiram dentro do Exército Nacional e dos dois grupamentos uruguaios. A Milícia Oriental, de Lavalleja, encontrava-se em franca desobediência ao general em chefe e à beira do confronto armado com os Dragões da União Oriental, de Fructuoso Rivera. Por sua vez, Rivera também hostilizava Alvear, atacava unidades do exército, interceptava seus chasques, assaltava comboios de suprimentos, tomava as tropas de gado e, pior ainda, invadia os pastos da cavalaria para roubar cavalos. Barnabé Rivera chegou a ponto de tomar os 800 cavalos adestrados da Cavalaria Ligeira e só os devolveu quando foi preso pelas autoridades de Buenos Aires. Seu irmão mais velho, que estava na capital, fugiu e foi se asilar em Santa Fé, protegido pelo caudilho local, Estanislao Lopez, que também deu guarida a Barnabé quando este conseguiu fugir da escolta que o levava para a prisão na Argentina. Dizia um observador que, se o Exército Imperial tivesse aproveitado esse momento, o imperador poderia "ver sua bandeira desfraldada sobre a cidade de Buenos Aires".

Desde que tomara posse em 1º de setembro, Alvear perdera mais de um mês só aplainando seu *front* interno. A ofensiva somente poderia ser realizada até o final da primavera. Depois disso, com as pastagens castigadas pelo mau tempo e os rios cheios pelas chuvas do final do verão, seria impossível lutar tão longe de sua base de operação, sem condições de transportar suprimentos e alimentar os animais da tropa.

No final do mês de novembro ainda não conseguira reunir toda a força, dispersa em vários acampamentos: o Regimento de Cavalaria nº 5, parte da artilharia, o parque e as bagagens estavam no Arroio São José; o Regimento Colorados, o Regimento de Cavalaria nº 6 e a outra parte da artilharia, em Las Vacas; em Durazno estavam a Milícia Oriental e o restante da Cavalaria de Linha; as tropas dos Dragões Orientais estavam dispersas desde o Carpintaria até o Rio Negro, passando pelo Arapeí e pelo Dayman, em situação duvidosa, fracamente controladas pelo general Julián Laguna. Somente no início de outubro Alvear articulou seu exército num corpo único antes de pensar em marchar contra o inimigo, a 400 quilômetros de distância.

Alvear sofria ainda com o descontentamento da tropa em relação ao pagamento dos soldos em papel-moeda, um dinheiro que sofria um deságio de 90 por cento. Isso quando era aceito. Houve até uma rebelião dos espiões, que se recusavam a fornecer as informações que colhiam do inimigo se não fossem pagos em metal. Sem saída, mandou que o general Lucio Mansilla, que comandava as tropas de assédio a Montevidéu, vendesse 11 mil cabeças de gado de corte para os brasileiros na cidade sitiada, cobrando em moeda sonante, para poder pagar seus informantes.

No *front* político, havia pressão nos dois lados da guerra. No Rio, ela era vista pela opinião pública como um capricho do imperador. A população estava à beira da desobediência civil, pagando a contragosto os impostos, porque via suas contribuições esvaírem-se no ralo das despesas militares. O recrutamento, decorrente da mobilização geral decretada pelo gabinete, era um ônus pesadíssimo. Os convocados tinham de pagar quantias absurdas para que substitutos aceitassem assumir seus lugares nas fileiras. A toda hora eram chamados à responsabilidade, porque havia deserção.

A imprensa liberal e as bancadas de oposição no Parlamento faziam essas denúncias, enquanto os humoristas ridicularizavam o marquês de Barbacena e o imperador, que nomeara para comandante do exército um militar que nunca disparara um só tiro.

Em Buenos Aires, o jornal *El Tribuno*, dirigido pelo deputado pela província de Santiago del Estero, Manuel Dorrego, disparava todos os dias artilharia pesada contra o presidente Rivadávia e contra Alvear, igualmente taxado de incompetente e inexperiente. Ele não participara da campanha dos Andes, mas esquecia-se de sua atuação decisiva nas guerras da Banda Oriental contra espanhóis e rebeldes cisplatinos. Para piorar, era feroz a oposição de um grupo de governadores de províncias poderosas. Juan Bautista Bustos, de Córdoba; Estanislao Lopez, de Santa Fé; Facundo Quiroga, de La Rioja; e Felipe Ibarra, de Corrientes, estimulavam Dorrego na campanha contra Rivadávia. Eram discretamente apoiados pelo presidente da recém-criada República da Bolívia, José Antonio Sucre, lugar-tenente de Simón Bolívar, que, com a aprovação de seu líder, propunha uma república bolivariana que unisse todos os povos hispânicos da América Espanhola.

Para piorar, em meados de setembro desembarcou a missão britânica, com propostas consideradas indecentes pelos dois lados. O novo embaixador, Robert Gordon, de 35 anos, tinha a missão de conseguir a interrupção do tráfico de escravos da África para o Brasil. A Inglaterra não proscrevia a escravidão, mas queria impedir o comércio de humanos. Embora fosse bem aceito pelo imperador, esse tema atemorizava sua base de sustentação, pois a compra e a venda de mão de obra era o maior negócio do país.

Acabando o tráfico, o Brasil perderia o controle de todo o comércio do Atlântico Sul, que seria assumido pelos exportadores de Londres e Liverpool. Como o erário se alimentava basicamente dos impostos de importação e exportação, isso levaria o combalido Tesouro Imperial à inadimplência, quebraria o Banco do Brasil e a Coroa, significaria a queda da monarquia. O fim do tráfico quebraria empresários no Brasil e reis na África. Era inaceitável nas circunstâncias, principalmente, devido à instabilidade política do próprio sistema monárquico. O que era uma contradição, pois um dos objetivos dos ingleses era apoiar o sistema no Brasil e, eventualmente, dar sustentação à Coroa de Simón Bolívar, que, segundo Rivadávia, queria ser imperador Isso varreria do continente a maldição republicana, que ameaçava igualmente enxotar a Coroa Britânica da Europa, inflamada pelo Iluminismo, que, muito a contragosto, aceitava uma situação intermediária de monarquias constitucionais e liberais.

A questão do tráfico negreiro no Brasil não era um ponto central, pois havia comércio de escravos nas três Américas, operado em navios de todas as bandeiras europeias. Era apenas uma ação do governo liberal inglês, apoiado pelas forças progressistas de toda a Europa. Seria uma ação de efeito interno para acalmar os intelectuais, com repercussão positiva em todos os segmentos liberais dos demais países. Era um projeto de abrangência ampla, junto às demais nações independentes, como os Estados Unidos, o Brasil e os países do Caribe. Na América espanhola, o tráfico havia sido abolido, mas era tolerado, em forma de contrabando, pelos governos hispânicos.

A missão mais espinhosa era a do embaixador plenipotenciário lord John Ponsonby, enviado pelo ministro do Exterior, lord George Canning, para obter de Pedro I duas concessões desconhecidas pelo imperador. Uma delas de efeito europeu, para pacificar a Península Ibérica. Com a morte de dom João VI, a sucessão portuguesa estava perturbando a realeza europeia. O pretendente dom Pedro IV não abria mão da Coroa, embora dissesse que abdicaria em favor de sua filha Maria da Glória, designada dona Maria II de Portugal. A proposta era que ele deixasse o trono para o irmão dom Miguel, que estava exercendo a regência de fato na condição de usurpador, já que se negava a entregar o trono à sobrinha designada. A outra era abrir mão da província Cisplatina para a criação de um Estado independente em Montevidéu.

Dom Pedro tampouco aceitava o aval britânico à livre navegação no Prata e nos rios interiores, alegando que um compromisso dessa natureza não teria as garantias necessárias e que o Brasil precisaria ser soberano numa das margens do rio para ter direitos assegurados de livre trânsito. De nada valeram as promessas do embaixador de que seu governo seria o fiador desse status. Dom Pedro argumentava que, se o governo argentino concordasse, nada impedia que dali a meses uma nova situação se apossasse do poder em Buenos Aires, renegando tudo. E perguntava: "Vocês virão aqui para derrubar os anarquistas de Buenos Aires?" Negou-se a discutir o tema, embarcou em sua nau imperial e partiu para o Sul dizendo que iria tomar parte na guerra pessoalmente.

Assim mesmo, Ponsonby não desistiu e foi à Argentina. Em Buenos Aires procurou o presidente Rivadávia, também sem êxito. Porém, a cada dia ficava mais convicto de que a independência uruguaia seria a grande solução, animado pelo oriental Pedro Trápani, grande industrial estabelecido na Argentina, aliado de Lavalleja e sócio de um parente do plenipotenciário britânico, Robert Staples. Circulando entre os grandes capitalistas portenhos, Ponsonby foi ganhando espaço, enquanto Rivadávia afundava na crise econômica que amplificava exponencialmente a oposição a seu governo.

O bloqueio da armada brasileira ao porto da capital estava arruinando o comércio, levando as finanças públicas à inadimplência pela falta de arrecadação das alfândegas. A repentina crise da praça financeira de Londres destruíra a única chance que ainda restava de alimentar os cofres do Tesouro. Era preciso produzir uma ação imediata antes de abrir negociações, pois não havia alternativa. Para dom Pedro, era melhor ceder no Prata do que ser obrigado a entregar o trono de Lisboa ao irmão. Esses eram os trunfos de lord Canning para pacificar a região. Embora se negasse a negociar no primeiro momento, Rivadávia escreveu a Alvear mandando que desse curso à guerra, pois precisava demonstrar capacidade de controlar a situação: "Uma vantagem regular obtida por vós aceleraria a paz com menor prejuízo de nossa parte", dizia o presidente. Alvear tinha de marchar.

Foi o que aconteceu às 17h30 da tarde do dia 26 de dezembro, quando o exército iniciou sua jornada. Horas antes, sob um sol de rachar, o general em chefe reuniu toda a sua tropa e agregados que estavam partindo com ele e fez um discurso inflamado. Alvear era um orador eloquente, dominava a arte da retórica, uma aptidão essencial naqueles tempos. Políticos e generais contavam unicamente com a potência de seu peito e a clareza de sua voz para inflamar as multidões nas ruas ou as tropas na vertigem das cargas sobre o inimigo.

O próprio Alvear tomou a frente da tropa e deu os primeiros passos da grande marcha. Iniciava-se a maior campanha até então realizada pelo Exército Argentino: a distância a ser percorrida era mais longa que a do Exército dos Andes, e o efetivo, maior que os comandados por San Martin. Era o maior exército jamais reunido na América espanhola. Quatro mil argentinos e 4 mil uruguaios fardados junto com servidores civis, como boiadeiros, tropeiros, carreteiros, armeiros, artesãos de diversas especialidades, sem contar os agregados civis, estimados em mais de 1000 homens, mulheres e crianças, seguiam na retaguarda.

Alvear rompeu de Arroio Grande à frente do exército que fora recentemente reorganizado por ele, em parte, quando era ainda ministro da Guerra, tendo completado o trabalho ao assumir o comando no Uruguai. Ressalvadas as dificuldades inerentes a uma instituição de um país recém-institucionalizado, estava no estado da arte da guerra, alinhado com as últimas disposições da organização militar na Europa e América do Norte. Ainda em maio, logo que assumiu como ministro da Guerra, Alvear procurou modificar a lei que criara o exército, mudando o conceito baseado nas ordenações espanholas para as novas formações desenvolvidas na França por Napoleão Bonaparte e na Alemanha pelo imperador Frederico II (O Grande).

Ele mudou completamente a organização da cavalaria, criando, nos moldes napoleônicos, duas formações. A cavalaria pesada, formada por tropas treinadas para atuar de forma compacta, tinha a missão de carregar sobre a infantaria inimiga; a outra era a cavalaria ligeira, organizada em peças volantes, treinada para carregar sobre atiradores, proteger os flancos da cavalaria pesada e perseguir os inimigos dispersos. Reduziu de 800 para 400 homens o efetivo do Regimento, para torná-lo mais ágil e facilitar o comando. Também na cavalaria definiu o papel das milícias como tropas de apoio, destinadas a operar nos flancos e na retaguarda do inimigo, carregando sobre suas avançadas e seus atiradores; escoltar o transporte de víveres, das boiadas e cavalhadas; e esclarecer a marcha, patrulhando em todas as direções.

Na infantaria, promoveu a criação da unidade dos Dragões, soldados de emprego misto, tanto a cavalo como a pé, os mais adequados ao material humano disponível na região. Dizia Alvear que na América do Sul era mais fácil transformar um soldado de cavalaria em infante do que o contrário, como acontecia na Europa, pois na América sobravam ginetes, o que facilitava o recrutamento de tropas montadas. Também criou os Regimentos de caçadores, inspirado nos *chasseurs* franceses e nos caçadores portugueses usados com grande eficiência por Wellington nas guerras contra Napoleão. Esses soldados operavam dispersos, em vez de em bloco como na infantaria pesada. Reconstituiu também os esquadrões de couraceiros, revividos por Napoleão. Introduziu a Artilharia Ligeira, um conceito também novo, que combinava poder de fogo com mobilidade. Nesse modelo, um Regimento era composto de dois esquadrões de duas companhias, cada um com 24 peças, cada bateria com seis canhões, demandando 144 cavalos e uma guarnição de 74 cavaleiros e outros tantos a pé para o serviço das armas.

O entusiasmo de todo o exército foi se desvanecendo aos poucos quando a terrível realidade se impôs nas planícies desertas. Com seus 40 mil habitantes, quase todos vivendo em Montevidéu e Colônia, cidades ainda em poder dos brasileiros, nada havia no interior. Alvear contava com isso para atacar de surpresa, mas o segredo foi rompido dois dias antes da partida do exército, quando o governador civil de Durazno, Joaquín Suárez, lançou uma proclamação dizendo que os inimigos do povo oriental seriam esmagados pela força e pela determinação de portenhos e soldados da pátria. Soldados da pátria eram os soldados uruguaios.

O plano de marcha previa cumprir 4,5 léguas por dia, ou seja, de 30 a 35 quilômetros por um Regimento de cavalaria, de 25 a 30 por uma Brigada e de 15 a 20 pelo exército, arrastando sua artilharia e seu parque. Essa era a média de deslocamento de uma força de idêntica constituição na Europa, mas raramente conseguiam fazer a metade desse percurso, mesmo em marcha forçada. Só alcançaram esse desempenho nos primeiros dias, como confirmava a nota enviada ao ministro da Guerra no dia 3 de janeiro. Entretanto, logo começaram os incêndios dos campos. Havia o calor, que os obrigava a parar durante o dia. Em seguida vieram as enfermidades, os rigores das chuvaradas que se alternavam com a canícula do verão, enlameando tudo, atolando viaturas e canhões. Os acidentes se sucediam: um soldado morreu devorado por um jacaré, outros morreram afogados na transposição dos rios, e onças atacavam os cavalos.

A escolha dos acampamentos estava subordinada à logística. Ao contrário da Europa, onde se levavam mantimentos para a cavalhada, milho e alfafa, no Uruguai o suprimento estava nas pastagens. Não era fácil encontrar campos para alimentar 25 mil cavalos, milhares de bois de tiro para puxar mais de 100 carretas e cavalos de tração que levassem 20 carruagens para transportar os oficiais de maior hierarquia. Nos Regimentos de Cavalaria n°s 1 e 8, eram arreados quatro cavalos por ginete. A dificuldade de encontrar água às vezes obrigava a marchas forçadas de longas distâncias.

Em 12 de janeiro estava claro para os brasileiros que Alvear atacava em duas colunas, uma de cavalaria pela esquerda, subindo na região de Santa Teresa, e outra completa costeando o Rio Negro. Barbacena percebeu que, se não se mexesse, esse movimento poderia cortar-lhe a retaguarda, além de interromper suas comunicações com Rio Grande e separá-lo definitivamente de Brown, que, a essa altura, já tinha transferido seu quartel-general para Pelotas.

— Precisamos deixá-lo acreditar que vai nos aplicar o golpe napoleônico de linhas interiores. Só não entendo uma coisa: por que o Corpo mais forte do exército está à direita e não à esquerda para nos enfrentar? O golpe certo seria nos destruir primeiro e depois atacar o Brown. Mas não, o Lavalleja vem em cima de nós e parece-me que ele vai com a força principal sobre a nossa fração mais fraca.

— Seja o que for que ele esteja fazendo, general, precisamos sair daqui.

Dia 11 de janeiro, Barbacena reuniu seu alto-comando para um exame da situação. Todos os oficiais superiores, menos o coronel Olivério José Ortiz, opinaram que deveriam sair dali imediatamente. A Coxilha de Santana não era um lugar adequado para esperar um inimigo do qual pouco se sabia. Em movimento, estariam menos vulneráveis e teriam ainda melhores condições para alimentar os cavalos, que estavam magros, porque haviam raspado todas as pastagens disponíveis naquele pedaço.

O Exército Imperial contava, naquele momento, em Livramento, com 4.296 homens: 1.540 de infantaria, 162 de artilharia, 212 de guerrilhas, 198 lanceiros, 308 da cavalaria do Rio, 66 da cavalaria da Bahia, 323 da cavalaria de São Paulo, 125 da Cavalaria de Linha do 5° Regimento e 1.362 das milícias de Rio Pardo, Porto Alegre, Entre Rios, Missões e Lunarejo. Além desses, teoricamente o exército contava com mais 900 homens do 24° e 25° Regimento de Cavalaria (milícias) e do 2° Regimentos de Linha, dispersos nas fronteiras das Missões e Entre Rios e em alguns pontos da província. Essas unidades não podiam ser consideradas uma tropa para nenhum emprego tático ou estratégico, pois nem sequer tinham um comando. Os números existiam apenas no papel, e seus efetivos eram pessoas habilitadas para entrar em combate em caso de alguma emergência, para socorrer alguma posição ameaçada, sem nenhuma utilidade prática a não ser a vigilância das áreas em que seus integrantes se encontravam. Para os primeiros movimentos, o marquês dividiu a força em duas divisões, cada qual com duas Brigadas de cavalaria e uma de infantaria, e duas Brigadas Ligeiras independentes, a 1ª Brigada Ligeira, do coronel Bento Manoel Ribeiro, e a 2ª, do coronel Bento Gonçalves.

Ainda antes de dar a ordem de marcha, Barbacena mandou uma partida integrada por dois oficiais do alto comando, o brigadeiro Barreto e o coronel de engenharia Elizário de Miranda e Brito, para uma exploração até Bagé. O plano seria mudar o acampamento para aquela vila. Decidiu-se também deixar na Coxilha Grande uma pequena guarnição, formada por milicianos alemães recrutados na colônia, para vigiar o material que não poderia ser transportado por falta de cargueiros e os doentes que não podiam se locomover. Essa companhia de infantaria de segunda linha tinha 232 homens, entre oficiais e praças, e mais 278 doentes, que iriam se integrando à tropa à medida que melhorassem. Ficaram também os arquivos do exército, mantimentos e bagagens. Dias depois, todo esse material foi queimado, quando os uruguaios de Lavalleja se aproximaram e o comandante ficou com medo de que os papéis caíssem em mãos inimigas. Desapareceu assim a memória da gestão do general Rosado, transformando em fumaça as suspeitas de corrupção na compra de suprimentos e material, uma das razões da briga do antigo comandante com o presidente da província, o visconde de Camamu.

Para abrir a marcha, o comandante em chefe decidiu que a missão deveria recair sobre uma unidade regular do Exército Imperial. Naquele momento, somente uma companhia do 5º Regimento de Cavalaria integrava sua força. O comandante do grupamento era o alferes Manuel Luís Osorio. Barbacena aproveitou para distinguir o jovem oficial.

— Osorio, você e a sua gente vão fazer a vanguarda.

Ao entardecer o dia 13, Osorio deu a voz de comando, irrompendo em direção ao inimigo. Estava começando a fase operacional da campanha. Barbacena preparava-se para o confronto com seu antigo antagonista do tempo dos jogos de guerra nos salões do Rio de Janeiro. Era o que parecia diante da inexplicável opção do comandante brasileiro de não usar, a seu favor, a superioridade numérica de que podia lançar mão se concentrasse todo seu exército numa única força. Ele poderia dispor de 15 mil homens, grande parte deles em tropas de Primeira Linha, bem adestradas e armadas, como as guarnições de Montevidéu e Colônia, que deixava imobilizadas para sustentar um cerco inócuo, já que Alvear retirara das posições em torno das duas cidades suas principais tropas.

Barbacena decidiu ficar somente com os efetivos de que dispunha em Livramento e Rio Grande, uma força mais ou menos equivalente à força de Alvear. Dava a impressão de que estava indo para um torneio esportivo em que os dois adversários chegam a campo com o mesmo número de jogadores.

Em tudo os dois generais pareciam querer reviver na América do Sul as elegâncias da guerra europeia. Tão logo assumiu o comando, Alvear mudou o nome de Nacional para Exército Republicano, como fazia Napoleão em sua luta contra as monarquias continentais. Assim como o francês, o argentino conclamou as populações do Rio Grande, sabidamente republicanas, a se incorporar a seu exército, como se fosse uma força revolucionária contra a realeza. Nesse ponto obteve somente uma adesão significativa, a do sargento-mor brasileiro Alexandre Luís de Queirós e Vasconcellos, pois não se podem contar os brasileiros desertores ou passados que foram incorporados, ou os portugueses remanescentes do exército de Álvaro Costa, que haviam ficado no Uruguai, entrando para milícias orientais. Alvear também lançou uma proclamação oferecendo liberdade a todos os escravos, mas não conseguiu que um único se apresentasse para receber o benefício, chegando a dizer numa carta ao ministro da Guerra em Buenos Aires que *"ni uno solo esclavo abandonó sus amos para presentarse al ejercito"*.

Barbacena também repetia os slogans ingleses, que acusavam Bonaparte de tirano, fazendo uma analogia com as ditaduras dos caudilhos platinos, afirmando a ética da guerra. "O caráter e a honra dos brasileiros, glória e dignidade de V.M.I., estão comprometidos: não se trata da conservação ou da conquista de uma província, mas da existência da realeza na América, ou do triunfo da democracia." A existência da escravidão não era considerada um obstáculo ao emprego da palavra democracia, pois a servidão ainda vigorava em todo o mundo, desde que fora restabelecida na Europa, após a queda do Diretório na República da França, durante o Terror, nos últimos dias do século XVIII. Os ingleses já combatiam o tráfico, mas isso não era acatado num país escravista, nem mesmo no modelo de democracia mundial, os Estados Unidos da América.

Nos dois lados havia personalidades das guerras napoleônicas. Barbacena tinha como subcomandante o marechal Brown, recém-chegado da Inglaterra, onde fora coronel do 60º Royal American Regiment of Foot, indicado a dom Pedro pelo próprio Lord Wellington, veterano das batalhas de Salamanca, Pireneus, Nivelle, Orthes, Toulouse e Nice. Um de seus comandantes de Divisão seria o general João Crisóstomo Calado, veterano dos Galos de Rinha da Guerra Peninsular. Alvear, além de ser ele próprio veterano dos Carabineros Reales, trazia como comandante de Divisão o coronel Carlos Frederico Brandsen, que fora incorporado ao exército de Napoleão em 1813 como oficial de cavalaria e participara das batalhas de Leipzig, Lutzen e Bautzen, vindo para a América depois de Waterloo para lutar nos exércitos de San Martin e de Bolívar.

Nos escalões abaixo do generalato, ambos ostentavam nomes de respeito das campanhas europeias. Barbacena tinha o coronel inglês William Cotter, o tenente-coronel, também britânico, William Wood Yeates, o tenente sueco barão Carlos von Fock, o capitão Seweloh e uma quantidade de oficiais alemães contratados como mercenários, muitos deles veteranos dos exércitos que lutaram contra ou a favor de Bonaparte. Os argentinos traziam o tenente francês Alexandre Danel, que servira na cavalaria e na infantaria francesas, o capitão Luciano Brayer, filho do general Michel Brayer, o tenente-coronel Eduardo Trole, francês, comandante da Engenharia argentina. Sem contar os nativos, como Felipe Néri, também ex-integrante dos Galos de Rinha, e Tomás Iriarte, comandante da artilharia portenha, formado no Real Colégio Militar de Artilharia de Segóvia, na Espanha.

Estava para começar o jogo de gato e rato. Os dois convergiam para o ponto geográfico, a Vila de Bagé.

CAPÍTULO 33

Armadilhas de Vaqueanos

O PLANO DE BARBACENA era ambicioso. Queria iludir Alvear, fazendo-o acreditar que o exército do lado brasileiro estava dividido. A ideia era receber o reforço de Brown quando já fosse tarde para o inimigo recuar. Para que a trama desse certo, era preciso que os castelhanos acreditassem que poderiam bater separadamente as duas frações do Exército do Sul e que, depois dessa possível vitória, bastaria tomar uma cidade-chave, como Porto Alegre ou Rio Grande. A ocupação daria uma vantagem política a Rivadávia para negociar a paz que os ingleses intermediavam e estavam prestes a obter.

Atraindo Alvear com essa isca político-militar, Barbacena poderia contra-atacar na retaguarda, usando suas forças de Montevidéu e Colônia, obstruindo as linhas de suprimento e mantendo-o à míngua até que tivesse superioridade para esmagá-lo numa batalha decisiva. Seria uma vitória da astúcia e da estratégia magistral de um grande mestre do xadrez. Alvear estava confiante de que poderia bloquear o caminho para impedir a reunião do Exército do Sul. Ainda não sabia dos detalhes do avanço das negociações em Buenos Aires.

No quadro diplomático, a contraparte mais dura até então era o imperador, mas ele estava condenado a ceder ante a pressão do plenipotenciário de lord Canning. Caso não obtivesse o apoio firme da

Inglaterra, jamais conseguiria fazer com que sua filha Maria da Glória se sentasse no trono do Palácio de Queluz. Se o ministro inglês oferecesse garantias efetivas de que a independência do Uruguai asseguraria a navegação dos navios brasileiros no Prata e nos rios interiores dessa bacia, o Brasil poderia entrar num acordo com a Argentina e interromper a guerra. Entretanto, isso teria de ser feito com muito jeito, pois uma posição fraca na América do Sul comprometeria igualmente sua negociação na Europa.

O maior sonho de dom Pedro era ver os dois irmãos, seus filhos Pedro e Maria, como cabeças coroadas numa mesma realeza. Para que o plano desse certo, tinha de assegurar primeiro sua Coroa de Pedro IV, para depois poder passá-la à filha, como já declarara. Mas a suspeita de que estaria tramando a restauração do extinto Reino Unido estava produzindo efeitos desastrosos no Rio de Janeiro, ameaçando sua Coroa também no Brasil, onde os ideais republicanos começavam a ganhar corpo. Uma vaza mal jogada e estaria no clube dos destronados que vagavam pelo Velho Mundo. Teve então o cuidado de, logo que regressou de sua desastrada viagem ao Rio Grande, retomar as negociações com Lord Ponsonby, que obtivera concessões em Buenos Aires. A solução negociada estava a um passo.

As notícias desses desenvolvimentos diplomáticos chegavam ao *front*. Tanto Alvear quanto Barbacena estavam vendo o grande duelo transformar-se numa pantomima, como ocorrera com dom Diogo de Souza na expedição contra Elio em Montevidéu, em 1811. Daquela feita, o Exército Português, quando chegou à capital uruguaia, não encontrou inimigos para combater, pois Lisboa e Madri tinham dado a guerra por finda. Na campanha rio-grandense, nenhum dos dois generais queria terminar a guerra sem uma batalha, que seria a maior até então travada no hemisfério sul.

Barbacena procurava potencializar ao máximo sua relativa vantagem. Quando os argentinos alcançaram o médio Rio Negro iniciou-se a pressão dos brasileiros. Na margem direita, os guerrilheiros rio-grandenses do coronel Bento Gonçalves começaram a fustigar seu flanco, tumultuando todas as operações naquela margem. Um grupamento de 80 homens, comandados pelo coronel Juca Teodoro, não dava trégua aos tropeiros e pastores que buscavam as pastagens daquele lado, provocando desgastes na remonta e no suprimento de carne do Exército Republicano.

O flanco esquerdo estava mais bem coberto pelas milícias de Lavalleja, mas assim mesmo Alvear começou a sentir a presença do inimigo. Comandos guerrilheiros liderados pelo coronel Cláudio José Dutra, com uma base de operações na Estância Boa União, infernizavam suas incursões. Nas cabeceiras do Rio Taquarembó, o avanço de Lavalleja foi detido pelas guerrilhas dos grupamentos do 20º Regimento de Milícia de Porto Alegre, do coronel Joaquim José da Silva, e do 22º Regimento da 1ª Brigada Ligeira, comandado pelo major Antonio Medeiros da Costa. Eles impediam o movimento da ala esquerda. Alvear mandou Lavalleja recuar, reunindo-se ao corpo do exército. Suas ordens eram para simplesmente observar o inimigo, evitando o combate. Ainda não estava na hora de encarar os brasileiros.

O Exército Republicano precisava chegar a Bagé o quanto antes para se recompor. A cavalhada vinha se desgastando muito além do previsto. Não só as pastagens escasseavam porque os brasileiros ateavam fogo aos campos como também a má qualidade dos arreios feria o lombo das montarias, obrigando o exército a abandoná-las pelo caminho. Feridos, os cavalos não engordavam, o que dificultava a recuperação. Alvear não podia esperar.

Enquanto isto, Barbacena realizava sua marcha estratégica com certa tranquilidade. Seu plano era chegar a Bagé antes do inimigo. Se não fosse possível, recuaria sobre suas próprias linhas de suprimento até encontrar as condições favoráveis para uma batalha decisiva. O tempo e o terreno estavam a seu favor. Enquanto manobrava, aguardava a incorporação das forças que estavam em Rio Grande e Pelotas com o marechal Brown e mais a Brigada do coronel Bento Gonçalves, que deveria reunir-se ao corpo principal na região do Rio Camaquã. Ali havia possibilidade de travar uma batalha decisiva, se conseguisse atrair os argentinos para aquele terreno. Com seus vaqueanos, o Exército Brasileiro avançava em direção à região central da província, recuando sobre as próprias linhas, acampando em sítios seguros, com água à vontade e pasto para os animais. A desvantagem relativa foi se desvanescendo, tanto pela recuperação de seus homens e de suas montarias como pelo crescente desgaste do inimigo.

Depois de quase um ano sem ação, finalmente a guerra estava a poucas léguas. Os argentinos levaram dois dias para cruzar o Rio Taquarembó, cheio pelas chuvaradas do verão. Em 14 de janeiro apareceu uma força amiga, a 1ª Brigada Ligeira do coronel Bento Manoel, que andara entreverando-se com os Dragões Libertadores do coronel Servando Gómez desde o Arapeí até as nascentes do Taquarembó-Chico. O Exército do Sul permaneceu acampado no Arroio Cunhapiru, esperando a volta do marquês, que estava recolhido devido a uma infecção intestinal. Entretanto, mesmo enfermo, mandou reforçar a Brigada do coronel Bento Manoel e a despachou sob o comando do brigadeiro Sebastião Barreto para cobrir o flanco direito do exército. Com essa cobertura, nenhuma patrulha inimiga conseguiria observar suas marchas.

O marquês de Barbacena mandou um emissário com ordens para que Brown se movimentasse rapidamente a fim de encontrá-lo ao norte de Bagé. Ele precisava atrair o inimigo, dando a entender que estava caindo na armadilha, mas devia confiar que teria reunido todo o seu exército antes que Alvear pudesse fechar a porta para a reunião de todas as suas forças.

O grande golpe de Barbacena era atrair Alvear para o alçapão da costa do Rio Camaquã. Ali ele poderia anular a vantagem de cavalaria do inimigo. Mesmo que não conseguisse a junção com os reforços do marechal Brown e fosse obrigado a dar batalha com efetivos 40 por cento inferiores aos adversários, naquela geografia uma posição bem escolhida poderia equilibrar a desvantagem numérica e compensar a inferioridade em cavalaria. Aproveitavam-se assim os caprichos naturais da Serra de Caçapava, como também eram chamados aqueles cerros do complexo da Serra do Batovi, um sistema independente da Coxilha Grande e da Serra Geral, que são os maciços dominantes no Rio Grande e no Uruguai.

Essa foi uma artimanha que Bento Manoel sugeriu ao marquês logo no dia em que se encontraram, em 14 de fevereiro, quando o caudilho foi se reunir com o grosso do exército, depois que seus guerrilheiros espantaram Lavalleja de volta ao Exército Republicano.

— Senhor marquês, desculpe-me por um índio xucro que nem eu se meter a dar opinião. O senhor deve saber que a gente conhece muito bem esse Rio Grande. Se o senhor não se incomodasse eu lhe daria um palpite.

Barbacena estava reunido com seu alto-comando, analisando o resultado da missão do brigadeiro Sebastião Barreto e do chefe de engenheiros, coronel Elisiário, especulando sobre opções estratégicas a partir da notícia de que Bagé já estava em poder do inimigo. Barbacena já tinha desistido dessa cidade, pois a fração do marechal Brown não chegaria a tempo para o enfrentamento com Alvear depois que o chefe argentino passasse a Canhada do Aceguá. Essa opção foi apenas um cenário teórico. Seria muito cedo para dar batalha aos argentinos. Seu projeto era atraí-los, estender ao máximo suas linhas, obrigá-los a gastar ao máximo os cavalos e ainda pegá-los atravessando um rio caudaloso. Mas, naquele momento, esse gaúcho danado vinha lhe dizer que poderia fazer alguma coisa na posição em que estava? Não custaria ouvi-lo:

— Pois diga, coronel. Os seus palpites são muito bem-vindos. Por favor...

— Eu venho observando esse inimigo há umas boas duas semanas e asso no dedo se ele não vem direto a Bagé. Já estão lá, pelo que nos disse o brigadeiro Sebastião. Mas não deve ser muita gente. Só uma vanguarda. O grosso ainda está um pouco atrasado; hoje devem estar passando o Caraguatá. Vou esperar um chasque do coronel Medeiros que me confirme a posição exata deles. Na minha opinião, no tranco em que vêm não chegam antes de dez dias.

— O senhor sugere que ataquemos essas avançadas e nos posicionemos em Bagé?

— Não, senhor. Isso é o que eles querem que a gente faça. Não digo isso, é só uma força de expressão, mas se nos pegassem ali naqueles campos a vantagem era deles. Precisamos de uns 5 mil homens a mais para enfrentá-los com garantias. Mas é bom deixar que eles pensem que nos tocaram de lá.

— Também concordo, coronel. O meu plano é puxá-los para as margens do Jacuí.

— É um plano, se me permite dizer. Entendo o que o senhor está pensando. Mas eu também acho que podemos fazer uma ursada maior ainda: por que não esperá-los aqui do outro lado do Camaquã?

Conheço uns lugares naqueles cerros que são melhores que um forte. Nesse caso, mesmo com inferioridade numérica, podemos resistir e ir desgastando o inimigo até o momento certo de contra-atacar e acabar com eles.

Barbacena olhou para seus oficiais, fez um sinal para Soares Andréa, seu subcomandante de fato naquele momento, como se pedisse uma opinião. Andréa falou, gracejando:

— Não deixa de ser um bom ardil, bem no estilo do nosso Bento Manoel. Mas me diga: você acha, Bento, que o Lavalleja vai deixar o Alvear cair numa armadilha dessas?

— Pode ser que sim, se acharem que estamos com medo. O Lavalleja também não é um homem que conheça esses matos. Isso aqui é só nosso. A guarda de Caçapava controla isso há mais de 100 anos e nunca foi batida por eles. Acredito que, se eles pensarem que estamos fugindo, podem vir atrás de nós. Aí voltamos e os pegamos de jeito.

— Não descarto essa possibilidade, mas tampouco conheço o lugar para tomar uma decisão definitiva. O que o senhor acha, brigadeiro?

Sebastião Barreto era um notório rival de Bento Manoel. Nascido e criado em Rio Pardo, embora não tivesse cursado escolas militares, era considerado um oficial de carreira, desenvolvido dentro de quartéis, servindo ao lado de oficiais de alta qualificação. Julgava-se um homem tão refinado quanto os que tinham vindo da corte e mais sábio porque pelejara em todas as guerras desde 1811. Não poderia deixar de considerar interessante, mas tampouco concordaria por inteiro.

— É bem do Bento Manoel... Mas ainda prefiro a sua estratégia, marquês. Acho prudente e correto desgastar ao máximo o inimigo, afastá-lo tanto quanto possível de sua base de operações e juntar todos os reforços antes de atacá-lo num momento em que estiver vulnerável. Para isso, a costa do Jacuí é o melhor lugar. O senhor pensou muito bem, meu general.

— E o senhor, coronel Tomé?

O coronel Tomé Madeira, comandante da Artilharia, apoiou a ideia de Bento Manoel:

— O brigadeiro que me desculpe, mas eu acho a proposta do coronel Bento muito boa. Pelo menos para mim. Com as minhas quatro baterias da artilharia montada posso me movimentar num terreno desses que nem o rei Frederico, concentrando o fogo onde for necessário, movendo as peças de acordo com as circunstâncias. E com os canhões da Artilharia de Posição de Santa Catarina, vou operar como numa fortaleza.

Bento Manoel aproveitou para reforçar seu argumento:

— Eu acho que estou em posição de dizer que sou quem esteve mais perto do inimigo até agora. O coronel Bento Gonçalves pela direita, eu pela esquerda, viemos trazendo-os acossados. Eu só não peguei o Lavalleja porque ele não deu batalha, mas tive confrontos bem nutridos com os Dragões e outras unidades orientais. Acho que o Alvear os proibiu do confronto, se não já teríamos resolvido aquela pendenga que me ficou do Sarandi. O que quero dizer é que uma posição defensiva nesses cerros é muito favorável para nós. Ali ele perde a vantagem de cavalaria, porque o terreno não é próprio para essa arma. Além disso, vi pelos rastros que eles têm poucos cavalos ferrados. Ora, cavalo de casco natural não aguenta muito naqueles morros empedrados. Tenho para mim que se ficarmos negaceando, dando impressão de que estamos fugindo, eles podem nos seguir e então nós os pegamos bem ali.

— Onde o senhor aconselharia que nós esperássemos por eles?

— No meio dos Arroios Lexiguana e Palmas. Ali temos boas aguadas e pastos excelentes para acampar e boas posições para nos fortificarmos. Então deixemos que venham...

— Esse é o Bento Manoel. É verdade, coronel, que o senhor se localiza de noite só pelo gosto do pasto?

— É um certo exagero. Mas que não me perco nessa campanha, nem no claro nem no escuro, é a mais pura verdade.

— Obrigado, coronel. Vou considerar a sua proposta. De fato o senhor tem razão quando nos diz que esperar o inimigo em Bagé em inferioridade é um risco desnecessário. Temos muito espaço para manobrar e não precisamos nos expor dessa forma. Muito obrigado.

Barbacena comentou com Soares Andréa:

— Esse gaúcho é realmente uma raposa. Faz jus à sua fama.

— Estou de acordo. Temos de nos cobrir. O inimigo não pode saber onde andamos, nem suspeitar do que venhamos a fazer. A minha sugestão é que o mandemos de volta para vigiar e hostilizar Alvear.

— Também estou de acordo. Vamos reforçar a sua Brigada, mas mandemos o Sebastião no comando. Esses dois vão ter de se entender.

No dia seguinte, a 1ª Brigada Ligeira, reforçada pela milícia de Porto Alegre, que também regressara de sua vigilância no Taquarembó, partiu para cobrir o flanco direito do Exército do Sul. As unidades iriam patrulhar a área ao norte do Arroio Hospital. Do outro lado, pressionando o flanco direito, estava Bento Gonçalves com sua cavalaria de Cerro Largo, sob o comando de Calderon. Alvear esgueirava-se pelo meio das duas colunas em busca do ponto geográfico. Enquanto o Exército Republicano seguia a toda velocidade, esgarçando perigosamente sua retaguarda, lenta e pesada, e acelerava a cavalaria na frente para chegar a Bagé antes de Barbacena, o marquês manobrava na direção do norte em movimentos evasivos. Buscava convencer seu contendor de que procurava uma posição para dar-lhe batalha tão logo ele atingisse aquele lugar estratégico.

Ao mesmo tempo, mandava ordens constantes ordenando que Brown apressasse sua marcha, devendo reunir-se com ele ao norte do Rio Camaquã. Sem revelar a ninguém seu objetivo, o comandante em chefe estava se preparando para montar o dispositivo de Bento Manoel. Os engenheiros, especialmente o capitão Seweloh e o coronel Elisiário, vasculhavam com os vaqueanos a região proposta, buscando localizar os pontos indicados pelo caudilho e traçar os mapas indispensáveis para o desenvolvimento de uma força tão numerosa e complexa.

Alvear tinha pressa. Nesse dia, 16 de janeiro, os dois corpos, o de Lavalleja e o dele, estiraram uma marcha de 12 léguas até as margens do Rio Jaguari, o triplo da distância técnica programada para cada dia de avanço. No dia 17 acampou na Lagoa Branca; Barbacena chegou ao Ibicuí-Mirim, tendo à retaguarda o Cerro das Averias e à direita a Chácara da Viúva Felizarda.

Em 21 de janeiro, Bento Gonçalves se aproximou perigosamente de Alvear, que botou todo o exército, menos as milícias orientais, em linha de batalha. Entretanto, as divisões ligeiras dos dois lados tinham ordens de somente inquietar o inimigo e dar cobertura à marcha do grosso da tropa. Nesse dia, Barbacena chegou ao Rio Santa Maria. O Passo do Dom Pedrito, também conhecido como Passo Real, estava cheio. A travessia foi feita sob a cobertura da Brigada do brigadeiro Sebastião Barreto. No dia seguinte, aconteceram novas escaramuças entre as forças de cavalaria, enquanto Barbacena embicou na direção do Camaquã-Chico, deixando Bento Gonçalves em observação ao inimigo nas imediações de Bagé. A cidade foi ocupada enquanto os couraceiros do coronel Anacleto Medina atacavam, numa operação de limpeza, os guerrilheiros rio-grandenses que atormentavam as imediações da vila. Anacleto conseguiu capturar 300 cavalos e fez sete prisioneiros.

No dia 28, Barbacena continuou a marcha para o Camaquã em meio às maiores dificuldades por causa da chuva torrencial. Ele precisava desse clima, que paralisava o inimigo na vila, para montar seu dispositivo de batalha. Em Bagé, realizou-se o saque.

Bagé já era, naquela época, um grande centro de aprovisionamento da campanha. Alvear contava com esses suprimentos para alimentar seu exército, que já chegava à vila sem roupas, remédios, víveres e até mesmo cavalos. Antes de entrar no território brasileiro, o general em chefe lançara uma proclamação aos rio-grandenses, prometendo que as propriedades seriam respeitadas e as pessoas poupadas. Isso, contudo, não passava de letra morta, pois o saque era uma tradição. Era comum a violência contra as famílias, e em Bagé não foi muito diferente, o que provocou repúdio e vergonha entre os principais chefes do Exército Republicano.

O francês Brandsen foi para cima de Alvear: "O saque se faz em geral nos povoados e na campanha para eterna desonra do general e do exército, mas sobretudo do primeiro, em cujas mãos está evitá-lo." Ele se referia a um Exército Sul-Americano, esquecendo-se do que fizera o seu nas correrias pela Europa. Brandsen ficou furioso quando foi chamado pelo major Román Dehesa, ajudante do estado-maior, para uma reunião e ao chegar viu que se tratava da partilha entre os oficiais superiores de porções de açúcar, aguardente, café e outros víveres surrupiados do comércio. Vendo do que se tratava, deu meia-volta.

Alvear também reagiu com energia. No dia 27 baixou uma ordem de serviço autorizando o coronel Cayetano Artayeta a "fuzilar no povoado de Bagé todo indivíduo do exército que for encontrado roubando e saqueando, de qualquer classe ou condição, ainda que sejam mulheres".

No dia 28 Barbacena iniciou sua audaciosa marcha de flanco, procurando alcançar os cerros da margem esquerda do Camaquã. Tinha de passar a Coxilha Grande e chegar às margens do Camaquã-Chico, cruzá-lo e se fortificar antes que os argentinos o alcançassem. Ainda estava em inferioridade numérica. Brown ainda estava a pelo menos três dias de marcha. De madrugada desabou o temporal. Alvear queria partir imediatamente, mas os coronéis Iriarte e Brandsen disseram que não havia condições de se mexer dali. O toró foi arrasador em Bagé, mas a pouco mais de 50 quilômetros dali, embora a chuva tivesse sido forte, não se deu a mesma coisa. Barbacena aproveitou para avançar, mesmo debaixo d'água.

Barbacena apostara todas as suas fichas nessa cartada. Por dentro se ria de Alvear, que, tal qual Napoleão em Waterloo, perdia dois dias por causa de uma chuvarada e agora iria encontrá-lo em posição vantajosa, como Wellington. Mas ainda faltavam muitas léguas até chegar a sua posição de segurança. As carretas, com 80 arrobas de carga, demandavam 12 juntas de bois para puxá-las naqueles corredores. E havia o rio que subia a cada hora por força da chuva. Era preciso cruzá-lo de qualquer maneira. Mandou chamar o alferes Osorio.

— Meu rapaz, essa é a região onde o seu pai recruta os seus homens?

— Sim, senhor, meu general. Ele está em Caçapava, a 20 léguas daqui.

— Então você conhece bem esses cerros. Tome a vanguarda e vá preparando o passo para a travessia.

O Camaquã-Chico deságua no Grande na altura do Rincão do Inferno, uma corredeira entre pedras que fica na Várzea do Seival. Osorio encontrou logo o passo e indicou o caminho a seguir. Imediatamente foi dada a ordem para atravessá-lo, o que levou três dias. Sem recursos específicos, foi obrigado a usar pelotas para transportar a artilharia e a carga pesada.

Pelota é uma espécie de vaso feito de couro de boi. Para construí-lo, mata-se o animal e retira-se o couro inteiro, deixando os ossos das costelas e o espinhaço totalmente descarnados. Depois se costura com tentos, formando uma espécie de barco redondo, donde o nome pelotas. Esse couro, bem esticado, flutua. Amarrando-se uma pelota na outra, pode-se transportar a carga que for. Puxadas pelo laço ou rebocadas por nadadores, funcionam como pequenos botes. Dessa forma foram transportados os canhões e demais materiais de guerra e de subsistência.

A cavalaria cruzou a nado e a infantaria a pé, com água pelo peito, armas e munições na cabeça. A retaguarda ficou coberta pela Brigada de Bento Gonçalves, que rechaçava os ataques da Divisão de Juan Antonio Lavalleja. O chefe oriental recuou depois que percebeu que, do outro lado, os brasileiros instalavam sua artilharia guardando os passos. Barbacena estava fortificado.

A travessia do Camaquã-Chico foi um dos momentos mais dramáticos de toda a guerra, principalmente do lado brasileiro, onde se produziram momentos épicos de grande envergadura. No lado argentino desencadeou-se primeiro um certo desânimo político ao chegarem de Buenos Aires notícias do avanço das negociações de paz sugerindo que todo aquele sacrifício fora inútil, já que o Exército Republicano não teria condições para devolver a Banda Oriental aos portenhos quando voltasse a Buenos Aires. Depois disso estourou uma crise no alto-comando, que só não chegou a um motim de generais porque, inesperadamente, o coronel Lavalle, que era o mais declarado dos adversários de Alvear, propôs aos demais conspiradores um pacto no sentido de apoiar o general em chefe pelo menos até que a guerra tivesse dado algum resultado.

Derrubar o comandante nesse momento seria abrir o caminho da derrota e, talvez, da destruição do exército, da prisão, da vergonha, de um fiasco histórico que só faria dar razão aos republicanos rio-grandenses. Estes negaram apoio, dizendo que os argentinos eram um mau exemplo, que jamais conseguiriam levantar a opinião pública a favor de um sistema tão irregular, anárquico e, principalmente, ditatorial como o republicano. Diziam que ficariam falando sozinhos e seriam taxados de traidores da pátria e que o povo brasileiro continuaria ao lado da monarquia.

Tudo isso contribuiu para impedir o golpe contra Alvear. Uma das mais graves acusações que se fazia contra ele era de que se deixara enfeitiçar por "uma moça formosa", brasileira, que conhecera em Bagé e que o tirara de cena durante dois preciosos dias. Poderiam ter interceptado Barbacena antes que o marquês conseguisse alcançar suas posições no Camaquã-Chico.

Mas não era o general em chefe o único responsável pela falta de ação do Exército Republicano, que deu espaço para Barbacena botar o Exército Imperial a salvo atrás dos passos do Camaquã e dos rochedos da Serra de Caçapava. Todo o Exército Argentino parou, esgotado pelas marchas forçadas sob um clima brutal.

Em Bagé as tropas descansaram, alimentaram-se condignamente, os animais se recuperaram, receberam os suprimentos que vinham atrasados de Buenos Aires, já que nos últimos dias a tropa avançara muito, abrindo um espaço desmedido entre a vanguarda e a retaguarda. Enfim, os dois exércitos procuraram acomodar-se e se preparar para a batalha decisiva, que, acreditava-se, seria travada ali nos próximos dias.

Apesar da vantagem estratégica de ter encurtado suas linhas de abastecimento e de estar próximo dos reforços e do material de guerra e de alimentação, Barbacena ainda enfrentava problemas. Ali no Camaquã contava com a vantagem da posição e a superioridade tática da defensiva, num terreno favorável a um exército forte em infantaria, mas teria de lutar com arma branca se a batalha exigisse um gasto considerável de munição. Com aquela pólvora, seus fuzis faziam mais fumaça do que estragos nas fileiras inimigas. Ele ainda esperava o carregamento que deixara para ser enviado do Rio de Janeiro e que acabara de desembarcar em Rio Grande, ali pelo final de dezembro. Esses suprimentos só chegaram dias depois, com armas novas e munição de ótima qualidade importadas da Europa, uniformes e calçados para a tropa.

Aqueles dias, entre 27 de janeiro e 4 de fevereiro, foram decisivos para Barbacena. Quando, no dia 4, Alvear alinhou seu exército na margem direita do Camaquã-Chico, pronto para dar o xeque-mate, com surpresa viu que o inimigo estava protegido por duas torres ameaçadoras, representadas por sua artilharia, que protegia os passos, e pela infantaria entrincheirada atrás das pedras no outro lado do rio. Se passasse teria anulada sua cavalaria, equipada com animais sem ferraduras. Deveria, por força das condições, usar essa arma em frações pequenas, sem o impacto das grandes investidas.

A crise chegara a seu ponto máximo. Os dois exércitos frente a frente, rosnando, mas sem coragem para passar ao campo adversário. Se Barbacena cruzasse o rio, seria destruído pela superioridade tática e estratégica do Exército Republicano, postado na margem direita em campos de pampa, sob medida para o tipo de equipamento e de treinamento de sua força. Se Alvear cruzasse o rio, seria esmagado pela mesma razão. Ali a natureza oferecia um espetáculo fascinante, tal a diferença do terreno, da vegetação e da topografia entre um lado e o outro do curso do Camaquã.

Ficou evidente para os argentinos que não poderiam tomar a ofensiva. Permanecer ali parados era inócuo, pois não seria um sítio, uma vez que a cada dia Barbacena ficaria mais forte. As notícias eram de que uma força de quase 2 mil homens, comandada pelo marechal Brown, já estava no Vale do Camaquã, podendo reunir-se ao grosso do Exército Imperial em um ou dois dias. Seria desfeita assim a estratégia das linhas interiores, deixando-os, como Napoleão em Waterloo, diante da força máxima do inimigo. Mas Barbacena acreditava que os portenhos poderiam deixar-se ficar ali indefinidamente. Alvear reuniu seu Conselho de Guerra para examinar a situação. Foi uma reunião dura, com recriminações, na qual se evidenciou o temor dos chefes, todos eles homens com grandes ambições políticas, que contavam com as glórias dessa guerra para dar seus passos futuros em Buenos Aires.

Os orientais, porém, viam tudo aquilo de maneira diferente. As notícias das negociações de paz que chegavam ao exército sugeriam que o quadro poderia ser favorável a seus objetivos, levando a uma independência do Uruguai tanto de argentinos quanto de brasileiros. O bom seria que os dois perdessem, deixando a Banda Oriental para eles.

A maior preocupação de Lavalleja não era o Exército Imperial, mas as Brigadas de milicianos rio-grandenses, que poderiam se unir a Rivera contra ele na hora de partilhar o poder no novo país que estava nascendo. Por isso, nesses dias finais de janeiro e começo de fevereiro, os combates mais importantes se deram entre seus milicianos e os homens de Bento Gonçalves, que tinha entre suas forças um corpo de uruguaios de Cerro Largo, com caudilhos como Calderon, que estavam naquela guerra pensando em seu futuro político em Montevidéu.

Em todo caso, Lavalleja tinha uma dívida com Buenos Aires e principalmente com Alvear, que o apoiara quando ainda estava no exílio, mas não podia levar essa aliança tão longe que significasse a reanexação da Banda Oriental às Províncias Unidas, com o dever de obedecer a um governo central argentino. Se o Exército Republicano e o Exército Imperial se destruíssem mutuamente ali, os uruguaios estariam no melhor dos mundos.

Ante o desespero de seus comandantes, Alvear jogou uma carta que pareceu a todos salvadora:

— Senhores: conheço bem o meu inimigo. Ele é um mestre, está provado. No entanto, é um homem do Rio de Janeiro. Veio para essa posição acolhendo seus conselheiros rio-grandenses, que conhecem o terreno e sabem que não temos condições de operar aqui. Portanto, vamos para o nosso chão. Lembrem de que também conheço muito bem esta província. Não vou aceitar que o inimigo escolha o campo de batalha. Eu sei onde vamos pegá-los.

A proposta gerou muitas desconfianças, mas não havia outro jeito de sair da enrascada. Parecia surpreendente e ao mesmo tempo curioso um general estrangeiro assumir o lugar de vaqueano em território inimigo. Mais tarde, o general em chefe reuniu-se com seus ajudantes: tenente José Brito del Pino, capitão Vicente Balbastro (seu primo), tenente Cayetano Artayeta, tenente José Gabriel de la Oyuela, tenente José Maria Pirán, capitão Martiniano Chilavert, capitão Gerónimo Espejo e major Román Dahesa. Então revelou detalhes de suas bases para o movimento que pretendia fazer dali em diante:

— Se conheço bem o Felisberto, ele vai nos perseguir. Claro, desde que esteja seguro de que vai nos vencer. Ele não é bobo.

— Que Felisberto, meu general?

— O marquês. Felisberto Brant. Será fácil enganá-lo se ele acreditar que nos demos por vencidos e estamos nos retirando. Nesse caso, um general experiente nos vigiaria de longe e pronto. Que nos fôssemos com o rabo entre as pernas. Mas ele vai querer colocar a marca na culatra da sua pistola, acreditando que estamos esgotados enquanto ele, que deve estar recebendo reforços e suprimentos, estará forte. Ou seja, vira-se o jogo.

— Sendo assim, nessa reviravolta serei eu e não o Felisberto a escolher o campo de batalha. Conheço um lugar excelente a 40 léguas daqui. Vamos para lá e os esperaremos na arena que nos convém.

— Onde é isso, general?

— Na região de São Gabriel. Estive por lá muitas vezes quando estava exilado em Montevidéu. Costumava passear na estância do brigadeiro Antônio Pinto da Fontoura, ajudante do general Frederico Lecor. Assim, não dependo da descrição de vaqueanos. Vamos iludi-los. Se nos movimentarmos para oeste os milicianos vão ficar em pânico, porque estaremos indo na direção de suas propriedades. Mesmo que o marquês não queira, os seus coronéis vão obrigá-lo a vir nos atacar antes que cheguemos ao Entre Rios. Uma recomendação: que não se fale disso. Pelo contrário, vamos espalhar que estamos indo para Livramento para nos apossar do caixa do exército, que está naquela cidade.

— Está lá?

— Não sei. Creio que não. O Felisberto jamais se mexeria sem levar o cofre, mas poderá acreditar que pensamos assim, o que é bem razoável. Depois da estripulia que vocês fizeram em Bagé, um saque em Livramento seria esperado. Um bom butim para um exército derrotado, não acham?

CAPÍTULO 34

Estilos em Conflito

RECÉM-CHEGADO DE MONTEVIDÉU, o general João Crisóstomo Calado trouxe informações importantes para o marquês de Barbacena. Ele viera por mar de Maldonado até Rio Grande e de lá, a cavalo, com uma pequena escolta, atravessou os 300 quilômetros no rumo oeste. Encontrou-se com o Exército do Sul em 1º de fevereiro, no momento em que a tropa estava correndo os perigos da travessia do Camaquã-Chico debaixo de forte temporal. No mesmo dia, Bento Gonçalves esforçava-se para conter os uruguaios de Lavalleja, e Alvear saía de Bagé para atacá-lo com soldados descansados e cavalhada reposta.

Aos 47 anos, dois a mais que Barbacena, Crisóstomo era um dos oficiais mais conceituados do Exército Brasileiro. Nascido em Elva, Portugal, em 1780, sentou praça aos 15 anos como primeiro-cadete no 20º Regimento de Infantaria. Participou desde o início das guerras contra Napoleão, vindo para o Brasil em 1816 como tenente-coronel comandante do 4º Batalhão de Caçadores da Divisão de Voluntários Reais, e desde então se radicou em Montevidéu. Em 1822 liderou a rebelião de sua Brigada de Infantaria, aderindo ao movimento de Independência, sob influência de seu comandante em chefe, o tenente-general Lecor.

Quando estourou a revolução, permaneceu na guarnição da cidade, suspeito de ser simpático à independência do Uruguai. Era casado com uma moça de família destacada da cidade, irmã dos Oribe, portanto cunhado de Inácio e Manuel, dois comandantes do Corpo do general Lavalleja. Crisóstomo estava muito bem informado quando alcançou o Exército do Sul. Vinha sob as ordens do imperador, que, temendo algum problema devido à inexperiência do tenente-general Felisberto Brant, o enviara como uma espécie de consultor técnico. Nessa formação, deveria ser comandante de uma das divisões do exército.

No dia 3, Barbacena mandou Bento Manoel cruzar o rio e ficar vigiando Alvear, em posição de atacá-lo pelo flanco ou retroceder, conforme a circunstância. Não pôde conversar a fundo com Crisóstomo, pois estava supervisionando pessoalmente a transposição do rio. As pelotas flutuavam com dificuldade, levando o material pesado. O general recém-chegado observava aquilo com apreensão, mas admirava a valentia da tropa ao enfrentar a fúria do Camaquã. No dia seguinte, Barbacena mudou o acampamento para uma posição mais favorável, entre os Arroios Palmas e Lexiguana. No dia 3 apareceu finalmente o marechal Brown, por volta do meio-dia, à frente de sua Divisão, levando o reforço de mais 2 mil homens, entre soldados, cerca de 1.760, e agregados civis. Bento Manoel mandou notícias dizendo que os argentinos se movimentavam, possivelmente abandonando a posição. Contudo, poderia ser uma manobra evasiva. Mais seguro era manter-se como estava, fortificado, até ter mais detalhes sobre as intenções dos castelhanos.

No dia seguinte Barbacena tomou a decisão de sair da toca e perseguir seu inimigo, que, segundo os relatos de Bento Manoel, estaria em franca retirada. Era o que parecia, e sua convicção foi reforçada depois que ouviu de Crisóstomo as últimas informações sobre o quadro caótico da situação em Buenos Aires. Não havia do que duvidar: Alvear estava mesmo recuando. Deveria procurar um refúgio seguro antes que seu exército fosse extinto, tamanha a crise na capital. O governo estava virtualmente deposto. A Constituição que Rivadávia ofereceu ao país foi rechaçada por 12 das 14 províncias. Somente Buenos Aires e a Banda Oriental aceitaram seus termos. Estava completamente isolado politicamente, e seu exército estava a mais de 800 quilômetros de distância. Seu provável sucessor era o deputado Dorrego, arquirrival de Alvear, que prometia oferecer seu fígado aos inimigos num banquete. No exército reinava a discórdia, e havia boatos em Buenos Aires de que Alvear poderia ser preso, morto ou derrubado por um motim de seu alto-comando. Mesmo seus amigos mais próximos, como o general Mansanilla, falavam mal dele, e esses rumores circulavam abertamente na Argentina.

Os governadores recusavam-se a mandar reforços ou colaborar minimamente com o Exército Republicano. Ao mesmo tempo, a guerra estava no final. Concluía-se um acordo, intermediado pela Inglaterra, criando a República Oriental do Uruguai. Com tanta confusão, Barbacena precisava se mexer antes que o exército inimigo o recebesse com uma festa de reconciliação para comemorar a paz entre os dois países. Segundo Brown, Pedro I concordara em negociar, e já se falava abertamente que a Cisplatina seria descartada do império do Brasil. Com tais fontes do Rio e do Prata, não havia mais nada a esperar. Barbacena mandou chamar Bento Manoel:

— Coronel, qual é a sua opinião sobre o movimento do general Alvear? O senhor acredita que ele está se retirando?

— É o que parece, senhor marquês, mas nunca se pode confiar nesses castelhanos. Pode ser uma daquelas artimanhas de que a gente tanto ouve falar na história, em que o sujeito finge a retirada mas faz o contrário.

— Eu lhe pergunto porque as notícias são de muita anarquia na Argentina. Pode ser que ele esteja realmente indo embora.

— Não duvido. Acho que ainda é cedo para ter uma opinião definitiva.

— Também estou de acordo. Por isso vou lhe pedir para segui-lo, observando seus movimentos e nos informando. Só vou deixar essa posição se for seguro que ele está em retirada. Se não, que venha me buscar aqui. Não vou lhe fazer as vontades.

— Concordo, senhor marquês. Vou partir hoje mesmo. Se ele marchar a noite inteira, amanhece no Taquarembó. Se o senhor me permite opinar uma vez mais, diria que ele vai na direção da costa do Uruguai.

— Há um boato trazido pelos bombeiros de que ele está marchando para Livramento e de lá vai para o Entre Rios.

— Não creio, mas, como lhe disse, em se tratando desses castelhanos não duvido de nada.

Assim que dispensou Bento Manoel, Barbacena anunciou a reorganização do Exército Imperial. O marechal Brown assumiu a chefia do estado-maior, que era o cargo de subcomandante de fato. Cabia a ele organizar o exército e seus suprimentos, determinar as marchas e resolver toda a burocracia da unidade. Uma Divisão caberia ao general Crisóstomo. A outra foi entregue forçosamente ao general Sebastião; caso contrário, o Exército Brasileiro estaria sem um único general nacional em comando de grande unidade. Depois dividiu as Brigadas entre os dois.

A crença geral era de que Alvear retirava-se. Apenas um general discordava, o ajudante-geral Soares Andréa. O marquês chamou-o para tirar as dúvidas.

— Então, ainda não acredita que o inimigo está perdido?

— Por que estaria?

— Porque em lugar de nos atacar nessa posição vai se meter província adentro em direção a São Gabriel!

— Ainda digo que não está perdido. E digo mais: é um movimento muito bem combinado. Nós somos superiores em infantaria, e ele, em cavalaria. No terreno em que estávamos toda a vantagem seria nossa. Por isso, ele trata de nos deslocar dessa posição e de nos chamar para outra.

— Então acha que não devemos sair daqui?

— Pelo contrário, e por essa razão é que digo a Vossa Excelência que é um movimento muito bem concebido, porque nos obriga a perder essa posição.

Com essa disposição, o Exército do Sul rompeu em perseguição ao Exército Nacional na madrugada de 10 de fevereiro de 1817, atingindo as cabeceiras do Rio Jaguari, já indo no rumo do noroeste. Ali obteve a adesão do marechal José de Abreu, o barão do Cerro Largo, que chegou com 360 índios guaranis vindos das Missões. A aparição de Cerro Largo provocou uma verdadeira explosão de entusiasmo entre as tropas: era o atleta que faltava entrando no final para resolver a parada. Com seus gaúchos galopando ao longo das fileiras, chapéu na mão saudando a todos, seus lanceiros emitindo gritos de guerra, os cavalos a todo galope, pareceu ter injetado no exército uma droga de euforia, espalhando uma sensação de vitória que se expressava nos brados que se ouvia em uníssono, elevando o ânimo guerreiro. Barbacena em princípio não entendeu o que poderia estar acontecendo, mas logo foi informado pelo brigadeiro Sebastião, que reconhecera seu velho amigo à frente do desfile:

— É o general Abreu se incorporando. Agora somos invencíveis!

O marquês já estava conquistado pelos caudilhos rio-grandenses. Antes de ir para o Sul, Barbacena alimentava um profundo desprezo por esses guerreiros dos pampas. Todos se admiraram como foi rápida sua mudança. Em pouco tempo, Barbacena não se mexia sem ouvir os coronéis, majores e até alferes locais, como era o caso de Osorio, a quem ele confiara a vanguarda na marcha para o Camaquã-Chico. Um dos oficiais estrangeiros, o capitão barão Carl von Leenhof, comentava com seu colega von Quart:

— Como não há cartas exatas do campo, o general em chefe orienta-se pelas informações dos comandantes de corpos, entregando-se nas mãos dos milicianos.

Von Quast concordava.

Foram a capacidade de movimentação, a disciplina inata, a combatividade que ele viu nas duas Brigadas Ligeiras no assédio ao avanço dos argentinos e depois sua participação decisiva na marcha de Santana até o Camaquã, mais a astúcia de seus comandantes, especialmente os dois Bentos, que fizeram Barbacena reconsiderar seu julgamento. Botou as tropas rio-grandenses no mesmo nível da infantaria baiana, principalmente, e também da corte, compostas basicamente por homens negros, a maior parte brasileiros, mas contando muitos africanos, que considerava os soldados mais robustos do mundo, e dos mercenários europeus. Estes eram homens bem treinados, mas relapsos, principalmente quando, por algum motivo, o que era frequente, o Tesouro do império atrasava seus vencimentos. Portanto, quando assistiu à ovação da tropa a José de Abreu, recebeu o barão com todas as honras e de imediato ofereceu-lhe um lugar de destaque no exército:

— Senhor marechal, peço-lhe que assuma a vanguarda.

A reabilitação de Abreu teve uma repercussão extremamente favorável em todos os escalões. O barão era um orgulho da cavalaria gaúcha, um bravo comprovado que fora injustamente culpado pela derrota de Sarandi. Mas sua designação para assumir a vanguarda gerou descontentamento dos outros generais, especialmente de Sebastião Barreto, que pretendia liderar a marcha. Barbacena, porém, aproveitou a chance de assegurar sua popularidade. Precisava consolidar sua imagem, pois desde que fora nomeado para o comando, antes mesmo de chegar ao Rio Grande do Sul, seu currículo não o favorecia. Mas, depois da marcha de flanco e do posicionamento em Camaquã, seu comando passou a ser mais bem acatado. Por isso deu uma carona nos demais comandantes e confirmou o posto de vanguardeiro a Abreu. Aproveitou para entregar-lhe um grupo de 200 voluntários civis integrado por patriotas da região que foram com suas armas pessoais e cavalos próprios integrar-se à defesa do país, mas que o exército não tinha como colocar em suas fileiras. Criado o Corpo de Paisanos, como foi denominada a unidade, esses homens ficaram muito contentes de servir sob as ordens de uma lenda nos pampas. Com a força engrossada, o barão partiu com 560 homens e foi assumir seu lugar na grande guerra.

Enquanto Barbacena reconquistava a harmonia em seu exército com a reabilitação de Cerro Largo, Alvear enfrentava o inferno: seu alto-comando estava em aberta rebelião. O general Lavalleja enfrentava-o abertamente, pois, com as notícias de que Rivadávia aceitara os termos de Ponsonby para a independência completa do Uruguai, sua submissão a um general estrangeiro deixava de ter grande sentido político. Mas com o Exército Imperial a sua frente, tampouco lhe convinha levar o Exército Republicano à derrota. O principal antagonista do comandante em chefe era o coronel Lavalle. Alvear chamou o coronel Brandsen para uma conversa privada e o peitou. O francês reagiu com energia e reclamou de seu comandante:

— O senhor precisa reconhecer os seus amigos.

Alvear ainda contava com um grupo fiel, mas seu chefe do estado-maior, Mansilla, fazia jogo duplo, apoiando o comandante na sua frente ao mesmo tempo em que semeava intrigas nos bastidores. A deposição de Alvear teria dado certo se não fosse a pronta intervenção do coronel Manuel Oribe. Todos eram maçons, mas Lavalleja teria mais legitimidade por ser um dos Cavaleiros Orientais, da loja revolucionária fundada por Alvear em Montevidéu com a complacência dos portugueses ainda antes da anexação ao império do Rio de Janeiro; Lavalle também era um revolucionário original, integrante da loja fundada em Buenos Aires Cavaleiros Racionais, que foi o estopim da independência argentina.

Oribe demoveu Lavalleja de aceitar uma proposta de Lavalle para que assumisse o comando na condição de número um uruguaio, argumentando que aquilo era um ardil dos argentinos:

— Você está sendo usado como bucha de canhão. Se fracassar, será torrado. Se conseguir derrubar o Alvear, não terá o comando. Eles vão botar o Soler, que só está esperando pelo golpe para se adonar desse exército.

— É isso mesmo o que penso, mas eles não nos vencerão. Lembre-se também de que o pessoal que está com Alvear, como o Iriarte, os irmãos Zufriategui, Chilavert e você mesmo e o seu irmão são Cavaleiros Orientais. Está certo que o Soler é mais graduado do que eu no sistema argentino, mas eu também sou general argentino como ele.

— És general argentino só no papel. Buenos Aires não vai confirmar o seu comando. Além disso, eles não confiam em nós. O projeto deles, a começar pelo Alvear, é anexar-nos. E o que se discute em Buenos Aires é a nossa independência, o nosso sonho. Não podemos botar tudo a perder agora com um motim contra um comandante nomeado por uma lei. Tenha um pouco de paciência.

— Eu ainda não estou acreditando muito nessa independência. Estou aqui com eles porque aprendi com o Alvear aquelas teorias de guerra do Napoleão de dividir o inimigo. Estamos batendo primeiro os brasileiros, mas não me iludo que, ali adiante, teremos de bater Buenos Aires. Oribe, o Rivadávia só reconheceu a Bolívia porque não havia outro jeito. Quem libertou o Alto Peru foi Bolívar. Mas veja o Paraguai: nunca será reconhecido e deixará de existir quando os portenhos tiverem força para retomá-lo. E nós também estamos na mira. Nós e o Paraguai estamos no mesmo saco. Pensando bem, essa é uma oportunidade de sermos reconhecidos, com a Inglaterra nos botando goela abaixo deles, Brasil e Argentina.

— Mais razão ainda me dá. Conseguimos separá-los, pois o que se viu no passado foi que Buenos Aires procurou usar os portugueses para nos anular. Foi assim que se livraram de Artigas. Até parece mentira: o velho mofando lá no Paraguai, lembrando ao Francia que o próximo será ele, pois, para todos os efeitos, nós estamos dentro das Províncias Unidas. Não se iluda: se dermos motivo veremos esse imperadorzinho e o Rivadávia unidos contra nós. Estamos pisando em ovos. Uma rebelião agora, chefiada por um dos nossos, ainda mais por você, será o fim. Será o motivo para acabarem com você.

— E vão entregar o país ao Rivera?

— Por que não? Se pensarmos politicamente, ele fez muito bem de não entrar nessa guerra contra os brasileiros, colocando-se entre os dois. Ele tem desconfianças e confianças dos dois lados. Jogando bem, isso pode ajudá-lo a ficar no meio dos dois países e ser um denominador comum.

— Pois é, mas estamos na guerra e o nosso general está em vias de ser deposto. Temos de tomar um partido. Não somos nulos. Temos 4 mil homens... eles precisam de nós para vencer o inimigo, mas esse efetivo conta também na balança do nosso poder interno aqui no exército. Eu falo em nome deles, ou não?

— Para onde você for, todos os orientais irão. É por isso que eu digo: ouça a mim e aos outros. Quem lidera esse movimento é o Lavalle. Ele tem apoio de outros portenhos, que pensam nas brigas internas deles. O Rivadávia vai cair, não há dúvida. O fracasso com a Constituição é mais que um sinal. Ele já está no chão. Cada qual quer se posicionar melhor para o quadro que vai emergir disso tudo. E nós não temos nada com isso. O nosso lugar é no Uruguai, não em Buenos Aires, não se esqueça.

— Ninguém pode impedir o motim...

— Pode sim. Você. Nós. Acho que temos de ficar com o comandante, mesmo que seja o Alvear. Ele não merece a nossa traição.

— Como traição?

— Sei que você não é um traidor, que estaria agindo dentro de um quadro concreto mas é o que vai parecer. Ou o que vão fazer parecer.

— Você tem razão numa coisa. O Soler não tem coragem de liderar um motim. Se esse bestalhão do Lavalleja meter a cara e derrubar o

Alvear, assume o Soler como salvador. Se o bestalhão do Lavalleja fracassar, será mais uma besteira desses orientais anarquistas e inconsequentes. Uma prova de que não podemos nos determinar, de que não podemos criar um Estado que mereça esse nome e que ofereça garantias reais às potências fiadoras. É, você está certo, não posso me arriscar.

— E, além disso, a negrada pode nos pegar e acabar com a gente. Aí, sim, fica bem como eles querem. Esses brasileiros vivem divididos, mas no fundamental eles se entendem. Não vamos deixar que essa bela campanha se transforme numa comédia.

O que salvou o general em chefe foi a proximidade do Exército Imperial. Brandsen procurou Lavalle e selou com ele um pacto de sustentação do comandante, pois o esfacelamento desse esquema poderia, até, gerar uma confrontação armada entre as facções. Sem o apoio dos uruguaios, os dissidentes teriam de usar as armas para impor seu golpe. Esse foi um argumento decisivo para o adiamento do confronto, como lembrou Brandsen a Lavalle:

— Aí o inimigo pode ficar olhando de camarote a nossa autodestruição.

Alvear ainda podia contar com a lealdade de alguns comandantes de unidades poderosas, como Zufriategui, Iriarte, Garzón, Alegre, Oribe, Chilavert, Brayer, Pirán e Balbastro, sem contar Mansilla, que dificilmente se insurgiria contra seu amigo na situação que se apresentava. Ao mesmo tempo, ninguém conhecia os planos de Alvear. Assim, não se sabia que ele escolhera um campo de batalha conhecido, onde potencializaria ao máximo o poderio de seu exército.

Todos os que tinham visto uma grande oportunidade nessa guerra agora temiam sair dela sem nada. Lavalle, por exemplo, planejava fundar um partido político para disputar o comando nacional. A dissidência de todas as províncias e a impossibilidade de montar um poder central eram o grande desafio político do país, que já dispunha de unidade econômica e cultural e nacionalidade. As frações que efetivamente desejaram separar-se nunca se misturaram com Buenos Aires, como foi o caso do Paraguai e, dez anos depois, da Bolívia, que já era um país independente.

Já a Banda Oriental somente aceitou anexar-se como manobra tática, pois agora que a independência, com apoio inglês, estava às portas, também Lavalleja procurava usar o conflito para posicionar-se no quadro político do pós-guerra. Tinha um adversário de grande peso, Rivera, que questionava a legitimidade da sucessão de Artigas, o verdadeiro pai da pátria. Rivera fora seu lugar-tenente, o que lhe dava precedência. Lavalleja teve de curvar-se e aceitar sucedê-lo só bem depois da independência, mas, nessa altura da campanha, precisava ganhar poder e glória, que eram os dois elementos fundamentais para o comando político naquela época. Pesavam muito mais do que a sorte das armas no confronto que estava por acontecer.

Barbacena, por sua vez, precisava somente manter as boas graças do imperador. Se cumprisse bem seu papel, mostrando-se confiável e com poder de comando, poderia aspirar a grandes cargos na corte, incluindo a chefia do governo, que era um problema para Sua Majestade, que tinha dificuldades de conseguir bons políticos brasileiros natos para a administração da máquina pública. Assim, com essas perspectivas de seus líderes, os dois exércitos marchavam um contra o outro.

Alvear contava dias de vantagem. Tinha contra ele apenas a 1ª Divisão Ligeira, que lhe acompanhava a marcha cavalgando a sua direita. Era nitidamente uma manobra de observação. Fora recontros de guerrilhas de lado a lado, nada acontecia de definitivo. O objetivo era a Vila de São Gabriel. Ali havia depósitos de provisões, e sua malha viária era um entroncamento de estradas. No dia 10, enquanto Barbacena cruzava o Camaquã-Chico para retomar as planícies, Alvear entrava na vila. O Exército Republicano acampou nas proximidades de São Gabriel e permaneceu dois dias nessa posição. Nesses dias Lavalleja bateu-se com a vanguarda de Bento Manoel, e Mansilla com a 1ª Divisão Ligeira completa no Umbu. No dia 13, marcharam para Cacequi, deixando Lavalleja na retaguarda, dentro da vila. O Exército Republicano marchava célere na direção do Passo de São Simão, dando a impressão de que seguiria por ali em frente, confirmando uma hipótese de retirada. O general em chefe andava em volta, indo e vindo, escolhendo o campo de batalha mais conveniente ao formato de sua força. Lavalleja reuniu-se com o grosso em Cacequi. Alvear andava em círculos, rodeava, mantendo-se em movimento moderado para poupar os animais e a infantaria.

O Combate do Umbu foi o maior evento militar dessa jornada. Tudo começou quando o comando portenho constatou que do lado brasileiro somente Bento Manoel hostilizava os argentinos. Essa decisão foi também uma resposta à ousadia da vanguarda da 1ª Brigada Ligeira, comandada pelo major Gabriel Gomes Lisboa, que, no dia 13, observava o deslocamento do Regimento de Cavalaria nº 4, de Juan Lavalle, quando o tenente Marcelino Ferreira do Amaral viu um destacamento de 100 homens afastado, às margens do Rio Vacacaí. Atacou de surpresa com 70 homens, matando dois oficiais e 20 soldados. Lavalle contra-atacou, mas o major mandou recuar.

Os argentinos concluíram que a proximidade dessa força brasileira precisava acabar, pois poderia acompanhar-lhe os movimentos e denunciar seu plano. Alvear decidiu, então, liquidar com Bento Manoel e formou um grupamento sob o comando do general Mansilla, levando 300 lanceiros do Regimento de Cavalaria (RC) nº 8, 200 do RC nº 16, 100 do RC nº 1, 100 do RC nº 2 e os 148 couraceiros.

Na manhã do dia 15, Bento Manoel, despreocupado, imaginando-se seguro, mandou um mensageiro a Barbacena. Dizia seu comunicado: "O carretame do inimigo baixou hoje pelo Campo da Cruz, entre o Banhado do Jacaré e Cacequi; é certa a retirada por São Simão. Eu hoje vou ficar em Ibicuí, no Passo do Umbu, pôr minhas cavalhadas em segurança e fazer-lhe guerrilhas, até passar em Santa Maria, logo que passem no fundo do Loreto, e vou sair adiante. Eles, segundo as suas marchas, só depois de amanhã poderão chegar ao passo. Campo do coronel Carneiro, 15 de fevereiro de 1827 — Bento Manoel Ribeiro, coronel comandante da 1ª Brigada Ligeira."

Estava equivocado. Ao meio-dia foi atacado por Mansilla nas proximidades do Passo do Umbu, no Rio Ibicuí. Bento Manoel recuou, lançando três esquadrões comandados pelo major Gomes Lisboa para conter o ataque argentino. Foi um combate de cavalaria encarniçado: espada, lança, pistola. Um entrevero. A briga acabou porque nenhum dos dois lados tinha condições de continuar a luta. Bento Manoel recuou, atravessando o rio e se postando do outro lado em busca de uma posição mais favorável. Não foi perseguido. Perdeu um oficial e 20 praças. Lá se fortificou e ficou esperando o avanço do Exército do Sul. Caso ocorresse o que ele previa, dali continuaria sua marcha de observação. Entretanto, Alvear deu uma guinada e marchou para o outro lado.

A ação de Mansilla teve grande importância estratégica, pois isolou Bento Manoel do Exército do Sul, tirando-o do teatro de operações, que se movia para outro lado, nas margens do Rio Santa Maria.

Enquanto isso, Barbacena avançava rapidamente. Seu projeto era cortar a marcha de Alvear assim que este transpusesse o Passo de São Simão, rio acima. Cruzaria o Santa Maria no Passo do Rosário, mais abaixo, colocando-se à frente dos argentinos. Estavam muito próximos. O marquês decidiu então reforçar a vanguarda, destacando a 2ª Divisão Ligeira do coronel Bento Gonçalves para ajudar o Corpo de Paisanos do general Abreu. O exército marchava com os milicianos e os voluntários civis à frente. O grosso ia com a 2ª Divisão, do general Crisóstomo, à frente, seguido pela artilharia e pelo parque, com a 1ª Divisão fazendo a retaguarda.

Lavalleja deixou São Gabriel horas antes da chegada da vanguarda de Barbacena. Reuniu-se com o grosso em Cacequi. Alvear rodeava, mantendo-se em movimento moderado para poupar os animais e a infantaria. Faziam longas paradas durante as quaias aproveitavam para revisar as montarias, limpar as armadas, botar tudo em dia. Queria pegar os brasileiros com toda a sua força e todo o seu poder de fogo. O clima entre os oficiais era tenso. Todo mundo desconfiava de todo mundo. Alvear não falava e quando se dirigia a alguém era ríspido. Acertou-se que nenhuma ordem valeria se não fosse emitida por escrito diretamente pelo general em chefe. Nesse dia, foi realizado o reconhecimento da região e escolhido o campo de batalha. Seria numas canhadas a pouco mais de 7 quilômetros do Passo do Rosário, na estrada que demanda a São Gabriel. Entretanto, essa ainda era uma decisão solitária de Alvear. Horas antes, o general Soler havia ordenado ao comandante da artilharia, o coronel Iriarte, que atravessasse o rio com seus canhões. O artilheiro recusou-se a acatar, recorrendo ao general em chefe, e Alvear mandou-o ficar onde estava, na margem direita, junto com todo o exército. Havia grande confusão. Cada um por si dava suas ordens. Iriarte procurou o coronel Alegre, propondo que se sugerisse ao general retroceder sobre a estrada e atacar os brasileiros naquelas elevações já reconhecidas. Alegre foi falar com o coronel Garzón, que foi até Alvear, dizendo que os coronéis estavam de acordo e que essa era uma boa posição para surpreender os inimigos. Alvear concordou.

— Você tem razão, Garzón. É uma posição indefensável. Um rio caudaloso nas costas e o inimigo na frente. Foi assim que Napoleão pegou os russos em Friedland; depois ele pagou o mesmo preço em Aspen-Essling, com o Danúbio impedindo-lhe a retirada, pois a ponte que construiu foi por água abaixo. A defensiva não é o nosso estilo, mas vou deixar Barbacena pensando que estaremos aqui, em dificuldades, enredados no rio.

O Exército Republicano chegara ao Passo do Rosário às 11h da manhã. Levantado acampamento, deu descanso à tropa. À tarde Alvear convocou um conselho de guerra para ditar suas determinações.

— Senhores, finalmente chego onde eu queria desde que partimos do Camaquã. Como diz o grande mestre Jomini, o general deve escolher o campo de batalha. Foi o que fiz. Trouxe-os até aqui e agora vamos vencer.

— Senhor del Pino, tenho uma missão para o senhor. — Dirigindo-se a todos: — O exército parece que está de férias, dá uma impressão de caos. Vamos deixar assim por enquanto. À noite quero essa força em pé de guerra. Por enquanto, senhor del Pino, providencie para que alguns prisioneiros fujam e levem essa notícia aos nossos inimigos. E que pensem que vamos cruzar o rio essa noite. Devem assegurar que estamos passando. Por favor, veja a melhor forma de enviarmos essa contrainformação ao inimigo. O senhor Arrieta poderá cuidar disso.

— Senhor Lavalleja, que as nossas guardas não hostilizem demasiadamente as avançadas inimigas, de forma que eles possam verificar os nossos movimentos. Vamos acender fogueiras esta noite do outro lado do rio. Assim eles pensarão que já temos parte da nossa força do lado de lá.

— Romperemos às 11. Agora vamos discutir nosso dispositivo.

No início da noite apareceu no acampamento brasileiro um grupo de prisioneiros de guerra fugitivos, contando da anarquia que reinava nas fileiras inimigas. Eles davam o quadro que Alvear preparara, pois, com as ordens e contraordens de Soler e Alvear, os argentinos pareciam não saber o que fazer, se cruzavam ou não o Santa Maria.

Barbacena também reunia seu conselho de guerra. O quartel-general foi instalado na casa senhorial da Estância de Francisco José. Presentes todos os generais e coronéis comandantes de Brigadas. O primeiro a falar foi o marechal Abreu, que acabara de chegar de uma expedição de reconhecimento do inimigo. Divisara as fogueiras, vira o movimento à beira do rio, mas depois perdera a visibilidade, porque uma cobertura de nuvens negras apagou a luz da lua. "O inimigo está tão cortado e tão perdido que já não pode escapar", disse. O ânimo no alto-comando brasileiro estava dividido. Comandantes nativos, os "continentinos", estavam exultantes. Os da corte, portugueses e estrangeiros, mais cautelosos. O próprio Barbacena, no início da reunião deixava transparecer um fio de preocupação, um temor de estar sendo levado para uma armadilha, mas depois cedeu ao entusiasmo dos gaúchos, que queriam a todo custo investir sobre os argentinos. A uma contestação do general Soares Andréa, Barreto atalhou:

— Não podemos perder essa oportunidade, meu general. Corremos o risco de assistir à debandada do nosso exército. Os homens não aguentam mais. Venho tendo mais de 20 deserções por dia, até mesmo de oficiais. Eles dizem que estão desiludidos com o exército e estão partindo a fim de se formar em bandos para defender suas casas, que estão no caminho da retirada dos castelhanos.

— Manda a arte que estejamos com toda a nossa força. Falta-nos a Brigada do coronel Bento Manoel. Temos de chamá-lo.

Bento Gonçalves também se mostrou impaciente:

— Não dá tempo. Ou atacamos nesta madrugada e os pegamos no meio do rio ou teremos de ir até o Rio da Prata nos seus calcanhares.

Os ânimos esquentaram na reunião. Barbacena, apoiado pelos generais, exceto Barreto, propunha prudência, melhor observação dos movimentos do inimigo e a reunião de toda a força para o ataque. Os continentinos, no entanto, ameaçavam atacar sozinhos se não partissem em poucas horas. Barbacena acabou cedendo.

— Está bem. Dispensemos o coronel Bento Manoel e aproveitemos a oportunidade. Vamos, então, articular o nosso dispositivo. Partimos às duas da madrugada.

Enquanto os coronéis e o próprio general Sebastião Barreto saíam para o acampamento a fim de tomar providências, o estado-maior se reuniu para montar o dispositivo. Os generais Crisóstomo e Soares Andréa foram ter com o marquês, propondo rediscutir a questão.

— Para que dar batalha? Basta-nos assediá-los, ir levando-os por diante até que deixem o Brasil e depois, na Banda Oriental, trazemos as as nossas forças de Montevidéu e Colônia. Então, com 15 mil homens, impomos as nossas condições ou os esmagamos.

— Andréa, você parece não ver o que está acontecendo...

Crisóstomo cortou-o.

— O que está acontecendo é um motim. Felisberto, escute-me, tenho autoridade para falar sobre essa guerra. O imperador me colocou aqui para ajudar, não para deixá-lo só no meio desses caudilhos malucos.

Andréa retomou:

— A guerra acabou. Por isso é que estão voltando. Os dois governos aceitaram discutir a independência do Uruguai. Então acabou. Para que as mortes, as despesas, os ódios?

Crisóstomo continuou:

— Eu tenho conhecimento e autoridade moral para falar. Não pensem que estou com medo. Sei como ninguém o que está acontecendo e o que pode sair dessa batalha. Moro em Montevidéu, sou casado lá, sou cunhado de dois comandantes que estão aí do outro lado, cruzando o rio. Isso só me dá conhecimento, pois não vacilarei se tiver de atacá-los e lutar contra eles. É uma guerra civil, isso sim. Os argentinos e vocês do norte não deveriam se meter. A tropa do Bento Gonçalves, que acabou de sair daqui, tem metade de orientais, de castelhanos. Contra quem eles estão lutando? Contra os seus inimigos políticos. Na verdade, eles querem atacar o Lavalleja. E agora que sabem sobre a independência da Banda Oriental, mais ainda; já estão lutando pelo poder no novo país. O cuidado que devemos ter é para que não juntem o Rio Grande nesse pacote.

Barbacena respondeu:

— Eu sei disso tudo. Só discordo de que não devamos fazer nada, deixando que os portenhos partam impunemente depois de terem entrado no nosso território, roubado, saqueado, destruído as nossas propriedades e as nossas vilas. Não devemos provocar um morticínio por uma causa que já se extinguiu. Vamos chegar neles, aproveitar que estão estratégica e taticamente fragilizados, dar-lhes uns tiros de canhão, prender algumas centenas e pronto, que se retirem, que produzam o espetáculo de uma debandada daqui até o Prata.

Os dois generais ouviam em silêncio, sem concordar, aparentemente inconformados. Barbacena continuou.

— Vou lhes dizer mais: não há como impedir esses gaúchos de atacar os castelhanos. Se eu der uma ordem para o exército ficar aqui, eles vão sozinhos. E mais: levam junto os baianos, os paulistas, os catarinenses e até o pessoal do Rio de Janeiro. Ficaríamos olhando o nosso exército partir.

— Isso é um motim!

— Pode chamar como quiser. É a realidade. Não temos como evitar o confronto. Mas vou tomar outra decisão: a 1ª Divisão vai ser comandada em combate pelo general Brown. O general Barreto vai comandar a cavalaria. Assim acredito que não haverá perigo de perdermos o controle. Você, Andréa, ficará como subcomandante. Acho que assim estamos bem.

— Nesse caso é até melhor que o Bento Manoel esteja longe daqui.

CAPÍTULO 35

A Terra Treme

— Mallet, será que os castelhanos estão mesmo fugindo?
— Não sei, Osorio. Você pode julgar melhor; eu acabo de chegar por aqui. O que me diz?

— Pois eu desconfio que não é o que dizem.

— O que dizem?

— Que estão com medo; que estão muito longe das bases e querem nos puxar para mais perto; que o governo deles pode cair por causa da guerra. Não sei, acho que nada disso é verdade.

— Pois, se é assim, eles estão fazendo como Napoleão, Júlio César e não sei quantos generais mais há na história, que simularam uma retirada para pegar o inimigo confiante na vitória e... Tome cuidado, seu Barbacena.

— Pois é: medo de nós eles não têm. Posso dizer, porque venho pelejando com os castelhanos desde guri. Longe das bases... também duvido. Nós já estivemos mais lá dentro do que eles estão aqui hoje. E com menos do que trouxeram. Também acho que é um pouco demais. Já essa história de cair governo, aí então é que não acredito mesmo. Acho até o contrário. A única coisa que os une é o ódio contra nós. Tire a guerra e começam a brigar entre si. É como aqui: se tirares os castelhanos da frente, dou pouco tempo e já temos uma revolução no Rio Grande. Contra quem não sei. No resto do Brasil, não posso dizer, pois essa gente das outras províncias que vem combater ao nosso lado também é patriota. Sabes uma coisa que não entendo? São esses mercenários. Vêm guerrear por dinheiro? Não sei, pois se batem como nós. Tu és estrangeiro, mas já viraste brasileiro. Já esses alemães do Vinte e Sete... O que é isso? Podes me explicar?

Os dois oficiais conversavam no meio do restante da oficialidade do exército, reunida nos galpões da estância, onde esperavam o resultado da reunião de comandantes que se realizava dentro da casa de Francisco Antônio. O alto-comando deliberava, pois recebera notícias de que o inimigo estava cruzando o Passo do Rosário, algumas léguas adiante, e que seria possível fazer uma surpresa. A maioria estava confiante na vitória. Uns poucos falavam em cautela, como Osorio e Mallet.

— Pois é como disseste: sou francês, mas me sinto brasileiro. Por que isso? Não sei dizer, mas assim é. Nunca aconteceu comigo, mas já estiveste em combate e sabes melhor do que eu os motivos que nos levam a nos atirar em cima do inimigo, na verdade alguém que nunca foi visto por nós. Pode ser até um homem bom em casa, mas aqui na guerra chamamos de inimigo. É porque é proibido ter medo. A maior mancha que um homem pode ter na sua honra é demonstrar medo. A guerra desperta uma força tão poderosa que de fato não temos medo, mesmo que estejamos tremendo. É isso que faz o soldado. É por isso que esses alemães que vêm para cá contratados brigam como os da terra. Não é pelo dinheiro. É pela glória, como se diz. Mas eu concordo que há um sentimento maior, mais nobre do que essa vaidade. É a pátria. Só que isso ainda não está bem explicado, é algo novo no mundo.

— Para mim é brasileiro quem nasceu no Brasil.

— No Rio se diz que brasileiro é quem vive no Brasil. Então aqui é a minha pátria. Eu sei disso porque sou francês e vi isso na minha terra. Dizem que os ingleses também são assim. É estranho, pois os homens sempre se bateram pela sua raça, mas agora estamos vendo o pessoal lutar por suas fronteiras, como tu. Tenho lido sobre isso, os teóricos chamam de patriotismo. Nesse ponto também estou de acordo contigo de que a única coisa que une esses castelhanos é o patriotismo, pois se não tiverem de brigar com os estrangeiros se rebentam entre eles. Deve ser assim com os brasileiros, por que não?

— Tens razão nesse assunto do medo e da honra. Já vi prisioneiro inimigo ser levado amarrado para a frente de batalha, ser solto na hora do combate e lutar como se fosse um dos nossos e depois ter de ser preso de novo para não nos atacar. Mas no momento da briga vai sem medo, porque pior que lutar contra a sua gente é tremer na hora. Isso é verdade. Já eu não. Se me fazem isso, digo que me matem mas não combato contra a minha pátria. Então essa é a grande novidade no mundo?

— Não sou filósofo. Sou um simples artilheiro bom em matemática.

Os oficiais formavam rodinhas, alguns bebiam, volta e meia se ouviam vivas ao imperador e se faziam chacotas de Alvear e Lavalleja. Osorio cumprimentou o tenente Antônio de Souza Netto, do 21º RC de Milícia de Rio Grande, da 2ª Brigada Ligeira do coronel Bento Gonçalves, e lhe apresentou Mallet. Muitos ficavam em volta do herói da jornada, o capitão Juca Teodoro, o guerrilheiro mais ousado da unidade, que assediava os portenhos desde as costas do Rio Negro e depois do início da retirada retomara Bagé e capturara a correspondência de Rivadávia para Alvear. Estava presente também o capitão Davi Martins, do Lunarejo, que era considerado a melhor espada da nova geração, quase equiparado a Bento Gonçalves, o esgrimista de maior fama do exército. Até que se abriu a porta e os coronéis comandantes de batalhões e Regimentos foram saindo da casa. Só ficaram os comandantes de Brigadas e de Divisões e as altas patentes do estado-maior. Traziam ordens:

— Vamos atacar. Cada qual para a sua unidade. Acelerado.

Lá dentro os oficiais discutiam o plano operacional com o marechal Brown. Havia consenso sobre o plano geral: o exército se deslocaria somente com o equipamento de batalha, deixando na estância tudo o que pudesse retardar a marcha. Esse material seria embarcado nas carretas, mas só se movimentaria depois que tudo estivesse resolvido. O projeto era perseguir os inimigos remanescentes, mas isso somente seria decidido depois da operação, pois dependendo do que sobrasse o objetivo seria levá-los por diante até a fronteira, isto é, às margens do Rio da Prata.

A grande dúvida era o momento de se aproximar do objetivo, se de manhãzinha ou durante a noite. Uma parte queria sair quando ainda houvesse luz, porque a noite poderia encobrir o inimigo. Os demais prefeririam usar a escuridão para esconder o avanço brasileiro e assegurar a surpresa. Por fim, o general Brown bateu o martelo: o exército romperia às duas da madrugada, devendo chegar ao objetivo ao amanhecer. A essa hora eles estariam no meio do rio, atravessando o passo, um bom alvo para artilheiros e fuzileiros. Os que estivessem do lado de cá seriam presos ou mortos, dependendo da atitude de cada um. Os do outro lado certamente fugiriam. Depois seria uma perseguição.

Quando caiu a noite o exército aprestou-se para romper. A vanguarda seria do marechal Abreu, reforçado pela 1ª Divisão Ligeira, uma missão clássica para Cavalaria Ligeira nos ditames da arte da guerra. Uns 1.600 metros depois formaria a 2ª Divisão, do general Crisóstomo, seguida pela artilharia, e na retaguarda a 1ª Divisão, do general Barreto. No *front*, Barbacena já decidira, o general Brown assumiria a 1ª como um todo, cabendo a Sebastião Barreto o comando dos Regimentos de Cavalaria e a Leite Barbosa, outro português veterano das guerras peninsulares, a infantaria.

Nessa hora Alvear se preparava para se dirigir ao campo de batalha. Reconhecera toda aquela área no dia anterior, anotando cada detalhe do terreno, e escolhera um sítio de mais ou menos 24 hectares para esperar os brasileiros. Ali havia condições para o emprego pleno de sua cavalaria, uma arma na qual tinha superioridade numérica, e de sua artilharia, tirando as vantagens táticas da concentração de fogo, como mandava Napoleão Bonaparte. Tinha ainda uma topografia que lhe permitiria esconder parte de seu exército, de forma que o inimigo somente tivesse ideia de seu efetivo quando unidades se apresentassem para o combate. Estava convicto de que havia iludido os brasileiros com a farsa da transposição do Santa Maria. As fogueiras do outro lado do Passo do Rosário e um serviço de vigilância muito bem montado pela Cavalaria Ligeira de Lavalleja garantiam o disfarce. As patrulhas inimigas podiam imaginar a churrascada que eles deveriam estar devorando, quando, na verdade, se movimentavam em sentido contrário, contramarchando, como se diz no jargão militar.

À meia-noite, Abreu procurou Barbacena para informar sobre os resultados da patrulha, que encontrara partidas de guerrilheiros orientais a pouco mais de uma légua do passo e confirmara o movimento de transposição do rio. Não podiam divisar como estava a passagem, mas viam que, de tempos em tempos, novas fogueiras surgiam do outro lado, indicando que mais gente passava para a outra margem. Era certo que acendiam o fogo para se secar, assar uma carne, esquentar água. Para se recompor, enfim. No entanto, naquela hora, os orientais e portenhos estavam tomando posição e tratando de descansar, de dar uma trégua aos animais, posicionando-se em seus pontos de partida para a refrega do dia seguinte.

Alvear mandou preparar seu exército para marchar ao cair da noite. Até lá, soldados e animais deveriam descansar ao máximo. Esta é uma vantagem de quem escolhe o campo de batalha: suas tropas estão mais frescas que as do inimigo. Depois ele reuniu o conselho de guerra, ou seja, os comandantes de Divisões e Brigadas para uma preleção e uma discussão, se fosse o caso. Preparava-se para a refrega chamando a atenção de sua gente para os valores do adversário. O triunfalismo valera até aquele momento como estímulo, um sustentáculo para o moral. Dali em diante, porém, era preciso muito respeito pelo adversário, todos os cuidados técnicos e disciplina tática. Esses são os princípios da vitória.

— Senhores, vamos prestar muita atenção. Embora a cavalaria também seja a principal arma do inimigo, os seis batalhões de infantaria que eles trazem podem fazer a diferença.

Ele havia organizado seu exército em três Divisões, mantendo, em linhas gerais, o mesmo dispositivo que usara para o deslocamento de Arroio Grande até Bagé. Na vanguarda, uma Divisão de Cavalaria Ligeira, comandada por Lavalleja, com três Brigadas, uma a cargo de Julián Laguna, outra com Inácio Oribe e a última com Manuel Oribe. A 2ª Divisão, toda de cavalaria pesada, estava sob seu comando direto, levando as Brigadas de Brandsen, com dois Regimentos, Lavalle, também com dois Regimentos, e Zufriategui, com dois Regimentos, e o Corpo de Couraceiros. A 3ª Divisão continuava com o general Soler, levando toda a infantaria, sob o comando de Olazábal, a artilharia e sua escolta, a milícia de Mercedes, sob o comando de Iriarte, e uma Brigada de Cavalaria a cargo do coronel José Maria Paz, com dois Regimentos, um de linha e outro de milícias. Esclareceu, porém, que essas disposições poderiam mudar no campo de batalha, mas não especificou quais seriam as alterações.

— Temos 1.955 homens de infantaria, fora os oficiais. Os imperiais, pelo que sei, devem estar com uns 3.800 infantes. Aí reside a nossa vulnerabilidade e disso temos de tomar conta. Sei um pouco dessas infantarias porque as vi de perto quando vivi no Rio de Janeiro. Conheço a sua doutrina e o seu adestramento. Essa doutrina vem diretamente do Exército Português constituído para as guerras peninsulares, treinado pelos ingleses, mas comandado no campo pelos portugueses. Teremos à nossa frente vários oficiais que estiveram naquelas batalhas. Muitos de vocês podem não estar acreditando, imaginando que estou dramatizando, mas eu lhes asseguro que não podemos compará-la com a infantaria espanhola que vocês encontraram na última guerra. Essa é muito melhor, mais adestrada, e seus soldados são mais fortes. Isso eu também sei porque já os vi. A maior parte é de negros do norte, homens de constituição muito robusta, que, bem treinados, e esse é o caso, podem anular uma carga de cavalaria com seus quadrados. Portanto, aí estará a nossa fragilidade. Vamos nos deter e cuidar muito disso.

— Não podemos contar com a nossa infantaria tanto quanto eles com a deles. Os nossos homens são pouco mais que recrutas, tiveram treinamento básico de dois meses e o resto foi o que pudemos fazer durante as marchas. A deles é bem adestrada; já chegaram ao sul como soldados prontos há mais de um ano. Acho que em cavalaria temos superioridade em todos os quesitos. Estaremos com cavalos descansados e eles com animais viajados. Portanto, os primeiros galopes serão decisivos para tirarmos o melhor proveito dessa vantagem.

Às seis da tarde do dia 19 de fevereiro, dois comandos de guerrilheiros do Corpo de Julián Laguna romperam a marcha em direção às coxilhas de Santa Rosa, a uma légua do Passo do Rosário, na direção de São Gabriel. Deviam ocupar a estrada e dar cobertura a alguns oficiais do quartel-mestre que iriam ao local demarcar as posições escolhidas, pois o grosso do Exército Republicano tomaria posição durante a noite.

Às três da madrugada do dia 20, partiu o 1º Corpo, os orientais do general Lavalleja. À frente os Dragões da União, ex-Dragões Orientais. Poucos tinham o fardamento completo. Depois vinham os Regimentos de Cavalaria dos dois irmãos Oribe. Sua missão era ocupar a ala direita do dispositivo, deixando o centro para a infantaria do general Soler, que seguiria por último, junto com a artilharia do coronel Iriarte. Logo em seguida seguiu a Cavalaria de Linha, sob o comando direto do general em chefe.

Às cinco da manhã rompeu Alvear com o 2º Corpo. Ao chegar à posição, entregou o comando ao comandante da Divisão com uma frase solene:

— Coronel Olazábal, neste ponto o senhor será morto!

— Muito bem, meu general, recebi a sua ordem e o meu sangue e de todos esses valentes vai se derramar para cumpri-la.

O plano de batalha dos argentinos era uma variação dos esquemas usados por Frederico, o Grande, e Napoleão. O projeto consistia em investir sobre o inimigo de frente e pelo flanco. A ideia básica era atrair o grosso dos brasileiros para seu flanco esquerdo e em seguida envolvê-lo pela direita, cortando sua retirada. Os pivôs seriam a artilharia e a infantaria, que deveriam estar no centro da linha. Soler estaria nessa posição, Lavalleja atacando à esquerda de Barbacena pela direita e Lavalle pela esquerda, tendo em vista que o Exército Imperial chegaria ao campo de batalha estendido na estrada para São Gabriel.

O terreno escolhido não era o ideal, mas dava certa vantagem ao exército que quisesse surpreender, pois havia dois coxilhões paralelos ao Rio Santa Maria com mais ou menos um quilômetro de distância entre eles, permitindo que Alvear escondesse uma parte de sua força, que não podia ser percebida pelo inimigo quando chegasse ao lugar. O vale era cortado por uma sanga pouco profunda, que permitia as manobras de cavalaria. A batalha seria no vale. Assim, a artilharia republicana poderia disparar do alto sem ser atingida pela retaliação imperial. Mas, quando as forças foram se plantar, Alvear percebeu que Lavalleja estava à esquerda, cobrindo assim a infantaria. Esse erro poderia ser fatal.

Percebendo que o general uruguaio mudara seu acampamento, Alvear despachou o seu chefe do estado-maior, o general Mansilla, para chamar a atenção do comandante do 1º Corpo, ordenando-lhe que voltasse a sua disposição anterior.

— General, o senhor deve ocupar aquela eminência à sua direita, um pouco para lá da ladeira, nas proximidades daquela casa. Dirija-se para lá e espere novas ordens.

Lavalleja reagiu com fúria:

— Diga a esse generalzinho que essas estratégias dele são uma farsa! Batalha a gente vence atacando o inimigo de frente. É vencer ou morrer! E, além disso, ele devia ter me dado essa ordem de dia para que eu pudesse ter vindo aqui reconhecer o terreno!

— Eu reconheci, senhor Lavalleja!

— Eu devia tê-lo feito. E lhe digo mais, general, estou farto dessa palhaçada, desse exército que só foge sem tino nem governo, uma vez vai para um lado, outra para outro, quando poderíamos ter entrado por Jaguarão e ter nos apoderado de Rio Grande. Eu sou o chefe dos orientais, o vencedor de Sarandi, o líder da insurreição, e exijo estar no centro do dispositivo para carregar sobre o inimigo!

Noite escura, sem lua. Aos poucos o céu vai se descobrindo, move-se a espessa camada de nuvens, que deixa entrever um bloco de estrelas. Osorio com seu cavalo tordilho à direita apressa-se e encosta no comandante do Regimento, que cavalga à frente.

— Parece que o tempo está limpando, coronel.

— É verdade. Vai fazer um sol de rachar.

— Está amanhecendo. Já deve passar das cinco.

O 5º Regimento de Cavalaria da 4ª Brigada da 2ª Divisão abria a marcha do grosso da tropa. À frente duas unidades de Cavalaria Ligeira, a Brigada do coronel Bento Gonçalves, seguindo uns 500 metros atrás do Corpo de Paisanos do barão do Cerro Largo. Entre a vanguarda e o grosso, 2 mil metros. Essa era a disposição. Osorio voltou para sua posição à frente de seu esquadrão. Tinha 80 homens sob seu comando direto numa unidade com 277 homens, todos armados com o equipamento regulamentar: uma clavina, um sabre e uma pistola de dois canos. A marcha era a ritmo de passo para não se adiantar demais da infantaria, que vinha junto, em condições de formar para batalha rapidamente. Os infantes caminhavam descalços, pois as botinas haviam rebentado nos primeiros dias de marcha ou então eram abandonadas pelos soldados, pois produziam calos dolorosos ou ferimentos devido à má qualidade de fabricação.

O sol já começava a abrir seu lusco-fusco quando Osorio ouviu os primeiros tiros. Vinham de longe, à frente. Pouco a pouco, aumentavam de intensidade. Em minutos já pipocava, e não havia mais dúvidas de que se tratava de uma linha de fogo, algo maior que as guerrilhas dos volteadores. A vanguarda já estava em combate contra a retaguarda deles, pensava-se. De posse de uma luneta, o coronel ergueu a mão em sinal de "alto". Os oficiais deixaram a formação e se juntaram ao comandante. Néri disse:

— Está acontecendo alguma coisa séria lá na frente. Vamos esperar. Vejo um grupamento se aproximando; devem vir notícias.

Não era só o coronel Felipe Néri que chegava a galope, pois logo apareceu o comandante da Brigada, coronel Tomás Silva, em seguida o comandante do outro Regimento de Cavalaria da Brigada, coronel Xavier de Souza, do 3º de São Paulo. Osorio e os demais oficiais subalternos da unidade que vinham na ponta do grosso da tropa, o 5º Regimento de Cavalaria, participaram do conselho informal que se estabeleceu ali mesmo. Logo, a cavalo, se juntaram ao grupo os comandantes das outras duas Brigadas, o coronel Barbosa Pita, da 3ª Brigada de Cavalaria, e o coronel Leite Pacheco, da 2ª Brigada de Infantaria. Ouviu-se um tiroteio cada vez mais intenso. Logo apareceu o comandante da 2ª Divisão, o general João Crisóstomo Calado. Chegou da frente o alferes Antônio de Souza Netto, com uma mensagem do coronel Bento Gonçalves, comandante da 2ª Brigada Ligeira.

— Onde está o marquês? Tenho uma mensagem do coronel Bento. O marechal Abreu topou com uma força considerável. Estamos tiroteando com eles, mas cada vez aparece mais gente, e não estão com jeito de que vão fugir. Preciso avisar o nosso comandante em chefe, são as minhas ordens.

O mensageiro da vanguarda nem precisou seguir, pois a comitiva do comandante em chefe já se aproximava a galope aberto. O general Brown, o general Souza Andréa, o quartel-mestre-geral coronel Elisiário e logo em seguida o comandante da 1ª Divisão, general Sebastião Barreto. As altas patentes se separaram do grupo, levando Netto consigo. Pareciam conferenciar. Com a luneta no olho, mirando para os altos da Coxilha de Santa Rosa, Néri dirigiu-se a Osorio, que estava a seu lado.

— Acho que hoje tu vais assistir a uma batalha de verdade, bem diferente daquela correria do Sarandi. Pega o teu óculo e dá uma olhada lá em cima.

Enquanto Osorio tirava sua luneta do estojo que levava a tiracolo, Néri falava aos demais oficiais e mostrava com o dedo. Todos imitavam o alferes. Ainda confusa por causa do lusco-fusco, a lente mostrava movimento nas alturas da serrinha, uma elevação com não mais de 140 metros de pico. Movimento de gente em toda a extensão, numa frente de mais de 2 quilômetros. Osorio tirou o aparelho e viu uns metros à frente todo o alto-comando de luneta em punho fazendo a mesma coisa. Néri perguntou ao grupo:

— Que tal? Não podem ser só guerrilhas. Acho que trouxeram o que podiam do exército para cá e estão nos esperando. Precisamos saber quantas pessoas eles conseguiram reunir.

O coronel Xavier apartou:

— Temos de saber já quantos passaram para o outro lado. Temos de liquidá-los logo, antes que consigam tirar gente do meio do rio para reforçá-los.

Os generais olhavam, conversavam, pareciam nervosos. Outro grupo se aproximou. Osorio reconheceu Bento Gonçalves, acompanhado por sua escolta. Tão logo se integrou ao grupo do alto-comando, ele começou a falar e a fazer gestos largos, indicando um grande espaço voltado para as cristas das coxilhas. As elevações pareciam, de onde estavam, dois muros já tocados pela claridade. No meio, ainda obscurecido pelo fim da madrugada, estava o vale. Para um rio-grandense como Osorio, não era necessário explicar a topografia. Ali naquela baixada se daria a briga, fosse do tamanho que fosse. Pelos gestos de Bento, dava para ver que podia haver muita gente do outro lado. Logo apareceu outra escolta. À frente o barão do Cerro Largo. O grupo parecia conferenciar. Estava junto todo o generalato do Exército do Sul. Da retaguarda chegou mais uma comitiva, tendo à frente o coronel Tomé Madeira, comandante da artilharia, completando o quadro. Era o conselho de guerra que estava reunido.

Alguns minutos depois, talvez um quarto de hora, os comandantes das grandes unidades separaram-se, voltando em direção à coluna. Crisóstomo parou ao lado dos comandantes das unidades reunidos em frente ao 5º Regimento e deu suas ordens.

— Senhores, de volta aos seus postos. Coronel Néri, por favor, mande dar o toque de "trocar cavalos". Vamos, temos de ser rápidos, vamos entrar em forma.

Todos voltaram a seus postos. Os animais que eram montados desde o rompimento da marcha, havia quatro horas, seriam substituídos pelos cavalos de batalha, os melhores que cada um conseguisse. Barreto e Madeira seguiram em direção às suas unidades, enquanto os generais do estado-maior iam em frente com Bento Gonçalves e Abreu. O clarim do 5º Regimento soltou o seu metal, e aos poucos foram se ouvindo os demais dando seu toque. Alguns toques saíam desafinados. É difícil, quando os nervos começou a bater, conseguir soltar um som limpinho na primeira soprada. O metal está frio, o homem está tenso. Mas é a melodia da luta. Em segundos, o silêncio começa a se converter num alarido. Os soldados, que vinham quase dormindo no lombilho de seus arreios despertaram subitamente, levantaram a voz, os sargentos gritaram e o exército foi se pondo em pé de guerra. O coronel Tomás chamou todos os seus oficiais:

— Meus camaradas, vamos entrar em formação. A Divisão vai se posicionar. Aguardemos a ordem do nosso general. Não preciso lembrar que a disciplina é a chave da vitória. Vamos botar em prática todo o nosso treinamento e observar sem vacilação as ordens dos comandantes. Cada um de vocês é responsável por cada praça da sua unidade. Venha o que vier, disciplina.

Em seguida ouviu-se o tropel dos cavalos do estado-maior passando pela tropa ao longo da retaguarda. O ajudante-geral, Souza Andréa, fez um sinal ao general Crisóstomo para que o seguisse. A tropa estava à espera. Ouviram-se "vivas" tão sonoros que chegaram a encobrir o barulho do tiroteio de fuzis um ou dois mil metros à frente. Não se escutava, ainda, artilharia. O pessoal pegou seus cantis e tomou largos goles de aguardente. Alguns lamentavam que estivesse chegando a hora do primeiro descanso e da primeira refeição do dia. "Vamos pelejar em seco", disse um sargento. A tropa inflamou-se. Barbacena reuniu todos os comandantes:

— Dei uma olhada e vi que eles estão nos esperando com todo o exército, tal como eu desconfiava. Eles nos enganaram direitinho. Estão em duas linhas, lá nas alturas. Vamos aproveitar o entusiasmo da nossa gente e atacá-los com vigor. Acho que estamos em inferioridade numérica, mas com essa disposição dos nossos soldados podemos levá-los por diante e decidir a batalha no primeiro choque. Temos de garantir a nossa linha de retirada pela estrada de Cacequi. General Brown, o senhor ponha a sua Divisão à direita. Infantaria no centro, cavalaria nas alas. O coronel Bento Gonçalves cobrirá o seu flanco com a Cavalaria Ligeira. Coronel Bento, faça somente a cavalaria ligeira, fustigando e perseguindo, mantendo guerrilhas. Não aceite combate contra grande unidade. Essa é a sua missão. Marechal Abreu, o senhor será a Cavalaria Ligeira da 2ª Divisão, cobrindo o seu flanco esquerdo. Pegue um canhão e vá para a sua posição. A artilharia será dividida em baterias de duas peças como reforço de fogo das unidades. O pessoal de Santa Catarina fica com a 2ª, as baterias de artilharia montada do Rio com a 1ª. Bem, que Deus esteja conosco e vamos para as nossas posições, Brown à direita, Crisóstomo à esquerda.

Às 7h30 da manhã o Exército do Sul estava entrando em formação de batalha. Dos altos das coxilhas descia o Exército Republicano. A 2ª Divisão assim se colocava: à esquerda a 4ª Brigada de Cavalaria, com o 3º de São Paulo por dentro, encostado na infantaria, e o 5º do Rio Grande do Sul por fora. Os infantes vinham com o 18º Batalhão de Caçadores de Pernambuco à esquerda, sob o comando do coronel Lamenha Lins, e à direta o 13º Batalhão de Caçadores da Bahia, com o tenente-coronel Morais Cid. Na ala direita a 3ª Brigada de Cavalaria com três Regimentos: o 20º Regimento de Milícias de Porto Alegre, do coronel J. J. da Silva, encostado na infantaria; no centro o 6º Regimento de Cavalaria de Linha do Rio Grande do Sul, do major Bernardo Joaquim Correia, e à direita o Esquadrão de Cavalaria da Bahia, com o major Pinto Garcez. A Cavalaria Ligeira do marechal Abreu organizava-se em 11 companhias de paisanos a cavalo. Os quatro canhões do 4º Corpo de Artilharia de Posição de Santa Catarina, do major Samuel da Paz, juntaram-se à infantaria, duas peças com cada Batalhão de Caçadores.

Brown formou sua Divisão com um esquema um pouco diferente, pois concentrou a artilharia entre a infantaria e a cavalaria na direita. A 2ª Brigada de Cavalaria, do coronel Araújo Barreto, segurava a ala esquerda, com o 40º Regimento de Milícias de Santana do Livramento, o Lunarejo, do tenente-coronel José Rodrigues Barbosa, na extrema, e, junto à infantaria, o 4º Regimento de Linha do Rio Grande do Sul, do coronel M. Barreto Pereira Pinto, reforçado pelo Esquadrão de Lanceiros Alemães de São Leopoldo, do capitão von Quarst. No meio os três batalhões de infantaria: à esquerda, o 27º Batalhão de Caçadores, com mercenários alemães do major L. M. de Jesus; no meio, o 4º Batalhão de Caçadores do Rio de Janeiro, do tenente-coronel Freire de Andrade, e à direita, o 3º BC do Rio de Janeiro, do major J. Crisóstomo da Silva. Depois vinha a artilharia, com suas três baterias montadas, cada qual com duas peças, dirigidas diretamente pelo coronel Tomé Madeira; cada peça tinha duas bocas de fogo sob a responsabilidade dos tenentes Emílio Mallet e Português Pereira e dos capitães Correia Caldas e Lopo Botelho. Na ala esquerda formava, junto à artilharia, o 24º Regimento de Lanceiros Guaranis, das Missões, e na ponta o 1º Regimento de Cavalaria do Rio de Janeiro, sob o comando do Souza da Silveira. A infantaria era comandada pelo coronel português Leitão Bandeira.

Nas hostes argentinas também havia confusão, mas em vez da surpresa, a discórdia era o problema do comandante em chefe. Exultante com sua esperteza, logo Alvear entrou em parafuso devido às constantes desobediências às suas ordens, a mais grave a do uruguaio Lavalleja. Os militares de carreira portenhos faziam pouco caso de suas habilidades e de sua vitória no combate do Sarandi. Diziam que aquilo fora um simples entrevero de gaúchos rudes. Dessa vez as forças se equivaleriam, seria uma batalha para militares formados nas academias. Lavalleja não aceitava, ou, antes, considerava aqueles milicos de punhos de renda, uns moleirões.

Tanto o dispositivo de Barbacena quanto o de Alvear obedeciam aos preceitos da arte da guerra, adaptados à realidade sul-americana. Sem contar as diferenças, como a óbvia inferioridade dos armamentos em relação aos exércitos europeus, havia também outra: a predominância da cavalaria, quando na Europa a infantaria era a arma mais numerosa. O Exército Imperial tinha uma formação mais equilibrada nesse aspecto, mas também era basicamente uma força montada. Alvear compensava a inferioridade em infantaria com uma artilharia mais nutrida. Os efetivos se equivaliam, em torno de 7.500 homens para cada lado.

A disposição também era semelhante. Cada um procurou tirar o melhor proveito de sua configuração. Se Barbacena dividiu a infantaria em duas partes, porque tinha maior efetivo, Alvear botou um corpo de cavalaria de cada lado e a infantaria no meio, num dispositivo único. Seguindo os moldes napoleônicos, concentrou toda a sua artilharia, com os canhões lado a lado, separados 30 metros um do outro.

Alvear ainda estava enredado na montagem de seu dispositivo. À esquerda era para ficar a Divisão Uruguaia com o 5º Batalhão de Infantaria, comandado pelo coronel Olazábal, depois os outros três batalhões de infantes e os Regimentos de Cavalaria números 1, de Brandsen, e 4, de Lavalle, na extrema esquerda, ou seja, de frente para a direita de Barreto, que era ocupada por Bento Gonçalves. Entretanto, a artilharia estava atrasada, ainda em marcha, e a infantaria de Soler ficara com três batalhões encalhados na retaguarda devido à desobediência do líder oriental, que se postara onde deviam ficar os infantes dos batalhões números 1, 2 e 3. Em todo caso, o dispositivo argentino era nitidamente ofensivo, enquanto Barbacena adotara um sistema inspirado em Wellington, com teor mais defensivo, para dar mais força a sua infantaria. Assim estava quando a artilharia brasileira abriu fogo contra os argentinos, iniciando a maior batalha das Américas até então.

Brown, já no controle da 1ª Divisão, deu ordem a Barreto, que estava comandando a cavalaria de sua unidade, para que começasse o ataque. Ele levou três Regimentos das duas Brigadas, o 4º de Linha do Rio Grande, comandado por seu filho, com 300 homens, os lanceiros de São Leopoldo, com 80 homens, e o Lunarejo, de Livramento, com 120 homens. Caíram em cima do 5º Batalhão de Infantaria de Olazábal, com 500 homens, que estava um pouco adiantado, preenchendo o centro do dispositivo de Alvear, que viu o perigo, pois aquela unidade estava um pouco adiantada e se fosse ultrapassada ele poderia perder as cristas da colina, onde esperava colocar sua artilharia ainda a caminho, atrasada, para sua posição. Chamou a Brigada de Dragões de la Unión, do general Julián Laguna, e mandou cortar o avanço da cavalaria brasileira. Os orientais foram repelidos três vezes pelo Lunarejo, que perdeu o alferes José Maria Bueno e teve outros dois alferes feridos, Daniel José da Silva Lima e Salvador Lopes, das guerrilhas. Entretanto, Laguna deteve o avanço brasileiro, dando tempo para que a infantaria se posicionasse na coxilha, alcançando o objetivo tático de sua missão. Olazábal, então, foi acometido pela Brigada inteira, com os lanceiros de von Quarst à frente. Alvear determinou ao 2º Regimento de Cavalaria, de José Maria Paz, que interceptasse a cavalaria rio-grandense e deixasse o número 3, do coronel Angel Pacheco, na retaguarda. Paz deveria pegar os gaúchos de flanco, mas se demorou e perdeu a oportunidade de desbaratá-los. Alvear ficou furioso. Galopou até Paz e, na frente da tropa, gritou com ele:

— Como você não caiu de espada neles como eu ordenei?

— Não recebi ordem nenhuma para fazer isso e achei que era gente nossa ao ver os uniformes!

Alvear não aceitou a desculpa. Já havia muita fumaça das descargas, mas dava para ver que eram brasileiros. Paz mandou formar os esquadrões de lanceiros, mas um oficial errou a manobra e a tropa não ficou na posição correta. Mais tempo perdido. Quando estava pronto, chegou um estafeta com uma contraordem, dizendo para o 2º Regimento ficar onde estava. A essa altura, a infantaria de Leitão Bandeira já estava em posição e um Regimento de Cavalaria não teria chance contra um quadrado. Mallet, que estava com a 1ª Brigada de Infantaria, abriu fogo com seus canhões. O tiro passou acima da cabeça dos argentinos, mas todos sabiam que era só um ajuste de mira. Logo ia chover bomba. O tenente-coronel Manuel Basares, seu subcomandante, pediu permissão para carregar sobre as peças. Paz negou e os mandou converter à esquerda, a passo. Muitos ginetes não obedeceram, saíram a galope, porque viram o que estava por acontecer. Mal gritou: "De frente para o inimigo", a artilharia corrigiu a mira e mandou bala. Uma das explosões decapitou Basares: o corpo caiu para um lado e a cabeça voou longe. Foi um choque pois era o oficial superior mais jovem do Exército Argentino. Paz pôs-se à frente da tropa formada e gritou:

— Não há com o que comover-se pela morte de um bravo. O homem, quando chega a sua hora, morre numa triste cama ou morre com glória invejável como o tenente-coronel Basares.

Na direita argentina, esquerda brasileira, a cavalaria ligeira do marechal Abreu se lançava sobre Lavalleja. Pelo reconhecimento, o barão pensara que a cavalaria ligeira inimiga era uma unidade pequena, equivalente à sua. Ao levar um canhão, foi para cima deles. Lavalleja tinha duas terças partes de sua tropa, cerca de 1.700 homens, ocultos atrás de uma elevação do terreno. Osorio via com impaciência o avanço dos homens de São Borja. Na direita, o engajamento já era total, com o emprego das três armas. Na esquerda, fora o avanço dos paisanos do barão, ninguém se mexia. Saiu de forma e foi ter com o general, pedindo para atacar. Teve uma resposta ríspida:

— Vá para o seu lugar esperar ordens!

Voltou cabisbaixo, revoltado, murmurando:

— Para fugir daqui a pouco, ninguém há de esperar ordens...

Crisóstomo era o comandante da esquerda, mas Abreu era uma unidade independente, subordinada diretamente ao comandante em chefe. Estava confiante até ver, perplexo, diante de si a massa humana que se formava. Com seus 560 homens, de repente se viu diante dos 1.700 milicianos de Lavalleja. Mas teve tempo de virar o cavalo e retroceder a galope aberto. O general anteviu o que aconteceria, mandou imediatamente formar o quadrado de sua infantaria e colocou a cavalaria nas alas, formada em esquadrões, cobrindo os flancos e a artilharia logo atrás, com seus canhões em ângulo.

Abreu voltava a todo o galope. Nessa situação deveria, como fez, retroceder, levando a cavalaria inimiga e, nas imediações do quadrado, abrir para a direita e deixar o inimigo frente a frente com a massa de fuzileiros. Entretanto, com os cavalos cansados, foi logo alcançado pelos uruguaios, que, em vez de detê-lo, se misturaram a ele, pretendendo assim cobrir-se da artilharia e da fuzilaria adversária. Brasileiros e uruguaios eram uma única massa. Crisóstomo estava diante de uma decisão crucial e tinha poucos minutos para tomá-la.

Os infantes foram rapidamente tomando posição. À esquerda, formando meio lado nos dois lados que dividia com o 18º de Pernambuco estava o 13º da Bahia. Ao lado dos pernambucanos, o 5º de Cavalaria em quatro escalões, Néri na primeira fila, Osorio no segundo escalão. Morais Cid, do 13º, e Lamenha, do 18º, deram a ordem quase simultaneamente.

— Preparaaar!

As tropas seguiam o manual de instruções de Beresford. Formavam em ordem-unida em três fileiras (a infantaria ligeira formava em duas). A da frente chamava-se "vanguarda" e durante o fogo ajoelhava-se em ordem-unida; a segunda fila, que se chamava "de batalha", e a terceira, "retaguarda", postavam-se em pé, a terceira um passo à direita da segunda para ter espaço para atirar. Cada Batalhão de Caçadores tinha um estado-maior com um coronel, um tenente-coronel e um major. Cada uma das seis companhias tinha um capitão, um tenente, um alferes, um primeiro-sargento e um segundo-sargento, um quartel-mestre, oito cabos, oito anspeçadas e 60 soldados. Na cavalaria, cada Regimento compunha-se de oito companhias. Suas companhias formavam um esquadrão. Suas armas eram as carabinas, espadas e pistolas. No 13º, os dois batalhões tinham em seu efetivo completo 600 homens cada um; na cavalaria, a 3ª Brigada do coronel Barbosa Pita tinha 428 homens; no 6º, eram 66 no Esquadrão da Bahia e 304 no 20º de Porto Alegre; a 4ª Brigada tinha 323 homens no 3º de São Paulo e 277 no 5º, onde estava Osorio. A artilharia de Santa Catarina, de Paz Furtado, tinha 138 homens. O total era de 2.646 para segurar os 1.700 de Lavalleja.

Ao comando dos sargentos, os soldados preparam suas armas. Cada um tinha um fuzil, uma espada de infantaria e uma pistola. A carabina e a arma de defesa pessoal eram modelos 1822 do sistema de pederneira e disparavam um tiro por vez. A espingarda era de calibre 18 milímetros, com cano de 1,082 metro. Levava, em geral, 40 segundos para ser carregada. Os soldados pegavam na patrona, o cinturão de munições, um cartucho, levando-o à boca, seguro entre os dedos polegar e indicador, e o mordiam retirando a parte superior. A câmara da arma tinha um furo lateral chamado "fogão". Ali, na escova, o infante despejava uma pequena porção da pólvora, botando em seguida uma porção de sílex faiscante, baixando o cão para evitar que caíssem no chão. A seguir, derramava o restante do conteúdo do cartucho no cano, introduzia uma bucha de papel, jogava a bala e a prendia com outra bucha. A arma estava em condições de ser disparada. Era uma operação delicada, que exigia calma especialmente em tempo chuvoso. Um depois outro os comandantes gritaram ao general:

— Todos prontos. À sua ordem!

— Disparar a vinte passos.

— General, o pessoal do marechal Abreu vem entreverado com eles?

— Disparar a vinte passos!

Chamou o major Samuel Paz, da artilharia de Santa Catarina:

— Fogo de metralha. Não há como distinguir os nossos. Eles querem usar a nossa gente como escudo. Não temos escolha. Por favor, abra fogo a 300 metros.

A terra tremia com o impacto das mais de 8 mil patas de cavalo batendo forte no chão. A cavalaria não vinha em fileiras ou esquadrões, mas era uma massa informe, a todo galope. Os uruguaios já haviam alcançado os brasileiros, mas não os abatiam em massa. Ao contrário, espetavam seus cavalos já demolidos para que continuassem galopando, levando-os adiante. Crisóstomo pôde ver Cerro Largo à frente, mostrando a direção a seus homens, dizendo que deviam infletir à direita e abrir para o fogo da infantaria que já estava ali de armas apontadas. Começaram os tiros de canhão a explodir suas granadas no meio da turba, derrubando homens e cavalos, uruguaios e brasileiros, indistintamente. Não havia como sair da carga e fazer a manobra indicada pelo comandante. Ele próprio não tinha como sair da frente, pois vinham uns quatro ou cinco gaúchos dando de relho no cavalo no qual estava montado, um corcel reduzido a matungo. A cavalhada crescia na frente da linha. Os fuzis dormiam na mira. Os ouvidos abertos esperavam a ordem. O general tinha a espada levantada. Ao baixar, os dedos comprimiriam os gatilhos. A 20 metros Crisóstomo desceu a lâmina. Os comandantes gritaram:

— Vanguaaardaa, fogo!

A frente do quadrado cobriu-se de fumaça. Cavalos rolaram, homens caíram, os de trás tropeçaram nos da frente e rodaram. Mais 15 segundos e:

— Bataaaalha, fogo!

Outros 15 segundos e:

— Retaguaaaarda, fogo!

E assim incessantemente: "vanguarda, fogo; batalha, fogo; retaguarda, fogo". O quadrado foi cercado por três lados. Os cavalarianos disparavam. O coronel Lamenha levara um tiro mas continuava a gritar: "Vanguaaarda, fogo!"

Crisóstomo retrocedera ao fundo do dispositivo e mandava a cavalaria preparar-se para contra-atacar. Osorio já era um veterano. Gritava a seus soldados inquietos.

— Mantenham as fileiras cerradas! Desembainhar sabres! Ninguém se mexa, um do lado do outro!

Felipe Néri recebeu a ordem de ataque do comandante da Brigada. Os dois Regimentos se movimentavam e já se chocavam com os uruguaios, que ficaram imprensados entre a cavalaria do 5º Regimento e o quadrado, que fuzilava implacavelmente. Lavalleja e Vilela, os comandantes, deram ordem de retroceder. O comandante do Corpo nº 9, coronel Manuel Oribe, desesperado com a desordem em suas fileiras, que entraram em debandada, arrancou as dragonas de oficial dos ombros e berrou:

— Quem comanda soldados que fogem não é digno de levar estas insígnias!

Ainda embolado com os orientais, o 5º Regimento foi aos poucos retomando a organização e recebeu ordem do general Crisóstomo para avançar e recuperar o canhão que o general Abreu deixara abandonado no meio do campo quando seu Corpo debandara. Os paisanos de Abreu, refeitos, incorporaram-se aos Regimentos de linha e participaram da perseguição aos orientais em retirada. Lavalleja teve muitas perdas, mas cumpriu seu objetivo tático, pois imobilizou a 2ª Divisão na hora em que ela iria se movimentar para cobrir a esquerda da 1ª e tapar o buraco que se abria entre elas. Quando voltou ao controle, já era tarde. A primeira estava sofrendo um contra-ataque fulminante.

Até então a batalha estava indefinida. Quando finalmente Iriarte conseguiu instalar seus canhões no alto da coxilha e concentrar fogo em cima da infantaria, os brasileiros tentaram revidar, mas as baterias argentinas estavam fora de ângulo para os canhões de Mallet, Português, Caldas e Lopo Botelho. Brown, à frente de toda a infantaria de Leitão Bandeira, investiu contra Iriarte. Era um avanço avassalador, em passo de carga, tropa em marche-marche, banda tocando, tambores rufando. Alvear convocou o 1º e 3º Regimentos para contra-atacar. Chamou Brandsen e deu a ordem: atacar em linha. Brandsen reagiu:

— Não é possível. Veja a sanga. Teríamos de atacar em escalões.

Para uma carga de cavalaria em escalões, contra infantaria, a tropa se dividiu em três linhas e marchou em direção ao inimigo a passo, depois a trote, e nos últimos 200 metros abriu o galope. Essa era a doutrina. O primeiro escalão devia chegar até receber a descarga da fuzilaria do quadrado. Invariavelmente era abatido, mas os sobreviventes deviam investir à esquerda e abrir caminho para o segundo escalão, que se aproveitava da confusão dos defensores e do processo de recarregamento das armas para romper a linha e entrar no meio do quadrado, distribuindo espadaços. Nesse caso, a cavalaria levava grande vantagem, pois o homem montado era muito superior ao infante de baioneta e a pé. O terceiro escalão completou o serviço. O comandante, geralmente, ia à segunda leva.

Alvear se irritou:

— Se você está com medo, carrego eu.

Desembainhou a espada e colocou-se à frente dos cavalarianos. O coronel francês não admitiu; retorquiu, dizendo que ele o deixasse cumprir condignamente com sua missão, e mandou formar em escalões. Alvear assim mesmo foi junto. Tomou o lado de uma ala e se foram.

Vendo a carga, Brown mandou que Leitão Bandeira, que vinha em coluna, formasse o quadrado e mandou o 4º Regimento de Cavalaria do Rio Grande do Sul atacar o primeiro escalão de Brandsen antes que chegassem à área de fogo da infantaria. Na direita deixou os lanceiros guaranis e o 1º Regimento do Rio de Janeiro. No centro do dispositivo estava o 4º Batalhão de Caçadores, do coronel Freire de Andrade. O choque foi terrível. No recontro de cavalaria o primeiro escalão de Brandsen foi desbaratado, com grandes perdas de lado a lado, morrendo o capitão João Antônio dos Reis e o tenente Amadeu Lemos, do 1º Regimento. A manobra estava comprometida, mas não havia tempo de deter a cavalaria argentina. Os dois escalões seguintes caíram em cima do quadrado, levando o fogo implacável da fuzilaria. Brandsen levou um tiro no peito e, morrendo, gritou a seus soldados da primeira leva, que debandaram.

— Covardes!

Além dele, morreram muitos oficiais, incluindo o irmão caçula do coronel Lavalle. Em seguida caiu sobre o 4º de Caçadores do Rio de Janeiro o 2º Regimento de Cavalaria, do coronel Paz. O 4º aguentou o choque frontal, mas também foi um morticínio: o comandante Manuel Freire de Andrade ficou gravemente ferido, fora de combate. Morreram o subcomandante, major Bento José Galamba, e o capitão Antônio José Ferreira. Também saíram feridos o capitão Antônio Luís Lemos, o tenente Inácio José Bastos, o alferes Joaquim Antônio Venâncio e o quartel-mestre Rozeno José da Silva. Entretanto, a unidade continuou em posição. O general Soares Andréa, que passava por ali, vendo o batalhão com seus oficiais superiores mortos ou feridos, assumiu o comando da unidade até que Brown pudesse dar um jeito de reorganizar sua infantaria.

A essa altura começou a se espalhar um grande incêndio. Diz-se que foram os uruguaios que botaram fogo no campo, prática corriqueira nas refregas daquela região. Aqueles campos geralmente eram cobertos por uma vegetação altamente inflamável, uma combinação de gramínea alta com folhas que secam no verão, incendiando-se até por combustão espontânea, propagando o fogo com grande facilidade. Suas cinzas fertilizam a fina camada de terra do pampa, recuperando as pastagens 24 horas depois da primeira chuva. Intercalada fica uma cana denominada caraguatá, também muito seca. Entretanto, acredita-se que o incêndio tenha começado devido à lingueta de fogo dos fuzis. Em pouquíssimo tempo o campo de batalha virou uma fornalha. Não bastasse o efeito do sol de verão, o calor do fogo tornou insuportável aquele lugar, situação agravada pela falta de água para os animais e para os soldados.

A batalha começava a pender para o lado dos argentinos. O fogo fazia seus efeitos mais destrutivos no lado brasileiro. A infantaria de Brown tivera êxito em repelir a cavalaria portenha, mas ficara paralisada, sem conseguir atingir seu objetivo, sempre castigada pela artilharia de Iriarte. Na esquerda argentina, direita brasileira, Lavalle, considerado o melhor coronel dos exércitos das Províncias Unidas, lançou-se sobre a Cavalaria Ligeira de Bento Gonçalves, que, com 800 homens, ameaçava o flanco de Alvear. Obedecendo à doutrina tática, Bento Gonçalves abriu, dispersando suas tropas em grupamentos de guerrilhas, e ficou fustigando Lavalle, embora uma de suas unidades, o corpo de Cerro Largo, do coronel Bonifácio Isas Calderon, tenha recuado além do esperado, indo se deter a mais de meia légua da frente de batalha. Passando pelos milicianos, Lavalle atirou-se sobre a cavalaria de linha que protegia o flanco direito da 1ª Divisão. Nesse embate, morreu o coronel João Severiano de Abreu, comandante do 24º de Lanceiros Guaranis, que debandou, indo se colocar à retaguarda, à espera de novas ordens.

Assim que Lavalle conseguiu contornar o dispositivo de Brown, foi atacar a retaguarda brasileira. Nesse movimento, seu Regimento de linha marchava compacto, fustigado pelas guerrilhas da cavalaria ligeira de Bento Gonçalves, que dava trabalho a sua retaguarda, mas não abalava a progressão do Regimento como um todo. A certa altura, viram praticamente desprotegidos as carretas, as carroças e os muares com todo o material do parque e as bagagens do exército. A soldadesca caiu em cima, pegando o que podia. Lavalle conseguiu manter alguma ordem, retirando dali o material que não interessava à pilhagem, como as munições e outros artigos de guerra que não poderiam ser levados nas malas de garupa.

O marquês viu o saque generalizado de longe com sua luneta e horrorizou-se porque identificou uniformes dos dois exércitos, gente correndo e revirando malas e bagagens sem se hostilizar. Foi reclamar com os oficiais veteranos, e pior ainda foi a resposta dos velhos guerreiros: "É assim mesmo". Muitos brasileiros, depois de pôr a salvo seu butim, voltavam a suas unidades e continuavam a combater. Lavalle inspecionava o trabalho de remoção dos suprimentos. Um sargento abriu uma caixa e lhe mostrou as bandeiras dos Regimentos e batalhões que estavam ali de reserva.

— Bote fora — disse, mas logo mudou de ideia: — Dê para a minha ordenança. Isto me pode ser útil em Buenos Aires.

E lá se foram, dobradinhas e sem haste, pois nunca chegaram a ser usadas, para a sala de troféus da Catedral.

Ao mesmo tempo, Alvear mandava duas unidades, o 8º Regimento, de Zufriategui, e o 16º, de Olavarría, atacar a 2ª Divisão para impedir que a tropa de Crisóstomo fosse socorrer Barreto e Brown, que estavam empacados no vale. Nesse momento, o coronel Paz, que tivera alguns insucessos, decidiu descontar seu prejuízo e avançou sobre o 5º Regimento de Cavalaria, que estava diante da infantaria do coronel Leite Pacheco. O 2º Regimento avançou com tudo, a cavalaria brasileira cedeu, abrindo-lhe uma avenida, e, quando entrou, deu com a infantaria em posição, abrindo fogo sobre sua unidade, o que provocou novo esparramo. Alvear, vendo o desastre, não se aguentou e foi até onde Paz se reagrupava, destituindo-o do comando. Era uma desmoralização inaceitável. Seus oficiais protestaram. Dali a algum tempo o general em chefe reuniu a unidade e fez um discurso desculpando-se e reconduzindo seu coronel à chefia da unidade.

Barbacena observava aquilo tudo e se desesperava. Um assistente disse estimar que o Exército Imperial já perdera 1.500 homens, mas apenas uma fração diminuta era de mortos e feridos. O restante das baixas constituía-se de desertores que aproveitavam para escapar do recrutamento forçado. Muitos se passavam para o inimigo, porque preferiam juntar-se a seus correligionários republicanos. A confusão do campo de batalha produzia um quadro diferente dos modelos teóricos que conhecia a fundo e se somava ao temor crescente de sofrer uma derrota completa.

Embora suas tropas estivessem firmes no terreno, repelindo os ataques das cavalarias e sustentando o castigo da artilharia, ele via perigo para seu sistema defensivo, pois suas duas unidades haviam perdido a comunicação entre si, deixando o inimigo senhor do terreno. As infantarias continuavam com seus quadrados inexpugnáveis, mas com o saque a falta de munições levaria aquelas forças ao esgotamento. Concluiu que o melhor seria acionar sua vantagem estratégica, movimentando-se para dentro do Rio Grande, atraindo o inimigo para mais longe de suas bases, reagrupando seu exército e procurando um campo de batalha mais favorável para um novo encontro. Para isso o mais sensato seria preservar suas unidades de elite que combatiam tão disciplinadamente. Até então, desde que se iniciara a luta, seis horas antes, deixara as decisões táticas aos oficiais do campo, especialmente aos dois generais europeus, Brown e Crisóstomo. Chamou, então, seu ajudante, Soares Andréa, e deu sua única ordem tática daquele dia:

— Mande a 1ª Divisão retirar-se. Vamos tomar a estrada de Cacequi. Depois mande o Elisiário dar a mesma ordem ao general Crisóstomo.

Antes mesmo de chegar o mensageiro, pois estava difícil transitar entre as divisões devido ao incêndio e ao assédio da cavalaria argentina, o general português ouviu o clarim de Sebastião Barreto trinar "retirada". Se a 1ª Divisão estava se movendo, ele também teria de fazer alguma coisa. Quando chegou Elisiário dizendo que a rota de fuga era a estrada de Cacequi, discordou. Para chegar àquela estrada teria antes de vencer todo o Exército Republicano. Sua saída era pela estrada de São Gabriel. Assim, começou a se movimentar nessa direção.

Os argentinos entenderam o toque do clarim e viram a infantaria preparar-se para deixar a posição que ocupava. O sabor da vitória adoçou a boca de todo o exército. Entretanto, Alvear mantinha-se precavido e dizia a seus oficiais que não acreditassem piamente no que viam. A História mostrava exércitos que simulavam uma retirada e logo contra-atacavam, vencendo batalhas consideradas perdidas. Aquilo tinha tudo para repetir um golpe primário como esse, pois a tropa inimiga movia-se em retirada demasiadamente organizada. Foi com muita desconfiança que deixou uma parte de sua cavalaria perseguir o inimigo. Quando viu que Crisóstomo tomava a outra estrada, teve certeza de que receberia um contragolpe, pois, se um saía por um lado e o outro tomava rumo diferente, isso só poderia significar que Barbacena planejava dividir o Exército Republicano e destruí-lo por partes. Elementar, pensou. Dividido e com a ofensiva controlada no melhor modelo napoleônico, ficaria exposto a uma esperteza do marquês ladino.

Crisóstomo iniciou sua retirada no meio da tarde. Brown já tinha deixado o campo de batalha e se movimentava no eixo da estrada de Cacequi. Ele, então, pôs-se em movimento, tão organizado como se estivesse em manobra. Designou para cobrir sua retaguarda o 5º Regimento de Cavalaria, do coronel Felipe Néri. Este chamou Osorio e designou-lhe a posição de contato com as guerrilhas inimigas.

— Faça como em Sarandi.

Desolado, desacreditando no que via, um exército intacto deixando o campo de batalha, Osorio não se conteve e comentou com seu comandante.

— Assim vou virar especialista em cobrir retiradas!

Depois dessa Batalha do Passo do Rosário/Ituzaingó os dois Estados atlânticos da América do Sul entraram em colapso, vivendo uma lenta agonia até se reencontrarem, 20 anos depois, com o processo de institucionalização. A Argentina esfacelou-se outra vez; a república degenerou-se num sistema de pequenas tiranias, enquanto a figura do imperador se estiolou e se extinguiu numa monarquia sem rei ou numa confederação sem presidente, como se queira chamar a Regência Una. A frágil Cisplatina saiu da mira de seus vizinhos e teve tempo para digerir seus demônios e ir crescendo até se transformar na

República Oriental do Uruguai, suficientemente institucionalizada para sobreviver entre os dois gigantes, como se dizia em Montevidéu. Quando finalmente Brasil e Argentina se apresentaram com roupagem nova e se abriram a seus destinos, o Uruguai já era um fato irreversível.

Até o fim das rebeliões regenciais em 1845, no Brasil, e 1851, na Argentina, ambos os países viveram períodos intensos de guerras civis. O último grande movimento contrário à hegemonia do Rio de Janeiro extinguiu-se no Rio Grande do Sul com um tratado de paz alimentado basicamente pela ameaça de conflito externo. A situação na Banda Oriental degenerara novamente, Buenos Aires voltara a meter a colher na crise interna do país vizinho e isso teve uma repercussão desmedida no Rio Grande do Sul. Nessa época, 40 por cento da população do interior uruguaio era de rio-grandenses, com interesses geopolíticos, politiqueiros e econômicos.

Nesse período, Osorio fortaleceu-se como homem do exército. Foi um dos sustentáculos da instituição entre a caudilhagem regional e a intensa politização do sistema militar brasileiro, constituindo-se numa das sementes da profissionalização das Forças Armadas do país e da consolidação do exército como instituição do Estado. Nesse período, a monarquia caiu, o exército foi virtualmente extinto, a democracia se instalou e a unidade nacional foi restabelecida.

Para o jovem militar que saíra da guerra externa consagrado como um dos mais jovens e brilhantes oficiais de carreira foi um grande custo, pois sua lealdade à instituição contrariava interesses e partidos, fragilizando-o em meio às lutas políticas. Ao final, recuperou o ritmo da carreira e valeu-lhe uma posição de destaque, que o levou às funções de comandante em chefe e ministro da Guerra. Somente por não misturar política com seu poder e sua liderança nas Forças Armadas não foi chefe de governo.

Mesmo tendo sido um líder em sua região, preferiu a sombra generosa e sincera de sua carreira à inclemência e instabilidade da política nacional. Foi justamente isso que o diferenciou de seu grande parceiro nesse processo, o duque de Caxias, porque Osorio foi um militar puro até o final, deixando sua última comissão poucos dias antes de morrer de velhice.

CAPÍTULO 36

Dois Gigantes na Aldeia

A HABILIDADE DE OSORIO para os movimentos da guerra mais uma vez foi demonstrada na cobertura da retirada da 2ª Divisão. À frente de um esquadrão de cavalaria ele embaraçou o movimento dos perseguidores que fustigavam o exército em marcha. Felipe Néri comentou com os outros coronéis: "Esse menino tem uma visão de combate como nunca vi. Ele avalia um campo de batalha num só golpe de vista."

A retirada foi um corre-corre para cada lado. Alvear ainda perseguiu um pouco Barbacena, mas logo desistiu, voltando para o Uruguai. Barbacena internou-se no Rio Grande, indo parar às margens do Jacuí, no Passo de São Lourenço, a alguns quilômetros de Cachoeira.

Em poucos dias, marchando até São Sepé e dali a São Lourenço, o Exército do Sul deteve-se e ficou à espera do inimigo, que, a essa altura, já estava chegando a Los Corrales, posição próxima à fronteira rio-grandense, equidistante 100 quilômetros de Bagé e Santana. Osorio conseguiu uma licença e foi a Caçapava, a 90 quilômetros dali, visitar a família.

Osorio foi o primeiro participante da batalha a chegar com uma informação completa. Até então só haviam passado por ali extraviados ou desertores. As notícias eram aterrorizantes. A cidade estava agitada.

Os homens, tanto paisanos como milicianos, mantinham as armas limpas e afiadas. O velho Manuel Luís, mesmo constrangido por suas costelas quebradas, ainda tinha energia para comandar uma resistência.

A vila dispunha de um sistema de entrincheiramentos de pedra, túneis e fossos para movimentação entre elas, um sistema antigo, do tempo em que a vila era o bastião mais avançado dos Dragões do Rio Pardo. Além disso, dispunha de água em abundância, graças à Fonte do Mato, que podia abastecer um exército mas que também poderia ser usada estrategicamente contra o inimigo que viesse sitiá-los. A fonte escoava por um pequeno córrego. Com água a mais de uma légua de distância, os atacantes estariam em dificuldades, pois um sistema eficiente de guerrilhas poderia deixar os invasores a seco. Mesmo com pouco armamento, era possível resistir indefinidamente ali dentro.

Entretanto, o que mais chamou a atenção na cidade não foi a chegada do "guri do Manuel Luís", mas o gigante que levou consigo.

— Muito prazer, Emílio Mallet.

Osorio levava seu novo amigo para apresentar à família e dar-lhe um descanso dos terríveis meses do acampamento de Santana e das andanças do Exército do Sul, até seu triste fim em São Lourenço. Ali restara apenas o esqueleto daquela força, não mais de 2 mil homens em torno do marquês de Barbacena. Os restantes voltaram para a campanha, grande parte deles seguindo os chefes rio-grandenses que se foram para a fronteira enfrentar os castelhanos orientais, ainda em atividade na região. O Exército Nacional também ficou empacado em Cerro Largo, assim como o do Sul, esperando recursos e reforços do Rio e de Buenos Aires. Estavam inertes, sem armas nem munições, enquanto os guerrilheiros se batiam a espada e lança pelas coxilhas na fronteira do Rio Jaguarão.

A chácara do tenente-coronel Manuel Luís virou um centro de reuniões. Todos os dias recebia visitas do pessoal da cidade querendo saber de tudo. Os dois rapazes cansaram de repetir a mesma história. Eram estrelas da guerra: Mallet fora promovido a capitão no campo de batalha, um poder que dom Pedro dera ao marquês, que podia premiar como quisesse até o grau de tenente-coronel; Osorio uma vez mais se destacara na retirada. Todos queriam explicações sobre o desastre.

Os dois jovens deitavam cátedra, elogiando o emprego tático da infantaria. Dizia Osorio: "Eu nunca tinha visto uma infantaria como essa que empregamos contra eles. Vocês não vão acreditar, mas a cavalaria não pode nada contra o quadrado." Mallet acrescentava: "Uma barragem de fuzil é intransponível." Os velhos não acreditavam muito no que ouviam e pareciam concordar somente por educação. ("O filho do coronel Manuel Luís parece que foi comprado pelos infantes, tanto que os elogia.")

A maior parte queria saber mesmo da batalha, que eles relatassem o que acontecera no Rosário. "Dizer que podíamos ter vencido não é mentira, mas dizer que fugimos é um exagero. Na verdade, nos retiramos em ordem. O que faltou foi vontade de continuar lutando. De onde estava, a 2ª Divisão poderia ter contra-atacado e se juntado a 1ª. Aí a história seria outra." Mallet também contava: "Eu estava com a 1ª. Onde nós ficamos não dava para nos atingirem com a sua artilharia. Também não podíamos avançar. Nem nos movimentar para a frente nem para os lados. Só podíamos ir para trás. Foi por onde o marquês nos mandou sair." Osorio: "A nossa Divisão está inteira, quase não tivemos baixas. Se o general Crisóstomo tivesse vontade, poderíamos forçar a passagem até onde eles estavam e dali seguir em frente. Mas o general parecia não querer deixar o controle da estrada. Já pensava por onde sair, e foi por ali mesmo que nos retiramos. É verdade que só retraímos depois que a 1ª já estava em segurança, recuando pela estrada de Cacequi. Mas também não avançamos; isso é inegável."

Mallet: "O nosso maior problema era a munição. Ali onde estávamos não parávamos de disparar os nossos fuzis, cercados pela cavalaria que evoluía em volta do quadrado, ameaçando rompê-lo. Eu disparava os meus canhões, mas devo dizer que a nossa munição era de péssima qualidade. A maior parte dos que morreram de bala de canhão foi porque levaram um bombaço na cabeça. As nossas bombas também não explodiam. Era mais o susto que qualquer outra coisa. Já a metralha, a curta distância, mantinha-os em respeito. Foi por isso que me deram a promoção para capitão. Quero ver se o imperador vai honrar a promessa do marquês."

Osorio relembrava: "A justificativa, na hora, foi que não teríamos munições para sustentar as nossas posições por muito tempo, pois havíamos perdido o nosso parque." Mallet: "Com o que tínhamos dentro do quadrado, poderíamos disparar mais uma dúzia de tiros e acabava. Isso lá é verdade." Osorio: "Uma batalha daquelas seria difícil sem armas de fogo. Havia o perigo de nos exterminarem." Mas os veteranos que ouviam a narrativa dos moços não se conformavam: "Não há nada que uma boa carga de lança não resolva."

O que mais impressionava os caçapavanos em Mallet era a sua altura. Como dizia dona Delphina, mulher do capitão Manuel Rodrigues Souto: "Eu nem sabia que Deus fazia gente desse tamanho." Os dois oficiais aproveitaram para ensinar aos milicianos locais a técnica do quadrado e o fogo escalonado para receber a carga de cavalaria.

No terceiro dia houve uma correria, pois se aproximava uma coluna de mais de 500 homens da 1ª Divisão Ligeira, que deixava o acampamento de São Lourenço a caminho de sua base em Jaguarão. À frente da unidade, seu comandante legendário, Bento Gonçalves da Silva. A milícia ficaria apenas um dia na cidade, se refazendo da viagem, para depois descer pelo Passo das Carretas e dali, via Piratini, seguir para a fronteira. Falando com os líderes da comunidade, Bento Gonçalves criticou seu comandante em chefe, que insistia em se manter na posição defensiva enquanto os estrangeiros saqueavam as estâncias.

— Não é possível continuar assim. Já mandamos pedir ao imperador que nos libere do homem. Diz que temos de ficar nessa posição estratégica, a cavaleiro do Jacuí, para socorrer Rio Grande ou Porto Alegre.

— Mas é verdade, se precisar socorrer Rio Grande, descendo o Jacuí estará em São Francisco em três ou quatro dias.

— Que nada! Ele está com medo. Depois se queixa de que os homens estão desertando. Ninguém está fugindo. O pessoal abandona o exército e vai para a frente de combate, isso sim. O que ninguém quer é ficar naquele acampamento imundo. Felizmente ele concordou que eu me mexesse. Assim não preciso enfrentar um conselho de guerra, pois se não tivesse sua permissão viria de qualquer jeito.

As queixas de Bento Gonçalves repetiam as de outros oficiais, e do próprio marechal Brown, que preferiria ter se mexido dali. Nisso Osorio e Mallet reconheciam certa sabedoria estratégica de concentrar os elementos pesados de sua força armada num ponto em que pudesse acorrer às duas áreas ameaçadas: as Missões, que sempre estavam nos planos das províncias do norte argentino, e Rio Grande, que seria um objetivo igualmente alcançável para uma força do tipo do Exército Nacional de Alvear. Além disso, fechava a porta de entrada para a cidade de Porto Alegre, efetivamente fora do alcance dos inimigos, mas que numa operação de grande audácia poderia ser alcançada, embora nunca tomada. Aos poucos, a campanha estava sendo guarnecida pelas milícias, enquanto infantaria, artilharia e cavalaria pesada ficavam na ponta do Jacuí, pois somente dali em diante o rio era navegável, interrompido logo abaixo do São Lourenço pela cachoeira que dá o nome ao lugar.

Nem bem Bento Gonçalves rompeu para Bagé, de onde alcançaria a região do Cerrito, ou Jaguarão, como estavam chamando por causa do rio, apareceu Bento Manoel com sua Divisão Ligeira. Com ele Manuel Luís tinha mais intimidade e lhe devia lealdade política, o que não acontecia com o outro Bento, que tinha suas bases em Rio Grande e Pelotas e operava no Cerro Largo. Bento Manoel contou em detalhes tudo que vinha acontecendo em São Lourenço, onde se realizava uma reação aberta contra Barbacena, apoiada por todos os generais, menos Crisóstomo, que se omitia. Segundo Bento Manoel, Barbacena acusara os rio-grandenses de covardes, ladrões e ignorantes, mas não tivera como conter as milícias.

— Não é que eu não lhe dê razão para estacionar o exército aqui e esperar para ver o que os castelhanos vão fazer antes de agir. O que ocorre é que os meus oficiais e praças vão embora. Temos de voltar às nossas estâncias para trabalhar e levantar o dinheiro de que precisamos para a guerra. Até o inglês Brown nos deu razão. Ele então nos mandou voltar, designando o brigadeiro Barreto para comandar essa linha do Camaquã, ficando a cavaleiro da estrada Caçapava-Bagé. Se o marquês entesasse, nós viríamos para a campanha de qualquer jeito. Ele que se explicasse ao imperador depois. Tem medo de que nós viremos a casaca e nos passemos para os castelhanos, botando o Rio Grande na compra do Uruguai. Isso é o que estão botando na cabeça dele. Mas tu sabes, não é Manuel Luís, que nós nunca vamos nos separar do Brasil. O que podemos é botar esse império abaixo, pois esse dom Pedro anda querendo mandar demais.

Manuel Luís ficou preocupado com a beligerância dos dois Bentos e seus arroubos republicanos, principalmente porque seu filho lhes dava razão.

Mallet estava perplexo. Conhecia o imbróglio político do Rio de Janeiro, mas não achava que as coisas pudessem chegar a esse ponto. Os dois jovens estavam inquietos e decidiram regressar imediatamente a Cachoeira. Osorio pensava dar um jeito de se integrar a uma das milícias que, dissera Bento Manoel, sairiam com Sebastião Barreto para ficar dominando a região da estrada Caçapava-Bagé.

Manuel gostou de Mallet, por ter estudado na escola militar brasileira, o que o diferenciava dos mercenários que o imperador contratara na Europa. Ao filho, que estava querendo seguir para a fronteira, Manuel Luís deu uma ordem:

— Nada disso. Tu és do Exército de Linha, não és miliciano. Vais obedecer ao teu comandante. Se for para ficar parado no São Lourenço, é lá que vais ficar. Não te metas a fazer a besteira de desertar, por mais justificado que seja.

Tanto quanto o pai, que se orgulhava de mostrar o filho herói, Anna Joaquina agradecia por ter o menino em casa. Por muito que se dissesse que as mães rio-grandenses mandavam os filhos para a guerra de peito inflado e que agradeciam a Deus por tê-los levado em glória quando morriam em combate, isso era apenas da boca para fora. As mães no fundo odiavam a guerra e viviam em pânico enquanto os filhos estavam expostos na campanha. Ela pouco se impressionava com a fama do filho, pois sabia quantos perigos lhe custara cada pingo de glória que lhe atribuíam.

Os dois ficaram na vila durante uma semana, o que foi suficiente para Osorio deixar que sua simpatia se espalhasse por toda parte. Em poucos dias fez nome como repentista imbatível, violeiro endiabrado e, principalmente, presença marcante para as moças da cidade. Nos saraus e no baile do clube, foi um sucesso com seu uniforme alinhadíssimo, bem lavado, passado e engomado por dona Anna Joaquina (que também deu um belo tratamento ao fardamento do amigo Mallet). Nos últimos dias de março os dois jovens foram embora.

De volta ao quartel, Osorio ainda tentou se incorporar à milícia do brigadeiro Barreto, que estava partindo para o Vale do Camaquã.

Mas Felipe Néri não deixou. Precisava dele para reconstruir sua unidade, que acabava de incorporar 272 recrutas.

Logo depois da Batalha do Passo do Rosário, a cavalaria permaneceu alguns dias em São Sepé e depois se fracionou. As tropas de linha, com toda a infantaria, artilharia e dois Regimentos de Cavalaria, dentre os quais o 5º de Osorio, reuniram-se ao restante do exército em São Lourenço, onde havia boas pastagens para a recuperação dos animais.

Dali a um mês, em 13 de abril, o exército de Alvear reiniciou as operações. No papel, eram pouco mais de 8 mil homens, mas na prática era no máximo 3 mil, soma do Exército Nacional com as milícias de Lavalleja e Oribe. Grande parte da estatística oficial era de efetivos de milicianos uruguaios que estavam espalhados pelo país. Sebastião Barreto, porém, contava com 1.600 homens, mais da metade igualmente espalhados do Quaraí até o litoral oceânico. E dispunha de uma tropa de 700 homens de cavalaria sob seu comando direto nos limites das capelas Caçapava com Bagé, dominando a estrada de acesso a Porto Alegre. Essa era a posição-chave de defesa da província.

Em maio de 1828, desencadeou-se a crise política que fez desmoronar os dois governos, no Brasil e na Argentina. No Rio, no dia 3, o imperador fez um pronunciamento belicista na Fala do Trono. Ele confiava na ação da diplomacia britânica para conter os argentinos e procurava ganhar tempo. No Rio, um negociador argentino, Manuel José Garcia, tinha ordens do presidente Rivadávia de fazer a paz a qualquer custo. Dom Pedro resolveu então estufar o peito. Depois cederia, mas em sua Fala aos deputados se referia a suas "intenções de sustentar a integridade territorial do império", isto é, não entregar o Uruguai.

Era mais uma frase de efeito do que qualquer outra coisa, pois nas reuniões reservadas já se acertara que antes de o Brasil ceder a Argentina retiraria suas pretensões à soberania sobre a Banda Oriental. Era uma maneira de livrar a cara do imperador pela derrota de seu exército e dar-lhe algum reforço na Europa. Ele não podia aparecer derrotado por uma república anárquica, como era a imagem das Províncias Unidas àquela altura, pois o governo unitário da Constituição de 24 de dezembro de 1826 controlava unicamente a província de Buenos Aires. Feita a retratação argentina, o Brasil abriria mão do Uruguai. Isso, entretanto, não era público. O Congresso brasileiro rejeitou a Fala do Trono e, na Argentina, o protocolo firmado por Garcia foi igualmente rejeitado pelo Parlamento, custando a cabeça do presidente da República e o esfacelamento político da nação.

Enquanto isso, no Rio Grande do Sul, os dois exércitos enfrentavam-se como dois zumbis, completamente alheios aos conchavos de suas capitais, batendo-se como se aquela guerra fosse uma questão pessoal entre dois comandantes. Generais e governos comportavam-se de maneira idêntica entre si. Os dois diretores da guerra queixavam-se da falta de tudo, e os governos negavam-se a supri-los.

Do ponto de vista estratégico, a guerra também não levaria a lugar algum, pois o Brasil dominava as duas únicas cidades importantes da Banda Oriental, Montevidéu e Colônia, guarnecidas com 6 mil homens bem armados.

Nas águas do Rio da Prata, o bloqueio da armada brasileira era formal, dentro das leis da guerra, devido ao estado de beligerância entre os dois países. E também frouxo, deixando que quase tudo passasse pela barreira de navios. Mas o simples fato de o bloqueio ser reconhecido oficialmente bastava para elevar os prêmios dos seguros de frete a preços estratosféricos ou, em muitos casos, nem se aceitar apólices para o porto argentino. Com isso, a arrecadação da província chegou a zero e os créditos dos mercados financeiros europeu e norte-americano sumiram. O comércio realizava-se por Montevidéu, o que enchia os bolsos dos contrabandistas dos dois lados do Prata.

Enquanto nos salões do Rio os diplomatas argentinos, brasileiros e britânicos negociavam os termos do fim da guerra e os termos da independência completa do Uruguai, os exércitos marchavam no Sul.

A segunda invasão foi iniciada no dia 13 com a investida da cavalaria de vanguarda de Manuel Oribe. No dia 17, ele entrou em Bagé, encontrando a vila deserta. No dia seguinte, chegou Alvear com o grosso do Exército Republicano. Inácio Oribe retornou ao Uruguai com seus Dragões Libertadores, entrando na região de Melo, fustigado por Bento Gonçalves. No litoral, o coronel uruguaio Oliveira juntara a sua Brigada um contingente de Maldonado e se movia pela beira da praia, com o objetivo de ultrapassar o Chuí e avançar pelo fiapo de terras entre a Lagoa Mirim e o mar, atravessando o Banhado do Taim na direção da barra da Lagoa dos Patos. Esse era o plano de Alvear: tomar Bagé, destruir Barreto no Camaquã e seguir para o sul, descendo pela margem esquerda do Rio Jaguarão, e dali investir na direção do objetivo, as cidades de Rio Grande e Pelotas, marchando pela margem direita da Lagoa Mirim. Nessa lagoa, navegável, poderia usar embarcações para transportar suprimentos, fazendo junção com Oliveira nas imediações de Rio Grande.

Mal apeou em Bagé, Alvear recebeu a visita de Elesbão Alves, um republicano rio-grandense, apresentado pelos rebeldes orientais, que dizia saber onde se encontrava a força do general Sebatião Barreto. O vaqueano se dispunha a guiar as tropas do Exército Republicano para surpreender a milícia gaúcha em seu acampamento. Barreto refugiara-se nas serras do Camaquã, de onde partia para hostilizar as vanguardas argentinas, promovendo guerrilha com um esquadrão de 100 homens comandado pelo tenente Davi Martins, que mudara o sobrenome para Canabarro e tinha entre seus lanceiros o alferes Teixeira Nunes.

Elesbão era um miliciano que estava com Sebastião Barreto e sumira do acampamento sem ser percebido. Disse que os brasileiros estavam acampados no Camaquã-Chico, estimou sua força em 1.600 homens e revelou uma trilha que poderia levar a uma surpresa.

Alvear deixou a infantaria em Bagé e tocou-se a toda a velocidade com a cavalaria. No caminho, entretanto, foi surpreendido por uma guerrilha do tenente Canabarro. Revidou, e o tiroteio denunciou-o. Barreto teve tempo de cruzar um banhado e se entrincheirar do outro lado do rio. Alvear atacou a posição com algum êxito, mas não conseguiu destruir o inimigo. Foi o Combate do Camaquã, o encontro mais importante dessa segunda invasão. Nesse encontro, Lavalleja levou um tiro e teve de ser retirado do *front*, enquanto Alvear regressava a Bagé e reiniciava sua marcha em direção a Rio Grande, mas nunca chegou lá.

No Uruguai, a tropa republicana que deveria flanquear os brasileiros, comandada por Inácio Oribe, foi atacada por uma unidade da Brigada de Bento Gonçalves e cercada na cidade de Melo. Oribe foi capturado com um grande grupo de oficiais, entre os quais o major

Lavalleja, irmão do caudilho-mor. Foi uma ação humilhante, pois os orientais foram totalmente surpreendidos pelo Corpo comandado por Isas Calderon, rendendo-se. Os oficiais refugiaram-se dentro do quartel e foram obrigados a se entregar porque o comandante imperial ameaçou tocar fogo no prédio.

Calderon levou os prisioneiros para Pelotas e voltou para a campanha, surpreendendo os argentinos de Lavalle no Passo do Erval. Ali o comandante portenho foi ferido no joelho, sendo retirado da frente. Alvear, privado de seus principais comandantes e assolado pelo inverno antecipado, recolheu-se para Cerro Largo. Era 1º de junho de 1828.

Em São Lourenço, Osorio mantinha-se ocupado ensinando ordem-unida a seus recrutas, um trabalho inútil, pois o que era realmente importante, o treinamento das manobras de cavalaria, não podia ser realizado por falta de montarias. Do *front*, vinham as notícias de que 1000 homens de Barreto, 800 de Bento Gonçalves, 1000 de Bento Manoel e 500 do Lunarejo batiam-se contra mais de 8 mil do inimigo. A ação mais espetacular foi a refrega contra o argentino Lavalle, surpreendido por Juca Teodoro na estância de Antônio Oliveira, da qual o coronel republicano escapou por pouco, ferido e perseguido até as cabeceiras do Arroio Candiota, na descida das Pedras Altas.

Em meados de maio, Barbacena, assustado com o que considerou uma vitória perigosa de Alvear sobre Barreto no Camaquã, concordou com o general Brown e mandou reforçar as posições estratégicas do extremo sul rio-grandense. Despachou o inglês para Rio Grande com dois batalhões de infantaria, o 13º BC, da Bahia, e o 18º BC, de Pernambuco, reforçados com duas baterias de dois canhões cada uma. A infantaria aquartelou-se em Pelotas. Os quatro canhões seguiram em frente, por via fluvial, pela Lagoa Mirim, daí subindo o Rio Jaguarão até Cerrito, onde se incorporaram às defesas da vila a cargo do pessoal de Bento Gonçalves. Mallet era o comandante de uma das baterias. Osorio escoltou-os até o porto de Cachoeira e assistiu a seu embarque, despedindo-se do amigo:

— Me espere. Acho que não ficaremos muito tempo por aqui.

Em junho a guerra perdeu o charme e a elegância dos dois comandantes: Barbacena partiu dia 5 para o Rio de Janeiro, deixando em seu lugar o general Brown com o comando de armas do Rio Grande do Sul; Alvear foi dispensado no dia 24, substituído pelo uruguaio Lavalleja. Barbacena saiu dizendo que ia em busca de reforços e de armamento para expulsar os argentinos da Banda Oriental. A essa altura, a Argentina já tinha desaparecido como país organizado: Rivadávia renunciara e fora substituído por Vicente Lopez. Este implodiu a unidade nacional, restabeleceu a província de Buenos Aires e elegeu Manuel Dorrego como seu governador; as Províncias Unidas revogaram a Constituição de 1826, voltando à situação anterior de províncias desunidas.

Assim que assumiu o comando, Brown foi a São Lourenço e extinguiu o acampamento. Mandou que o 1º e o 3º Regimento de Cavalaria marchassem para a fronteira e destacou o 5º RC para Rio Pardo. Transferiu seu quartel-general para Porto Alegre, onde estava residindo sua família, e ficou à espera dos acontecimentos. Não tardou muito, Barbacena foi chamado para outra missão: iria à Europa levar a princesa Maria da Glória para junto do avô, Frederico II, da Áustria, a fim de que o velho usasse sua força para coroar a neta rainha de Portugal e assim acabasse com os planos de Carlota Joaquina, que conspirava com seu irmão Fernando VII, da Espanha, para destronar Pedro IV e reconhecer dom Miguel como herdeiro legítimo da Coroa Lusitana. De quebra, deveria aproveitar a viagem para conseguir uma nova imperatriz para o Brasil, pois as primeiras gestões realizadas pela diplomacia brasileira não tiveram resultado.

Nenhuma princesa europeia se interessou pela Coroa do Brasil, rejeitando Pedro I tanto por sua má fama de marido infiel como por medo de vir morar no país. No início do século XIX, os reis já não mandavam tanto em suas filhas a ponto de elas se submeterem a uma razão de Estado sem mais perguntas. Assim, dom Pedro continuou viúvo, o que era considerado negativo.

CAPÍTULO 37

Missão de Paz

A NOMEAÇÃO DE UM novo comandante para as Forças Armadas do sul, o velho general Lecor, agora visconde de Laguna, repercutiu muito bem dos dois lados: no Rio Grande Brown enfrentava resistências por ser homem muito ligado a Barbacena, e no Prata Lecor não só era favorável à independência do Uruguai como já conquistara a fama de inerte, o que seria ótimo para seus inimigos. Entretanto, o cargo de chefe do estado-maior ficou com Brown, o que era sinônimo de ação.

Assim que o marquês de Barbacena embarcou para o Rio de Janeiro, uma intensa atividade tomou conta do Exército do Sul, provocando mudanças radicais. Mal assumira o cargo em Rio Grande no dia 7 de julho, Brown tomou um veleiro para Porto Alegre, fez baldeação para uma chalana e subiu o Jacuí a vela e a remo, chegando ao Passo de São Lourenço no dia 9 de julho. Desembarcou disposto a acabar com a modorra que predominava no acampamento. Chegou dando ordens, botando a soldadesca em forma para sair dali o quanto antes. Dias depois, a tropa se movimentava para novas posições.

Brown articulou um sistema de defesa para Porto Alegre, distribuindo os batalhões de infantaria ao longo da margem esquerda do Jacuí, em Santana, Santo Amaro e Fazenda Nova. Mandou que o 1º e o 3º Regimento de Cavalaria e o esquadrão da Bahia montassem a cavalo e galopassem para a campanha, juntando-se à divisão do general Sebastião Barreto, no Piraí, próximo a Bagé. O 4º RC e o Corpo de Lanceiros Imperiais de São Leopoldo, junto com a artilharia, embarcaram e desceram por via fluvial para São Francisco, no extremo sul. A artilharia seguiu pelo São Gonçalo e pela Lagoa Mirim até o Rio Jaguarão, subindo seu curso até Cerrito, onde reforçou a Brigada do coronel Bento Gonçalves. O 2º Batalhão de Caçadores e o 6º Regimento de Cavalaria foram guarnecer o Forte Santa Teresa. O 5º Regimento de Cavalaria do coronel Néri foi deslocado para Rio Pardo. Em poucos meses, aquele exército ganhou novo ânimo. Além disso, recebeu reforço de infantaria com três Batalhões de Caçadores vindos de Santa Catarina, o 14º, o 17º e o 26º. De repente, contava com 9 mil homens em pé de guerra, mais do que o dobro do efetivo adversário.

Seu plano de campanha era combinar um avanço das tropas de Jaguarão com as de Santa Teresa, numa ação convergente com as forças de Montevidéu, e atacar o Exército Republicano que hibernava em Cerro Largo. O momento era de substituições, com repercussões decisivas nos acontecimentos. Os contingentes argentinos do Exército Republicano ganhavam novo comandante, o recém-promovido general José Maria Paz.

Mas o divisor de águas foram as novas ordens do Rio de Janeiro, que nomearam Lecor comandante em chefe. A primeira providência do velho general foi deter qualquer ação contra o inimigo. Começava de novo uma luta interna que levaria o Exército Brasileiro a mais um desastre.

Lecor desmontou o esquema do general inglês, que dava à força um dispositivo inteiramente ofensivo. Feita a junção com Barreto, Brown declarou que o Exército do Sul dispunha de sete batalhões de Caçadores, 11 Regimentos e dois esquadrões de cavalaria, três Brigadas de artilharia com quatro bocas de fogo cada uma, num total de 8 mil homens. Sem contar o 26º BC, de mercenários alemães, que ainda marchava para a concentração na região de Candiota; com mais dois Regimentos de 500 homens cada um nas Missões, um batalhão de caçadores e um esquadrão de cavalaria em Santa Teresa, no litoral, na região do Chuí, e 5 mil homens em Montevidéu e Colônia, num total de 15 mil homens. Tinham à frente um máximo de 6 mil homens do Exército Republicano, sob o comando geral de Juan Antonio Lavalleja.

Para lá seguiu o 5º Regimento de Cavalaria, que ficara aquartelado em Rio Pardo por três meses até receber novas ordens. Nesse meio-tempo chegou a promoção de Osorio a primeiro-tenente. No dia 27 de outubro, ele colou as novas dragonas. Estava com 20 anos recém-completados, apenas cinco de praça. Uma premiação que não teve reparo de ninguém, o que seria esperado, pois havia muitos outros alferes a sua frente na lista. Mas essa era irrefutável, fora ganha no campo de batalha, por ter agido na recuperação do canhão perdido do barão do Cerro Largo e depois na cobertura da retirada da 2ª Divisão.

Foi um dos últimos atos do tenente-general Crisóstomo como seu comandante. Logo em seguida Crisóstomo foi chamado de volta ao Rio de Janeiro. Do alto-comando original ainda sobravam o ajudante-geral Soares Andréa e o quartel-mestre general Elisiário. Era prenúncio de crise. Mas o velho Lecor, que não perdoara sua queda no ano anterior, salvou um deles, justamente o mais odiado dos oficiais daquele alto-comando: o general Brown. O inglês ficara ali como uma lembrança, para que ninguém sentisse saudades do tempo de Barbacena.

Brown valorizava e potencializava as aptidões dos guerreiros locais, mas os tratava tão bruscamente que fizera inimigos em todas as patentes, do presidente de província para baixo. Barbacena, ao contrário, era um cavalheiro: procurava compor com todos, até mesmo tratando como iguais os desprezíveis caudilhos da campanha. Brown batia nos brios e no orgulho daqueles homens embriagados por suas imagens, cônscios de seus poderes, que iam muito além das patentes que detinham nas milícias. Além de soldados eram chefes políticos em suas regiões, pesando na balança do poder e, mais ainda, sustentáculos econômicos das unidades que comandavam, amargando custos sem recompensa financeira. Por mais que se dissesse que defendiam seus bens, isso não bastava para explicar por que contribuíam muito além de suas obrigações e até mais do que a generosidade ou o patriotismo justificariam.

Não é possível saber o que se passava na cabeça de Brown para que ele esticasse a corda a tal ponto. Uma coisa é certa: é bem possível supor que, se não agisse com tanta energia, teria conseguido botar aquele deteriorado exército em pé de guerra outra vez somente com os recursos de que dispunha. Se não no estado da arte, pelo menos no mesmo nível do igualmente trôpego exército inimigo, tão abandonado por seu governo quanto o império deixara o seu.

Com a ascensão de Lecor pelo Brasil e de Lavalleja pela Argentina, parecia que houvera alguma combinação de manter de lado a lado velhos amigos que já haviam ido para o campo de honra acertar suas dúvidas. Assim como Barbacena e Alvear se conheciam e disputavam teorias nos serões da corte de dom João VI e se reencontraram nos elegantes clubes de fumantes de Londres antes de se medir naquela guerra, Lecor e Lavalleja se conheciam e tinham convivido em Montevidéu; aquele, governador da província Cisplatina, e este, oficial superior da unidade oriental do Exército Imperial e destacado líder político da comunidade hispânico-uruguaia.

Alvear despediu-se do exército no último dia de julho, Lavalleja foi nomeado general em chefe em agosto, e Lecor, comandante em chefe no dia 18 de setembro. Retiravam-se de cena generais profundamente envolvidos na política de seus governos centrais e em seu lugar eram colocadas pessoas ligadas à política local. Nesse quadro, Brown era um peixe fora d'água, pois não passava de um militar estrangeiro contratado para vencer uma guerra. Era disso que ele estava tratando quando o substituíram, ao mesmo tempo em que seus planos, coerentes com esse objetivo, foram inexplicavelmente desmontados. Como os dois exércitos estavam demasiadamente fragilizados, é de duvidar que Brown conseguisse marchar mais do que alguns dias Uruguai adentro, ou que os castelhanos avançassem muito além da fronteira do Jaguarão.

Foi então que aconteceu: com a fronteira totalmente desguarnecida, Lavalleja invadiu o Rio Grande com 4 mil homens de cavalaria e quatro bocas de fogo. Brown preparou-se para a retaliação. Mandou que a tropa ficasse pronta para a marcha, mas logo viu que não havia muita disposição para se envolverem numa batalha decisiva. Amenizou, declarando que o exército faria simplesmente um reconhecimento do inimigo. Foi quando aconteceu o inominável, deixando o general estarrecido. Pouco antes da noite de 18 de janeiro de 1829, o ajudante-geral, tenente-general Soares Andréa comunicou-lhe:

— Meu caro general, os coronéis da cavalaria recusam-se a partir.
— O que é isso? Temos um motim?
— Pode chamar assim, mas não chega a tanto. Eles dizem que é melhor esperar a vinda do general Lecor, que deve chegar aqui amanhã ou depois. Não querem tomar-lhe o comando. Só dizem que não lhe obedecem até receberem as ordens definitivas do comandante em chefe.
— É motim! É disso que se trata! Vou mandá-los todos a conselho de guerra! Desobedecer ao comandante no campo de batalha...
— Eles não pensam assim. Apenas imaginam que o general Lecor terá outras ideias. O que faremos?
— Vamos prendê-los! Todos a ferros!
— Não acho aconselhável. Eles podem ter razão, ou, melhor dizendo, podem ter o apoio do general Lecor. Pior será se isso se espalhar e o inimigo souber das nossas desavenças. Então virão ao nosso acampamento e corremos o risco de vê-los comendo churrasco juntos aqui nas nossas barbas.

No dia seguinte, Lecor entrou no Acampamento do Madruga, recebido festivamente pelos coronéis rio-grandenses. Os três oficiais do alto-comando o esperavam em seu rancho, que às vezes servia de quartel-general. Ao entrar, respondeu às continências e a três cartas de demissão. Do lado de fora havia uma agitação generalizada. Osorio mantinha-se junto a seu esquadrão, como os demais oficiais de linha, sem compartilhar da farra dos milicianos. No interior do quartel-general, Lecor ouvia o relato dos três. De imediato, reagiu:

— General Brown, aprecio a sua calma e habilidade. Foi sábio não enquadrar os nossos coronéis. Teríamos uma crise de consequências imprevisíveis. Entretanto, o senhor continua no comando. Marque a transmissão do cargo para amanhã de manhã. Assim eles saberão que o senhor tem toda a confiança do imperador.

Logo em seguida, aceitou o pedido de demissão de Andréa e Elisiário, mas pediu que ambos se retirassem, pois queria ter uma conversa particular com o general Brown. Chamou seu ajudante de ordens e mandou que escoltasse os dois oficiais até Cachoeira, onde seriam embarcados para Porto Alegre, de onde regressariam à corte pelo caminho que escolhessem. Ainda brincou com o general Andréa:

— Vá pela estrada do Camaquã, pois assim não há perigo de topar com partidas inimigas. E aproveite para dar uma olhada no seu feudo, pois soube que o imperador vai elevá-lo a barão de Caçapava.

Assim que os oficiais saíram, botou a mão no ombro de Brown e falou mansamente, em inglês:

— General, entendo a sua frustração. Depois de fazer tudo o que fez, ser desautorizado dessa forma é muito frustrante. Mas não se amofine. Estamos no Rio Grande, nos confins da América. Eu o entendo.

— Pois se me entende sabe que estou com a razão. Não tenho outra alternativa a não ser mandar todos a conselho de guerra. Não é admissível tamanha insubordinação diante do inimigo.

— General, eu também tive de mudar muito depois que vim para cá. Não estamos na Europa. Há muito que entendi que esse não é o exército de Wellington. Hoje, pratico o que chamo de guerra flexível. Esses homens são bons guerreiros, súditos leais, patriotas. Eles teriam razão de esperar por mim antes de se jogar numa batalha sangrenta. Todos são naturais desses rincões e sabem o que está acontecendo, e talvez a grande vitória não seja nos campos de batalha. Mas não desanime. Não só vamos continuar a guerra, ainda teremos muitos combates antes que esse conflito termine. Mas vamos com calma.

— O senhor é o comandante. Só peço a minha demissão para que possa me apresentar ao imperador e voltar para Londres com a minha família.

— Não repita isso, general. Ainda temos muita guerra pela frente. Preciso do senhor. Temos sob a nossa responsabilidade uma força numerosa, ocupando um território maior do que a Inglaterra. Manter essa força coesa é uma tarefa para um profissional como o senhor. Cuide disso que eu administro os gaúchos.

Brown relutou em aceitar esse desfecho. Além dos argumentos militares, apontava hipóteses estratégicas e até econômicas da ação impune dos uruguaios. Lecor parecia não se impressionar.

— General, essa ação de Lavalleja serve mais a objetivos da sua política interna dentro da revolução uruguaia do que a objetivos militares na guerra externa. Ele assim se fortalece na disputa com os adversários, especialmente diante de Rivera, que está em Santa Fé levantando dinheiro para se opor a ele e aos irmãos Oribe. Não tenha dúvida de que em menos de um ano a Banda Oriental será um Estado independente, e um deles será o chefe de Estado. Da minha parte, prefiro Lavalleja.

Brown ainda não confirmara se continuava ou não. Lecor continuou:

— Essa invasão não vai a lugar algum. No máximo ficarão bordejando a fronteira, juntando gado para levar para o Uruguai. Nem de roubo posso chamar, pois seguramente metade dos animais que estão arrebanhando já era deles e foi trazida para cá pelos nossos. Não se amofine, já lhe disse.

Brown acabou concordando. Desistira de entender os sul-americanos e decidira realizar seu trabalho, que era regiamente pago, mesmo para padrões europeus. Lecor precisava dele, pois não havia na região outro oficial com conhecimentos de estado-maior. Além disso, com sua impopularidade, Lecor contrabalançava e deixava para ele o papel de homem mau, o que não desagradava o inglês.

Uma semana depois, no dia 28 de janeiro, Lecor botou o exército em marcha. Na verdade iria somente mudar de acampamento. Não havia campo que sustentasse um exército de cavalaria por mais tempo. Dali foi para os campos de Maria Pina, a 6 léguas. No dia 13 de fevereiro, mudou-se novamente para a estância do Padre Felisberto, e em 23 para a margem do Arroio do Telho, afluente do Jaguarão, a 4 léguas da estância do Leivas. No dia 23 de março, apareceu no acampamento um ajudante do imperador anunciando a chegada, no dia seguinte, de um diplomata inglês que deveria ser escoltado até o acampamento de Lavalleja. Lecor montou uma companhia de lanceiros, destacando Osorio entre os oficiais que fariam parte do grupamento.

Mr. Fraser, o oficial do rei, secretário da delegação britânica, desembarcou de uma carruagem na data prevista, moído pela viagem. Recebido com todas as honras, detalhou o que podia ao general Lecor, opinando que em breve haveria paz, criando-se um Estado independente na Banda Oriental. Osorio foi designado ajudante de ordens do diplomata. Deveria ficar a seu lado e nunca separar-se dele. Se fossem atacados, deveria defendê-lo, tirá-lo do meio da luta, respondendo por sua vida.

— Não me largues o homem de jeito nenhum. É bem possível que os uruguaios dispensem a nossa escolta, mas tu vais com ele até o final e depois o trazes de volta até aqui. Levas um recibo que deve ser firmado por ele e pelo general Lavalleja, caso decida dispensar-te. Essas são as tuas ordens.

Osorio pegou três ordenanças, separou três cavalos para ele e para Fraser e distribuiu as bagagens no lombo de outro, que tinha um substituto, pois sempre poderia ser necessário. Levava também duas mudas de roupa, uma delas o uniforme novo que sua mãe lhe dera e que guardara passado e engomado para usar em caso de batalha. Como não houvera um confronto que merecesse roupa nova, ia usar o uniforme na missão especial que o comandante lhe dera.

Na madrugada seguinte, saiu uma partida de cinco homens para fazer contato com as avançadas uruguaias, levando a notícia de que um dia depois seguiria a comitiva do embaixador britânico. Lecor achou melhor dizer que era um diplomata de alta hierarquia para dar mais respeito. O grupamento oficial, sob a chefia do coronel Felipe Néri, partiu ao amanhecer. À frente três porta-bandeiras: um com o pavilhão do império, no meio outro com uma grande bandeira branca e na ponta a bandeira do Império Britânico. Todos esperavam que aquilo fosse suficiente para evitar um ataque de surpresa. Em todo caso, iram em disposição de combate, pois se fossem atacados revidariam. Era muito provável que uma partida de índios charruas não conseguisse identificar aquilo e fosse para cima deles.

Quando cruzaram o Jaguarão, usando canoas como se estivessem em tempo de paz, já se sentiram observados. Menos de uma légua depois foram interceptados por uma força de mais de 200 homens. O comandante era um oficial de alto rango, como eles diziam. Estava a par da comitiva e recebeu-os com gravidade, mas fidalguia. Ofereceu comida aos soldados brasileiros. À noite, apareceu no bivaque o coronel Latorre, um dos grandes das milícias orientais. Devidamente identificado, trocou gentilezas com o coronel Néri, mas disse que dali em diante o diplomata estava sob os cuidados do Exército Republicano, que eles poderiam voltar a seu quartel, pois se Fraser decidisse retomar o caminho pelo qual viera seria devolvido em segurança. Se não, seria deixado em Montevidéu, Buenos Aires ou onde quisesse. Foi então que surgiu o impasse. Osorio apresentou-se:

— Sou o ajudante de ordens do embaixador e tenho instruções para acompanhá-lo e servi-lo.

Em seguida, Osorio dirigiu-se ao diplomata em seu francês precário, expondo a situação. Durante a viagem, comunicaram-se em português e no pouco francês que o jovem tenente falava, mas naquele momento ele achou que faria bonito com os uruguaios a comunicação numa língua que eles, provavelmente, não entenderiam. Assim poderia reforçar sua posição. Fraser achou inteligente e respondeu-lhe na mesma língua. Latorre ficou inseguro, mas cedeu. Tudo bem, só ele. Mas teria de lhe vendar os olhos quando estivessem chegando às posições. Osorio concordou, pois não tinha mais nada a fazer. Conseguira vencer o primeiro obstáculo.

No fim da tarde seguinte, já nas cercanias de Cerro Largo, foram interceptados por outra partida de altas patentes, dessa vez com argentinos. Entre eles, o comandante da artilharia, coronel Tomás Iriarte, que se dirigiu ao diplomata em inglês. Também estava junto — Osorio reconheceu — Manuel Oribe, um dos mandachuvas orientais, que interpelou Latorre, olhando para Osorio.

— E esse, quem é?

— É o ajudante de ordens do embaixador. Ele pediu para vir junto. Mas vou vendar-lhe os olhos, eles concordaram.

Oribe atalhou, perguntando a Osorio:

— Tenente, como é o seu nome? Você não é o filho do coronel Manuel Luís, de Paissandu?

— Sim, senhor, sou eu mesmo.

— O mesmo de Sarandi?

— Sim, senhor.

Latorre preparava a venda. Oribe interrompeu-o.

— Esqueça, coronel. Esse guri conhece isso aqui tudo. Pode deixar.

Oribe ofereceu uma carruagem ao secretário, mas ele recusou. Disse que preferia cavalgar. No grupo de oficiais, Iriarte ia junto ao diplomata, fazendo as honras da casa. Osorio cavalgava ao lado de Oribe. A certa altura, perguntou pelo cunhado:

— Foi chamado para o Rio. Acho que não volta. Creio que a guerra acabou, não?

— Boas notícias. Ele lá, eu aqui. A guerra civil é uma tragédia, divide as famílias. Estavas com ele no Ituzaingó?

— Sim, senhor. Eu o vi lá. Eu estava com a cavalaria no flanco direito e vi a sua investida. Foi uma coisa tremenda, mais um pouco e vocês rompiam o quadrado. Mas o general Crisóstomo é muito experiente. Ele comandou com muita competência.

— É verdade. Eu nunca tinha enfrentado uma infantaria como aquela de vocês. Bem, nós aqui quase não temos pedestres. Mas aprendemos, agora temos uns batalhões bem disciplinados. Esse argentino, o general Soler, é muito bom nisso. Mas lá foi feio.

— Acho que foram os cavalos. Para atacar um quadrado é preciso ter cavalos domados para aquilo. Animais a campo não resistem quando recebem as descargas e negaceiam, saem fora.

— Nem os nossos cavalos nem os nossos homens estavam preparados. Até agora não entendo por que vocês se retiraram. Ainda dava para brigar.

— Acho que foi por causa da munição. Quando Lavalle tomou o nosso parque perdemos muito e o marquês ficou com medo de não aguentar só na arma branca. Também acho que foi prudente se retirar e depois procurar outra oportunidade. Ali a vantagem era nossa, lutávamos em casa.

— Pois é, o Alvear também afinou. Teve o mesmo receio de se embrenhar muito a fundo e ficar isolado e sem suprimentos.

Na chegada à cidade de Melo foram recebidos pelo próprio Lavalleja. A visita de um enviado sem poder mas de grande importância diplomática era uma prova de que os orientais faziam parte do mundo civilizado. Fraser comunicava a Lavalleja o que estava em negociação e se propunha a acrescentar alguma reivindicação sua ao pacote inglês.

Lavalleja foi muito cuidadoso, pois estava vestindo o uniforme de general do Exército Nacional Argentino. Com toda a cautela fez ver ao diplomata que a única solução para a crise do Cone Sul seria a independência, com o compromisso de garantir a livre navegação a montante do Rio Uruguai e de seus acessos, ou seja, à margem esquerda do Rio da Prata. Essa era a questão básica para a total autonomia. Mas havia a disputa interna, pois seu arquirrival Fructuoso Rivera estava lá do outro lado, em Santa Fé, sob as asas do caudilho Estanislao Lopez, um homem que podia levantar um exército de 15 mil homens a cavalo e que, além disso, tinha interesse naquela fronteira.

Lavalleja teve de tomar uma atitude, garantindo a Fraser que procuraria um entendimento com seus adversários e que faria tudo para que o país chegasse unido à emancipação. Mesmo que o assunto não fosse explicitado, era preciso dar mostras à comunidade internacional de que o Uruguai poderia ser uma nação organizada, sem a imagem de desordens que havia, no passado recente, justificado todas as intervenções estrangeiras. Essa seria a parte mais difícil do processo, e Fraser deixou bem claro ao líder uruguaio que sem uma demonstração inequívoca de unidade nacional o projeto poderia ser truncado.

Osorio não participou daquelas negociações nem teve acesso às salas de conferência. Ali ele estava na condição de convidado especial, como integrante da comitiva diplomática, mas não deixava de ter um significado simbólico da pacificação que se pretendia alcançar. Também nessa oportunidade conheceu as grandes celebridades portenhas, veteranos do legendário Exército dos Andes, como Paz e Lavalle, este uma estrela ascendente que se dizia ser um futuro presidente da república. Do lado uruguaio também estavam os grandes caudilhos, além de Lavalleja e Oribe: Laguna, Oliveira, Latorre, Verdun e outros chefes políticos, alguns riveristas notórios, o que demonstrava que existia espaço para uma composição entre os orientais. Essa era a garantia que Fraser precisava levar, e Osorio seria testemunha desse compromisso.

Em sua alocução, Lavalleja disse, olhando para Osorio, com o objetivo de que levasse aquela mensagem a seus superiores e a seu governo, que "não obstante as generosas gestões de Sua Majestade Britânica e as posições flexíveis e favoráveis dos governos de Sua Majestade Imperial e o consenso das Províncias Unidas, as hostilidades não seriam suspensas antes que um acordo completo e acabado estivesse concluído e concertado entre todas as partes". Isso queria dizer: não há trégua nem cessar-fogo.

Osorio não ficou à vontade quando, no jantar para o qual fora convidado, os oficiais levantaram-se para entoar o Hino Nacional, marcha com letra de cunho guerreiro mas que pelo menos não ofendia o Brasil, lançando seus ódios contra a Espanha e seus soldados.

Que fazer, bater continência a um símbolo nacional do inimigo? Retirar-se? Optou por uma solução intermediária, botando a mão sobre o coração, um gesto de respeito a seus anfitriões. Notou, porém, que, mal começaram a cantar, os oficiais orientais calaram-se, pois Lavalleja não entoou a letra. Tudo isso ele narraria depois, em detalhes, a Lecor.

Ele também entendera o significado de sua escolha para acompanhar o diplomata: uma forma de dar uma alfinetada em Lavalleja. Sua atuação em Sarandi era conhecida, e ele foi logo identificado. O líder uruguaio acusou o golpe ao dizer quando se despediam: "Então você é o jovem que salvou a vida de Bento Manoel? Não lhe gabo o feito, é um homem mau e traiçoeiro". Na manhã seguinte, uma escolta acompanhou o diplomata até Aceguá. Um grupamento avançado fora até as linhas brasileiras avisar que o embaixador regressava. Quando avistaram uma coluna, seguiram só os dois, até encontrarem uma patrulha do forte Santa Tecla. Dali voltaram ao acampamento, de onde Fraser seguiu para o Jaguarão, Rio Grande e de volta ao Rio de Janeiro. Osorio foi ter com os generais Lecor e Brown. Os dois tinham muitas perguntas a fazer, mas ele logo refutou, dizendo que a espionagem não estava entre suas ordens de missão.

— Eles me vigiavam de perto e de longe. Tenho certeza de que se desse um motivo iriam fazer um escarcéu para nos acusar de má-fé Assim mesmo, deu para ver que estão com um exército que merece esse nome, principalmente os argentinos. Dá para perceber que têm disciplina e que estão em treinamento.

Osorio contou que logo que desmontaram em Melo foi substituído por um "edecan" (do francês *aide-de-camp*, ajudante de ordens) uruguaio. Na noite do banquete, ficou sentado entre vários coronéis argentinos, pois só ele não era oficial superior. Fraser ficou no lugar de honra ao lado de Lavalleja e dos outros generais. À mesa, pouco se falou de política ou de guerra. A conversa girava mais entorno de cavalos, de mulheres e da vida mundana de Buenos Aires, da Europa e do Rio de Janeiro. Osorio pouco pôde opinar, pois não conhecia nenhuma dessas cidades.

Dispensado, Osorio foi procurar sua unidade para se apresentar enquanto os generais comentavam: "É um menino, mas bem esperto"; "É verdade. Tem um talento enorme para tratar com as pessoas. Até que se saiu muito bem."

Em 24 de maio o plenipotenciário argentino assinou no Rio um tratado de paz. Embora esse documento depois fosse rejeitado pelo Congresso em Buenos Aires, era considerado indispensável para a paz e a independência. Assim, a tensão diminuiu substancialmente. Mas as tropas continuavam em atividade, vigiando-se mutuamente e combatendo grupos de bandidos. Osorio ficou nesse trabalho, guardando a fronteira contra a ação dos malfeitores e também de partidas de uruguaios e argentinos que entravam no Rio Grande para arrebanhar gado de corte e cavalos. Volta e meia os grupos de brasileiros faziam o mesmo do outro lado, pois o gado tanto ia como voltava. Uma grande ação nesse sentido foi comandada pelo tenente Joaquim Teixeira Nunes, ao capturar 3 mil reses que estavam em poder dos argentinos. Nesse dia todos foram cumprimentar o oficial, integrante do Corpo de Piratini das forças de Bento Gonçalves. Havia gente de várias unidades querendo abraçar o rapaz, que já se transformara num dos oficiais mais famosos do exército por sua capacidade como lanceiro.

Osorio encontrou-se com o tenente David Canabarro, do Lunarejo de Santana, o 40º Regimento de Cavalaria, outra tropa de renome e que escrevera uma bela página no Passo do Rosário contra os Dragões da União do general Julián Laguna. Canabarro não tinha consideração por essa vitória:

— Aquilo ali foi pouco. Quando carregávamos em cima deles o Mallet botou bomba por cima de nós e bem no meio da castelhanada. Foi um esparramo. Mas aqui no Camaquã nós os pegamos de jeito. Esse guri, o Teixeira, estava lá também. Só que no outro grupo. Dividimo-nos em dois: eu levei 50 homens do Lunarejo e o restante foi com o capitão Jacinto Guedes de Siqueira, conheces? Pois ele tinha um grupo de 25 lanceiros; quem comandava era o alferes Pedro Marques. O Teixeira estava com ele.

Canabarro contava a história do Combate do Camaquã, em que Barreto enfrentou 3 mil argentinos comandados pelo coronel Angel Pacheco nas fraldas da Serra de Caçapava, no Vale do Camaquã-Chico, ou, como denominavam localmente aquelas canhadas, no Rincão do Inferno. Alvear mandara sua cavalaria com o objetivo de fazer um reconhecimento das avançadas brasileiras, pois temia que Barbacena, acampado no São Lourenço, tivesse deslocado sua força para atacá-lo. Ele estava nesses dias, final de abril, em Bagé.

— A vanguarda deles descobriu o nosso pouso, pois não tivemos o cuidado de apagar o fogo. Tirei os meus homens e os escondi num matinho de beira de sanga até os argentinos aparecerem, indo na direção do general Barreto, que estava acampado um quarto de légua para dentro, de frente para um banhado. Ele queria atrair o inimigo para ali, recuar e usar a vantagem da serra para impedir seu avanço e compensar a inferioridade numérica. De certa forma era a reedição do plano do Barbacena quando procurou atrair o Alvear para ali, um ano antes. Dessa vez eles estavam querendo entrar no alçapão.

"O melhor foi que não me viram. Tinham percebido os movimentos do capitão Jacinto e não imaginavam que eu estava por ali. Assim pude levar os meus homens para dentro de um capão que dominava a estrada, bem pertinho, coisa de 100 a 150 metros. Dali partimos para cima.

"Ouvindo o tiroteio, que era o sinal, o general Sebastião recuou para outro lado do banhado e ficou nos esperando. Eles eram muitos. Para sustentá-los tivemos de gastar muita bala. Depois que a nossa munição escasseou, fomos recuando para dentro da serra, pois não teríamos condições de batê-los na arma branca na proporção de quatro por um. Enquanto o terreno nos ajudou, nós os sustentamos com arma de fogo. Sei que eles vão cantar vitória, mas nós ganhamos deles enquanto o jogo realmente valia. Perdi cinco e trouxe oito feridos na garupa."

O plano era recuar para Caçapava e resistir na vila fortificada, recebendo munições de Rio Pardo. Mas Pacheco não entrou na serra. Uma vez mais o Rincão do Inferno assustou os portenhos e eles voltaram para Bagé. Alvear escreveu em carta a Lavalle que estava em Durazno buscando reforços, que os uruguaios haviam desertado em massa depois da Batalha do Camaquã, um comportamento inexplicável, a menos que os orientais tivessem desistido da guerra. Havia pleno conhecimento de que o conflito caminhava para o final, e ninguém planejava morrer com o último tiro.

Isso tudo aconteceu no final de abril de 1827, quando os dois exércitos estavam esgotados e sem condições operacionais. Alvear iniciara sua ofensiva sem muitas esperanças, não só pelo mau estado de sua cavalhada. Na capital argentina, os generais Soler e Lavalleja circulavam falando mal de seu comandante, em vez de estarem à frente da tropa que investia pelo território inimigo. Era um fiasco. Do lado do Brasil, fora as cavalarias milicianas do general Barreto e as Brigadas dos dois Bentos, nada se opunha aos argentinos. Em junho, os dois generais caíram.

Rivadávia estava à porta da rua, e dom Pedro só não perdia o trono por causa da réstia de legitimidade que a origem divina do posto lhe conferia. Seu governo estava totalmente fora de controle, amargando uma minoria imobilizante no parlamento, que se manifestava contrária à guerra e favorável à independência da Cisplatina. No lado argentino, a república unitária desaparecera e no uruguaio parecia consolidar-se a liderança de Lavalleja, que esperava o desenrolar dos acontecimentos na condição de comandante das forças em operação na região de Cerro Largo, fronteira com o Brasil.

Um ano depois, em abril de 1828, Fructuoso Rivera, que estava exilado em Santa Fé, reapareceu no cenário com recursos para se armar e entrar no baile. Lavalleja supôs que aquilo eram artimanhas do novo governador da província de Buenos Aires, Manuel Dorrego, que metia sua cuchurra torta no fervido. De repente, o caudilho uruguaio entrou no Rio Grande do Sul, vindo da Argentina, cruzando a fronteira na região do Ibicuí, e tomou as Missões sem disparar um só tiro.

No dia 21 de abril, à frente de mil homens cedidos pelos governadores das províncias do litoral do Rio Paraná, entrou no país, atravessando o Passo do Mariano Pinto, no Ibicuí, falando português e se dizendo a serviço do Brasil. Ninguém estranhou, pois todos sabiam que Rivera fora expurgado do Exército Nacional argentino e estava com prisão decretada em Buenos Aires. A guarnição composta de oito homens e chefiada pelo comandante da fronteira, coronel Joaquim Antônio de Alencastre, foi surpreendida e não teve condições de resistir. Alencastre foi então preso pela segunda vez pelos uruguaios. Ele era o mesmo que, capturado no combate de Sarandi, tinha depois conseguido fugir de maneira espetacular de um navio-prisão e se apresentara em Colônia.

Em poucos dias, Rivera ocupou a região das Missões Orientais, dividindo suas forças em três colunas, uma chefiada por ele mesmo, outra por seu irmão Barnabé, que tomou São Francisco de Assis, e a terceira por Felipe Caballero, que tomou São Borja. Tomou e parou. Em Bagé, Lecor ficou perplexo com a notícia e mandou um oficial, seu ajudante de ordens, coronel João Florêncio Perêa, ir até Rivera e perguntar-lhe o que estava acontecendo. Na volta, uma resposta mais surpreendente ainda: seu plano era incorporar o Rio Grande do Sul ao Uruguai, já que a independência estava chegando. Estava se preparando para marchar sobre Porto Alegre, em combinação com Lavalleja, e declarar a província parte do novo país. Ao saber do projeto, Lecor fez um gesto de enfado e sentenciou: "Deixe-o lá". Sua preocupação era Lavalleja, que, com os argentinos remanescentes, reiniciava operações no litoral sul do Rio Grande.

A operação de Lavalleja não foi mais bem-sucedida do que a de Rivera, mas teve a vantagem política de obrigar Lecor a reagir, pois as ações se passaram muito próximas aos centros vitais do Rio Grande do Sul. Desencadeou uma ofensiva com tropas argentinas, com dois Regimentos de cavalaria e dois batalhões de infantaria, com duas bocas de fogo sob as ordens do recém-promovido general José Maria Paz, um dos mais potentes detratores do ex-comandante Carlos Alvear. Essa força-tarefa deveria seguir na direção de Cebolati e aí cruzar a Lagoa Mirim e fazer junção com uma força uruguaia que subia o litoral pela praia, vinda do sul pelo Arroio Chuí. Brown, que liderou a operação brasileira, bateu seus inimigos em três frentes. Na primeira, com três batalhões de caçadores e uma Brigada de Cavalaria, foi buscar Paz em pleno território oriental.

Isso foi uma surpresa, pois os brasileiros já estavam respeitando o traçado da futura fronteira. Portanto, a margem direita do Jaguarão era um santuário consentido. Mas Brown ignorou a regra não escrita e atacou Paz em Las Canas, antes mesmo que passasse o Jaguarão. O general Lecor foi pessoalmente com dois Batalhões de caçadores e um Corpo de Cavalaria para a região do Taim, marchando pela praia, entre as dunas e o oceano. Ali iria pegar a Divisão Oriental comandada pelos generais Laguna e Latorre. Não chegou a haver combate, pois os uruguaios recuaram para suas fronteiras e deixaram de ser perseguidos.

A guerra continuava porque os dois líderes uruguaios procuravam tomar posição para a luta pelo poder em Montevidéu. Quem fosse governar precisaria do apoio das tropas brasileiras e argentinas que estavam no país para estabilizar o governo que viesse. Deixando de atacar Rivera, o general Lecor deu um sinal de quem apoiaria para presidente da República Oriental do Uruguai. Depois do tratado, Rivera saiu do Brasil, mas levou consigo uma tribo de guaranis, que foi assentada bem na fronteira, na confluência dos Rios Quaraí e Uruguai, formando a vila, depois cidade, de Bella Unión.

A Marinha do Brasil, porém, não aliviava a pressão sobre Buenos Aires. A respeito dos aspectos militares e políticos dessa frente no Rio da Prata, declarou o argentino Vicente Lopez: "A cidade de Buenos Aires vivia materialmente sitiada pelo rio e cercada de províncias sublevadas em armas contra o governo presidencial; não tinha rendas de alfândega nem exportação; o país estava empobrecido pelo papel-moeda, pelo curso forçado e pela desorganização geral de todos os interesses. Foi então que a diplomacia inglesa fez sentir o seu influxo decisivo e ameaçou o imperador com as consequências de sua obstinação, logrando obter dele confidencialmente a aceitação da base capital do tratado, isto é, da independência do Estado Oriental, que, em verdade, era o único motivo da guerra ou da paz."

Pedro I estava contra a parede. Seu ex-sogro negara acolhida à neta Maria da Glória em Viena. Frederico II aconselhou Barbacena a retornar com a infanta ao Brasil, pois não havia clima para ele se envolver nas brigas da família Bragança e nas urdiduras de dona Carlota Joaquina. Havia ainda todos os efeitos políticos e econômicos colaterais que essas desavenças provocavam no sistema europeu. A outra parte de sua missão, conseguir uma nova rainha para o Brasil, teve êxito, pois na volta desembarcou no Rio trazendo pela mão uma das maiores beldades da realeza europeia, princesa de Lautchemberg, dona Amélia, que foi de grande agrado do imperador.

Os dois governos vinham de bazófias que tiveram de engolir. Ambos tiveram de voltar atrás e recuperar os termos do que havia sido concertado pela diplomacia. Na Argentina já não havia presidente, e o governador de Buenos Aires, que dizia falar pelo país, estava literalmente cercado. No Brasil a situação era um pouco mais complexa, já que o trono do imperador não estava em jogo — seu poder era apenas moderador. Mas tinha o governo contra sua política externa.

Desde 1826 o Brasil era governado pelo Partido Liberal, que fora afastado do poder pelo golpe institucional de 1823. O gabinete brasileiro considerava o conflito um absurdo, pois havia grande identidade ideológica entre os liberais brasileiros e platinos. Atrapalhava desastrosamente os negócios e concentrava toda a esquadra no bloqueio de Buenos Aires, deixando a costa do Atlântico entregue aos corsários. Era demais.

Decidiu-se, então, acabar com aquilo. Foi nomeada uma bancada de negociadores, composta por um diplomata de cada lado, o ministro de Estrangeiros do Brasil, doutor Clemente José Pereira, marquês de Aracati, e o general, político e diplomata argentino Tomás Guido, um dos Pais da Pátria. Entretanto, a tinta da caneta que firmou a Convenção Preliminar de Paz em 27 de agosto de 1828 era de outros dois negociadores, os ministros da Guerra dos dois países, tenentes-generais Joaquim de Oliveira Álvares, do Brasil, e Juan Ramón Balcarce, da República das Províncias Unidas. Esse acordo ainda teve algumas idas e vindas, mas acabou prevalecendo.

Lecor estava certo: Rivera foi o primeiro presidente da República Oriental do Uruguai; Oribe, o segundo. Lavalleja só sentou na poltrona presidencial muitos anos depois, pouco antes de morrer. No lado brasileiro, Bento Gonçalves foi o primeiro presidente da República Rio-Grandense. Barbacena foi chefe do governo que provocou a abdicação de Pedro I. Alvear morreu esquecido nos Estados Unidos, como embaixador de seu país.

O 5º Regimento de Cavalaria não teve missões de grande relevo nessa fase do conflito. Sua atuação limitou-se a promover guerrilhas contra as formações inimigas, ou combater guerrilheiros e ladrões. Osorio participou dessas ações. Nos momentos da pacificação, foi designado por duas vezes para levar ao acampamento do general Lavalleja ofícios do general Lecor. Nessas missões, estabeleceu um ótimo relacionamento com o comandante inimigo. Assinada a paz, cessadas as hostilidades, Lavalleja mandou a Lecor um convite para que o tenente Osorio o visitasse como hóspede de sua família. Ficou oito dias. Pode-se dizer que foi ele que realizou as primeiras missões diplomáticas brasileiras junto a essa nova nação americana.

CAPÍTULO 38

Amor nos Tempos de Saques

Em junho de 1829, o 5º Regimento de Cavalaria de Primeira Linha, unidade herdeira dos bens dos antigos Dragões do Rio Pardo, foi devolvido a sua comunidade de origem. Essa foi uma demanda da população da cidade e um presente que lhe deu o então novo comandante de armas da província de São Pedro do Rio Grande do Sul, marechal Sebastião Barreto Pereira Pinto, filho da cidade. Uma guarnição militar era muito mais que segurança numa época de pós-guerra. Militares aquartelados eram sinônimo de movimento para os negócios.

Haveria grande incremento da produtividade, assegurada simplesmente pela extinção do roubo em grande escala e pela preservação de benfeitorias e investimentos de capital, livres dos incêndios e das destruições pelos bandidos e pelas tropas inimigas. Pode-se dizer que, num raio de 150 quilômetros em volta de uma cidade guarnecida, se vivia em paz. Pessoas e bens também eram assegurados com as próprias forças das famílias, pois a vida não era fácil para os ladrões numa sociedade de veteranos de tantas guerras, em que não era raro encontrar crianças de 10, 11 anos que já tivessem participado de campanhas e lutado em batalhas.

O presente do marechal Sebastião a sua terra trouxe ainda uma outra prenda às moças da cidade, tão carente de moços, pois estavam todos na guerra, e mais ainda de jovens oficiais solteiros. Diferentemente dos oficiais das milícias, os oficiais e soldados do Exército de Linha eram funcionários públicos e não dependiam de comprovação de renda para ser aceitos nas fileiras. As milícias, embora fossem tropas de Segunda Linha, arregimentavam a elite econômica e profissional de suas regiões. Pertenciam a esses corpos auxiliares não só estancieiros, mas também muitos artesãos, empregados ou donos de comércio, tropeiros e gente de todo tipo que pudesse comprovar que tinha renda própria, era letrada, eleitora e gozava de boa saúde.

Assim que o 5º RC se acomodou em seu quartel, começou o assédio à jovem oficialidade. Bailes e saraus a toda hora, aos sábados, nos muitos feriados e mesmo durante a semana. Os militares levaram uma animação sem precedentes à pacata Rio Pardo. Oficiais da milícia local introduziram os colegas de farda na aristocracia rio-pardense, dando a ficha completa, com dados essenciais como filiação, fortuna, feitos de guerra e possibilidades futuras. Osorio aparecia como bem-nascido e guerreiro destacado, mas não tinha uma boa posição no quesito econômico. Entretanto, sua fama superava essa limitação, a ponto de ser um dos mais assediados, encantando as moças com sua beleza física e a presença de espírito.

Poetar era um requisito indispensável para um gentil-homem. Certa vez, Osorio estava com dois tenentes, um deles queixando-se de um amor não correspondido. Disse o outro: "Assunto para um mote", olhando em desafio para Osorio: "Pois faça." O primeiro largou: "Se mais agradar desejo/ Mais me foge o bem querido!" Osorio na hora disse "Lá vai" e soltou a glosa:

> Que sou infeliz, bem vejo!
> Vejo que sou desgraçado,
> E menos afortunado
> Se mais agradar desejo.
> Contra o fado em vão forcejo,
> Em vão contra a sorte lido,
> Sou sempre malsucedido
> Nas duras lutas do amor,
> Se peço a Márcia um favor,
> Mais me foge o bem querido

— Osorio, você realmente não perde uma. Deixe-me escrever, vou mandar à ingrata.

— Está bem. Então, para deixá-la bem desconfiada de seu erro, ponha mais esta:

> Se nos braços de outra amante
> Por meu gosto me prendi,
> Mesmo aí por ti suspiro
> Eu para te amar nasci.

— Brilhante, camarada. Brilhante!

Outro colega tenente aproximou-se, interrompendo o grupo, pedindo licença, trazendo consigo uma jovem, que logo foi apresentando:

— Osorio, um momento. Quero te apresentar a minha amiga Anna. Ela me perguntou por ti, quem eras, se é verdade tudo o que falam. Anna, este é o famoso Osorio, soldado valente e o maior repentista do exército. Se não vencer o inimigo na lança, certamente o prostrará com um verso fulminante. Osorio, esta é Anna. Estão apresentados.

Osorio virou-se, surpreso, e em segundos ficou petrificado, olhando para a moça sem dizer palavra, sem ação. Todos perceberam que ele fora atingido por um raio, "a flechada", como disse depois. Recuperou-se, fez um gesto de perfilar-se, cumprimentou-a.

— Senhorita...

O grupo de jovens atônitos recuperou-se da perplexidade e logo estavam gracejando, comentando a trova recém-composta. Ela pediu:

— Faça uma para mim.

— Dê-me um mote, senhorita.

Uma senhora cantava modinhas ao piano. A letra da música dizia "nos arroja no abismo da dor". Anna pegou o verso e pediu que glosasse. Osorio, sempre com sua modéstia, não tripudiou sobre a letra do poeta:

— Não poderei fazer melhores, minha senhora, mas, como gosto de cumprir ordens, vou satisfazê-la.

> Os prazeres mais puros da vida
> Que gozamos com ânsia e fervor,
> Degeneram do mal que mais tarde
> Nos arroja no abismo da dor.

> Insensato é o homem que pensa
> Gozar a vida sem ter dissabor,
> O prazer a que o amor nos convida
> Nos arroja no abismo da dor.

E por aí foi tecendo versos. Anna parecia não acreditar. Os outros tenentes troçavam galantemente. Um deles sentenciou:
— Vê-la e amá-la foi coisa de um minuto.
— A paixão, ah!, a paixão. Veja como ela o escuta embevecida...
O namoro engrenou rapidamente. Osorio, criado na guerra, tivera oucas oportunidades de conhecer e conviver com uma moça como Anna. O que mais conhecia eram as mulheres dos acampamentos, geralmente sem instrução, nascidas pobres, criadas sem requintes. Mesmo as prostitutas de alto nível que apareciam no meio castrense eram contaminadas pelo ambiente tenso e desesperado da guerra. Desta feita, no quartel, com sua perspectiva transfigurada da morte para a vida, Osorio conheceu a proposta de vida encarnada em Anna e se apaixonou por ela.

Para Anna, Osorio era o protagonista romântico dos livros que constituíam, na época, um dos motores da grande revolução cultural alimentada pela difusão de publicações impressas em português, com traduções de ficção, textos políticos, científicos e humanistas de maneira geral. A chegada das escolas abriu também às mulheres o caminho das letras. O romantismo dava os primeiros passos. Anna era uma cabeça virada pelos sonhos das infelizes heroínas dos grandes autores, especialmente os poetas da moda publicados no Rio, como: José da Natividade Saldanha, Januário da Cunha Barbosa, José Bonifácio e Domingos Borges de Barros. Tivera acesso ao *Parnaso Brasileiro*, de Garrett. Assim como Osorio, era influenciada pelo neoclassicismo que invadiu o país logo depois da independência.

Osorio era o protótipo dos heróis de folhetim: alto, forte, belo, valente, famoso, benquisto por superiores e subordinados, bem-falante e poeta. Tinha todas as qualidades do plebeu que encanta a princesa, incluindo uma pobreza remediada, distinta, digna. Tudo isso era exatamente o que assustava os pais de Anna, que não conseguiam ser ouvidos, perdiam o controle sobre a menina, espantavam-se com a rebeldia e a determinação da filha. Passo a passo, foram demonstrando ao pretendente seu desconforto e, depois, seu desgosto, até chegar à proibição.

O namoro se estabeleceu informalmente ao sabor dos encontros em festas e reuniões literoculturais que agitavam a juventude letrada da cidade. Já estava perdendo força o costume dos casamentos arranjados, mas também seria um exagero dizer que Anna era uma donzela livre das decisões familiares. Com sua independência de mulher moderna, romântica, ainda não chegava a ponto de afrontar os pais. Osorio logo percebeu que ali estava mais uma batalha a travar. No início captava da família de Anna demonstrações de distância, de pouco gosto, avançando rapidamente para a reprovação. Comentava com a guria:

— A minha mãe também é Anna e enfrentou os demônios para se casar com o meu pai. Abriu mão de tudo, de uma fortuna que herdaria, das benesses de sua madrinha para viver com um capataz de estância. Felizmente teve o apoio dos pais. Não sei como seria se o meu avô não aprovasse.

— Nada me deterá, Osorio. Prefiro morrer a te deixar. Lutarei com todas as minhas forças.

A situação ficava cada vez mais difícil. O argumento dos pais era o clássico: "Minha filha, não vamos te deixar viver na miséria com um militar pé-rapado e que pode a qualquer momento ser abatido por um inimigo, deixando a ti e aos filhos pequenos no mais completo abandono." O movimento seguinte foi proibir a filha de ver Osorio, o que provocou recriminações na sociedade local, pois o tenente era uma das pessoas mais queridas de Rio Pardo. Mas os pais não recuavam e faziam de tudo para incentivar a corte de um pretendente que preenchesse todos os requisitos de um bom casamento: rico, jovem, trabalhador e distante das armas.

Assim mesmo, o casal de namorados resistia. Temerosos de que a moça fugisse com o tenente, criando uma situação irreversível, os pais pediram a ajuda do padrinho de batismo de Anna, o marechal Sebastião Barreto, na época comandante de armas da província, um cargo em que podia ter jurisdição sobre Osorio. Não foi preciso mais nada. Em poucos dias, Osorio recebeu ordens de assumir o comando de um grupamento da fronteira com a República Oriental, às margens do Rio Jaguarão.

Osorio já tivera uma pequena temporada em destacamento, entre 30 de março e junho de 1929. Depois que Sebastião Barreto passou a "cuidar" dele, praticamente não teve mais folgas entre 2 de agosto de 1831 e sua última temporada nos ermos dos pampas, que se encerrou definitivamente em 1º de janeiro de 1835. A essa altura, sua unidade já havia sido removida novamente para Bagé, deixando Rio Pardo, e mudara de denominação, passando a chamar-se 2º Regimento de Cavalaria de Primeira Linha. Curiosamente, nesse curto tempo de paz, Osorio conheceu o inferno. Seu grande amor fracassou e acabou em tragédia, pois Anna casou-se e logo morreu de depressão. Ele ficou quase um ano preso, aguardando um processo que nunca foi formado, e acabou solto, porque não houve denúncia de acusação nem nenhum juiz aceitou julgá-lo, mas esse fato atrapalhou sua carreira. Só retomaria impulso dentro das Forças Armadas quando o país, melhor dizendo, seus governos precisassem novamente de sua espada, que tinha passado uma temporada na sombra.

O caso da paixão contrariada desencadeou o processo que o levou a se filiar ao Partido Liberal e, só mais tarde, identificar o conservadorismo com o autoritarismo que arruinou sua vida sentimental. Foi em Rio Pardo que fez sua inscrição nessa corrente política. Era uma forma de desacatar Sebastião Barreto, uma represália a sua interferência no namoro com Anna. Depois, concluiu que aquela atitude arrogante decorria da prepotência de uma casta que desprezava a liberdade das pessoas e os direitos dos mais fracos. Por fim, juntou a essa tirania o regime monárquico, seu sustentáculo numa aristocracia que somente poderia ser vencida pelo poder popular da república.

No entanto, embora entendesse que o poder a mando do povo seria o único caminho para a liberdade plena, também entendeu que esse regime somente poderia sustentar-se numa base popular educada e consciente de seus deveres e de suas obrigações. O exemplo de república no Cone Sul era de uma feira de vaidades, de lutas mortais e destruidoras, porque aberto o acesso ao governo a todos que detivessem a força desvirtuavam-se as ideias generosas. Lembrava-se do que lhe dissera Bento Manoel, republicano teórico, que nunca levantaria sua espada para derrubar a legitimidade do trono: "O tal sistema republicano parece em teoria governo dos anjos, porém na prática nem mesmo para o diabo serve."

Naquela época, questões pessoais ou familiares determinavam os posicionamentos políticos. Foi assim que ele montou a cavalo e foi para a fronteira e, por raiva do marechal, fez sua opção. Entretanto, nunca foi um militante exaltado, como se chamavam os radicais que estavam recrutando adeptos em Rio Pardo.

A moça submeteu-se à vontade do pai e da mãe, diferentemente de mãe de Osorio, Anna Joaquina, que teve apoio da família. Osorio tampouco se insurgiu contra a disciplina militar. Partiu para sua missão, deixando Anna à mercê dos pais.

Nesse período, os namorados conseguiram restabelecer o contato, comunicando-se por cartas transportadas por emissários de confiança. Osorio guardou as cópias dos poemas que enviava à amada. Logo, porém, os pais desconfiaram e fecharam esse canal de comunicação. Uma escrava espiã descobriu a correspondência e levou a informação à família de Anna, que aumentou fortemente a pressão, obrigando-a a aceitar um noivado com um jovem milionário. Ela, então, pediu socorro, e escreveu-lhe propondo uma fuga. A rebelião, no entanto, não conseguiu se completar. O mensageiro que levava a carta propondo o rapto atrasou-se porque adoeceu no meio da viagem, perdendo mais de um mês para se restabelecer, retardando a correspondência, pois tinha ordem de somente entregar o envelope pessoalmente a Osorio, que leu a carta e ainda levou 24 horas para tomar uma atitude.

Então, mesmo sem ordens superiores, abalou-se para Rio Pardo. Nesse meio-tempo, os pais, com a cumplicidade do marechal, contaram a Anna que seu namorado morrera. Ela se desesperou, perdeu a vontade própria, entregou-se à fatalidade e se deixou levar ao casamento. Quando Osorio finalmente conseguiu chegar a Rio Pardo, numa marcha forçada, foi até o quartel, que seria sua base de operações para o rapto de Anna, e seus camaradas contaram-lhe que o casamento ocorrera dias antes. Naquela sociedade, ao se casar, Anna morrera sentimentalmente. Era uma situação irreversível. Desesperado, nem entrou na cidade. Dali mesmo voltou a seu posto, revoltado com Anna. Decidiu reagir. Escreveu:

Mote
Não chames a morte, ingrata,
Chama teu bem, dá-lhe os braços.

Glosa
Minha vida se dilata
Só para ser teu amado;
Por não me ver a teu lado
Não chames a morte, ingrata.
Não chames quem arrebata
E suspende amantes passos.
Aperta amorosos laços
Em vez de chamar a morte,
Muda minha infeliz sorte,
Chama teu bem, dá-lhe os braços.

Osorio ainda escreveu poemas românticos chamando a morte como remédio para seu desengano por um bom tempo. Entretanto, seguiu sua vida, enquanto Anna definhava, sem que ele de nada soubesse de seu destino.

Segundo seus descendentes, Osorio nunca soube a verdade sobre o destino de Anna, conformando-se com a informação de que tivesse morrido de depressão/tristeza, como se dizia na época. Sua história, no entanto, é outra, o que explica o desespero do tenente. O romance foi além das juras. Quando a família percebeu que os mal-estares de Anna vinham de uma gravidez, tratou-se de remediar a situação seguindo os costumes da época. Ricos, encontraram um marido de ocasião para dar um sobrenome à neta e tiraram a moça de circulação, internando-a em alguma estância distante. Mal nascida, a filha lhe foi tirada e entregue a um padrinho (que poderia ter sido o marido arranjado) para criá-la. Uma única exigência da mãe foi aceita: a menina foi batizada com o nome do pai biológico como prenome, chamando-se Ana Osorio. Ao contrário do que ocorreu com a deserdada avó Anna Joaquina, esta neta herdou do padrasto uma vasta propriedade, a estância Duas Figueiras, nos campos de Santa Teresa, no vale do Rio Pardo. Sua filha Fantina Rangel sucedeu-lhe como herdeira e foi a grande matriarca de sua família, o tronco patrimonial e feminino do numeroso clã da família Rangel daquela região, que hoje se reconhecem como descendentes de sangue do general Osorio.

Nesse meio-tempo, Osorio consolidou sua imagem de militar corajoso e dinâmico. Nessas áreas o comandante do destacamento era, para os pobres, padre conselheiro, juiz, médico e policial.

Aos poucos, as histórias de suas façanhas foram se espalhando, dando continuidade à fama que trouxera dos campos de batalha. Seu nome foi se firmando, mas nunca ligado às valentias tão comuns na região. Suas habilidades com as armas brancas e de fogo continuavam a crescer, mas ele parecia mais como um homem da lei astuto, que enfrentava os bandos em inferioridade numérica, estabelecendo sua superioridade nos combates pela disciplina de seus homens, pelo emprego correto de seus meios.

Não eram raros os pistoleiros que procuravam abatê-lo sob encomenda de chefões do crime organizado. Um caso emblemático foi quando, certa vez, soube da chegada à região de um matador famoso, contratado para eliminá-lo. Desconcertando a todos, procurou o homem e convidou-o a cavalgar, levando-o por um motivo que se perdeu no tempo. A verdade é que os dois galopavam lado a lado quando de repente, no campo aberto, vendo uma perdiz que levantava voo, Osorio sacou de uma de suas pistolas e disparou, abatendo a ave. O que se conta é que o façanhudo recolheu-se, voltando a seu coiteiro para devolver a paga, desistindo da missão, e espalhando no meio da capangagem que não haveria dinheiro no mundo para tal encomenda.

O mais importante núcleo dos fora da lei era o vilarejo de Bella Unión, na margem esquerda do Rio Quaraí, quase na foz em que esse rio se lança no Uruguai. Ali o primeiro presidente da República Oriental, Fructuoso Rivera, assentou uma centena de índios guaranis, que trouxera com ele das Missões, afirmando que haviam optado pela nacionalidade uruguaia e que, portanto, não queriam permanecer no Brasil. O líder colorado disse depois que pretendia acolher aqueles cidadãos, que haviam sido privados de suas nacionalidades por força dos acordos de limites arbitrariamente firmados em Madri e que delimitaram a fronteira sem consultar as populações que viviam no território permutado.

Era o que diziam. Na realidade, 50 anos antes, quando os jesuítas abandonaram as Missões Orientais, parte da população indígena seguira com eles, estabelecendo-se nas províncias de Corrientes e do Paraguai. Outra parte ficou e, quando as missões foram retomadas pelos espanhóis, rebelou-se contra a administração civil e contou com o apoio dos tropeiros rio-grandenses, como Borges do Canto, para expulsar o governador do vice-rei de Buenos Aires. Depois disso, grande número dos remanescentes se integrou à nova vida, sempre perturbada pelas contínuas invasões castelhanas, principalmente as expedições de Andresito Artigas, que nascera em São Borja e queria integrar a região aos domínios de seu pai adotivo, José Gervasio, uma década antes da invasão de Rivera.

Nos meses em que ocupou as missões com a complacência de Lecor, o líder uruguaio procurou aproximar-se dos índios. Quando foi obrigado pelos tratados a desocupar a região, levou com ele as famílias que haviam aderido a seu projeto, muitas delas temendo represálias das autoridades brasileiras. Entretanto, entre esses, foi junto um contingente de malfeitores, que aproveitaram a anistia riverista para escapar da lei. Esse pessoal acabou por dominar Bella Unión.

Isso desvirtuou o projeto de colonização de Rivera, que visava a instalar um enclave de súditos leais ao novo país no meio de uma região inteiramente ocupada por brasileiros. Desertores e foragidos dos três países se encontravam em Bella Unión e dali partiam para suas investidas no Brasil ou, mais raramente, na Argentina. No território uruguaio os bandoleiros também operavam, mas sem cometer depredações significativas. No Rio Grande incendiavam fazendas, matavam e violavam pessoas, raptavam para exigir resgates e praticavam todo tipo de violência. Sua repressão pelas autoridades rio-grandenses era insuficiente, pois se abrigavam além das fronteiras. Os governos brasileiro e argentino limitavam-se a enviar notas diplomáticas pedindo providências que nunca vinham. Diante desse clamor, Osorio resolveu acabar de uma vez por todas com a bandidagem institucionalizada. Foi uma das ações mais espetaculares, que ficou na memória das populações dos entre rios brasileiro e argentino.

— Meu rapaz, essa gente só entende uma língua: bala e fio de espada.

O coronel Bento Manoel conversava com o tenente Osorio no alpendre da sede da Estância do Jarau, na margem do Quaraí. Era ali o lugar mágico da morada da Teiniaguá que o velho guerreiro convocava para uma missão com todos os riscos. O que se sugeria era que ele entrasse em território estrangeiro para uma ação armada, acabando com todas as ilegalidades. Se a missão fosse vitoriosa, seria chamado a responder por violações de uma fronteira amiga; se fracassasse, estaria sem pai nem mãe na boca do tigre, ou seja, teria de se virar sozinho para sair da enrascada. Entretanto, sabia que algo precisava ser feito e que se Bento Manoel o chamara era porque a situação era grave.

— Osorio, bem sabes que essa missão pode ser a tua desgraça ou a tua consagração. Se venceres esses bandidos, por maiores que sejam as dificuldades que os burocratas possam te criar, ficarás no coração de toda essa fronteira. És jovem, ainda tens um grande futuro. Com isto quero dizer que fazer o teu nome nessa fronteira é o mais importante nessa altura da tua vida.

— Coronel, sou um simples tenente feito a machado. O senhor sabe que o nosso comandante de armas, o marechal Sebastião, tem verdadeira ojeriza de mim. Estou aqui destacado, em vez de estar na escola militar na corte porque ele não me deixa sair da fronteira. Veja o senhor: tenho contra mim o homem mais poderoso da província. Se ele me pega no contrapé, estou assado no espeto que nem um preá do banhado.

— Sei disso tudo e se assim mesmo te chamei é porque vejo um futuro brilhante para ti. Quando te falei que levarias a minha lança mais longe que eu não falava só de batalhas nas coxilhas. Vejo que tu poderás ser mais do que um comandante de guerra.

— O senhor está vendo demais para mim. Não tenho essas qualidades, sou um simples soldado do meu país.

— Por isso mesmo é que serás grande. A grande ambição não são as glórias nem os postos junto aos poderosos. É a lealdade ao seu povo. Nesse momento, essa fronteira precisa de um homem que faça o que é necessário ser feito. Se não for tu, será outro. Bem sabes que não nos faltam homens para essa missão. Chamei-te porque acredito que essa é uma oportunidade que não pode ser perdida. Quanto ao general Sebastião, deixe isso comigo. Ele não poderá nada contra ti.

Em 1832, a situação mudara muito desde o fim da guerra da Cisplatina. A monarquia agonizava. É surpreendente como o monarca conseguiu suportar quase quatro anos de constante derrocada até abdicar intempestivamente, num gesto que pode ser interpretado como a tentativa de dar mais um golpe de Estado, como o que foi dado contra a Constituinte em 1824.

Os acontecimentos na Península Ibérica trouxeram consequências imprevisíveis para o Brasil. Com o apoio das demais monarquias europeias, dona Carlota Joaquina conseguira levar ao poder o filho Miguel, frustrando o projeto de dom Pedro de fazer sua filha Maria da Glória rainha de Portugal. Seu irmão usurpara o trono com apoio do Parlamento. No Brasil, derrotado pela Argentina na guerra internacional, com seu império abalado pela secessão da província Cisplatina, o imperador vislumbrava um horizonte político cada vez mais crítico.

Acossado por uma maioria fortemente oposicionista, crescentemente republicana, perderia a iniciativa e, até mesmo, seu mais forte aliado: o marquês de Barbacena, seu primeiro-ministro, afastava-se paulatinamente. Nesses últimos momentos, em 1831, somente a lealdade do exército o sustentava, embora as tropas que lhe garantiam a posse do palácio da Quinta da Boa Vista fossem constituídas, em sua maior parte, de mercenários estrangeiros que ameaçavam se insurgir a qualquer evidência de algum atraso de pagamento.

No começo de 1831, uma série de acontecimentos políticos envolvendo militares levou à abdicação do imperador e desencadeou motins em quartéis e pequenos levantes pelo país. O mais notável, no Rio, contou com uma tropa de elite denominada Batalhão Sagrado, composto unicamente por oficiais do exército, que decidiu a contenda. Um dos primeiros golpes para eliminar o esquema militar de sustentação do imperador foi o desmonte do que a oposição chamava de Guarda Pretoriana de dom Pedro, votando uma lei que excluía dos quadros da ativa do exército todos os estrangeiros, de anspeçada para cima.

Depois que o monarca caiu, a regência tomou outras medidas para conter o que qualificava de desmedido crescimento da participação política dos militares profissionais, reduzindo seus efetivos, chegando à quase extinção da força terrestre. Em seu lugar, pensava-se colocar as milícias, e para isso foi criada a Guarda Nacional, controlada pelo Ministério da Justiça e subordinada às lideranças regionais. Foi nessa fase de profunda depressão das chamadas tropas de Linha que Osorio resolveu agir contra os bandidos e arcar com as consequências de seus atos.

O capitão Delphino cofia a barba, olha o neto e parece viajar no tempo.

— Eurico, aqui no fim da Guerra da Cisplatina, mudou o mundo: Portugal e Espanha saem do cenário e entram França e Inglaterra. Àquela altura, as duas grandes potências grandes que surgiram na Renascença, perdiam quase tudo o que conquistaram naqueles 400 anos de lá para cá. Nós corremos os portugueses para fora do Uruguai, os cariocas os expulsaram da Bahia e Bolívar botou para fora os últimos espanhóis na Batalha de Ayacucho, no Peru. Dom Pedro, mesmo perdendo o Uruguai mas sustentando sua independência, bem ou mal viveu o ato derradeiro da grande jornada histórica vivida por sua família. O Uruguai aceitava ser português, mas negou-se a ser brasileiro ou argentino. Daí em diante começa outra história.

"Foi isto que aconteceu: depois de mais de 1.000 anos guerreando entre si, França e Inglaterra se entenderam para dividir o mundo. Como dizia a rainha Vitória, 'o sol nunca se põe no meu império'.

— Lá não tem noite, vovô?

— É uma força de expressão, meu neto. O que a rainha diz é que seus domínios faziam a volta ao mundo, e assim sempre é dia nas suas terras.

"A Espanha evaporou-se do cenário internacional depois que perdeu a América. Portugal, aliado da Inglaterra, ainda pôde segurar alguma coisa, mas entregou quase tudo o que tinha a seu parceiro. Pelo menos o antigo império lusitano ficou em mãos amigas, dizia um português.

"Depois dessa campanha da Cisplatina os europeus foram embora e nós iniciamos a fase das nossas guerras e revoluções. Nós e os castelhanos, ora lutando uns contra os outros, ora entre nós mesmos. Nessa fase apareceram os dois homens que dominaram o meu século, Luis Alves, o Duque de Caxias, e Manuel Luís Osorio, o Marquês do

Herval, um título que poucos conhecem, porque ele foi o homem mais popular do Brasil com o nome dele mesmo, o de General Osorio.

"Eu nasci em tempo de paz, naquele intervalinho entre a Cisplatina e a Farroupilha, mas me criei e cresci no meio da guerra. Desde menino queria ser soldado, melhor dizendo, queria ir para a guerra, como meu pai, meus tios, meus avôs, bisavôs, todo mundo desde que o Rio Grande é Rio Grande.

— Eu vou para a guerra, vovô.

— Claro que irá, meu neto. Olha: eu cresci sonhando com o dia em que estaria numa carga de cavalaria. E não posso me queixar, porque guerras e cargas foram o que não faltou na minha vida.

Nota do autor

Esta é a história da formação das fronteiras entre os países que hoje compõem o MERCOSUL: Argentina, Brasil, Paraguai e Uruguai. Fala de uma época de guerras e revoluções. Naqueles tempos, todas as lutas políticas e questões internacionais se resolviam à ponta de lança, fio de espada e pata de cavalo. Assim era na Europa, e assim também foi na América Latina. Por isso este livro, em dois volumes, se compõe de uma sucessão de conflitos intermináveis que parecem uma guerra única, de 100 anos.

Entre outubro de 1767 e março de 1870, esses quatro países viveram os períodos mais tumultuosos de sua história, ora envolvidos pelos conflitos europeus, ora pelas disputas regionais entre nações em construção, ora sacudidos pelas lutas internas entre facções políticas, que frequentemente desbordavam e acabavam envolvendo as correntes simétricas de mais de uma nacionalidade.

É preciso reforçar que, nesse período, o nacionalismo se afirmava como um movimento mundial, introduzindo valores novos: amor à pátria e veneração aos símbolos, como bandeira nacional, hino, escudo — referências que vieram com os Estados-Nação. Na América do Sul, uma região de origem cultural europeia, acompanhava-se essa tendência. Também vimos como a maçonaria, anticolonialista e republicana, alimentou e organizou a primeira versão do internacionalismo político e ideológico.

Poderíamos dizer que este é um romance histórico com formato de livro-reportagem, uma vez que os acontecimentos são verdadeiros, os personagens estavam naqueles lugares, naquelas datas e fizeram o que foi narrado. O produto final é uma obra que se assenta na História oficial, socorrendo-se das pesquisas dos micro-historiadores e das lendas e versões da História oral, contadas pelos antigos na região dos acontecimentos. A arte do romancista-repórter (ou repórter-romancista) é tirar um nome inscrito num livro de História e puxá-lo de volta para o instante que o levou a estar ali, naquele livro. Para isso, ouvi a tradição e fui aos locais dos acontecimentos captar o alarido dos fantasmas nos campos de batalha. O leitor pode ter certeza de que tudo se deu mais ou menos como acabou de ler.

Parte real, parte ficção é o narrador, capitão Delphino Rodrigues Souto. Ele é o bisavô materno deste autor e participou das guerras em que aparece como combatente. O bisavô paterno também aparece: ele é o jovem alferes João Antônio Severo, que chega de Açores na força do primeiro capitão-general da recém-criada Capitania Del Rei do Rio Grande de São Pedro, dom Diogo de Souza, e reaparece 40 anos depois, em *Cinzas do Sul*, já coronel, como o irrequieto rebelde nas Califórnias de Chico Pedro. Sua última incursão nas páginas da História acontece nas memórias do Conde d'Eu, que o vê escoltando a infantaria baiana do coronel Argolo Ferrão nas imediações de Alegrete, indo rumo ao Paraguai. São fontes familiares da mencionada História oral.

O capitão Delphino abre o livro contando uma aventura atrás das linhas paraguaias — que certamente não viveu. Sua voz explica como era a iniciação do combatente no Regimento de Cavalaria de Osorio, em Bagé, e como se desenvolvia a carreira daqueles jovens no Rio Grande do Sul, saltando de posto em posto, de guerra em guerra.

Logo depois da introdução, em que os personagens são apresentados ao leitor, começa a história propriamente dita, com a invasão de Santa Catarina pela formidável armada espanhola. Os fatos narrados são absolutamente históricos, ou seja: estão escritos nas diversas versões da História oficial. O desembarque de Ceballos na ilha, as designações das unidades portuguesas que a defendiam, os nomes e postos de seus comandantes e os movimentos da retirada são exatamente o que foram. Há registro do fiasco da falta de alcance dos canhões da artilharia dos fortes, da debandada da população civil, do malogro pela hostilidade dos índios carijós e sua posterior volta ao interior, preferindo render-se aos espanhóis. Também é certo que dona Rosa Luís, mãe do futuro coronel Manuel Luís (pai de Osorio), já estava grávida de quatro meses quando a cidade (atual Florianópolis) foi entregue à pilhagem e à sanha dos invasores.

Não me delonguei nos 30 anos seguintes. Foram de guerras contínuas entre índios guaranis, espanhóis e luso-brasileiros, mas as hostilidades concentravam-se na região das Missões jesuíticas, na margem oriental do Rio Uruguai, em torno de uma fronteira revogada na Europa (Tratado de Santo Ildefonso), mas teimosamente mantida pelo governo do vice-reinado do Prata. Isso era comum no Cone Sul: as potências se acertavam na Península Ibérica, mas as populações sul-americanas não aceitavam a partilha dos reis e obrigavam os governos locais a uma espécie de política externa própria.

Nesse período houve uma guerra de guerrilhas intermitente, em que os colonos brasileiros se apegavam à volta às fronteiras do Tratado de Madrid e os hispânicos se aferravam à linha divisória traçada pelo Tratado de Santo Ildefonso, o qual, apesar de anulado, continuava na cabeça dos colonos hispânicos, que reivindicavam a devolução a Buenos Aires das antigas Missões orientais.

Esse período, está envolto em brumas. Ficaram as lendas em torno do campeador Rafael Pinto Bandeira, rio-grandense de nascimento, primeiro brasileiro a receber os bordados de general do Exército Português. Nesse tempo, Manuel Luís crescia na ilha de Santa Catarina, entrava para o regimento de Dragões, envolvia-se em atos de indisciplina e se refugiva no Rio Grande do Sul, na estância de seu futuro sogro, uma aprazível herdade — que ainda existe, preservada como museu — nas imediações de Tramandaí, a poucos quilômetros desse que é hoje o maior balneário do estado.

Os espanhóis foram expulsos das Missões em 1801, num levante dos indígenas, que se rebelaram contra a cobrança de impostos pela

Coroa de Madrid, apoiados pelos tropeiros gaúchos. Desse período me detenho no bucólico da vida do remoto Continente de São Pedro, onde o menino Manuel Luís Osorio cresce e se desenvolve como garoto de praia e "piá" de estância.

Nessa mesma época, o Rio Grande do Sul experimentou uma verdadeira revolução econômica, pois, com a legalização da fronteira e a retirada dos espanhóis das Missões, houve segurança para a implantação da indústria do charque e da apropriação dos rebanhos da fronteira oeste pela economia da região. Em pouco tempo a economia regional deu um salto. O Rio Grande passou a ser um pedaço de terra importante para as rendas da colônia.

Em 1808, o Rio Grande virou capitania e adentrou a política externa. A partir de então implantou-se uma administração pública, e a burocracia passou a registrar tudo o que ocorria, principalmente na área militar. Daí para a frente, cada vez mais o livro se transfigura de um romance de aventuras para um formato mais próximo do romance-reportagem. Passo a cotejar os fatos, "ouvindo" todos os lados envolvidos nos acontecimentos narrados.

O primeiro conflito dessa nova fase já se inscreve no contexto das guerras contra Napoleão Bonaparte, em que Portugal e Inglaterra lutam contra o imperador francês. Período em que o príncipe regente dom João VI envia uma força militar ao Prata.

A expedição do Exército Pacificador que invadiu o Uruguai em 1811 está toda documentada. Manuel Luís volta ao exército depois de anistiado, no seu posto de furriel, adotando o sobrenome Silva Borges. Embora tenha seguido para o *front* comandando uma unidade, como se fosse tenente, ainda era furriel (terceiro-sargento). Coisas da burocracia.

Essa campanha não registra grandes eventos militares. Na marcha entre Porto Alegre e Montevidéu, a coluna foi hostilizada pelas guerrilhas dos índios minuanos, que aterrorizavam as tropas europeias com suas boleadeiras e laços. Nesses episódios cresceu enormemente a atuação das milícias gaúchas, que combatiam com as mesmas armas e, tanto quanto os silvícolas, conheciam as artes das guerrilhas de cavalaria. Nesse contexto o livro narrava a investida de um pequeno grupo de cavalaria liderado pelo furriel Bento Manoel Ribeiro por 500 quilômetros em território hostil, entre Montevidéu e Paissandu. Não há registros dos detalhes, mas o certo é que o furriel Manuel Luís voltou com as cicatrizes de um profundo ferimento de lança no tórax.

Os quatro anos seguintes foram de paz. Com a derrota definitiva de Napoleão Bonaparte em Waterloo, reabre-se o mercado europeu, reativa-se o comércio internacional, trazendo uma grande prosperidade para a região do charque. Entretanto, também a Espanha retorna ao cenário, propondo-se a retomar seu império sul-americano. Com o objetivo de impedir um desembarque das tropas de Fernando VII em Montevidéu, dom João manda outra expedição para o Prata. A partir de 1815 o Brasil já é reconhecido pela comunidade internacional como país independente, integrante do Reino Unido de Portugal, Brasil e Algarves.

A guerra se reacende na América do Sul. Buenos Aires está imobilizada combatendo os espanhóis em duas frentes: nos Andes (na região do Chile) e no Alto Peru (atual Bolívia). No norte, Simón Bolívar enfrenta uma nova invasão espanhola. No Prata, o exército metropolitano português, liberado das operações peninsulares, ocupa o litoral. Na campanha, como é conhecido o hinterland da margem oriental do Rio Uruguai, os gaúchos se enfrentam. De um lado, os uruguaios, comandados por seu líder Artigas; do outro, os rio-grandenses, comandados por um general cerebral, Curado. É uma guerra basicamente de cavalaria, no melhor estilo medieval. Também aí emergem as grandes figuras que vão dominar a cena do Cone Sul na primeira metade do século XIX. O grande evento militar é a Batalha de Catalão, entre brasileiros e uruguaios, que sela a sorte do caudilho oriental José Gervasio Artigas.

Concluída a guerra, Portugal incorpora o Uruguai como província autônoma do império colonial português. Nesse tempo, começa a guerra civil em Portugal, o rei dom João VI volta à Europa e seu filho, dom Pedro I, proclama a separação do Brasil do Reino Unido. Montevidéu, Salvador, Belém e o Ceará rejeitam a independência. Inicia-se a guerra contra Portugal. O Exército imperial cerca Montevidéu, e o menino Manuel Luís Osorio vai para a guerra como escudeiro do pai, que já é tenente-coronel do exército. Daí em diante, a história do general Osorio é fartamente documentada.

Com a retirada dos portugueses, em função do acordo de paz entre Rio de Janeiro e Lisboa, começa a Guerra da Cisplatina: no início, uma guerra civil; logo em seguida, uma guerra internacional entre Argentina e Brasil. Na primeira parte há a Batalha de Sarandi, em que os gaúchos brasileiros são derrotados pelos uruguaios. Desse combate participam quatro futuros presidentes da república, três uruguaios e um brasileiro. O grande evento dessa guerra é a Batalha do Passo do Rosário, em que se enfrentaram os Exércitos do Brasil e da Argentina, com vitória técnica dos platinos. Osorio teve um papel decisivo nesse embate.

A independência do Uruguai é um último lance dos desdobramentos dos conflitos europeus no Cone Sul. Daí em diante, as questões são regionais.

Referências Bibliográficas

ALCALÁ, Guido Rodríguez. *Caballero*. Porto Alegre: Tchê, 1994.
_____. *El Peluquero Frances*. Assunção: S. N., 2008.
_____. *Residentas, destinadas y traidoras*. Assunção: Servilibro, 2007.
ALCALÁ, Guido Rodríguez e ALCÁZAR Jose Eduardo. *Paraguay y Brasil — Documentos sobre las relaciones bi-nacionales*. Assunção: Editorial Tiempo de Historia, 2007.
ALEGRE, Aquiles Porto. *Homens ilustres do Rio Grande do Sul*. Porto Alegre: Erus, 1975.
ALENCAR, Francisco; CARPI, Lúcia; RIBEIRO, Marcus Venício. *História da sociedade brasileira*. Rio de Janeiro: Livro Técnico, 1979.
ALMANAK Militar. Rio de Janeiro: Secretaria de Estado dos Negócios da Guerra, 1864.
ALMANAQUE Gaúcho: extratos da coluna de Olyr Zavaschi, Jornal *Zero Hora*. Porto Alegre.
ALVES, J. V. Portella Ferreira. *Mallet, patrono da artilharia*. Rio de Janeiro: Biblioteca do Exército, 1995.
ARAÚJO, Orestes. *Sociologia de la guerra*. Montevidéu: Biblioteca General Artigas, 1959.
AZEVEDO, Antônio Carlos do Amaral. *Dicionário de nomes, termos e conceitos históricos*. Rio de Janeiro: Nova Fronteira, 1990.
BAEZ, Adolfo J. *Yatayty-Corá: uma conferência histórica*. Buenos Aires: Imprenta Y Papelaria J. Ferrotti, 1929.

BANDEIRA, Luiz Alberto Moniz. *Brasil, Argentina e Estados Unidos, da tríplice aliança ao Mercosul.* Rio de Janeiro: Revan, 2003.

BARROSO, Gustavo. *História militar brasileira.* Rio de Janeiro: Brasiliana, 1935.

_____. *O Brasil em face do prata.* Rio de Janeiro: Biblioteca do Exército, 1952.

_____. *O centauro dos pampas.* Rio de Janeiro: Guanabara, 1933.

_____. *Tamandaré, o Nelson brasileiro.* Rio de Janeiro: Getúlio M. Costa, 1939.

BASTOS, Augusto Roa et al. *O livro da grande guerra.* Rio de Janeiro: Record, 2002.

BECKER, Klaus. *Alemães e descendentes na guerra do Paraguai.* Canoas: Hilgert & Filhos, 1968.

BENITEZ, Gregório. *Anales Diplomático y Militar de la Guerra del Paraguay.* Assunção: Estabelecimento Tipográfico de Muñoz Hnos, 1906.

BENTO, Cláudio Moreira. *General Osório: "O Maior Herói e Líder Popular Brasileiro".* Barra Mansa: Gráfica Irmãos Drumond, 2008.

BOBBIO, Norberto; PASQUINO, Gianfranco. *Dicionário de política.* Brasília: Universidade de Brasília, 1998.

BONES, Elmar. *A paz dos farrapos.* Porto Alegre: Já Editores, 1995.

BONFIM, Manoel. *O Brasil nação: realidade da soberania brasileira.* Rio de Janeiro: Topbooks, 1996.

BRASIL, J. F. de Assis. *História da república Rio-Grandense.* Porto Alegre: Erus, 1981.

CAGGIANI, Ivo. *David Canabarro.* Porto Alegre: Martins Livreiro, 1992.

CALDEIRA, Jorge. *Mauá, empresário do império.* São Paulo: Companhia das Letras, 1995.

CÂMARA, José Aurélio Saraiva. *Um soldado do império, general Tibúrcio e seu tempo.* Rio de Janeiro: José Olympio, 1978.

CARVALHO, Luís Paulo Macedo (Coord.). *O exército na história do Brasil, Reino Unido e Império.* Salvador: Biblioteca do Exército : Odebrecht, 1998.

CASSOL, Arnaldo Luiz; ABRÃO, Nicolau da Silveira. *Caçapava capital farroupilha.* Porto Alegre: Martins Livreiro, 1985.

CERQUEIRA, Dionísio. *Reminiscências da campanha do Paraguai.* S. L: Biblioteca do Exército, 1979.

CHEUICHE, Alcy et al. *Chananeco, a história de um carreteiro.* Caçapava do Sul: Metrópole, 2004.

CIDADE, Francisco de Paula. *Síntese de três séculos de literatura militar brasileira.* Rio de Janeiro: Biblioteca do Exército, 1998.

CLEARY, Thomaz (Coord.). *Dominando a arte da guerra.* São Paulo: Madras, 2005.

Contribuições para a história da guerra entre o Brasil e Buenos Aires, uma testemunha ocular. São Paulo: Editora da Universidade de São Paulo, 1975. Anônimo atribuído pelo Barão do Rio Branco ao Barão Carl von Leenhof.

COSTA, Alfredo Toledo. *Osório*. Porto Alegre: Livraria Selbach, 1928.

COSTA, Virgílio Pereira da Silva. *Duque de Caxias*. São Paulo: Três, 1974.

COSTA E SILVA, Virgília. *Duque de Caxias — A vida dos grandes brasileiros*. São Paulo: Editora Três, 1974.

CUATEROLO, Miguel Angel. *Soldados de la memória*. Argentina: Planeta, 2000.

CUNHA, Francisco. *Reminiscências na imprensa e na diplomacia: 1870/1910*. Rio de Janeiro: Imprensa Nacional, 1914.

DONATO, Hernani. *Dicionário das batalhas brasileiras*. São Paulo: Instituição Brasileira de Difusão Cultural (IBRASA), 1987.

DORADIOTO, Francisco. *General Osório: a espada liberal do império*. São Paulo: Companhia das Letras, 2008.

_____. *Maldita guerra: nova história da guerra do Paraguai*. São Paulo: Companhia das Letras, 2002.

DORNELLES, Sejanes. *Os últimos bandoleiros a cavalo*. Caxias do Sul: Universidade de Caxias do Sul, 1992.

DUARTE, Paulo de Queiroz. *Os voluntários da pátria na guerra do Paraguai*. S. L: Biblioteca do Exército, 1981.

_____. *Sampaio*. Rio de Janeiro: Biblioteca do Exército, 1986.

Estados Unidos e Rio Grande: negócios no século XIX : despachos dos cônsules dos Estados Unidos no Rio Grande do Sul, 1829/1841. Rio Grande do Sul: Instituto Histórico e Geográfico do Rio Grande do Sul, 1998.

ESTRAGO, Margarida Duran. *Catecismo de San Alberto*. Assunção: Intercontinental, 2005. (Adaptado para las escuelas del Paraguay; Gobierno de Francisco Solano López).

FAGUNDES, Molivalde Calvet. *História da revolução farroupilha*. Caxias do Sul e Porto Alegre: Educs e Martins Livreiro, 1985.

FALCÓN, José. *Escritos históricos (1844/1870)*. Assunção: Servilibro, 2006.

FERNANDES, Ari Carlos R. M. et al. *Coronel Chicuta: um passo-fundense na guerra do Paraguai*. Passo Fundo: Universidade de Passo Fundo, 1997.

FERREIRA FILHO, Arthur. *História geral do Rio Grande do Sul*. Porto Alegre: Globo, 1978.

FIGUEIREDO, Osório Santana. *General Osório, o perfil do homem*. São Gabriel: Palotti, 2008.

FRAGOSO, João Luís. *Homens de grossa aventura*. Rio de Janeiro: Civilização Brasileira, 1998.

FRAGOSO, Tasso. *A batalha do passo do rosário*. Rio de Janeiro: Biblioteca do Exército, 1953.

_____. *História da guerra entre a tríplice aliança e o Paraguai*. Rio de Janeiro: Biblioteca do Exército, 1956.

GOLIN, Tau (Org.). *Império*. Passo Fundo: Méritos, 2006.

GOLIN, Tau. *A fronteira*. Porto Alegre: L&PM, 2004.

GOMES, Carlos de Oliveira. *A solidão segundo Solano Lopez*. São Paulo: Círculo do Livro, 1982.

GOMES, Laurentino. *1808*. São Paulo: Planeta do Brasil, 2007.

GUIDO, Horacio. *El traidor, Telmo López y la pátria que no pude ser*. Buenos Aires: Sudamericana, 1996.

Jornal Zero Hora: Textos de Nilson Mariano e fotos de Genaro Joner. Porto Alegre, abr., 2002.

JUCÁ, Joselice. *André Rebouças, reforma e utopia no contexto do segundo império*. Rio de Janeiro: Construtora Norberto Odebrecht, 2001.

LEMIESZEK, Cláudio de Leão. *Bagé, relatos de sua história*. Porto Alegre: Martins Livreiro, 1997.

LIRA NETO. *O inimigo do rei*. Rio de Janeiro: Globo, 2006.

LOUZEIRO, José. *Ana Néri, a brasileira que venceu a guerra*. Rio de Janeiro: Mondrian, 2002.

MACHADO, César Pires. *Canabarro em Porongos*. Porto Alegre: Est. Edições, 2006.

_____. *Chananeco: da lenda para o história*. Porto Alegre: Já Editores, 2008.

MAGALHÃES, J. B. *Osório, símbolo de um povo, síntese de uma época*. Rio de Janeiro: Agir, 1946.

MAKAI, Toshio. *Sistemas eleitorais no Brasil*. Brasília: Instituto dos Advogados do Brasil, 1985.

MARCO, Miguel Angel de. *La guerra del Paraguay*. Buenos Aires: Planeta Argentina, 2003.

MARENCO, Cláudio V. F; MARTINS, Néri C. *Itaqui*. Itaqui: Intermédio, 1979.

MARTINS, Hélio Leôncio. *Abrindo estradas no mar, hidrografia da costa brasileira no século XIX*. Rio de Janeiro: Serviço de Documentação da Marinha, 2006.

MCNEILLY, Mark. *Sun Tzu e a arte da guerra moderna*. Rio de Janeiro: Record, 2005.

MEIRA, Antônio Gonçalves; SCHIRMER, Pedro. *Música militar e bandas militares, origem e desenvolvimento*. Rio de Janeiro: Estandarte Editora, 2000.

MULLER, Carlos Alves. *A história econômica do Rio Grande do Sul*. Porto Alegre: Gazeta Mercantil, 1998.

NASCIMBENE, Luigi. *Tentativa de independência do Estado do Rio Grande do Sul*. Porto Alegre: Est. Edições, 2002.

NEUMANN, Eduardo. *O trabalho guarani missioneiro no Rio da Prata colonial, 1640/1750*. Porto Alegre: Martins Livreiro, 1996.

OCAMPO, Emilio. *Alvear en la guerra con el império del Brasil*. Buenos Aires: Claridad, 2003.

OSÓRIO, Fernando Luís. *História do General Osorio*. Rio de Janeiro: Tipografia de Leuzinger & Filhos, 1894. v. 1.

OSÓRIO, Joaquim Luís; OSÓRIO, Fernando Luís. *História do General Osorio*. Pelotas: Tipografia do Diário Popular, 1915. 2 v.

PAHIM, Jesus. *O Barão de Itaqui, Joca Tavares*. Itaqui: Ed. do Autor, 1998.

PARTES oficiales: documentos relativos a la guerra del Paraguay. Buenos Aires: Imprenta Americana, 1871.

PEIXOTO, Demerval. *Memórias de um velho soldado*. Rio de Janeiro: Biblioteca do Exército, 1960.

PIMENTEL, Joaquim Silvério de Azevedo. *Episódios militares*. Rio de Janeiro: Biblioteca do Exército, 1978.

PINTO, Luís Flodoardo Silva. *A batalha de Uruguaiana*. Porto Alegre: Age, 2002.

PONT, Raul. *Campos realengos, formação da fronteira sudoeste do Rio Grande do Sul*. Porto Alegre: Renascença, 1983. (vols. I e II).

PORTO, Aurélio. *Trabalho alemão no Rio Grande do Sul*. Porto Alegre: Martins Livreiro, 1996.

QUEVEDO, Júlio (Org.). *Rio Grande do Sul, quatro séculos de história*. Porto Alegre: Martins Livreiro, 1999.

QUEVEDO, Júlio; FONSECA, Orlando. *Cezimbra Jacques*. Porto Alegre: Martins Livreiro, 2000.

QUEVEDO, Júlio; TAMANQUEVIS, José C. *Rio Grande do Sul, aspectos da história*. Porto Alegre: Martins Livreiro, 1994.

REVERBEL, Carlos; BONES, Elmar. *Luiz Rossetti: o editor sem rosto*. Porto Alegre: L&PM, 1996.

RIBEIRO, João Ubaldo. *Viva o povo brasileiro*. Rio de Janeiro: Nova Fronteira, 1984.

RUAS, Tabajara. *Netto perde sua alma*. Rio de Janeiro: Record, 2001.

_____. *Os varões assinalados*. Porto Alegre: L&PM, 1981.

SAINT HILAIRE, Augusti. *Viagem ao Rio Grande do Sul*. Porto Alegre: Martins Livreiro, 1987.

SALDANHA, Alcides José. *Parlamentarismo e demais sistemas de governo*. Porto Alegre: Age, 1993.

SALLES, Ricardo. *Guerra do Paraguai, memórias e imagens*. Rio de Janeiro: Biblioteca Nacional, 2003.

SCHRÖDER, Ferdinand. *Imigração alemã para o sul do Brasil*. São Leopoldo: Unisinos, 2003.

SCHWARCZ, Lilia. *As barbas do imperador*. São Paulo: Companhia das Letras, 1998.

SERRA, Adolfo. *Caxias e o seu governo civil na província do Maranhão*. Rio de Janeiro: Biblioteca Militar, 1943.

SEZEFREDO, Alves Coelho de Mesquita - J.B.C. no Almanak do Rio Grande do Sul. Porto Alegre: [s.n.], 1867. Edição de 28 de dezembro de 1867.

SHELBY, Graham. *Madame Lynch, el fuego de una vida*. Buenos Aires: Sudamericana, 1992.

SILVA, Alberto Martins da. *João Severiano*. Rio de Janeiro: Biblioteca do Exército, 1989.

SILVA, Benício da. *Osorio, na infância, na adolescência, na família, na imortalidade*. Rio de Janeiro: Biblioteca Militar, 1939.

SILVEIRA, Adão Saldanha. *Vila nova do sul*. Vila Nova do Sul: Ed. Autor, 2004.

SILVEIRA, José Luiz. *Notícias históricas, 1737/1898*. Santa Maria: Edigal, 1987.

SOUZA, Eusébio de. *Anedotário da guerra da triplica aliança*. Rio de Janeiro: Biblioteca Militar, 1943.

SPALDING, Walter. *A revolução farroupilha*. São Paulo: Companhia Editora Nacional, 1982.

TAUNAY, Visconde de. *Diário do exército, campanha do Paraguai 1869-1870*. Rio de Janeiro: Biblioteca do Exército, 2002.

TAVARES, José António Giusti; ROJO, Raul Enrique. *Instituições políticas comparadas dos países do Mercosul*. Rio de Janeiro: Fundação Getúlio Vargas, 1998.

TITÁRIA, Ladislau dos Santos. *Memórias do Grande Exército Libertador do Sul da América*. Rio de Janeiro: Biblioteca do Exército, 1950.

TITTO, Ricardo J. de. *Los hechos que cambiaron la historia argentina en el siglo XX*. Buenos Aires: El Ateneo, 2006.

TZU, Sun. *A arte da guerra*. Porto Alegre: L&PM Pocket, 2000. (Traduzido para o francês pelo padre Amiot em 1772).

VAINFAS, Ronaldo. *Dicionário do Brasil Colonial (1500/1808)*. Rio de Janeiro: Objetiva, 2001.

_____. *Dicionário do Brasil Imperial (1822/1889)*. Rio de Janeiro: Objetiva, 2002.

VELLINHO, Moysés. *Capitania d'El Rei*. Porto Alegre: Globo, 1964.
VON VERSEN, Max. *História da guerra do Paraguai*. São Paulo: Universidade de São Paulo, 1976.
WAGNER, José Carlos Graça. *Partidos políticos no Brasil*. Brasília: Instituto dos Advogados do Brasil, 1985.
WIEDERSPAHN, Henrique Oscar. *O general farroupilha João Manuel de Lima e Silva*. Porto Alegre: Sulina, 1984.

Este livro foi composto na tipologia Sabon LT Std,
em corpo 11/14,5, impresso em papel off-white 80g/m²,
no Sistema Cameron da Divisão Gráfica
da Distribuidora Record.